DuMont's Kriminal-Bibliothek

Stanley Bernard Ellin (1916–1986) wurde in Brookly, New York, USA, geboren. Er studierte bis 1936 am Brookly College und diente in den Jahren 1944 bis 1945 in der Armee. Bevor er sich 1946 als freier Schriftsteller selbständig machte, arbeitete er als Lehrer, Stahlarbeiter und Farmer. 1954, 1956 und 1958 erhielt er den Edgar Allan Poe-Preis und 1975 den Grand Prix de la Littérature Policière.

Herausgegeben von Volker Neuhaus

Stanley Ellin

Der Mann aus dem Nichts

DuMont Buchverlag Köln

Für meinen Lieblings-Schwiegersohn George Ellington Brown in Zuneigung und Bewunderung

Die Deutsche Bibliothek – CIP-Einheitsaufnahme

Ellin, Stanley:
Der Mann aus dem Nichts / Stanley Ellin
[Aus dem Amerikan. von Manfred Allié]. – Köln: DuMont, 1994
(DuMont's Kriminal-Bibliothek; 1047)
ISBN 3-7701-2498-7
NE: GT

Umschlagmotiv von Pellegrino Ritter
Aus dem Amerikanischen von Manfred Allié

Die der Übersetzung zugrundeliegende englischsprachige Originalausgabe erschien 1970 unter dem Titel »The Man from Nowhere« bei Jonathan Cape Ltd., London
Satz: Boss-Druck, Kleve
Druck und buchbinderische Verarbeitung: Clausen & Bosse GmbH, Leck

Printed in Germany ISBN 3-7701-2498-7

Kapitel 1

Das graue Jaguar-Coupé, flach gestylt, hoch motorisiert, die Rücksitze mit Gepäck vollgestopft, schoß über den Highway dahin. Als Jake scharf in die Ausfahrt South Miami Beach einbog, rutschten die Koffer mit dem Knarren teuren Leders zur Seite. Er langte nach hinten und schob sie wieder zurecht.

Er warf einen Blick auf Elinor. »Wie lange sind wir verheiratet?« fragte er unvermittelt.

Sie riß sich aus ihrem Tagtraum und dachte nach. »Sechs Monate?«

»Falsch. Wenn wir an deinem Geburtstag geheiratet haben, und das ist ja nun zufällig der 10. November, und wir heute den 5. April haben, dann sind es noch nicht mal fünf Monate. Wie lange sind wir verheiratet?«

»Noch nicht mal fünf Monate.«

»Gut. Und in diesen fünf Monaten sind natürlich gewisse kleine Schwächen deines Charakters ans Tageslicht gekommen.«

»Natürlich.«

»Weißt du, welche davon mir am meisten auf die Nerven geht?«

»Ja, ich rede zuviel. Ich bin zu vertrauensselig. Ich erzähle jedem, der mir zufällig über den Weg läuft, von unseren Privatangelegenheiten.«

»Warum?«

»Also hör mal«, protestierte Elinor, »müssen wir das denn wirklich alles durchkauen?«

»Wir müssen.«

»Na gut. Vielleicht liegt es an dir. Ich komme einfach nicht an dich heran, und deshalb muß ich mir alles beim erstbesten, der zuhört, von der Seele reden.«

Jake klappte die Sonnenblende herunter, denn die Abendsonne blendete ihn. »Warum kommst du nicht an mich ran?«

»Weil dich deine Recherchen und deine Schriftstellerei viel mehr interessieren als ich. Und dann der Altersunterschied. Du bist 35, ich 21. Du glaubst, ich hab' nur Kinderkram im Kopf. Wie klingt das in deinen Ohren?«

»Wunderbar«, antwortete Jake. »Wie der schönste Kitsch in Technicolor.«

Eine schmale Brücke überspannte die 20 Meter Biscayne Bay, die Daystar Island Nummer 1 von Miami Beach trennten. Am hinteren Ende der Brücke versperrte eine schwere Kette die Zufahrt. Jake hielt davor an, und ein privater Wachmann in dunkelblauer Uniform, deren Jacke er ausgezogen hatte, schlenderte heran, um zu prüfen, ob er hereindurfte. Der Mann hatte graue Haare, einen Schmerbauch und ein mürrisches Gesicht. Auf seinem Hemd waren Schweißflecken.

Jake kurbelte das Fenster herunter. Die Luftfeuchtigkeit und Hitze der Welt draußen erstickten ihn fast nach der Kühle der Klimaanlage im Wagen. »Mr. und Mrs. Dekker«, sagte er zu dem Wachmann. »Wir haben ein Haus drüben auf Insel Nummer Zwei gemietet. Das Haus de Burgo. Ich habe hier einen Brief von Mr. McCloy, der Ihnen das bestätigt.«

Der Wachmann las den Brief. »Jacob Dekker?« fragte er. Der Akzent lag deutlich auf dem »Jacob«.

»Ganz genau«, bestätigte Jake ihm freundlich. »Irgendwas dagegen?«

»Nein, Sir«, beeilte sich der Pförtner zu sagen. »Nur eine Frage.« Er zeigte ihnen den Weg. »Das da ist der Seminole Drive. Da bleiben Sie einfach drauf, bis Sie an die Brücke zur Nummer Zwo kommen. Schön, Sie hier begrüßen zu dürfen, Mr. Dekker. Mrs. Dekker.«

Der Seminole Drive war breit wie ein Boulevard und auf beiden Seiten von turmhohen Königspalmen gesäumt. Die Anwesen an dieser Straße waren größtenteils vom Typus Hazienda, doch hier und da sah man auch eines, das aussah wie ein Ranchhaus aus Chrom und Glas.

»Worauf wollte er hinaus?« fragte Elinor. »Mit dem Jacob?«

»Er hat nur laut darüber nachgedacht, ob ich McCloy hinters Licht geführt habe. Die Leute von den Daystar-Inseln hier sind eine geschlossene Gesellschaft. Juden unerwünscht. McCloy ist der Präsident von dem Laden. Der oberste Wachhund.«

»Was sie dann wohl von Polacken halten?«

»Die sind in Ordnung, solange sie mit reichen Holländern wie mir verheiratet sind.«

Am nächsten Brückenkopf gab es keinen Wachposten mehr, nur noch ein kleines Schild, das besagte, daß es sich um Daystar Island Nummer 2 handelte. Die Straße hieß nun Circular Drive, und außer daß hier Kokospalmen statt Königspalmen standen, hätte es ebensogut zum zweiten Mal der Seminole Drive sein können. Jake folgte dieser Ringstraße um die halbe Insel und las die Hausnummern, die jeweils auf pittoresken Tafeln auf den Rasenflächen der Vorgärten standen. Jede Nummer war ausgeschrieben: *Zwölf – Vierzehn – Sechzehn.* Auf der Höhe von *Achtzehn,* wo die Straße wieder nach Norden bog und wo er zwischen den Palmen ein Stückchen Biscayne Bay sehen konnte, steuerte er den Jaguar an den Bordstein und stieg aus. Kein anderer Wagen war unterwegs, keine Menschenseele zu sehen.

Ein Plattenweg führte über den wohlgepflegten Rasen zum Eingang der Nummer Achtzehn. Raschen Schrittes ging er hinauf, machte kleine Sprünge, um den Rasensprengern rechts und links zu entgehen, und klingelte an der Tür. Er wartete einige Sekunden, dann klingelte er ein zweites Mal. Er hatte den Finger noch auf dem Knopf, als die Tür sich schlagartig öffnete. Ein junger Mann stand mit einer Serviette in der Hand da, und seine Miene war alles andere als freundlich.

»Was gibt's?« fragte er.

»Ich heiße Dekker«, sagte Jake. »Hören Sie, es tut mir leid, daß ich Sie beim Abendessen störe, aber ich finde einfach das Haus nicht, daß ich hier gemietet habe. Haus de Burgo. Es ist Nummer Siebzehn, und bisher habe ich noch keine einzige ungerade Nummer zwischen der Brücke und hier gesehen.«

»Weil Sie falsch herum gefahren sind. Die geraden Zahlen sind auf dieser Seite der Insel, die ungeraden auf der anderen. Aber Sie brauchen nur weiterzufahren. Das nächste Haus ist Neunzehn. Siebzehn kommt dann gleich hinter der Kurve.«

Mitten in diesem Satz hatte sich die finstere Miene des jungen Mannes plötzlich aufgehellt, der strenge, ungeduldige Tonfall war sanft geworden. Das hatte nichts mit ihm zu tun, das wußte Jake. Der junge Mann hatte Elinor erspäht, die hüftschwingend zu ihnen hinaufkam.

»Jake«, jammerte sie. »Mein Ring!«

»Was?«

»Mein Verlobungsring. Er ist weg. Und ich weiß auch, wo ich ihn gelassen habe. Auf dem Waschtisch in der Damentoilette des Flughafens. Wenn jemand ihn da liegen sieht!«

»Hast du in deiner Handtasche nachgesehen?«

Mit hoffnungsloser Miene hielt Elinor ihm die offene Handtasche hin. »Ich habe nachgesehen. Er muß in dem Waschraum geblieben sein. Jake, können wir nicht gleich den Flughafen anrufen?«

»Ich weiß nicht, ob das Telefon in unserem Haus überhaupt schon angeschlossen ist.« Jake wandte sich dem jungen Mann zu, der nur noch Augen für Elinor hatte. »Ich will Ihnen wirklich nicht zur Last fallen, aber könnte ich vielleicht von Ihrem Apparat aus telefonieren?«

»Klar. Kommen Sie rein. Ich heiße übrigens Thoren. Kermit Thoren.« Er legte Elinor die Hand auf den Rücken, als er sie ins Haus führte.

Das Telefon befand sich auf einem Tischchen in der Ecke des Eßzimmers. Fünf Leute saßen am Eßtisch, eine grauhaarige Frau mit dunkler Brille am Kopfende, ein Paar mittleren Alters auf der einen Seite, ein jugendliches Paar auf der anderen. Kermit stellte sie mit vagen Handbewegungen als seine Mutter, seinen Onkel und seine Tante - Senator und Mrs. Harlan Sprague -, seine Schwester Joanna sowie Hal Freeman, einen Freund der Familie, vor.

Während Jake noch im Telefonbuch blätterte, bemerkte er schon, daß Kermit energisch, wenn auch nicht eben mit Feingefühl, zu Werke ging. Er bestand darauf, daß die leidgeprüfte Elinor seinen Platz am Tisch einnahm und sich von dem schwarzen Diener einen Whisky bringen ließ, und schwebte stets als trostreicher Geist in ihrer Nähe, während sie der Tischgesellschaft ausgelöst erklärte, worum es überhaupt ging.

Als er die Nummer der Fluglinie wählte, sah Jake, daß aller Augen, mit einer Ausnahme, nun mitleidsvoll auf Elinor gerichtet waren. Die Ausnahme war die junge Joanna Thoren. Sie beobachtete ihn verstohlen, während er leise mit der Frau am Flugschalter sprach, ihr den Ring beschrieb und darum bat, daß jemand nachsehen möge, ob er noch in der Damentoilette liege. Er bleibe am Apparat, bis sie sich wieder melde.

Es sah ganz so aus, als habe Joanna vor, mit ihm gemeinsam zu warten. Ihr Kopf mit dem zu einem kindlich gelockten Bubikopf geschnittenen Haar war ein wenig in Elinors Richtung geneigt, doch die Augen, das wußte Jake, ohne hinzusehen, waren starr auf ihn geheftet.

Aus Elinors Stimme sprach nun halb Ärger, halb Furcht. »Nicht nur, daß das blöde Ding an die 5000 Dollar wert ist. Es ist auch eines von diesen entsetzlichen Familienerbstücken, um die man sich dauernd Sorgen machen muß. Meine Schwiegermutter hat ihn von ihrer eigenen Mutter, und Sie können sich gar nicht vorstellen, wie sie sich deswegen angestellt hat!«

Sie holte ihr Taschentuch hervor, schneuzte sich und weinte nun unverhohlen. Damit, sah Jake, hatte sie es geschafft. Joanna war ganz auf Elinor fixiert. Den Hörer am Ohr, wandte er der Gesellschaft den Rücken zu und hielt den winzigen Sender und den Miniatur-Schraubenzieher einsatzbereit in der Hand. Es handelte sich um einen neuen Universalsender, der verzerrungsfrei alles im Raum übertrug, und er hatte das Einsetzen an seinem eigenen Telefon so lange geprobt, bis er die erforderliche Zeit auf das absolute Minimum reduziert hatte. Nun zahlte sich die Übung aus.

Als er damit fertig war, wandte er sich wieder dem Tisch zu. »Elinor!« sagte er mit scharfer Stimme, und ihr Schluchzen klang bis auf einige kurze Schniefer ab.

»Du weißt genau, daß ich recht habe«, sagte sie vorwurfsvoll. »Du weißt, was los ist, wenn deine Mutter das erfährt.«

»Überhaupt nichts ist los. Und noch ist der Ring ja nicht verloren. Wirst du um Himmels willen bitte aufhören, dich aufzuführen wie ein kleines Kind?«

Zehn Minuten darauf verließen sie das Haus. Fünf Minuten hatte es noch gedauert, bis die Angestellte der Fluglinie durchgab, daß der Ring nicht im Waschraum sei, und weitere fünf Minuten waren erforderlich, sich bei der Tischgesellschaft in aller Form zu entschuldigen und sich von ihr zu verabschieden. Kermit Thoren begleitete sie bis vor die Tür.

Er legte den Arm um Elinors Schulter und drückte sie mitleidsvoll. »Nicht vergessen, junge Dame, kein Ring ist es wert, daß man deswegen Magengeschwüre bekommt.« Dann nickte er, den Arm noch immer um ihre Schulter gelegt, in Richtung des schwer beladenen Jaguars. »Wie kommt's, daß Sie eine Nummer auf Florida haben?« fragte er. »Schon mal hier gewesen?«

»Nein«, antwortete Jake, »der ist gemietet.« Mit einem höflichen Lächeln bleckte er die Zähne. »Im Gegensatz zu meiner Frau – die ist nicht zu mieten. Schreiben Sie sich das hinter die Ohren.«

Kermit lächelte zurück. »Das ist Pech für mich«, sagte er. Lässig entließ er Elinor aus seinem Klammergriff. »Übrigens, willkommen im Club, Nachbar. Das ist eine Caddie- und Mercedes-Gegend hier, aber für mich kommt nur so ein XKE in Frage. Kommen Sie doch mal vorbei, wenn Sie Lust haben. Ich habe mir da ein paar nette Sächelchen in meinen einbauen lassen, die möchte ich Ihnen gern zeigen.« Erst als sie ihr Ballett zwischen den Rasensprengern getanzt hatten und im Wagen saßen, verschwand er wieder im Haus.

»Hast du das Ding ins Telefon praktiziert?« fragte Elinor ängstlich.

»Klar.«

»Aber wann? Dazu hattest du doch gar keine Zeit. Wie hast du das fertiggebracht?«

»Einfach so.« Jake klemmte einen Vierteldollar zwischen Zeige- und Mittelfinger und streckte ihr die Hand hin, die Finger aneinandergelegt. Wie von selbst glitt die Münze zwischen den Fingern hervor und wieder zurück. Er ballte die Faust, öffnete sie wieder, und sie sah, daß das Geldstück verschwunden war. »Zauberei«, sagte er und startete den Wagen.

»Das muß es wohl gewesen sein«, sagte Elinor. »Ich hab's also gut gemacht. Alle haben nur auf mich geachtet, ganz wie du es wolltest.«

»Allerdings.«

»Ich habe dir ja schon im Flugzeug gesagt, das kriege ich hin. Und dir hat es wahrscheinlich nichts ausgemacht, daß ich diesen Lüstling den Oktopus habe spielen lassen? Das hast du nur so gesagt?«

»Aber ja. Schließlich sollen die doch glauben, daß wir verheiratet sind. Wäre ihm womöglich spanisch vorgekommen, wenn ich es hätte durchgehen lassen, daß er dich vor meinen Augen so befingert. Ich mußte ihm schon zu verstehen geben, daß mir das nicht gefällt. Geben Sie nie etwas auf das, was Sie mich in der Öffentlichkeit sagen hören, Mrs. Majeski. Ich möchte, daß Sie eine wirklich gute Freundin von Kermit werden.«

»Scheint, daß ich das schon bin«, entgegnete Elinor. »Und es heißt Miss Majeski.«

»Du hast mir doch gesagt, daß du verheiratet warst.«

»Ich habe gleich nach der Scheidung wieder meinen Mädchennamen angenommen. Und jetzt verrate mir mal was. Hast du schon, bevor du hierher kamst, gewußt, daß Kermit genau so einen Wagen fährt? Hast du ihn deswegen extra von der Autovermietung von Palm Beach bis zum Flughafen bringen lassen? Damit ihr beide Jaguar-Kumpel werdet?«

»Alle Achtung, Miss Majeski«, sagte Jake, »Sie lernen schnell.«

Kapitel 2

Die Straßenlampen am Circular Drive flammten auf, als er in die Auffahrt der Nummer Siebzehn bog und den Wagen vor einer Garage parkte. Es waren altmodische Eisenlampen mit mattierten Kugeln, die einen angenehmen, goldenen Schein abgaben.

Jake stieß die Haustüre auf und schaltete das Flurlicht ein. Er kannte den Grundriß des Hauses bereits aus dem Plan, den der Grundstücksmakler ihm geschickt hatte. Jenseits des Flurs erstreckte sich ein gigantisches Wohnzimmer bis zu den Glastüren des Floridazimmers mit Blick auf die Bucht. Durch die Türen sah er einen Eßtisch mit Stühlen, der vom letzten Licht der untergehenden Sonne in Rot getaucht war. Das Floridazimmer, eigentlich eine verglaste Terrasse, diente auch als Eßzimmer. Zu seiner Rechten lagen Speisekammer und Küche. Zu Jakes Linken führte ein schmaler Gang die ganze Länge des Hauses entlang. An diesem Gang lagen, der Reihe nach, Abstellraum, Badezimmer, Schlafzimmer und Arbeitszimmer.

Er hatte den Makler beauftragt, unter einer Geheimnummer ein zweites Telefon einrichten zu lassen, und dieses fand er auf dem Schreibtisch in seinem Arbeitszimmer. Er spürte die Wärme der Ultraschallpfeife in seiner Hosentasche. Nun steckte er das Mundstück zwischen die Zähne, wählte die Nummer der Thorens, und als man das letzte Klicken der Wählscheibe hörte, blies er einen unhörbaren Ton ins Mikrofon.

»... anderer Meinung. Das ist doch vollkommen lächerlich, Mutter.«

»Ich habe nein gesagt, Joanna. Und ich meine nein.«

Die Übertragung war makellos. Der Klarheit und Lautstärke des Tones nach hätte man meinen können, Joanna und ihre Mutter sprächen direkt in das Mikrofon des dortigen Telefons. Nur die

Tatsache, daß das, was sonst leiser im Hintergrund zu hören gewesen wäre – das Klappern des Bestecks auf den Tellern, das Knarren und Schlagen der Schwingtür zwischen Küche und Eßzimmer –, fast ebenso laut war, hätte einem erfahrenen Ohr verraten können, daß der Hörer nach wie vor auf der Gabel lag und daß ein hochempfindlicher Sender darin verborgen war.

»Aber Milt und Bobby Webb«, wandte Kermit ein, »und die McCloys. Da kann doch keiner behaupten, daß wir Orgien feiern, mit diesen Gestalten am Tisch.«

»Was machst du da?« flüsterte Elinor von der Tür her. »Wozu brauchst du die Pfeife?«

Er nahm die Pfeife aus dem Mund. »Das Ding reagiert auf akustische Signale. Eine Harmonika-Wanze. Wir können den Ton nicht hören, aber wenn man die Nummer des Telefons wählt, in dem man sie versteckt hat, und dann das Signal gibt, dann schaltet die Wanze sich ein, ohne daß das Telefon klingelt. Und du brauchst nicht zu flüstern. Sie hören uns am anderen Ende nicht.«

Er reichte ihr den Hörer, und sie hielt ihn ans Ohr. »Das ist ja Kermit«, sagte sie erstaunt. »Jetzt spricht Mrs. Thoren. Aber hör mal«, sagte sie erschrocken und drückte den Hörer wieder Jake in die Hand, »ist es nicht verboten, jemanden so abzuhören?«

»Mach dir deswegen keine Sorgen. Kannst du eben zum Wagen rauslaufen und mir den schweinsledernen Koffer vom Rücksitz holen? Den obersten auf dem Stapel.«

»Aber es ist verboten, stimmt's?«

»Was ist denn das für ein Blödsinn!« sagte Jake mit eisiger Stimme. »Hat Sherry dir nicht erklärt, worum es hier geht, bevor sie dich angeworben hat? Habe ich dir nicht im Flugzeug gesagt, daß wir eine Wanze verstecken werden? Warum hast du da nicht gefragt?«

Elinor ließ sich nicht einschüchtern. »Weil ich es da noch nicht so richtig begriffen hatte. Ich meine, was das heißt, ein Telefon abzuhören. Und Sherry hat mir nur gesagt, daß du Versicherungsdetektiv bist und mir 3000 Dollar dafür zahlst, daß ich mich einen Monat lang als deine Frau ausgebe, weil du das für einen Fall brauchst, an dem du arbeitest. Aber sie hat niemals ...«

»Und mir«, schnitt Jake ihr das Wort ab, »hat sie gesagt, sie schickt mir eine Freundin, die starke Nerven und viel Talent hat und das Geld dringend braucht. Willst du mir jetzt erzählen, daß sie sich in dir getäuscht hat? Oder willst du nur einen größeren Vorschuß rauskitzeln, jetzt, wo du mich in der Falle hast? Jetzt, wo die Thorens glauben, daß du meine Frau bist?«

Elinor machte ein entsetztes Gesicht. »Auf so eine Idee wäre ich nie gekommen.«

»Freut mich zu hören. Und hämmere dir das in dein hübsches Polackenköpfchen. Wenn wir ein Telefon abhören, um einem Versicherungsbetrüger das Handwerk zu legen, dann ist das nur illegal, wenn wir uns dabei erwischen lassen. Und wir lassen uns nicht erwischen. Und jetzt bring mir den Koffer aus dem Wagen.«

Als sie noch immer zögerte, brachte er sie mit einem Schubs auf den Weg. »Und stoß nirgendwo an damit. Geh mit ihm um, als ob er aus Glas wäre.«

In dem Koffer befand sich das größte seiner Tonbandgeräte. Außer diesem IBM Executary, dem Schmuckstück seiner Sammlung, hatte er noch zwei Miniaturgeräte und ein Aktentaschenmodell von Continental dabei. Bevor er den Telefonhörer vor das Induktionsmikrofon von IBM stellte, vergewisserte er sich kurz, daß das Tischgespräch am anderen Ende noch im Gange war. Das war es. Er schaltete auf Aufnahme und überließ die Thorens dem Gerät.

Kapitel 3

»Und jetzt?« fragte Elinor.

»Jetzt holen wir die übrigen Sachen aus dem Wagen und machen es uns gemütlich.«

»Würdest du mir wohl zuerst netterweise verraten, auf was für eine Sache ich mich da eingelassen habe? Wenn ich sonst irgendwo auftrete, bekomme ich immer vor der Probe gesagt, worum es in dem Stück geht - auch wenn ich nur eine klitzekleine Rolle spiele.«

»Zunächst einmal - das ist keine Probe hier. Und dann hatte ich natürlich vor, dir zu sagen, worum es geht, sobald wir uns erst einmal hier häuslich niedergelassen haben. Du wärest nicht effizient einsetzbar, wenn du nicht Bescheid wüßtest.«

»Effizient einsetzbar«, entgegnete Elinor. »Das klingt, als ob ich ein Roboter wäre. Aber zuerst eine kleine Frage vorab - wer will hier die Versicherung übers Ohr hauen? Kermit?«

»Nein«, sagte Jake. »Sein Vater. Ein Bursche namens Walter Thoren, der im vorigen Monat bei einem Autounfall ums Leben gekommen ist.«

»Ums Leben gekommen? Aber wenn er tot ist, was nützt es dir denn da noch . . .?«

»Ich sage doch, ich erzähle es dir später. Und schön eins nach dem anderen, damit du es auch verstehst. Jetzt ziehen wir erst einmal ein.«

Den Koffer mit den Papieren und seiner Ausrüstung brachte er ins Arbeitszimmer. Die übrigen Gepäckstücke standen in einer Reihe auf dem Schlafzimmerboden. Das Schlafzimmer war mit ausdruckslosem gutem Geschmack eingerichtet und verfügte über einen eigenen Ankleideraum und ein eigenes Bad.

Jake war vor Anstrengung der Schweiß ausgebrochen, und er ließ sich auf der Kante des gewaltigen Bettes nieder. »Fühlt sich gut an«, sagte er. »Versuch's mal.«

Elinor blieb stehen. »Nein danke. Ich glaube es dir auch so.«

»Miss Majeski, haben Sie den Eindruck, daß ich mich Ihnen ungebührlich zu nähern versuche?«

»So was ist ja schon vorgekommen.«

»Hat Sherry dir nicht gesagt, daß ›Hände weg von den Assistentinnen‹ mein eherner Grundsatz ist?«

»Ja, schon.« Vorsichtig ließ Elinor sich eine Armlänge von ihm entfernt auf dem Bett nieder. »Hör mal, ich mache das alles zum ersten Mal. Da mußt du doch verstehen, daß ich ein bißchen nervös bin, oder?«

Jake entgegnete: »Was dich nervös macht, ist die Frage, wann ich versuche, dich ins Bett zu zerren. Ich versuche es nicht. Und damit wäre das erledigt.«

»Na gut, aber wie richten wir uns denn dann ein? Ziehst du in das Zimmer nebenan?«

»Schon nach den ersten paar Monaten Ehe mit einer göttlichen Venus wie dir? Nein, ich ziehe nirgendwohin. Meine Kleider bleiben hier drin, und keine von den Türen wird abgeschlossen. Aber ich schlafe auf der Couch im Arbeitszimmer. Und denk daran, daß dort niemals irgendwelches Bettzeug zu sehen sein darf. Ich mache es mir zurecht, wenn ich schlafen gehe.«

Elinor runzelte die Stirn. »Du tust, als ob jetzt schon jemand hier Verdacht geschöpft hätte.«

»Ich will es mal so sagen: Die Thorens haben allen Grund, bei jedem Fremden, der plötzlich hier auftaucht, verdammt mißtrauisch zu sein. Wir müssen in Kontakt mit dieser Familie kommen. Wir müssen dafür sorgen, daß sie uns an sich heranlassen, und zwar schnell. Wenn sie auch nur einen Moment lang das Gefühl bekommen, daß wir nicht koscher sind, dann können wir einpacken. Und du weißt nie, wann jemand vorbeikommt, um uns einen Kuchen zu bringen, und sich dabei gründlich umsieht.«

»Wäre es da nicht einfacher gewesen, wenn du es ohne mich gemacht hättest?« fragte Elinor. »Wenn du einfach nur ein Junggeselle wärst, der hier herunter kommt, um in Ruhe und Frieden sein Buch zu schreiben?«

»Nein. Es ist nicht sehr wahrscheinlich, daß ein munterer 35jähriger Junggeselle wie ich von sich aus in eine wohlanständige Familienwohngegend wie diese hier zieht. Die Thorens hätten wahrscheinlich auf Anhieb gerochen, daß da etwas nicht stimmt, wenn ich ohne deine Begleitung hereinspaziert wäre und meinen

Telefontrick versucht hätte. Die sind raffiniert, und den ersten Ermittler haben sie schon aus dem Rennen geworfen. Aber ich verlasse mich darauf, daß sie so raffiniert dann doch wieder nicht sind, daß sie auf die Idee kommen, sein Nachfolger könnte als frischgebackener Ehemann mit einem süßen kleinen Frauchen im Schlepptau hereinschneien.«

»Na, das beschreibt uns doch bis aufs i-Tüpfelchen«, meinte Elinor trocken. »Gut, du bist der Boß. Sag mir nur, welche von den Kommoden du willst, dann übernehme ich.«

Nachdem alles ausgepackt war, improvisierte sie aus den Grundvorräten, die Jake von dem Makler hatte bereitstellen lassen, ein kleines Abendessen. Sie aßen am Küchentisch. Als Elinor sich setzte, fragte sie: »Was war denn nun mit Thoren? Wie wollte er deine Versicherung betrügen?«

»Durch Selbstmord.«

Elinors Gabel mit Käseomelett blieb mitten in der Luft stehen. »Du machst dich über mich lustig.«

»Ich nicht und auch die New Yorker *Guaranty Life Insurance Company* nicht. Letztes Jahr, am 19. Februar, suchte Thoren ihren hiesigen Agenten auf - wohlgemerkt, das ist wichtig, er kam zum Agenten, nicht umgekehrt - und schloß eine Lebensversicherung über 100 000 Dollar ab, mit Verdoppelungsklausel. Weißt du, was das ist?«

»Man bekommt die doppelte Summe, wenn man bei einem Unfall umkommt.«

»Richtig. Und die Versicherung hat noch eine zweite Klausel hinzugefügt, nämlich daß die Police erst ein Jahr nach Vertragsabschluß wirksam wird. Stichtag war der 19. Februar diesen Jahres. Zwei Wochen später kommt Thoren bei einem Verkehrsunfall um.«

»Verstehe. Wenn es Selbstmord war, braucht die Versicherung nicht zu zahlen. Da ist kein Aufwand zu hoch, um den Selbstmord zu beweisen.«

»So würde ich das nicht sagen. Menschen, die unmittelbar, nachdem ihre große Lebensversicherung mit Verdoppelungsklausel in Kraft getreten ist, eines gewaltsamen Todes sterben, sind sozusagen von Natur aus verdächtig. Und im Falle Thoren war es mehr als nur der Todeszeitpunkt, der die Sache für die *Guaranty* verdächtig machte. Nach dem Polizeibericht fuhr er mit ungefähr 150 Stundenkilometern, als er an jenem Samstag gegen Mitternacht von der

Straße, hier vom MacArthur Causeway, abkam und gegen einen Baum prallte. Doch Leute, die Thoren kannten, sagen, sie hätten niemals erlebt, daß er so schnell gefahren sei, und außerdem sei er ein erstklassiger Fahrer gewesen.«

»Und deshalb hat die Firma dich hergeschickt, damit du herausfindest, was wirklich vorgefallen ist.«

»Falsch«, entgegnete Jake. »Die Firma schickt mich nirgendwo hin, weil ich nämlich gar nicht bei ihr angestellt bin, und auch sonst bei niemandem. Ich arbeite ganz auf eigene Faust. Ich investiere meine eigene Zeit und mein eigenes Geld in einen Fall. Bezahlt werde ich nur, wenn ich ihn knacken kann.«

Elinor war verblüfft. »Soll das heißen, das ganze Geld, das du auslegst, also meine 3000, das Auto und die Miete für das Haus, das zahlst du alles aus eigener Tasche?«

»Jeden Cent davon.«

»Aber ich dachte, du hast ein Spesenkonto, so wie das immer ist. Aber so ... Na, ich nehme an, du weißt hundertprozentig, daß es Selbstmord war, oder?«

»Daß ich etwas weiß, nützt mir überhaupt nichts. Nur für Beweise gibt es Geld. Aber du hast schon recht, es war Selbstmord. Ein Kollege von der *Guaranty* ist dahintergekommen. Johnny Maniscalco, mein Kontaktmann. Leiter der Ermittlungen für die Firma und ein sehr gewitzter Bursche. Die Polizei hatte es als Unfall deklariert, aber der Zeitpunkt und die Tatsache, daß Thoren als guter Fahrer bekannt war, machten ihn stutzig. Also riet er den Leuten von der *Guaranty,* mit der Auszahlung noch zu warten, und kam her, um sich umzusehen. Er brauchte nur einmal gründlich hinzublicken, da wußte er, daß etwas an der Sache faul war.«

»Wie das?«

»Indem er drei Punkten des Polizeiberichts nachging. Es gab keinerlei Bremsspuren auf der Straße, bei der Autopsie von Thorens Leiche fanden sich keine Hinweise auf Drogen oder Alkohol, und an den Überresten des Wagens war kein technischer Fehler festzustellen. Für die Bullen hieß das, daß Thoren die Kontrolle über den Wagen verloren hatte, entweder weil er ohnmächtig geworden oder am Steuer eingeschlafen war, und das ist ja auch ein vernünftiger Schluß, wenn man keine 200 000 Dollar dafür hinzublättern braucht.

Als erstes hörte Maniscalco sich bei Thorens Arzt um, einem gewissen Freeman, Vater des Freunds der Familie, den du vorhin drüben gesehen hast. Der berichtete ihm, daß er bei Thoren nie von Ohnmachtsanfällen gehört habe.«

»Aber wie ist das mit dem Einschlafen?« fragte Elinor. »Wie könnte man je beweisen, daß das nicht so war?«

»Jetzt kommt Maniscalcos Meisterstück. Als er sich die Unfallstelle ansah, fiel ihm auf, daß die Straße 100 Meter davor eine leichte Biegung macht. Kaum zu merken. Fünf Grad vielleicht. Aber als er es mit seinem eigenen Wagen ausprobierte, stellte er fest, daß er lenken mußte, sonst wäre er von der Straße abgekommen. Das bewies, daß Thoren 100 Meter vor der Unfallstelle noch wach war, das heißt bei den 150 Stundenkilometern, die er fuhr, zweieinhalb Sekunden vor dem Aufprall. Man lenkt nicht, nicht einmal um fünf Grad, wenn man eingeschlafen ist.

Maniscalco ging mit seinen Ergebnissen zur Polizei und wollte sie bewegen, Selbstmord als Unfallursache in ihr Protokoll zu setzen. Als sie es sich angesehen hatten, sagten sie, jawohl, die Möglichkeit eines Selbstmords sei nicht auszuschließen. Doch sei die Wahrscheinlichkeit gering, und wenn er nicht eine überzeugende Antwort auf die entscheidende Frage liefern könne, dann werde er kein Glück bei ihnen haben.«

»Und was war die entscheidende Frage?«

»Warum Thoren sich umbringen sollte. Einen wirklich hieb- und stichfesten Grund dafür.«

»Aber wo so viele Indizien dafür sprechen«, sagte Elinor, »da könnte doch ...«

»So viele sind nicht genug. Ein kluger Polizist überlegt es sich dreimal, ob er einen Unfall als Selbstmord deklariert, ohne daß eindeutige Beweise vorliegen, ganz besonders, wenn es um hohe Versicherungssummen geht. Denn andernfalls kann er sich ausrechnen, daß er sich bald im Zeugenstand vor Gericht wiederfinden wird, und der Anwalt des Versicherungsnehmers reißt ihn dort in kleine Stücke. Und wenn es sich bei dem Unfallopfer um einen gesunden, wohlhabenden, rechtschaffenen Bürger mit guten politischen Verbindungen handelt, gilt das doppelt. Mrs. Thorens Anwalt hat schon alles in die Wege geleitet.«

»Du meinst, sie verklagt die Versicherung auf Zahlung?«

»Aber ja. Die *Guaranty* hat nur noch vier Wochen Zeit, um ihre Einwände geltend zu machen. Und Maniscalco steckt tief drin. Es war schlimm genug, als er die *Guaranty* anwies, die Zahlung zurückzuhalten, denn die wäre fällig gewesen, sobald die Sterbeurkunde und der Unfallbericht vorlagen. Aber als die Familie dahinterkam, weswegen er hier rumschnüffelte, ging es erst richtig los, und sie legten ihm bei jedem Schritt, den er machte, Steine in den Weg. Niemand, den er ansprach, erzählte ihm auch nur ein Wort über Thoren. Es war, als hätte man in ganz Südflorida Sturmwarnung gegeben, daß niemand seinen Namen erwähnen dürfe. Den Leuten kann man das nicht verübeln. So verrückt das klingt, man kann auch bei einem Toten immer noch wegen übler Nachrede verklagt werden. Die *Guaranty* war also vollkommen isoliert, und deshalb zog Maniscalco mich hinzu. Ich bin so eine Art Feuerwehrmann für eine ganze Reihe von Versicherungsgesellschaften.«

»Das verstehe ich nicht«, wandte Elinor ein. »Wenn es für die *Guaranty* so wichtig ist, könnten sie dir doch wenigstens die Spesen zahlen. Sonst könntest du ihnen doch sagen, sie sollen ihren Kram alleine machen.«

»Ich sage ihnen gar nichts. Genaugenommen wissen die gar nicht, wer ich bin, und die wollen's auch nicht wissen. Ganz egal, in was ich hineinrassele, die Chefetage hat nichts damit zu tun. Und so ist es mir auch am liebsten.«

»Wenn du gewinnst. Aber nimm diesen Fall hier. Woher willst du wissen, daß es auch nur das geringste Selbstmordmotiv gab, für das du einen Beweis erbringen könntest?«

»Weil ich überzeugt bin, daß Thoren kein Verrückter war. Und weil ich schon etwas über ihn herausgefunden habe, was mir den ersten Hinweis auf das Motiv liefert.«

Elinors Augen zeigten plötzlich Interesse. »Frauengeschichten?«

»Geldgeschichten. Ich dachte mir, bevor ich Maniscalco zusage, sehe ich mir mal die finanzielle Seite an, denn das war das einzige, was ich aus der Ferne schon tun konnte. Alles, was er wußte, war, daß Thoren offenbar wohlhabend, anständig, glücklich verheiratet und ein guter Vater gewesen war. Eher ein Intellektueller, konnte aber auch mit einem Segelboot umgehen. Und er hat sich ganz groß für soziale Verbesserungen eingesetzt. So eine Art Musterbürger, könnte man sagen.

Das hieß natürlich alles nicht, daß er nicht irgendwie ein Doppelleben geführt haben konnte, aber jedenfalls wußten wir: Wenn er irgendwelche dunklen Geheimnisse gehabt hatte, dann hatte er auch gewußt, wie er sie gut verbergen konnte. Das einzige, was sich leicht feststellen ließ, ohne daß die Familie davon erfuhr, war seine finanzielle Lage. Deshalb habe ich Maniscalco gesagt, wenn ich in dem einen Punkt etwas Interessantes aufstöberte, dann übernähme ich den Fall. Sonst nicht. Und ich habe etwas aufgestöbert.«

»Aber wie hast du das angestellt, ohne daß die Familie davon erfuhr?«

»War gar nicht so schwer, wie es klingt. Mein Glück war, daß es in Florida keine richtige Einkommensteuer gibt, nur eine Art Selbsteinschätzung. Einmal im Jahr gibt man eine eidesstattliche Versicherung ab, in der man sämtlichen Besitz, Kontostände und so weiter angibt, und auf die Summe zahlt man ein zehntel Prozent Steuern. Ich ließ mir von einem Mittelsmann in Tallahassee Kopien von Thorens Erklärungen der letzten Jahre besorgen . . .«

»Einfach so?« fragte Elinor. »Sind die denn nicht geheim?«

»Wie geheim sie sind, hängt davon ab, wieviel man für einen Blick darauf zahlen will. Ich hatte mir sagen lassen, daß Florida ziemlich freizügig in punkto Ethik sei, und es stellte sich heraus, daß das stimmte. Wie dem auch sei. Aus Thorens Angaben konnte man ersehen, daß sein Vermögen bis vor zwei Jahren bei gut über 300 000 Dollar lag. In jenem Januar war es plötzlich auf 250 000 Dollar gesunken. Im Januar diesen Jahres waren es noch 150 000 Dollar, obwohl er nach wie vor ein großes Einkommen aus einer Firma bezog, die ihm früher gehört hatte.

Das war die Fährte, die ich brauchte. Dafür und für die Sache mit dem Unfall, die Maniscalco ausgegraben hatte, lohnte sich für meine Begriffe der Einsatz. Es ist eine gute Chance. Eine gute Chance bedeutet, daß man am Anfang einen Joker in der Hand hat. Bist du soweit mitgekommen?«

»Ja«, sagte Elinor. »Außer in dem einen Punkt, daß du meinst, Thoren habe Geldsorgen gehabt. Mann, du weißt gar nicht, was Geldsorgen sind.«

Kapitel 4

Nach dem Essen blieb sie in der Küche zurück, um sich mit den Geheimnissen der Spülmaschine vertraut zu machen, und er begab sich ins Arbeitszimmer. Im Telefon waren keine Gespräche aus dem Thorenschen Eßzimmer mehr zu hören, und er legte auf. Er war noch mit dem Abhören des Bandes beschäftigt, als Elinor in der Tür erschien.

»Irgendwas Interessantes?« fragte sie.

»Ein Streitgespräch, und wir haben verloren. Kermit wollte eine kleine Begrüßungsparty für uns geben. Joanna war auf seiner Seite, aber die Mama sagte nein.«

»Ist das schlimm? Wird es deine Arbeit behindern?«

»Nein, ich habe ohnehin nicht damit gerechnet, daß es so gut klappt. Bist du mit der Spülmaschine zurechtgekommen? Weißt du jetzt, welcher Knopf wofür ist?«

»Klar«, entgegnete Elinor. »Aber für das Geschirr von nur zwei Personen ist das Ding einfach zu groß. Hör mal, kann ich ein Ferngespräch führen? Ist ja die billige Zeit, und du kannst es mir von der Gage abziehen.«

»Ferngespräch wohin?«

»New York«, sagte Elinor. »Meine Mutter. Und mein Junge. Ich habe ihm versprochen, daß ich heute abend anrufe.«

Jake hatte sich gemütlich in dem großen Drehstuhl am Schreibtisch zurückgelehnt. Nun beugte er sich langsam wieder vor. »Du hast einen Sohn?«

»Ja. Aber du kannst dich darauf verlassen, das hat keinerlei Einfluß darauf, wie ich hier meine Arbeit tue. Und er ist ein prächtiger Bursche. Er ist . . .«

»Du und der Kleine, ihr wohnt bei deiner Mutter?«

»Ja.«

»Was hast du ihr über unseren Ausflug erzählt?«

»Genau das, was Sherry mir gesagt hat: Ich habe für einen Monat einen Vertrag mit einer hiesigen Theatergruppe.«

»Gut, dann bleib dabei. Aber gib deiner Mutter nicht die Telefonnummer und die Adresse von hier. Wenn du Sehnsucht nach ihr hast, dann rufst du sie an. Du kannst das Telefon im Schlafzimmer haben. Wenn du fertig bist, kommst du wieder her. Ich will dir zeigen, wie man mit diesen Geräten hier umgeht.«

Elinor regte sich nicht.

»Nun?« fragte Jake.

»Nichts.« Ihre Stimme klang matt. »Ich brauche nicht lange. Bin gleich wieder da.«

Ein paar Minuten später war sie zurück und hörte aufmerksam, doch mit reglosem Gesicht und in einer kühlen, abwesenden Art zu, wie Jake ihr jedes seiner Geräte genau erläuterte. Als er sie aufforderte zu zeigen, was sie gelernt hatte, sah er zu seiner Freude, daß sie schnell von Begriff war und geschickte Finger hatte. Als er ihr ein Kompliment dafür machte, zuckte sie nur teilnahmslos die Schultern. »Kann ich jetzt schlafen gehen? Es war ein langer Tag.«

Er reichte ihr eine Mappe mit Papieren. »Lies dir das erst noch durch. Da steht alles drin, was du über mich wissen mußt, wenn du dich mit anderen unterhältst. Präge es dir gut ein. Nicht, daß wir uns da vor den Augen der anderen verheddern.«

Als er allein war, machte er sich an den Aufbau der Requisiten. Die Reiseschreibmaschine offen auf den Tisch, Wörterbücher daneben, eine Schachtel Manuskriptpapier und ein Dutzend getippter Seiten rund um die Maschine arrangiert. Ein getipptes Blatt spannte er ein, als Beweis dafür, daß der Autor an der Arbeit war.

Nachdem die Bühne für die Zeit ihres Aufenthalts dekoriert und die übrige Ausrüstung im Schrank verschlossen war, ließ er sich am Schreibtisch nieder und wählte Maniscalcos Privatnummer in New York. Der hob beim ersten Klingeln ab.

»Manny?« fragte Jake.

»Ja, was denkst du denn?« antwortete Maniscalco. »Hat das mit dem Kontakt geklappt?«

»Ja.«

»Stimmte der Bericht über den Thoren-Haushalt?«

»Bis jetzt ja.«

»Wunderbar.« Maniscalco war schlechter Laune. »Dann ist wenigstens an dem Haus nichts verändert worden, seit ich den Bericht verfaßt habe. War sein Sohn da?«

»Der war da.«

»Du weißt doch, was ich meine«, sagte Maniscalco. »Hat Sherry ihn eingewickelt? Nach allem, was ich über diesen Hengst gehört habe, ist sie doch genau sein Typ.«

»Kann schon sein, aber Sherry ist nicht da. Kurz bevor ich zum Flughafen fuhr, hat sie angerufen und mir gesagt, daß sie heute heiratet. Sie hat eine Freundin geschickt, die sich um die Sache kümmert.«

»Um Himmels willen!« Maniscalco explodierte. »Was denkt die sich denn eigentlich! Was für eine Freundin? Irgendein altes Huhn?«

»Nein, eine, die so etwas noch nie gemacht hat. Ein Mädchen, mit dem sie in ein paar von den Off-Broadway-Theatern aufgetreten ist. Echte Schönheit, aber keinerlei Erfahrung. Sie wird's bei der Arbeit lernen müssen. Aber die schafft's schon.«

»Hoffentlich lernt sie nicht zuviel«, warnte Maniscalco. »Sherry konnte man immer vertrauen. Wie weit kannst du dieser hier trauen, wenn sie dahinterkommt, daß es sich vielleicht auszahlt, ein doppeltes Spiel zu spielen?«

Jake lachte. »Du bringst wirklich den Pessimismus in Verruf, Manny. Überlaß die Sorgen über die Belegschaft hier unten ruhig mir. Was ich von dir wissen will, ist nur, was du über Thorens Aktivitäten am Börsenmarkt herausgefunden hast. Du hast doch gesagt, bis heute weißt du Bescheid.«

»Tu' ich auch. Ungefähr einmal im Monat hat er Aktienpakete verkauft. Es fing vor anderthalb Jahren an, zunächst Verkäufe für um die 2000 Dollar monatlich, nach einem halben Jahr war es auf 8000 gestiegen. Zum letzten Mal hat er dieses Jahr im Januar verkauft. Das war für 10000.«

»Was war mit dem Geld? Ist das seinem Konto gutgeschrieben worden, oder hat er es direkt bekommen?«

»Ganz, wie du dir gedacht hast. Er hat es sich jeweils auszahlen lassen. Die Schecks sind dort unten für ihn eingelöst worden, bei der Biscayne National Bank. Aber trotzdem, Jake, ist das noch kein Beweis dafür, daß er erpreßt wurde. Schließlich könnten es auch Spielschulden sein, oder? Da unten wird großes Geld umgesetzt.«

»Daß es immer eine bestimmte Menge war, verrät uns, daß es Erpressung war, Manny, und wenn du nicht noch auf etwas stößt, das beweist, daß es anders war, werde ich davon ausgehen. Wenn du etwas Neues hörst, denk dran, mir Bescheid zu geben.« Er gab Maniscalco die Nummer durch. »Aber nicht zu früh und nicht zu oft. Und Post überhaupt nicht.«

»Ganz, wie du willst, Jake. Aber denk dran, daß ich ziemlich in der Klemme sitze, jetzt, wo ich die *Guaranty* veranlaßt habe, die Zahlung auszusetzen. Die Luft wird täglich dünner. Und dieses Mädchen, Jake, das du da bei dir hast. Wenn die erst mal begreift, daß sie etwas hat, was sie den Thorens verkaufen kann ...«

»Keine Sorge, mein Lieber«, sagte Jake und legte den Hörer auf.

Er nahm eine Mappe aus einem Aktenkoffer. In der Mappe befand sich eine Kopie der Versicherungspolice, die Thoren von der *Guaranty* bekommen hatte. Er schlug die Seite mit dem Fragebogen auf und ging, wie er es schon ein Dutzend Mal getan hatte, die vorgedruckten Fragen und Thorens handschriftliche Antworten durch. Thoren hatte eine winzige, äußerst disziplinierte Handschrift gehabt. Nicht die Handschrift einer Spielernatur, hatte der hochbezahlte Graphologe gesagt, dem Jake sie zur Analyse vorgelegt hatte, doch nicht einmal er, ein alter Hase, der für einige der angesehensten Strafanwälte New Yorks arbeitete, hatte sich darauf festlegen wollen. Es gab nicht genügend Anhaltspunkte, es konnte Faktoren geben, von denen man nichts wußte.

Jake fiel etwas ein. Er legte die Mappe fort und ging ins Schlafzimmer. Elinor lag, züchtig in einen Pyjama gehüllt, auf dem Bett und studierte die Papiere, die er ihr gegeben hatte. Sie blickte zu ihm auf.

»Wie ich sehe, gehört es nicht zu den Grundsätzen des Hauses, an die Tür zu klopfen, bevor man eintritt«, sagte sie kühl.

»Nein«, sagte Jake. »Und hier gibt es auch kein Gekreische und kein idiotisches Getue, wenn einer von uns zufällig den anderen mit blankem Popo zu sehen bekommt. Jetzt, wo wir das geklärt haben, will ich etwas über deinen Sohn wissen. Wie alt ist er?«

»Das willst du wirklich wissen?« fragte Elinor mißtrauisch.

»Ja.«

Ihre Miene hellte sich auf. »Na ja, er ist ja erst drei, aber er ist einer von diesen Jungs, die ...«

»Aber sicher. Was ich wissen will, ist, ob du von der Geburt irgendwas am Bauch zurückbehalten hast. Schwangerschaftsstreifen.«

»Schwangerschaftsstreifen? Was geht dich das denn an?«

»Die Badesachen, die du vorhin ausgepackt hast, das waren alles Bikinis. Damit hältst du irgendwelche Streifen, die du womöglich hast, den Thorens direkt unter die Nase. Besonders Mrs. Thoren, die ja wahrscheinlich einen Blick für so was hat. Also, wenn du Streifen hast, dann müssen wir entweder meine Biographie, die du da gerade liest, umschreiben oder dir Einteiler besorgen. Sehen wir mal nach.«

»Das brauchst du nicht«, sagte Elinor mit zusammengebissenen Zähnen. »Du kannst dich darauf verlassen, daß keine Streifen da sind.«

»Bei diesem Spiel kann ich mich auf nichts verlassen, Miss Majeski«, sagte Jake mit ruhiger Stimme. »Nicht bei dem Einsatz. Also jetzt, hoch mit der Jacke.«

Etwas an seinem Tonfall brachte sie dazu, es zu tun. Sie wurde immer wütender und zog dann, ohne daß er etwas sagte, den Hosenbund herunter, bis die goldenen Kringel ihrer Schamhaare über dem Gummi erschienen. Auf dem runden Bauch waren keinerlei Streifen zu sehen.

»Nun?« sagte sie und zupfte ihre Kleider wieder zurecht.

»In Ordnung.« Er wandte sich zum Gehen, doch als sie sagte: »Na, ich bin froh, daß wenigstens etwas in Ordnung ist«, drehte er sich wieder um. »Was soll das heißen?«

»Nichts.«

»Mach mir nichts vor. So wie du das gesagt hast, wolltest du doch auf irgendwas hinaus. Und seit einer Stunde spielst du hier die beleidigte Leberwurst. Was ist denn in dich gefahren?«

»Wenn du es wirklich wissen willst, es geht darum, daß du so ärgerlich warst, als du erfuhrst, daß ich ein Kind habe. Du hättest mich nicht engagiert, wenn du vorher von dem Kind gewußt hättest, stimmt's?«

»Ich hatte ja keine große Wahl, so wie Sherry mir dich in letzter Minute angehängt hat. Aber wenn ich's mir hätte aussuchen können, nein, dann hätte ich dich nicht engagiert. Kinder lenken einen ab, selbst wenn sie 2000 Kilometer weit fort sind. Ein krankes altes Mütterlein im Hospital lenkt einen ab. Ein Mann oder Verehrer lenkt einen ab, wenn er einem wirklich was bedeutet. Und bei dieser Arbeit hier kann man sich keine Ablenkung leisten. In jeder einzelnen Sekunde muß man sich auf das konzentrieren, was man macht. Ein falsches Wort, einmal falsch mit den Wimpern geklimpert, und ich bin um mindestens

10000 Dollar ärmer, ohne daß ich irgendwas dafür gekriegt hätte. Wenn dem Bengel die Nase läuft ...«

»Glauben Sie mir, Mr. Dekker«, sagte Elinor, »wenn ihm die Nase läuft, dann werden Sie der letzte auf der Welt sein, der davon erfährt.«

Kapitel 5

Er erwachte früh, zog den Vorhang des Arbeitszimmerfensters auf und ließ den Blick über die sonnenbeschienene Weite der Biscayne Bay schweifen. So weit er blicken konnte, reichte der Rasen bei jedem Haus bis hinunter ans Wasser, und dort gab es jeweils einen Anlegesteg, an dem meist ein oder zwei kleine Boote lagen. Auf dem Steg des Nachbarhauses kauerte ein Mann auf Händen und Knien und war wahrscheinlich mit der Takelage für das Segelboot beschäftigt, das dort festgemacht war.

Jake nahm das Bettzeug von der Couch und stopfte es in den Wandschrank des Arbeitszimmers. Elinor schlief noch, als er ins Schlafzimmer kam. Sie war ganz unter ihren Laken zusammengerollt und hatte den Kopf unter das Kissen gesteckt. Sie schlief auch noch, als er in ausgebleichten Baumwollhosen, Hawaiihemd und Sandalen aus dem Haus ging.

Unter einer der Palmen des Circular Drive hielt ein Lastwagen mit ausfahrbarer Arbeitsplattform. Hoch oben auf der Plattform stand ein Mann und schwang zwischen den Wedeln etwas, das wie eine Machete aussah. »Vorsicht da unten«, rief der Mann, und drei oder vier Kokosnüsse fielen mit dumpfem Schlag auf die Fahrbahn, gefolgt von Palmwedeln. Eine der Nüsse kam über die Straße gerollt, und Jake ging hin, um sie aufzuheben.

Er wog sie in der Hand, und sie war schwer wie Blei. Der Lastwagenfahrer hatte ihn beobachtet und sagte: »Die ist reif. Die können Sie essen, wenn Sie wissen, wie Sie sie aufbekommen. Das Problem ist nur, bis man die aufhat, ist man so fertig, daß man sie nicht mehr mag.«

Jake ging zu ihm hinüber. »Sind Sie dafür zuständig? Sie holen sie runter, bevor sie von selbst herunterkommen und jemandem auf den Kopf fallen?«

»Das machen wir.«

»Ist das schon mal passiert, daß einer eine abbekommen hat?«

»Soviel ich weiß, noch nie. Autos manchmal. Das hört man vielleicht einmal im Jahr. Irgendein Blödian läßt seine Karre über Nacht unter so 'ner Palme stehen. Wenn er morgens wiederkommt, hat sie 'ne Beule im Dach.«

»Könnte aber doch noch viel schlimmer kommen, wenn es ihn beim Fahren trifft«, meinte Jake. »Der würde einen Riesenschrecken bekommen. Womöglich die Kontrolle über den Wagen verlieren.«

Der Fahrer schüttelte den Kopf. »Denkbar wär's schon, aber ich habe noch nie gehört, daß so was vorgekommen ist. Sind Sie die Leute, die im Haus de Burgo eingezogen sind?«

»Ich bin die Leute«, bestätigte Jake.

»Sie haben ja selbst vier Kokospalmen da hinten auf dem Grundstück. Wir kommen im Laufe der Woche vorbei und kümmern uns darum.«

»Danke.«

»Von wegen danke«, sagte der Fahrer. »Die Daystar-Gesellschaft berechnet Ihnen zehn Dollar pro Baum dafür. Aber setzen Sie sich lieber nicht unter eines von diesen Pflänzchen, bevor wir da waren.«

Jake warf einen Blick auf die Palmen, als er wieder im Garten war, und da standen sie. Zwischen ihnen wuchs eine einzelne Königspalme, an der ein buntgefiederter Specht hämmerte. Der Rasen war aus einem kräftigen, großblättrigen Gras, makellos getrimmt und noch feucht vom nächtlichen Tau. Hier und dort waren große Rabatten angelegt, deren Blumen in mindestens ebenso bunten Farben schillerten wie der Specht.

Der Nachbar, der mit der Takelage seines Segelboots beschäftigt gewesen war, vertäute diese nun an Bord. Er kletterte gerade wieder heraus auf den Steg, als Jake herankam. Er war ein kräftiger Mann, dessen Gesichtszüge wirkten, als seien sie für seinen Kopfumfang zu klein geraten, und er trug nichts außer Bermudashorts. Sein haarloser, weich wirkender Körper war von der Sonne hellrot verbrannt; Nase und Lippen waren mit einer weißen Tinktur eingeschmiert.

Als Jake sich dem Mann vorstellte, sagte er: »Ja, ich habe gehört, daß Sie kommen. Ich heiße Webb. Milt Webb. Sagen Sie, ist das wahr, Sie sind Schriftsteller?«

»Jedenfalls sagt mir mein Verleger das immer.«

»Ich finde, Sie sehen eher wie ein Football-Profi aus.« Webbs kleiner Schmollmund verzog sich zu einem Lächeln. »Und ich muß zugeben, ich bin erleichtert.«

Jake erwiderte das Lächeln. »Was haben Sie denn erwartet? So eine Art Hippie?«

»Das weiß man doch heutzutage nie. Aber große Sorgen habe ich mir nicht gemacht. McCloy sucht sich die Leute genau aus, die er als Mitglieder für unsere Gesellschaft vorschlägt. Das gibt nichts als Ärger für alle Beteiligten, wenn jemand schon eingezogen ist, und dann stimmen die anderen gegen ihn, und er muß wieder seine Koffer packen. Im Augenblick haben Sie gemietet, nicht wahr?«

»Sechs Monate, Vorkasse«, bestätigte Jake. »Auf den Kaufpreis anzurechnen.«

»Tragen Sie sich mit dem Gedanken zu kaufen?«

»Jetzt, wo ich das Haus gesehen habe, schon. Das ist der erste Blick, den ich darauf werfe. Ich habe es über einen Makler gemietet.«

»Ich weiß. Na, wo wir uns nun kennengelernt haben, kann ich Ihnen eins verraten. Sie werden keine Probleme haben, wenn Sie vor den Mitgliedsausschuß treten.«

»Je früher, desto besser«, sagte Jake.

Webb schüttelte mit düsterer Miene den Kopf. »Allzu schnell wird es nicht gehen. Der Ausschuß muß vollständig zugegen sein, alle fünf Mitglieder. Im Augenblick gibt es nur vier. Einer ist vor kurzem ums Leben gekommen. Autounfall.«

»Schlimme Sache«, meinte Jake.

»Das kann man wohl sagen«, versicherte Webb ihm düster. »Fürchterliche Geschichte. Einen anständigeren Menschen kann man sich kaum vorstellen, gerade erst 53 oder 54, so gesund und munter wie Sie, und dann – aus!« Er schnippte heftig mit den Fingern. »Walter Thoren. Ein großer Verlust für uns.«

»Thoren?« fragte Jake. »Meine Güte, und wir sind da einfach so hineingepoltert . . .«

»Was?«

»Gestern abend. Ich konnte das Haus nicht finden. Deshalb habe ich dort angehalten und gefragt. Meine Frau und ich müssen bald eine halbe Stunde drin gewesen sein. Und sie waren so freundlich zu uns. Wenn ich gewußt hätte, daß es ein Trauerhaus ist . . .«

»Oh. Na, vielleicht trauern sie nicht mehr ganz so sehr. Es ist jetzt einen Monat her. Nicht daß Charlotte – Mrs. Thoren – Ihnen nicht in jedem Falle behilflich gewesen wäre, ganz gleich, wie ihr zumute war. Eine wunderbare Frau. Und er war ein wunderbarer Mann. Unter Millionen findet man nur einen von der Sorte. Was das für ein Schlag war, als ich erfuhr, daß er nicht mehr am Leben ist!«

»Die Kinder scheinen auch nett zu sein«, fügte Jake noch hinzu. »Sah für meine Begriffe ganz nach guter altmodischer Kinderstube aus.«

Webb machte einen Moment lang einen Schmollmund, als wolle er eine Fliege von seiner Oberlippe vertreiben. »Die haben sie auch gehabt. Aber Kinder heutzutage ...« Er wies mit dem Daumen auf das Boot. »Kommen Sie an Bord, und ich gieße uns ein Gläschen ein. Oder haben Sie etwas dagegen, Ihren Tag mit einem Glas Saft mit Wodka zu beginnen?«

»Nichts, was ich mir nicht ausreden ließe«, sagte Jake.

Webb lehnte sich in dem sanft schaukelnden Boot zurück, den Grapefruitsaft mit Wodka in der Hand, und sagte: »Es ist komisch, aber ich brauche einen Drink, sobald das Thema heutige Jugend aufkommt. Meine Kinder haben mir auch ganz schön Kopfzerbrechen bereitet. Aber die sind Gott sei Dank beide verheiratet und stehen auf eigenen Füßen. Naja, fast auf eigenen Füßen.«

»Sie meinen, Mrs. Thoren kann das von ihren noch nicht behaupten?«

»Die arme Frau. Nein, das kann sie wirklich nicht. Aber Walter hat mehr darunter gelitten als sie. Charlotte nimmt die Dinge leicht. Walter war anders. Er hatte strenge Grundsätze. Tolerant, das schon. Aber es gab Grenzen. Sie verstehen, worauf ich hinauswill?«

»Ich fürchte nein«, sagte Jake.

»Na, es ist ja kein Geheimnis.« Er machte eine ausholende Geste in Richtung Miami Beach. »Jerusalem. Das war deutlich genug, oder? Juden, wohin man tritt. Und wenn Ihr eigen Fleisch und Blut hereinspaziert kommt und Ihnen verkündet, daß es da einheiraten will ...«

»Der Sohn?« fragte Jake.

»Nein, die Tochter. Joanna.«

»Ah ja. Da war gestern abend ein junger Bursche namens Freeman zu Besuch. Ist das der Herr, um den es geht?«

»Das ist er«, bestätigte Webb. »Hal Freeman. Kompliziert wird die Sache dadurch, daß sein Vater für die Thorens und uns und eine

Menge anderer hier draußen seit Jahren Hausarzt ist. Ein guter Arzt, ein freundlicher, vernünftiger Mann, der weiß, wo er hingehört, der über einen guten Judenwitz genauso lachen kann wie andere auch – wie soll man so einem Mann beibringen, daß man seinen Sohn einfach nicht hier haben will? Jedenfalls bestimmt nicht als Papa für die Enkelkinder. Sie können sich vorstellen, in was für einer unangenehmen Lage Walter war.«

»Schwierig«, sagte Jake. »Und wenn der junge Thoren seiner Schwester den Kopf zurechtrückte? Kermit. Manchmal hört ein Mädchen auf einen großen Bruder, auch wenn es sonst auf niemanden hört.«

Webb schnaufte. »Ich will es mal so sagen, Jake. Sie haben doch nichts dagegen, daß ich Sie Jake nenne, oder?«

»Um Himmels willen, nein, Milt.«

»Also, ich will es mal so sagen. Das einzige, woran Kermit interessiert ist – und das habe ich ihm auch schon ins Gesicht gesagt –, ist, aller Welt zu beweisen, daß er der größte Weiberheld der guten alten USA ist. Bei dieser Art von Ärger mit der Familie macht er einem nur noch zusätzliche Sorgen. Genaugenommen ist er sogar derjenige, der den jungen Freeman ins Haus gebracht hat. Sie waren Schulkameraden, und dann sind sie zusammen auf die Universität von Miami gegangen und so weiter. Eins muß ich ihm zugestehen. Ich persönlich habe den Eindruck, daß der Junge mit der Geschichte selbst nicht ganz glücklich ist. Doch als ihm erst einmal klar war, daß sein Vater sich mit allen Mitteln dagegen sträubte, na, da mußte er es dem alten Herrn natürlich zeigen. Er und Walter sind niemals miteinander ausgekommen.«

»Sie hatten keinen Draht zueinander«, sagte Jake.

»Ja genau, so heißt das bei euch Schriftstellern heutzutage, nicht wahr?« Webb trank sein Glas aus, machte sich ein zweites zurecht und goß Jake ebenfalls nach. »Obwohl es nicht nur Kermits Fehler war. Ganz und gar nicht. Wenn es jemals einen Menschen gab, der am liebsten den Mund hielt, dann war es Walter. Fragte man ihn etwas, bekam man auch eine Antwort. Aber sonst, ob's bei den Kindern war oder anderswo, war er der große Schweiger.«

»Das ist nicht gut«, sagte Jake.

»Vielleicht nicht.« Webb trank sein halbes Glas in einem einzigen langen Zug aus. »Aber andererseits, wer kann das schon wissen? Jedenfalls, wenn er was zu sagen hatte, dann hat auch jeder die Ohren gespitzt. Ein geborener Führer, der Mann, und er hat es nicht mal drauf angelegt. Vorsitzender des Mitgliedsausschusses hier, großes Tier beim Bürgerbund für Stadtplanung drüben am Beach.«

»Was planen die?«

»Oh, sie versuchen zu verhindern, daß ganz Miami Beach von den Grundstücksspekulanten geschluckt wird. Den Leuten, die die Hotels und Hochhäuser bauen. Der Bürgerbund hat immer versucht, jene Lücken der Baugesetzgebung zu stopfen, durch die jeder, der genug Geld hat, schlüpfen kann, wenn er jemandem ein Apartmenthaus in den Garten stellen will. Sie haben versucht zu verhindern, daß die Hotelketten die Küste noch mehr verschandeln, als sie es ohnehin schon getan haben. Wenn Miami Beach auf den Hund kommt, drückt das ja schließlich auch bei uns den Marktwert. Aber es ist nur ein Verein. Er hat keinerlei Macht, die harten Burschen aufzuhalten, wenn sie sich etwas in den Kopf gesetzt haben.«

»Trotzdem werden sie Thoren wahrscheinlich nicht besonders gemocht haben«, sagte Jake. »So jemand kann den harten Burschen ganz schön die gute Laune verderben.«

»Ja, ab und zu vielleicht schon. Nicht daß das Walter etwas ausgemacht hätte. Der kannte keine Angst. Bert McCloy hat sogar mal mit mir darüber gesprochen, wie gut es für uns wäre, wenn wir ihn als Bürgermeisterkandidat der Unabhängigen aufstellen würden. Aber wie ich Bert damals gesagt habe, muß man die Dinge sehen, wie sie sind. Wenn es darum geht, wer in Miami Beach das Sagen hat, und wenn man da nicht zum Erwählten Volk gehört – Sie wissen, was ich sagen will?«

»Ich weiß, was Sie sagen wollen«, sagte Jake.

Kapitel 6

Als er wieder ins Haus kam, saß Elinor noch immer im Pyjama am Küchentisch und hatte die Seiten mit den biographischen Daten vor sich ausgebreitet.

»Schon gefrühstückt?« fragte Jake.

»Nein, ich habe auf dich gewartet, wie es sich für eine brave kleine Ehefrau gehört. Ich habe durchs Gartenfenster gesehen, wie du mit dem Mann drüben geredet hast. Wer ist das?«

»Unser Nachbar. Ein gewisser Milt Webb. Muß man sich warmhalten.«

»Wieso das?«

»Trinkt eine Menge, regt sich über alles auf. So jemand redet viel. Manchmal sagen solche Leute Sachen, bei denen sich das Zuhören lohnt.«

»Und hat er?«

»Jawoll. Es geht ihm an die Nieren, daß Joanna Thoren den jungen Freeman, den du gestern abend bei ihnen gesehen hast, heiraten will. Freeman ist Jude.«

»Oh. Aber was geht ihn das an?«

»Nun, einmal abgesehen von seiner Zuneigung zu den Thorens, von der er zu oft redet, als daß man sie ihm abnehmen würde; was nach drei kräftigen Portionen Wodka mit Grapefruitsaft ans Tageslicht kam, war, daß Joanna wahrscheinlich die Hälfte des Vermögens erbt, wenn ihre Mama das Zeitliche segnet. Das heißt, am Ende könnte ihr jüdischer Ehemann es sich direkt hier auf Daystar Island Nummer Zwei als Nachbar der Webbs bequem machen. Und was kann man rein rechtlich schon dagegen tun?«

»Meine Güte«, sagte Elinor. »Wenn er keine anderen Sorgen hat . . .«

»Oh doch, Milt schon. Er macht sich auch große Sorgen wegen der Kubaner, die Castro durch die Lappen gegangen sind und sich drüben in Miami, auf der anderen Seite der Bucht, niedergelassen haben. Er weiß nämlich ganz genau, daß sie die Macht in Miami an sich bringen wollen, genau wie die Juden sich Miami Beach unter den Nagel gerissen haben. Der arme Milt hat eine ganze Reihe solcher Sachen, die ihm Kummer bereiten. Kein Wunder, daß er den Tag mit einem Eimer Wodka beginnen muß.«

»Für mich klingt das, als wäre er nur ein ganz gewöhnliches kleinkariertes Großmaul«, entgegnete Elinor. »Wir müssen uns doch nicht wirklich mit ihm anfreunden, oder?«

»Nur so sehr, wie es sein muß. Und jetzt will ich dich etwas fragen. Was meinst du, wie groß ist die Wahrscheinlichkeit, daß ein Mann wie Walter Thoren Selbstmord begeht, weil seine Tochter ihm eröffnet, daß sie einen Juden heiraten will?«

Elinor zuckte die Achseln. »Woher soll ich das wissen? Ich weiß doch so gut wie nichts über ihn.«

»Nach dem wenigen, was du über ihn weißt.«

»Na, ich kann mir überhaupt nicht vorstellen, daß jemand aus so einem Grunde Selbstmord begeht. Es sei denn, er wäre von Anfang an nicht ganz klar im Kopf. Und du hast mir ja gesagt, das sei bei Thoren nicht so gewesen.«

»Nein, mit Sicherheit nicht. Und die statistische Wahrscheinlichkeit, daß jemand sich umbringt, weil sein Kind in eine andere Glaubensgemeinschaft oder in eine andere Rasse heiratet, ist gleich null. Mord aus solchen Gründen, das schon. Aber kein Selbstmord.«

»Willst du damit sagen, daß es selbst für so was Statistiken gibt?« fragte Elinor.

»Es gibt für praktisch alles Statistiken. Und man kommt ziemlich schnell dahinter, welche für einen wichtig sind, wenn man sich damit seine Brötchen verdient.« Jake wies auf die Papiere auf dem Tisch. »Wie geht's denn voran mit meiner Lebensgeschichte? Alles schön im Köpfchen gespeichert?«

»Ja. Willst du mich abfragen?«

»Im Augenblick nicht. Zuerst das Frühstück. Und den Kaffee doppelt stark. Die einzige Art, wie ich Milt am Reden halten konnte, war Glas für Glas mitzutrinken, und das auf nüchternen Magen.«

Elinor ging zum Kühlschrank. »Viel ist nicht mehr da. Wir haben nur das, was es gestern abend auch schon gab. Eier und Käse.«

»Dann mach das.«

Sie tat es. Beim Essen sagte sie: »Als erstes muß ich heute morgen einkaufen gehen. Du scheinst ja eine Schwäche für Käseomelett zu haben, aber ich nicht. Wenn ich den Wagen haben kann ...«

»Nein. Das geht nicht. Wenn du unterwegs Ärger hast, verrät dein Führerschein deinen Namen und deine Adresse. Da fällt mir ein - du mußt deine Handtasche durchsehen und mir alles geben, wo dein Name und deine Adresse draufstehen. Ich schließe es weg, bis wir hier fertig sind. Einkaufen fahren wir heute nachmittag. Im Augenblick gibt's Wichtigeres zu tun.«

»Zum Beispiel?«

Jake warf einen Blick auf die Uhr. »Es ist beinahe zehn. Wenn das Wetter schön ist, versammeln sich die Thorens jeden Vormittag gegen elf für ein Weilchen an ihrem Swimmingpool. Um elf Uhr 30 wirst du einen Spaziergang am Ufer machen und sie dort treffen.«

»Und wenn nicht? Ich meine, wenn ich sie da nicht finde?«

»Die Statistik sagt, daß du sie finden wirst. Wichtig ist, daß du mit Mrs. Thoren ins Gespräch kommst. Die Sache mit dem Einkauf ist geradezu perfekt. Du bist neu hier in der Gegend und dankbar für jeden Tip, wo man am besten kauft. Es geht nichts darüber, jemanden um Rat zu fragen, wenn man sich mit ihm anfreunden will. Und wenn du das geschafft hast und so, wie du Kermit schon um den Finger gewickelt hast, solltest du ihnen eigentlich eine Einladung zum Mittagessen aus der Nase ziehen können. Genauer gesagt, du wirst nicht lockerlassen, bis du sie hast.«

»Und dann?«

»Dann wird es ein wenig schwierig. Du mußt ihnen zu verstehen geben, daß du mit Freuden zum Essen bliebest, daß aber dein armer Mann ganz allein an seiner Schreibmaschine sitzt. Bring sie irgendwie dazu, mich auch noch einzuladen. Dann rufst du mich an, und ich komme sofort rüber. Wenn wir unsere Karten gut ausspielen, sollten wir es so einrichten können, daß mindestens einer von uns jeden Tag mal ein Weilchen drüben ist.«

»Meinst du wirklich? Das glaube ich nicht. Das ist doch ganz und gar nicht die Art von Leuten, die ein offenes Haus hält.«

»Ich weiß«, sagte Jake, »aber sie haben einen Swimmingpool und wir nicht. Milt Webb hat auch keinen. Wenn erst mal die Sprache darauf kommt, dann müssen sie einfach großzügig sein.«

Elinor dachte eine Weile darüber nach, dann schüttelte sie ungläubig den Kopf. »Und da reden die Leute von Computern. Hast du jede einzelne Minute des ganzen Monats so verplant?«

»Wäre doch schön, wenn das ginge, oder?«

»Also mir wäre das unheimlich. Ich mag Computer nicht besonders. Ich mag lieber Leute.«

»Da kannst du ganz beruhigt sein. Das meiste von unserem Spiel werden wir improvisieren müssen. Übrigens ist gar nicht gesagt, daß wir wirklich einen Monat lang hier bleiben. Womöglich schaffe ich die Sache schon übermorgen, oder sie schafft mich.« Jake sah den Schrecken auf ihrem Gesicht, als sie ihm den Teller mit dem Omelett reichte. »Du bekommst dein Geld, wenn wir fertig sind, ganz gleich, was passiert.«

Ihre Züge entspannten sich. »Na, dann ist es ja gut. Ich bin schon einmal bei einer Truppe gewesen, die auf Tournee Pleite gegangen ist. Das war mein Weihnachtsgeschenk letztes Jahr, diese Pleite. Einmal im Jahr so etwas reicht mir.«

»Keine Angst. Bei dieser Truppe zahlt der Produzent die vereinbarte Gage, ob's ein Erfolg wird oder nicht. Natürlich nur, wenn du deinen Part spielst.«

»Oh, wenn es darum geht, Leuten Einladungen aus dem Kreuz zu leiern ...«

»Das ist noch nicht alles«, sagte Jake. Er nahm eine Gabel voll Omelett. »Mrs. Thoren hat ein Telefon in ihrem Schlafzimmer. Wenn wir nachher drüben sind, setzt du da eine Wanze ein.«

Elinor ließ die Gabel sinken. Dann legte sie sie sorgfältig auf den Teller. »Also hören Sie, Mr. Dekker ...«

»Sag doch Jake.«

»Wir wollen lieber bei Mr. Dekker bleiben, bis diese Sache klar ist. Lassen Sie sich das gesagt sein, Mr. Dekker, ich setze in niemandes Telefon eine Wanze ein. Nicht einmal, wenn das FBI es von mir verlangte. Und im Schlafzimmer dieser Frau herumzuschnüffeln ...«

»Du machst da sehr feine Unterschiede, nicht wahr?« entgegnete Jake. »Du sorgst dafür, daß alle im Zimmer an deinen Lippen hängen, während ich es mache, aber du machst es nicht selbst.«

»Na ja, vielleicht ist es Haarspalterei, aber so sehe ich es nun mal. Ich würde es sowieso verpatzen. Wieso kannst du es denn nicht selbst machen?«

»Weil es nicht sehr wahrscheinlich ist, daß einem Mann ein BH-Träger reißt oder daß er eine Laufmasche bekommt und sich dann auf das Zimmer der Dame des Hauses zurückzieht, um die Sache in Ordnung zu bringen.«

»Oh.« Elinor dachte lange darüber nach, dann sagte sie unglücklich: »Es tut mir leid. Wirklich. Aber das kannst du nicht von mir verlangen. Es muß doch andere Möglichkeiten geben ...«

»Das tut nichts zur Sache. Ich sage, wie's gemacht wird, und du machst es dann. So ist das, Ellie, Kleines. 3000 sind doch schon fast eine Spitzengage. Die bekommst du nicht für eine Statistenrolle in diesem Stück.«

Elinor lächelte gequält. »Also ehrlich, bist du denn wirklich so abgebrüht, wie du tust? Und wie mir dabei zumute ist ...«

»Nein«, schnitt Jake ihr das Wort ab, »keine von diesen netten kleinen Seelenanalysen, das ist keine Cocktailparty hier. Klar auf den Tisch. Befolgst du von jetzt an meine Anweisungen und machst die Sache weiter, oder sagst du, Good-bye, Mr. Dekker, und nimmst die Mittagsmaschine zurück nach New York?«

»Und was ist, wenn ich Good-bye sage?« fragte Elinor bissig. »Die Thorens halten mich ja jetzt für deine Frau. Du kannst ja schlecht eine zweite Frau für sie aus dem Hut ziehen, oder?«

»Nein, ich werde es allein machen müssen, das wird nicht leicht, ich mache es nicht gern, aber das wird schon gehen.«

»Tatsächlich? Und wie erklärst du den Leuten hier, was los war, wenn ich am Tag nach unserer Ankunft nach New York zurückfliege?«

»Ach das«, sagte Jake. »Das ist überhaupt kein Problem. Nachdem ich dich in das Taxi zum Flughafen gesetzt habe, schaue ich bei Milt Webb vorbei und erzähle ihm, daß ich noch ein paar Schluck von seinem Wodka gebrauchen kann. Du hast dich nämlich heute morgen hier umgesehen und mir dann eröffnet, daß du dir das Luxusleben in Miami Beach ganz anders vorgestellt hast; wir hatten einen Riesenkrach, und dann bist du abgerauscht. Wenn ich mich in Milt nicht ganz schwer täusche, wird spätestens morgen die ganze Insel hier vor Mitleid mit mir triefen.«

»Und du würdest das tatsächlich tun«, sagte Elinor verblüfft. »Du würdest es tun. Dich kann nichts aus der Bahn werfen, oder?«

Abrupt stand sie vom Tisch auf und ging aus der Küche. Er wartete ein paar Minuten, dann ging er ins Schlafzimmer. Sie lag auf dem Bett, einen Arm vor dem Gesicht.

Jake stand neben ihr und sah zu ihr hinunter. »Ich nehme an, du bleibst«, sagte er.

Sie nahm den Arm vom Gesicht. »Du solltest froh sein, daß ich ein Kind habe«, sagte sie. »Wenn der Junge nicht wäre, wenn ich das Geld nicht für ihn bräuchte . . . Aber das hast du wahrscheinlich auch einkalkuliert, nicht wahr? Du bist ja so verdammt klug.«

»Und aufrichtig gegenüber mir selbst«, sagte Jake.

»Sieh dich lieber vor, mir Vorträge über Ehrlichkeit zu halten. Bei deinem Job sagst du doch kein einziges Wort, das keine Lüge ist.«

»Ich habe gesagt: ehrlich zu mir selbst«, entgegnete Jake kühl. »Dann überlege dir mal folgendes. Wenn ich jetzt sagen würde, gut, du brauchst bei dieser Sache nichts weiter zu tun als ein kleines bißchen Hausarbeit? Weil ich dir aber für das bißchen Hausarbeit 3000 Dollar zahle, kann ich auch erwarten, daß ich ab und zu mit dir ins Bett hopsen kann. Kein Wenn, kein Und, kein Aber.« Er hob die Hand, um ihren Einwand abzuwehren. »Nein, das ist kein Angebot. Ich will nur, daß du dir überlegst, wie das wäre, wenn. Und sei ehrlich zu dir, auch wenn es weh tut. Bin gespannt, was du dann sagst.«

Er wartete, seine Augen fixierten ihre, bis sie den Blick abwandte. Dann sagte er: »Mrs. Thorens Telefon hat einen eigenen Anschluß, der nicht im Telefonbuch steht. Wenn du das Ding einsetzt, denke daran, und schreib dir die Nummer auf. Und nun wollen wir einen Blick auf den Grundriß werfen, damit du weißt, wo ihr Zimmer liegt.«

Kapitel 7

Um zwölf Uhr rief sie ihn aus dem Haus der Thorens an und lud ihn in deren Namen zum Lunch ein. Er ließ keine unnötige Zeit verstreichen, bis er zu der Gesellschaft am Pool stieß. Teilnahmslos sah er zu, wie Elinor das Unvermeidliche hinauszuzögern suchte. Nachdem schließlich Beileid bekundet, das Privileg der Schwimmbadbenutzung angeboten und angenommen, die Geschichte des verlorenen Rings noch einmal aufgegriffen und die Konversation danach ein wenig ins Stocken geraten war, fand sie einen Vorwand und verschwand im Haus. Als sie wiederkam, bedachte sie ihn mit einem kaum merklichen Nicken und einem Blick, der ihm die Pest an den Hals wünschte. Beides gemeinsam besagte, daß sie, so sehr es ihr auch gegen den Strich ging, die Wanze im Telefon installiert hatte.

Ein weiß gestrichener gußeiserner Tisch stand in der Nähe des Pools auf dem Rasen, und aus seiner Mitte sproß ein Sonnenschirm. Jake hatte seinen Stuhl zwischen Joanna und ihre Mutter manövriert, nahe am Tisch, und Elinor hatte ihm gegenüber gesessen. Nun, da sie ihre Mission erfüllt hatte, ging sie am Tisch vorüber und ließ sich in einiger Entfernung in einen Liegestuhl fallen. Kermit, der die ganze Zeit über mal im Wasser, mal bei ihnen gewesen war, stellte sofort einen Sonnenschirm für sie auf und ließ sich ihr zu Füßen nieder. Es dauerte nicht lange, bis seine Hand auf ihrem Knöchel zu ruhen kam. Sie ließ sie dort.

Jake warf einen Blick auf Charlotte Thoren, um zu sehen, ob sie Notiz davon nahm. Unmöglich, aus diesem hageren Gesicht mit seinen bleichen Lippen, das von einem breitkrempigen Strohhut beschattet und mit einer riesigen Sonnenbrille maskiert war, etwas zu lesen. Er wandte sich Joanna zu und ertappte sie dabei, wie sie ihn anstarrte.

Sie errötete und versuchte, ihre Verlegenheit mit einer allzu forschen Art und Stimme zu kaschieren. »Sie sind ja nicht gerade gesprächig, was? Sind alle Schriftsteller so? Sparen ihre Kräfte für die Bücher auf?«

Jake antwortete mit einem Achselzucken. »Was die Schriftsteller angeht, die Sie wahrscheinlich vor Augen haben, müssen Sie die schon selbst fragen. Ich bin Ghostwriter. Das ist ein ganz anderer Geschäftszweig.«

»Ich weiß. Sie schreiben die Bücher, und dann steht der Name anderer Leute drauf. Sie tun die Arbeit, und die anderen bekommen die Anerkennung dafür. Das muß einen doch manchmal ganz schön wütend machen, nicht wahr?«

»Ja.«

Joanna wartete einen Moment, dann sagte sie halb verwirrt, halb amüsiert: »Das ist alles? Einfach nur ja?«

»Joanna«, schaltete sich Charlotte Thoren ein, »sei nicht so neugierig. Und Kermit, ich lasse nicht zu, daß du im Bademantel an den Tisch kommst. Nicht, wenn wir Gäste haben. Geh hinein, und ziehe dich an, jetzt gleich.«

»Wenn die Gäste das wünschen«, sagte Kermit, an Elinor gewandt, und machte sich gutmütig auf den Weg, als sie ihm einen freundlichen, aber festen Schubs gab und antwortete: »Jawohl, die Gäste wünschen das.«

Joanna fragte Jake: »Macht es Ihnen etwas aus, wenn ich Sie nach Ihrer Arbeit frage?«

»Nein. Aber jetzt würde ich selbst gern etwas fragen.« Jake wies auf die fransigen Bäume, die den Abschluß des Rasens bildeten. »Was sind das für welche? Eine Art Pinie?«

»Eigentlich nicht. Sie sehen nur so ähnlich aus. Das sind Streitkolben.«

»Leicht zu pflegen?«

»Glaub' schon. Warum? Überlegen Sie, ob Sie selbst welche pflanzen wollen?«

»Möglich.« Er stand auf und schlenderte über den Rasen, um sich die Bäume näher zu besehen, und Joanna folgte ihm auf dem Fuß. Im Schatten der knorrigen Äste wandte er sich zu ihr um. »Hören Sie, tut mir leid, aber ich habe Sie belogen. Es war die einzige Möglichkeit, einen Augenblick lang allein mit Ihnen zu reden.«

»Über was?«

Jake zögerte. »Ich komme mir blöd dabei vor, aber es geht um Ihren Bruder. Die Art, wie er sich an Ellie heranmacht. Das muß Ihnen doch auch aufgefallen sein.«

Joanna wirkte verlegen. »Ja, schon. Aber Kermit macht jedem schönen Mädchen, dem er begegnet, den Hof. Das hat überhaupt nichts zu bedeuten.«

Jake schüttelte den Kopf. »Milt Webb sieht das anders.«

»Oh«, sagte Joanna. »Allmählich dämmert es mir. Sie haben eine freundliche Warnung von Mr. Webb bekommen. Die Gehässigkeit in Person.«

»Er ist gehässig, zugegeben«, antwortete Jake. »Und er ist bigott und hat eine schmutzige Phantasie. Aber als ich vorhin Ihren Bruder in Aktion sah, da begriff ich, daß bisweilen ein Körnchen Wahrheit an Mr. Webbs Reden ist. Nicht, daß ich die hochfliegende Moral seiner Ansichten über Kermit teilte. Teufel, ich wäre der letzte, der sich so etwas leisten könnte. Ich hab' da ja selbst so meine Erfahrungen . . .«

»Ja?«

»Merkwürdig«, sagte Jake nachdenklich. »Das ist etwas, was nicht mal Ellie über mich weiß. Und bei Ihnen plaudere ich es aus, obwohl wir uns kaum kennen. Aber Sie sind selbst schuld daran. Wie alt sind Sie? 19, 20?«

»19, demnächst.«

»Dann sind Sie zwei Jahre jünger als Ellie. Aber irgendwie wirken Sie älter als sie. Reifer.«

Unter der tiefen Bräune röteten sich Joannas Wangen von neuem. »Ich finde Ellie sehr lieb.«

»Sicher, keine Frage. Aber sie ist noch so ein Kind. Als ob sie gar nicht wüßte, wie man erwachsen wird, wie man eine Frau wird. Ich wünschte, Sie könnten ihr irgendwie Unterricht erteilen.«

Joanna blickte ihn streng an. »Das ist doch wohl Ihre Aufgabe, finden Sie nicht auch, Jake? Und vielleicht sollten Sie damit anfangen, daß Sie ihr das sagen, was Sie gerade mir erzählen wollten.«

»Nein, lieber nicht. Und es geht ja auch um Kermit. Wissen Sie, ich habe selber meine wilden Jahre gehabt. Ein regelrechter Casanova war ich, und ich habe damit angefangen, als ich gerade erst 16 war. Brutal gesagt, ich fand, wenn es einen Rock anhatte, dann hatte der Himmel es mir geschickt, und zwar ausschließlich zu einem Zweck. Und das Ironische daran war – das, was mich heute unglücklich macht, wenn ich daran zurückdenke . . .«

»Ja?« machte Joanna ihm Mut.

»Tja, damals habe ich das nicht begriffen, aber hinter der ganzen Sache steckte nichts als Haß. Ich wollte es meinem Vater heimzahlen. Als ich heranwuchs, hielt ich ihn für den besten Römer unter allen, wenn Sie verstehen, was ich meine. Und als ich 16 war, kam ich dahinter, daß er meine Mutter mit einer Frau aus der Nachbarschaft betrog. Das hat mich aus der Bahn geworfen. Und danach war es jedesmal, wenn ich bei einem Mädchen landen konnte, so, als hätte ich dem Alten eins in die Fresse gegeben. Ich hatte einen regelrechten Knacks, bis mein Analytiker das in Ordnung brachte.«

»Sie waren in Behandlung?«

»Zwei Jahre lang. Bis ich hinter meine Motive gekommen war. Und begriffen hatte, daß ich kein Einzelfall war. Es scheint, daß eine ganze Menge allzu idealistischer Knaben auf diese Bahn geraten, sobald sie herausfinden, daß Papa kein Heiliger ist. Deshalb laufe ich auch nicht herum und erlaube mir ein Urteil über Leute wie Ihren Bruder, so wie Milt Webb das tut.«

»Vielleicht nicht«, entgegnete Joanna, »aber ich habe sehr den Eindruck, Sie erlauben sich ein Urteil über meinen Vater.« Der kleine Zornesausbruch verwandelte sich noch im selben Augenblick wieder in zartfühlende Anteilnahme. »Sehen Sie, ich weiß, daß es ganz natürlich ist, wenn Sie Ihre Erfahrungen auf andere projizieren. Aber so etwas darf man nicht tun, Jake. Sie sind ungerecht sich selbst und den anderen gegenüber. Glauben Sie mir, Kermit hat niemals ein solches Erlebnis gehabt, wie Sie es hatten. Das konnte er gar nicht, denn mein Vater hat niemals eine andere Frau angesehen als meine Mutter. Wirklich, er machte immer einen so gelangweilten Eindruck, daß es mir vorkam, als interessierten andere Frauen ihn überhaupt nicht. Obwohl einige sehr attraktive darunter waren.«

»Klar doch«, sagte Jake bitter. »So stellen wir uns doch alle unseren Papa vor, nicht wahr?«

»Jake, wenn man Sie so hört ... Wissen Sie, ich habe sogar gehört, wie seine Freunde ihn deswegen aufgezogen haben. Die treue Seele. Und ich war dabei, als eines Abends Nera Ortega – die kennen Sie noch nicht, oder?«

»Nein.«

»Na, wenn Sie sie kennenlernen, werden Sie schon selbst sehen, daß sie eine Klasse für sich ist. Sie ist Ihre Nachbarin auf der anderen Seite, und ihr Mann ist viel auf Geschäftsreisen, so daß sie mehr Freiheiten hat, als gut für sie ist. Jedenfalls, einmal war sie zum Abendessen hier und hatte einiges intus und hat versucht, mit Vater anzubändeln. Eigentlich nicht der Rede wert. Vollkommen harmlos. Aber Sie hätten sehen sollen, Jake, wie er darauf reagiert hat. Ich meine, er hat gekocht vor Wut. Er hat sie derartig angeschrieen, daß sie schlagartig nüchtern wurde. Und die erste Frau, mit der Kermit sich später eingelassen hat, war sie. Verstehen Sie, was ich sagen will?«

Jake runzelte nachdenklich die Stirn. »Glaube schon. Sie wollen sagen, daß Kermit auf das Übermaß an Moral bei Ihrem Vater reagiert, nicht auf einen Mangel.«

»Da bin ich mir so gut wie sicher. Nicht, daß die Sache angenehmer würde, wenn man die Ursachen versteht. Ich werde mit ihm sprechen, daß er die Finger von Ellie läßt, Jake. Das wollten Sie doch von mir, oder?«

»Ja«, bestätigte Jake. »Es soll aussehen, als ob Sie es aus eigenem Antrieb sagen, nicht auf meine Bitte hin. Das ist viel angenehmer, als wenn ich mich darüber mit ihm unterhalte und er am Ende womöglich ein blutiges Kinn davonträgt. Ich denke mir, daß Kermit im Grunde ein prima Kerl ist. Und er ist Ihr Bruder, Jo. Ich will wirklich nicht, daß ich irgendwie grob zu ihm werden muß.«

Joanna musterte ihn eindringlich, dann sagte sie mit einem Lächeln: »Das freut mich. Für Kermit.« Sie wurde wieder ernst. »Und Sie sind auch in Ordnung. Aber, Jake ...«

»Nur weiter, Jo. Sagen Sie es. Nach dem, was wir schon gesagt haben, gibt es jetzt keinen Grund mehr, warum wir nicht vollkommen offen zueinander sein sollten.«

»Gut, dann sage ich es. Jake, ist Ihnen jemals aufgegangen, daß Sie nur einen Knacks gegen einen anderen getauscht haben?«

»Was habe ich?«

»Doch. Ich meine – na ja, Ihre Ehe. Die läuft nicht so, wie sie sollte, oder?«

»Sieht man das so sehr?«

»Ich fürchte schon. Und der Grund dafür liegt auf der Hand. Wie alt sind Sie?«

»Oh, 35 an meinen guten Tagen. An meinen schlechten Tagen 70.«

»Haben Sie gemerkt, wie Sie das gesagt haben? Da haben Sie's. Bei jedem Blick, den Sie auf Ellie werfen, denken Sie an den Altersunterschied. Und deshalb sitzen Sie da mit Ihrer finsteren Miene, beobachten jeden ihrer Schritte und sind innerlich ganz verkrampft. So geht das nicht. Sie müssen versuchen, sie wirklich zu verstehen.«

Jake schüttelte den Kopf. »Ich versuche es, Jo, aber ich renne gegen eine Wand. Glauben Sie mir, das ist anders als bei Ihnen. Immerhin, das ist doch ein Gewinn. Hoffe ich jedenfalls. Daß ich von nun an zu Ihnen kommen und es mir von der Seele reden kann, wenn die Anspannung ein wenig zu groß wird. Das macht Ihnen doch nichts aus, oder?«

»Nein. Natürlich nicht.«

»Obwohl Sie wahrscheinlich nicht mehr lange hier sind. Der junge Mann, der gestern abend bei Ihnen war – das ist derjenige welcher, nicht wahr?«

»Gestern abend? Oh, Hal Freeman.« Nachdenklich ließ Joanna die Hand über den Stamm des Baumes gleiten, unter dem sie standen, und fuhr mit den Fingerspitzen über die Rinde. »Schon«, sagte sie unbestimmt, »es gibt da eine Art Übereinkunft, aber wer weiß? Eine Sandkastenfreundschaft eigentlich. Nein, ich glaube, ich werde noch eine ganze Weile hier sein.«

Als sie sich zum Essen ins Haus begaben, blieb Jake mit Elinor ein wenig zurück. »Hast du den Sender ins Telefon praktiziert?« fragte er.

»Ja. Und ich wünschte, ich hätte es nicht getan. Jetzt traue ich mich kaum noch, einen Fuß in das Haus zu setzen.«

»Solange du dir nichts anmerken läßt . . . Bis jetzt machst du das prima, also verdirb es nicht noch im letzten Moment. Hat Kermit dir irgendwas Interessantes erzählt?«

»Nur, was zu erwarten war. Oh, doch« – aus den Augenwinkeln warf Elinor ihm einen bösen Blick zu –, »er hat gesagt, du erinnerst ihn sehr an seinen Vater. Es war nicht als Kompliment gemeint.«

»Ich fange an, mir Sorgen zu machen, wenn er mir Komplimente macht. Er hat nicht zufällig von einer Frau namens Nera Ortega gesprochen?«

»Nein. Diese Joanna hast du ganz schön um den Finger gewickelt, hm? Was hast du ihr denn erzählt?«

»Wir haben darüber gesprochen, daß ihr Bruder die Kontrolle über seine Hände verliert, wenn er in deiner Nähe ist. Sie sagt, sie wird ihm ins Gewissen reden.«

»Meinst du, das macht dem was aus?« schnaubte Elinor. »Das ist doch der Hauptspaß für so jemanden – das Gefühl, daß er einen schwachköpfigen Ehemann hinters Licht führen kann.«

»Das kann ich mir vorstellen«, sagte Jake.

Kapitel 8

Sobald sie sich mit Anstand vom Essen zurückziehen konnten, führte er Elinor raschen Schrittes nach Hause. Als sie wieder im Arbeitszimmer waren, schaltete er sofort den Sender im Eßzimmer der Thorens ein, und sie stand in der Tür und schaute ihm zu. Damit sie mithören konnte, legte er den Hörer auf den Tisch und schloß einen Lautsprecher an. Sie hörten die matte Stimme von Charlotte Thoren.

»... genau deswegen. Und Joanna hat ganz recht, daß sie es zur Sprache bringt. Es wird ohnehin Zeit, daß du auf die Universität zurückkehrst. Du hast lange genug den Unterricht versäumt.«

»Was soll ich denn da?« Kermits Stimme war eisig. »Du weißt doch, daß das Studium für die Einberufungsbehörde heute überhaupt keine Rolle mehr spielt, es sei denn, man ist Mediziner.«

»Dein Onkel wird sich um die Einberufungsbehörde kümmern, wenn es soweit ist.«

»Na, ich bin mir gar nicht mehr so sicher, ob ich das wirklich will. Ich glaube allmählich, die Army wird leichter zu ertragen sein als die Nörgelei, die ich hier zu Hause zu hören bekomme.«

»Ach, Kermit« – das war Joanna mit gespieltem Mitleid –, »wenn du doch nur wüßtest, wie entsetzlich infantil du klingst.«

»Infantil«? Kermit geriet in Rage. »Was zum Teufel ist denn plötzlich in euch gefahren? Zuerst tut ihr so, als ob ich ein sexbesessenes Monstrum wäre, nur weil ich ...«

Mehr war nicht zu hören. Jake wartete noch ein paar Sekunden, dann legte er den Hörer auf.

»Was ist los?« fragte Elinor.

»Jemand hat bei ihnen angerufen. Dann schaltet sich der Sender aus. Was hältst du von dieser Auseinandersetzung?«

»Joanna muß die Sache mit Kermit zur Sprache gebracht haben, sobald wir aus dem Haus waren«, sagte Elinor. »Dir genügt es nicht, einfach nur dazusitzen und zuzusehen, wie der Kochtopf brodelt, was? Du mußt auch noch kräftig drin rühren.«

»Zum Dasitzen und Zusehen habe ich keine Zeit. Und für dich entwickeln sich die Dinge doch bestens.«

»Für mich?«

»Ja, denn morgen gehen wir beide rüber zum Schwimmen, und Joanna wird sich freundschaftlich deiner annehmen, während ich Kermit in die Garage bugsiere und mir seinen Jaguar ansehe. Sie wird dich wegen mir ausfragen wollen, und du gibst ihr nach. Damit hast du dann freie Bahn, sie nach ihrem Vater zu fragen. Was mich besonders interessiert, ist der Tag, an dem er umkam. Was er an dem Tag gemacht hat.«

»Und du meinst, das kann ich tun, ohne daß sie Verdacht schöpft?« fragte Elinor zweifelnd.

»Wenn du dich nicht vorher deswegen verrückt machst. Geh es ganz kühl an, und überlaß mir die Sorgen für uns beide.«

»Aber gern.«

»Hör mal, ich habe das auf die harte Tour lernen müssen«, sagte Jake. »Als Sherry das erste Mal für mich gearbeitet hat, habe ich ihr gesagt, sie bekommt 1500 auf alle Fälle und noch mal 1500, wenn die Sache klappt. Das war mein Fehler. Sie war so versessen auf die vollen 3000, daß sie sich deswegen überschlagen und die ganze Sache vermasselt hat. Deshalb bekommst du 3000, ganz egal, wie es ausgeht. Damit ich mir die Sorgen für uns beide machen kann.«

»Einschließlich der Frage, was aus mir wird, wenn jemand dahinterkommt, daß ich eine Wanze in ein Telefon praktiziert habe?«

»Einschließlich. Hast du daran gedacht, dir die Nummer aufzuschreiben? Probieren wir mal, ob es funktioniert.«

Sie gab ihm die Nummer und fragte: »Wie kannst du das denn jetzt ausprobieren? Es ist doch niemand im Schlafzimmer, oder? Sie sind alle unten.«

»Du machst dir schon wieder Sorgen«, ermahnte Jake sie. »Ich habe dir doch gesagt, das sollst du nicht tun.« Er wählte die Nummer und blies in seine Ultraschallpfeife. Über den Lautsprecher war nur ein lautes Brummen zu hören.

»Was ist das?« fragte Elinor. »Habe ich irgendwas nicht richtig gemacht?«

»Nein, du hast es erstklassig gemacht. Dieses Geräusch ist genau das, was ich hören wollte. Das ist Mrs. Thorens Klimaanlage. Die meisten neuen Modelle sind ziemlich leise, aber ich habe zufällig von draußen gesehen, daß das Gerät oben am Schlafzimmerfenster schon älter ist.«

»Zufällig?« fragte Elinor amüsiert. »Oder Ausschau danach gehalten?«

»Zufällig. Mach dir da nichts vor, Ellie, Kleines. Niemand kann an alles im voraus denken. Man würde den Verstand verlieren, wenn man das alles versucht. Die wirkliche Kunst bei diesem Spiel ist, das Beste aus dem zu machen, was man zufällig findet.«

»Na, da möchte ich aber nicht Poker mit dir spielen.«

»Schade, dabei hatte ich schon überlegt, ob wir nicht ein Spielchen um deine 3000 wagen wollen.« Jake warf einen Blick auf die Uhr. »Statt dessen werden wir jetzt erst mal einkaufen fahren. Und zur Cocktailstunde werden wir dann sehen, daß wir uns mit einer Lady namens Nera Ortega anfreunden.«

Kapitel 9

Nera war, wie Joanna schon angekündigt hatte, eine Klasse für sich. Eine glutäugige blonde Schönheit mit äußerst üppigen Rundungen, auf den ersten Blick um die 30, auf den zweiten gut über 40. Die Fältchen an der Oberlippe und an den Augenwinkeln verrieten sie. Das und die blauen Adern der ansonsten ansehnlichen Beine.

Ihr Ehemann Fons (»Nein, eigentlich nicht«, erklärte er Elinor, »aber Alfonso klingt so steif unter Freunden, finden Sie nicht auch?«) hatte sie vom Fenster aus erspäht, als sie vom Nachbargrundstück herübergeschlendert kamen, als wollten sie die Lage des Landes erkunden, und sie herzlich auf ein Glas hineingebeten. Das Haus, eine Florida-Variante der Hazienda, war auf beinahe übertriebene Weise lateinamerikanisch eingerichtet, bis hin zu den gewaltigen Stierhörnern, die über dem Kamin hingen, und den Pelota-Schlagkörben an der Wand. Und was er ihnen anbot, erwies sich als Sangria.

Eine weitere Bewohnerin von Daystar Island war zugegen, eine große, grob gebaute Frau mit weißem Haar und einer sonnengegerbten Haut wie altes Leder. Patty Tucker. Mrs. Stewart Tucker. Bis zu seinem Tode vor zwei Jahren war ihr Mann Ortegas Partner in seinem Südamerika-Import-Export-Geschäft gewesen.

»Lungenkrebs, der arme Kerl«, sagte sie grimmig. »Und wie man sieht, habe ich nicht das geringste daraus gelernt, nicht wahr?« Sie rauchte eine Zigarette nach der anderen.

Sie war gesprächig und hatte originelle Ansichten. Die Konversation entwickelte sich prächtig, zumal Nera Ortega in fast jedem Punkt verbissen anderer Ansicht war. Dann brachte Jake den Namen Thoren auf, und die Temperatur fiel schlagartig unter den Gefrierpunkt. Danach wollte das Eis nicht wieder tauen.

Die drei Gäste verabschiedeten sich gemeinsam. Auf dem Rasenweg zur Auffahrt, wo Patty Tucker ihr Fahrrad abgestellt hatte, wandte Jake sich entschuldigend an sie: »Ich habe gesehen, wie Sie den Kopf schüttelten, als ich anfing von unserem Besuch bei den Thorens zu erzählen, aber da war es schon zu spät. Was ist denn los zwischen den Ortegas und ihnen? Mögen die sich nicht?«

»Das kann man wohl sagen. Und ein Jammer ist das. Jahrelang waren sie die besten Freunde.«

»Und eines Tages gab es ein Mißverständnis, und mit einem Schlage war alles aus.« Jake nickte wissend. »Das habe ich auch schon erlebt. Hinterher kann dann keiner mehr sagen, wie es gekommen ist.«

»In diesem Falle war das anders. Oh ja«, sagte Patty, »und wir wissen alle, warum. Ich war sogar mittendrin, als der erste Schuß fiel.«

»Schuß?« fragte Elinor.

»Bildlich gesprochen, Schätzchen.« Patty war schon dabei, auf das Rad zu steigen, dann überlegte sie es sich anders. In aller Ruhe steckte sie sich eine Zigarette an. »Ach, zum Teufel«, sagte sie und blies zwei Rauchsäulen aus ihren Nasenlöchern, »Fons und Nera würden mich umbringen, wenn sie wüßten, daß ich das ausplaudere, aber mir ist es lieber, ich mache es selbst, als daß jemand anderes es macht, der sein eigenes Hühnchen zu rupfen hat. Es war so oder so eine lächerliche Geschichte. Es geschah vor ungefähr drei Jahren. Fons war auf Geschäftsreise, und Nera kam zu einer Dinnerparty, die die Thorens gaben. Ganz informell, Familie und ein paar Freunde, diese Art von Party. Alle amüsierten sich prächtig, bis Nora übermütig wurde und sich zum Narren machte, und Walter Thoren bauschte es auf, bis eine regelrechte Katastrophe daraus wurde.«

»Das wundert mich«, sagte Jake. »Irgendwie hatte ich ihn mir als jemanden vorgestellt, der stets kühl bleibt, ganz gleich, was geschieht. Der große Schweiger.«

»Oh ja, das stimmt auch. So die Art von mächtigem, finsterem Wikingertyp. Aber furchtbar zugeknöpft. Kein Glas zuviel, kein anzüglicher Witz, keine neckischen Spielchen mit den Mädels. Und glauben Sie mir, an Chancen hat es ihm nicht gefehlt. Da gibt es etliche weibliche Wesen hier, die nur zu gern bereit gewesen wären, ihm beim Abbau seiner Hemmungen behilflich zu sein.«

»Auch Nera?« fragte Elinor.

»Auch Nera. Aber sie und die anderen haben nicht mehr davon gehabt, als hätten sie einen Eisberg angeschmachtet. An jenem Abend war ihr elend zumute, weil Fons so oft unterwegs war, und sie hatte schon tüchtig gebechert, als sie ankam, und war blau wie ein Veilchen bis zum Dessert, und sie hat versucht, Walter zu bezirzen, eine jämmerliche, tränenreiche Vorstellung direkt am Tisch. Und statt daß er, Gott sei seiner Puritanerseele gnädig, einen Witz daraus gemacht hätte, schreit er sie zusammen, wie man einen jungen Hund anschreit, der auf den Teppich gemacht hat.«

»Wie schrecklich«, sagte Elinor. »Für Sie alle, meine ich.«

»Das war es auch. Aber ich will Ihnen noch etwas verraten, Schätzchen. Ich hatte verdammt das Gefühl, daß es für Walter am schlimmsten war. Er sah aus, als würde es ihm den Magen umdrehen, daß Nera ihn auch nur ein bißchen getätschelt hatte.«

»Und so hatten Sie ihn noch niemals vorher gesehen?« fragte Jake.

»Na ja, zumindest war es noch nie zu so einem Vorfall gekommen. Aber natürlich haben wir alle damit gerechnet, daß es in ein, zwei Wochen vergessen sein würde. Wir würden dafür sorgen, daß Nera sich entschuldigte, sie habe zuviel getrunken, und Walter würde es akzeptieren, weil er Fons mochte, und so weiter. Aber es kam ganz anders. Als Sie bei den Thorens waren, haben Sie da den Sohn kennengelernt? Kermit?«

»Ja«, sagte Jake.

»Was halten Sie von ihm?«

»Nun ja ...«, sagte Jake.

»Ganz genau. Dieser Junge hat seiner Familie das Leben seit dem Tag schwergemacht, an dem er herausfand, wie schwachköpfig heranwachsende Mädchen sein können. Und manche erwachsenen Frauen, die es verdammt noch mal besser wissen sollten, übrigens auch.

Und so kam dieser junge Geck – er kann damals höchstens 20 oder 21 gewesen sein –, der bei der Szene am Tisch dabeigewesen war, zu dem Schluß, daß Nera einfach nur ihr Bedürfnis nach männlicher Aufmerksamkeit zur Schau gestellt habe. Schon am nächsten Tag kreuzte er hier auf und bot ihr feil, was er hatte. Wenn man sich diese Unverfrorenheit ...«

»Hat sie Ihnen das selbst erzählt?« fragte Jake.

»Aber ja. Es blieb ihr gar nichts anderes übrig, denn jedes Mal, wenn ich vorbeischaute, saß Kermit da. Jeden Tag saß er bei ihr herum. Sie hat mir erzählt, daß sie es anfangs lustig fand. Dann ging ihr auf, daß sie seine Eltern, die ja ebenso wie wir alle wissen mußten, was vorging, in Rage bringen konnte, wenn sie sich darauf einließ. Für ihren Geschmack war das eine wunderbare Möglichkeit, Walter heimzuzahlen, was er ihr angetan hatte. Und natürlich, das hat sie mir versichert, ist nie wirklich etwas zwischen ihr und Kermit gewesen.«

»Und war etwas?« fragte Elinor.

Patty machte eine listige Miene. »Tja, Fons hat es mit Sicherheit gedacht, als er eines Tages unerwartet nach Hause kam und die beiden in einer äußerst kompromittierenden Situation vorfand. So hat man das jedenfalls immer genannt, als ich noch jung und knusprig war. Ein Glück für Nera, daß sie so geistesgegenwärtig ist. Sie fing sofort an zu kreischen, daß er sie mehr oder weniger vergewaltigt habe, und von dieser Behauptung war sie nicht abzubringen. Ihr großes Glück war, daß der größte Teil des Vermögens ihr gehört, so daß Fons nicht gerade versessen auf eine Scheidung war. Eine kleine Show, um nicht das Gesicht zu verlieren, und dann war alles vergeben und vergessen. Und das galt auch für Kermit, als sich erst einmal die Rauchwolken verzogen hatten. Walter hat die Verhandlungen geführt, aber das war das letzte Mal, daß er und Fons etwas miteinander zu tun hatten.«

»Meinen Sie, er hat es mit Geld geregelt?«

»Liebe Güte, nein. So etwas hätte Fons niemals angenommen. Wie kommen Sie denn auf so eine Idee?«

»Ging mir nur so durch den Kopf. Wenn man reich ist und einen Weiberhelden wie Kermit zum Sohn hat, könnte es doch leicht passieren, daß man dann und wann jemandem ein erkleckliches Sümmchen zustecken muß. Schweigegeld hat man das immer genannt, als ich noch jung und knusprig war.«

Patty lachte. »Ja, ich sehe die guten alten Schlagzeilen noch vor mir. Das sieht einem Schriftsteller ähnlich, daß er auf solche Gedanken kommt. Aber so weit hergeholt ist das womöglich gar nicht. Es würde mich überhaupt nicht wundern, wenn ich erführe, daß Walter manchmal zahlen mußte, damit der Name seines Sprößlings nicht in den Zeitungen auftauchte. Na, so war das jedenfalls. Jetzt wissen Sie Bescheid, warum Fons und Nera ein solches Gesicht gemacht haben, als Sie auf die Thorens zu sprechen kamen. Aber machen Sie sich deswegen keine Sorgen. Den beiden tut es wahrscheinlich schon leid, daß sie es nicht mannhafter ertragen haben.« Sie drückte zuerst Elinor, dann Jake kräftig die Hand. »Ihr seid zwei Prachtstücke, ihr zwei. Ich bin sicher, daß die beiden sich gern mit euch anfreunden wollen, genauso wie ich.«

Als sie um die Straßenbiegung verschwunden war, meinte Elinor: »Die ist nett, findest du nicht auch?«

»Nein. Wenn man nett ist, erzählt man nicht anderen Leuten die schmutzigen Geschichten seiner Freunde.«

»Aber du hast es ihr doch praktisch aus der Nase gezogen«, sagte Elinor entrüstet. »Und sie hat es uns nur erklärt, damit wir nicht gekränkt sein sollten.«

»Sie hat das getan, um Nera eins auszuwischen. Die beiden Männer waren jahrelang Geschäftspartner. Was meinst du, wo ihr Mann seine Augen hatte, wenn die vier zusammen waren? Nera muß ihr schon vor Jahren bis hier oben gestanden haben.«

»Ach, Mann«, sagte Elinor. »Du traust aber auch wirklich niemandem, was?«

»Na, Patty Tucker jedenfalls nicht. Hast du gehört, wie sie sagte, jeder hier habe über Nera und Kermit Bescheid gewußt?«

»Ja.«

»Na, was meinst du, von wem sie es erfahren haben? Und wahrscheinlich hat sie auch Fons den Tip gegeben, damit er die beiden in flagranti erwischen konnte.«

»Aber er war es, der sie erwischt hat«, sagte Elinor. »Und eins laß dir gesagt sein: Wenn du auch nur mit dem Gedanken spielst, ich könnte mich mit Nera anfreunden ...«

»Den habe ich schon lange fallengelassen. Sie haßt dich wie eine Natter seit dem Augenblick, in dem du da hineinspaziert kamst.«

Elinor war verblüfft. »Ich hätte nicht gedacht, daß dir das auffallen würde. Die meisten Männer hätten es nicht bemerkt.«

»Die meisten Männer brauchen so etwas auch nicht zu bemerken. Aber mir war auf den ersten Blick klar, daß wir ihren Namen von der Liste deiner Freundinnen streichen müssen. Keine Frau von dieser Sorte will eine wie dich in ihrer Nähe haben. Das ist, als ob man ihr ständig einen Spiegel vorhalten würde, in dem sie sehen kann, wie sie vor 20 Jahren aussah, bevor die ersten Krähenfüße kamen.«

»Na, ich bin genauso froh, daß sie nicht mehr auf meiner Liste steht«, sagte Elinor. »Das mit dem Spiegel funktioniert ja auch in die andere Richtung, vergiß das nicht.«

Kapitel 10

Sie aßen früh zu Abend. Als Elinor mit der Kaffeekanne kam, sagte Jake: »Du kannst deinen Kaffee im Arbeitszimmer trinken. Die Thorens werden sich wohl um diese Zeit zum Dinner versammeln. Ich will, daß du ihnen zuhörst und alles auf Band festhältst. Weißt du noch, wie man das Band markiert?«

»Ja.«

»Gut. Alles Interessante, das du hörst, markierst du sofort. Das ist wichtig. Sonst muß ich nachher zwei Stunden Band abhören, und sie reden nur übers Wetter.«

»Aber woher weiß ich denn, was interessant ist?«

»Streng dein Köpfchen an. Und wenn du zweifelst, dann gibt es keine Zweifel. Dann markierst du es.«

Nachdem sie gegangen war, blieb er am Tisch zurück und starrte blicklos die gegenüberliegende Küchenwand an. Als er den ersten Schluck von seinem Kaffee nahm, merkte er, daß er kalt war. Er ging zum Herd, wärmte die Kanne auf und trank eine Tasse, schwarz und bitter, im Stehen. Dann setzte er sich wieder an den Tisch.

Die plötzliche Helligkeit, als Elinor in die Küche kam und das Licht einschaltete, ließ ihn blinzeln. Sie warf einen Blick auf die Küchenuhr. »Es ist schon nach neun. Willst du mir etwa sagen, daß du über zwei Stunden einfach nur so dagesessen hast?«

»Muß ich wohl«, antwortete Jake versonnen. »Wußtest du, daß Dänemark die zweithöchste Selbstmordrate der Welt hat, nach Japan?«

»Ich wußte nicht einmal, daß Japan an erster Stelle steht. Oh, verstehe. Ich nehme an, Walter Thoren war Däne.«

»Seine Familie. In dem großen Nachruf, den er hier in der Zeitung bekommen hat, stand, daß seine Eltern aus Dänemark nach Minnesota kamen. Und das Riesenbild, das sie drüben im Eßzimmer über dem Kamin hängen haben, ist der Rathausplatz in Kopenhagen. Das Bild ist nicht so gut, daß man es als Kunstwerk aufhängen würde.«

Elinor machte eine skeptische Miene. »Ja und? Du wirst doch nicht behaupten wollen, daß ein Drang zum Selbstmord erblich sei, oder?«

»Nein, denn wenn Dänen und Japaner auswandern, dann fällt ihre Selbstmordrate auf das Niveau des Landes, in das sie kommen. Aber es ist interessant, daß Thorens Eltern auf dieselbe Weise wie er umkamen, nämlich bei einem Autounfall. Wahrscheinlich hat er an sie gedacht, als er anfing zu überlegen, wie er sich umbringen und es als Unfall hinstellen könnte.« Jake rappelte sich auf. »Wie bist du mit dem Band zurechtgekommen? Irgendwas Hübsches gehört?«

»Deshalb bin ich ja hergekommen. Dieser Senator Sprague und seine Frau - Lucille heißt sie - waren zum Essen da, und die meiste Zeit drehte sich das Gespräch nur um Familienangehörige und ein wenig um Politik. Aber kaum hatten Joanna und Kermit die Tür hinter sich zugemacht, knöpfte der Senator sich Mrs. Thoren vor, weil sie zu viel von ihrem Vermögen ausgebe. Er warf ihr vor ...«

»Nein, erzähl es mir nicht«, sagte Jake. »Wir wollen es uns anhören.«

Vom Lehnstuhl im Arbeitszimmer aus sah er zu, wie Elinor das Band zurücklaufen ließ. »Ich setze ein Stückchen vorher ein«, sagte sie. »Dann kannst du dir alles anhören. Es ist nicht viel.«

»... Grüße von mir, Joanna.« Das war Senator Sprague mit dem jovialen Tonfall des Profis. »Und erinnere ihn daran, daß er mir schreiben soll, wenn er da ist. Gute Nacht, meine Liebe. Gute Nacht, Kermit. Fahre nicht zu schnell.«

Ein langes Schweigen. Das Klirren einer Tasse auf der Untertasse. Dann wieder Spragues Stimme, doch nun beinahe im Flüsterton. »Charlotte, es gibt da etwas, das du mir erklären mußt. Und spiele nicht die Beleidigte deswegen, ich habe alles Recht, es zu erfahren. Als Verwalter des Vermögens ...«

»Oder dessen, was noch davon übrig ist«, warf Mrs. Sprague pikiert ein.

»Halt du dich da raus, Lucille. Was Walter mit seinem Geld gemacht hat, geht dich nichts an. Und mich auch nicht. Aber dies hier, das hat nichts mit ihm zu tun. Charlotte, kurz bevor Lucille und ich vorhin aus dem Hotel aufbrachen, rief Matthews von der Bank an. Er war sehr besorgt. Kannst du dir denken, warum?«

»Er hatte kein Recht, dir das zu sagen.« Charlotte Thorens Stimme war kalt vor Wut.

»Charlotte, Charlie Matthews hat nicht nur 20 Jahre lang deine Bankgeschäfte geführt, er ist ein Freund der Familie. Als du heute nachmittag dort hereinspaziert kamst und so, als sei das gar nichts, 10000 Dollar von einem Konto abhobst, auf dem kaum noch ...«

»Das reicht jetzt. Ich will nicht darüber sprechen.«

»Aber 10000 in bar, Charlotte. Bar, wohlgemerkt. Wofür um alles in der Welt brauchtest du ...«

»Das ist mein Geld. Ich mache damit, was ich will.«

»Ich weiß, daß es dein Geld ist.« Sprague wurde allmählich lauter. »Leider wissen das auch eine ganze Menge windiger Burschen, die sich darauf spezialisiert haben, reiche Witwen auszunehmen.«

»Harlan, manchmal kannst du wirklich einen unglaublichen Unsinn ...«

Das laute Quietschen der Schwingtür zwischen Eßzimmer und Küche. Die verlegene Stimme des Hausdieners. »Bitte um Verzeihung, Mrs. Thoren. Ich werde später abräumen.«

»Nein, Raymond, kommen Sie nur. Wir sind längst fertig.«

»Nur mit dem Abendessen, Charlotte«, sagte Sprague grimmig. »Nicht mit unserer kleinen Unterhaltung.«

Seine Stimme wurde leiser und verschwand, und an ihre Stelle trat das Rumpeln der Möbel und das Klappern des Geschirrs.

Elinor schaltete das Tonbandgerät ab. »Das war's. Ich habe noch bei dem Telefon im Schlafzimmer nachgehört, aber da war nur das Surren der Klimaanlage. Sie müssen die Sache irgendwo anders im Haus zu Ende bringen.«

Jake schüttelte den Kopf. »Die bringen nichts zu Ende. Sie wird Sprague niemals verraten, wofür sie das Geld brauchte. Oder sonst jemandem. Nicht mal, wenn sie sie an den Daumen aufhängen und mit glühenden Eisen bearbeiten.«

»Woher willst du das wissen?«

»Weil ich zufällig weiß, wofür sie das Geld brauchte. Thoren wurde erpreßt, und der Erpresser hatte es darauf angelegt, ihm jeden Pfennig abzunehmen, den er hatte. Am Ende glaubte er, die einzige Lösung für ihn wäre, sich umzubringen und es aussehen zu lassen wie einen Unfall. Dann hat der Erpresser seinen Kunden verloren, und das Geld, das Thoren schon an ihn gezahlt hat, bekommt die Familie von der Versicherung zurück.«

»Und?«

»Und jetzt«, sagte Jake, »ist Mrs. Thoren an der Reihe, erpreßt zu werden.«

Elinor ließ sich auf die Couch fallen. »Meine Güte«, sagte sie.

»Ich weiß. Das ist der eine Punkt, den Thoren in seiner Rechnung vergessen hat. Daß der Dreck, den er vergraben wollte, was das auch gewesen sein mag, immer noch gutes Geld bringen würde, solange eine Ehefrau da ist, die ihn ebenfalls vergraben will, als sie erst einmal davon erfahren hat.«

»Die arme Frau«, sagte Elinor. »Das muß schrecklich sein, was sie jetzt gerade durchmacht.« Dann blickte sie Jake mit gerunzelter Stirn an. »Aber hör mal, hilft dir das denn nicht weiter? Jetzt hast du jemanden, der wirklich darüber Bescheid weiß, daß Thoren erpreßt wurde.«

»Wie gesagt, sie würde es niemals zugeben. Sie ist ja nicht dumm. Sie weiß ganz genau, daß die kleinste Andeutung sie nicht nur die gesamte Versicherungssumme kosten, sondern daß dabei auch noch der Dreck ans Tageslicht kommen kann.«

»Das könnte gut sein, nicht wahr? Aber was das wohl ist, was er zu verbergen hatte? Vielleicht doch eine Frauengeschichte? Als er Nera auf der Party anschnauzte, Jake, war das vielleicht nur ein Ablenkungsmanöver.«

»Nein. Und ich will nicht, daß du anfängst, deine eigenen Theorien auszubrüten, oder überhaupt über die Sache nachdenkst. Das macht es nur schwerer für dich, die Nerven zu bewahren, wenn du bei Mrs. Thoren bist. Im Augenblick will ich nur, daß du horchst, was in ihrem Zimmer vorgeht, und dranbleibst. Mach es von deinem Telefon aus, nicht von diesem. Und nimm den Lautsprecher mit. Stell ihn einfach neben dem Hörer auf. Dann brauchst du nicht mit dem Ohr dran zu kleben.«

Schwer mit Ausrüstung beladen, wandte sie sich in der Tür noch einmal zu ihm um. »Jake, sei bitte nicht ärgerlich, aber jetzt, wo du weißt, daß die arme Frau erpreßt wird ...«

»Ellie, Kleines, laß dir das gesagt sein. Wenn ich ihr zu verstehen gebe, daß ich Bescheid weiß, dann fliegt unser Schwindel auf, und ich bin geliefert. Die Sache sähe anders aus, wenn ich wüßte, weswegen sie erpreßt wird. Dann würde ich ihr selbst die Daumenschrauben anlegen, und bis morgen wäre die ganze Geschichte ausgestanden. Aber ich weiß es nicht. Und deshalb muß sie im Augenblick ganz allein für die Sünden ihres Mannes büßen. Verstehst du das?«

»Ja«, sagte Elinor. »Und ich wünschte, ich verstünde es nicht.«

Er stand auf und warf die Tür hinter ihr zu. Dann ließ er sich am Schreibtisch nieder, vor sich die Fotokopie von Thorens Versicherungspolice.

Kapitel 11

Der Fragebogen bestand aus einer Doppelseite. Er nahm sie und strich sie auf dem Tisch glatt. Mittlerweile übersprang sein Blick automatisch jede Frage, die ein näheres Nachsehen nicht lohnte. Alle anderen Fragen mit den handschriftlichen Antworten studierte er so gründlich, als sähe er sie zum ersten Mal.

1. *Voller Name:* Walter Lennart Thoren
2. *Name jemals geändert?* nein
3. *Adresse:* 18 North Circular Drive, Daystar Island No. 2, Miami Beach, Florida
4. *Geburtsort: (Stadt)* St. Olivet *(Staat)* Minnesota
5. *Geburtsdatum:* Oktober 5, 1915
6. *Familienstand:* verheiratet
7. *Militärdienst, sofern geleistet:* U.S. Army von Juni 1939 bis Juni 1942
8. *Beruf:* Ruhestand

12. *Frühere Tätigkeit(en) innerhalb der letzten zehn Jahre:* Direktor des K. O. Sprague-Fotolabors, Miami
13. *Gewünschte Versicherungssumme:* $ 100 000 mit Verdoppelungsklausel
14. *Begünstigte(r):* Mrs. Charlotte Sprague Thoren
    Verhältnis zum Versicherungsnehmer: Ehefrau
    Nachrückende(r) Begünstigte(r): Sohn und Tochter zu gleichen Teilen

25. *Haben Sie jemals bei einer anderen Gesellschaft eine Lebens-, Unfall- oder Krankenversicherung beantragt und sie nicht erhalten?* nein
26. *Zahl der lebenden Kinder:* zwei
    Name, Alter, Beruf:
    Kermit Sprague Thoren, 21, Student
    Joanna Lennart Thoren, 18, Studentin

Angaben zur Familie

Name des Vaters: Frederick Thoren

falls verstorben, Alter zum Zeitpunkt des Todes: 50

Todesursache: Verkehrsunfall

Ort und Datum des Todes: 2. Januar 1940, St. Olivet, Minnesota

Mädchenname der Mutter: Clara Lennart

falls verstorben, Alter zum Zeitpunkt des Todes: 50

Todesursache: wie bei Vater

Ort und Datum des Todes: wie bei Vater

Die folgenden Angaben zur gesundheitlichen Verfassung dürfen nur von einem niedergelassenen Arzt gemacht werden.

Allgemeiner Gesundheitszustand: gut

Drogenabhängig? nein

Übermäßiger Alkoholkonsum? nein

Erkrankungen an Gehirn oder Nervensystem, Herz, Lunge, Verdauungstrakt, Haut, Knochenbau, Drüsen, Ohren, Augen? nein

Größere Operationen, sofern durchgeführt:
keine nennenswerten. Siehe im folgenden unter Unveränderliche Kennzeichen

Unveränderliche Kennzeichen: winkelförmige Narbe, sieben Zentimeter vertikal, fünf Zentimeter horizontal, auf dem Rücken, zwischen Schulterblättern, vom 1. bis 5. Wirbel. Kriegsverletzung.

Welche Kliniken, Krankenhäuser, Ärzte und/oder Heilkundige hat der Antragsteller in den letzten fünf Jahren konsultiert?
Julius Freeman, M. D.
Flamingo Drive, Miami Beach, Florida

Unterschrift des ausstellenden Arztes:
William McMurtie, M. D.

Unterschrift des Antragstellers: Walter L. Thoren

Jake blätterte um. Auf der Rückseite befand sich das bisher nicht gehaltene Versprechen der *Guaranty,* dem Begünstigten des Versicherungsnehmers oder den nachrückenden Begünstigten gegen Vorlage dieser Police und eines Totenscheines $ 100 000 auszuzahlen. Als maschinenschriftlicher Zusatz fand sich darunter die

Verdoppelungsklausel, die bei Unfalltod eine Auszahlung von $ 200 000 vorsah.

Zum Abschluß der Police kamen dann noch die beiden Klauseln, die, in dieser Reihenfolge, Maniscalcos Unglück und seine Hoffnung waren.

A) Unanfechtbarkeitsklausel. Diese Police wird, wenn sie vom Ausstellungstage an ein Jahr lang in Kraft gewesen ist, unanfechtbar.

B) Eingeschränkte Verbindlichkeit. Kommt der Versicherungsnehmer binnen eines Jahres nach Ausstellungsdatum durch eigene Hand um, so beschränkt sich die Verbindlichkeit der Versicherung auf die Rückerstattung der eingezahlten Prämien.

Oder wie Maniscalco es ausgedrückt hatte: »Mit dieser verdammten Unanfechtbarkeitsklausel brauchen wir uns vor Gericht gar nicht erst blicken zu lassen, es sei denn, wir können klipp und klar beweisen, daß es Selbstmord war. Oder noch besser, wir bitten die Witwe ins Hinterzimmer und zeigen ihr, daß wir die Beweise für den Selbstmord haben. Dann kommt sie nicht im Traum auf die Idee, vor Gericht zu gehen.«

In der Mappe, die die Police enthalten hatte, befand sich auch der Bericht des Graphologen, der Thorens handschriftliche Antworten analysiert hatte. Jake las die wohlvertrauten Zeilen dieses Briefes mit derselben Aufmerksamkeit durch, mit der er die Police studiert hatte.

Lieber Jake,
wie ich Dir schon am Telefon sagte, ist diese Art von Material nur bedingt zu eingehender Analyse tauglich. Die Fotokopie des Vertrages ist zwar gut, aber die feinen Nuancen der Handschrift gehen doch verloren. Das Formular selbst hat zu wenig Platz. Die Zwischenräume zwischen den Zeilen sind zu eng; sie würden bei den meisten Handschriften die Entfaltung einschränken. Trotz dieser Bedenken kann ich Dir den folgenden Befund liefern und würde ihn, sollte sich die Notwendigkeit ergeben, auch einem Gericht vorlegen. Gegen das übliche Honorar natürlich.

Von Anfang an ist offensichtlich, daß unser Kandidat, Mr. T., ein kluger Kopf war. Ich sage es nicht leichtfertig, Jake, wenn ich urteile, daß er ein Mann in der obersten IQ-Klasse war. So eng die Zeilen auf diesem Formular auch sind, hat er sich doch von ihnen nicht im geringsten einengen lassen. Und die winzigen Buchstaben sind wunderbar beherrscht und leserlich. Es war der Verstand eines Wissenschaftlers, der diesen Stift führte. Auf der Grundlage diverser Eigenheiten, mit denen er die Buchstaben zusammensetzte, würde ich sagen, daß er ein höchst erfindungsreicher Mensch war, der auch auf die kleinsten Details achtete und eine scharfe Beobachtungsgabe hatte.

Ansonsten dürfte das Interessanteste sein, daß es sich um einen Mann mit einem großen Bedürfnis nach Privatsphäre handelte. Die sorgfältig geschlossenen as und os verraten das. Bei jedem a und o ist der Bogen exakt geschlungen, so schwierig das bei dem beengten Raum auch war. Dieses und andere Indizien belegen die exzessive Zurückhaltung eines außerordentlich verschlossenen und in sich zurückgezogenen Menschen.

Interessant wird das, weil die Schrift eindeutig verrät, daß er auch wohlartikuliert war, sich außerordentlich flüssig ausdrücken konnte, sogar, wie man zu sagen pflegt, etwas von einem Dichter hatte. Der Kontrast, in dem das zu seinem Streben nach Privatheit steht, läßt mich vermuten, daß er ein Mensch war, der die meiste Zeit mit einem Knebel lebte, den er sich selbst in den Mund gestopft hatte.

Ebenfalls auffällig sind die Hinweise auf eine beinahe feminine Sensibilität gleich neben den Anzeichen der kräftigen maskulinen Strenge eines Menschen, der sich seines Wertes gewiß ist. Wiederum ein hochinteressanter Gegensatz.

Auf Deine beigefügten Fragen kann ich Dir die folgende Antwort geben:

Erstens. Nein, es gibt nicht die geringsten Anzeichen dafür, daß er wahnsinnig war. Und weißt

Du denn nicht, daß das Wort Wahnsinn aus der Mode gekommen ist?

Zweitens. Ja. Ich kann mir gut vorstellen, daß er Offizier in der Army war. Wirklich, der Mann war – verzeih den Witz – eine Kanone.

Drittens. Bei dem hypothetischen Fall, von dem Du in Deiner Notiz sprichst, handelt es sich offensichtlich um den Fall unseres Mr. T. Ein Mann erbt das Geschäft seines Schwiegervaters und führt es eine Weile lang erfolgreich. Dann plötzlich verkauft er es, setzt sich im vergleichsweise jungen Alter von 49 Jahren zur Ruhe und führt ein sorgloses Leben in Miami Beach. Aber wie soll man aus der Handschrift urteilen können, ob das ein überraschender Schritt war oder nicht? Vielleicht hat er den Laden verabscheut und wollte raus. Wenn er allerdings eine befriedigende Beschäftigung für die Zeit danach gefunden hatte, dann wäre er dumm gewesen, wenn er es nicht gemacht hätte.

Viertens. Um noch einmal zu wiederholen, was ich Dir schon deutlich genug am Telefon versichert habe: Nein, es gibt keinerlei Anzeichen, daß er eine Spielernatur war, womit du wohl jemanden meinst, der zwanghaft spielt. Andererseits gibt es auch nichts, was gegen die Annahme spräche, daß er dann und wann ein Spielchen wagte. Das machst Du schließlich auch, und Deine Handschrift, mein lieber Freund, hat einige verblüffende Ähnlichkeiten mit derjenigen Mr. T.s.

Das wär's. Ach ja, wenn du das nächste Mal der hinreißenden Sherry begegnest, sage ihr, daß mein Angebot noch gilt.

Dein hoffnungsvoller

Statt seines üblichen Witzes, die Unterschrift *Mike Sherman* mit der Schreibmaschine einzusetzen, hatte Mike sie diesmal ganz weggelassen.

Jake steckte den Brief wieder in den Ordner. Dann nahm er ein kleines Lineal und einen gut gespitzten Rotstift aus der Schublade und beugte sich über die Police. Sehr sorgfältig unterstrich er das

Geburtsdatum, das Thoren angegeben hatte, und den Todestag seines Vaters. Außerdem malte er ordentliche kleine Fragezeichen an die Punkte, die Militärdienst und Kriegsverletzung Thorens betrafen.

Er griff zum Telefon und wählte Maniscalcos Nummer, doch ein Dienstmädchen eröffnete ihm, daß Mr. Maniscalco ausgegangen sei. Nein, sie wisse nicht, wo er zu erreichen sei. Ob er eine Nachricht hinterlassen wolle?

Jake antwortete: »Ja. Und sorgen Sie dafür, daß er sie wirklich bekommt. Heften Sie sie ihm aufs Kopfkissen, wenn es sein muß. Er soll Jake anrufen, wenn er nach Hause kommt, ganz gleich, wie spät es ist.«

Um Mitternacht kam Elinor herein und berichtete, daß alles, was sie aus Mrs. Thorens Zimmer auf Band bekommen habe, die Fernsehnachrichten und ein Stück der Johnny Carson Show gewesen sei, doch der Fernseher sei vor einigen Minuten ausgeschaltet worden. Nach den Geräuschen zu schließen, die noch zu hören seien, sagte Elinor hoffnungsvoll, klinge es ganz so, als wolle Mrs. Thoren sich zur Ruhe begeben.

»Dann kannst du auch Feierabend machen«, sagte Jake. »Aber zuerst steck die Geräte wieder in den Schrank.«

»Und spül das Geschirr.« Elinor zögerte noch. »Jake, mir ist da etwas eingefallen, ich meine, wegen dieser Erpressung.«

»Ich hab' dir doch gesagt, du sollst das Denken mir überlassen.«

»Ich weiß, aber ich konnte nicht anders. Jake, ist es nicht gefährlich für uns, wenn es da irgendwo einen Erpresser gibt, dem wir in die Quere kommen? So einer findet vielleicht nichts dabei, jemanden umzubringen. Wenn er herausbekommt, daß wir unsere Nase in seine Sachen stecken ...«

»Der bekommt nichts raus«, entgegnete Jake.

»Das will ich hoffen. Du solltest nämlich wissen, wenn erst einmal Waffen ins Spiel kommen, dann bin ich ein ausgemachter Feigling. Am liebsten würde ich nicht einmal in einem Stück auftreten, in dem mit Platzpatronen geschossen wird.«

»Hier wird überhaupt nicht geschossen. Also denk nicht mehr dran.«

»Aber bei so jemandem ...«

»Denk nicht mehr dran.«

Es wurde zwei Uhr morgens, bis Maniscalco endlich anrief. »Was gibt's, Jake? Gute Neuigkeiten? Wenn nicht, dann warte, bis ich mich gesetzt und mir den Kragen aufgemacht habe.«

»Setz dich ruhig trotzdem hin, Manny, und hör mir genau zu. Ich brauche jemanden, der mir hilft. Ich brauche einen Jungen von hier unten, der mit mir zusammenarbeitet und der die Gegend hier in- und auswendig kennt. Jemand aus Miami, aber ein echter Profi.«

»Ein echter Profi«, sagte Maniscalco. »Und den willst du als Partner haben, Fifty-Fifty?«

»Nein.«

»Dachte ich mir. Jake, du weißt doch genau, daß es nirgends einen Profi gibt, dem du bei so einer großen Sache trauen kannst, es sei denn, du machst Halbe-Halbe mit ihm.«

»Ich will, daß du einen für mich findest, Manny. Wenn das oben im Norden oder an der Westküste wäre, dann wüßte ich sofort, wen ich anheuern könnte. Aber hier unten, da könnte ich genausogut in Hongkong sein. Es muß doch irgendwo einen geben, der für faire Bezahlung auch anständige Arbeit liefert. Du hast überall Kontakte. Einer davon müßte doch jemanden kennen.«

»Das gefällt mir nicht, Jake. Schlimm genug, daß du ein Mädchen dabei hast, das wir nicht kennen. Wie kommst du denn mit ihr zurecht?«

»Gut. Und du brauchst dir keine Sorgen mehr zu machen, daß sie irgendwas hinter unserem Rücken tut. Sie hat sich heute selbst in den Sack gesteckt.«

»Schon? Jake, alter Gauner, du bist einmalig. Wie hast du's denn angestellt? Einbruch, wie mit Sherry?«

»Nein, ich habe dafür gesorgt, daß sie eine Wanze in ein Telefon steckt. Die wird sich noch nächstes Jahr in die Hose machen, wenn ein Bulle sie auch nur ansieht. Aber du willst mich nur ablenken. Ich brauche einen erstklassigen Mann von hier unten, der mit mir zusammenarbeitet. Du hast den ganzen Tag Zeit, dich umzuhören und einen auszusuchen. Wenn ich morgen abend anrufe, sagst du mir, wie er heißt und wie ich ihn erreichen kann.«

»*Mamma mia,* ein ganzer Tag. Na gut, ich sehe zu, was ich tun kann. Sonst noch was?«

»Ja. Von 1939 bis 1942 war Thoren in der Army. Finde heraus, ob es einen dunklen Punkt in dieser Zeit gibt oder irgendwas an seiner Entlassung faul war. Aber Tempo. Und auf dem Fragebogen hast du ja gesehen, daß seine Eltern zusammen bei einem Autounfall im Mittleren Westen umgekommen sind. Ich will wissen, ob da vielleicht was verdächtig war.«

»Wäre das denn für uns von Belang?« fragte Maniscalco.

»Ich bin mir mittlerweile ziemlich sicher, daß Thoren erpreßt wurde. So ein schmutziges Geheimnis reicht manchmal weit in die Vergangenheit zurück.«

»Gut, darauf werde ich gleich jemanden ansetzen. Aber diese Sache mit dem Militärdienst, das braucht vielleicht mehr Zeit, als wir haben. Weißt du, wie das ist, wenn man versucht, die Leute vom Pentagon auf Trab zu bringen?«

»Was ich weiß, ist, daß die *Guaranty* ein ganzes Rudel von Generalen a. D. im Aufsichtsrat hat. Wie wär's, wenn du einem von denen sagst, er soll sich zur Abwechslung mal sein Geld verdienen?«

»Gar keine schlechte Idee. Jedenfalls besorge ich dir die Sachen in ein, zwei Tagen. Und jetzt spann mich nicht länger auf die Folter, Jake. Wie sieht es für deine Begriffe im Augenblick aus? Gibt es Hoffnung?«

»Wenn wir der Hoffnung entbehren, mein Junge, was ist das Leben als eitler Tand?«

»Um Himmels willen, Jake, das ist kein Witz. Wie sieht es aus, was meinst du?«

»Gut.«

Maniscalco stieß einen gewaltigen Seufzer aus. »Liebling«, sagte er, »schreib dir das in großen Lettern auf. Wenn du mich aus diesem Schlamassel rausbekommst, dann kriegst du nicht nur dein Preisgeld, sondern dazu lade ich dich, wenn du willst, zum besten Menü im besten Spaghettirestaurant ein, das du auf der Mulberry Street findest.«

»Manny«, entgegnete Jake, »du kannst dich glücklich schätzen, daß ich willens bin, dich in die angenehmeren Seiten des Lebens einzuführen. Also, wenn ich das Ding hier geschaukelt kriege, dann wirst du mich und mein Mädel hier an dem Tag in die Vier Jahreszeiten einladen, an dem wir wieder in New York sind.«

Kapitel 12

Post?« fragte Elinor, als Jake die beiden Briefe zusammen mit dem *Miami Herald* auf den Frühstückstisch warf. »Für mich?«

»Die Karte aus Mexiko von Sally und Ted ist für uns beide, der Brief von Myra Williams aus New York ist für dich. Wir bekommen jetzt alle paar Tage so was. Alles getürkt. In St. Louis gibt es einen Laden, dem gibt man nur seine Adresse, und die besorgen den Rest.«

»Nicht zu fassen«, sagte Elinor. »Aber wozu das?«

»Damit wir für den redseligen Postboten, den es hier womöglich gibt, echt genug aussehen. Und für die Angestellten. Morgen sind das Mädchen und der Gärtner fällig. Die kommen einmal pro Woche.«

»Ist das denn vernünftig, ein Dienstmädchen, das überall herumschnüffelt? Ich kann doch gut selbst saubermachen.«

»Nein. Für den Schrank, in dem die Ausrüstung und die vertraulichen Sachen sind, habe ich mein eigenes Schloß. Und je mehr das Dienstmädchen ansonsten im Haus herumschnüffelt, desto besser. Laß die Post hier liegen, wo sie sie sehen kann.«

»Und meine Kommodenschubladen soll ich wohl auch gleich offenlassen? Wann gehen wir zu den Thorens zum Schwimmen?«

»Punkt elf. Dann hast du Zeit genug, dich um Joanna zu kümmern, und ich gehe mit ihrem großen Bruder Autochen spielen.«

Der Lohn für die zwei Stunden, die er mit Kermit in der Thorenschen Garage damit verbracht hatte, einen XKE-Motor auseinanderzunehmen, war ein großer Ölfleck auf seiner Hose. Daß Elinor bei ihrem Plauderstündchen mit Joanna mehr Erfolg gehabt hatte, war auf dem selbstzufriedenen Gesicht zu lesen, das sie aufsetzte, sobald sie auf dem Nachhauseweg außer Sichtweite des Thoren-Hauses waren.

»Nun?« fragte Jake.

»Tja, das war eine aufregende Sache. Ich habe sie am Ende auf das Thema bringen können, indem ich eine lange Geschichte erfand, daß mein Vater ebenfalls bei einem Unfall umgekommen sei. Er ist tot, aber es war kein Unfall. Und ich habe ihr erzählt, wie elend mir zumute war, denn wenn ich gewußt hätte, was ihm bevorsteht, hätte ich ihn besser behandelt. Darauf hat ...«

»Ja doch«, sagte Jake, »nun komm schon zur Sache. Hat sie dir erzählt, was Thoren an dem Tag, an dem er umkam, gemacht hat?«

»Darauf wollte ich gerade kommen. Offenbar habe ich da einen Nerv getroffen, denn sie und ihr Vater hatten sich am Morgen jenes Tages gestritten. Oder sagen wir, er hatte sich mit ihr gestritten. Die beiden hatten gefrühstückt und saßen noch zusammen am Tisch. Er sah seine Post durch, und plötzlich setzte er zu einer Tirade darüber an, daß sie Hal Freeman heiraten wollte.«

»Hat sie gesagt, daß es darum ging, daß Freeman Jude ist?«

»Ja. Sie meinte, es würde mich wahrscheinlich nicht überraschen, denn ich hätte ja sicher gesehen, wie jüdisch er aussieht. Als ob das etwas zu bedeuten hätte. Wahrscheinlich hat sie noch nie bemerkt, daß sie selbst genauso jüdisch aussieht.«

»Tatsächlich?«

»Ist dir das nicht aufgefallen? Kermit auch. Dieser gutaussehende, braunäugige, lockige Typ ...«

»Weißt du«, sagte Jake nachdenklich, »das ist eine so verrückte Idee. Daß ich darauf noch überhaupt nicht gekommen bin.«

»Worauf?«

»Na, stell dir vor, Thoren hätte selbst Judenblut in den Adern gehabt. Stell dir vor, alles, wonach er im Leben gestrebt hat, war, weiß und angelsächsisch und protestantisch zu sein. Da würden ihm doch die Kniee schlottern, wenn jemand damit drohte, sein Geheimnis an die große Glocke zu hängen. Ein gefundenes Fressen für jeden Erpresser.«

»Das vielleicht schon«, sagte Elinor zweifelnd. »Aber um sich deswegen umzubringen, müßte er schon verrückt gewesen sein. Und du sagst ja, das war er nicht.«

»Nein, das war er nicht. Er war nicht verrückter als alle anderen hier. Der Wachmann an der Brücke, der sich wundert, daß ich Jake heiße; Milt Webb, die Ein-Mann-Bürgerwehr; die Ortegas und Patty Tucker mit ihren miesen Witzen über die Leute in Miami Beach ...«

»Ich weiß. So gesehen sind sie schon widerlich. Aber das sind viele Leute.«

»Thoren eingeschlossen«, sagte Jake, »der Mann, den sie am meisten bewunderten. Wenn sich bei ihm herausgestellt hätte, daß er ein Schwindler war, ein Außenseiter, einer von denen? Doch, ich kann mir schon vorstellen, daß er sich lieber umgebracht hätte, als das zu ertragen.«

»Wenn er tatsächlich Jude war«, erinnerte Elinor ihn. »Und du hast keinerlei Beweis dafür.«

»Nein, habe ich nicht. Und das ist schon wieder etwas, um das du dir keine Gedanken machen sollst. Laß uns bei der Frage bleiben, was er an jenem Tag gemacht hat, an dem er umkam. Joanna sagt, nach dem Frühstück hat er seine Post durchgesehen, alles war ruhig, und plötzlich knöpft er sich sie vor, weil sie Freeman heiraten will. Wie ging's dann weiter?«

»Na ja, sie hat mit voller Kraft zurückgeschlagen. Sie sagt, das Schlimmste, wenn man sich mit ihm stritt, sei immer gewesen, daß er niemals die Beherrschung verlor, daß er eiskalt blieb und in einem Tonfall mit einem sprach, als ob er einem Schwachkopf etwas erklärte. Meistens hielt sie es nach einer Weile nicht mehr aus und lief auf ihr Zimmer, aber diesmal kam er ihr nach und ritt immer weiter darauf herum, wie entsetzlich so eine Mischehe sei, bis es ihr zuviel wurde und sie ihn anschrie, wie beschränkt er in seinen Vorurteilen sei und daß er ein Heuchler sei, weil er bei Hals Vater nur so tue, als ob er sein Freund sei, und dergleichen Dinge mehr, die sie heute bereut.« Elinor mußte innehalten, um Luft zu holen. »Er war altmodisch, das muß man schon sagen. Da, wo ich herkomme, würde nur eine Ehe zwischen einem Weißen und einem Schwarzen als Mischehe gelten. Und sie müssen schon sehr weiß und sehr schwarz sein. Sonst nimmt davon überhaupt niemand Notiz.«

»Und wo kommst du her?«

»Aus der Gegend um den Tompkins Square Park. Avenue B, nahe der Zehnten Straße. Seit die Leute es das East Village nennen, ist es ein Hippie-Viertel geworden, aber meine Mutter will nicht wegziehen. Wir sind immer noch in derselben Wohnung, die sie und mein Vater gemietet haben, als sie heirateten. Ich bin gleich nach meiner Scheidung wieder bei ihr eingezogen.«

»Hab' ich mir schon gedacht. Hattest du das Gefühl, daß Joanna und ihr Freund was von einem Hippie haben?«

»Nein. Na ja, sie hat erzählt, daß sie ab und zu Pot rauchen, aber wer macht das nicht? Außerdem habe ich nicht den Eindruck, daß sie ihn als Freund wirklich für voll nimmt – jedenfalls kam sie immer wieder darauf, wie unreif er sei. Ich glaube nicht, daß die beiden wirklich heiraten werden. Im Augenblick würde sie auch viel lieber dich heiraten. Ihr stockt der Atem, sobald dein Name fällt.«

»Weil ich der neue große Daddy in ihrem Leben bin. Aber wie ging es dann weiter, nach ihrem Streit mit Thoren? Hat er im Laufe des Tages irgendwas getan, was ihr außergewöhnlich vorkam?«

»Na ja, sie hat nicht gesagt, daß es außergewöhnlich war. Aber am Nachmittag fuhr er mit seinem Segelboot raus und kam erst bei Einbruch der Dunkelheit zurück. Heute bricht es ihr das Herz, daß sie unten am Anlegesteg war, als er einlief, und als er sie bat, ihm beim Abdecken des Bootes zu helfen, war sie immer noch so wütend, daß sie sich umdrehte und ohne ein Wort davonging. Und auch den Rest des Abends sprach sie kein Wort mit ihm. Das nächste Mal hörte sie von ihm, als Kermit sie gegen drei Uhr morgens weckte und ihr sagte, daß er tot sei. Außer ihrem Vater war sie die einzige, die mit dem Segelboot fuhr, und nun kann sie den Gedanken nicht mehr ertragen, auch nur in dessen Nähe zu gehen. Es liegt noch genauso da, wie er es festgemacht hat.«

»Und sie fand es nicht ungewöhnlich, daß er allein auf eine solche Ausfahrt ging?« fragte Jake. »Oder daß er erst so spät zurückkam?«

»Sie hat nichts gesagt. Aber wahrscheinlich hätte sie darüber gesprochen, wenn sie es merkwürdig gefunden hätte, denn so wie sie ihn geschildert hat, war er jemand, der viel Wert auf ein geregeltes Leben legte. Alles in seinem Leben hatte seine Ordnung, und wenn es einmal anders war, dann fiel es allen auf. Zum Beispiel ist er schon, als sie noch klein war, jeden Mittwoch in so ein Ding in der Stadt gefahren, das Bayside Spa heißt, hat dort trainiert und ist ins Dampfbad gegangen. Sie sagt, als er plötzlich damit aufhörte, hätte sie gar nicht mehr gewußt, welcher Wochentag war, wenn der Mittwoch kam. Sie war es einfach nicht gewöhnt, daß er mittwochs da war. Wie dem auch sei, segeln kann man ja nicht nach Plan, nicht wahr? Das hängt doch vom Wetter ab.«

»Nicht ganz. Hat sie zufällig gesagt, seit wann er nicht mehr in diesen Fitneßladen gegangen ist? Wie lange das zurückliegt?«

»Nein«, antwortete Elinor. »Warum? Ist das wichtig?«

»Könnte sein. Was war an dem Abend des Tages, an dem er umkam? Hat sie etwas darüber gesagt, was er an dem Abend tat?«

»Nein. Und ich habe mich nicht getraut, noch weiter zu bohren. Selbst jemand so Beschränktes hätte da vielleicht Verdacht geschöpft.«

»Worüber hat sie sonst noch gesprochen?«

»Viel über dich. Ein wenig über Hal und Kermit. Sie hat mich vor Kermit gewarnt. In hübsche Scherze verpackt, aber es war nicht scherzhaft gemeint. Daran kannst du sehen, was für ein Spatzenhirn sie hat. Wenn ich ein Auge auf jemandes Ehemann geworfen hätte, dann würde ich doch als erstes meinen gutaussehenden Bruder auf sie hetzen.«

»Frauen«, sagte Jake.

Als sie wieder im Haus waren, streckte er sich auf der Wohnzimmercouch aus, die Augen geschlossen, die Hände im Nacken verschränkt. Elinor stand da und starrte ihn an, bis er die Augen öffnete. »Das war in Ordnung, was ich gemacht habe«, fragte sie, »oder?«

»Das war gut.«

»Den Eindruck hatte ich auch. Nun verrate mir, warum.«

»Weil solche Selbstmorde von Erpressungsopfern immer nach dem gleichen Schema ablaufen«, antwortete er. »Was du von Joanna erfahren hast, bestätigt mir, daß es auch bei Thoren nach diesem Muster ging.«

Elinor machte ein enttäuschtes Gesicht. »Das ist alles?«

»Das ist viel mehr, als du glaubst. Wir können annehmen, daß in der Post, die Thoren las, eine Mitteilung des Erpressers war, wann und wo die nächste Übergabe stattfinden sollte. Ein großer Prozentsatz der Selbstmorde, die auf Erpressung zurückgehen, geschieht ziemlich bald, nachdem eine solche Mitteilung eingetroffen ist. Sie sind offenbar der Auslöser, wenn das Opfer ohnehin kurz vor dem Zusammenbruch steht. Deshalb hat Thoren Joanna eine solche Szene wegen ihrer Heiratspläne gemacht. Er hat versucht, ihr zum Abschied noch einmal ins Gewissen zu reden.«

»Aber das sind doch alles nur Theorien«, wandte Elinor ein. »Das ist nicht die Art von Beweisen, die du, wie du gesagt hast, brauchst.«

»Der Beweis wäre der Erpresserbrief. In den Akten kann man nachlesen, daß immer und immer wieder, ganz gleich, wie sorgfältig jemand seinen Selbstmord arrangiert, damit es wie ein Unfall aussieht, er am Ende doch ein Indiz zurückläßt, das die Wahrheit verrät. In vielen Fällen ist es vielleicht nicht einmal bewußt geschehen. Es könnte eine unbewußte Geste des inneren Ichs sein, das zu verstehen geben will, was für ein Opfer es bringt. Und ganz gleich, wieviel Mühe sich so jemand gegeben hat, irgendwo sind dann immer wieder die halbverbrannten oder in Stückchen gerissenen Mitteilungen. Und vom inneren Ich hatte Thoren ja nun wirklich mehr als genug.«

»Aber sein Tod liegt einen Monat zurück«, sagte Elinor. »Glaubst du wirklich, daß du nach einem Monat noch so einen Brief finden kannst, ob nun zerrissen oder nicht?«

»Das muß ich«, antwortete Jake.

Kapitel 13

Er kam unverzüglich zum Thema, als Maniscalco anrief. »Manny, du hast jemanden losgeschickt, der die Sache mit dem Unfall von Thorens Eltern nachprüft, oder? Für den Fall, daß da irgendwas faul war?«

»Hmhm. Mein Mann in den Twin Cities ist gleich heute morgen nach St. Olivet gefahren. Es gibt eine Wochenzeitung da, und er wird nachsehen, was sie über die Zeit, zu der der Unfall geschah, im Archiv haben. Und es ist ein kleines Nest. Da müßten noch ein paar Alteingesessene zu finden sein, die sich an die Thorens erinnern.«

»Kannst du dich heute abend mit ihm in Verbindung setzen?«

»Ich weiß, in welchem Motel er abgestiegen ist. Warum?«

»Weil ich noch etwas habe, was er rausbekommen soll. Und zwar, welcher Religion Thoren und seine Familie angehörten. Wenn in Thorens Geburtsurkunde nichts steht, findet er vielleicht in dem Nachruf auf die Eltern etwas, das uns Aufschlüsse gibt. Kannst du ihn darauf jetzt gleich ansetzen?«

»Klar. Aber worauf willst du denn hinaus?«

Jake erklärte ihm, worauf er hinauswollte, und Maniscalco brummte zustimmend. »Keine Frage, das ist Erpressung, Jake. Das Beste daran ist, wenn sich herausstellt, daß der arme Hund tatsächlich wegen dieser Glaubensgeschichte gezahlt hat, dann wird die Familie es sich zweimal überlegen, ob sie vor Gericht geht und riskiert, daß die ganze Sache publik wird. Du weißt ja, wie ungern die *Guaranty* wegen solcher Fälle, in denen sie die Zahlung verweigert hat, vor Gericht geht. Ganz gleich, wie sehr die Versicherung im Recht ist, es ist immer schlechte Publicity.«

»Das sollte ich inzwischen wissen«, sagte Jake, »so oft, wie ich das von dir schon zu hören bekommen habe. Findest du es nicht rührend, Manny, daß es Sachen gibt, bei denen ein so gewaltiger Laden sich so große Sorgen macht?«

»Mein Freund, wir machen uns alle große Sorgen, heutzutage, wenn es ums Image geht, und ganz besonders die gewaltigen Läden. Und du kassierst ja nun auch kräftig dafür, daß du die Witwe dazu bringst zu verzichten und das Image der *Guaranty* dabei hübsch sauber bleibt.«

»Stets zu Diensten, mein Lieber.«

»Bisher habe ich keinen Grund zum Klagen. Aber du hast doch nicht alles auf diese eine Karte gesetzt, Jake? Vielleicht ist er wegen dieser Sache mit der Religion erpreßt worden, vielleicht auch nicht. Du darfst dich nicht verrennen. Genausogut könnte es mit einer Frau zu tun haben. Vielleicht ein gewitztes Flittchen, das er irgendwo aufgetan hat. Denk dran, ein großer Prozentsatz von Erpressungsfällen hat mit Sex zu tun.«

»Das behalte ich im Auge. Aber ich glaube nicht, daß es eine Frau war, die Thoren da in der Hand gehabt hat.«

Maniscalco schwieg eine ganze Weile. Dann sagte er: »Ich hoffe, ich habe das richtig verstanden. Du meinst, er war schwul?«

»Teufel noch mal, ich meine nicht die Art, die du dir vorstellst, die auf Fire Island rumlaufen und mit dem Po wackeln. Das gibt's nicht bei so einem Mann mit Frau und Familie. Aber er hatte ein paar hochinteressante bisexuelle Züge. Und einmal einem kleinen Impuls auf einer öffentlichen Toilette nachgegeben, schon ist die Katastrophe da. Deshalb will ich auch wissen, was in seiner Militärakte steht. Übrigens, was er 1939 als Religion angegeben hat, müßte ja auch drinstehen. Was hast du unternommen, um an die Akte zu kommen?«

»Eine Menge. Aber sie können sie nicht finden. War ja nicht anders zu erwarten. Ich sage dir Bescheid, sobald sie auftaucht.«

»Na, bring die mal ein bißchen auf Trab«, sagte Jake. »Und was ist mit dem Jungen, den du als Hilfe für mich vor Ort besorgen solltest? Hast du einen Tip bekommen, wer gut ist hier unten?«

»Habe ich. Deswegen rufe ich ja überhaupt an. Hast du schon mal von einem Burschen namens Abe Magnes gehört, Jake? Sagt dir der Name was?«

»Glaub' schon. Hat der nicht vor Jahren bei ein paar Versicherungsfällen ermittelt, die groß in die Schlagzeilen kamen?«

»Ganz genau. Überall in Miami und Umgebung. Den habe ich für dich aufgetan.«

»Abe Magnes?« fragte Jake ungläubig. »Aber der hat sich doch schon zur Ruhe gesetzt, bevor ich in dem Geschäft überhaupt angefangen habe. Der muß inzwischen 100 sein. Was soll mir denn so ein Tattergreis hier nützen?«

»Jake, wie ich von meinem Kontaktmann höre, nimmt Magnes immer noch dann und wann einen Auftrag an. Er hat immer noch mehr auf dem Kasten als die meisten Detektive, die halb so alt sind. Und er hat überall in Miami einen makellosen Ruf, er ist ehrlich. Zahle ihm seinen Preis, dann arbeitet er für dich und für niemanden sonst. Nur ein Haken ist an der Sache. Der Preis. Der Mann ist gut, und er weiß das.«

»Nein. Ich brauche jemanden, der flink und beweglich ist, nicht jemanden, der im Rollstuhl herumfährt.«

»Jake, bevor du mir deswegen die Hölle heiß machst, geh doch wenigstens mal hin, und schau ihn dir an. Ich habe schon mit ihm gesprochen, und er sagt, er ist an dem Geschäft interessiert. Und er hat das eine anzubieten, was dir am wichtigsten war. Nach allem, was ich höre, gibt es niemanden, der mehr über die Gegend da unten weiß als er. Und du weißt, daß du dir damit eine Menge Zeit und Ärger sparen kannst.«

»Das einzige, was ich weiß, ist, daß ich ganz schön enttäuscht von dir bin«, sagte Jake. »Also gut, bei der Auswahl, die du mir bietest, muß ich mir ihn ja wohl ansehen, oder? Wo finde ich ihn?«

»In Miami Beach, ungefähr zehn Minuten zu fahren von deinem Haus aus, sagt er. Hotel Oceana. Er erwartet dich morgen im Laufe des Tages.«

»Wenn er nicht vorher abkratzt«, sagte Jake.

Er war wütend, als er sich auf der Couch im Arbeitszimmer schlafen legte, und entsprechend waren seine Träume. Er erwachte aus einem gräßlichen Traum, als jemand seinen Namen rief. Als er sich im Dunkeln aufsetzte, sah er einen Lichtstreifen unter der Schlafzimmertür.

Er ging ins Schlafzimmer. Elinor, Pyjama und Bettdecke auf dem Boden, lag in der Mitte des gewaltigen Bettes auf dem Rücken wie ein kleine Leiche, die auf das Einbalsamieren wartet. Sie hatte sich ein Bettuch zwischen die Beine gesteckt und es hinauf bis knapp über die Brustwarzen gezogen, und jeder Quadratzentimeter Haut, der noch zu sehen war, leuchtete feuerrot. Ihr Gesicht, ein flammendes Scharlach, war dick geschwollen. Die schweren Lider waren halb geschlossen.

Jake betrachtete sie fasziniert. »Meine Güte, das ist ja furchtbar.«

»Ich weiß. Und es muß noch irgendwas mit mir los sein, außer dem Sonnenbrand. Mir ist so elend. Fieber und Schüttelfrost, und mir ist so übel. Vorhin wollte ich mich übergeben, aber ich konnte nicht.«

»Gehört alles zum Sonnenbrand dazu. Willst du etwa sagen, daß du die vollen zwei Stunden mit Joanna in der Sonne warst, ohne Schirm oder sonst einen Schutz?«

»Na ja, sie war es ja auch, und da habe ich mir nichts dabei gedacht.«

»Ich wünschte, das hättest du, Ellie, Kleines. Für morgen hatte ich schon geplant, daß wir uns von ihr zu einem Ausflug in Daddys Segelboot einladen lassen. Das kann ich mir jetzt abschminken. Na, nicht zu ändern.«

»Jake, wenn es mir ein bißchen besser geht ...«

Er schüttelte den Kopf. »Keine Chance. Und niemand hat was davon, wenn du dir jetzt Vorwürfe machst. Hast du etwas unternommen, um den Brand zu versorgen?«

»Ich habe mich mit dem Sonnenöl mit Benzocain eingerieben, so gut ich konnte. Deshalb habe ich gerufen. Tut mir leid, daß ich dich geweckt habe, aber ich komme nicht an den Rücken, und der brennt fürchterlich. Und ich dachte, vielleicht hast du etwas, das ich einnehmen kann, damit mir nicht mehr so elend ist.«

»Hab' ich. Die patentierte Dekker-Medizin. Ein paar Schlaftabletten, damit du das Schlimmste einfach verschläfst, und eine Flasche Ginger Ale, dann kannst du dir deinen ganzen Jammer ausrülpsen und der Flüssigkeitsverlust ist nicht ganz so groß. Und dann ölen wir dich noch fertig ein.«

Sie schluckte die Pillen und trank ihre Flasche mäuschenstill, dann gab sie willenlos nach, als er das Bettuch fortzog und sie auf den Bauch rollte. Nachdem er ihr die Rückseite von den Schultern bis zu den Knöcheln eingerieben und sie dann wieder zugedeckt hatte, seufzte sie dankbar. »Ich fühle mich schon ein wenig besser. Weißt du was, Jake? Manchmal bist du richtig nett.«

»Du solltest nicht Kompetenz mit einem weichen Herzen verwechseln, Baby.«

»Ach, tu doch nicht immer so hartgesotten. Oder bekommst du es wirklich mit der Angst zu tun, wenn dir jemand sagt, daß du nett bist?«

»Doch, schon, wenn ich das Gefühl habe, daß sich da eine jener Komplikationen zusammenbraut, vor denen ich dich gewarnt habe.«

»Komplikationen«, murmelte sie. Sie lag weit ausgestreckt auf dem Bauch, ihr Gesicht im Kissen vergraben. Plötzlich stützte sie sich auf die Ellenbogen und sah ihn mit verschwommenen Augen an. »Hör mal, auch wenn du ein Computer auf zwei Beinen bist, eins muß ich dir noch sagen. Ich weiß nicht, warum, aber es quält mich einfach, daß ich's dir nicht gesagt habe. Und jetzt sag' ich's dir.«

»Ich bin ganz Ohr.«

»Es geht um meinen Mann. Ich hatte nie einen. Ich war nie verheiratet. Es war nur so ein Junge von Tompkins Square, der mit der Gitarre und dem Gras was los hatte, und als er wollte, daß ich zu ihm ziehe, hab' ich's gemacht, und als das Kind kam, ist er abgehauen. Das ist alles.«

»Und?«

»Und jetzt, wo ich's dir erzählt habe, geht's mir besser.«

»Gut. Hast du den Burschen jemals wiedergesehen? Kümmert er sich um den Kleinen?«

»Nein. Deshalb bin ich ja wieder zu meiner Mutter gezogen. Sie sagte, ich könne zurückkommen, wenn ich's nicht abtreiben lasse. Hundertprozentige Katholikin. Jetzt ist alles in Ordnung, und sie ist ganz verrückt nach dem Jungen.«

»Eine rührende Geschichte«, sagte Jake. »Und jetzt hörst du lieber auf, gegen die Pillen anzukämpfen. Du siehst aus, als ob dir gleich der Kopf runterfällt.«

Sie ließ ihren schweren Kopf wieder auf das Kissen fallen. »Erbärmlicher Computer«, murmelte sie noch.

Er wartete ein oder zwei Minuten, dann schaltete er das Licht aus und ging wieder ins Arbeitszimmer. Rasch tauschte er die Schlafanzugs- gegen seine Baumwollhose und verließ das Haus durch die Hintertür. Während er draußen im nassen Gras stand und wartete, daß seine Augen sich an die Dunkelheit gewöhnten, warf er einen Blick auf die Armbanduhr. Die Leuchtzeiger zeigten halb vier.

Sobald er die Umrisse der umliegenden Büsche, Bäume und Häuser ausmachen konnte, ging er hinunter zu der abschüssigen Rasenfläche, wo ein schmaler Sandstreifen das Mäuerchen am Wasser markierte. Er folgte diesem Streifen an Milt Webbs Grundstück vorbei bis zur Anlegestelle der Thorens. Er konnte den Steg kaum sehen, aber in Gedanken hatte er ein klares Bild davon: ein schmaler Bohlenweg ohne Geländer, der etwa sechs Meter weit in die

Bucht hineinreichte. Auf der einen Seite lag Kermits Schnellboot vertäut; Thorens Segelboot, eine hübsche kleine Jolle, lag mit dem Bug an der anderen Seite, das Achtertau an einer Boje festgemacht. Das Segel hatte man abgenommen und irgendwo gelagert, über der Kabine war ein Segeltuch gezurrt.

Zwei Boote. Doch nun hatte sich zu seiner Überraschung ein drittes zu dieser Flotte gesellt. Neben dem Segelboot lag, das Heck am Landesteg, bleich und geisterhaft, ein großer Kabinenkreuzer, sämtliche Lichter gelöscht, das leise Pochen des Motors im Leerlauf kaum noch zu vernehmen. Was die verhaltenen Stimmen auf dem Achterdeck, kaum lauter als der Motor, sprachen, war nicht auszumachen.

Vorsichtig setzte Jake einen Fuß auf den Steg, um zu sehen, ob er ihn trug. Das Brett knarrte laut. Eilig zog er den Fuß zurück, ging ein paar Schritte am Wasser entlang und kauerte sich dort nieder, wobei er das Boot nicht aus den Augen ließ.

Er war gerade noch rechtzeitig von dem Steg heruntergekommen. Kurz darauf kletterte eine Gestalt ungeschickt vom Heck hinauf, ging unsicher über die knarrenden Bohlen und dann raschen Schrittes über den Rasen hinauf zum Haus. Als sie in der pechschwarzen Nacht jenseits des Pools verschwand, drehte der Motor auf und schwoll zu einem Crescendo an. Rote und grüne Lichter flammten am Bug auf, ein weißes am Heck. Das Boot legte vom Landungssteg ab. Jake erhob sich und versuchte den Namen am Heck zu entziffern.

»He, ihr da?« brüllte jemand. Es war Milt Webbs Stimme, vor Erregung eine halbe Oktave höher. »Keine Bewegung. Ich habe euch im Visier. Bleibt, wo ihr seid.«

Sofort gingen die Lichter des Bootes aus, der Motor röhrte ohrenbetäubend, während Jake in die Richtung herumfuhr, aus der die Stimme kam. Der Knall eines Gewehres, das Mündungsfeuer und der Einschlag, der ihm schmerzhaft Sand ins Gesicht schleuderte, schienen alle im gleichen Augenblick zu kommen. Mit drei Sätzen war er am Wasser und tauchte mit einem langen, flachen Sprung in die Bucht. Als das zweite Magazin gefeuert wurde, hörte er die Kugeln nur Zentimeter neben sich pfeifend ins Wasser schlagen. Mit kräftigen Stößen schwamm er unter Wasser davon, bis seine Lungen zu platzen drohten. Als er auftauchte, war er schon an Webbs Landungssteg vorbei. Von da konnte er in aller Ruhe zu seinem eigenen Stückchen Strand schwimmen, und das Wasser war beinahe ebenso warm wie die schwüle Nachtluft.

Im Haus warf er seine Hose in die Waschmaschine, dann ging er ins Arbeitszimmer und suchte Webbs Telefonnummer heraus. Er wählte, und eine Frau hob ab, die so klang, als ob sie in Panik sei. »Ja, ja, wer spricht da?«

»Mrs. Webb?«

»Am Apparat. Wer spricht da? Was wollen Sie?«

»Hier ist Jake Dekker von nebenan, Mrs. Webb. Ich habe vorhin einige Geräusche in Ihrem Garten gehört und mache mir Sorgen, ob etwas nicht in Ordnung ist. Es klang, als ob Milt nach jemandem rufe. Wenn ich etwas tun kann ...«

»Ja, es war schrecklich. Lieber Himmel, ich weiß nicht, was aus der Welt noch werden soll. Warten Sie, hier kommt Milton.«

Dumpf hörte man sie einige Worte wechseln. Dann war Webb am Apparat. »Haben Sie den Krawall gehört, Jake?«

»Ja. Ich wollte Ihre Frau nicht beunruhigen, aber für meine Ohren klang das wie Gewehrfeuer. Was war los? Wenn Sie meine Hilfe brauchen ...«

»Nein, das ist nett von Ihnen, aber es ist nicht mehr nötig. Ich habe die Sache selbst in die Hand genommen. Dafür hat man nun diese gelackten Wachmänner hier überall, daß man am Ende doch mit der Knarre in der Hand in den Garten muß, um sein Eigentum zu schützen. Verdammt noch mal, morgen früh werde ich McCloy die Meinung sagen, was das für eine Art von Ruhe und Ordnung ist, für die wir hier unser Geld ausgeben.«

»Soll das heißen, jemand hat gerade versucht, bei Ihnen einzubrechen?« fragte Jake.

»Nicht bei mir, bei den Thorens. Diese Ganoven kommen manchmal in Booten und brechen in die Häuser ein, und bisher haben wir nie einen zu fassen bekommen. Ich habe es jetzt endlich geschafft, gerade eben. Ich hab' das Boot in die Flucht geschlagen, und einen haben sie am Ufer zurückgelassen. Ich hab' ihn mit meinem Kaliber zwölf erwischt, direkt im Wasser.« Jubilierend hob Webb die Stimme. »Im Dunkeln, Jake, und mindestens 20, 25 Meter weg. Ist das ein Schuß?«

»Mehr kann man nicht erwarten, als daß man trifft, worauf man anlegt, Milt. Wissen die Thorens schon Bescheid? Sind sie auch wach?«

»Ja, ich war gerade drüben und habe mit Kermit und Joanna gesprochen. Jetzt ziehe ich mir was an, und dann gehe ich wieder rüber und warte mit ihnen auf die Polizei.«

»Und Mrs. Thoren?« fragte Jake. »Wie hat sie es aufgenommen?«

»Sie ist nicht heruntergekommen. Scheint, daß sie die ganze Sache verschlafen hat. Ein Glück so. Jake?«

»Ja?«

»Mir geht da was durch den Kopf. Sie haben mir doch erzählt, Sie schreiben auch manchmal Kriminalromane, und vielleicht kennen Sie sich da aus. Ich meine, wie ist das bei der Polizei? Wenn die Leiche in der Bucht wieder hochkommt, meinen Sie, ich kann das Blei, das sie da rausholen, haben, als so eine Art Souvenir?«

»Na«, sagte Jake, »das ist doch das mindeste, was man erwarten kann.«

Kapitel 14

Am nächsten Morgen herrschte im Haus und in der Umgebung heftiger Trubel. Die Polizei aus Miami Beach und die Sicherheitstruppe von Daystar Islands durchkämmten die ganze Gegend. Die Reinemachefrau von Daystar Service kam, zwei Gärtner, Milt Webb nebst Gattin, und am Ende McCloy höchstpersönlich, der Herrscher über dieses Imperium, eindrucksvoll in Plastron und Marineblazer, um sich bei den beiden neuen Mitgliedern der Gemeinschaft für diese Turbulenzen vor Sonnenaufgang zu entschuldigen. Und um mit wachsamem Auge seine eigenen Nachforschungen anzustellen.

Jake zog sich mit ihm in die Küche zurück, wo sie ungestört waren, und gab ihm den gleichen Bericht, den er auch der Polizei schon gegeben hatte – Webbs laute Stimme im Garten, die Schüsse, der Anruf bei Webb ...

»Aber haben Sie selbst ein Boot dort draußen gesehen, das einen verdächtigen Eindruck machte?« fragte McCloy herausfordernd.

»Von unserem Schlafzimmer kann man nicht hinunter zum Wasser sehen. Und selbst wenn man könnte – es war ja stockdunkel.«

»Haben Sie denn gehört, daß ein Boot kam oder abfuhr?«

»Nein, ich muß zugeben, das habe ich nicht«, antwortete Jake. »Worauf wollen Sie hinaus? Sie glauben doch nicht etwa, Webb hat sich die ganze Geschichte nur eingebildet?«

»Nun, mir steht es nicht zu, in dieser Sache ein Urteil zu fällen«, sagte McCloy, aber es war nur zu deutlich, daß er dies ebenso wie die Polizei und die Wachmänner bereits getan hatte.

Nichts von alldem konnte Elinor aufwecken. Als von der Gesellschaft nur noch das Dienstmädchen übriggeblieben war, gab Jake ihr ein großes Trinkgeld, damit sie sich um Elinor kümmerte, wenn sie erwachte, dann packte er ein paar Dinge in einen Aktenkoffer und fuhr in die Stadt zum Hotel Oceana.

Er fand es direkt am Strand im Viertel South Beach, eine verwitterte vierstöckige Imitation von Mount Vernon mit einer Veranda mit hohen Säulen zur Straße hin. Die Rentner saßen in einer Reihe auf der Terrasse, alle mit Sonnenbrillen, und sahen mit teilnahmsloser Miene den Tauben und den Möwen zu, die sich den Rinnstein teilten, ohne Notiz voneinander zu nehmen.

Die Hotelhalle hatte etwas von einem öffentlichen Gebäude. Am hinteren Ende waren Blechstühle in Reihen vor einem Farbfernseher aufgestellt, auf dessen Schirm Gestalten mit grotesken grünen und lavendelblauen Gesichtern an einer Quizsendung teilnahmen, doch niemand sah ihnen zu, außer dem blassen jungen Mann, der hinter der Rezeptionstheke lungerte. Ohne den Blick von dem Schirm abzuwenden, ließ er Jake wissen, daß er Mr. Magnes im Penthouse finde. »Nehmen Sie den Fahrstuhl zum dritten Stock, dann die Treppe zum Dach.«

Das Penthouse erwies sich als eine winzige Einzimmerwohnung mit Kochnische, die wie ein Karton in einer Ecke des Daches stand, und Magnes empfing seinen Besucher in ausgeleierter Badehose und Plastiksandalen. Klein, mit Bäuchlein und spindeldürren Beinen, mit seinem von einem Kranz weißer Haare gesäumten Glatzkopf, seiner Knollennase und den eng beieinanderliegenden Augen sah er wie eine wütende Ente aus.

»A schöner Jake«, sagte er zur Begrüßung. »Wenn Sie a Jake sind, dann bin ich a Shaun O'Reilly. Wissen Sie, ich habe schon von Ihnen gehört, bevor Maniscalco anrief. Bei dem Ruf, den Sie haben, hätte ich einen älteren Mann erwartet. Hat Maniscalco Ihnen gesagt, was ich verlange?«

»Nein.«

»Hatte ich ihm aufgetragen. Für einen Monat, können auch ein paar Tage mehr oder weniger sein, 10 000. Im voraus.«

»Monopolygeld?« fragte Jake.

»Gefällt mir, wenn jemand Humor hat. 10 000 im voraus. Ich löse Ihren Scheck bei meiner Bank in Chicago ein, damit kein windiger Bankangestellter hier in Miami ausplaudern kann, daß wir im Geschäft sind.«

»Da habe ich eine bessere Idee«, sagte Jake. »Für den Betrag können Sie den Fall selbst übernehmen, und ich arbeite für Sie.«

»Sehr gut«, sagte Magnes zu seiner Küchenspüle. »Nicht nur a Mensch mit Humor, sondern dazu noch einer, der weiß, wie er den armen Mann markiert.« Er wandte seine Knopfaugen wieder Jake zu. »Junge, als Abe Magnes noch solche Fälle übernahm, da war's üblich, daß er sich den Gewinn mit der Versicherung teilte, halbe-halbe, und ich hab' so ein Gefühl, daß Jake Dekker das nicht anders macht. Das heißt, Sie verdienen bei diesem Auftrag 100 000 echte amerikanische Dollar. Oder etwa nicht?«

»Doch«, antwortete Jake, »nur die Perspektive stimmt nicht. Sehen Sie es mal aus meiner Sicht. 10 000 habe ich schon in die Sache investiert. Das wird weh tun, wenn es schiefgeht. Wenn ich noch einmal 10 000 hineinstecke und eine Niete ziehe, kommt das Blut. Ich mag es nicht, wenn ich blute.«

»Verständlich. Aber ich nehme an, Sie sind zu Ihrem guten Ruf nicht dadurch gekommen, daß Sie Fälle übernehmen, die Sie nicht lösen können. Wenn Sie Hilfe haben, können Sie sie lösen. Mit meiner Hilfe.«

»Und was für eine Hilfe ist das?«

»Zuerst einmal ist sie ehrlich«, sagte Magnes. »Muß ich Ihnen wirklich erzählen, daß in unserem Geschäft der Verrat so alltäglich ist wie das Atmen? Und die Mamsers hier unten, die verkaufen einen für ein Butterbrot. Ich hab' mal in West Palm Beach einen Million-Dollar-Fall gehabt, eine markierte Lähmung, drei Monate lang habe ich die Leute beobachtet, bis ich dahinterkam, daß der Bursche, mit dem ich zusammenarbeitete, mich schon am zweiten Tag verraten hatte. Und für wieviel? Für lausige 100 Dollar. Ihre Schwestern verkaufen sie einem Loddel für 50.«

Jake schüttelte den Kopf. »Ich weiß ja von Maniscalco, daß Sie anständig sind. Aber ich brauche jemanden, der sich umhört, seine Kontakte spielen läßt, Ermittlungen anstellt. Und es muß schnell gehen. Die *Guaranty* möchte aus der Sache raus, bevor es vor Gericht geht.«

»Das ist alles in meinen 10 000 drin. Wenn jemand für irgendwelche Fleißarbeiten oder zum Beschatten gebraucht wird, arrangiere ich das selbst, und Sie treten gar nicht in Erscheinung. Was Kontakte angeht – Sie sagen mir, wen Sie sprechen wollen, und ich mach's möglich. Wenn Sie die Mitarbeit der Polizei wünschen ...«

»In diesem Falle nicht. Die Leute, auf die ich ein Auge habe, haben wahrscheinlich gute Verbindungen zum Polizeipräsidium.«

»Gut, dann jemand anderes vielleicht. Und alles ist in den 10 000 drin. Sie zahlen keinen Cent mehr als das.«

Jake zuckte die Schultern. »Das ist immer noch zuviel. Aber ich bin bereit, Sie auf Agenturbasis anzuheuern. Tag für Tag, plus Spesen.«

»Jüngele«, sagte Magnes in freundlichstem Tonfall, »zunächst einmal: In den 50 Jahren, die ich jetzt in dem Geschäft bin, habe ich noch nie per diem gearbeitet. Ich bin a Künstler, kein Tagelöhner. Zum zweiten, die 10000 sind für Sie Geschäftsausgaben. Und da Sie mindestens in der 50-Prozent-Klasse sind, sparen Sie bei Ihrer Steuererklärung fünf Tausender damit. Und zum dritten und letzten, wenn Sie jetzt davonspazieren und mich nicht nehmen, dann haben Sie niemand anderen, zu dem Sie gehen könnten. Keine Menschenseele, der Sie bei so einem Fall trauen könnten. Dann stehen Sie morgen wieder hier. Und der Preis wird immer noch derselbe sein. Also, wenn Sie's mal von allen Seiten betrachten, dann können wir uns doch den Kokolores sparen und gleich an die Arbeit gehen.«

Jake betrachtete es sorgfältig von allen Seiten, dann zückte er sein Scheckbuch.

»Gut«, sagte Magnes. »Jetzt mache ich uns was zu essen, und beim Lunch erzählen Sie mir, wer da zur Abwechslung mal die *Guaranty* aufs Kreuz legen will und was wir dagegen tun können.«

Kapitel 15

Jakes Bericht und das Abhören der Bänder dauerten den ganzen Mittag über und noch länger. Dann holte er die Mappe aus seinem Aktenkoffer, und er und Magnes setzten sich nebeneinander an den Tisch und nahmen sich eine Seite nach der anderen vor.

Nach der letzten schloß Magnes die Mappe. »Bleiben also drei Möglichkeiten. Die Judengeschichte, oder er hat sich mit der Hand in einem fremden Hosenlatz erwischen lassen, oder er hat was ausgefressen. Ich denke mir, das erste davon klingt ziemlich unwahrscheinlich.«

»Warum?«

»Weil es seine Frau nicht berücksichtigt. Wenn sie jetzt weiterzahlt, dann weiß sie ja, was er verbergen wollte. Für ihn mag das angehen. Aber für sie wäre das doch was anderes, zu so einem ungeheuren Preis zu verschleiern, daß sie aus Versehen a Jüd geheiratet hat. Aber wer weiß? Verrückt genug ist die Welt ja.«

»Genau meine Einstellung«, sagte Jake. »Ich hoffe nur, daß die Papiere, die Maniscalco ausgräbt, uns in dieser Hinsicht weiterhelfen. Inzwischen will ich, daß Sie ein paar anderen Sachen nachgehen.«

»Als da wären?«

»Zunächst dieser Charlie Matthews, von dem auf dem Band die Rede war. Der Bursche von der Biscayne National Bank. Er ist ein Freund der Familie, er kannte Thorens Lebenswandel, und zwei Jahre lang hat er es durchgehen lassen, daß Thoren jeden Monat große Summen in bar abhob. Jetzt löst zum ersten Mal Mrs. Thoren einen solchen Scheck ein, und plötzlich ist Matthews furchtbar aufgeregt und macht sich Sorgen. Finden Sie heraus, wer er ist und was für einer er ist, wie er lebt, ob sich sein Lebensstandard in letzter Zeit gebessert hat. Dann wäre da Alfonso Ortega. Ich möchte wissen, ob er wirklich sauber ist.«

»Kubaner?« fragte Magnes.

»Ja, aber er hat sich schon lange vor Castros Zeiten hier niedergelassen. Wohlhabend, aber das Geld gehört offenbar größtenteils seiner Frau. Die steht ziemlich weit oben auf meiner Liste, wegen dieser Sache mit ihr und Thoren, aber darum kümmere ich mich selbst.«

»Sollte nicht schwer sein«, meinte Magnes, »wenn sie wirklich so a scharfes Luder ist, wie Sie sagen. Aber sehen Sie sich vor. So wie Sie's eingerichtet haben, könnte das gefährlich werden.«

»Nicht, falls Ortega auf Reisen ist, wenn ich mich um sie kümmere. Und er fährt wieder. Er hat gesagt, daß er heute morgen nach Rio aufbricht.«

»Wenn ich sage gefährlich, dann denke ich nicht an ihn«, sagte Magnes. »Ich meine wegen dem Mädele, das Sie da bei sich haben. Ich spreche aus Erfahrung, und ich kann Ihnen sagen, daß das immer eine riskante Sache ist. Sie übernehmen einen Auftrag und stellen ein hübsches kleines Ding dafür an. Sie gehen ein paarmal mit ihr ins Bett, und ehe Sie sich versehen, bildet sie sich wer weiß was ein und hält Sie für ihren Mann. Und selbst wenn sie nicht mal für eine Handvoll Tausender bei der Gegenseite plaudern würde, macht sie's freiwillig, sobald Sie das erste Mal mit Lippenstift am Kragen nach Hause kommen. Die Rache einer Frau - kennen Sie das?«

»Kenne ich«, sagte Jake. »Aber überlassen Sie das mir und kümmern Sie sich um Ihren Teil der Arbeit. Das sind Matthews und Ortega.«

»Gibt es bei den Thorens Dienstboten mit großen Ohren? Oder kocht die High-Society drüben auf Daystar neuerdings ihr Essen selbst?«

»Nein, es sind zwei Bedienstete da, ein Ehepaar. Farbige. Altgedient. Er ist Hausdiener, sie Köchin. Raymond und Olivia Beaudry. Als Maniscalco hier unten war, hat er Beaudry ein paar Informationen abgekauft, über den Lageplan des Hauses und so weiter, aber als er nach Familiengeheimnissen fragte, war Beaudry stumm wie ein Fisch. Mansicalco ist mit dem Preis ziemlich in die Höhe gegangen, aber es war nichts zu machen. Dabei werden wir es wohl vorerst lassen. Wenn Sie Beaudry ansprechen und er erzählt es den Thorens weiter, dann schöpfen sie Verdacht. Und zunächst einmal haben wir Wichtigeres zu tun. Was wissen Sie über das Bayside Spa?«

»Liegt im North Bay Village. Ein schicker Fitneß- und Gesundheitskost-Laden. Ma zahlt für a Steak, und sie geben einem a Löffel Quark und erzählen einem, daß das gesünder ist. Wie kommen Sie darauf?«

»Thoren ist regelmäßig einmal pro Woche zum Training dort hingegangen und dann plötzlich nicht mehr. Ich will wissen, von welchem Tag an er nicht mehr hinging. Und wenn Sie dahinterkommen können, warum.«

»Schon wahr«, sagte Magnes. »Da passieren die merkwürdigsten Sachen, wenn die großen Jungs und die kleinen Jungs zusammen ins Dampfbad gehen.«

»Nicht nur das. Zum ersten Mal hat er vor zwei, drei Jahren Erpressergeld gezahlt, aber das heißt nicht, daß das der Zeitpunkt war, zu dem er bei irgendwas erwischt wurde. Es war vielleicht etwas, das schon lange zurücklag und wo jemand erst später draufkam, daß daraus Geld zu machen wäre. Das einzige, was wir mit Sicherheit wissen, ist, daß der Erpresser vor zwei bis drei Jahren zum ersten Mal Kontakt mit Thoren aufnahm. Und jede plötzliche Veränderung in Thorens Lebenswandel – zum Beispiel, daß er nicht mehr in jenen Laden ging – könnte für uns ein Hinweis sein, wann und wie dieser Kontakt zustande kam.«

»Könnte sein«, sagte Magnes. Nachdenklich fuhr er sich mit der Hand über den blankpolierten Schädel und wieder zurück. »Interessant, daß North Bay Village dabei ins Spiel kommt. Kennen Sie sich da aus?«

»Nein. Ich kenne mich hier unten praktisch nirgendwo aus. Ich verlasse mich ganz auf Sie.«

»Da verlassen Sie sich auf den Richtigen. Warten Sie, ich zeige es Ihnen mal.« Magnes räumte das Geschirr ab und stellte es in die Spüle, dann breitete er einen großen Stadtplan auf dem Tisch aus. Er fuhr mit seinem kurzen Finger eine Linie in der Mitte der Karte entlang. »Direkt hier, mitten in der Bucht an der Dammstraße, der 79. Straße, liegen zwei Inseln, und das ist das North Bay Village. Nirgendwo sonst im Dade County ist so viel los. Wenn Sie die Penunze haben.«

»Steckt die Mafia dahinter?«

»Bei vielem davon. Der Teil an der Dammstraße hier, das ist der sogenannte Strip. Es gibt ein paar Unabhängige am Strip, aber ich denke mir, das ist die sicherste Methode, ein Messer in den Bauch zu bekommen, wenn man ein Unabhängiger am Strip ist. Na, jedenfalls am Strip und in den Straßen drumherum kann man essen, trinken, a Mädele bekommen, a Jüngele bekommen, a Schuß bekommen, a Wette machen, a hübsche neue 38er Smith and Wesson kaufen und wenn ma a Hasenfuß ist, auch den Kerl dazu, der abdrückt. Die letzten beiden Male, die ich bei großen Juwelendiebstählen den Mittelsmann für die Versicherung gemacht habe, haben sie mir ein Abendessen auf dem Strip spendiert, damit ich die Klunker direkt am Tisch übernehmen konnte.«

»Ist das Bayside Spa eins von den Unabhängigen?« fragte Jake.

»Angeblich ja. Aber dieser Thoren war nicht der einzige, der da trainierte. Gehen Sie mal hin, dann können Sie ein paar ziemlich düstere Gestalten beim Liegestütz sehen. Vielleicht hat er mit denen Geschäfte gemacht. Eines Tages hieß es dann, entweder du zahlst, oder die Zeitungen bekommen davon Wind.«

»Gut möglich. Haben diese Gestalten ihre Finger bei Grundstücksgeschäften hier im Spiel? Hotels, Apartmenthäuser?«

»Hotels«, bestätigte Magnes. »Irgendwas müssen sie ja mit ihren Profiten von den Spielhöllen im Westen machen.«

»Dann hätten sie doch allen Grund gehabt, sich Thoren vorzuknöpfen. Er hat ihnen mit seinem Bürgerverein für Stadtplanung das Leben schwergemacht. Er brauchte sich gar nicht auf Geschäfte mit ihnen einzulassen. Er brauchte ihnen nur auf die Füße zu treten und sich dann in eine Falle locken zu lassen.«

Magnes lächelte bitter. »Lassen Sie sich das mal erklären. Das hier ist eine Stadt für Touristen und Rentner. Und die Leute, die Hotels für die Touristen und Apartmenthäuser für die Rentner bauen, die haben sie so fest beim Wickel, daß die sich um so einen Menschenfreund ungefähr soviel kümmern wie a Elefant um den Floh, der ihn beißt. Miami Beach gehört ihnen, sie machen damit, was sie wollen, und wenn dir das nicht gefällt, Freundchen, dann fall tot um. Aber bitte drüben in Miami, nicht hier, denn hier haben wir keinen Friedhof. Glauben Sie mir, keiner hier hat die Mafia auf Thoren gehetzt, weil er die großen Geschäfte störte. Das konnte er nicht. Nicht das winzigste bißchen.«

»Wenn Sie das sagen«, gab Jake nach. »Aber die Leute, die ihn erpreßt haben, waren Experten. Schwere Jungs. Und wo die Mafia am Ruder ist, da hat sie auch ein Interesse an solchen Sachen.«

»Das will ich nicht bestreiten«, sagte Magnes. »Aber vielleicht liegen Sie falsch mit der Idee, daß der Erpresser ein schwerer Junge sein muß. Jeder kann zufällig auf eine wunderbare Gelegenheit zur

Erpressung stoßen und sie nutzen. Er kann der kleine Pinscher von nebenan sein, der zufällig zum Fenster hineinsieht, als die Rolläden offen sind. Wenn Sie sich in die Idee verrennen, das könne nur a ganz schwerer Junge gewesen sein, könnten wir eine Menge Energie verschwenden, wenn wir am falschen Ende suchen.«

»Er konnte einen Mann wie Thoren über zwei Jahre lang Blut schwitzen lassen«, beharrte Jake. »Das muß ein Profi gewesen sein. Thoren war intelligent genug, seinen Selbstmord meisterhaft zu planen, und er hatte Mumm genug, seinen Plan in die Tat umzusetzen, als die Zeit gekommen war. Das heißt, wenn er jemals auch nur die geringste Chance gehabt hätte, den Erpresser umzulegen und davonzukommen, dann hätte er es getan. Und die Tatsache, daß ihm das nicht gelungen ist, beweist für mich, daß der Erpresser einer von den ganz Großen sein muß. So groß, daß er jetzt sogar Mrs. Thoren in den Klauen hat. Und kein armer Schlucker von nebenan denkt in der Größenordnung von zehn Riesen pro Monat.«

»Andererseits«, wandte Magnes ein, »welcher Profi kommt schon mit dem Boot direkt zum Haus, wenn er seine Rate holen will? Wenn die Bullen ihm aufgelauert hätten, hätten sie ihn auf frischer Tat ertappen können, mit den 10 000 in der Tasche.«

»Ich habe nicht gesagt, daß sie sich mit ihm getroffen hat, um zu zahlen. Das war schon am Vortag über die Bühne gegangen, gleich nachdem sie das Geld abgehoben hatte. Sie trafen sich, weil ihr Bruder einen solchen Aufruhr wegen diesem Geld gemacht hatte. Sie muß eine Zusammenkunft mit dem Erpresser arrangiert haben, um das Problem mit ihm zu beraten. Und ein paar andere Probleme. Bei ihrem Mann war das vielleicht möglich gewesen, daß er monatlich Geld in dieser Größenordnung übergab, ohne daß es jemandem auffiel, aber sie konnte es nicht, das war sicher. Und die Versicherungssumme, auf die sie gerechnet hatte, ist immer noch nicht gezahlt worden. Ich würde vermuten, daß sie den Burschen entweder um Aufschub für die nächste Zahlung gebeten hat oder um Verminderung der Raten.«

»Ja«, sagte Magnes, »da mögen Sie recht haben. Aber wie können Sie so sicher sein, daß sie das Geld schon gestern übergeben hat? Gerade jetzt, wo das Boot aufgetaucht ist.«

»Weil das so üblich ist«, sagte Jake. »Lesen Sie die Akten, und Sie werden feststellen, daß diese Unternehmungen fast immer nach Schema F ablaufen. Wenn der Zahltag gekommen ist, bekommt man seine Anweisungen. Man kratzt seine Dollars zusammen, hinterläßt sie an dem Ort und zu der Zeit, die man mitgeteilt bekommen hat, und so läuft das jedes Mal. Warum sollte denn ein kluger Erpresser auf die Idee kommen, einem Zeit zum Nachdenken zu geben, womöglich zu arrangieren, daß er beobachtet wird oder ihm die Beute wieder abgeknöpft wird, bevor er sie in Sicherheit bringen kann? Bei dem Spiel, das er spielt, will er nicht, daß die Spieler sich gruppieren. Er will, daß der Ball sofort geschossen wird.«

»Manchmal«, sagte Magnes. »Nicht immer. Aber was kann man in unserem Geschäft schon anderes tun als seine Chancen nutzen? Und nun sagen Sie mir mal, wie die Chancen stehen, Erpresserbriefe in dem Segelboot zu finden. Ich denke mir, die Briefe hat er vernichtet, sobald er sie gelesen hatte.«

»Mit Ausnahme des letzten«, sagte Jake. »Die Wahrscheinlichkeit ist groß, daß er ihn bei jener letzten Ausfahrt bei sich hatte, auf der er sich die Sache durch den Kopf gehen ließ. Ob er ihn am Ende dort draußen vernichtet hat oder nicht, wäre noch herauszufinden. Ich will mich vergewissern, bevor ich die Idee aufgebe.«

»Heißt das, Sie wollen es heute nacht noch ein zweites Mal mit dem Boot probieren?«

»Nein, ich warte noch einen Tag oder zwei, bis die Aufregung sich ein wenig gelegt hat. Noch ein Letztes. Gibt es irgendwelche offenen Homosexuellen-Bars hier in der Gegend, wo Thoren sich vielleicht hat erwischen lassen?«

»Im Augenblick nicht. Derzeit müssen Sie sich ein wenig umhören, wenn Sie so was suchen. Vor zwei oder drei Jahren, und davon reden wir ja, da schon.« Magnes beugte sich über den Stadtplan und zeigte mit dem Finger darauf. »Die beiden offensichtlichsten Läden waren hier an der Ecke Alton und Lincoln. Sie sehen selbst, ist nur ein Katzensprung von da zu den Daystar Islands.«

»Was ist aus den Läden geworden? Pleite gegangen, oder haben die Bullen sie zugemacht?«

»Die Bullen. Sie müssen wissen, daß es in Miami Beach von Zeit zu Zeit ungeheure Ausbrüche von Rechtschaffenheit gibt. Besonders bei dieser aalglatten Sorte von Hotelunternehmern, die es einfach nicht mit ansehen können, wie ihre Gäste anderswo Geld verpulvern, dabei könnten sie sich doch auch eine teure Flasche von der Bar und a hübsches Vögele direkt aufs Zimmer schicken lassen.«

»Was ist aus den Burschen geworden, die die beiden Lokale betrieben haben? Können Sie sich mit denen in Verbindung setzen?«

»Einer ist, glaube ich, nach Kalifornien gegangen. Der andere hat einen Fernsehladen irgendwo an der Washington Avenue aufgemacht. Den kann ich ohne weiteres besuchen. Ein sehr netter Kerl, auf seine Art.«

»Nett genug, daß er den Mund hält, wenn Sie ihn darum bitten?«

»Wenn ich ihm erzähle, daß ich gegen die Bullen arbeite, schon.«

»Gut«, sagte Jake, »hören Sie sich bei ihm um.« Er wühlte in seinem Aktenkoffer und holte einige Fotografien hervor. Zwei davon gab er Magnes. »Maniscalco hat diese Abzüge von dem Foto machen lassen, das die Zeitung bei Thorens Nachruf gebracht hat. Es ist ein altes Bild, aber wahrscheinlich ähnlich genug. Zeigen Sie es dem Burschen, und fragen Sie ihn, ob er ihn wiedererkennt. Wenn Thoren dann und wann bei ihm vorbeigeschaut hat, dann hätten wir einen Anhaltspunkt, wo wir weitersuchen sollten.«

»Wird erledigt, zusammen mit den anderen Sachen. Ich rufe an, sobald ich etwas zu berichten habe.«

»Ihr Telefon geht doch nicht über die Hotelvermittlung oder?«

»Sehe ich aus wie a Dummkopf?« fragte Magnes. »Ich habe einen direkten Draht nach draußen, seit ich hier vor 30 Jahren eingezogen bin. Und damals gab es noch gar keine Wanzen. Nur angezapfte Leitungen.«

»Sehen Sie ab und zu nach, ob Wanzen im Telefon sind?«

»Jeden Morgen«, sagte Magnes, »noch bevor ich mir die Zähne reinstecke.«

Kapitel 16

Elinor, krebsrot, aber nicht mehr ganz so geschwollen im Gesicht, war in ein Bettuch gewandet, das sie wie eine Toga geschlungen hatte, und es stand ihr gut. Sie fragte: »Was hast du denn Milt Webb und seiner Frau über mich gesagt, als sie heute morgen da waren? Daß ich vom Sonnenstich in den letzten Zügen liege, oder was?«

»Nein, nur die Wahrheit«, antwortete Jake. »Wieso?«

»Weil sie es furchtbar aufgebauscht und überall rumerzählt haben müssen, so wie nach dem Mittag alle hier hereingeströmt kamen. Das arme Dienstmädchen ist kaum zum Saubermachen gekommen; die meiste Zeit war sie unterwegs und hat ihnen Kaffee serviert.«

»Was für Leute?«

»Oh, zuerst die Thorens und diese Schwägerin, dann Mrs. McCloy und ein paar Freundinnen. Und als krönender Abschluß kamen Patty Tucker und Nera hereinspaziert, und die Thorens waren noch hier.«

»Und was geschah?«

»Na ja, Patty hat sich einmal umgeschaut und dann zugesehen, daß sie Nera hinausbugsiert bekam. Plapperte irgendwas von Einkäufen, die sie machen müßten, und daß sie nicht bleiben könnten. Aber fünf Sekunden lang sah es aus, als ob der dritte Weltkrieg ausbrechen würde, hier in unserem Wohnzimmer. Ich hätte mir gar nicht vorstellen können, daß Mrs. Thoren ein so mörderisches Gesicht machen kann wie heute mittag, als sie Nera erblickte.«

»Wie hat Kermit es aufgenommen?«

»Der blickte auch ziemlich finster drein. Und diese Schwägerin. Die einzige von ihnen, die anders war, war Joanna. Ich glaube, irgendwie mag sie Nera. Nera sah prima aus. Gerade im Vergleich zu den vertrockneten Wachteln, die es hier gibt. Wo warst du eigentlich die ganze Zeit?«

»Habe noch einen Assistenten engagiert. Jemand namens Abe Magnes. Alter Detektiv, der sich hier in der Stadt auskennt. Muß gut über 70 sein, aber kommt einem vor wie 40. Genaugenommen sieht jeder da unten in der Downtown von Miami Beach, wo er wohnt, wie Methusalem oder Mrs. Methusalem aus. Wenn man da unten jünger als 60 ist, reden sie einen mit ›Junge‹ an.«

»Du meinst, so sieht Miami Beach in Wirklichkeit aus?« fragte Elinor enttäuscht. »Ich dachte, es ist was richtig Schickes, wie in den Werbespots der Fluglinien.«

»Schon, je weiter man nach Norden kommt, desto jünger wird es. An manchen Ecken zumindest. Ich bin ein wenig spazierengefahren bis hinauf zur 79. Straße, und da ist wirklich was los. Ich zeige es dir demnächst, wenn du wieder mehr anziehen kannst als das Bettuch da.«

»Aber du bist doch nicht nur spazierengefahren«, sagte Elinor. »Würdest du nie tun. Es hatte etwas mit deiner Arbeit zu tun, stimmt's?«

»Ja, aber mit meinem Teil davon, nicht mit deinem. Was habt ihr bei deinem Kaffeeklatsch so geplaudert? Irgendwas für die Akten?«

»Vielleicht. Über die Schüsse von heute nacht weißt du Bescheid, nicht wahr?«

»Allerdings.«

»Na ja, das war das Hauptgesprächsthema. Keiner von ihnen glaubt Milt Webb die Geschichte so richtig. Kermit sagt, er hat wahrscheinlich auf eine Seeschlange geschossen, die aus einer Wodkaflasche kam. Aber ich weiß nicht recht.«

»Was weißt du nicht?« fragte Jake.

»Ich denke mir, heute nacht ist tatsächlich ein Boot an die Anlegestelle der Thorens gekommen. Aber da war kein Einbrecher an Bord, sondern ein Erpresser, der von Mrs. Thoren etwas eintreiben wollte. Und das überlegene Lächeln, das du da aufsetzt, verrät mir, daß du sofort das gleiche gedacht hast, als du davon hörtest.«

»Es ist kein überlegenes Lächeln«, sagte Jake. »Es ist ein kleines Kompliment dafür, daß du ein so kluges Mädchen bist. Wie hat Mrs. Thoren sich gehalten, als von der Sache geredet wurde? Irgendwelche Zeichen der Anspannung?«

»Fürchterlich. Ich habe ja bloß angefangen, mir Gedanken zu machen, weil sie so mit den Nerven fertig war. Jake, ich fand das so gemein, es mit anzusehen, obwohl ich Bescheid darüber wußte, was sie durchmacht.«

»Dann bist du doch nicht so klug, wie ich dachte. Stell dir vor, Thoren wäre mit einer Pistole ins Büro der *Guaranty* spaziert, hätte die Lohngelder geraubt und irgendwo vergraben. Und Mrs. Thoren versuchte jetzt, die Beute an sich zu bringen. Hättest du da immer noch Mitleid mit ihr?«

»Das ist doch nicht das gleiche.«

»Das ist genau das gleiche. Führe dir das immer vor Augen, wenn dir die Tränen wegen Mrs. Thoren kommen.«

»Aber du gehst einfach davon aus, daß sie den Schwindel durchschaut und weitermacht, obwohl sie weiß, daß er Selbstmord begangen hat. Dafür gibt es nicht den geringsten Beweis.«

»Außer daß sie verdammt blöde und gefühllos sein müßte, wenn sie nach 25 Jahren Ehe nicht wüßte, was ihr Mann für sie zu tun bereit war. Du kennst sie ja jetzt ein bißchen. Hast du wirklich das Gefühl, daß sie so blöde und gefühllos ist?«

Es dauerte eine Weile, bis Elinor das verdaut hatte. »Nein, wohl nicht«, sagte sie unglücklich.

»Gut. Und jedesmal, wenn du merkst, daß dein Herz ihretwegen blutet, denk dran, daß sie versucht, jemanden zu betrügen. Vielleicht lindert das deinen Schmerz ein wenig.«

»Und was ist mit unserem Betrug hier?« sagte Elinor. »Den Leuten etwas vorspielen, Wanzen in ihre Telefone stecken, sie belauschen ...«

»Darauf gibt es nur eine Antwort, Kleines. Wenn Mrs. Thoren aufrichtig gewesen wäre – wenn sie in dem Augenblick, in dem sie begriff, daß sie kein Anrecht darauf hatte, die Versicherungssumme in den Kamin geschrieben hätte –, dann wären wir überhaupt nicht hier. Das ist alles ihre Schuld, nicht meine.«

Den Abend über ging er immer wieder in die dunkle Küche und hatte vom dortigen Fenster aus ein Auge auf das Haus der Ortegas. Zwei Wagen waren in der Auffahrt hinter dem Ortegaschen Cadillac geparkt, ein dritter stand am Bordstein. Um elf Uhr sah er, daß der Wagen vom Bordstein abgefahren war. Er wartete, und einige Minuten darauf rangierten auch die beiden anderen aus der Auffahrt heraus und verschwanden den Circular Drive hinunter.

Er ging ins Schlafzimmer, wo Elinor bei der Arbeit saß und dem Sender lauschte, den sie in Charlotte Thorens Zimmer versteckt hatte. Aus dem Lautsprecher war die Wettervorhersage für die Bezirke Dade und Broward für den folgenden Tag zu hören.

»Sonst noch was gehört außer dem Fernseher?« fragte er.

»Nein. Wie lange soll ich noch dranbleiben?«

»Gib ihr noch zehn Minuten, nachdem sie den Fernseher ausgeschaltet hat. Und bekomm keinen Schreck, wenn dich später am Abend das Telefon im Arbeitszimmer weckt. Maniscalco soll mir heute oder morgen ein paar Informationen durchgeben. Wenn er anruft, sag ihm, ich rufe gleich morgen früh zurück. Leg mir einen Zettel auf den Schreibtisch.«

»Gut«, sagte Elinor. »Aber wo gehst du denn hin?«

»Sehe mich mal ein bißchen in der Nachbarschaft um. Ich weiß nicht wie lange, also mach dir keine Sorgen, wenn ich länger wegbleibe.«

»Außer daß die Erpresser hier in Booten vorfahren, was gäbe es da schon für einen Grund, sich Sorgen zu machen?« sagte Elinor. »Aber bevor du gehst, würdest du mir da bitte noch einen Gefallen tun? Mir noch einmal den Rücken mit dem Benzocain-Zeug einschmieren? Ich habe immer noch das Gefühl, ich liege auf einem glühenden Grill, wenn ich versuche mich hinzulegen.«

Sie reichte ihm die Flasche, und offenbar ohne jede Hemmung wegen ihrer flammenden Blöße wickelte sie sich aus dem Tuch und streckte sich mit dem Gesicht nach unten auf dem Bett aus. Sie schrie auf, als er ihr ohne Vorwarnung das kalte Öl längs über den Rücken spritzte und es dann mit groben Fingern einzumassieren begann. »He, das tut weh«, protestierte sie. »Kannst du es denn nicht sanft und freundlich machen, wie letztes Mal?«

»Nein, sanft und freundlich, das macht schnell zuviel Spaß. Wir wollen lieber beim Medizinischen bleiben.«

Unter Stöhnen ließ sie das Medizinische über sich ergehen. Dann fragte sie mit halb vom Kissen erstickter Stimme: »Jake, als ich den Gästen von dir erzählte, da kam ich ans Überlegen, wieviel von deiner Lebensgeschichte, die du mir eingetrichtert hast, wohl wahr ist?«

»Soviel, wie jemand ohne größere Mühe nachprüfen könnte.«

»Soll das heißen, daß du früher in New York tatsächlich Reporter beim *Daily Mirror* warst?«

»Bis er eingegangen ist. Der kluge Junge, der die Kriminalberichte schrieb. Manchmal auch was anderes.«

»Dann habe ich womöglich sogar welche von deinen Artikeln gelesen. Ich habe oft den *Mirror* gelesen, als ich noch klein war. Keine andere Zeitung hatte so gute Witze.«

»Es gibt jede Menge gute Witze im Zeitungsgeschäft«, sagte Jake. »Der beste ist, daß Leute versuchen, davon zu leben.«

Kapitel 17

Er klingelte, und Nera Ortega erschien in glitzerndem Hausanzug und einem Pantoffel mit Pfennigabsatz. Den anderen Pantoffel hielt sie in der Hand. Als sie bemerkte, daß Jake ihn ansah, lachte sie. »Nein, er war nicht als Waffe gedacht. Ich habe nur gerade ein paar Gäste verabschiedet und war eben auf dem Weg nach oben. Es ist doch nichts passiert, oder?«

»Nichts Ernstes. Ich habe eine Sorge, über die ich mit Ihnen sprechen wollte. Darf ich reinkommen?«

Sie zögerte. »Ich fürchte, es ist schon ziemlich spät.« Sie sprach mit einem leichten spanischen Einschlag. »Und Fons ist nicht zu Hause. Das Mädchen auch nicht. Im Augenblick bin ich ganz allein hier.«

»Ich weiß. Und es ist mir nur recht, wenn Fons nichts davon zu hören bekommt. Oder das Mädchen.«

»Oh?« Sie sah ihn an, die Unterlippe zwischen den Zähnen. »Und Ihre nette kleine Frau?«

»Meiner netten kleinen Frau habe ich Sonnenöl und Schlafmittel verordnet. Die wäre im Augenblick gar nicht in der Lage, allzuviel zu hören. Wissen Sie, das Schlimmste am Klima in Miami ist, daß man nicht sagen kann, daß es draußen schrecklich kalt ist, um so dafür zu sorgen, daß man hereingebeten wird.«

Nera war amüsiert. »Da sieht man, wieviel Sie vom Klima in Miami wissen. Gut, also wenn Sie Ihre Sorge in maximal 25 Worten zusammenfassen können ...«

Das gewaltige Wohnzimmer mit den Stierhörnern über dem Kamin und den Pelota-Körben an der Wand zeigte die Spuren der Party.

»Tut mir leid mit dem Durcheinander«, sagte Nera, der es offensichtlich nichts ausmachte. Sie schaltete eine kleine Tischlampe ein und drehte dann das helle Deckenlicht aus. »Wenn man es schon nicht aufräumen kann, kann man es wenigstens im Dunkeln verschwinden lassen. Einen Drink?« Sie lehnte sich an das Barschränkchen, um den anderen Pantoffel wieder anzuziehen.

»Dasselbe wie Sie«, sagte Jake.

»Ich habe genug für heute abend. Aber es war Scotch mit Soda. Nicht zuviel Soda.«

Jake sah zu, wie sie die Karaffe und ein Glas herausnahm und sie oben auf das Schränkchen stellte. »Tut mir leid«, sagte er. »Aber allein trinke ich nicht.«

Nera überlegte kurz, dann nahm sie ein zweites Glas heraus. Sie goß zwei ordentliche Gläser voll, fügte jedem einen Spritzer Soda hinzu und reichte eines Jake. Am Kamin standen zwei Sofas einander gegenüber. Er ließ sich auf dem einen nieder, Nera setzte sich auf die Lehne des anderen, fast schon außerhalb des Lichtkegels, den die Lampe warf.

Jake prostete ihr zu. Spöttisch erwiderte sie die Geste, dann trank sie ihr Glas in einer Folge rascher, kleiner Schlucke wie Medizin halb aus und machte ein angewidertes Gesicht dazu. Die Augen fest geschlossen, den Mund weit offen, atmete sie tief ein und genoß die Wirkung. Sie schlug die Augen auf und blickte Jake an. »Und Ihre Sorge?«

»Ach ja. Nun, ich habe mir Sorgen gemacht, wie ich es wohl so einrichten kann, daß ich am Ende allein mit Ihnen hier sitze. Gedämpfte Beleuchtung, Glas in der Hand. Scheint, daß ich mir darum jetzt keine Sorgen mehr zu machen brauche.«

»Sehr lustig«, sagte Nera trocken.

»Es war nicht als Scherz gemeint.«

»Wenn das so ist«, sagte Nera, »dann trinken Sie bitte aus, und gehen Sie. Ich nehme an, jeder Schriftsteller hat ein Bild von sich als einem mannhaften Caballero, aber das hier sind nicht die Zeit oder der Ort für einen solchen Auftritt.«

»Die beste Zeit ist immer jetzt. Der beste Ort ist immer der, an dem man zufällig gerade ist. Nera, was zum Teufel denkt sich Ihr Mann überhaupt dabei?«

»Mein Mann?«

»Oder überhaupt jeder Mann, der eine Frau wie Sie wochenlang allein läßt, während er unterwegs ist und Leuten irgendwelchen Ramsch andreht. Was ist denn das für ein Mann? Wenn ich etwas wie Sie hätte ...«

»Ach, das ist doch einfach lächerlich.« Nera erhob sich abrupt und gestikulierte in Richtung Tür mit ihrem Glas. »Würden Sie bitte so freundlich sein zu gehen? Kommen Sie ein andermal wieder, wenn Sie nicht betrunken sind.«

»Ich bin nicht derjenige von uns beiden, der getrunken hat«, sagte Jake.

»Dann gibt es für das, was Sie tun – zu tun versuchen –, absolut keine Entschuldigung.«

Jake lehnte sich auf der Couch zurück und streckte die Beine aus. »Kermit Thoren haben Sie aber doch etwas ganz anderes erzählt«, sagte er.

Das Glas in Neras Hand zuckte. Sie wollte es abstellen, dann überlegte sie es sich anders und leerte es mit denselben hastigen Schlucken und dem erschauernden Mißfallen wie zuvor und stellte es dann bedachtsam auf das Tischchen neben sich. »Darüber wird also immer noch geklatscht«, sagte sie.

»Und ob darüber geklatscht wird. Laut und deutlich.«

»Das kann ich mir vorstellen. Und ich nehme an, das brachte Sie auf die Idee, daß ich nur darauf warte, mit dem erstbesten, der kommt und mich dazu auffordert, ins Bett zu gehen. Und jemand wie Sie vergeudet keine Zeit damit, erst um Erlaubnis zu fragen, nicht wahr?«

»Machen Sie mir nichts vor«, sagte Jake. »Als wir uns vorgestern das erste Mal sahen, da war Ihnen ebenso klar wie mir, was früher oder später geschehen würde. Und da brauchte ich keine Geschichten über Sie und Kermit zu hören, um zu begreifen, daß mehr Frau in Ihnen steckte als in allem, was mir seit langem begegnet war. Oder zu wissen, was ich tun mußte.«

Nera starrte ihn an. Dann preßte sie sich dramatisch die Hand auf die Brust. »Es ist wahr«, sagte sie. »Von dem Augenblick an, als wir uns sahen, habe ich davon geträumt, in Ihren Armen zu liegen. Doch nun fürchte ich, die Wirklichkeit kann niemals halten, was der Traum versprach. Deshalb ist wohl das einzige, was ich noch tun kann, den Wachmann am Tor zu verständigen und Sie hinauswerfen zu lassen, bevor meine Illusionen vollkommen dahin sind.«

Sie ging, ein wenig unstet, zu dem Schreibtisch am anderen Ende des Zimmers und nahm den Telefonhörer auf. Sie hielt inne, den Finger über der Wählscheibe. »Nun?« fragte sie schließlich.

»Nun was?« entgegnete Jake ruhig. »Meinen Sie, irgend jemand glaubt, daß Kermit sich selbst bei Ihnen eingeladen hat und dann zudringlich wurde? Oder daß jemand das bei mir glauben würde? Der Wachmann eingeschlossen. Er wird Ihnen erzählen, daß Sie, wenn Sie wirklich nicht wollen, daß jedesmal jemand zudringlich wird, wenn Ihr Mann die Stadt verläßt, ein Dienstmädchen engagieren sollen, das über Nacht bleibt. Oder sich einen Hund zulegen.«

»In drei Minuten, Mr. Dekker, werden Sie feststellen können, was der Wachmann zu sagen hat.« Ihr Versuch, Hochmut zu zeigen, wurde ein wenig dadurch verdorben, daß sie die Worte lallte. »Und, wichtiger noch, was ich ihm zu sagen habe.«

Jake nahm einen großen Schluck. Der Scotch war nicht besonders. Er sagte: »Sie müssen eine lausige Pokerspielerin sein, meine Schöne. Das sollten Sie doch wissen, daß man nicht blufft, wenn die Wahrscheinlichkeit groß ist, daß man erwischt wird. Am Ende steht man dann nur mit einem Telefonhörer in der Hand und einem verschmierten Gesicht da.«

Nera stieß einen würgenden Ton aus. Es mochte ein zurückgehaltener Wutschrei sein, ein unterdrückter Seufzer oder ein heftiges Aufstoßen. Jake stellte sein Glas ab, ging hinüber, und sie leistete keinen Widerstand, als er ihr sanft den Hörer aus der Hand nahm und wieder auflegte. Als er sie an sich zog, wehrte sie sich, doch nur einen Moment lang. Seine Hand fuhr über den wohlgerundeten Hintern, hinauf unter die Seidenbluse des Hausanzugs und unter das eng gespannte Band ihres Büstenhalters. Wieder stieß sie jenen würgenden Ton aus. »Bitte nicht«, sagte sie. »Bitte geh.«

»Du weißt genau, du willst nicht wirklich, daß ich gehe.«

»Doch. Du machst mir angst.«

»Aber nicht allzusehr«, sagte Jake.

»Nein, wirklich.«

»Schön. Dann zwinge ich dich eben, und du hast dir nichts vorzuwerfen.« Jake löste den Verschluß des Büstenhalters, und die Bänder lockerten sich. Nera erschauderte, ihr Atem wurde schneller, als er leicht die Finger über die Streifen gleiten ließ, die die Bänder hinterlassen hatten. »Du siehst ja, du bist mir hilflos ausgeliefert. Entspanne dich und genieße es.«

»Heilige Muttergottes«, stöhnte Nera, ihre Stirn an seine Brust gepreßt, »ich bin verheiratet.«

»Und ich wette, dein Mann ist der reinste Heilige. Jetzt gerade sitzt er wahrscheinlich in seinem einsamen Hotelzimmer in Rio und liest in der Bibel.«

»Mach dich nicht darüber lustig. Er ist so ein guter, freundlicher Mann. Und deine Frau ist so ein süßes, hübsches Kind.«

»Und du bist eine verdammt attraktive erwachsene Frau. Heb mal die Arme.«

Gehorsam hob Nera die Arme, so daß er ihr das Oberteil des Hausanzugs über den Kopf ziehen konnte. Dann schüttelte sie die Schultern, und der Büstenhalter löste sich. Ihre schwellenden, ein wenig pendelnden Brüste wirkten ungeheuer im Kontrast zu der mädchenhaft schlanken Taille. Jake nahm eine davon in die Hand, und Nera umklammerte sein Handgelenk und versuchte vergebens sie fortzuschieben. »Nein«, sagte sie atemlos. »Bitte nicht. Nicht so.«

»Aber ja, gewiß doch. Genau so.«

»Das meine ich nicht.« Eine gewisse Ungeduld schwang in ihrer Stimme. »Laß mich nach oben vorausgehen. Ich rufe, wenn ich fertig bin.«

Was immer sich oben abspielen mochte, ließ ihm, bis sie ihn rief, genug Zeit, einen Sender im Telefon zu installieren, die Schreibtischschubladen mit einem Dietrich zu öffnen und festzustellen, daß nichts von Interesse darin war, sich zu vergewissern, daß alle Türen des Hauses fest verschlossen waren, und sogar noch in aller Ruhe den Rest des ätzenden Scotch mit Soda auszutrinken.

Als er ihr Zimmer betrat, sah er, daß nur der rosige Schimmer eines Lämpchens auf ihrem Frisiertisch es spärlich beleuchtete. Das Bett war ein rüschenbesetztes Himmelbett, und Nera, nun gänzlich entkleidet, hatte sich darauf arrangiert wie eine kleine, blonde Nackte Maja. »Lösche das Licht«, flüsterte sie.

Er tat, wie ihm geheißen, dann tastete er sich durchs Zimmer in Richtung Himmelbett vor, und im Gehen schüttelte er seine Sandalen von den Füßen und warf die Kleider ab. Er fand das Bett, indem er mit dem Schienbein daran stieß.

»Hoppla«, sagte Nera zärtlich. Ihre Hände strichen ihm über die Brust, dann fuhren sie forschend tiefer. »Heilige Muttergottes«, sagte sie ehrfurchtsvoll. Er beugte sich über sie, sie umklammerte ihn so heftig, daß es schmerzte, und der Geruch eines blumigen Parfums stieg ihm in die Nase, der Geruch von Zitronenseife, Deodorant und, als seine Lippen die ihren berührten, von Zahnpasta oder Mundwasser mit Pfefferminzgeschmack. Neras Arme umschlangen seinen Nacken, und sie zog ihn nun ganz zu sich hinunter. *»Ay, mi padrillo«,* hauchte sie, und dann erstickte sie ihn in einer Pfefferminzwolke.

Hinterher war sie nicht in der Stimmung, etwas zu sagen oder die Zigarette mit ihm zu teilen, die er ihr anbot, so überwältigt war sie und hielt nur noch seine Hand. Resigniert gab er es auf und wartete, bis das immer lauter und rauher werdende Einatmen und das blubbernde Ausatmen ihm bestätigten, daß sie eingeschlafen war. Er löste sich aus ihrem Griff und begab sich auf einen Erkundungsgang durch das obere Stockwerk. Sie schliefen in getrennten Schlafzimmern, und Fons' Zimmer lag neben dem ihren. Außerdem gab es noch zwei Gästezimmer und eine Mischung aus Bibliothek und Musikzimmer, wo eine der vier Wände fast ganz von einer extravaganten Stereoanlage ausgefüllt wurde.

Sorgfältig sah er sämtliche Schränke und Schubladen jedes Zimmers durch, ohne daß er etwas Interessantes gefunden hätte. Dann fand er in der Bibliothek mit Musikzimmer ein altmodisches Fotoalbum, die Seiten rissig und ausgetrocknet an den Kanten. Auf einigen Bildern waren die Thorens zu sehen, von der Zeit, als Kermit und Joanna noch Krabbelkinder waren, bis zu ihren mittleren Teens, doch es war niemand dabei, der wie Walter Thoren aussah. Hier und da tauchte Charlotte Thoren auf. Aber von ihrem Ehemann keine Spur.

Nachdem er seine Ermittlungen abgeschlossen hatte, ging er hinunter in die Küche, machte sich Kaffee und las in aller Ruhe die *Miami Beach Daily Sun* vom Vortag. Als er ins Schlafzimmer zurückkehrte, schlief Nera noch immer tief. Er streckte sich neben ihr aus und zwang sich dazu, wachzubleiben, bis ein Gurgeln, ein Schnaufen, ein heftiges Hin- und Herwerfen ihm signalisierten, daß sie allmählich erwachte. Dann weckte er sie weiter, wie es sich für einen Liebhaber gehörte, und sie reagierte sogleich und leidenschaftlich. Diesmal war sie auch bereit, danach die Zigarette mit ihm zu teilen, und zum Plaudern aufgelegt.

»Du bist wunderbar«, sagte sie höchst befriedigt. »Heilige Muttergottes, was für eine prächtige, schmutzige Phantasie. Ich habe schon immer wissen wollen, wie es ist, wenn man diese Sachen macht. Ich dachte, die Leute machen das nur für Fotos in Zeitschriften.«

»Du kennst diese Art von Zeitschriften?«

»Ja, eine Freundin hat mir einmal eine aus Kopenhagen mitgebracht. Fons würde mich umbringen, wenn er das jemals zu sehen bekäme. Willst du einen Blick drauf werfen?«

»Nein danke, nicht nötig«, sagte Jake. »Aber ich dachte gerade, wahrscheinlich hättest du es als Schulbuch für Kermit benutzen können.«

»Jetzt fang doch nicht schon wieder damit an, Liebling.«

»Kommt er noch vorbei?«

»Der? Mir wird schlecht, wenn ich nur an ihn denke.«

»Der arme Kermit«, sagte Jake. »Aber ab und zu gibt es andere Männer, oder? Ich wüßte nicht, wie du die fernhalten könntest.«

Einen Moment lang glomm Neras Zigarette kräftig auf. »Ich brauche wohl nicht zu betonen, daß ich eine sehr gesunde Frau bin. Und die Hälfte der Zeit könnte ich genausogut eine sehr gesunde Witwe sein.«

»Nein, das brauchst du mir nicht zu sagen«, bestätigte Jake. »War Walter Thoren einer von diesen Männern?«

»Liebling, für dich mag es erregend sein, dir vorzustellen, daß ich die Hure dieses Viertels bin, aber für mich nicht.«

»War er?«

»Nein, war er nicht«, antwortete Nera kurz angebunden.

»Aber du hast es dir gewünscht, nicht wahr?« hakte Jake nach. »Ich weiß alles über diese Geschichte, wie du in aller Offenheit versucht hast, ihn dir zu angeln.«

»Oho, allmählich dämmert es mir.« Nera faßte ein Büschel seiner Haare und zupfte zärtlich daran. »Du bist eifersüchtig, du Dummkopf. Und das auf einen armen Mann, der seit vier Wochen unter der Erde liegt.«

»Eifersüchtig? Auf einen Mann, der dumm genug war, dir einen Korb zu geben?«

»Doch, doch. Und was den Korb angeht – weißt du, als ich es mir hinterher überlegte, war ich froh, daß es so gekommen war. Eigentlich war er ein ziemlich angsteinflößender Mensch.«

»Erzähl weiter. Du magst doch diese Art von Angst.«

»Nur wenn ich weiß, daß ich die Situation unter Kontrolle habe. Ich glaube nicht, daß das bei Walter der Fall gewesen wäre.« Nera stützte sich auf den Ellenbogen und drückte ihre Zigarette in dem Aschenbecher aus, der zwischen ihnen stand. »Und ich bekomme allmählich das Gefühl, daß das bei dir auch nicht so ist. Im Augenblick macht mir das nichts aus, aber ich weiß nicht, wie mir später zumute sein wird. Du hast mir ein wenig zuviel Ähnlichkeit mit Walter, in mancher Hinsicht.«

»In welcher Hinsicht?«

»Anziehend genug, daß Frauen euretwegen Dummheiten machen. Eifersüchtig. Er hat sich unmöglich benommen, wenn irgendein Außenstehender auch nur den geringsten Einfluß auf Charlotte oder die Kinder hatte. Kalt und arrogant. Und vor allem« - Nera war nur als heller Umriß in der Dunkelheit des Raumes auszumachen, als sie sich rittlings auf ihn setzte - »nichts als Kopf und kein Herz.« Sie zog mit dem Finger einen Kreis auf seiner Brust. »Nichts drin hier. Ein Motor aus Edelstahl, das ist alles.«

»Danke«, sagte Jake. »Das ist doch genau, was man fürs Selbstbewußtsein braucht.«

»Als ob du noch mehr Selbstbewußtsein nötig hättest. Liebling, du bist ein einziges großes, gefährliches, eiskaltes Selbstbewußtsein.«

»Du kennst mich nur noch nicht. Wenn du mich erst besser kennst, wirst du sehen, daß ich in Wirklichkeit ein sanfter Kater bin.«

»Aber sicher. Typus Säbelzahntiger. Aber mach dir nichts draus. Ich wäre die letzte, die leugnen wollte, daß du deinen Charme hast.«

»Ebenso wie du«, sagte Jake. »Was ich einfach nicht verstehe, ist, warum Thoren dem nicht genauso erlegen ist wie ich. Was war denn los, als du dich an ihn herangemacht hast? Ich sehe ja ein, daß er vor aller Augen so tun mußte als ob, aber er hätte dir doch immer noch unter dem Tisch das Knie tätscheln können, als Zeichen, daß er das Kompliment zu schätzen wußte. Und er wußte ja, daß du halb betrunken warst, und hätte das Ganze als Scherz abtun können. Was hatte er also für einen Grund, dermaßen zu explodieren? Wenn ein Mann wie er auch nur für ein paar Sekunden die Beherrschung verliert, dann muß es doch einen Grund dafür geben.«

»Keine Ahnung, was das für ein Grund gewesen sein soll. Und ich verstehe auch nicht, warum wir immer wieder darauf herumhacken müssen. Mir ist es lieber, wenn wir bei den Lebenden bleiben und den armen Walter in Frieden ruhen lassen.«

»Trotzdem«, sagte Jake nachdenklich. »Er würde einfach eine wunderbare Figur für eine Geschichte abgeben. Wie geschaffen dafür. Man fängt mit der Szene bei der Dinnerparty an, dann blendet man von da zurück und erforscht die Gründe, warum es so gekommen ist...«

»Das ist es also. Das hätte ich mir doch denken können.«

»Na ja, du kannst doch einen Schriftsteller nicht dafür tadeln, daß er sieht, welche Möglichkeiten in dieser Szene stecken.«

»Nein, wohl nicht. Aber ebensowenig kannst du mich dafür tadeln, daß ich mehr als nur Material für eine Geschichte sein will.«

Er zog sie hinunter, so daß sie nun ausgestreckt auf ihm lag, ihr Kinn an seiner Schulter, ihre Wange an seiner Wange. »Du weißt doch gut genug, daß du viel mehr als das bist.« Er ließ seine Hände an ihren Flanken auf- und abgleiten, und sie schreckte zurück. »Laß uns lieber nichts anfangen, was wir dann nicht zu Ende bringen können«, warnte sie.

Er faltete die Hände über ihrem Rücken. »Was war denn nun los? Hast du irgend etwas getan, was ihn vielleicht schockiert hat?«

»Ach, nun bausche das doch nicht so auf. Ich habe nur meinen Arm durch seinen gesteckt und ihm ein paar Kleinigkeiten ins Ohr geflüstert. Und es war auch kein unsittlicher Antrag. Es war vollkommen harmlos.«

»Das, was du zu ihm gesagt hast, meinst du?«

»Ja. Ich saß neben ihm am Tisch und hatte ihm den ganzen Abend über kaum ein Wort entlocken können. Jedenfalls sprachen alle von dem Mord, der eine Woche zuvor hier geschehen war – ein Millionär namens Farber oder Farbstein oder so ähnlich wurde mit einer Kugel im Kopf aus der Bucht gefischt, und vom Täter keine Spur. Ich hatte einige Scotch und Soda intus, und plötzlich überkam es mich. Ich lehnte mich hinüber zu Walter und sagte: ›Ich weiß, daß du es warst, aber wenn du nett zu mir bist, verrate ich es niemandem.‹ Ich gebe zu, daß das nicht gerade vor Witz sprühte, aber es verdiente sicher nicht das, was ich dafür bekam. Man hätte denken können, ich hätte ihm ein Messer in den Bauch gerammt, so wie er sich anstellte.«

»Und das alles nur wegen eines Mordfalls, der keinen von euch beiden etwas anging«, sagte Jake lässig. »Das sind die Ironien des Lebens. Und ich nehme an, ein paar Tage später war der Fall geklärt, und ihr habt euch nur um so mehr auf den Arm genommen gefühlt.«

»Glaube schon. Das heißt nein, ich bin mir nicht sicher. Na ja, was spielte das noch für eine Rolle, nachdem der Schaden angerichtet war?« Plötzlich hob Nera den Kopf und sah sich um. »Kann ich neuerdings im Dunkeln sehen, oder wird es schon hell? Wie spät ist es?«

Jake konnte mit Mühen die Zeiger seiner Uhr ausmachen. »Ungefähr zwanzig vor sechs.«

Nera rappelte sich auf. »Zeit zu gehen. *Ahora. Pronto.* Ich meine das ernst. Laß dich gar nicht erst häuslich da nieder.«

»Und wenn wir erst noch gemeinsam den Sonnenaufgang genießen?«

»Nein.« Sie zerrte ihn hoch. »Bitte. Du kannst dir nicht vorstellen, wie so etwas hier ist.«

»Hellwache Augen überall?«

»Überall. Die großen blauen deiner Frau mit eingeschlossen.«

Er ging durch die Hintertür. Als Nera sie schon hinter ihm schließen wollte, fragte er noch: »Du hast vorhin ein Wort gebraucht - *padrillo.* Was ist ein *padrillo?*«

Nera tätschelte ihm die Wange. »Das, was du bist, der Herr sei gepriesen«, antwortete sie und schloß dann rasch die Tür.

Kapitel 18

Als er wieder ins Haus huschte, fand er Elinor in Morgenmantel und Pantoffeln in einen Sessel im Wohnzimmer gekauert. Sie schien den Tränen nahe, als sie aufstand. »Oh Jake, ich könnte dich umbringen. Wo warst du denn? Was ist mit dir geschehen?«

»Du siehst doch, überhaupt nichts ist mit mir geschehen. Wie lange sitzt du denn schon hier und wartest?«

»Praktisch die ganze Nacht. Ich wußte, daß du irgendwo hier in der Nähe warst, weil du nicht den Wagen mitgenommen hattest. Und als ich erst einmal anfing, mir das auszumalen und über Erpresser und Pistolen nachzudenken, da konnte ich nicht mehr schlafen.«

»Ich hätte gedacht, du bist vernünftiger. Hat Maniscalco angerufen?«

»Niemand hat angerufen. Wie wär's mit Frühstück?« Sie war schon auf dem Weg zur Küche. »Dauert nur ein paar Minuten.«

»Spar dir die Mühe. Ich muß telefonieren, und alles, was ich dann noch will, ist, ein bißchen Schlaf nachholen. Und das solltest du auch tun. Du siehst aus wie eine lebende Leiche.«

»So fühle ich mich auch.« Sie schlurfte ihm ins Arbeitszimmer nach und machte sich gleich daran, das Bettzeug für ihn aus dem Schrank zu holen. »Ich mache dir nur noch die Couch zurecht.«

Er wählte Magnes' Nummer, und während er darauf wartete, daß er dranging, schlüpfte er aus dem Hemd und streifte seine Sandalen an einem Tischbein ab. Schließlich ging Magnes an den Apparat, verschlafen und schlecht gelaunt.

»Ja, ich weiß, wie spät es ist«, sagte Jake, »aber ich bin da gerade auf eine große Sache gestoßen. Ich will, daß Sie sich gleich dahinterklemmen.«

Magnes war sofort hellwach. »Sind Sie doch noch mal in dem Boot gewesen? Haben Sie einen Brief gefunden?«

»Nein, es ist etwas anderes. Vor zwei oder drei Jahren gab es einen großen Mordfall hier. Ein großes Tier namens Farber oder Farbstein wurde mit einer Kugel im Kopf aus der Bucht gefischt. Sie wissen davon, nicht wahr?«

»Farber oder Farbstein?« Ein langes Schweigen am anderen Ende der Leitung. »Auf Anhieb kann ich mich an nichts dergleichen erinnern. Ich muß es nachsehen.«

»Aber rasch«, sagte Jake. »Und nicht nur in den Zeitungen. Auch die Polizeiberichte. Und was Sie sonst noch auftreiben können.«

»Alles. Kommen Sie gegen Mittag hier vorbei. Bis dahin habe ich es fertig.«

»Nein, ich darf mich nicht zu oft bei Ihnen sehen lassen«, sagte Jake. »Schlagen Sie irgendeinen Touristenladen vor, wo wir zu Mittag essen können.«

»Wolfie's«, sagte Magnes. »Ecke Lincoln und Collins. Ich sitze an einem der hinteren Tische, Punkt zwölf Uhr.«

Jake legte auf. Er wandte sich um und sah Elinor, die ein Gesicht machte, als habe sie gerade in etwas Ungewohntes gebissen und könne sich nicht entscheiden, wie es schmeckt. Mit gleichgültigem Ton sagte sie: »Ich glaube nicht, daß es Joanna war, mit der du im Bett warst. Sie hat zu kurze Fingernägel, um jemandem dermaßen den Rücken zu verkratzen. Es war also Nera, nehme ich an?«

»Eine sehr scharfsinnige Schlußfolgerung«, sagte Jake.

»War nicht weiter schwer. Da ist es ja wirklich zum Lachen, wie ich hier gesessen und mir die ganze Zeit Sorgen um dich gemacht habe. Ich hätte es wissen müssen, daß man sich genausogut sorgen könnte, ob Frankensteins Monster für den Fall, daß es regnet, auch seinen Schirm dabei hat.«

»Tja«, sagte Jake, »jetzt weißt du's.«

Er ging den Flur hinunter zum Badezimmer, und sie folgte ihm auf dem Fuße. Mit angezogenen Schultern, die Hände in den Taschen ihres Bademantels, sah sie zu, wie er den elektrischen Rasierapparat einstöpselte und sich zu rasieren begann. Sie hob die Stimme, um das Summen zu übertönen: »Und Nera hat dir verraten, daß Walter Thoren etwas mit diesem Mord zu tun hat?«

»Nicht direkt. Sie redete, und da kam es zufällig heraus.«

»Verstehe. So bekommst du also solche Frauen dazu, ihre Geheimnisse auszuplaudern. Indem du mit ihnen ins Bett gehst.«

Jake studierte sein Kinn im Spiegel, dann setzte er den Rasierapparat an der Unterseite an. »Was soll das heißen, solche Frauen?«

»Ich meine Frauen in ihrem Alter«, sagte Elinor. »Hast du überhaupt eine Vorstellung, wie alt sie sein muß? Wahrscheinlich nimmt sie diese Verjüngungspillen, damit sie überhaupt aufrecht bleibt.«

»Das müssen verdammt gute Pillen sein«, sagte Jake.

Er drehte das Wasser in der verglasten Dusche an, und Dampf kam in dicken Schwaden ins Zimmer. Er zog Hose und Unterhose aus und legte sie Elinor über den Arm. »Eine für den Schneider, eine für den Wäschesack«, sagte er; doch als er aus der Dusche kam, stand sie noch immer da mit den Hosen über dem Arm. Er wies mit dem Finger, und mechanisch reichte sie ihm ein Handtuch.

»Verrate mir mal eines«, sagte sie unvermittelt. »Machst du jemals etwas nur zum Spaß? Ich meine bumsen, dich betrinken, auch nur ein Wort mit jemandem sprechen – machst du so etwas jemals, weil dir danach zumute ist, und nicht, weil es gut für deine Ermittlungen ist? Du arbeitest doch nicht immer an einem Fall, oder? Was bist du in der Zeit zwischen zwei Aufträgen für ein Mensch? Da kannst du doch nicht so sein wie jetzt?«

»Vielleicht nicht. Aber ich weiß es wirklich nicht, wie ich dann bin.«

Ihr Ton wurde sanfter. »Jake, wenn es darum geht, dich zu verstehen ...«

»Darum geht es nicht. Zwischen den Aufträgen klemmt Doktor Frankenstein einfach meine Elektroden ab und lehnt mich an die Laborwand. Ich bin dann in einer Art Koma.«

Elinor öffnete den Mund, dann schloß sie ihn wieder. Sie bedachte ihn mit einem traurigen, süßen Lächeln. »Davon glaube ich jedes Wort«, sagte sie und spazierte mit Würde hinaus.

Als er wieder ins Arbeitszimmer kam, sah er, daß seine Hose und Unterhose dort auf dem Boden lagen, und er mußte darübersteigen, damit er zur Couch kam.

Kapitel 19

Er kam nur mit Mühe hoch, als um elf Uhr der Wecker klingelte, und noch mehr Mühe hatte er, Elinor wachzubekommen. Als sie endlich ihren Kopf hob und einen Blick auf die Uhr auf ihrem Nachttisch warf, sagte sie ungläubig: »Aber ich bin doch erst vor vier Stunden schlafen gegangen. Wieso muß ich denn schon wieder aufstehen? Ich kann überhaupt keinen klaren Gedanken fassen.«

»Dann denk eben nichts. Zieh dich einfach nur an. Ich treffe mich in einer Stunde mit Magnes zum Mittagessen, und ich will, daß du ihn kennenlernst. Wenn die Dinge später brenzlig werden, wirst du vielleicht meine Kontaktperson für ihn.«

Sofort hatte sie die Augen weit offen. »Brenzlig?«

»Keine Sorge. Ich wollte nur sagen, wenn irgendeiner seine vorwitzige Nase zu sehr in meine Geschäfte hier unten steckt, dann kann ich es mir nicht leisten, zusammen mit Magnes gesehen zu werden. Dann wirst du mit ihm Kontakt aufnehmen, wenn es notwendig wird.«

»Was soll das denn helfen? Hier hält mich doch jeder für deine Frau. Das wäre doch nicht anders, als wenn du selbst hingingest, oder?«

»Doch, weil ich derjenige bin, den sie im Auge behalten, besonders wenn du deine Rolle als Ehefrau gut spielst. Und deshalb auf und keine Müdigkeit vorschützen.«

Elinor setzte sich auf und sackte zusammen wie eine Stoffpuppe, wobei ihr Kopf beinahe die Knie berührte. »Ich werde aufstehen«, sagte sie schwach. »Aber das mit der Müdigkeit, ich weiß nicht.«

Er verließ sie erst, als sie sich aus dem Bett aufgerafft hatte. Zehn Minuten später rief ihn ein lauter Schreckensschrei zurück ins Schlafzimmer. Sie saß an der Frisierkommode und starrte sich im Spiegel an. »Sieh dir das an, Jake. Meine Haut geht ab, als ob ich Lepra hätte. Das sieht man sogar unter dem Make-up. So kann ich doch nicht ausgehen.«

»Hör mal, wir treffen uns nicht mit einem Filmproduzenten. Schmink dich wieder ab, und reib dich statt dessen mit Gesichtscreme ein. Dann wischst du die Creme ab, und die meisten Fusseln bleiben dran hängen.«

Sie wollte etwas einwenden, dann sah sie seinen Gesichtsausdruck im Spiegel. Mürrisch befolgte sie seine Anweisungen. »Hört sich an, als ob du diese Szene nicht zum ersten Mal spielst«, sagte sie. »Du bist nicht zufällig verheiratet?«

»Ich war's, zweimal.«

»Zwei glückliche Mädels, keine Frage. Was ist aus ihnen geworden?«

»Aus ihr. Es war zweimal dieselbe. Das erste Mal konnte sie die Armut nicht ertragen. Das zweite Mal, scheint's, den Wohlstand. Nimm wieder das Minikleid, das du anhattest, als wir hier ankamen. Dann achtet niemand auf dein Gesicht.«

Ausgenommen Magnes. Irgendwie hatte er trotz des Andrangs und der Warteschlange an der Tür einen großen halbrunden Tisch im hinteren Teil des Lokals für sich allein bekommen. Er musterte Elinor ausgiebig, als sie auf dem Bänkchen zwischen ihm und Jake Platz nahm. »A echte Schönheit«, sagte er anerkennend. »Aber da haben Sie sich einen ganz schönen Sonnenbrand geholt, Mädele. Ziemlich unvernünftig, nicht? Da geht ja überall die Haut ab.«

»Danke für das Kompliment«, sagte Elinor kühl.

»Und noch eine Kleinigkeit, Mädele. A Kiebitz sollte sich nicht so auffällig anziehen, daß sogar die alten Böcke hier sich danach umdrehen. Der Witz bei unserem Geschäft ist, daß man was anhat, wonach die Leute sich nicht umdrehen.«

»Kiebietz?« fragte Elinor verwundert.

»Ein Detektiv«, erklärte Jake. Dann, zu Magnes: »Was haben Sie über den Mord an diesem Farber oder Farbstein herausfinden können?«

»Alles«, antwortete er. »Es war tatsächlich Mord, nur daß das Opfer nicht Farber oder Farbstein hieß. Das hat mich durcheinandergebracht, als Sie am Telefon danach fragten. Von wem haben Sie die Namen überhaupt?«

»Nera Ortega.«

»Na, da hat sie sich vertan. Und von ihr stammt auch die Idee, daß Thoren der Täter war?«

»Sie beschrieb mir, wie er reagierte, als sie darauf zu sprechen kam. So wie er sich benahm, muß er etwas damit zu tun gehabt haben.«

Magnes schüttelte den Kopf. »Ich wüßte nicht, wie. Der Fall war im Nu erledigt. Der Mann, der ermordet wurde, hieß Garfein. Murray Garfein. Netter alter Kerl – Witwer – hatte sich a Vermögen als Herrenausstatter verdient und sich dann wegen seinem Herzleiden hier zur Ruhe gesetzt. Der Teufel wollte es, daß er auf dem Nachhauseweg vom Angeln in Key West einen Anhalter mitnahm, a Junkie, und dieser Junge hat ihm eine Kugel in den Kopf geschossen und ihn hier in die Bucht geworfen. Die Woche drauf haben sie den Jungen in Jacksonville geschnappt, wo er mit Garfeins Wagen spazierenfuhr, und die Waffe hatte er noch bei sich. Ist letztes Jahr auf den Stuhl gekommen. Wie gesagt, im Nu erledigt. Könnte es sein, daß diese Ortega da was verschleiern wollte?«

»Ich glaube nicht, daß sie einen Schleier zur Hand hatte«, meinte Elinor.

Magnes legte den Kopf schief und sah Jake fragend an. »Ist das Mädel a Komikerin?«

»Man lacht sich krank. Sind Sie sicher, daß Mrs. Ortega wirklich Garfein meinte? Das war ja nicht der Name, den sie mir genannt hat.«

»Sie haben gesagt, zwei bis drei Jahre her. Ich hab' vom letzten bis vor fast fünf Jahren alles durchgesehen, und da gab es keinen Farber oder Farbstein. Aber dieser Fall Garfein, der paßt zu allen Einzelheiten, die Sie mir genannt haben. Das muß einfach der richtige sein.«

Die Kellnerin kam, um ihre Bestellung aufzunehmen, und Magnes runzelte die Stirn, als er Elinors Wunsch hörte. »Pfannkuchen zum Mittagessen?«

»Würden Sie bitte aufhören, an mir herumzunörgeln?« sagte sie. »Und zufällig ist das hier mein Frühstück.«

»Pfannkuchen sind Pfannkuchen. Bei Ihrer Figur werden Sie mal eine Menge Pfunde zu schleppen haben, wenn Sie jetzt nicht achtgeben.«

»Gut«, sagte Elinor schlaff, »dann eben einen Salat.«

Magnes trug der Kellnerin auf, für die junge Dame einen schönen Weißfischsalat und eine Diätlimonade zu bringen. Als sie fort war, wandte er sich an Jake: »Wie hat diese Ortega das aus Thoren herausgekitzelt? Was genau hat sie zu ihm über Garfein gesagt?«

Jake nickte. »Ich weiß, worauf Sie hinauswollen. Geht mir auch gerade auf. Sie sagte im Scherz zu ihm: ›Ich weiß, daß du es getan hast‹, und deshalb dachte ich, er hätte seinen Wutausbruch bekommen, weil sie ihn als Mörder Garfeins hinstellte. Jetzt begreife ich, daß man das auch anders verstehen kann. Es könnte einfach nur die Tatsache gewesen sein, daß sie andeutete, er sei ein Mörder.«

»Und dann würden Sie immer noch glauben, daß er tatsächlich einer war?« fragte Magnes.

»Die Chancen stehen gut. Und der Erpresser wußte nicht nur Bescheid, er hätte es auch vor Gericht beweisen können, wenn es dazu gekommen wäre.«

»Beweis oder kein Beweis«, sagte Magnes, »Sie können es sich nicht leisten, die anderen Möglichkeiten außer acht zu lassen. Was wissen Sie denn? Womöglich hängt das alles hiermit zusammen. Was mir nicht aus dem Kopf geht, ist, wie Thorens Mama und Papa vor vielen Jahren bei diesem Unfall umkamen. Das wäre ja nicht das erste Mal, daß a smarter junger Bursche dem Schicksal ein wenig nachhilft, um zu Vermögen zu kommen. Hat Maniscalco schon von sich hören lassen?«

»Bisher nicht. Ich rechne für heute abend mit seinem Anruf. Deswegen und wegen der Militärakte.«

»Ich wüßte ja gern, warum ihr beide so sicher seid, daß Thoren diesen Anhalter nicht engagiert hat, um Garfein umzubringen«, schaltete sich Elinor ein. »Er muß Garfein doch nicht mit eigenen Händen umbringen, um sich als Mörder zu fühlen, oder?«

»Sehr gut«, sagte Magnes. Er tippte sich an die Stirn. »Da sieht ma, daß die Räder sich drehen, da drinnen. Das einzige Problem ist, Mädele, so a Mord, wie Sie ihn sich vorstellen, ist nicht sehr praktisch. Natürlich kann ma a Anhalter bezahlen, und der bringt einen Autofahrer um, der da entlangkommt. Aber wie sorgt ma dafür, daß der Autofahrer anhält und genau den Anhalter mitnimmt?«

Elinor warf Jake einen Blick zu. »Da hat er recht«, bestätigte dieser. Und an Magnes: »Wann war der Mord an Garfein?«

»Februar vor zwei Jahren.« Magnes zog ein kleines Notizbuch aus der Tasche und blätterte darin. »Am 9. Februar. Das heißt, heute sind es genau zwei Jahre und zwei Monate. Den Jungen haben sie am 20. Februar gefaßt.«

»Gut. Und da Nera Ortega sagt, der Fall sei noch nicht gelöst gewesen, als sie ihren Zusammenstoß mit Thoren hatte, fand der

Zusammenstoß in jener Woche statt. Die Wahrscheinlichkeit ist groß, daß der Erpresser sich kurz davor zum ersten Mal gemeldet hatte. Das könnte erklären, warum Thoren bei Neras Scherz die Nerven verlor.«

»Aber auch wenn wir den Zeitpunkt so genau eingrenzen können, hilft uns das nicht viel«, sagte Magnes. »Schließlich habe ich ja gerade erst in den Archiven gewühlt. Da würde ein Menschenleben nicht ausreichen, wenn man jeden Mord und Totschlag und Unfalltod vor jenem 9. Februar darauf prüfen wollte, ob Thoren womöglich darin verwickelt war.«

»Das hatte ich auch nicht vor«, sagte Jake. »Ich gehe von dem Gedanken aus, wie schlagartig Thoren seine Besuche im Bayside Spa aufgab. Wenn sich herausstellte, daß der Tag, von dem an er nicht mehr hinging, zum Beispiel im Januar jenes Jahres lag, dann wüßten wir, daß wir auf der richtigen Spur sind. Das würde bedeuten, daß der Erpresser wahrscheinlich von diesem Laden aus operiert. Wenn wir das wüßten, hätten wir ihn schon halb gefunden. Ich gehe davon aus, daß Thoren, wenn es jemand in dem Fitneßladen war, der sich ihm als Erpresser näherte, zwar zahlen würde, aber mit Sicherheit würde er dem Burschen keine Gesellschaft mehr leisten wollen. Also würde er nicht mehr zum Training gehen.«

»Gut«, sagte Magnes. »Stellen wir uns mal vor, Ihre Rechnung geht auf, und Sie identifizieren den Erpresser. Was dann?«

»Dann kommt es darauf an herauszufinden, womit er Thoren in der Hand hatte. Wenn ich erst einmal weiß, wer er ist und womit er ihn erpreßte, kann ich Mrs. Thoren ohne weiteres zum Geständnis zwingen.«

»Schwer zu machen a Leben«, sagte Magnes. »Was soviel heißt wie: Manche Leute haben in Miami Beach Land gekauft, als es noch ein Dschungel war, und andere müssen arbeiten, um sich ihren Lebensunterhalt zu verdienen. Sobald wir hier mit dem Essen fertig sind, werde ich mal was für meine Gesundheit tun. Und wie steht's mit unserem Mädele?« Er zeigte mit dem Daumen auf Elinor. »Sie sagen, sie hat sich schon mit der Familie Thoren angefreundet. Wenn sie den jungen Burschen da in ein Gespräch über Gesundheit verwickeln könnte und auf das Fitneßstudio käme, käme vielleicht was Interessantes heraus. Oder meinen Sie, das ist zu gefährlich?«

»Nein, das schafft sie schon«, sagte Jake. »Ich setze sie auf dem Heimweg dort ab. Sie kann sagen, sie käme, um sich für den

Krankenbesuch zu bedanken. Haben Sie schon was zu den anderen Sachen rausbekommen, von denen wir gestern gesprochen haben?«

»Nicht allzuviel bisher. Dieser Charlie Matthews ist einer der Vizepräsidenten der Biscayne National Bank. Sehr gut situiert, ein angesehener Mann. Wohnt schon seit Menschengedenken im selben Haus in der Brickell Street drüben in Miami. Oh ja, ich habe das Foto von Thoren dem Burschen gezeigt, der früher die Schwulenkneipe an der Alton Street hatte, und er sagt, er kennt ihn nicht. Hat ihn nie in der Bar gesehen. Um die anderen wollte ich mich heute kümmern, aber die Sache mit Garfein hat mich aufgehalten.«

»Das ist meine Schuld«, sagte Jake. »Jedenfalls gute Arbeit bisher.«

»Das ist nicht schwer, wenn man für jemanden arbeitet, der weiß, was er will«, sagte Magnes. »Und Sie, junge Dame, haben großes Glück«, wandte er sich feierlich an Elinor. »Glauben Sie mir, Ihr Boß ist einer der Besten. Ich kann das beurteilen, nach der Art, wie er arbeitet. Wie die Leute hier sagen, a Tausendsassa. Hören Sie ihm zu, tun Sie, was er sagt, und dann können Sie es weit bringen in unserem Geschäft.«

Als Elinor sich nach dem Essen frischmachen gegangen war, vertraute er Jake an: »Das war falsch von mir, Sie auch noch so anzupreisen. Hab' es schon im selben Moment bereut. Nicht, daß ich es nicht wirklich gemeint hätte.«

»Und warum tut's Ihnen dann leid?«

»Weil das Mädel auch so schon genug für Sie schwärmt. Habe ich ja gestern schon gesagt, nichts macht so viel Schlamassel wie a eifersüchtige Frau.«

Jake lachte. »Magnes, ich sage das ja nicht gern, aber wenn es darum geht, zu sehen, wofür ein Mädchen schwärmt, dann müssen Sie zu sehr nach dem Gedächtnis arbeiten. Bleiben Sie lieber bei Versicherungsbetrügern.«

Magnes hob die Augenbrauen. »Meinen Sie wirklich? Wieso hat sie dann so nahe bei Ihnen gesessen, daß sie auf Ihrem Schoß gesessen hätt', wenn sie noch a Stück näher gerückt wär'? Und wieso starrt sie Sie mit offenem Mund an, wenn Sie nur sagen, daß schönes Wetter ist, und ihre Augen leuchten, als wär's die größte Poesie? Lassen Sie sich von einem alten Mann einen Rat geben, Jüngele, und passen Sie auf, was Sie mit ihr machen. Sonst steht im Handumdrehen diese Mrs. Thoren vor Ihrer Tür, mit a paar Wanzen in der Hand, die sie im Telefon gefunden hat, und einem

Polizisten dabei; der erklärt Ihnen, daß Sie sich beim Reinstecken strafbar gemacht haben. In einer Sekunde könnte Ihnen Ihr kleines Blondchen alles vermasseln. Weiber. *Ma könnt meschugge wern.*«

»Was bedeutet?«

»Was bedeutet«, sagte Magnes, »der Grund dafür, daß ich trotz meiner fortgeschrittenen Jahre so jung und frisch bin, ist, daß jedesmal, wenn ich so einem Blondchen wie Ihrem begegnet bin, sie lieber einem anderen Scherereien machen wollte.«

Kapitel 20

Als Elinor aus dem Wagen schlüpfte, schärfte Jake ihr ein: »Denk dran, das Stichwort ist Bayside Spa«, wartete, bis sie mit einem Abschiedswinken in der Haustür der Thorens verschwunden war, und fuhr dann weiter.

Er parkte den Wagen in seiner eigenen Auffahrt, als ihm ein Segelboot nahe der Küste mit der rosigen, massigen Gestalt Milt Webbs am Ruder auffiel. Das Boot hielt auf den Anlegesteg der Webbs zu, und als es vorsichtig heranmanövrierte, stand Jake bereit, es zu vertäuen. Webb kletterte auf den Steg und band es sofort wieder los. Er verknotete es neu und sagte gereizt: »Man kann das so oder so machen. So sieht ein ordentlicher Knoten aus.«

»Suchen Sie sich einen anderen zum Anschnauzen, Admiral«, sagte Jake. Er schickte sich an zu gehen, doch als er ein paar Schritte fort war, sagte Webb: »Ach, kommen Sie, Jake. Da müssen Sie doch nicht gleich sauer sein, oder?«

»Ich habe den Eindruck, Milt, Sie sind es, der hier schmollt.«

»Tja«, brummte Webb, »vielleicht hadere ich ein wenig mit der Welt im allgemeinen. Scheint, daß niemand hier glaubt, daß ich vorletzte Nacht tatsächlich dem Ganoven eins auf den Pelz gebrannt habe. Eingeschlossen die Holzköpfe von der Polizei drüben in Miami Beach. Ich kann Ihnen verraten, ich habe mir ganz schön was an Witzen anhören müssen.«

»Nicht gerade nett.«

»Das dürfen Sie laut sagen. Aber es tut mir leid, daß ich meine Wut ohne Grund an Ihnen ausgelassen habe. Wirklich, Jake.«

»Halb so schlimm«, sagte Jake. »Wenn ich jemals lernen soll, mit Segelbooten umzugehen, muß ich ja irgendwo anfangen.«

Webb spitzte die Ohren. »Ist das Ihr Ernst? Ich meine, daß Sie sich mit dem Gedanken tragen, segeln zu lernen?«

»Sicher. Aber in nichts so Großem wie Ihrem da.« Jake wies auf die Jolle, die am Steg der Thorens lag. »Ich denke mir, so etwas wäre vorerst eher meine Kragenweite.«

»Die *Carlotta?* Erstklassiges Boot. Doppelwandig, praktisch unsinkbar. Und sieht hübsch aus, nicht wahr? Walter hat die tollsten Kunststücke damit gemacht.«

»Meinen Sie, jemand hätte etwas dagegen, wenn wir hinübergingen und es uns näher ansähen? Vielleicht könnte man die Plane abnehmen, damit ich sehe, wie so etwas von innen aussieht.«

»Ob jemand was dagegen hätte?« Webb wies mit dem Kopf hinüber zum Haus der Thorens. »Joanna würde hochgehen wie eine Sprengladung, wenn wir das versuchten. Sie will nicht mehr darauf segeln, will es nicht verkaufen, will es niemandem leihen. Walter ist an dem Tag, an dem er umkam, damit rausgefahren, und jetzt hat die Kleine aus dem Boot so eine Art Denkmal für ihn gemacht. Ich finde solche Sachen abwegig. Paßt wohl zu ihrer Vorliebe für koschere Küche.«

»Sie ist schon ein merkwürdiges Mädchen«, sagte Jake. »Aber wie ist das, wenn man hier segelt? Fährt man nur kreuz und quer über die Bucht, oder gibt es bestimmte Orte, wo man hinfährt?«

Webb lachte. »Mann, Sie sind mir ja eine schöne Landratte. Wissen Sie was? Kommen Sie doch auf ein Glas mit ins Haus, dann zeige ich Ihnen mal ein paar Karten von den hiesigen Gewässern. Ich habe auch einen Stapel Kataloge, damit Sie mal eine Vorstellung bekommen, was so ein Boot kostet. Und meine Waffensammlung haben Sie auch noch nicht gesehen, oder?«

Es gelang Jake, sich nach nur einer Stunde von Karten, Katalogen und Waffen loszueisen, doch als er ins Haus kam, stellte er fest, daß Elinor schon da war. »Das ging schnell«, sagte er. »Was war los?«

Elinor zuckte die Schultern. »Ich weiß auch nicht. Ich glaube, ich war einfach nicht erwünscht.«

»Dann darf ich wohl vermuten, daß Kermit nicht im Hause war?«

»Joanna auch nicht. Sie gehen beide wieder aufs College. Sie hat heute noch spät Unterricht, und er wartet, damit er sie mit nach Hause nehmen kann. Nur Mrs. Thoren und das Personal waren da. Und ihr war nicht allzu gesellig zumute.«

»Dann hast du das mit Bayside Spa gar nicht anbringen können?«

»Doch. Ich habe ihr erzählt, daß du in New York immer in ein Sportstudio zum Training gegangen seist, und habe gefragt, ob es hier in der Nähe so einen Laden gebe, damit du nicht aus der Übung kommst. Wir hätten gehört, Bayside Spa sei eine gute Adresse, ob sie etwas darüber wisse.«

»Und?«

»Und sie antwortete, ihr Mann sei eine Zeitlang dorthin gegangen, aber er habe es dann aufgegeben, als sich das Klima dort änderte. Das war alles.«

»Wie hat sie es aufgenommen, als der Name Bayside Spa fiel? Hattest du das Gefühl, du hast einen Nerv getroffen?«

Elinor schüttelte den Kopf. »Sie war nicht im geringsten beeindruckt. Und als sie dann anfing, alle zwei Minuten auf die Uhr zu sehen, konnte ich mir denken, daß es eine höfliche Art war, mir zu sagen, daß ich verschwinden solle, und das habe ich dann auch getan. Und du wirst festgestellt haben, daß ich nicht aus der Rolle gefallen bin und dich gefragt habe, wo du so lange gesteckt hast. Du siehst, ich lerne schnell.«

»Was ich feststelle, wenn ich die Ringe unter deinen Augen sehe, ist, daß es für dich höchste Zeit für ein Nickerchen wird, damit du ein wenig von dem verlorenen Schlaf nachholen kannst. Nach dem Abendessen mußt du wieder auf Horchposten sein.«

»In Ordnung.« Elinor ging in Richtung Schlafzimmer, dann wandte sie sich noch einmal zu ihm um. »Ich glaube, ich lerne doch nicht so schnell. Wo hast du denn nun die ganze Zeit gesteckt?«

»Drüben bei Milt Webb, habe mir Blaupausen von Segelbooten angesehen. Überraschend, wie einfach sie gebaut sind.«

»Das trifft ja wohl auch auf ihn zu«, meinte Elinor. Ihre Stimmung hatte sich schlagartig gebessert. »Tja, wenn das eine Freizeitbeschäftigung nach deinem Geschmack ist . . .«

Sie wachte rechtzeitig von ihrem Nickerchen auf, um das übliche frühe Abendessen zu kochen, und nach dem Essen ging sie wieder ins Schlafzimmer, um den Sender im Eßzimmer der Thorens einzuschalten. Eine halbe Stunde später rief sie Jake zu sich herüber. Als er eintrat, legte sie sogleich warnend den Finger an die Lippen und wies auf den Lautsprecher. Sie vernahmen Charlotte Thorens Stimme.

». . . und euer Vater wäre derselben Meinung gewesen. Ihr wißt ja, daß er es nicht ausstehen konnte, wenn Leute ohne Vorankündigung vorbeikamen. Und nicht einmal, wenn sie die besten Manieren hätten, würden die Dekkers mir gefallen. Das ist kein Umgang für uns.«

»Weil sie anders und interessant sind?« Das war Joanna, mit schriller Stimme. »Weil sie nicht so sind wie die anderen lebenden Leichen hier?«

»Nimm dich bitte zusammen, Joanna.«

»Du verstehst das nicht richtig, Jo.« Das war Kermit, offenbar amüsiert. »Weißt du denn nicht, was ›kein Umgang für uns‹ bedeutet? Ich habe so eine Ahnung, daß das heißt: ›Umgang für Nera‹. Als sie gestern dort hereinspaziert kam und so freundlich von Elinor begrüßt wurde ...«

»Das glaube ich nicht. Das ist nicht wahr, Mutter, oder etwa doch? So unfair kannst du doch gar nicht sein.«

»Wenn du ein vernünftiges Urteil für unfair halten willst, Joanna. Und ich bin ja nicht die einzige, die so denkt. Noch heute nachmittag hat Patty Tucker mich angerufen, und sie hatte die Nase voll von ihrer prächtigen Freundin.«

»Wie es scheint« – Joanna, eisig –, »hat sie jedesmal die Nase von Nera voll, wenn sie dir eine Klatschgeschichte über sie erzählen kann. Das ist ja das reinste Wunder, daß die Freundschaft zwischen den beiden immer noch hält. Oder, wo wir schon dabei sind, die Freundschaft mit uns. Da fällt mir ein, wieso kommt Patty eigentlich damit durch, daß sie zu beiden Seiten Freundschaft hält, wo niemand sonst es darf?«

»Du weißt genauso gut wie ich, Joanna, daß sie keine andere Wahl hat, als Freundschaft mit den Ortegas zu halten. Als Stewart ihr seinen Anteil an dem Geschäft vermachte, wurde sie ja praktisch Teilhaberin. Und sie bräuchte nicht von Nera angewidert zu sein, wenn Nera so anständig wäre, ihre Affären für sich zu behalten.«

»Jetzt kommt's raus«, sagte Kermit voller Genugtuung. »Lieber Himmel, nun sag bloß nicht, Nera hat Dekker schon an der Angel. So schnell kann das doch gar nicht gehen. Aber so muß es wohl sein. Deshalb willst du plötzlich nichts mehr von ihm wissen, nicht wahr? Und an Elinor läßt du deinen Ärger gleich mit aus.«

»Ich sage euch nicht mehr und nicht weniger als das, was mir zu Ohren gekommen ist. Patty ließ mich wissen, aus Neras Benehmen und aus gewissen Bemerkungen, die beim Mittagessen fielen, habe sie auf Anhieb entnehmen können, was im Gange sei. Als sie Nera fragte, ob ihr neuer Nachbar derjenige welcher sei, war Nera so offensichtlich von der Frage geschmeichelt und gab so ausweichend Antwort, daß sie ebensogut mit dem Finger auf ihn hätte zeigen können. Diese Frau hat ein obszönes Vergnügen daran, ihre Affären an die große Glocke zu hängen, und ich habe jetzt endgültig genug davon. Zumal ich ja etwas dagegen unternehmen kann und das auch tun werde.«

»Nur weil Nera Patty einen Haufen Unsinn erzählt hat?« Joannas Stimme klang ungläubig. »Und Patty so gemein war, dir alles weiterzuerzählen? Das wirst du doch nicht machen.«

»Und könntest es auch nicht, liebste Mutter.« Kermit, sardonisch. »Zum Teufel, mir wäre es genauso lieb wie dir, wenn Nera vom nächsten Auto überfahren würde, aber du hast kein Recht, ihretwegen den Moralapostel zu spielen. Daystar ist sowieso kein Ort für Moralapostel. Was meinst du denn, wie alt Jo und ich waren, als wir dahinterkamen, daß Carol Tobin unten am Drive früher den größten Puff in Miami betrieb? Oder daß Ray Potter in der guten alten Zeit für Al Capone den Botenjungen zwischen hier und Chicago gespielt hat?«

»Es interessiert mich nicht, was für Greuelmärchen du über Miss Tobin oder Mr. Potter gehört hast, Kermit. Genaugenommen ...«

»Genaugenommen« - Kermit, in sanften Tönen - »interessiert dich nichts außer der Frage, wie du Nera eins auswischen kannst. Aber du vergißt, daß du das nicht tun kannst, ohne einen hübschen alten Skandal aufzurühren, in den auch ich verwickelt war.«

»Rede doch keinen Unsinn. Alles, was ich sage, ist, daß in ein paar Wochen ...«

Plötzlich durchschnitt das Klingeln des Telefons im Arbeitszimmer die leise drohenden Worte Charlotte Thorens. »Das ist Maniscalco«, sagte Jake, schon unterwegs, um abzunehmen. »Du bleibst hier und nimmst weiter alles auf.«

Es war Maniscalco. »Jake«, sagte er mit bedrückter Stimme, »es ist kalt und feucht hier oben. Und der verdammte Smog schnürt einem die Kehle zu. Wie sieht's da unten aus, du Glückskind?«

»Bisher eitel Sonnenschein, Manny, aber jetzt bewölkt es sich zusehends. Was ist los? Hat Thoren eine makellos weiße Weste?«

Maniscalco atmete tief ein und blies die Luft dann langsam in das Mikrofon des Hörers. Am anderen Ende kam es als ein trauriges, langsam verklingendes Rauschen an. »Ich will es mal so sagen«, begann er. »Thoren hat sich nicht blicken lassen. Punkt.«

»Was soll das heißen?«

»Das heißt, mein Freund, bis zu einem glücklichen Tag im September 1942 gab es keinen Walter Thoren. Das ist der Tag, an dem in *Miami Herald* ein paar Zeilen darüber standen, daß er einen Posten bei der K. O. Sprague Company übernommen habe. Vor jenem Tag existierte er nicht. Er wurde nicht geboren, er ging nicht zur Schule, er leistete keinen Militärdienst - nichts. Dämmert es dir allmählich?«

»Ich glaube nicht«, sagte Jake. »Willst du etwa sagen, es gibt überhaupt keine Akten über ihn? Über so einen Mann?«

»Keine einzige.«

»Hast du den Militärdienst auch in den anderen Sparten, außer der Army, prüfen lassen?«

»Alle. Die Computer sind heißgelaufen. Aber nichts zu machen.«

»Und was ist mit dem Mann, den du nach St. Olivet geschickt hast? Hat er die Geburts- und Sterberegister selbst durchgesehen, oder hat es irgendein schwachköpfiger Beamter für ihn getan?«

»Keins von beiden. Die haben dort keine Papiere aus der Zeit vor 1940. In jenem Jahr gab es einen Brand im Rathaus, in dem praktisch das gesamte Archiv vernichtet wurde. Und ich weiß, du wirst jetzt fragen, ob es Brandstiftung war, und ich kann dir versichern, das war es nicht. Es war ein dummer Zufall, ein Blitzschlag, und das Gebäude war eins von diesen ausgetrockneten alten Holzdingern, die wie Zunder brennen.«

»Verstehe«, sagte Jake. »Und ich nehme an, als dein Knabe sich in der Stadt umhörte, stellte er fest, daß niemand dort den Namen Thoren je gehört hatte.«

»Oder den Namen Lennart, den Thoren in der Versicherungspolice als Mädchennamen seiner Mutter angibt. Weißt du, Jake, wenn man an all das Elend denkt, das man in der Jugend durchzustehen hat, dann ist es gar nicht schlecht, mit 30 Jahren als Musterbürger noch einmal von vorn anzufangen. Das einzige, was mir daran leid tut, ist, daß der Bursche, der das ausgeklügelt hat, von der *Guaranty* 200 000 dafür haben will. Und wenn man hört, was vier der besten Anwälte in diesem Geschäft dazu zu sagen haben, sieht es im Augenblick ganz so aus, als ob die Witwe gute Chancen hätte, das Geld einzustecken.«

»Du meinst, die Unwiderruflichkeitsklausel bleibt selbst unter solchen Bedingungen weiter gültig?« fragte Jake. »Wie ist denn das möglich? Ich weiß, du kannst seine Ansprüche nicht zurückweisen, nur weil er im Antrag einen falschen Namen benutzt hat, aber hier haben wir es ja mit einer völlig gefälschten Identität zu tun.«

»Sicher, aber das einzige, von dem wir vor Gericht beweisen könnten, daß es falsch ist, ist die Angabe zum Militärdienst. Und selbst das hätten wir, wenn wir es gewollt hätten, wie ich von den juristischen Genies erfahren habe, mit denen ich den ganzen Nachmittag zusammengehockt habe, tun müssen, bevor die Unwiderruflichkeitsklausel vor sieben Wochen in Kraft trat. Deshalb wüßte ich gern, Jake, wie sehr das die Arbeit, die du da unten tust, beeinträchtigt. Das soll nicht klingen, als ob ich das Handtuch werfe. Ich will nur wissen, wie weit unsere Chancen dadurch sinken, daß Thoren vor 1942 ein unbeschriebenes Blatt ist.«

»Doch, es klingt, als ob du das Handtuch wirfst«, sagte Jake. »Haben dich die Anwälte tatsächlich so in die Mangel genommen?«

»Die nicht, Jake. Schließlich war ja nichts von dem, was sie zu sagen hatten, eine große Überraschung. Aber eine ganze Horde Sachbearbeiter saß dabei, und sie schüttelten ständig die Köpfe zu mir hin, als ob ich es gewesen sei, der die gottverdammte Police angenommen hat. Ein Haufen Klugscheißer. Die drücken sich, Farbe zu bekennen und mir zu sagen, daß ich die Zahlung autorisieren soll, weil sie genauso wie du oder ich riechen, daß da etwas faul ist. Sie warten, daß ich zusammenklappe und die Autorisierung ganz auf meine Kappe nehme. Dann stürzen sie sich auf mich, weil ich ein unsinniges Gerichtsverfahren angeleiert habe.«

»Nach 30 Jahren in der Firma? Also wirklich, Manny, das ist ja schon Verfolgungswahn.«

»Von wegen, Mister. Ich sage das nicht gern, aber was meinst du, wie viele gewitzte College-Jungs in dem Laden ihren rechten Arm für meinen Job geben würden, und jeder von ihnen benutzt die 30 Jahre in der Firma als Hebel gegen mich. Für die heißt das, daß ich für diese Arbeit zu alt und zu schlapp geworden bin. Warum den nicht jetzt gleich für die halbe Miete aufs Altenteil setzen, bevor er die *Guaranty* ruiniert? Ich kann dir sagen, Jake, von dem Druck, der bei diesem Treffen herrschte, hättest du Ohrensausen bekommen. Und die einzige Möglichkeit, den gelackten Bastarden eins in die Fresse zu geben, wäre, wenn wir den Fall knacken könnten. Also sei ehrlich zu mir. Gibt es noch Hoffnung, ihn zu knacken?«

»Teufel, die muß es einfach geben, wenn man bedenkt, wieviel ich da schon reingesteckt habe.«

»Aber wärest du in der Lage, jetzt gleich den Stand der Ermittlungen so zusammenzufassen, daß ein Außenstehender den Eindruck bekäme, wir hätten eine Chance? Die Abteilung Forderungen hat für morgen früh ein weiteres Treffen anberaumt, bei dem auch ein paar von den Bossen dabeisein werden. Wenn ich die überzeugen kann, daß wir Aussichten haben, daß die Begünstigte noch vor Verstreichen des Monats auf ihre Ansprüche verzichtet, dann müßte bis dahin der Druck wenigstens ein bißchen nachlassen.«

»Gut, ich tue, was ich kann. Aber ich muß zuerst noch einmal die Police und meine sämtlichen Berichte durchgehen. Das könnte zwei Stunden dauern.«

»Ich bleibe hier am Telefon sitzen«, sagte Maniscalco eifrig, »das Tonbandgerät in Bereitschaft. Hör mal, Jake, wenn du dir das Datum ansiehst, zu dem Thoren plötzlich aus dem Nichts auftauchte – 1942, mitten im Krieg –, meinst du, er war einer, der sich vor dem Kriegsdienst drücken wollte und dem sie auf den Fersen waren? Das wäre doch eine Erklärung.«

»Das reicht nicht. Zunächst einmal war er nicht der Typ, der den Kriegsdienst verweigert. Außerdem war er smart genug, um zu wissen, daß das Etikett ›Kriegsdienstverweigerer‹ heutzutage nicht mehr der Makel ist, der es mal war. Ein paar der angesehensten Leute machen geradezu ein Hobby daraus. Jedenfalls wäre es ihm mit Sicherheit keine 10000 Erpressergeld im Monat wert gewesen, das zu verbergen, und dann noch einen Selbstmord als krönenden Abschluß. Wie dem auch sei, Manny, laß den Kopf deswegen nicht hängen. Zünde eine Kerze an, und weihe sie dem Schutzpatron der Versicherungsdetektive, wer immer das sein mag, und ich will sehen, daß ich zurückrufe, bevor sie ausgeht.«

Kapitel 21

Die Aktenmappen, dachte Jake, als er sie wieder vor sich auf den Schreibtisch legte, sahen inzwischen ziemlich ramponiert und abgegriffen aus. Er ordnete sie, dann bemerkte er die Stimmen, die noch immer aus dem Lautsprecher im Schlafzimmer kamen. Er schloß die Tür, damit sie ihn nicht störten, und wandte sich wieder den Mappen zu. Er begann mit einer Untersuchung der Police und machte sich Notizen, als er den Fragebogen durchging.

Die Tür öffnete sich, und Elinor stand da. »Störe ich?«

»Kommt drauf an.«

»Oh. Na ja, ich wollte nur Bescheid sagen, daß sie fertig sind. Ich habe das Band an der Stelle markiert, an der du hinausgegangen bist. Ich kann dir den Rest vorspielen, wenn du soweit bist.«

»Das wird noch eine Weile dauern. Wie ist es ausgegangen?«

»Es wird so ausgehen, wie Mrs. Thoren es will. Nächsten Monat trifft sich irgend so ein Komitee von Daystar Island, das darüber abstimmt, ob du das Haus kaufen darfst oder nicht, und sie sorgt dafür, daß genügend Gegenstimmen da sind. Und ich wollte noch sagen, daß du recht hattest mit Patty Tucker und ich unrecht. Wahrscheinlich ist Mrs. Thoren die einzige hier, die nicht weiß, was für ein mieses Stück sie ist.«

»Die weiß das«, sagte Jake. »Na, aber so ein Gesicht brauchst du deswegen nicht zu machen. Geht dich doch nichts an.«

»Schon«, sagte Elinor, »aber irgendwie hatte ich Mrs. Thoren gemocht, und jetzt finde ich sie unausstehlich. Wie zum Teufel soll man denn überhaupt jemanden ausstehen können, wenn man immer mit anhört, was in seinen vier Wänden gesprochen wird?« Sie schüttelte den Kopf, als wolle sie damit diesen düsteren Gedanken vertreiben. »Was hatte Maniscalco zu berichten? Etwas Interessantes?«

»Interessant könnte man es wohl nennen«, sagte Jake. Er faßte Maniscalcos Anruf für sie zusammen, und als sie eine verblüffte

Miene machte, sagte er: »Ich weiß. Aber alles, was du jetzt denkst, habe ich auch schon gedacht. Jetzt muß ich sehen, daß ich die Punkte, die wir haben, zusammenrechne und Maniscalco das Ergebnis durchgebe. Ich sage dir Bescheid, wenn ich soweit bin, daß ich anrufen kann. Dann kannst du zuhören. Inzwischen rufe Magnes an, und sage ihm, er soll gleich morgen früh herausfinden, ob Thoren ins Wählerregister eingetragen war. Dann hörst du mal bei Nera Ortega rein. Als ich letzte Nacht drüben war, habe ich eine Wanze in das Telefon im Wohnzimmer eingesetzt.«

»In Ordnung«, sagte Elinor. »Wenigstens das ist keine Überraschung.«

Das war um halb neun. Es war beinahe Mitternacht, bevor er sich steif aus dem Drehstuhl hocharbeitete und ins Schlafzimmer ging. Elinor, Telefonhörer und Lautsprecher neben sich auf dem Bett, hatte den Fernseher zu sich herangezogen und sah Johnny Carson zu, wie er etwas verkaufen wollte. Jake schaltete ab, doch Carsons Stimme hing noch immer im Raum.

»Das ist Mrs. Thorens Fernseher«, sagte Elinor. »Bei den Ortegas war nichts los, also dachte ich mir, du willst sicher, daß ich wie üblich bei den Thorens mithöre.«

»Aber nicht, daß du dabei fernsiehst«, tadelte Jake. »Das macht man nicht während der Arbeit.«

»Danke für die Belehrung. Aber es macht einen ganz kribbelig, wenn man nur den Ton hört und nicht weiß, worüber die Leute lachen. Nicht daß es sich gelohnt hätte. Mann, das ist schon eine verrückte Welt da draußen.«

»Na«, sagte Jake, »wenn du etwas über eine ganz andere Welt erfahren willst, dann komm mit rüber und hör zu, was ich Maniscalco erzähle.«

Kapitel 22

Er sagte zu Maniscalco: »Hast du diesen Fragebogen der Police zur Hand?«

»Jake, um Himmels willen, ich habe ihn die ganzen drei Stunden, die ich gewartet habe, hier vor mir liegen gehabt.«

»Gut. Jetzt schau ihn dir mal genau an. Zuerst die Zeile, wo Thoren sein Geburtsdatum angibt, dann auf der nächsten Seite die Zeile, wo er das Todesdatum seines Vaters nennt.«

»Und?« sagte Maniscalco. »Was ist damit?«

»Sieh noch einmal hin. Ich denke mir, du wirst dasselbe finden, was ich dort auch gefunden habe. Da bin ich jedesmal, wenn ich diese Papiere durchgesehen habe, hängengeblieben, aber ich wußte nie, warum. Ich gebe dir einen Tip. Er war ziemlich aufgeregt, als er den Fragebogen ausfüllte, und deshalb hat er einen kleinen Fehler gemacht, der, wie der Zufall so spielt, uns eine Menge verrät.«

Eine halbe Minute später sagte Maniscalco: »Ich hab's. Beim ersten Datum steht zuerst der Monat und dann der Tag; beim zweiten ist es zuerst der Tag und dann der Monat. Wie es in Europa üblich ist.«

»Richtig. Und der Aufstrich bei der Eins, so daß sie aussieht wie unsere Sieben, das ist ebenfalls europäisch.«

»Was sagt man dazu?« sagte Maniscalco ehrfurchtsvoll. »Der Kerl war ein Ausländer.«

»Na ja, Ausländer kann man eigentlich nicht sagen, nachdem er sein halbes Leben hier verbracht hat. Aber wahrscheinlich war er ein Flüchtling. Ich vermute, daß er zwischen 1935 und 1940 aus Dänemark herüberkam, und das waren Hitlerjahre. Flüchtlinge überall.«

»Ich weiß«, sagte Maniscalco. »Und 1940 leuchtet mir ein. 1942 tauchte er in Miami auf, als waschechter Amerikaner, und zwei Jahre müssen wir ihm schon geben, damit er die Sprache lernen kann. Aber wieso 1935?«

»Weil alles, was wir über ihn wissen, uns verrät, daß er ein gebildeter Mann war. Vielleicht mit Oberschulabschluß. Das heißt, er muß mindestens 20 gewesen sein, als er aus Europa fortging. Weißt du, Manny, das war schon ein toller Bursche.«

»Freut mich, daß du so zarte Gefühle für ihn hegst, Jake. Da kommt es einem vor, als ob die ganze Geschichte in der Familie bleibt.«

»Zart würde ich es nicht gerade nennen. Aber du kannst nicht leugnen, daß der Bursche sich mit einer solchen Vollkommenheit eine neue Identität geschaffen hat, daß niemand auch nur im Traum daran dachte, daran zu zweifeln. Hier haben wir jemanden, der die Fassade eines Mannes aufbauen konnte, der, wie es schien, ein ausgefülltes, geselliges Leben führte, ein Musterbürger, und in Wirklichkeit war er die ganze Zeit ein Einzelgänger. Schau dir doch an, wie er das eingerichtet hat, Manny. Er hat immer brav den Mund gehalten, obwohl ihm ja oft danach zumute gewesen sein muß, sich jemandem anzuvertrauen. Er hat sich hier auf Daystar Island verschanzt, was ja ohnehin so eine Art vornehmer Sicherheitstrakt ist. Er hat sich von den Menschen in seiner Umgebung sorgfältig ein paar Freunde ausgesucht, und das ist alles. Als Haupt-Freizeitbeschäftigung sucht er sich das Segeln aus, das kann er allein tun. Und er hat immer aufgepaßt, daß er und seine Familie nicht in die Zeitung kamen. Selbst dieser Bürgerverein für Stadtplanung, dem er beitrat, um das Bild abzurunden, ist wahrscheinlich Staffage. Ich habe Abe Magnes engagiert, und der kümmert sich gerade darum. Ich wette, die Mitglieder sind dieselben handverlesenen Leute, mit denen Thoren auch auf der Insel verkehrt hat.«

»Aber was steckt denn hinter der ganzen Fassade, Jake? Zugegeben, deine Idee klingt gut, aber du weißt ja, sie ergibt nur einen Sinn, wenn er einen verdammt guten Grund hatte, sich all die Mühe zu machen.«

»Den hatte er. Und nun halt dich fest, Manny. Thoren kam zwischen 1935 und 1940 in die Staaten. Und irgendwann zwischen 1940 und 1942, dem Jahr, in dem er in Miami auftauchte, beging er einen Mord.«

»Einen Mord? Bist du sicher? Ich meine, hast du Beweise dafür?«

»Wenn ich Beweise hätte, wäre ich jetzt drüben und würde eine zusammengeklappte Mrs. Thoren aufpäppeln, damit sie die Verzichtserklärung unterzeichnen kann. Aber du kannst es mir schon glauben. Der echte Walter Thoren, wer immer er war, hatte einen

Mord begangen. Mehr kann ich im Augenblick nicht sagen. Weswegen und auf welche Art er es getan hat, davon habe ich keine Ahnung.«

»Was das Motiv angeht, wie wär's mit der guten alten Habgier?« fragte Maniscalco. »Das würde doch gut zu den 60 000 passen, die er für seine Partnerschaft in Spragues Firma zahlen mußte, gleich nachdem er zum ersten Mal dort unten auftauchte.«

»Soll das heißen, er hat sich in den Laden eingekauft?« fragte Jake. »Gegen Bargeld?«

»Allerdings. Das stand in der Meldung auf der Wirtschaftsseite des *Miami Herald,* von der ich vorhin gesprochen habe.«

»Aber du hast mir nicht gesagt, daß er sich in die Firma eingekauft hat, du blöder Hund«, sagte Jake mit leiser Stimme. »Ich dachte die ganze Zeit, er hat das arrangiert, indem er die Tochter des Chefs heiratete. Du hättest doch begreifen müssen, was das bedeutet, wenn er mit soviel Geld in der Tasche dort auftaucht, ein Junge von noch nicht mal 30 Jahren.«

»Nun sei vernünftig, Jake. Nach allem, was ich wissen konnte, war es nur eine unbedeutende Einzelheit. Woher zum Teufel sollte ich wissen, daß das auch nur einen einzigen Gedanken wert war? Und jetzt, wo es wichtig wird, habe ich es ja gesagt, also ist kein Schaden entstanden, oder?«

»Nein, aber ich habe eine Menge Zeit damit vergeudet zu überlegen, was für ein Motiv er gehabt haben könnte. Ich habe mir den Kopf zerbrochen. Vielleicht wirst du zu alt für diese Arbeit, Manny.«

»Na, du sorgst jedenfalls nicht dafür, daß ich mich jünger fühle. Wie wär's, wenn wir bei der Sache blieben?«

»Was mich angeht, ich bleibe dabei. Jedenfalls beging Thoren einen Mord und hatte danach, wie ich jetzt erfahre, eine Menge Geld in der Tasche. Dann ging er daran, sich jene neue Identität aufzubauen. Eine Menge Arbeit, zum Beispiel herauszufinden, daß es ein Nest in Minnesota gab, wo das Rathaus und mit ihm sämtliche Gemeindeakten abgebrannt waren. Deshalb wissen wir auch, daß der Mord nach 1940 geschah. Dieser Brand in St. Olivet geschah im Jahr 1940. Ich weiß nicht, wie er jemals davon erfahren hat, aber er hat begriffen, daß er auch für den richtigen Hintergrund sorgen mußte, wenn er behauptete, er komme aus St. Olivet. Er brauchte nämlich einen Ort in Minnesota, denn dort gibt es Gegenden, wo noch mit skandinavischem Akzent gesprochen wird. Und zwischen jenem Zeitpunkt und dem, was er an Identität fabrizieren mußte, um als Kriegsversehrter durchzugehen, kam er als der fertige Musterknabe Walter Thoren nach Miami.

Nur einen einzigen kleinen Fehler gab es in seinem Arrangement: Jemand wußte von diesem Mord. Und vor etwas über zwei Jahren – ich vermute, ungefähr im Januar vor zwei Jahren – lief dieser Jemand Thoren über den Weg. Das wissen wir, weil zu jenem Zeitpunkt die Erpressungen begannen. Außerdem wissen wir, daß der Erpresser sich jetzt Mrs. Thoren vorknöpft. Da er das niemals tun könnte, ohne ihr zu verraten, was er über den echten Thoren weiß, bedeutet das, daß ich im Augenblick hier ganz in der Nähe zwei Menschen habe, die alles über Thorens Verbrechen und seine wahre Identität wissen. Und wenn ich nur ein bißchen Zeit habe, dann werde ich der dritte sein, der Bescheid weiß. Und gleich danach bekommst du von mir Mrs. Thorens Verzichtserklärung.«

Maniscalco dachte eine Weile darüber nach. Dann sagte er: »Weißt du, was ich mache, Jake? Ich schneide von diesem Band ein paar Stellen raus, dann spiele ich den Rest morgen früh den Bossen vor. Ich denke mir, das ist die beste Methode, es ihnen zu verkaufen.«

»Es zu verkaufen. Mit anderen Worten, Manny, du hast mich in ein Loch manövriert, und das Wasser steigt rasend schnell. Bei diesem Treffen wird entschieden, ob sie dir noch zwei Wochen Zeit lassen oder ob morgen nachmittag der Scheck über 200 000 Dollar an Mrs. Thoren abgeht, stimmt's?«

»Wirklich, Jake ...«

»Spar dir deine Tränen für die Bosse, Manny. Was du noch für mich tun kannst, ist bei den dänischen Behörden herauszubekommen, ob sie irgendwelche Aufzeichnungen über einen Walter Thoren haben, der zwischen 1935 und 1940 emigriert ist. Und ob eine der jüdischen Flüchtlingsorganisationen ihn auf ihren Listen aus dieser Zeit hat.«

»Wird gleich morgen erledigt.«

»Und noch etwas. Wirf noch einmal einen Blick auf den Fragebogen, die zweite Seite, da, wo der Vertrauensarzt die unveränderlichen Kennzeichen aufführt. Wo er die winkelförmige Narbe auf seinem Rücken beschreibt. Hast du die Stelle?«

»Hab' ich.«

»Nun, wir wissen ja jetzt, daß es keine Kriegsverletzung ist, und es besteht die Möglichkeit, daß er sich die Wunde zuzog, als er sein Verbrechen beging. Zeig die Beschreibung der Wunde diesem

Experten für forensische Medizin, den du an der Hand hast, und frag ihn, was für eine Art Waffe das gewesen sein könnte.«

»Verlaß dich auf mich, Jake. Sonst noch etwas?«

»Nein. Wann ist das Treffen morgen?«

»Halb elf.«

»Dann erwarte ich deinen Anruf bis Mittag. Ich will so schnell wie möglich wissen, ob mir das Wasser über den Kopf steigt oder nicht.« Jake legte den Hörer auf und wandte sich dann schwungvoll Elinor zu. Sie saß vorgebeugt auf dem Sofa, die Hände im Schoß gefaltet, und sah ihn forschend an. »Dir wäre das gar nicht so unrecht, hm?« sagte er. »Schon morgen wieder unterwegs zu Mama und dem Kleinen, mit einem Scheck über 3000 Dollar in der Tasche?«

»Tja« – sie zögerte und fuhr sich mit der Zungenspitze einmal rund um die Lippen, um sie zu befeuchten –, »ich glaube, ich sollte dir da noch etwas sagen, Jake. Du findest es ja ohnehin heraus, wenn du die Telefonrechnung bekommst. Ich habe jeden Abend für ein paar Minuten mit Mutter und dem Kleinen gesprochen. Es geht ihnen bestens.«

»Ich beneide sie von ganzem Herzen.«

»Hör mal, das ist kein Witz. Es ist nur so, wenn zu Hause alles in Ordnung ist, dann macht es mir nichts aus, wenn ich die ganze vereinbarte Zeit hierbleibe und für dich arbeite. Für das Vorsprechen bei den Sommertheatern ist es ohnehin noch zu früh.«

»Man kann nur hoffen, daß die *Guaranty* ähnliche Gedanken hegt«, sagte Jake. »Was machst du eigentlich zwischen den Theaterengagements, wenn du welche hast? Mannequin?«

»Nein, dazu bin ich nicht groß genug und habe nicht die richtige Figur. Da muß man um die eins achtzig groß sein und 90 Pfund wiegen. Meist stehe ich in Kaufhäusern hinter der Theke.«

»In der Herrenabteilung, hoffe ich doch? Ich sage das nur aus der Perspektive des durchschnittlichen männlichen Kunden. Ich persönlich bevorzuge große, stattliche Brünette mit einem Hang zum Hageren.«

»Keine Sorge. Ich bevorzuge nämlich Männer, die sich gehen lassen und jemanden anschreien, wenn sie wütend auf ihn sind, statt daß sie zu flüstern anfangen, wie du das gerade mit dem armen Maniscalco gemacht hast. Das ist doch Computerkram, diese furchtbar selbstbeherrschte Pose. Wenn du mich fragst . . .«

»Aber ich frage dich nicht«, sagte Jake.

Maniscalco rief am nächsten Tag ein paar Minuten vor Mittag an. »Wir sind nach wie vor im Geschäft, Kumpel«, sagte er ganz jovial. »Das ist das Wichtige.«

»Schön, dann kann ich jetzt wieder durchatmen. Und was ist das Unwichtige?«

»Der Bericht des Mediziners über Thorens Narbe. Ich habe gleich heute morgen einen Mann zu ihm in die Praxis geschickt, der sich erkundigen sollte. Er sagt, es sei am wahrscheinlichsten, daß es sich um eine Operationsnarbe handelt. Wenn nicht, könnte es von einem Spaten sein, der in einem schrägen Winkel aufgetroffen ist. Vielleicht auch eine quadratische oder rechteckige Flasche mit abgeschlagenem Boden. Aber er gab zu, daß das letzten Endes nur Spekulation ist.«

»Und er hat nicht darüber spekuliert, daß die Wunde von einer Waffe stammen könnte und nicht von einem Werkzeug? Einem Messser womöglich?«

»Nein, er hat nichts dergleichen gesagt.«

»Hast du bei den dänischen Behörden und den jüdischen Flüchtlingsorganisationen nachgehört, ob sie was über Thoren haben?«

»Verdammt, Jake. Das mache ich gleich. Lieber Himmel, du solltest meinen Schreibtisch hier sehen. Ich habe ein Dutzend laufender Fälle, die sich hier stapeln.«

»Das ist schlimm. Aber ich werde großes Verständnis dafür haben, solange du eines im Gedächtnis behältst.«

»Ja?«

»Nämlich folgendes«, sagte Jake. »Ganz gleich, wie viele Akten auf deinem Schreibtisch liegen, Manny, sorge dafür, daß meine immer die oberste ist.«

»Da, siehst du.« Elinor zeigte vorwurfsvoll mit dem Finger, als er den Hörer auflegte. »Da war es wieder, dieses Flüstern.«

Kapitel 23

Magnes rief am späten Nachmittag an. »Dekker, wir sind ein Stück weiter. Ein großes Stück weiter. Wissen Sie noch, was Sie gesagt haben? Wenn Thoren aufgehört hat, ins Bayside Spa zu gehen, unmittelbar bevor diese Szene mit der Ortega stattfand, dann ist er wahrscheinlich da und dort in dem Fitneßstudio zum ersten Mal mit dem Erpresser zusammengestoßen?«

»Ja?«

»Nun, diese Szene mit der Frau fand ungefähr am neunten Februar statt. Und das letzte Mal, daß Thoren sich im Fitneßstudio blicken ließ, war zwei Wochen zuvor. Am 25. Januar.«

»Dann waren das der Tag und der Ort, an dem es losging.«

»Warten Sie, es kommt noch besser. Der Zufall will es, daß Thorens Lieblingsmasseur - der Bursche, der ihn immer durchgeknetet hat - an exakt demselben 25. Januar seine Stelle gekündigt hat. Und dieser Masseur galt als so eine Art Maskottchen der Mafia.« Magnes senkte die Stimme. »Jetzt schau sich das einer an. Ein Haufen Faulenzer hat nichts anderes zu tun, als sich direkt vor meinem Fenster in die Sonne zu setzen. Ich glaube, es ist besser, wenn wir uns wegen dieser Sache irgendwo treffen.«

»Wo?«

»Nicht schon wieder im Wolfie's, sonst muß ich mich zwischen den Mahlzeiten mit Kaffee und Kuchen vollstopfen. Wissen Sie was. Der Lummus Park grenzt an den Ocean Drive, wo ich wohne. Gehen Sie ungefähr von der Tenth Street am Parkrand entlang nach Süden, dann stoße ich unterwegs dazu.«

An der Eigth Street sah Jake, wie Magnes sich aus einem Grüppchen weißhaariger und verschrumpelter Zuhörer löste, das sich um einen Akkordeonspieler versammelt hatte, der eine jiddische Ballade sang, und zu einer Bank gegenüber der Kaimauer ging. Jake schlenderte über den Rasen und nahm neben ihm Platz.

Magnes deutete mit dem Kopf leicht in Richtung des Grüppchens auf dem Rasen. »Lassen Sie sich nicht von der fröhlichen Musik täuschen«, sagte er. »Das sind alles Herumtreiber, erbärmliche Gestalten.«

»Sehen aber nicht so aus.«

»Dann will ich Sie aufklären. Das sind Leute, die, wenn sie ihren Scheck vom Wohlfahrtsamt im Supermarkt einlösen, ihn sich in Pennies auszahlen lassen, weil es dann vielleicht reicht bis zum nächsten Scheck. Was den Rest ihres Lebens angeht, der Herr sei ihnen gnädig, da ist jeder Tag ein Tag voller Panik. Das ist doch kein Leben, Jüngele. Leben heißt, daß man mal ein paar Dollar auf der Rennbahn riskieren kann oder im ›Joe's‹ Stone Crab essen oder vielleicht sogar eine Freundin zu einer hübschen Show ins Carillon ausführen kann. Wenn ich solche Sachen nicht machen könnte, wenn mir danach zumute ist, dann säßen Sie jetzt nicht hier und würden mit Abe Magnes reden. Dann würden Sie mit dem Geist von Abe Magnes reden. Mit einem von den Gespenstern da drüben, die darauf warten, daß der Leichenwagen die Straße runterkommt und ihr Name drauf geschrieben steht.«

»Verstehe. Jedenfalls erklärt das, warum Sie mir 10000 abgeluchst haben. Gerade bei den Rennquoten, die wir diese Saison hatten.«

»Genau deswegen«, sagte Magnes. »Nur daß Sie mir, noch bevor wir fertig sind, bestätigen werden, daß jeder Dollar davon gut investiert war. Zum Beispiel, daß ich in diesem Bayside Spa war, das hat mich ein Dampfbad gekostet, das ich nicht wollte, und 80 Dollar, die ich beim Binokel verlieren mußte, um mich mit dem Aufseher anzufreunden. Aber es hat sich gleich dreifach ausgezahlt. Wir haben etwas über Thoren erfahren, wir haben erfahren, daß es diesen Masseur gibt, wir haben sogar erfahren, daß er Bert Caldwell heißt und derzeit im Royal Burgundian arbeitet.«

»Dieses große gelb-weiße Hotel neben dem Fontainebleau?«

»Die Geschäftsleitung wüßte es zu schätzen, wenn Sie es Gold und Silber nennen würden. Aber das ist es.«

»Haben Sie schon Kontakt mit diesem Caldwell aufgenommen?«

Magnes schüttelte den Kopf. »Kontakte, die im Royal Burgundy aufgenommen werden müssen, sind nichts für mich. Bei ein paar heißen Juwelendingern bin ich dort als Mittler aufgetreten, um das Zeug zurückzuholen, deshalb kennt mich jeder Hoteldetektiv da. Diesen Kontakt sollten Sie selbst aufnehmen. Man kann da Sonnenstühle tageweise mieten, also bringen Sie morgen Ihr Mädele mit, und faulenzen Sie mal so richtig am Pool. Und zum guten Schluß ein Dampfbad mit Massage. Wenn Sie Caldwell verlangen und durchblicken lassen, daß er Ihnen von jemandem namens Thoren empfohlen worden ist, sollte alles geritzt sein.«

»Hört sich vernünftig an«, sagte Jake. »Jetzt will ich Ihnen erzählen, was Johnny Maniscalco herausbekommen hat, als er sich wegen Thorens Papieren umhörte.«

Magnes nahm den eingehenden Bericht über Thorens Leben und Taten gleichmütig auf. »Ich gebe zwar zu, das ist nicht gerade das, was ich erwartet hatte, aber auch nicht merkwürdiger als das, was wir sonst so gefunden haben. Dieser Caldwell, der im Dampfbad die schwersten Jungs massiert hat, Bayside Spa, das ganz und gar nicht koscher ist, und jetzt das Royal Burgundian, das wirklich stinkt.«

»Von der Mafia finanziert?« fragte Jake.

»Zu 60 Prozent zumindest. Und es ist einer von den Läden, die jede große Versicherungsgesellschaft haßt wie die Pest. Sie wissen, was ich meine. Wo der Zimmerkellner ausspioniert, an welcher Stelle der Schmuck aufbewahrt wird, das an den Kopf der Bande weitergibt, der festlegt, wie das Ding gedreht wird, und die Steine festhält, bis der Vermittler der Versicherung kommt, um auszuhandeln, für welchen Prozentsatz er sie zurückbekommt. Das geht Hand in Hand. Und jedesmal ist der einzige Dumme die Versicherung.«

»Maniscalco muß Ihnen doch gesagt haben, wie oft ich selbst schon den Vermittler gemacht habe«, sagte Jake ungeduldig. »Also wissen Sie, daß nichts davon neu für mich ist. Worauf wollen Sie hinaus? Daß Thoren mit diesen Schmuckbetrügereien zu tun hatte?«

»Warum nicht?« sagte Magnes. »Ist das nicht zumindest denkbar?«

»Nein. Das ist wie bei Maniscalco, der meinte, vielleicht habe er sich um den Kriegsdienst gedrückt. So jemand war er mit Sicherheit nicht. Und zu den Ganoven hier gehörte er auch nicht.«

»Warum sind Sie da so sicher?« fragte Magnes. »Weil er ein Quadratschädel war und kein Italiener oder Jude? Wenn Sie das meinen, dann kann ich Ihnen sagen, daß die Mafia keine Vorurteile kennt, außer gegen Farbige. Die Schwarzen lassen sie nur das Kleingeld an den Spielautomaten einsammeln. Die anderen – Juden, Italiener, Iren, Südstaatler, sogar Kubaner – sind alles freie und gleiche Mitglieder der Gemeinschaft. Und da könnte auch ein Quadratschädel aus Dänemark dazugehört haben, von dem Sie selbst sagen, daß er ein Mörder war. Später ein Opfer, zugegeben. Aber zuerst a Killer.«

»Gut, das mit Täter und Opfer zugestanden. Was den Rest angeht, warte ich ab. Wie steht es mit Thorens Eintrag im Wahlregister?«

»Alles da. Bis zurück ins Jahr 1944. Was für mich heißt, daß er seine falschen Papiere schon in der Tasche hatte, als er nach Miami kam. Wäre viel zu gefährlich gewesen, wenn er damit jemanden in seiner allernächsten Nähe betraut hätte.«

»Allerdings. Und was ist mit Ortega? Und dessen seligem Partner Tucker?«

»Bisher weiß ich nur, daß es ein Südamerika-Import-Export-Geschäft ist und aussieht, als ob es legal sei. Ich habe jemanden darauf angesetzt, der hinter die Kulissen schaut. In zwei bis drei Tagen weiß ich alles über die Firmen, mit denen sie hier und da unten Handel treiben, mit was sie handeln, wieviel sie auf der Bank haben und so weiter. Und es ist wahr, daß Tucker vor zwei Jahren an Lungenkrebs gestorben ist.«

»Das wäre dann alles für heute?« fragte Jake.

»Das wäre alles für heute. Morgen will ich sehen, was ich über die einzelnen Mitglieder des Bürgervereins für Stadtplanung, den Thoren als Fassade benutzte, herausfinden kann. Und Sie werden wohl Ihr Mädele ins Royal Burgundian einladen und mit diesem Caldwell Kontakt aufnehmen?«

Jake erhob sich. »Genau das werde ich tun.«

»Na, dann passen Sie auf, daß sie nicht wieder zuviel in der Sonne sitzt«, meinte Magnes. »Und Sie selbst, passen Sie auch auf. Ganz egal, was Sie darüber denken - wenn Sie den Burschen ansprechen, dann spazieren Sie ins Alligatorbecken, mit nackten Füßen.«

Kapitel 24

Außer zwei Stühlen und einem Schirm auf der dichtbesetzten Sonnenterrasse bot ihnen das Royal Burgundian noch die Benutzung einer Badehütte, mehrere Swimmingpools zur Auswahl, ein Salatbuffet, eine ständige Parade kantiger Mannequins, die mit gelangweilter Miene das Minimum an Bademode präsentierten, und einen großgewachsenen, sonnengebräunten Laufburschen namens Eddie.

Als Eddie von der Besorgung, auf die Jake ihn geschickt hatte, mit den Worten zurückkehrte: »Bert sagt, es tut ihm leid, aber wenn Sie eine Massage wollen, müssen Sie sich zwei Tage vorher anmelden«, sagte Jake: »Versuch's noch ein zweites Mal, Junge. Diesmal sagst du ihm, er sei mir von einem Mr. Walter Thoren empfohlen worden, den er früher im Bayside Spa kannte.«

Elinor blickte Eddie nach, wie er sich trollte und sich dabei mit dem Kamm durch die Locken fuhr, und fragte: »War das eine gute Idee? Da wird Caldwell doch nur mißtrauisch werden, oder?«

»Nur wenn er einen Grund hat, mißtrauisch zu werden.«

»Wenn er der Erpresser ist, hat er mehr als genug Grund.«

»Aber er ist es nicht. Er ist nur derjenige, der den Erpresser durchknetet. Und er weiß es nicht mal.«

»Aber Jake ...«

»Nicht so laut, Liebling. Hier sind überall die großen Lauscher aufgesperrt. Vergiß nicht, daß du für die Leute meine bezaubernde kleine Frau bist, die nichts anderes im Kopf hat als die Frage, wann ich ihr den nächsten Nerz spendiere.«

Elinor schnaufte verächtlich. »Den nächsten. Ich wette, ich bin die einzige Frau hier, die nicht mindestens zwei davon im Schrank hat.«

Als Eddie einige Minuten später wieder auftauchte, konnte er berichten, daß alles arrangiert sei. »Aber Bert sagt, Sie müssen jetzt gleich kommen, Mr. Dekker. Sonst kann er Sie nirgends mehr zwischennehmen.«

»Jetzt gleich ist genau das richtige«, sagte Jake.

Wie alles am Royal Burgundian hatte auch die Sauna gigantische Ausmaße und war verschwenderisch mit goldenen Kacheln und klassischen Statuen ausgestattet. Inmitten dieser Opulenz wirkte Bert Caldwell, ein Muskelpaket mit einem breiten, gutmütigen Gesicht, wie ein Landarbeiter, den man zum Dienst in einem byzantinischen Palast verpflichtet hat.

Er sagte: »Ja, ich habe Mr. Thoren an die zehn, zwölf Jahre gekannt, und ich habe immer gedacht, na, der ist noch für 50 Jahre gut, wie der sich fithält. Und dann, mit einem Mal, aus. Waren Sie ein Freund von ihm?«

»Nein«, antwortete Jake, »meine Frau und ich sind mit der Familie befreundet. Wir haben ein Haus in ihrer Nähe gekauft, und sie geben sich furchtbar viel Mühe, damit wir uns zu Hause fühlen. Als ich erzählte, daß ich die Bäder im New Yorker Athletik-Club vermisse, gaben sie mir Ihre Adresse.«

»Tja. Na, das ist schön, daß sie sich noch an mich erinnern. Ich hätte ihnen wohl eine Karte schicken sollen, als es passierte, aber Sie wissen ja, wie so was geht. Zehn, zwölf Jahre habe ich ihn gekannt. War so ähnlich gebaut wie Sie. Die Dickbäuche drüben im Studio haben sich immer gewundert, wieso er überhaupt kam, so fit, wie er war. Okay, Mr. Dekker, jetzt nehmen Sie Ihr Dampfbad, und ich stehe bereit, wenn Sie kommen.«

Als Jake wieder aus dem Dampfbad kam, wurde er, schweißüberströmt, wie er war, auf eine Marmorplatte gelegt, eingeseift, mit einer rauhen Bürste geschrubbt und mit dem Wasserschlauch abgespritzt, und als man ihn endlich wieder zurück in den Massageraum führte, hatte er den Eindruck, daß jeder Knochen in seinem Leib sich verflüssigt hatte.

Der Massageraum war schmal und lang, und eine blaue Wolke von Zigarettenrauch hing darin. Ein Dutzend Tische standen in einer Reihe, die meisten davon belegt. Am anderen Ende gab es eine überlebensgroße Statue von Diana als Jägerin, der jemand einen Strohhut und eine Sonnenbrille aufgesetzt hatte. Mehrere in Badetücher gehüllte Männer standen bei der Statue und brüteten über einer Wettzeitung.

Caldwells Tisch lag an jenem Ende des Raumes. Jake streckte sich darauf aus, und nachdem er ihn mit Öl eingerieben hatte, ging

Caldwell an die Arbeit und massierte ihm fachgerecht die Schultermuskeln. »Stimmt schon«, sagte Jake, »Sie machen das gut. Da kann ich verstehen, daß Thoren Ihnen all die Jahre treugeblieben ist.«

Caldwell brummte und langte um so härter zu. »Ja, aber es war nicht nur das. Die haben auch Squashplätze drüben, und er hat immer gerne mit mir gespielt. Vielleicht drei von fünf Malen habe ich gewonnen, aber es war immer knapp.«

»Das gehörte zu seiner üblichen Fitneß-Routine?«

»Hmhm. Er kam einmal die Woche von elf bis vier, und jede Minute lief nach Plan. Man konnte seine Uhr nach ihm stellen.«

»Na, er war jedenfalls wirklich ein Verehrer von Ihnen«, sagte Jake. »Ich nehme an, Sie wissen, daß er nie wieder hingegangen ist, nachdem Sie gekündigt hatten.«

»Nein, das höre ich zum erstenmal.« Caldwell bohrte ihm den einen Daumen in die Fußsohle, dann den anderen. Er nahm sich einen Zeh nach dem anderen vor und wedelte damit, als wolle er sie vom Fuß abschütteln. »Aber wenn ich darüber nachdenke«, sagte er, »wundert es mich nicht. Als ich drüben gekündigt habe, haben sie mir noch eine Woche extra bezahlt, damit ich dablieb und meine Stammkunden sozusagen mit dem neuen Masseur bekanntmachte. Aber irgendwie muß dieser neue Bursche es mit Mr. Thoren ziemlich vermasselt haben.«

»Woher wissen Sie das?«

»Na, zum einen, weil Mr. Thoren an jenem Nachmittag schon lange vor seiner üblichen Zeit gegangen ist. Zum anderen machte er ein Gesicht, als ob er wütend auf die ganze Welt wäre, mich eingeschlossen. Kein Trinkgeld zum Abschied, nichts. Teufel noch mal, nur weil der Neue nicht wußte, wie er ihn ordentlich durchknetet, mußte er das ja nicht an mir auslassen. Ich habe doch da nicht gekündigt, um ihn zu ärgern. Ich bekomme eine Menge mehr Geld hier.«

»Da kann Ihnen keiner einen Vorwurf machen«, sagte Jake. »Haben Sie hinterher mit dem Neuen drüber gesprochen? Ihn gefragt, was schiefgegangen war?«

»Tja, ich hatte es mir für den nächsten Morgen vorgenommen, aber er hat sich nie wieder blicken lassen. Wahrscheinlich hat er gedacht, das Bayside Spa ist nicht das richtige für ihn, wenn er da mit Kunden wie Mr. Thoren zu tun hat. Es gibt ja Leute, die machen so was nach Lust und Laune.«

»Vielleicht war er auch nur einer von diesen Saisonarbeitern«, sagte Jake. »Die im Sommer oben im Norden arbeiten und hier im Winter. Solche Leute kümmert das nicht groß, eine Arbeit einfach liegenzulassen.«

»Ein Zugvogel?« Beherzt drehte Caldwell ihn auf den Rücken und nahm sich Brust und Bauch vor. »Der nicht. Das war einer von diesen Naturburschen aus den Everglades. Ist wahrscheinlich sein ganzes Leben noch nie weiter nach Norden gekommen als bis hierhin.«

»Naturburschen?«

»Ja, die Leute, die da auf den Bäumen leben. Fahren mit Sumpfbooten spazieren, schießen illegal ein paar Alligatoren, aber wenn sie Geld brauchen, kommen sie in die Stadt und nehmen für eine Weile einen Job an. So einer war das. So ein richtiger Kohlkopf von einem Sumpfbewohner. Nur daß er mehr auf dem Kasten hatte als die meisten.«

»Ich nehme an, er hockt längst wieder in seinem Sumpf und ist froh darüber«, sagte Jake.

»Höchstwahrscheinlich. Diese Art von Leuten, wenn man die in ein Paar Schuhe steckt, dann verkrampfen die sich vollkommen. War einfach Pech für ihn, daß er gleich als erstes an Mr. Thoren geriet.«

»So geht's im Leben«, sagte Jake.

Kapitel 25

Elinor war nicht da, als er zurück zu den Liegestühlen kam. Ein paar Minuten später tauchte sie tropfnaß auf. »Wie hat es geklappt?« fragte sie.

Jake schüttelte warnend den Kopf. »Prima. Wo warst du?«

»Im Meer. Es ist ziemlich viel Seetang da, aber sonst ist es wunderbar. Hier in den Schwimmbecken drängen sich die Leute, und da draußen ist praktisch niemand. Komm mit. Da können wir reden.«

»Gleich. Ich will erst noch ein wenig nachdenken.«

»Na, wenn du nicht laut denken willst, dann gehe ich schon mal vor. Aber laß mich nicht zu lange warten.«

Er brachte seine Gedanken zu Ende. Dann überquerte er die Sonnenterrasse und ging auf die Treppe zu, die zum Strand hinunterführte. Von hier aus konnte er sehen, daß es kein besonderer Strand war: ein Streifen grauer Sand, dazwischen Flecken aus halbvertrocknetem Seetang. Doch die Brandung war von einem verlockenden Smaragdgrün, auch wenn Seetang darin schwamm. Über 100 Meter, bis zu der Stelle, wo knapp unter der Oberfläche der braune Kamm einer Sandbank sichtbar war, war das Wasser so flach, daß die Badelustigen darin stehen konnten und es ihnen nicht über die Brust ging. Jenseits der Sandbank war es offenbar zu tief zum Stehen. Ein paar vereinzelte Schwimmer waren dort draußen und hüpften auf den Wellen auf und ab, die weiter landwärts Schaumkronen bekamen.

Nach einer Weile machte er Elinor als eine dieser Schwimmenden aus. Er erkannte sie an ihrer Badekappe, einer Chrysantheme aus leuchtendgelbem Gummi, die offenbar eher ein Zierstück war, als praktischen Nutzen hatte. Er ging die Treppe hinunter und watete in aller Ruhe durch das lauwarme Wasser zu der Badekappe hinaus. Dann wurde sie plötzlich wie von einer unsichtbaren Hand niedergedrückt und verschwand unter der Oberfläche.

Als die nächste Welle über die Sandbank gelaufen war, war sie noch immer nicht wieder zu sehen. Und bei der übernächsten auch nicht.

Er stürzte sich in die Schaumkrone der letzten Welle und schwamm, so schnell er konnte, in die Richtung, in der er die Kappe zuletzt gesehen hatte. Ein paar Züge hinter der Sandbank konnte er sie unter der Oberfläche schimmern sehen. Er atmete tief ein und tauchte, und nun sah er Elinor und denjenigen, der ihre Waden eisern umklammert hielt, im wogenden, tanzenden Kampf wie in Zeitlupe. Ihr Leib streckte sich verzweifelt zur Oberfläche hin und wurde von dort hinunter zum aufgewühlten sandigen Boden gezerrt.

Im nächsten Augenblick war alles vorüber. Der Mann sah Jake, und trotz seiner enormen Masse schoß er wie ein Torpedo davon und war mit der Schnelligkeit und Wendigkeit eines Fisches zuerst außer Reichweite, dann außer Sicht.

Jake zog Elinor an sich und tauchte mit ihr zusammen auf. Unter Zuckungen klammerte sie sich mit beiden Armen um seinen Hals und mit ihren Beinen um seine Taille und versuchte in einer Folge von schluchzenden, würgenden Zügen, wieder Luft zu bekommen. Er steuerte auf die Sandbank zu, wo er eine Stelle fand, an der er gerade noch stehen konnte. »Alles in Ordnung«, sagte er. »Du bist in Sicherheit.«

»Jake, er wollte mich umbringen! Wenn du nicht gekommen wärst ...«

»Ja, ich weiß. Aber wahrscheinlich wollte er dir nur Angst einjagen. Hast du ihn sehen können?«

»Eine Sekunde lang. Er ist ein Glatzkopf, und er muß eine Tonne wiegen. Aber es ist kein Fett, das sind alles Muskeln.«

»Das Gefühl hatte ich auch. Meinst du, du erkennst ihn, wenn du ihn noch einmal siehst?«

»Ich will ihn nicht noch einmal sehen. Das ist der Erpresser, nicht wahr?«

»Vielleicht nicht persönlich«, sagte Jake, »aber mit Sicherheit hat er mit ihm zu tun.«

»Dann wissen sie, wer du bist. Ich habe dir ja gesagt, wenn du erst einmal anfängst, mit Leuten über Thoren zu reden ...«

»Kleines, ab und zu muß man in diesem Geschäft auch mal was riskieren. Sonst dreht man sich nur im Kreis.« Als Jake versuchte, ihre Arme von seinem Hals zu lösen, klammerte sie sich nur um so fester an ihn. »Gut«, sagte er, »jetzt zieh dir mal das Oberteil wieder hoch, und dann los. Du schaffst das doch bis zur Küste, oder?«

»Sobald ich wieder atmen kann. Aber den Fall kannst du ohnehin abschreiben, oder? Du hast doch gesagt, wenn Mrs. Thoren dahinterkommt, wer wir wirklich sind, ist es aus.«

»Nein, dazu sind wir jetzt schon zu weit gegangen. Den Punkt, an dem wir noch hätten umkehren können, haben wir vor ungefähr drei Minuten passiert. Und es ist ja nicht Mrs. Thoren, die dahintergekommen ist, wer wir sind.«

»Aber das wird sie. Die werden es ihr doch verraten.«

»Wenn sie das wollten, warum hätten sie dann dir etwas tun sollen?« fragte Jake. »Warum sind sie nicht einfach hingegangen und haben es ihr gesagt?«

»Aber trotzdem«, jammerte Elinor, »das ist ein Alptraum, Jake. Nimm es mir nicht übel, aber am liebsten würde ich nicht mehr weiter mitmachen.«

»Du meinst, du willst aussteigen, jetzt, wo es richtig losgeht?«

»Mir gefällt die Richtung nicht, in die es läuft. Und morgen ist die erste Woche um. Wenn du mir ein Viertel von dem geben würdest, was wir vereinbart haben ...«

»So haben wir nicht gerechnet.« Er hielt sie mit einer Hand an ihrem Rücken fest, mit der anderen ruderte er, um nicht den Halt zu verlieren, wenn sie sich gemeinsam von den sanften Wogen heben ließen und wieder sanken. Sie hatte die Wange an die seine gelegt, und ihr Atem wurde allmählich wieder regelmäßig. »Weißt du«, meinte er, »für ein Mädchen mit einem so harten, muskulösen Rücken hast du eine erstaunlich weiche Vorderseite.«

»Das ist ein billiger Trick, mit mir zu flirten, damit ich es mir anders überlege.« Sie sagte es verächtlich, doch sie blieb, wie sie war, von seinem Arm umfaßt, Wange an Wange.

»Meinst du? Jeder, der uns beide so sehen könnte, würde sagen, du bist diejenige, die mit mir flirtet.«

»Dann laß dir gesagt sein, daß ich es nicht tue. Es ist nur einfach schön, sich so fallenzulassen, nach dem, was ich durchgemacht habe.«

»Trotzdem, Kleines, wenn du so in meinen Armen einschläfst, dann segeln wir nonstop bis nach Havanna.«

»Ich schlafe nicht ein. Ich bin nur ausgelaugt. Schlaff.« Mit geschlossenen Augen wandte sie sich ihm zu. Ihre geöffneten Lippen berührten die seinen sanft, langsam rieben sie auf ihnen vor und zurück und wurden wärmer. Abrupt zog sie den Kopf zurück. »Nein, du bekommst mich nicht. Das war kein Witz, Jake. Ich will zurück nach New York.«

»Tu das«, sagte Jake, »und einer von diesen Burschen folgt dir womöglich bis vor die Haustür. Du führst sie direkt zu deinem Jungen. Und dann wüßten sie, was sie mit dir machen können.«

»Das glaube ich nicht. Du versuchst nur, mir Angst einzujagen.«

»Kleines, haben sie dir nicht gerade gezeigt, daß sie diejenigen sind, die dir Angst einjagen wollen? Ich denke mir, daß jemand, der bei dieser Sache die Finger drin hat, mitbekommen hat, wie ich Caldwell nach Thoren und dem letzten Tag, den er im Bayside Spa war, gefragt habe. Und da dieser Jemand weiß, daß Mrs. Thoren nicht zur Polizei gehen würde, braucht er nicht allzu helle zu sein, um zu erraten, weswegen ich hier bin. Deshalb will er nicht mehr als mich für ein Weilchen kaltstellen. Dann bekommt Mrs. Thoren ihr Geld von der Versicherung, und er kann es ihr Stück für Stück abknöpfen. Das ist anders, als wenn ich ein Bulle wäre. Die Erpresser wissen, daß sie mich für immer los sind, wenn Mrs. Thoren erst mal das Geld hat.«

»Ich nehme an, kaltstellen bedeutet, dich davonscheuchen«, sagte Elinor. »Aber wieso bist du so sicher, daß sie das noch ein zweites Mal versuchen? Warum sollen sie dich nicht nächstes Mal einfach erschießen?«

»Weil sie wissen, daß dann nicht nur die Versicherung einen guten Vorwand hätte, die Zahlung zurückzuhalten und den Gerichtstermin hinauszuzögern, sondern daß auch die Polizei ins Spiel käme. Nein, für diese Burschen ist es das einzig Vernünftige, mich zu warnen, damit ich die Finger davon lasse. Wenn das nicht wirkt, versuchen sie vielleicht, mich zu kaufen.«

Elinor blickte ihn forschend an. »Und ließest du dich kaufen?«

»Was hältst du von mir?«

»Meine Güte, was halte ich von dir? Wenn du es wirklich wissen willst, ich denke mir, du legst es darauf an, daß ich umgebracht werde. Und wenn ich in meinen letzten Zügen daliege, erklärst du mir, daß so etwas gar nicht möglich ist.«

»Braves Mädchen«, sagte Jake.

Als sie aus dem Wasser kamen, klammerte sich Elinor plötzlich an seinen Arm. »Jake, da ist er. Das ist der Mann.«

Jake sah in die Richtung, in die sie wies. Der Mann, ein enormer Fleischkloß, stand im Schatten unter der vorstehenden Treppe zur

Sonnenterrasse, halb verdeckt von einem der Balken, die die Treppe trugen. Er trat einen Schritt zurück, als Jake sich zu ihm umwandte, und einen Augenblick lang ließ ein Sonnenstrahl, der durch die Treppenstufen fiel, seinen haarlosen Schädel aufblitzen.

Jake sah sich um. Der Strand selbst war leer, die einzigen Menschen in der Nähe waren die wenigen Badenden, die jenseits der Sandbank auf den Wogen ritten. Er ging auf den Mann zu, und Elinor versuchte, ihn zurückzuhalten. »Jake, ich möchte nicht mehr in seine Nähe kommen. Bitte.«

»Laß das. Willst du, daß er glaubt, wir hätten Angst vor ihm?«

»Ich habe Angst vor ihm. Bitte, Jake ...« Doch als er sich aus ihrem Griff löste, folgte sie ihm ängstlich mit einigen Schritten Abstand. Er trat in den Schatten der Treppe zu dem Mann. In der Sonne war es glühend heiß, doch hier war es überraschend kühl. Der Mann stand da und sah ihn teilnahmslos an. Er war einen Kopf kleiner als Jake und hatte die Figur einer Tonne.

»Ich heiße Dekker«, sagte Jake freundlich. »Das ist meine Frau.«

Noch immer zeigten das runde, fleischige Gesicht und die hellen Augen keinerlei Reaktion. »Ich heiße Holuby. Was gibt's?«

»Mrs. Dekker ist gerade ziemlich erschrocken. Wäre beinahe ertrunken da draußen.«

In den hellen Augen flackerte etwas, was man für einen Funken Humor hätte halten können. »Wahrscheinlich ist sie ganz untergetaucht. Das ist gefährlich. Da muß man sich vorsehen.«

»Das kann man wohl sagen«, sagte Jake und lächelte. Als er insgeheim seine Faust geballt hatte, hatte er den Fingerknöchel des Mittelfingers vorstehen lassen. Er schlug kurz und kräftig in gerader Linie zu, und der vorstehende Knöchel bohrte sich mitten in Holubys massigen Hals. Holuby stieß einen Grunzlaut aus. Seine Augen rollten nach oben, so daß einen Moment lang nur das Weiße zu sehen war. Dann kippte er nach vorn und ging mit einem dumpfen Schlag auf Hände und Knie, sein Mund war weit offen, sein Gesicht rötete sich zusehends, seine Augen waren starr vor Schrecken darüber, daß er nicht mehr atmen konnte.

Jake hockte sich neben ihn. Er nahm eine Handvoll Sand. »Wenn ich Ihnen das hier jetzt in den Hals stecke, Holuby, dann sind Sie erledigt. Nichts weiter als schon wieder ein bedauerlicher Badeunfall. Also raus damit. War es Ihre eigene Idee, meiner Frau so zuzusetzen?«

Ein Rinnsal Spucke tropfte aus Holubys weit geöffnetem Mund. Das Ringen um Luft ließ seinen Körper erbeben. Jake hielt ihm den Sand unter die Nase, und mit ruckartigen Bewegungen wandte Holuby den Kopf erst in die eine, dann die andere Richtung, um dem Sand zu entgehen. »Wenn Sie es nicht waren«, fuhr Jake ihn an, »wer war es dann? Wer hat Sie dazu angestiftet?«

»Jake, laß das!« Elinor versuchte ihn zurückzuziehen. »Bitte hör auf. Da kommen Leute.«

Er warf einen Blick über die Schulter. Zwei Badegäste kamen vom Wasser her auf sie zu. Es war ein Paar mittleren Alters, und sie blickten besorgt zu der Szene an der Treppe hinüber.

Jake ließ den Sand durch die Finger rinnen und erhob sich. Die beiden langten bei ihnen an und sahen zu der Gestalt hinunter, die da auf Händen und Knien lag und japste wie ein gestrandeter Wal. »Ach du liebe Güte«, sagte die Frau und schlug die Hände vors Gesicht. »Was ist passiert? Was ist los mit ihm?«

»Nichts Ernstes«, sagte Jake. »Er ist nur ganz untergetaucht und hat ein wenig Wasser geschluckt. Das ist gleich vorbei.«

»Besser, man riskiert so etwas erst gar nicht«, sagte der Mann mit ernster Stimme. »Sicherheit sollte immer das oberste Gebot sein.«

»Genau das habe ich ihm auch gerade gesagt«, sagte Jake. Er schob Elinor in Richtung Treppe. »Auf geht's, Schatz. Ich glaube, wir sollten einem von den Bademeistern oben am Pool Bescheid sagen.«

Sie stiegen die Treppe zur Sonnenterrasse hinauf. Anfangs sagte sie nichts, doch auf halbem Wege blieb sie plötzlich stehen und wandte sich zu ihm um. Nachdenklich blickte sie ihn an: »Du wolltest ihn umbringen. Du hättest ihn umgebracht, wenn diese Leute nicht gekommen wären.«

»Red doch keinen Unsinn.«

»Aber er hat es geglaubt. Du sahst ganz so aus. Es hörte sich auch so an.«

»Du hättest dir doch denken können, daß das Theater war. Kannst du dir eine bessere Methode vorstellen, ihn zum Sprechen zu bringen?«

Elinor schüttelte den Kopf. »Es war nicht nur das. Du wolltest es ihm heimzahlen, was er mir angetan hatte, nicht wahr?«

»Das war nur ein Zufall. Kleines, wirf niemals dich in die Waagschale gegen irgendwas, was mit meiner Arbeit zu tun hat. Du würdest eine fürchterliche Enttäuschung erleben.«

»Vielleicht. Vielleicht auch nicht. Nur weil du an eine Frau geraten bist, die niemals wirklich ...«

»Um Himmels willen. Ich kriege gleich einen Sonnenstich, und du rezitierst mir Sätze aus alten Barbara-Stanwyck-Filmen.« Er gab ihr einen kräftigen Klaps auf den Hintern. »Nun komm schon. Ich eskortiere dich noch zur Badehütte. Du kannst dich anziehen und warten, während ich noch mal bei meinem Kumpel Caldwell vorbeischaue.«

Er fand Caldwell intensiv mit einem Klienten beschäftigt. »Ich möchte ein paar Takte mit Ihnen reden, Bert.«

Caldwell widmete sich weiter dem Körper auf seinem Massagetisch. »Reden worüber, Mr. Dekker?«

»Privatangelegenheiten. Irgendwo, wo wir einige Minuten ungestört sein können.«

Caldwell machte eine Handbewegung zu dem Mann auf seinem Tisch. »Schon, aber jetzt gleich?«

»Der hält sich schon. Es geht um eine sehr wichtige Privatsache.«

Das Büro der Sauna war mit dicken Teppichen ausgelegt und mit pastellfarbenen Büromöbeln ausgestattet. An den Wänden hingen Autogrammfotos berühmter Gäste.

Ein junger Mann saß hinter dem kleineren der beiden Schreibtische. Als Cadwell zu ihm sagte: »Dauert nur ein paar Minuten, Bubba«, bedachte der junge Mann Jake mit einem teilnahmslosen Blick und trollte sich dann. Caldwell schloß die Tür hinter ihm. »Worum geht es, Mr. Dekker?«

»Es geht um das, was in dem Massageraum drüben passiert ist, nachdem ich die Tür hinter mir zugemacht hatte. Jemand hat mit angehört, wie wir uns über Thoren unterhielten. Sobald ich draußen war, hat er Sie gefragt, was Sie über mich wissen. Jetzt sagen Sie mir, wer das war.«

»Mich? Niemand hat mich auch nur ein Wort nach Ihnen gefragt, Mr. Dekker.«

»Da hängt ein Gorilla draußen rum, mit Namen Holuby«, sagte Jake geduldig. »Ein stämmiger Kerl, an die 300 Pfund, sieht aus wie ein Ringerprofi. Wissen Sie, wen ich meine?«

»Klar. Das ist Lou Holuby. Der sorgt für die Sicherheit an Strand und Pool.«

»Ihr habt ja merkwürdige Vorstellungen von Sicherheit hier unten«, sagte Jake. »Dieser Holuby hat draußen gerade versucht, mir Ärger zu machen, und zwar weil jemand hier drin es ihm gesagt hat. Und Sie wissen, wer das war.«

Caldwell stieß einen langen Seufzer aus. »Hören Sie, Mr. Dekker ...«

Jake lächelte. »Als ich vorhin von hier fortging, habe ich aus Versehen meine Brieftasche auf dem Tisch liegen lassen, wo Sie Ihr Öl und die Sachen haben. Die Brieftasche will ich zurück. Ich denke mir, 500 Dollar in bar und ein Dutzend Kreditkarten sind ein wenig viel an Trinkgeld, selbst für einen großzügigen Mann wie mich.«

»Was soll das heißen, Mr. Dekker? Sie wissen genau, daß Sie keine Brieftasche auf den Tisch gelegt haben.«

»Das werden die Bullen entscheiden. Und was meinen Sie, zu welcher Entscheidung sie kommen, wenn sie unter die Matte auf Ihrem Massiertisch sehen und sie dort finden?«

»Ihre Brieftasche?« Caldwell kniff die Augen zusammen. »Sie Dreckskerl, Sie haben sie gerade eben selber da druntergesteckt.«

Er stürmte in Richtung Tür, und Jake sagte: »Ob Sie sie jetzt da vor aller Augen hervorholen, Bert, oder ob die Bullen sie finden, das kommt aufs Gleiche raus. Und ich bin furchtbar empfindlich. Wenn mir jemand was klaut, dann mache ich ein Riesengeschrei deswegen.«

Caldwell blieb stehen, mit der Hand am Türknauf. »Meinen Sie, so ein Geschrei macht mir was aus? Ich habe eine reine Weste, vom ersten Tag an.« Aus seinem Tonfall sprach keine Überzeugung.

»Dann sind Sie eben das eine Mal zuviel in Versuchung geführt worden«, sagte Jake voller Mitgefühl. »Pech. Aber vielleicht sind die Bullen ja nett. Vielleicht verzichten sie auf eine Verhaftung und jagen Sie einfach nur aus der Stadt, sofern ich einverstanden bin. Andererseits ...«

»Schon gut«, sagte Caldwell. »Es war Frank Milan. Er war einer von denen, die drüben standen und die Rennzeitung gelesen haben. Er hat gefragt, ob ich irgendwas über Sie weiß. Ich habe gesagt nein, und das war alles.«

»Sind Sie sicher?«

»Liebe Güte«, sagte Caldwell verzweifelt, »wenn Sie mir nicht glauben ...«

»Ich glaube Ihnen. Was hat dieser Frank Milan mit Holuby zu tun?«

»Ja, was denken Sie denn? Holuby arbeitet doch hier, oder? Sie wollen doch nicht sagen, daß Sie nicht wissen, daß ein großes Stück von dem Laden hier Frank Milan gehört?«

»Jetzt weiß ich es«, sagte Jake.

Kapitel 26

Auf Magnes' Empfehlung trafen sie sich zum Abendessen in einem kubanischen Restaurant am Espanola Way, einem Lokal, das sich als ein Mauseloch erwies, in dem die sechs Tische kaum unterkommen konnten. Die meisten Gespräche an den anderen Tischen wurden entweder auf Spanisch mit jiddischem Akzent oder auf Jiddisch mit spanischem Akzent geführt.

Magnes ließ sich von den Ereignissen des Tages berichten und stopfte sich dabei mit Hühnerkasserolle, schwarzen Bohnen und gebratenen Bananen voll. Als er fertig war, sagte er: »Es ist nicht verwunderlich, daß Sie nichts von Frank Milan wußten; er scheut alle Publicity. Er kam zusammen mit Owney Madden und Frank Erickson hier herunter, als der Rennplatz Tropical Park angelegt wurde, an die 40 Jahre muß das jetzt her sein. Er war ihr Muskelmann. Jetzt ist er der oberste Mafiaboß. Auch ein sehr guter Freund von Meyer Lansky. Da können Sie sehen, wie gut die Leute hier unten miteinander auskommen.«

»So«, sagte Jake, »er ist der oberste Mafiaboß. Und womöglich ein wenig Erpressung als einträgliches Nebengeschäft?«

Magnes rülpste dezent und betupfte seine Lippen mit einer Papierserviette. Er schüttelte den Kopf. »Ehrlich gesagt, kann ich mir das nicht vorstellen. Wissen Sie, er ist einer von diesen Ganoven, die im Alter nach außen hin piekfein tun. Golf, die Enkel auf dem College, all das. Für ihn wäre es Unsinn, wenn er sich persönlich auf eine Erpressung einließe. Bei dem, was der auf der Bank hat, braucht er so einen Ärger wie ein Loch im Kopf.«

»Aber er hat diesen Holuby auf mich gehetzt«, sagte Jake. »Das heißt, er weiß über Thoren und die Erpressung Bescheid.«

»Das will ich gern zugeben. Auch daß Sie recht hatten, als Sie sagten, es steckt a Professioneller dahinter. Offenbar war dieser Bengel aus den Everglades – dieser Masseur im Dampfbad – derjenige, der Thoren als den erkannte, der er war. Aber so jemand würde niemals so perfekte Arbeit leisten, auch wenn er vielleicht die Anlagen zum Schwerverbrecher hätte. Also, was hat er getan? Er hat einen Ganoven eingeschaltet, der ihm helfen konnte, damit das große Geld zu machen.«

»Und dieser Ganove hat Milan eingeschaltet.«

»Ich sage immer noch, Milan würde sich niemals persönlich auf so etwas einlassen. Aber Sie müssen verstehen, daß kein Mafiajunge ein dermaßen einträgliches Geschäft betreiben könnte, ohne daß Milan sein Einverständnis gibt. Milan muß also davon gewußt haben. Dann kommen Sie daher und reden über Thoren, und Milan denkt sich, lieber dem Jungen, der diese Geschäfte macht, unter die Arme greifen, und sorgt dafür, daß jemand sich Sie vorknöpft. Wenn Sie harmlos sind, dann war's einfach nur ein Witz, daß er das Mädele untergetaucht hat. Wenn nicht, war es eine Warnung. Und nach dem, was Sie mit Holuby gemacht haben, wissen die jetzt, daß Sie alles andere als harmlos sind.«

Jake fragte: »Was meinen Sie, wie weit Milan gehen würde, um seinen Mann zu schützen?«

»Nicht zu weit. Mord kommt nicht in Frage, denn das gibt Aufruhr und Publicity. Eine Prügelei, ein Autounfall, das, was Ihrem Mädel im Wasser passiert ist - mit so etwas könnten Sie rechnen. Ihr Pech, daß ihm ein Stück vom Royal Burgundian gehört und er so oft bei diesen Gestalten rumhängt.«

»Und Ihres«, sagte Jake, »wenn er denkt, daß ich es wert bin, mir jemanden an die Fersen zu heften.«

»Ich weiß. Was haben Sie, Jüngele? Glauben Sie, daß ich die Nerven verliere, weil es ein *großer Schisser* wie Frank Milan ist? Daß ich Sie womöglich im Stich lasse?«

»So etwas ging mir durch den Kopf«, sagte Jake.

Magnes machte eine wegwerfende Handbewegung. »Dann können Sie jetzt aufhören, sich deswegen Sorgen zu machen. Wenn Leute wie Milan mich einschüchtern könnten, dann hätte ich diese Art von Arbeit schon aufgegeben, als ich noch alle Zähne hatte.«

»Gut zu wissen«, sagte Jake. »Das heißt, das einzige, worüber wir uns jetzt noch Gedanken machen müssen, ist, wie wir jemanden ausfindig machen sollen, der vor über zwei Jahren einen Tag lang als Masseur im Bayside Spa gearbeitet hat und sich dann nie wieder blicken ließ. So jemand wäre womöglich nicht einmal dort in den alten Personalakten verzeichnet.«

»Er könnte mittlerweile in Rio sitzen«, sagte Magnes, »bei dem hübschen regelmäßigen Einkommen, das er aus den Erpressungen bezieht.«

»Das glaube ich nicht. Nach dem, was Caldwell mir erzählt hat, war er eine echte Landpomeranze. Nicht die Sorte, die es weit fort von zu Hause zieht. Aber das hat alles nichts zu sagen, bevor Sie nicht in dem Fitneßstudio die Unterlagen einsehen und herausbekommen können, wer er ist. Sie wissen ja genau, wann der eine Tag war, den er dort gearbeitet hat - der 25. Januar -, und Sie müssen nur einen Blick auf die Aufstellung für jenen Tag werfen. Sie kommen doch an diese Akten ran, oder?«

»Das schaffe ich schon«, sagte Magnes. »Aber wie groß ist denn die Chance, daß diese Pomeranze Ihnen alles über Thoren verrät, wenn gleichzeitig sein Mafiapartner ihm die Knarre an die Schläfe hält?«

»Besser als Fifty-Fifty, wenn ich genug über ihn herausbekommen kann. Wenn ich echte Beweise finde, daß er der Erpresser ist, kann ich wahrscheinlich ein Geschäft mit ihm machen. Entweder er verrät mir alles, oder ich sage den Bullen, was ich weiß.«

Magnes schürzte die Lippen. »Ein ganz schöner Drahtseilakt. Muß ich Sie daran erinnern, daß Sie nicht nur ihn unter Druck setzen, sondern auch seinen Komplizen?«

»Nein, das müssen Sie nicht. Im Augenblick brauchen Sie nur herauszufinden, wer die Pomeranze ist und wo sie steckt. So wie Caldwell es dargestellt hat, war dieser Bursche jedenfalls ein Sumpfbewohner, der niemals weit von den Everglades weggehen würde. Es sieht ja fast so aus, als müsse das Verbrechen, das Thoren begangen hat, dort begangen worden sein. Das grenzt es doch schon etwas ein.«

»Meinen Sie? Die Everglades sind ein verdammt großes Gebiet, mein Junge.«

»Aber nicht gerade dicht besiedelt, soviel ich weiß. Können Sie jemanden auftreiben, der sich da auskennt?«

»Natürlich. Aber zunächst einmal muß ich herausfinden, wer dieser Masseur war, damit wir wenigstens wissen, nach wem wir da unter den Leuten suchen sollen, die sich Alligatoren im Vorgarten halten. Ich werde sehen, daß ich gleich morgen früh einen Blick in die Akten werfen kann.«

»Und was ist mit diesem Bürgerverein für Stadtplanung, mit dem Thoren zu tun hatte?« erkundigte Jake sich. »Haben Sie darüber mehr in Erfahrung bringen können? Und Ortegas Geschäft?«

»Ein bißchen. Mit Ortegas Geschäft ist, den Büchern nach zu urteilen, alles in Ordnung. Import - Export, größtenteils Export. Und der Verein ist solide, soweit man sieht.«

»Eine Fassade für irgendwas?«

»Na ja, angeblich ist er dazu da, Miami Beach zu verschönern, aber im Grunde geht es ausschließlich darum, daß die Bewohner von Daystar Island glücklich sind. Es ist eher ein Privatclub, den McCloy und ein paar Leute von Daystar Nummer Eins und Nummer Zwei betreiben. Und wenn es Sorgen gibt, höhere Steuern für Daystar oder Öffnung für den Immobilienmarkt oder so etwas, dann machen sie Stimmung. Sie lassen einen großen Politiker kommen, der bei ihrer Versammlung eine Rede hält, und überreichen ihm ein paar Tausender dafür, Schmiergeld letzten Endes. Das einzige, was sie nicht vertragen können, ist, daß Außenstehende sich in ihre Geschäfte mischen.«

»Paßt doch alles wunderbar zu Thoren«, sagte Jake.

Kapitel 27

Elinor öffnete die Haustür und ließ ihn ein, dann legte sie die Kette wieder vor. Sie sah ärgerlich aus und war ein wenig derangiert. »Dieser Kermit muß übersinnlich sein oder so was, wenn es darum geht, den richtigen Zeitpunkt zu finden. Er ist eben weg. Das war genau das, was ich brauchte, nach diesem Monstrum Holuby.«

»Hat er dir schwer zugesetzt?«

»Es geht. Das Problem war, daß du mir keine Anweisungen gegeben hattest, wie ich ihn anpacken sollte. Ich meine, normalerweise werde ich mit so jemandem schon fertig, aber ich wußte nicht, wie abweisend ich sein sollte.«

»Nicht so sehr, daß er uns hinterher aus dem Wege geht.« Jake warf einen Blick auf die Uhr. Es war Viertel nach neun. »Wie lange war er hier?«

»Eine Stunde ungefähr. Angeblich kam er, um uns für morgen zum Abendessen einzuladen. Als er sah, daß du nicht da warst, machte er es sich gemütlich.«

»Das ist interessant«, sagte Jake. »Das mit dem Abendessen. Warum sollte seine Mama am einen Tag die größte Wut auf uns haben und am nächsten Tag ihr Einverständnis zu so einer Einladung geben?«

»Vielleicht, weil die Erpresser ihr gesagt haben, wer du in Wirklichkeit bist, und sie will sich mit dir deswegen zusammensetzen.«

»Auf einer Dinnerparty?«

»Dann weiß ich auch nicht, warum«, sagte Elinor. »Und du solltest nicht denken, daß es mir leichtgefallen ist, immer im Kopf zu behalten, daß ich ja eigentlich nichts davon wissen durfte, daß sie wütend auf uns ist. Ich hätte beinahe etwas zu Kermit darüber gesagt, aber dann fiel es mir noch rechtzeitig wieder ein. Und dieser verdammte Lautsprecher hing noch an ihrem Telefon, als er hereinspaziert kam. Ich dachte, du bist es, deshalb bin ich an die Tür gegangen, ohne ihn abzustellen. Wenn jemand bei den Thorens ins Eßzimmer gekommen wäre und etwas gesagt hätte, dann hätte Kermit es gehört, keine Frage. Mann, ich war völlig fertig, bis ich rübergehen und auflegen konnte. Und er hat sicher gedacht, ich bin wegen ihm und seinem Lockenschopf so durcheinander. Von da an gab es kein Halten mehr.«

»Soll das heißen, das Bandgerät steht seit einer Stunde?« fragte Jake. »Wir haben von jenem Zeitpunkt an nichts mehr aus Mrs. Thorens Zimmer auf Band?«

»Hör mal, ich habe dir doch gerade erklärt ...«

»Klar hast du das. Jetzt sieh zu, daß du dich wieder an Mrs. Thorens Apparat hängst. Haben sie irgendwas Hörenswertes beim Abendessen gesagt?«

»Nein. Was hatte Magnes über diesen Frank Milan zu erzählen?«

»Ungefähr das, was ich erwartet hatte. Er ist ein großes Tier in der Unterwelt. Jetzt ab auf Horchposten.«

Er sah zu, wie sie den Sender in Charlotte Thorens Telefon aktivierte, dann ging er ins Arbeitszimmer und setzte sich an den Schreibtisch, ohne das Licht anzuschalten. Er lehnte sich in dem großen Drehstuhl zurück bis zum äußersten Winkel und legte die Füße auf den Tisch. Lange später hörte er die Schlafzimmertür quietschen und sah Elinors Schattenriß vor dem Licht der Schlafzimmerlampe. »Jake?« flüsterte sie.

»Ich schlafe nicht. Mach ruhig Licht.«

Sie schaltete die Schreibtischlampe ein. »Es ist gleich halb zwölf. Kann ich jetzt Schluß machen mit Mrs. Thoren?«

»Noch nicht. War irgendwas bei ihr zu hören?«

»Nichts, was wert war, das Band zu markieren. Gegen zehn war die Köchin da, und Mrs. Thoren gab ihr eine Menge Anweisungen, was sie auf dem Markt kaufen soll und so weiter. Danach sah sie ein paar Minuten fern, schaltete dann ab. Seitdem ist es ziemlich ruhig. Man hört nur, wie sich ab und zu jemand bewegt.«

»Keine Spätnachrichten? Keine Johnny Carson Show?«

»Nein. Vielleicht fand sie, es wäre Zeit, mal etwas zu lesen.«

»Wenn, dann wäre das das erste Mal, seit wir zuhören«, sagte Jake. »Sie weicht von ihren Gewohnheiten ab.«

»Na, von Gewohnheiten kann man kaum sprechen, oder? Ich höre ihr doch erst seit ein paar Tagen zu.«

»Trotzdem sind es Gewohnheiten.« Mit einem Schwung setzte Jake die Füße auf den Boden und ließ den Stuhl geradekippen. »Himmel, was ist denn mit euch beiden los, mit dir und Magnes? Ganz egal, was ich sage, ihr zwei glaubt, ihr müßt mir widersprechen.«

»Jake, das ist nicht wahr«, sagte Elinor pikiert. Dann betrachtete sie ihn mißtrauisch mit zusammengekniffenen Augen. »Und das ist es auch nicht, was dich eigentlich gerade ärgert, oder? Das ist etwas ganz anderes.«

»Stimmt schon. Es geht um das, was dieser verdammte Caldwell mir heute gesagt hat. Der hat alles durcheinandergebracht.«

»Wieso das?«

»Im Grunde hat er gesagt, daß Thoren von einem Sumpfbewohner von jener Sorte erkannt wurde, die nie weit von zu Hause weggeht. Irgendso ein Hinterwäldler, ein Krokodilbändiger, der es mit Müh und Not nach Miami und wieder zurück geschafft hat. Wenn das stimmt, wenn dieser Bursche bei dem dabei war, was Thoren vor 30 Jahren angestellt hat und weswegen er ihn erpressen konnte, dann ist das irgendwo hier in der Gegend geschehen.«

»Und?«

»Und damit klappt die ganze Theorie zusammen, von der ich bisher ausgegangen bin. Nach den Informationen, die ich hatte, habe ich angenommen, daß Thoren ein Flüchtling oder Einwanderer war, der zwischen 1935 und 1940 in die Staaten kam und sich im Mittleren Westen niederließ. Im Mittleren Westen deswegen, weil er in der falschen Biographie, die er für sich zurechtmachte, so vertraut damit zu sein schien. Dann beging er ein Verbrechen, steckte eine Menge Geld ein – mindestens die 60 000, mit der er sich in Spragues Firma einkaufte – und floh hier herunter, um sich für alle Zeiten hinter einer neuen Identität zu verstecken. Das war einleuchtend. Das, was wir jetzt haben, ist es nicht. Gehen wir mal davon aus, daß er das Verbrechen hier in der Gegend begangen hat. Warum sollte er dann hier bleiben?«

Elinor dachte darüber nach. »Meinst du immer noch, er war Ausländer?«

»Das verraten uns seine Eintragungen in dem Versicherungsformular. Und bisher ist nichts aufgetaucht, was etwas anderes bewiesen hätte.«

»Vielleicht ist dies hier der einzige Teil des Landes, in dem er sich auskannte. Vielleicht fürchtete er sich davor, anderswo hinzugehen, wo er nicht Bescheid gewußt hätte.«

Jake entgegnete ungeduldig: »Für einen Mann mit solchen geistigen Fähigkeiten ...« Er hielt inne und blickte Elinor mit großen Augen an. »Geistige Fähigkeiten. Ein hochgebildeter Däne, der womöglich fließend Englisch sprach, bevor er überhaupt hier landete. Er brauchte keine zwei Jahre, um es zu lernen, damit er sich als Amerikaner ausgeben konnte. Er brauchte nicht mehr als die Zeit – einen Monat oder so –, um seine falsche Identität zurechtzumachen. Er hat sich bei Sprague im September 1942 eingekauft. Alles in allem könnte er im Sommer jenes Jahres hier angekommen sein, mitten im Krieg.«

»Könnte«, sagte Elinor zweifelnd.

»Ich weiß, aber das wäre eine Möglichkeit zu erklären, warum niemand hier ihn in seiner alten Identität kannte. Außerdem ist es gut möglich, daß er gar kein Flüchtling war, denn da wäre er unter der Kontrolle einer Organisation gewesen. Er hatte seine eigenen guten Gründe hierherzukommen.«

»Was für Gründe?«

»Das weiß ich genausowenig wie du, Kleines.« Er nahm einen Bleistift und kratzte sich mit dem Radiergummi den Nacken. »Kriegszeiten. Ein Mann mit einem wirklich guten Verstand für wissenschaftliche und mechanische Dinge. Jemand, der militärische Forschungen hier anstellen sollte? Teufel, nein, dann wäre er ja nur unter noch größerer Kontrolle gewesen. Führerqualitäten. Ein geborener Führer. Ein militärischer Ausbilder? Immer noch das gleiche Problem.« Er zeigte mit dem Bleistift auf Elinor. »Was fällt dir sonst noch ein, was wir auf die Liste setzen könnten?«

Sie nagte an ihrer Lippe, während sie darüber nachdachte. »Nun, er muß einen Blick für das Detail gehabt haben, nicht wahr? Ich meine, wo er an jede Kleinigkeit gedacht hat, als er seine falsche Identität aufbaute.«

»Ich weiß. Deshalb bin ich ja auf die Idee gekommen, daß er ein Militär sein könnte. Seit dem ersten Mal, als ich seine Akte durchgegangen bin, habe ich ein Bild von ihm in Offiziersuniform vor Augen. Aber ein Mann, der kämpft. Air Force vielleicht.«

»Aber eben hast du doch noch gesagt, er kann keinen Militärdienst geleistet haben.«

»Das sage ich auch immer noch. Aber mit Sicherheit hätte er es gesollt, nach dem Bild, das ich von ihm habe. Die Art, wie er sich mit Booten auskannte, zum Beispiel. Der geborene Marineoffizier. Großer Mann auf einem ...«

Elinor wartete, daß er weitersprach. Schließlich fragte sie: »Was hast du, Jake? Meinst du, er sei Marineoffizier gewesen?«

»Ich komme von dem Gedanken einfach nicht los. Das würde so verdammt gut passen. Aber nach wie vor gilt – wenn er Militärdienst geleistet hätte, dann wäre er nicht hier geblieben, nachdem er seine Identität geändert hatte. Dazu haben die Militärs auf jeden, der einmal in ihren Diensten ist, ein zu wachsames Auge. Man würde dauernd auf Leute stoßen, die einen gekannt haben, wenn man in der Gegend bliebe. Und hier unten war ja im Krieg militärisch besonders viel los.«

»Aber wieso muß es denn die Navy gewesen sein?« wandte Elinor ein. »Es gibt doch auch anderswo Boote.«

Jake starrte sie an. »Auch anderswo Boote.«

»Ja. Ich meine, Frachtschiffe zum Beispiel«, beharrte sie. »Und nichts hat er lieber getan, als mit dem Boot zu fahren. Das war sein Element.«

»Das stimmt, nicht wahr?«

»Ja. Wenn es ein vernünftiger Gedanke ist, warum sitzt du dann da und schaust mich an, als ob ich nicht alle Tassen im Schrank hätte?«

»Kleines, ich schaue dich ganz anders an. Ich betrachte dich ehrfurchtsvoll, weil es so einleuchtend ist. Ich glaube, du bist da gerade auf die beste und wahrscheinlichste Möglichkeit gestoßen. Ein Offizier auf einem Frachtschiff. Womöglich sogar Kapitän. Warum nicht?«

»Und dann ist er in etwas hineingeraten, und danach ...«

»Nein«, sagte Jake. »Ich glaube nicht, daß er in etwas hineingeraten ist. Ich denke mir, er hat es selbst getan. Er war die Art von Mensch, die alles mit langer Hand im voraus plant. Die falsche Identität zum Beispiel. Womöglich hatte er seine falschen Papiere fertig in der Tasche, als er hier den Fuß an Land setzte. Kannte sich schon aus, wie es hier in der Stadt aussah. Wie er an das Geld kommen und was er hinterher tun konnte.«

»Eine lange Liste von Möglichkeiten«, sagte Elinor.

»Die wir jederzeit neu schreiben können. Aber so verdiene ich nun mal meine Brötchen, Kleines. Ich setze mein Geld auf solche Möglichkeiten. Und diese hier wirst du überprüfen.«

»Ich? Jake, wenn du glaubst, ich bin ein Sherlock Holmes, nur weil ich einmal eine gute Idee habe, dann bist du auf dem falschen Dampfer. Und mir schlottern die Knie, wenn ich an Gestalten wie

Holuby oder Frank Milan denke. Ich müßte mich ständig umdrehen, um zu sehen, ob sie mir schon auf den Fersen sind.«

»Das brauchst du nicht, weil die sich nämlich auf mich konzentrieren. Und du mußt auch kein Sherlock Holmes sein, um in alten Zeitungen zu stöbern. Mehr will ich nicht von dir. Morgen früh fahren wir hinüber zu einem großen Kaufhaus in Miami. Von da gehst du zur Stadtbibliothek und arbeitest dich durch die alten Nummern des *Herald,* vom September 1942 zurück bis, sagen wir, zum Mai jenes Jahres. Du hältst Ausschau nach einer Meldung – das sind vielleicht nur ein paar Zeilen auf einer der mittleren Seiten –, daß ein Offizier eines hier vor Anker liegenden Schiffes verschwunden sei, und du machst das Seite für Seite und läßt nichts aus. Langsam und geduldig macht man so etwas.«

»Hört sich an, als wär's ein Heidenspaß«, sagte Elinor. »Aber trotzdem, gäbe es denn bei der Polizei keine Akten darüber? Oder vielleicht könnte Magnes das machen? Es gefällt mir gar nicht, daß ich den ganzen Tag lang irgendwo sein soll, wo du nicht in der Nähe bist. Mag sein, daß sie sich auf dich konzentrieren, aber ertränken wollte Holuby mich.«

»Das wäre ein ganz schönes Problem für ihn, wenn er das in der Bibliothek versuchen wollte. Und nach solchen Informationen kann ich nicht bei der Polizei fragen, weil Milan wahrscheinlich seine Leute da hat, und ich wüßte nicht, wem ich trauen könnte.« Jake stand auf und zog sein Hemd aus. »Jetzt bring den Lautsprecher und das Tonbandgerät wieder her, und schließe sie im Schrank ein.«

»Ich dachte, du willst, daß ich noch ein wenig zuhöre.«

»Das will ich.«

»Einfach nur mit dem Hörer am Ohr?«

»Genau. Ganz so, als ob du zu Hause bei Muttern anrufst.«

»Also, Jake, wenn du ärgerlich bist, daß ich jeden Abend zu Hause anrufe . . .«

»Nein, bin ich nicht. Ich finde das sehr rührend, daß du so eine treue Tochter und Mutter bist. Aber ich gehe jetzt raus, und wenn nachher jemand hier reinpoltert – Wachmänner oder Bullen zum Beispiel –, dann will ich nicht, daß was von unserer Ausrüstung zu sehen ist.«

»Warum sollten Bullen herkommen?« fragte Elinor erschrocken. »Wovon redest du?«

»Reg dich nicht auf. Ich will mir Thorens Segelboot ansehen. Ich habe immer noch das Gefühl, daß der letzte Erpresserbrief da irgendwo steckt. Die Erfahrung sagt, daß so etwas manchmal in solchen Selbstmordfällen vorkommt, und im Augenblick kann ich es mir nicht leisten, irgendeine Möglichkeit außer acht zu lassen, selbst wenn die Chancen noch so gering sind.«

»Aber Wachmänner und Bullen?«

»Verdammt, wenn du gleich durchdrehst, wenn ich ein wenig vorsorge ...«

»Ich drehe nicht durch. Ich habe nur Angst, daß dir etwas zustößt. Und wenn du mich darauf vorbereiten willst, daß vielleicht die Bullen hier hereinspaziert kommen und mir erzählen, daß sie dich erschossen haben – bitte nicht.«

»Tue ich doch gar nicht. Aber möglich wär's, daß sie mich hier hereinschleppen und dich auffordern, mich zu identifizieren. Und dich vielleicht fragen, ob ich die Angewohnheit habe, im Mondschein in der Bucht zu baden. Und dann sagst du ja, die habe ich. Das ist das Schlimmste, womit du rechnen mußt.«

»Bist du da sicher?«

»Da bin ich sicher. Ich bräuchte nicht einmal mit so etwas zu rechnen, wenn nicht dieser verrückte Webb nebenan neulich nachts herumgeballert und alle Welt aufgescheucht hätte. Kann sein, daß sie deswegen die Überwachungsmaßnahmen in dieser Gegend verschärft haben.«

»Verstehe«, sagte Elinor. »Ich brauche also nichts weiter zu tun, als hier zu sitzen, mit dem Telefonhörer am Ohr, und zu überlegen, wie sehr wohl die Sicherheitsmaßnahmen verschärft worden sind.«

»Das ist alles.« Er zog sich aus, und Elinor ging ihm ins Schlafzimmer nach, wo er in eine Badehose schlüpfte. Sie folgte ihm zurück ins Arbeitszimmer, wo er ein Taschenmesser und eine Miniatur-Taschenlampe in einen Plastikbeutel wickelte und diese unter den Hosenbund steckte. Am Ende sagte sie: »Weißt du eigentlich, daß die Bucht verseucht ist? Man kann alles mögliche bekommen, wenn man darin badet. Ich weiß das von Joanna.«

»Wenn man sich die Leute ansieht, mit denen ich umgehe«, sagte Jake, »dann bin ich wahrscheinlich inzwischen immun.«

Kapitel 28

Er ging durch die Hintertür hinaus, verschloß sie und legte den Schlüssel oben auf den Rahmen. Als er dort stand, sah er, daß Milt Webb neuerdings seine eigenen Maßnahmen zum Schutz vor möglichen Eindringlingen getroffen hatte. Eine Verlängerungsschnur lief von Webbs Haus bis zu einem Nagel, den er in eine Palme in der Mitte des Rasens geschlagen hatte, und an diesem hing eine nackte Glühbirne, deren Schein sich in einem weiten Rund bis hinunter ans Wasser erstreckte. Jake ließ sich von der Kaimauer aus ins Wasser und schwamm dann in Seitenlage, so daß er den Rand des Lichtkegels im Auge behalten konnte, und versuchte außerhalb dieser Zone zu bleiben, während er zu Thorens Segelboot schwamm.

Es erwies sich, daß das Boot so leicht war wie ein Korken. Als er nahe dem Heck die Reling ergriff und sich hinaufzog, tauchte es bis zur Reling ein. Dann rollte das Boot zurück, mit dem Heck im Wasser, dem Bug in der Höhe. Der Anlegesteg knarrte laut, als das Bugtau daran zerrte; in rascher Folge schlugen die kleinen Wellen an die Kaimauer.

Jake regte sich nicht, bis diese Laute verklungen waren, dann zog er sich neben dem Cockpit hinauf auf das schmale Deck. Flach auf dem Bauch ausgestreckt, zog er die Taschenlampe hervor, umschloß sie mit seiner Hand, um den Strahl abzuschirmen, und untersuchte die Kordel, mit der ein Ende der Abdeckplane an der Reling festgezurrt war. Der Knoten war ein Seemannsknoten. Er löste ihn, schlüpfte unter die Plane und in das Cockpit und zog die Plane über sich wieder zu.

Ein paar Zentimeter lauwarmen, schleimigen Wassers standen im Cockpit. Als er sich darin auf dem Rücken ausstreckte, berührte ihn etwas sanft an der Fußsohle. Mit einem Schaudern zog er den Fuß zurück, dann leuchtete er mit der Taschenlampe dorthin. Der Strahl zeigte ihm eine Plastikschachtel, die mit dem Rollen des

Bootes leicht hin- und herwogte. Er drehte sich halb, um sie zu greifen, und nahm dann den Deckel ab. Leer. Er ließ den Lichtstrahl über den Überhang des Decks gleiten und sah eine kleinere Dose von einem in die Heckabdeckung geschraubten Haken baumeln. Er nahm sie vom Haken und richtete die Lampe darauf. Sie hatte etwa die Größe einer Ein-Pfund-Dose, und sie war voller Papierschnipsel, Pappe, Zellophanverpackungen und leeren Streichholzbriefchen.

Jake befühlte die Sachen mit dem Finger. Feucht, aber nicht verrottet. Vorsichtig zog er einen Papierfetzen zusammen mit den anderen, die daran klebten, heraus. Als er die Taschenlampe näher heranhielt, sah er, daß die Schrift ein wenig verlaufen, aber noch lesbar war. Er holte den wasserdichten Plastikbeutel aus der Hose, und indem er dessen eines Ende mit den Zähnen hielt, goß er den Inhalt der Dose hinein. Plötzlich war da ein ohrenbetäubender Lärm, eine Explosion. Beinahe hätte er die Dose fallen lassen, aber auch wenn er sie gerade noch halten konnte, fielen doch einige Papierschnipsel in das Wasser, in dem er lag. Das Geräusch verschwand rasch in der Ferne. Ein großes Düsenflugzeug, das auf dem Flughafen von Miami gestartet war oder dort zur Landung ansetzte. Er ließ die letzten Schnipsel in die Tüte gleiten, dann richtete er sich auf, auf einen Ellenbogen gestützt, und machte sich geduldig daran, Stück für Stück diejenigen einzusammeln, die ins Wasser gefallen waren. Er steckte die Tüte wieder unter den Hosenbund, kletterte unter der Plane hervor, verknotete sie wieder und glitt lautlos in die Bucht.

Wieder im Haus angekommen, ging er in die Küche und goß den Inhalt der Tüte in einen großen Behälter. Er trug ihn ins Arbeitszimmer, stellte ihn auf den Schreibtisch und schaltete die Schreibtischlampe ein. »Jake?« rief Elinor.

»Hier drüben.«

»Alles in Ordnung?« Sie kam barfuß ins Arbeitszimmer gepatscht, mit einem Schlafanzug bekleidet und die Hände ausgestreckt wie eine Schlafwandlerin. »Ist doch alles in Ordnung, oder?«

»Könnte nicht besser sein.« Er betrachtete die ausgestreckten Hände. »Was ist mit dir?«

»Nichts. Ich war mit dem Telefon und dem Gedanken, daß du vielleicht erschossen würdest, so aufgeregt, und da habe ich versucht, mir die Nägel zu machen. Aber nicht mal das habe ich fertiggebracht, so sehr zittern mir die Hände.« Sie sah ihm zu, wie er die feuchten Papierschnipsel gleichmäßig in dem Behälter ausbreitete.

Er stellte die Lampe tiefer, damit die Wärme der Glühbirne die Schnipsel trocknete. Elinor fragte: »Sind das Sachen aus dem Boot?«

»Jawohl. Unser Glück, daß er ein so ungeheuer ordentlicher Mensch war, der niemals Abfall über Bord werfen würde. Aber das paßt zu ihm.«

»Du meinst wirklich, der Erpresserbrief ist dabei?«

»Vielleicht ja. Wenn alles trocken ist, legen wir es zusammen, und dann wissen wir's. Ein gutes Zeichen, daß er es in so kleine Fetzen gerissen hat. So viel Mühe macht man sich normalerweise nicht mit einem Einkaufszettel.«

»Ich hoffe es«, sagte Elinor. »Bei der Menge Arbeit, die es machen wird, das zusammenzusetzen, wäre ich wirklich wütend, wenn es am Ende ein Einkaufszettel wäre.« Plötzlich wedelte sie mit der Hand. » Das hätte ich ja beinahe vergessen. Das Telefon.«

»Du meinst, das Telefon wurde abgeschaltet? Jemand hat bei ihr angerufen?«

»Nein, besser noch. Kermit kam zu ihr ins Zimmer, und sie unterhielt sich mit ihm. Jake, sie verreist irgendwohin, und nur Kermit und Joanna sollen wissen, wohin. Ich wette, jemand hat ihr verraten, wer wir sind. Und wahrscheinlich denkt sie nun, das beste für sie ist . . .«

»Ganz ruhig, Kleines. Kein Grund, deswegen die Sicherung durchbrennen zu lassen. Hat sie gesagt, wohin sie fährt?«

»Nein.«

»Kein einziges Wort darüber?«

»Jedenfalls nicht, solange ich zugehört habe. Sie hat nur gesagt, wenn der Scheck von der Versicherung komme, solle er ihn sofort an sie weiterleiten. Dann wollte er hinausgehen, aber sie rief ihn zurück und erinnerte ihn daran, daß er und Joanna niemandem sagen sollten, wohin sie fahre. Sie hat es ihm ausdrücklich eingeschärft. Er meinte, da übertreibe sie aber ein wenig, und sie antwortete, Dr. Freeman habe gesagt, sie brauche unbedingt vollkommene Ruhe und Abgeschiedenheit, und das sei die einzige Möglichkeit, sie zu finden. Jake, du glaubst auch nicht, daß der Arzt ihr wirklich geraten hat zu verreisen, oder? Es war jemand von Frank Milan, nicht wahr?«

»Höchstwahrscheinlich«, sagte Jake. »Aber wahrscheinlich hat sie den Doktor dazu gebracht, ihr zu sagen, daß eine Reise gut für sie wäre. Damit sie abgesichert ist, falls jemand bei ihm nachfragt. Hat sie gesagt, wann sie aufbricht?«

Elinor schüttelte den Kopf. »Nein. Aber vorher hatte sie ja der Köchin die vielen Anweisungen gegeben, was sie morgen einkaufen soll. Das könnte man doch so deuten, daß sie selbst dann nicht mehr da ist.«

»Könnte man«, sagte Jake. »Und deshalb kam Kermit mit dieser Einladung zum Abendessen her. Er wußte, daß sie bis dahin weg sein würde und er nichts riskierte.« Er sah auf seine Uhr. »Halb eins. Ganz gleich, wie sie reist, früher als fünf oder sechs Uhr morgens wird sie bestimmt nicht aufbrechen. Es sei denn . . .« Er nahm den Telefonhörer und wählte Charlotte Thorens Nummer. Sobald er sie in einem angespannten Flüstern sagen hörte: »Hallo. Hallo. Wer ist da?«, legte er auf. »Soviel Vorsprung haben wir auf alle Fälle«, sagte er. »Sie ist noch da.«

»Aber du kannst sie nicht hier festhalten«, sagte Elinor. »Was machst du, wenn sie diese Verzichtserklärung unterzeichnen soll, und sie ist nicht da?«

»Keine Aufregung, Kleines. Ich fahre einfach zu ihr hin, ganz egal, wo sie ist.« Er nahm noch einmal den Hörer auf und rief Magnes an. Während er wartete, rührte er mit dem Finger die Schnipsel um, die in dem Behälter trockneten. »Ja?« meldete Magnes sich verschlafen.

»Schwierigkeiten«, sagte Jake. »Mrs. Thoren geht auf Reisen, vielleicht schon morgen früh. Ich will, daß jemand ihr auf den Fersen bleibt, der weiß, wie man solche Überwachungen macht. Ein Profi. Können Sie mir da jetzt gleich jemanden besorgen?«

»Binnen einer Stunde. Ein sehr guter Junge. Hat sogar einen Paß in der Tasche, mit dem er überall hinkann, wo man kein Visum braucht. Fliegt aus, was? Sie wissen, was das heißt?«

»Ich weiß, was das heißt. Aber wahrscheinlich braucht er seinen Paß nicht; ich könnte mir vorstellen, daß die Erpresser sie gern in ihrer Nähe behalten wollen. Das Entfernteste wäre so etwas wie die Bahamas. Hat Milans Bande da einen Stützpunkt?«

»Manche sagen ja, manche nein, weil die neue schwarze Regierung da drüben ihnen vielleicht Feuer unter dem Hintern gemacht hat. Wie dem auch sei, mein Junge wartet am besten in seinem Wagen an der Brücke zwischen Daystar Nummer Eins und Miami Beach. Er hängt sich dann dran, wenn sie aufs Festland kommt. Wissen Sie die Autonummer?«

»Es gibt zwei«, sagte Jake. Er schlug sein Notizbuch auf und las Magnes die Nummern vor. »Er sollte keine Mühe haben, den

Wagen zu erkennen. Entweder ein cremefarbenes Jaguar-Sportmodell oder ein schwarzes Mercedes-Coupé. Höchstwahrscheinlich der Mercedes, entweder mit ihrem Sohn oder mit dem Hausdiener am Steuer. Sie hat graue Haare, sieht sehr dünn und ausgemergelt aus, trägt übergroße Sonnenbrille sogar im Haus.«

»Es gibt andere Möglichkeiten, von der Insel zu kommen«, erinnerte Magnes ihn. »Taxi, Mietwagen, sogar ein Boot. Liegt da außer dem Segelboot noch was am Steg?«

»Ja.« Jake dachte darüber nach. »Sie kennen den Wagen, den ich fahre, nicht wahr?«

»Ich habe ihn gesehen.«

»Dann beschreiben Sie den Ihrem Mann, und wenn er etwas Verdächtiges über die Brücke kommen sieht und mich hinterher, dann ist das Mrs. Thoren. Ganz gleich, welche Richtung sie nimmt, wenn sie auf dem Festland ist, ich fahre in die Gegenrichtung, und er kann da übernehmen, so ich sie verlasse. Auf die Weise überzeugen wir sie vielleicht sogar, daß niemand ihr folgt.«

»Und wenn sie das Boot nimmt?«

»Da müssen Sie auch noch jemanden finden, der sich darum kümmert«, sagte Jake.

»Aber nicht binnen einer Stunde. Der Mann, den ich bekommen könnte, hat sein Boot in einem Seglerhafen unten an der Vierten Straße. Da runter zu fahren und mit dem Boot nach Daystar Island zu kommen würde mindestens zwei Stunden dauern.«

»Dann sagen Sie ihm, er soll sich beeilen. Er wird keine Mühe haben, die richtige Stelle zu finden. Der Bursche nebenan hat eine große Lampe in seinem Garten brennen, und es ist das nächste Haus Richtung Norden. Aber sagen Sie Ihrem Mann, er soll weit genug draußen bleiben, daß ihn niemand sieht. Dieser Webb, der die Lampe aufgehängt hat, ist ein schießwütiger Geselle.«

»Ich sag's ihm. Da geht's ja ganz schön rund. Jeder weiß alles über jeden, und alle müssen so tun, als wüßten sie nichts. Das muß schon a echter Profi sein, Jüngele, der die Sachen so für sie einrichtet. Wissen Sie was? So gewitzt, wie der Bursche ist, würde es mich nicht wundern, wenn er ein Geschäft mit ihr macht. Sie übergibt ihm die gesamte Versicherungssumme, sobald sie sie hat, und im Gegenzug läßt er sie danach für immer in Ruhe. Über das Geld muß man nicht mal Rechenschaft ablegen, weil es steuerfrei ist.«

»Das habe ich mir auch überlegt«, sagte Jake. »Also sorgen Sie dafür, daß Ihre Jungs Minute für Minute informiert sind, was die beiden tun.«

Kapitel 29

Er legte auf und wandte sich an Elinor: »Alles mitbekommen?«

»Ja. Was machst du nun? Wache am Fenster halten, bis sie vorbeikommt?«

»Nein, ich warte draußen im Auto.« Er gähnte ausgiebig, und Tränen traten ihm in die Augen. »Ich glaube nicht, daß sich vor dem Morgen etwas regt, aber ich muß dann sofort bereit sein.«

»Aber das heißt, daß du mindestens fünf oder sechs Stunden da sitzen mußt. So wie du aussiehst, schaffst du das nie, so lange wachzubleiben.«

»Ich fühle mich auch so. Aber im Augenblick ist ja noch alles ruhig. Ich schlafe jetzt ein Weilchen, und du weckst mich um drei. Dann bist du an der Reihe.«

»Aber ich bin überhaupt nicht müde«, protestierte Elinor. »Ich möchte lieber bei dir im Auto warten.«

»Du tust, was ich dir sage. Und als erstes schließt du das Telefon an den Lautsprecher an und drehst ihn bis zum Anschlag auf. Das wird den kleinsten Laut in ihrem Zimmer dermaßen verstärken, daß du eine Haarnadel hörst, die auf den Teppich fällt. Wenn du irgendwas hörst, was so klingt, als ob sie aufsteht oder zum Aufbruch rüstet, weckst du mich sofort. Wenn nicht, weckst du mich um drei. Ich garantiere dir, bis dahin bist du müde.«

Er duschte und schrubbte sich gründlich ab, um alle Überreste des Wassers aus der Bucht zu entfernen, die noch an ihm klebten. Als er wieder ins Schlafzimmer kam, saß Elinor im Schneidersitz auf dem Bett, den Telefonhörer auf dem Nachttisch neben sich an den Verstärker geklemmt, der ihr als Stütze für eine Zeitschrift diente. Sie schälte eine Orange, und der starke Duft verbreitete sich im Zimmer. »Möchtest du ein Stück?«

»Nein. Alles ruhig bei Mrs. Thoren?«

»Alles ruhig.« Sie steckte ein Stück Orange in den Mund und schluckte noch daran, als Jake sich anschickte, ins Arbeitszimmer zu gehen. »Jake, das ist doch Unsinn. Ich meine, auf der Couch kannst du dich nicht mal umdrehen. Hier ist genug Platz, da kannst du es dir einmal bequem machen.«

Er widersprach ihr nicht. Er fiel neben ihr ins Bett und war eingeschlafen, sobald sein Kopf das Kissen berührte. Das nächste, was er spürte, waren ihre Fingerspitzen, mit denen sie ihm sanft über die Stirn fuhr. »He, es ist drei Uhr.«

Er setzte sich auf und schüttelte den Kopf, um wach zu werden. »Immer noch alles ruhig am anderen Ende?«

»Immer noch. Möchtest du etwas essen, bevor du rausgehst?«

»Nein, Hunger ist besser, wenn man wachbleiben will. Und jetzt sieh du zu, daß du ein wenig schläfst.«

Die Wagenfenster waren von der Nachtluft beschlagen. Er wischte sie mit einem Lappen ab, dann setzte er sich hinter das Steuer. Er ließ den Wagen ein Stück die Auffahrt hinunterrollen und hatte nun die Vorderfront des Thorenschen Hauses im Blick.

Er lehnte sich in dem Sitz zurück und ließ von nun an das Haus nicht mehr aus den Augen. Nach und nach beschlug die Frontscheibe von neuem. Das blaßgoldene Licht der Straßenlampe brach sich im Rückfenster in den Wassertropfen, die hinunterliefen. Nach einer Weile stieg er aus und wischte die Scheiben von neuem frei. Er hatte sich eben wieder hinter das Steuer gesetzt, als er Elinor über den Rasen zum Wagen laufen sah. Den Schlafanzug hatte sie gegen ein Kleid ausgetauscht, war jedoch barfuß. Sie schlüpfte auf den Beifahrersitz und sagte atemlos: »Alles in Ordnung, Jake. Ich konnte es nur einfach nicht aushalten, da drin allein zu sein.«

»Die Nerven?«

»Ja. Ich habe versucht zu schlafen, aber ich hatte kaum das Licht ausgedreht ...«

»Leise, Kleines. Sonst hast du gleich Milt Webb hier, der das Terrain mit einer Maschinenpistole sondiert.«

»Entschuldige«, flüsterte Elinor. »Jedenfalls hatte ich kaum das Licht ausgedreht, da konnte ich an nichts anderes mehr denken als an Holuby, wie er mich packte und nach unten zog. Und als ich versuchte, den Gedanken zu vertreiben, kamen mir nur Gangster und Erpresser in den Sinn. Das war noch schlimmer. Ich meine, Gangster und Erpresser stellt man sich so vor wie in Filmen, aber diese hier sind echt. Wenn jemand Gras raucht, machen sie ein Riesentheater, aber was ist mit solchen Leuten?«

»Die Logik steht auf deiner Seite. Und nun, da du dich ausgesprochen hast, wie wär's, wenn du da wieder ins Haus gingest?«

Elinor hakte sich bei ihm unter. »Ich fühle mich wohler hier. Ganz nahe an all den vielen Muskeln.«

»Ich nicht.«

»Doch, du auch.« Sie schmiegte sich an ihn, sein gefangener Arm an ihrer Brust. »Hör mal, ich weiß doch, was los ist, seit wir letzte Woche hier angekommen sind. Ich habe mich wie Doris Day aufgeführt, und deshalb hast du dich aufgeführt wie ein Computer. Aber das brauchst du jetzt nicht mehr, Jake. Ich finde dich aufregend, du findest mich aufregend, also ist das doch Unsinn.«

»Kleines, nicht einmal Elizabeth Barrett Browning hätte das in schönere Worte fassen können. Aber schreib dir eins hinter die Ohren. Was ich aufregend finde, ist Mrs. Thoren. Ganz besonders Mrs. Thoren mit einem Kugelschreiber in der Hand, die darauf wartet, daß ich ihr zeige, wo sie die Verzichtserklärung unterschreibt.«

»Gut, dann sei eben Computer bei ihr. Aber nicht bei mir. Ich würde es dir nach dem, was gestern war, sowieso nicht glauben. Ich meine, so wie du dich auf Holuby gestürzt hast, weil er mir das angetan hatte. Du bist genauso ein Mensch wie alle anderen, stimmt's?«

»Mindestens.«

»Warum versuchst du denn dann immer noch so zu tun, als seist du es nicht?«

»Zum Beispiel könnte«, sagte Jake, »wenn ich jetzt bei dir zu sehr Mensch wäre, Mrs. Thoren vorbeikutschiert kommen, und ich würde es überhaupt nicht merken.«

»Ich hab' ja nicht gesagt jetzt gleich. Und was wäre denn, wenn du nicht erführest, wohin sie fährt? Du könntest hier Schluß machen, du weißt so viel, daß man sie damit zwingen könnte, die Verzichtserklärung zu unterschreiben. Das kannst du einfach an die Anwälte der *Guaranty* weitergeben, und die gewinnen dann den Prozeß damit.«

»Nur daß ich nicht im Traum daran denke, sie weiterzugeben«, sagte Jake. »Was ich verkaufe, ist die Erklärung, nicht die Information.«

»Oh.« Elinor war ein wenig aus der Fassung, und als Jake sagte: »Das ist genau das richtige Wort dafür«, sagte sie trotzig: »Na, ich wüßte trotzdem nicht, was das zwischen uns beiden ändern soll.«

Sie zuckte noch ein paarmal nervös und schlief allmählich ein, wobei sie sich immer dichter an ihn drückte und ihr Kopf auf seine Schulter sank. Er legte ihr den Arm um die Schulter, und so saßen sie, bis die Scheiben des Wagens von neuem beschlugen und er aussteigen mußte, um sie zu putzen. Es erwies sich als gar nicht so leicht, sie an das andere Ende des Sitzes zu lehnen – sie war tief eingeschlafen und so weich, als hätte sie keine Knochen –, und er ließ sie so sitzen, als er wieder einstieg.

Gegen halb sechs hellte das erste Morgenlicht den Himmel ein wenig auf. Einige Minuten später fiel ein Sonnenstrahl auf die glasierten ockergelben Ziegel des Thorenschen Hauses. Man hätte denken können, der Sonnenstrahl sei ein Signal zum Aufbruch, so schlagartig erschien der schwarze Mercedes in der Auffahrt des Hauses. Soweit Jake es auf die Entfernung ausmachen konnte, saß Charlotte Thoren am Steuer, und sonst war niemand im Wagen.

Der Motor des Jaguars lief schon, als der Mercedes vorbeiraste und mit quietschenden Reifen in die Kurve der Circular Road ging. Jake war so beschäftigt damit gewesen, seinen eigenen Start auf die Sekunde genau zu berechnen, daß er Elinor ganz vergessen hatte. Als er im Rückwärtsgang die Auffahrt hinunterschoß, wurde sie nach vorn geschleudert und schlug mit dem Kopf an das Armaturenbrett. Kreischend, als sei er von einer Rakete getrieben, setzte der Jaguar zum Sprung an, schlitterte um die Kurve, vorbei am Haus der Ortegas, und sprintete die Gerade hinunter, die zur Brücke auf Daystar Nummer Eins führte, doch der Mercedes war schon nicht mehr zu sehen.

Bisher hatte Elinor keinen Laut von sich gegeben. Jake warf ihr einen Blick zu. Sie hielt sich mit beiden Händen die Stirn, ihr Gesicht schmerzverzerrt.

»Alles in Ordnung?« fragte er.

»Ich weiß nicht. Glaub' schon.« Noch immer die Hände am Kopf, blickte sie benommen durch die Windschutzscheibe. »Was ist los? Hast du sie plötzlich vorbeirasen sehen?«

»Ja. Nur Mrs. Thoren.«

»Aber wo ist sie?«

»Schon drüben auf Nummer Eins. Wir müssen sie einholen, bevor sie von der Insel runter ist, sonst kommt sie an dem Jungen, den Magnes da postiert hat, vorbei, ohne daß er was merkt. Sie fährt wie der Teufel.«

Der Mercedes kam erst wieder in Sicht, als Jake um die letzte Kurve der Straße bog, die Daystar Nummer Eins umrundete. Er sah, wie sich der Wagen der Brücke nach Miami Beach näherte und abbremste, um die Schwelle an der Brücke zu passieren. Er hielt darauf zu, brüllte zu Elinor: »Aufgepaßt!«, als er die Brücke im Sprung nahm, sah einen Sekundenbruchteil lang den Wachmann mit seinem offenen Mund und den aufgerissenen Augen und war nur noch einen halben Block hinter dem Mercedes zurück, als dieser auf die Straße zur Kreuzung mit der North Bay Road kam. An der Ecke der Kreuzung bemerkte er einen Wagen mit der Nase in derselben Richtung wie der Mercedes in der zweiten Reihe warten. Ein unauffälliger blauer Buick, schon etwas älter. Der Ellbogen des Fahrers - mehr konnte man nicht sehen - war auf das Fenster gestützt.

»Magnes' Junge«, sagte Jake. Er nahm ein wenig Gas weg und hupte. Sofort setzte sich der Buick in Bewegung und machte sich mit einer überraschenden Beschleunigung an die Verfolgung des Mercedes. »Der hat mehr Pferde unter der Haube, als die in der Fabrik reingesteckt haben.«

Als der Mercedes nach Norden in die Alton Road einbog, hatte er schon einen ganzen Block Vorsprung, und der Buick lag dazwischen. Jake nahm die Alton Road in Richtung Süden, fuhr noch ein paar Blocks weiter und hielt dann am Straßenrand. Auf der anderen Seite waren die Sand- und Rasenflächen eines Golfplatzes. Es war erst ein paar Minuten nach Sonnenaufgang, doch zwei Golfer waren bereits auf dem Rasen unterwegs und zogen ihre Caddys hinter sich her.

Elinor sagte: »Wird sie nicht ziemlich schnell merken, daß der Wagen ihr folgt?«

»Gut möglich. Aber das spielt keine Rolle. Sie weiß seit gestern, daß wir hinter ihr her sind.«

Elinor schüttelte mit grimmiger Miene den Kopf. »Das muß ein schreckliches Gefühl sein, wenn man so jemanden auf den Fersen hat.«

»Ist es auch. Kein schlechtes Mittel, um nach und nach jemandes Nerven zu zerrütten. Laß mal deinen Kopf sehen.«

Sie lehnte sich zu ihm hinüber und hob den Kopf, damit er ihn untersuchen konnte. Am Haaransatz war ein Bluterguß, der anschwoll und rot anlief. Sie fuhr zusammen, als Jake mit dem Daumen drüberstrich. »Du wirst's überleben«, sagte er. »Das wird grün und blau, sonst nichts.«

»Danke für die tröstenden Worte.« Sie blickte ihn triumphierend an. »Weißt du, das war das erste Mal überhaupt, daß ich dich erschrocken gesehen habe.«

»Na, zum Teufel. Der Junge von Magnes verließ sich darauf, daß ich an ihren Fersen klebte. Wenn ich nicht ...«

»Das meine ich nicht«, sagte Elinor. »Ich meine den Blick, den du mir zuwarfst, als ich mir den Kopf gestoßen hatte. Ich hab's gesehen. Du warst regelrecht in Panik, weil du dachtest, ich sei schwer verletzt.«

»Ich gerate leicht in Panik«, sagte Jake.

Kapitel 30

Zwischen ausgiebigem Gähnen fragte Elinor am Frühstückstisch: »Bis wann weißt du, wohin sie gefahren ist?«

»Sobald der Junge zum Telefon greifen kann, ohne sie zu verlieren, und Magnes anruft. Vielleicht in zehn Minuten. Vielleicht auch erst in zehn Stunden.«

»Aber er kann sie doch nicht ununterbrochen im Auge behalten, oder? 24 Stunden am Tag?«

»Nein«, antwortete Jake, »aber falls nötig, wird er sich jemanden von einer Agentur vor Ort besorgen, der sich mit ihm abwechselt. Man kann überall an lokale Talente kommen, die einem bei solchen Überwachungsarbeiten unter die Arme greifen.«

Elinor legte sich schlafen, und er ging mit trüben Augen an die Arbeit, die inzwischen getrockneten Papierschnipsel aus Thorens Boot zu sichten. Am Ende hatte er vier Häufchen: zusammengeknüllte Cellophanverpackungen sowie Stücke von Pappe, Schreibpapier und dem, was ein Briefumschlag gewesen sein mußte.

Als er alles sortiert hatte, begann er, den Umschlag zusammenzusetzen, wobei er die Ecke mit Briefmarke und Poststempel als Ausgangspunkt nahm. Noch bevor er fertig war, konnte er die Adresse lesen, in großer, ungelenker Blockschrift geschrieben: *Mr. Walter Thoren, 18 S. Circuler Drive, Daystar 2, M. B., Fla.* Ein Absender stand nicht darauf.

Jake legte Klebestreifen darüber, um die Schnipsel zu fixieren, dann zog er die Lampe hinunter und studierte den verwischten Poststempel. Am Ende, mit Hilfe eines Vergrößerungsglases, entzifferte er ihn. *Miami Beach, 6. März.* Das war einen Tag vor Walter Thorens Tod gewesen.

»Du hübsches kleines Ding«, sagte Jake zu dem Umschlag.

Dann ging er in die Küche, spülte ein Amphetamin mit einem Glas Orangensaft hinunter und ging mit einer zweiten Tablette und einem Glas Saft ins Schlafzimmer. Elinor steckte unter der Decke, die Knie bis zum Bauch angezogen, den Kopf wie immer unter dem Kissen. »Der menschliche Lungenfisch«, sagte Jake. »Jetzt komm mal allmählich hoch. Es ist schon nach neun.«

Als er das Kissen wegzog, versuchte sie halbherzig, es festzuhalten. »Ach Jake, ich kann nicht aufstehen. Das hat keinen Zweck. Ich kann einfach nicht.«

Er warf das Kissen zur Seite. »Dann schluck diese Pille hier. Die sollte dir wenigstens bis zum Badezimmer helfen.«

Mühsam stützte Elinor sich mit einem Ellenbogen auf. Sie betrachtete die Pille mit halb geschlossenen Augen. Jake sah, daß die Verletzung an ihrer Stirn nun ganz grün und blau geworden war. »Was ist das?« fragte sie mißtrauisch.

»Benzedrin. Konzentrierte Schlaflosigkeit. Mach den Mund auf.«

Sie gehorchte, und er steckte die Pille hinein. Sie nahm einen großen Schluck Saft. »Du bist ja so gut gelaunt«, sagte sie. »Was gibt's Neues? Hat Magnes angerufen und durchgegeben, wo Mrs. Thoren steckt?«

»Nein, ich habe mich gerade mit dem Puzzle aus Thorens Papierkorb beschäftigt. Ich glaube, ich habe den Umschlag, in dem der letzte Erpresserbrief angekommen ist. Aber nicht, daß du mir wieder einschläfst. Du mußt in die Stadt und die Zeitungen durchsehen.«

Als er ihr die Decke wegzog, sah er, daß sie auf das Nachtzeug verzichtet hatte. Die wenigen Stellen, die der Bikini bedeckt hatte, waren im Vergleich zur restlichen Haut bemerkenswert hell. Sie schleppte sich ans andere Ende des Zimmers und beugte sich vor, um in den Spiegel des Frisiertisches zu blicken. Vorsichtig legte sie einen Finger an die geschwollene Stelle. »Schau dir das an. Erst wäre ich beinahe am Sonnenbrand eingegangen. Dann fast ertränkt. Jetzt das. Ich werde New York nie wiedersehen.«

»Du wirst es wiedersehen. Aber ich muß schon sagen, du ziehst die Unfälle an, Kleines.«

»Ich?« Elinor war empört. »Willst du Holuby als Unfall bezeichnen? Und deinen Fahrstil?« Das Telefon im Arbeitszimmer läutete, und sofort vergaß sie ihre Wut. »Ich wette, das ist Magnes«, sagte sie aufgeregt.

»Oder Maniscalco«, meinte Jake. »Will wahrscheinlich wieder mal von mir das Händchen gehalten bekommen.«

Es war Magnes. »Dekker, so viel Sodbrennen, wie ich in letzter Zeit habe, ist gar nicht gut für einen Mann in meinem Alter. Ich kann Ihnen sagen, die ganze nächste Woche wird jeder Bissen, den ich zu mir nehme, sich in meinem Bauch in Säure verwandeln.«

»Ihr Mann hat sich abhängen lassen«, sagte Jake. »Ganze drei Stunden, und schon hat der blöde Hund sich abhängen lassen.«

»Er hat sich nicht abhängen lassen.«

»Und worüber jammern Sie dann?«

»Er hat nie drangehangen. Von Anfang an war er gar nicht dabei.«

»Was für einen Wagen fährt er?« fragte Jake.

»Ein Buick. Blaues Hardtop.«

»Dann hing er dran, Magnes. Ich war direkt hinter ihr, ich habe ihm mit der Hupe Signal gegeben, und ich habe gesehen, wie er ihr nachfuhr. Worauf wollen Sie hinaus? Wollen Sie es extra bezahlt haben, daß Sie herausfinden, wo sie steckt?«

»Jüngele«, sagte Magnes eisig, »bevor Sie jemanden a Halsabschneider nennen, hören Sie gefälligst zu, was er Ihnen zu sagen hat. Also. Ich rufe vom Mount-Sinai-Krankenhaus an, wo mein Junge mit genähtem Kopf und womöglich mit einem Schädelbruch liegt. Und einer hübschen kleinen Frau, die hier sitzt, als ob die Welt untergeht. Der, den Sie im Buick gesehen haben, das war nämlich nicht mein Junge. Mein Junge lag hinten im Wagen auf dem Boden und hatte ein Loch im Kopf. So hat eine Politesse ihn gefunden, als sie hineinsah, da wo er in der Innenstadt stand.«

»Um Himmels willen, wie hat er das denn angestellt?«

»Wie? Gegen fünf Uhr morgens fuhr an der Stelle , wo er gewartet hat, daß diese Thoren aufkreuzte, ein Wagen vor, und zwei unauffällig gekleidete Männer steigen aus und zeigen ihm ihre Polizei-Dienstmarke. Sie sagen, einer der Anwohner habe ihn als verdächtige Person gemeldet, und fragen, was er da zu suchen habe. Er zeigt ihnen seine Papiere, er erklärt ihnen, daß er den Auftrag hat, jemandem zu folgen, der von Daystar herüberkommt, und sie fordern ihn auf auszusteigen, damit sie ihn filzen können. Alles ganz freundlich, verstehen Sie, beste Laune. Und während der eine ihn filzt, schlägt ihm der andere was über den Schädel. Mehr weiß er nicht. Als er wieder aufwacht, liegt er im Mount Sinai, und seine Frau sitzt dabei und weint sich die Augen aus. Sie steht als nächste Angehörige in seinen Papieren, deshalb haben sie sie sofort verständigt und ins Krankenhaus geholt. Dann hat sie mich angerufen, und jetzt sage ich Ihnen Bescheid.«

»Eine Dienstmarke?« fragte Jake. »Und wirklich echt?«

»Das hat er mir gesagt, und der Junge ist kein Dummkopf, Dekker. Glauben Sie mir, der kann schon beurteilen, ob es echt ist. Was vielleicht nicht so echt war, war der Bursche, der sie bei sich hatte. Ein Ganove könnte sie sich ja irgendwie verschafft haben.«

»Kennt Ihr Mann Holuby? Vielleicht war einer von den beiden Holuby.«

»Nein, das habe ich ihn gleich gefragt. Er kennt Holuby nicht, aber er sagt, keiner von beiden sah wie ein Ringer aus. Er sagt, beide waren durch und durch unauffällig.«

»Das ist ja eine nützliche Beschreibung. Wo zum Teufel hat dieser Schlaumeier denn seine Arbeit gelernt? In einem Fernkurs?«

»Jetzt hören Sie mir mal zu, Jüngele . . .«

»Sparen Sie sich die Mühe, ihn zu entschuldigen, Magnes. Es genügt, wenn Sie die Sache wettmachen, die er vermurkst hat. Im Klartext: Finden Sie diese Frau für mich, und zwar schnell. Ich habe sie zuletzt um sechs Uhr heute morgen gesehen. Sie saß allein in ihrem Mercedes und fuhr auf der Alton in Richtung Norden. Nun übernehmen Sie.«

»Und was soll ich machen? Bei den Fluglinien und der Eisenbahn nachfragen? Reine Zeitverschwendung. Wenn sie allein im Wagen saß, ist es nicht sehr wahrscheinlich, daß sie Flugzeug oder Zug genommen hat; sie wird irgendwohin in den Norden unterwegs sein. Oder ist inzwischen sogar schon da.«

»Also gut«, sagte Jake. »Sie haben das Kennzeichen des Wagens, und Sie haben mir gesagt, Sie hätten Kontakte überall hier in Florida. Wie wär's, wenn Sie sich jetzt mal von ein paar von den 10000, die ich Ihnen gezahlt habe, trennen würden und Ihre Leute an die Arbeit schickten?«

»Dekker, seien Sie doch vernünftig. Es gibt eine Million Motels und Hotels allein zwischen hier und Palm Beach. Wenn Sie es überprüfen wollten, bräuchten Sie das gesamte FBI. Das einzig Ratsame ist, sich auf die hiesige Seite zu konzentrieren. Irgend jemand hier muß doch wissen, wohin sie gefahren ist. Die Kinder zum Beispiel. Da muß man jetzt ansetzen.«

»Und damit wäre ich am Zug, was?« Jake ließ es sich durch den Kopf gehen, dann sagte er ärgerlich: »Hat sich doch wunderbar ergeben. Ihr Junge läßt die Schüssel fallen, und ich fege die Scherben auf. Gut, ich tue, was ich kann. Sie gehen inzwischen ins Bayside Spa und bekommen heraus, wer dieser Masseur ist und wo wir ihn finden können. Auf diese Weise bekomme ich doch wenigsten für zehn Cent Gegenwert für meine zehn Riesen.«

»Ich fahre hin, sobald ich hier mit den Ärzten alles für meinen Jungen geregelt habe. Was die zehn Riesen angeht, Jüngele, so haben Sie schon eine Menge davon profitiert, und Sie werden noch eine Menge mehr bekommen. Nur keine Sorge.«

»Warten wir's ab. Noch eins, Magnes«, sagte Jake. »Wenn Ihnen Frank Milan begegnet und er sagt Ihnen, er ist bei der Polizei, glauben Sie ihm nicht. Nicht einmal, wenn er Ihnen eine Dienstmarke zeigt.«

Er knallte den Hörer auf die Gabel, bevor Magnes etwas darauf erwidern konnte. Als er sich umwandte, sah er Elinor in der Tür stehen, ihr Gesicht gerötet von der Sorge. »Was glaubst du denn, wofür du hier posierst?« fragte er. »Lebende Statuen? Du solltest längst angezogen sein.«

»Jake, das ist nicht fair. Ich kann doch nichts dafür, wenn ein anderer Mist baut, oder?«

»Und könntest du vielleicht ein einziges Mal dein Geplapper lassen und tun, was man dir sagt?« Er machte einen Schritt in Richtung Tür, und Elinor wich hastig zurück, die Hände erhoben, um ihn abzuwehren. Er blieb stehen und starrte sie ungläubig an. »Das ist doch ein Witz«, sagte er. »Hast du wirklich geglaubt, ich wollte dich schlagen?«

»Ich weiß nicht. Du müßtest dein Gesicht sehen. Ich bekomme Angst, wenn du so ein Gesicht machst.«

»Dann kannst du jetzt mit dem Angsthaben aufhören. Ich will nur ins Badezimmer und mich rasieren. Außerdem fällst du aus der Rolle. Nach allem, was ich höre, gefällt es doch den Polackenweibern, wenn man sie ab und zu durchprügelt.«

»Da bist du falsch informiert. Jedenfalls nicht denen, die ich kenne. Versuch doch mal, nett zu ihnen zu sein. Damit wirst du viel weiter kommen.«

»Verstehe«, sagte Jake. Diesmal wich sie nicht zurück, als er sich ihr näherte, doch sie war auf der Hut. Als er seine Hände unter ihre üppigen Brüste legte und sie wog, als wolle er ihr Gewicht abschätzen, blieb sie ungerührt stehen, die Arme in die Seiten gestemmt. »So ungefähr?« fragte er.

»Nein.« Ärgerlich schlug sie die Hände weg. »Nicht wie ein Arzt. Oder ein Schlachter. Wie ein ganz normaler Mensch. Aber dann fällst du wohl aus, oder?«

»Tatsächlich? Als Kermit uns zum Abendessen einlud, was hast du ihm da geantwortet?«

Sie war verblüfft von diesem plötzlichen Themenwechsel. »Kermit? Ich habe gesagt, das mußt du entscheiden. Willst du heute abend hin?«

»Du hast ja gehört, was ich Magnes gesagt habe, nämlich daß wir aus Kermit und Joanna herausbekommen müssen, wo ihre Mama steckt. Je früher wir da an die Arbeit gehen, desto besser.«

Elinors Gesicht rötete sich wieder. »Und was soll das heißen? Hör mal, wenn du denkst, ich gehe mit Kermit ins Bett, damit er etwas ausplaudert ...«

»Kleines, du mußt noch viel lernen. Nur die Damen mögen das Bettgeflüster hinterher. Das gibt ihnen das Gefühl, daß man sie nicht nur benutzt, sondern etwas Schönes mit ihnen geteilt hat. Bei den Herren ist es die Anwärmzeit, in der sie etwas ausplaudern. Das sind regelrechte Plappermäulchen, wenn sie in Gedanken bei der Frage sind, wie sie dir an die Wäsche kommen. Hinterher sehen sie sich lieber den Spätfilm im Fernsehen an.«

Elinors Lippe kräuselte sich. »Ich muß also nur deswegen nicht mit Kermit ins Bett gehen, weil er hinterher sowieso nicht zum Reden aufgelegt wäre. Na, vielen Dank.«

»Spar dir deinen Dank. Du weißt gut genug, daß ich dich nie mit Kermit oder sonst jemandem ins Bett stecken würde, ganz gleich aus welchem Grund.«

»Mr. Dekker«, sagte Elinor, »Sie haben ein Herz aus Gold.«

Kapitel 31

Auf der Fahrt zur Schnellstraße schwieg sie verbissen. Als ihr dann dämmerte, daß er beim Fahren ständig mit einem Auge den Rückspiegel im Blick hatte, sagte sie plötzlich: »Wieso schaust du dauernd in den Spiegel? Hast du das Gefühl, jemand verfolgt uns?«

»Der Chevy mit der langen Antenne, zwei Autos hinter uns. Er hat sich drangehängt, als wir Daystar verließen.«

Sie wandte sich um, einen Blick durch das Heckfenster zu werfen, und Jake sagte heftig: »Laß das. Dreh dich wieder um, und sieh nach vorn. Ich bin es, den die aufs Korn genommen haben. Sobald du dir anmerken läßt, daß du weißt, was gespielt wird, nehmen sie auch dich aufs Korn.«

»Was soll das heißen? Schließlich war ich diejenige, die Holuby ertränken wollte, oder? Hör mal, mußt du mich denn wirklich den ganzen Tag alleinlassen, jetzt, wo sie so hinter uns her sind?«

»Es ist nur einer im Wagen. Du kannst selbst entscheiden, hinter wem von uns beiden er her ist. Und wenn ich dich bei einem Laden absetze, damit du ein paar Einkäufe erledigst, dann wird das alle Zweifel zerstreuen, die er vielleicht noch hat.«

»Und was ist mit dir?« fragte Elinor. »Nach dem, was du mit Holuby gemacht hast ...«

»Mir passiert schon nichts. Und wenn doch, in dem Schrank im Haus steckt zusammen mit den anderen Sachen ein Rechnungsbuch. Da sind die 3000 Dollar vermerkt, die ich an dich für Dienstleistungen zahle. Das ist genauso gut wie ein Vertrag, wenn mein Erbe geregelt wird.«

»Sehr witzig, aber du weißt genau, daß ich nicht an das Geld gedacht habe«, sagte Elinor ärgerlich. Sie kniff die Augen zusammen. »Und wenn du so sicher bist, daß dir nichts zustoßen wird, warum hast du es dann schon eingetragen, bevor du es mir gezahlt hast?«

»Weil meine Steuererklärung ansteht. Wenn mein Steuerberater das voraussichtliche Jahreseinkommen berechnet, dann hat er gern Überblick über meine sämtlichen Geschäftsausgaben. So ist er nun mal. Ein Computer auf zwei Beinen, genau wie ich.«

Was immer sie ihm gern als Antwort darauf gegeben hätte, behielt sie mürrisch für sich.

Jake hielt nahe dem Kaufhaus Burdine's in der Flagler Street. Er beobachtete, wie der Chevy mit der hohen Antenne ihn überholte und dann einen halben Block weiter in der zweiten Reihe hielt. Der Fahrer blieb hinter dem Steuer.

Jake wies mit dem Finger nach vorn. »Siehst du das weiße Gebäude da unten, direkt an der Promenade?«

Elinor heftete die Augen auf den Chevy und sagte: »Glaub' schon.«

»Du sollst es nicht glauben. Und hör endlich auf, dir um diesen Kerl Gedanken zu machen. Wenn ich losfahre, fährt er mir nach. Ich versuche dir zu zeigen, wo die Bibliothek ist. Das weiße Gebäude.«

»Ich sehe es.«

»Gut. Und was sollst du da tun?«

Elinor schloß die Augen. Sie machte eine langsame Bewegung mit ihrem Zeigefinger, so als ob sie die Antwort einkreise. »Ich sehe die Zeitungen des Jahres 1942 durch. Ich fange im September an und arbeite mich bis zum Mai zurück. Ich suche nach Meldungen über einen Kapitän, der hier unten von seinem Schiff verschwunden ist.«

»Einen Offizier. Es muß kein Kapitän sein. Wenn du etwas findest, das paßt, rufst du mich gleich an. Wenn nicht, hole ich dich um sechs wieder hier ab.«

»Das ist eine lange Zeit, Jake.«

»Du wirst nicht nach Stunden bezahlt.« Er drückte ihr eine Amphetamintablette in die Hand und schloß ihre Finger darum. »Zu Mittag ißt du irgendwo in einem Imbiß was, und danach nimmst du das hier. Damit läufst du auf Hochtouren.«

»Ich laufe schon auf Hochtouren seit der letzten.«

»Wenn die Wirkung nachläßt, wirst du nur noch tuckern. Nimm diese hier, bevor es soweit kommt.« Er zählte 20 Dollar aus seinem Portemonnaie ab. »Dafür kannst du einkaufen. Schlag eine halbe Stunde in dem Laden da tot. Kauf irgendwas.«

»Für 20 Dollar?«

»Solange du es mit dir herumtragen kannst. Laß nichts liefern. Ich will nicht, daß jemand an der Tür klingelt und sagt, er ist der Bote vom Kaufhaus, selbst wenn er's tatsächlich ist. Alles klar? Und um Himmels willen, sieh dich nicht nach diesem Wagen um, wenn du aussteigst. Du gehst einfach direkt in den Laden.«

Er wartete, bis sie in dem Gewimmel am Ladeneingang untergetaucht war, dann fuhr er nach Hause. Die ganze Strecke über hatte er den Chevy im Rückspiegel. Er verschwand erst, als er die Brücke zur Daystar Island Nummer Eins passiert hatte.

Kapitel 32

Er hatte Thorens Umschlag und die Papierreste in Plexiglashüllen untergebracht und sie im Schrank des Arbeitszimmers eingeschlossen. Sobald er wieder im Haus war, holte er sie hervor und machte sich wieder an die Arbeit. Mit dem Cellophan war er schnell fertig. Als er die Kügelchen aufwickelte und glattstrich, sah er, daß es allesamt Zigarrenverpackungen waren. Er hielt jede davon ans Licht und studierte sie mit dem Vergrößerungsglas, doch es stand nichts darauf außer dem Namen des Herstellers.

Er wollte eben die Notizpapierschnipsel auf dem Tisch ausschütten, als jemand an die Hintertür klopfte. Er wischte die Hüllen in eine Schreibtischschublade und ging dann zur Tür. Die Umrisse, die sich durch die Scheibengardine abzeichneten, waren unmißverständlich weiblich. Nera Ortega.

Er öffnete und sagte: »Hallo, Frau Nachbarin«, doch blieb er in der Tür stehen und verwehrte ihr den Eintritt.

Nera bedachte ihn mit einem kurzen, gekünstelten Lächeln, wobei sie ihre üppigen Lippen eine Sekunde lang an den Seiten hochzog und sie sofort wieder fallen ließ. »Jetzt bin wohl ich an der Reihe, darum zu bitten, daß ich hineindarf?«

»Sie haben eine schlechte Zeit gewählt, Madame. Ich arbeite.«

»Sie schreiben an einem Buch?«

»Ich versuche es zumindest.«

»Wissen Sie, es ist wunderbar, wie überzeugend das bei Ihnen klingt«, sagte Nera. »Aber Sie können sich getrost an den Gedanken gewöhnen, daß es mich trotzdem nicht überzeugt. Nicht das geringste bißchen. Es dauert ein Weilchen, bis ich begreife, Mr. Dekker, aber früher oder später begreife ich immer.«

»Was?« fragte Jake. »Worauf wollen Sie hinaus?«

»Auf Sie. Auf das, was sich hinter Ihrer Unschuldsmiene verbirgt. Aber ich würde lieber drinnen darüber reden. Sie sind mir ohnehin einen Drink schuldig.«

Jake warf einen Blick über die Schulter. »Wenn meine Frau ...«

Nera bleckte ein zweites Mal mit jenem Lächeln die Zähne. »Sie sind vor etwa einer Stunde mit Ihrer Frau weggefahren, und sie war nicht mehr bei Ihnen, als Sie zurückkamen. Also brauchen wir uns überhaupt keine Gedanken um sie zu machen.«

»Ist das Ihre Freizeitbeschäftigung? Hinter dem Fenster zu stehen und Leuten nachzuspionieren?«

»Manchmal«, sagte Nera. »Nun?«

Er zuckte resignierend die Schultern und führte sie ins Wohnzimmer. Als er die Scotchflasche aus dem Barschränkchen nahm, sagte Nera: »Nein, nicht so früh am Tag. Für den Vormittag lieber einen Martini. Ich wette, Sie mixen erstklassige Martinis.«

»Tut mir leid, aber ein Martini ist etwas, das man langsam und in geselliger Stimmung trinkt. Wie Sie sehen, bin ich im Augenblick in keiner geselligen Stimmung. Ob Sie es nun glauben oder nicht, meine Liebe, ich habe meine ganze Tagesarbeit noch vor mir.«

»Tja, aber was für eine Arbeit?«

Jake blickte sie fragend an. »Sie scheinen davon ja Ihre eigenen Vorstellungen zu haben. Wie wär's, wenn Sie mich einweihen würden?«

»*Corta eso,* Tiger. Ich bin Ihr Freund. Mir brauchen Sie nichts vorzumachen.« Sie nahm ihren Scotch mit Wasser und lehnte sich auf dem Sofa zurück. Sie leerte das Glas zur Hälfte, ohne abzusetzen, dann ließ sie es wie ein Metronom langsam in seine Richtung hin- und herpendeln. »Walter Thoren hatte eine große Lebensversicherung. An die 500 000 Dollar, nach allem, was man hört. Und jetzt hat Charlotte eine Menge Ärger, weil die Versicherung nicht zahlen will. Vor ein paar Wochen haben sie sogar einen Mann hergeschickt – so einen dicken italienischen Schnüffler aus New York –, der beweisen sollte, daß es überhaupt kein Unfall war. Als er wieder abfuhr, sagte Fons zu mir: ›Keine Sorge, so schnell geben die nicht auf, wenn sie wittern, daß irgendwas an Walters Tod nicht stimmt und sie ihre halbe Million Dollar behalten können, wenn sie Beweise finden.‹ Wie finden Sie das, Tiger?«

»Wie soll ich das finden?« fragte Jake. Dann runzelte er die Stirn. »Moment mal.« Seine Stimme klang ungläubig. »Sind Sie etwa auf die Idee gekommen, ich sei der geheimnisvolle Fremde, den sie als Ablösung für Ihren dicken italienischen Schnüffler hergeschickt haben?«

»Auf diese kluge Idee bin ich gekommen.« Nera schloß das eine Auge und zielte mit einem perfekt manikürten Zeigefinger auf ihn. »Sie können ebensogut schon jetzt erfahren, Schätzchen, daß Polizistenblut in meinen Adern fließt. Mein Papa hat seine Million zu Hause in Kuba nicht auf die einfache Methode verdient, mit Zuckerrohrplantagen. Er war ein Bulle. Er hat ganz unten angefangen und hat sich hochgearbeitet, bis er Machados größter und bester Bulle war. Und falls Sie es nicht wissen, im Vergleich zu Machado war Batista ein Dreck. Und ich bin ganz die Tochter meines Vaters. Ich habe Köpfchen.«

»Und ein hübsches dazu. Aber konfus. Zuviel Walter Thoren drin, fürchte ich.«

»Sicher. Weil Sie es drauf gebracht haben. Als Sie und Ihre Frau das erste Mal zu uns rüberkamen, wer hat da angefangen, mir Fragen über Walter zu stellen? Und vorletzte Nacht, ausgerechnet im Bett, wer hat mich da wieder nach ihm ausgefragt? Ich spreche niemals mit jemandem über ihn – schon gar nicht darüber, was zwischen uns vorgefallen ist –, und plötzlich plaudere ich bei Ihnen alles aus.« Nera schlug sich mit der Hand vor die Stirn. *»Ya eso es más de la cuenta.* Da hätte ich doch anfangen müssen zu überlegen, worauf Sie hinauswollten. Aber erst gestern nacht ist es mir aufgegangen.«

»Gestern nacht?«

»Ein Badeausflug in die Bucht, ganz allein, hm? In dem schmutzigen Wasser, in dem man sich vergiften könnte?« Ihre Augen weiteten sich in gespielter Furcht. Dann senkte sie ihre Stimme zu einem Flüstern. »Zuerst schleichen wir uns aus dem Haus und sehen uns in alle Richtungen um, damit wir sicher sind, daß uns niemand zusieht. Dann ein hübsches Bad im Dunklen, dann hinüber zu den Thorens geschwommen, wo wir in aller Ruhe ein wenig schnüffeln können. Nur, daß es nicht ganz so dunkel ist, seit dieser Schwachkopf Webb seine Festbeleuchtung aufgehängt hat. Da, wo ich an meinem Pool sitze, da ist es schon dunkel, aber nicht draußen in der Bucht, wo Sie schwimmen. Und es war ja nicht das erste Mal, daß Sie auf so einen Badeausflug gegangen sind. Sie waren schon einmal draußen, als Milt jemanden mit einem Schuß in die Flucht schlug. Er glaubte, es sei ein Einbrecher gewesen, aber ich könnte ihm etwas anderes erzählen, nicht wahr? Als ich aus dem

Fenster schaute, nachdem die Schüsse gefallen waren, sah ich, wie Sie sich zu Ihrem Haus zurückschlichen, nicht hinaus.«

»Durch einen Feldstecher?«

»Nein. Obwohl ich manchmal einen benutze, für naturkundliche Studien. Besonders schaue ich mir Wölfe im Schafspelz an.« Sie machte ein trauriges Gesicht. Dramatisch preßte sie die Hand an ihren Busen. »Vergib mir, *chino*. Aber kannst du mir einen Vorwurf machen, daß ich jede deiner Regungen sehen will, nun, wo ich weiß, wieviel du für mich empfindest?«

»Das ist es also.« Jake nickte wissend. »Das steckt hinter diesem ganzen Unsinn. Sie sind beleidigt, weil ich mich nicht wieder gemeldet habe. Das hat in Ihnen gebrodelt, bis es Blasen schlug.«

»Hören Sie, Mister ...«

»O doch, genauso war es. Die Frage hat Ihnen keine Ruhe gelassen, was denn in jener Nacht nicht in Ordnung war, daß meine Leidenschaft so schnell erkaltet ist. War ich so enttäuscht gewesen? Nein, das konnte es nicht sein. Und da haben Sie sich eine verrückte Erklärung ausgedacht, bei der wenigstens Ihr Stolz unverletzt blieb. Ich bin ein Geheimagent, der Himmel stehe mir bei. Ich wollte keine Affäre mit Ihnen, ich wollte Ihnen nur Informationen über Walter Thoren entlocken. Deshalb konnte auch meine Leidenschaft nicht erkalten, weil es niemals welche gewesen war.« Jake legte in einer spöttischen Nachahmung ihrer Geste die Hand auf die Brust. »Natürlich«, sagte er mit unverhohlenem Sarkasmus, »daß ich rund um die Uhr mit meiner Schriftstellerei beschäftigt bin und eine Frau habe, die rund um die Uhr ein Auge auf mich hält, das hat gar nichts damit zu tun, nicht wahr?«

Nera saß da und starrte ihn ehrfurchtsvoll an. »Meine Güte, hör sich das einer an«, sagte sie. Dann trank sie den Rest ihres Drinks in einem einzigen großen Schluck und streckte ihm das leere Glas entgegen. »Machen Sie mir lieber noch einen von diesen, Freund. *Paluchero*. Nach der Vorstellung brauche ich das wirklich.«

»Warum? Weil es leichter ist, weiter auf mich wütend zu sein, wenn Sie blau sind?« Aber er füllte ihr Glas neu und reichte es ihr. »Blicken wir der Wahrheit ins Gesicht, meine Schöne. Nicht ich bin Ihr Problem. Sie selbst sind es.«

»Aber ja.«

»Ganz bestimmt. Man kann doch wohl sagen, daß es ein Problem ist, wenn eine Frau wie Sie sich dermaßen unterschätzt. Wenn sie kein Gefühl für ihre Wirkung auf einen Mann hat. Da kann sie schon auf die verrücktesten Theorien kommen, weshalb er ihr nicht jeden Tag Blumen schickt, statt daß sie die Sache vernünftig beurteilt.«

»Hmhm. Aber Sie unterschätze ich nicht, Tiger. Keinen Augenblick lang. Und Charlotte Thoren tut es auch nicht.«

»Charlotte Thoren. Ich sehe schon, das wird ja immer besser. Ich nehme an, sie stand neben Ihnen am Fenster, und Sie beide haben sich am Fernglas abgewechselt.«

Nera antwortete mit Gift in der Stimme: »Ich ließe dieses eitle, selbstgerechte Luder keinen Fuß in mein Haus setzen, und das wissen Sie. Aber wie der Zufall so will, war Patty Tucker vorhin bei mir drüben, und sie hatte allerhand Neues von Charlotte zu erzählen.«

»Patty Tucker jetzt auch noch? Meine Güte, das klingt ja allmählich wie einer dieser mittelalterlichen Fälle von Massenwahn.«

»Ach, nun hören Sie doch endlich auf, den Clown zu spielen«, sagte Nera müde. »Allmählich wird es mir langweilig. Und warum trinken Sie denn nichts? Ich versuche freundlich zu Ihnen zu sein. Da könnten Sie doch auch freundlich zu mir sein.«

»Ich trinke nicht, meine Liebe, weil ich kleine rosa Pillen genommen habe, damit ich wachbleibe und das Buch fertigbekomme, für das ich einen Vertrag habe. Und wenn ich nicht auf Ihre Hirngespinste eingehe, dann vielleicht deswegen, weil ich überhaupt nicht weiß, wovon zum Teufel Sie reden.«

»Tatsächlich? Na ja, ich rede über einige interessante Sachen, die Patty mir heute morgen zu berichten hatte. Zum Beispiel, daß sie, als sie auf dem Weg zu mir bei den Thorens vorbeischaute, erfuhr, daß Charlotte gerade ganz allein auf Reisen gegangen ist und niemand wissen soll, wohin.«

»Kermit und Joanna eingeschlosssen?«

»Die beiden brachen gerade zur Schule auf. Deshalb hatte Patty keine Gelegenheit, ihnen auf den Zahn zu fühlen. Das einzige, was sie von ihnen erfuhr, war, daß es auf Rat des Arztes geschieht. Aber als sie dann von mir aus Dr. Freeman anrief, sagte er, als er Charlotte vor einer Woche untersucht habe, sei sie in guter Verfassung gewesen, und die Idee zu verreisen stamme von ihr. Die Nerven, habe sie gesagt. Er hatte ihr nur gesagt, sie solle es ruhig tun, wenn sie das Gefühl habe, daß es gut für sie sei.«

»Und dann haben Sie und die gute alte Patty die Köpfe zusammengesteckt«, sagte Jake amüsiert, »und sind zu dem Schluß gekommen, daß Mrs. Thoren Wind davon bekommen haben muß, daß ich ihr auf der Spur bin, und die Flucht ergriffen hat.«

»Nein, Mr. Dekker«, sagte Nera mit süßer Stimme. »*Ich* bin zu diesem Schluß gekommen. Ich allein. Privat. Und auch das erst, nachdem Patty mir außerdem erzählt hatte, daß Charlotte vor ein paar Tagen beim Daystar-Anwohnerkomitee war und dort verlangt hat, daß sie dafür sorgen, daß Sie auf der Stelle von der Insel verschwinden. Und als sie ihr antworteten, sie könnten keine rechtlichen Schritte unternehmen, bevor nicht jemand als Nachfolger auf Walters Platz im Komitee gewählt worden sei, sagte sie, sie könnten auf der Stelle sie selbst dafür einsetzen. Aber es stellte sich heraus, daß sie das nicht konnten. Und nun verraten Sie mir mal, warum sie so versessen darauf war, Sie loszuwerden, und nachdem ihr das nicht gelungen ist, verreist sie plötzlich selbst. Und das, obwohl sie Schwierigkeiten hat, Walters Versicherung ausgezahlt zu bekommen, und sicher ebensogut weiß wie Fons, daß irgendwo hier in der Nähe ein Detektiv an der Arbeit ist.«

»O nein«, sagte Jake. »Da dachte ich immer, *ich* sei derjenige, der die Bücher schreibt.«

»Hmhm«, entgegnete Nera. »Sie und Bücher schreiben. Das möchte ich sehen.«

Er winkte sie mit dem Finger heran. »Kommen Sie. Ich zeige Ihnen was.«

»Wissen Sie's nicht mehr? Ich habe schon gesehen, was Sie mir zu zeigen haben. Und ich spiele keine Matinees.« Ihr Gesicht war jetzt sehr bleich, ihre Nasenflügel bebten. »Sie sind wirklich ein widerlicher Scheißkerl. Mit einer Frau ins Bett zu gehen, nur damit sie etwas ausplaudert. Oder ist das Ihre Art, für die Informationen zu zahlen?«

»Jetzt reicht's mir aber.« Er nahm ihr das Glas aus der Hand und stellte es auf den Tisch. Dann faßte er sie am Handgelenk und riß sie brutal vom Sofa hoch. »Spaß muß sein, aber das geht zu weit. Jetzt werden wir die Sache klarstellen.«

»Indem Sie mir den Arm ausrenken?«

»Indem ich Ihnen etwas zeige, was ich eigentlich erst viel später jemandem zeigen wollte. Aber wenn es denn nun sein muß ...«

Als er sie den Flur hinunter zum Arbeitszimmer zerrte, versuchte sie anfangs, sich zu wehren, dann folgte sie ihm in kleinen Trippelschritten. Als sie im Arbeitszimmer angelangt waren, machte er eine Handbewegung in Richtung seiner Dekorstücke auf dem Tisch. Die Schreibmaschine mit dem halb getippten Blatt eingespannt, die offene Schachtel mit den übrigen Manuskriptblättern, der Stapel Schreibpapier. »Was meinen Sie, was das ist?«

»Ist mir egal, was das ist. Und lassen Sie mich los. Sie tun mir weh.«

Er schleuderte sie an den Tisch. »Da, lesen Sie das«, sagte er streng.

Sie gehorchte und beugte sich kurzsichtig über die Schreibmaschine. Jake zog weitere Manuskriptblätter aus der Schachtel und breitete sie auf dem Tisch aus. »Schauen Sie sich das hier auch noch an.«

Sie warf einen Blick darauf. »Das scheint wohl irgendein Buch zu sein«, sagte sie mürrisch.

Er öffnete eine Schreibtischschublade und holte eine Aktenmappe hervor. Er schlug den Deckel zurück und hielt ihr die Mappe hin. »Und wonach sieht dies kleine Schriftstück aus?«

Sie überflog es. »Es ist ein Vertrag für ein Buch.«

»Von wem?«

»Gut, es ist vom Verlag Donaldson und Friar. In New York. Bist du jetzt zufrieden?«

»Nicht ganz«, sagte Jake. »Wann ist er ausgestellt?«

»Letztes Jahr. Über 5000 Dollar. Und Sie schreiben ein Buch.« Ihr Tonfall hatte nun etwas verblüfft Entschuldigendes. »Jake, würden Sie bitte aufhören, sich so zu benehmen? Hören Sie, ich weiß nicht, was in mich gefahren ist. Oder vielleicht doch. Ich habe geglaubt, Sie hätten mich zum Narren gehalten, und ich habe schon am Morgen ein paar Gläser getrunken ...«

»Auch ein Mitglied von Milt Webbs Frühstück-aus-der-Flasche-Club?«

»Tun Sie nicht so naseweis. Wenn man ein Leben führt wie ich, dann hat man vielleicht ein Anrecht darauf, zu diesem Club zu gehören.«

»Nicht, wenn man schon beim ersten Schluck anfängt zu phantasieren.« Jake ließ ihr Handgelenk los, und sie stand da und rieb es und sah ihm zu, wie er mit grimmiger Miene die Manuskriptblätter wieder zusammenräumte. »Bitte hören Sie doch mit diesem Benehmen auf«, sagte sie schließlich. »Bitte.«

»Warum? Vorgestern nacht dachte ich, das wird was ganz Besonderes mit uns beiden. Etwas wirklich Gutes. Aber wenn es jetzt wegen jedem kleinen Zufall einen Temperamentsausbruch nach dem anderen gibt – wer will das schon.«

»Ich vielleicht.« Nera kam näher heran und legte ihm die Hand an die Wange. »Und es wird keine Ausbrüche mehr geben.«

»Meine Liebe, bei Ihrem südamerikanischen Temperament und Ihrer Phantasie ...«

»Dann schwöre ich es, Liebling. Ist das besser?«

Ihre Hand ruhte noch immer an seiner Wange. Jake zog die andere Hand über die Schulter, so daß ihre Körper sich nun berührten. Sie war einen Kopf kleiner als er. Die kunstvolle Golddrahtfrisur, die ihn an der Nase kitzelte, starrte vor Haarspray und verströmte einen leicht beißenden Geruch.

»Nun gut«, sagte er. »Aber diese Phantasie muß gezügelt werden, meine Schöne. Versicherungsdetektive. Walter Thoren als Selbstmörder. Teufel, wenn da auch nur die geringste Chance bestünde ...«

»Ich habe nicht gesagt, daß es Selbstmord war.«

»Für mich hat es aber so geklungen. Und wenn nicht, wieso soll es dann Schwierigkeiten mit der Versicherung geben?«

»Man könnte«, sagte Nera, »ihn ermordet haben.«

»Thoren? Ich dachte, der sei bei einem Autounfall umgekommen.«

»Das ist er auch. Aber es wäre doch nicht schwer, einen solchen Unfall herbeizuführen, oder? Jemand könnte an den Bremsen herumgefummelt haben oder so etwas.«

»Aber ja«, lachte Jake. »Wenn du das sagst, Schatz.«

Nera versuchte sich zu lösen, doch nicht so sehr, daß er nachgab. Ärgerlich sagte sie: »Würdest du bitte versuchen, nicht ganz so herablassend darüber zu sprechen? Es ist mir ernst. Es könnte tatsächlich so gewesen sein.«

»Charlotte Thoren hätte dafür gesorgt, damit sie die Versicherungssumme einstreichen könnte?«

»Nein. Jemand anderes hat dafür gesorgt. Und nicht wegen der Versicherung.«

»Verstehe«, sagte Jake trocken. »Jemand, der mörderische Witze macht. Genauso, wie ich ein Geheimagent bin.«

»Ich habe gesagt, es tut mir leid, nicht wahr? Und wenn du es einmal aus meiner Sicht sähest, dann würdest du erkennen, daß es gar keine so abwegige Idee war. Nicht bei den Anstrengungen, die Charlotte unternommen hat, dich loszuwerden.« Nera runzelte die Stirn. »Weswegen, Jake? Was hat sie gegen dich?«

»Nicht gegen mich. Elinor.«

»Oh?«

»Und Ah. Sie hat gesehen, welchen Eindruck Elinor auf Kermit machte. Und Kermit auf Elinor. Elinor war tief beeindruckt.«

»So wie ich Kermit kenne, hätte ich mir das auch denken sollen«, gestand Nera.

»Nur daß es viel mehr Spaß macht, von Mördern und Spionen zu träumen.« Jake tätschelte ihr den Rücken. »Aber das haben wir jetzt allesamt überwunden, nicht wahr? Von jetzt an keine Phantasien mehr. Nur noch die Tatsachen, Madam. Wie wär's?«

»Wie wär's?« äffte Nera ihn nach. »Hast du eigentlich eine Vorstellung davon, wie wütend das einen macht, wenn du diesen Ton anschlägst?«

»Besser wütend, als wenn einer sich hier aufführt, als ob er in eine Klapsmühle gehört. Obwohl du natürlich eine Zierde für jede Klapsmühle wärst.«

Diesmal löste sie sich von ihm. »Was machst du heute abend?« wollte sie wissen. »Wieder ein mitternächtliches Bad in der Bucht?«

»Vielleicht.«

»Tu's nicht. Das Wasser ist wirklich dermaßen verseucht, daß man einen scheußlichen Ausschlag davon bekommen kann. Mein Schwimmbecken ist sauber.«

Jake warf ihr einen mißtrauischen Blick zu. »Du meinst, wir sitzen gemütlich im Mondschein beisammen, und ich muß mir deine Erklärung anhören, warum Walter Thoren ermordet wurde?«

»Den Gefallen kannst du mir doch tun, *chino*. Ich möchte nur wissen, ob du immer noch findest, daß ich in die Klapsmühle gehöre, wenn ich dir etwas Hochinteressantes über Walter erzählt habe.«

»Schöne Aussichten. Hört sich an wie ein rauschendes Fest.«

»Oh, das kann es werden«, versicherte Nera ihm, »wenn wir erst mal diese Geschichte mit Walter hinter uns haben.«

»Ich werde da sein«, sagte Jake.

Kapitel 33

Sobald er die Tür hinter ihr geschlossen hatte, ging er ins Arbeitszimmer und schaltete den Sender in ihrem Wohnzimmertelefon ein. Ein paar Minuten später hörte er das rasche, scharfe Klicken von Absätzen auf den Fliesen und dann Neras Stimme: »Maria? Wo zum Teufel steckst du denn? Maria!«

»Señora?«

Eine Maschinengewehrgarbe Spanisch folgte, und nachdem er einen Moment lang zugehört hatte, ohne etwas zu verstehen, schaltete er ab und wählte die Nummer der Thorens. Die tiefe, warme Stimme, die sich meldete, war erfüllt von dem Leben des alten Südens. »Villa Thoren. Raymond am Apparat.«

»Hier spricht Mr. Dekker, Raymond. Ist Mr. Thoren zu Hause?«

»Nein, Mr. Dekker, er ist ausgegangen. Aber er sprach davon, daß Sie vielleicht anrufen. Kann ich etwas ausrichten?«

»Das können Sie. Sagen Sie ihm, wir danken für die Einladung zum Abendessen, und wir kommen gern. Wann sollen wir da sein?«

»Gegen sieben, Mr. Dekker.« Die Stimme war nun spürbar kühler. »Das wäre alles?«

»Das wäre alles«, sagte Jake.

Er leerte die Hülle mit Thorens Notizpapierschnipseln auf den Schreibtisch und machte sich an die Arbeit. Anfangs war es mühevoll, und er brauchte über eine Stunde, bis er dahinterkam, daß er es nicht mit einem großen Blatt zu tun hatte, sondern mit drei kleinen Zetteln. Er ging ins Schlafzimmer, holte die Einlegepappen aus drei Hemden hervor und stellte dann in langwieriger Kleinarbeit drei Ränder zusammen und fixierte sie mit Klebeband, einen auf jeder Pappe. Allein dafür brauchte er eine weitere Stunde, denn das Amphetamin arbeitete nicht nur für, sondern auch gegen ihn. Es schärfte seine Sinne, doch gleichzeitig verlor er zusehends die Nerven. Er rang mit sich, ob er trotz der Pille einen Drink riskieren sollte, als das Telefon auf dem Schreibtisch klingelte. Er nahm ab, und Magnes sagte sofort: »Sagen Sie nichts. Sehen Sie zuerst nach, ob eine Wanze drin ist, und rufen Sie mich dann zurück. Wenn sie da ist, ist es wahrscheinlich eine zweiseitige QCB, keine Harmonika.«

Jake nahm das Telefon auseinander, setzte es wieder zusammen und wählte Magnes' Nummer. »Nichts da. Wie kommen Sie drauf? Haben Sie eine bei sich gefunden?«

»Ein Souvenir von einem falschen Fernsehmonteur. Mein Glück, daß mir, als ich nach Hause kam, eine Alte, die hier im obersten Stockwerk wohnt, Bescheid gesagt hat, sie habe einen Fremden vom Dach herunterkommen sehen, und da habe ich es gleich überprüft. Erstklassige Arbeit. Sogar das Kabel lag noch genauso da, wie ich es hinterlassen hatte.« Magnes klang, als wisse er die saubere Handwerksarbeit zu schätzen. »Glauben Sie mir, Jüngele, bei dem Aufwand, den die treiben, da haben sie es auf die vollen 200 000 auf einmal abgesehen. Da geht es nicht um ein Scheinchen davon pro Monat.«

»Und Sie meinen nach wie vor, Frank Milan steckt nicht dahinter?«

»Da bin ich mir sicher. Na, sagen wir 90 Prozent sicher. Seine Leute, seine Organisation, das schon. Aber nicht er persönlich. Wir kommen derweil auch gar nicht so schlecht voran. Ich kann Ihnen jetzt mit Sicherheit sagen, daß der Masseur im Bayside Spa – dieser Kerl, der nur für einen Tag da war – derjenige war, der Thoren entlarvt und der die ganze Erpressergeschichte in Gang gebracht hat.«

»Das heißt, Sie haben den Namen aus dem dortigen Personalbüro?«

»Nein, aber was soll man sonst daraus schließen, daß die Aufzeichnungen ausgerechnet für diesen einen Tag plötzlich fehlen? Wenn sie nicht mehr zwischen den übrigen stecken?«

»Daß jemand, der über die Sache Bescheid weiß, sie hat verschwinden lassen«, sagte Jake ungeduldig. »Aber was nützt einem das denn, wenn man weiß ...«

»Nur ruhig. Es gibt einen Durchschlag beim Steuerberater. Er hat Kopien von sämtlichen Bayside-Papieren und bewahrt sie in seinem Büro auf, bis die Steuerbehörden alles absegnen. Ich habe das mit ihm schon mit Bargeld geregelt. Er sucht es mir bis morgen raus. Wie geht es bei Ihnen voran? Kommen Sie der Frau auf die Spur?«

»Ich führe mein Mädel heute dorthin zum Abendessen aus«, antwortete Jake. »Wenn sie es richtig anpackt, bringt sie den Sohnemann vielleicht dazu, auszuplaudern, wo seine Mama steckt. Und wie sieht's bei Ihnen aus? Haben sich die Bullen schon bei Ihrem Jungen im Krankenhaus gemeldet?«

»Natürlich.«

»Hat er Mrs. Thorens Namen genannt oder davon gesprochen, welchen Wagen er verfolgen sollte?«

»Er hat ihn nicht genannt, und er hat ihnen gesagt, der Wagen sei ein weißer Continental gewesen. Also, wenn jemand auf Daystar einen weißen Continental fährt, dann wünsche ich ihm alles Gute, wenn die Bullen vorbeischauen und danach fragen. Mich haben sie auch ein wenig in die Mangel genommen, aber nicht zu sehr. Mich fassen sie, wenn es nicht gerade um einen Mord oder einen großen Diamantenraub geht, nie allzu hart an. Sie wissen, daß ich ein schwaches Herz habe, und wenn sie mir zu sehr zusetzen, könnte ich, was Gott verhüten möge, vor ihren Augen tot umfallen.«

»Nett von ihnen«, sagte Jake. »Gut, bleiben Sie in Verbindung mit mir. Und denken Sie an die Wanzen.«

Er wollte den Hörer schon auflegen, als Magnes sagte: »Sekunde noch.« Nach einem Schweigen, das deutlich länger dauerte als eine Sekunde, sagte er plötzlich: »Mit diesem Mädele, Dekker. Sie werden sagen, das geht mich nichts an, aber die Kleine ist wirklich reizend.«

Jake sagte: »Wie aus dem Bilderbuch. Woran denken Sie, heiraten oder adoptieren?«

»Sehr witzig«, sagte Magnes, und er war nicht amüsiert. »Wenn Sie wissen wollen, was mich quält, dann sage ich's Ihnen. Wenn sie meine Tochter wäre, dann würde sie nicht hier mit Ihnen an so einer Sache arbeiten.«

»Das würde sie ganz bestimmt nicht, Magnes«, sagte Jake. »Schließlich wäre sie, wenn sie Ihre Tochter wäre, jetzt mindestens 50.«

Kapitel 34

Nachdem er sie aus den Schnipseln zusammengesetzt hatte, erwiesen sich alle drei Notizzettel als in Thorens winziger, sorgsam geformter Handschrift beschrieben. Jake verglich jeden davon sorgsam mit dem Umschlag, adressiert an *Mr. Walter Thoren, 18 S. Circuler Drive …* Soweit er sehen konnte, gab es keinerlei Ähnlichkeit zwischen der Schrift, in der die Zettel geschrieben waren, und den ungelenken Druckbuchstaben des Umschlags.

Von den drei Zetteln war einer weitgehend verständlich. Es war eine Liste, und jeder Punkt war mit einem dünnen Bleistift abgehakt.

Thermosflasche
Zigarren
Proviant
Karten
Trans.
Bleistift
Handtücher

Die beiden anderen waren vollkommen unverständlich. Der eine lautete:

m l-hb 2
m hfr lb 3
l-gb 4 →
jew 6.0
1.0 zw bl

Der andere:

f c tg 15
225 y 007 gr

fr bb r 1
f l 7 ft
Meloy cb Meloy cb 5
schb

Jake legte die Kartons, auf die sie geklebt waren, nebeneinander und verglich sie sorgfältig. Er sah, daß die Sieben nicht den europäischen Querstrich hatte, der ihm auf dem Versicherungsformular aufgefallen war, aber jede Eins hier hatte den kleinen Aufstrich, das Häkchen, das sie auch dort gehabt hatte.

Er spannte ein Blatt Papier in die Schreibmaschine und schrieb die drei Zettel ab. Dann holte er das Telefonbuch von Miami und Umgebung hervor. Es waren zwei Meloys aufgeführt, beide jenseits der Bucht in Miami.

Er rief Magnes an. »Sagt Ihnen der Name Meloy etwas?« fragte er unvermittelt. »Meloy mit e.« Er buchstabierte es.

Magnes dachte eine Zeitlang darüber nach. »Nein«, sagte er schließlich. »Worum geht es?«

»Für Thoren hatte es eine Bedeutung. Ich habe die Papierschnipsel vom Boot zusammengestellt, und der Name steht da drauf.«

»Soll das heißen, der Erpresser hat seinen Brief unterschrieben?« fragte Magnes ungläubig.

»Also wirklich, Magnes, wäre er denn so beschränkt? Ich habe drei Zettel hier, und keiner davon stammt vom Erpresser.«

»Nun wissen Sie's. Das Blatt mit den Anweisungen, wohin er das Geld zu liefern hatte, hat Thoren vernichtet. Selbstverständlich. Ich habe Ihnen ja gesagt, daß es so kommen würde.«

»Vielleicht. Aber zwei dieser Zettel könnten auch die Instruktionen sein, die Thoren sich abgeschrieben hat. Sie sind in einer Art Code, und das einzige, was klar und deutlich drauf steht, ist dieser Name Meloy. Steht auch im Telefonbuch. Zweimal. Finden Sie jetzt gleich für mich heraus, wer die Leute sind. Wenn das nicht weiterführt, hören Sie sich um, ob irgend jemand, der so heißt, was mit der Mafia zu tun hat.«

»Ich glaube kaum«, sagte Magnes. »Ich habe den Namen noch nie gehört. Aber ich find's raus.«

Kapitel 35

Als Jake den Jaguar an der Fifth Street in die North Bay Road in Richtung Schnellstraße lenkte, sah er, wie der vertraute Chevy mit der langen Antenne sich vom Bordstein löste und sich ein paar Wagenlängen hinter ihm einreihte. Obwohl dichter Verkehr in Richtung Miami herrschte, hielt er geschickt diese Position über die Schnellstraße bis nach Watson Park Island, wo das Licht der untergehenden Sonne gleißend von der silbernen Haut des Aussichtsluftschiffes reflektiert wurde, das dort festgemacht war.

Nun kam er näher heran. Ob er sich nun nach Norden oder nach Süden wandte, wenn er an der Küste von Miami auf den Biscayne Boulevard stieß, der Fahrer des Chevy war bereit, sich ihm anzuschließen.

Sie durchquerten Watson Park, und dann ging es über die letzte Brücke hinüber zum Festland. Jake ließ sich Zeit und behielt den Kombiwagen im Auge, der auf der Spur nebenan herankam. Dann, als der Kombi und der Chevy auf gleicher Höhe waren, scherte er plötzlich vor dem Kombi ein, dessen Fahrer mit wütendem Hupen in die Bremsen stieg. Der Mann im Chevy begriff einen Augenblick zu spät, was vorging. Im nächsten Augenblick war er schon an dem Jaguar vorüber, und Jake gab Vollgas und kehrte in seine ursprüngliche Spur zurück, nun direkt hinter dem Chevy.

Sie waren in der schmalen Einfahrt zum Biscayne Boulevard, und der Fahrer des Chevy hatte keine Möglichkeit, wieder hinter ihn zu kommen. An der Ampel zum Boulevard ging er kurz vom Gas, wie in einer letzten verzweifelten Hoffnung, den Jaguar mitzulocken, dann entschied er sich für die wahrscheinlichere Lösung und bog nach Süden in Richtung Flagler Street und Einkaufsviertel. Prompt wandte Jake sich nach Norden. Er folgte noch einige Blocks weit dem Boulevard, dann bog er ab und arbeitete sich in einem Bogen südwärts in Richtung Bibliothek vor, durch ein Viertel mit heruntergekommenen Holz- und Stuckhäusern, die aussahen, als ob sie dort, ohne jemals einen neuen Anstrich zu bekommen, seit jenem Jahr verwitterten, in dem Miami gegründet worden war. Ein durch und durch kubanisches Viertel. In einem der Schaufenster sah er ein großes Schild mit der Aufschrift *Man spricht Englisch.*

Die Bibliothek lag in einem Park direkt am Ufer der Bucht, und Elinor wartete davor. Sie legte den Weg zum Wagen in einem panischen Sprint zurück, wobei sie ein paarmal mit dem Knie an das große Paket schlug, das sie bei sich hatte. Sie machte einen Kopfsprung in den Wagen, ohne auf den Anblick zu achten, den sie den Passanten auf dem Bürgersteig bot. »Mann, tu mir so was ja nicht noch einmal an.«

Jake fuhr wieder an. »Was soll ich nicht noch mal tun?«

»Du hast gesagt, du holst mich um sechs ab. Jetzt ist es Viertel nach. Kannst du dir vorstellen, wieviel man sich in einer Viertelstunde ausmalen kann, was jemandem zugestoßen sein könnte? Vor ein paar Minuten habe ich sogar im Haus angerufen. Ich war schon darauf eingestellt, daß ein Polizist abhebt und mir erklärt, daß sie dich dort tot aufgefunden haben.«

»Wie du siehst, haben sie's nicht. Wie ging es mit den Zeitungen? Wie weit bist du gekommen?«

»Ungefähr drei Monate. September, August und der größte Teil vom Juli. Im Krieg war hier ganz schön was los, 1942, was?« Ihre Stimme war schrill und angespannt. »Wußtest du, daß die Deutschen und die Japse damals praktisch an allen Fronten gesiegt haben? Die deutschen Unterseeboote kamen sogar bis direkt hier vor die Küste von Florida. Und die japanischen Flugzeuge standen bereit, um Kalifornien zu bombardieren. Davon habe ich in der Schule nie etwas erfahren.«

Jake warf ihr einen Blick zu. »Was ist los mit dir?«

»Mit mir? Nichts. Wie kommst du darauf?«

»Du klingst komisch.«

»Mir ist aber nicht nach Komik zumute«, sagte sie heftig. Sie begann zu weinen. »Ich habe so schreckliche Angst gehabt, daß dir etwas zugestoßen ist«, schluchzte sie. Sie holte ein Taschentuch aus ihrer Handtasche und betupfte sich Augen und Nase. »Und für was mache ich das?« schnaubte sie. »Ein Mädchen muß ja verrückt sein, wenn es sich mit dir einläßt. Ich meine, Andys Vater hatte wenigstens ein paar Gefühlsregungen.«

»Andys Vater? Wer ist Andy?«

»Andy ist zufällig mein Sohn«, antwortete Elinor mit gespielter Geduld. »Seit einer Woche wohne ich mit dir zusammen, und du weißt nicht einmal, wie er heißt. Da sieht man doch, was du für einer bist, oder? Gut, sein Vater konnte nicht mehr als Gitarre spielen und Hasch rauchen und rumhängen, aber er hatte Gefühle. Echte Gefühle. Und die hast du nicht. Ich habe es geglaubt, aber so, wie du mich heute morgen behandelt hast, weiß ich es nun besser. Du hast keine.«

»Kleines, hier an dieser Bucht gibt es fünf oder sechs Leute, die alles daransetzen, mich um 100 000 Dollar zu bringen, auf die ich ein Anrecht habe. Du würdest überrascht sein, welch innigen Gefühle ich für die hege.«

»Für Geld. Weil Geld das einzige ist, was dir etwas bedeutet. Stimmt das nicht?«

Jake pfiff leise vor sich hin. »Große Worte. Wo hast du die gelernt? Von Andys Vater, bevor er dich und den Jungen hat sitzen lassen?«

»Laß ihn aus dem Spiel. Stimmt es nicht?«

»Nun, um es mit den Worten des großen Joe E. Lewis auszudrücken, ich bin reich gewesen, und ich bin arm gewesen, und glaube mir, reich ist schöner.«

»Gewiß doch. Aber noch schöner wäre es, wenn dir nur ein einziges Mal ein Mensch etwas bedeutete und nicht nur das Geld.«

»Ein sehr tiefschürfender Gedanke«, sagte Jake. Er wies auf das Päckchen. »Was hat dir denn im Laden etwas bedeutet?«

»Schuhe. Es war ein Sonderangebot, deshalb habe ich gleich drei Paar genommen. Eigentlich wollte ich nur eines kaufen und dir den Rest des Geldes zurückgeben, aber sie waren so günstig, daß ich die ganzen 20 dafür ausgegeben habe. Jetzt bin ich froh, daß ich das gemacht habe.«

»Das bin ich auch. Dann kannst du für unsere Einladung heute abend zwischen mehreren auswählen.«

»Bei den Thorens, nehme ich an?«

»Bei den Thorens. Und denk dran, wenn du hineinspazierst, mußt du angemessen überrascht sein, daß Mama nicht da ist. Wenn wir da ein Gespräch anknüpfen können, rutscht es ihnen vielleicht heraus, wo sie steckt.«

»Und wenn nicht?«

»Ich will sehen, daß ich uns später am Abend in zwei Zweiergrüppchen trenne, damit wir ein wenig privater plaudern können.

Aber sei vorsichtig, wenn du auf das Thema von Mamas Versteck kommst. Wenn Kermit auch nur den geringsten Verdacht schöpft, ist diese Tür für immer zu.«

»Und was ist mit dir und Joanna?« fragte Elinor. »Sie weiß doch ebensogut, wo ihre Mutter ist, nicht wahr? Oder gehst du nur mit ihr im Mondschein spazieren, damit sie dir ungestört erzählen kann, was für ein wunderbarer Mensch du bist?«

»Ich setze immer auf Platz und Sieg, Kleines. Aber nur, weil ich versuche, Joanna ihre Familiengeheimnisse zu entlocken, heißt das nicht, daß du dir einen faulen Lenz machen kannst. Du bist auf Kermit angesetzt. Du konzentrierst dich auf ihn.«

»Wird mir ein Vergnügen sein«, sagte Elinor angewidert.

Auf ihrem Weg durchs Wohnzimmer sah sie das lippenstiftverschmierte, halbgeleerte Glas mit Scotch und Soda. Sie nahm es und betrachtete den Flecken. »Nera Ortega, wette ich.«

»Da wettest du richtig.«

»Und was sie hier getan hat, weiß ich ja wohl nur zu gut.«

»Du weißt überhaupt nichts«, sagte Jake ungeduldig. »Jetzt geh und mach dich schön. Du hast ungefähr eine Viertelstunde dafür. Und wenn jemand nach dem blauen Flecken auf deiner Stirn fragt, sagst du die Wahrheit. Ich habe zu heftig gebremst.«

Sie erwiderte nichts darauf. Doch als sie am Frisiertisch saß und ihr Make-up auflegte, während er in ein frisches Hemd schlüpfte, fragte sie plötzlich: »Was weiß ich nicht? Sie ist hergekommen, um mit dir zu flirten, oder nicht?«

»Nein, ist sie nicht. Sie hat ein sehr kluges Köpfchen, unsere Señora. Sie hatte ohnehin schon so ein Gefühl, daß bei Thorens Tod etwas nicht stimmte, und von da hat sie weitergedacht und ist dahintergekommen, weswegen ich in Wirklichkeit hier bin. Es war ein schönes Stück Arbeit, ihr das auszureden.«

Elinor hielt mit dem Schminken inne. »Wie hast du es gemacht?«

»Ein Freund von mir hat einen kleinen Verlag in New York. Genau für solche Fälle stellt er mir immer einen falschen Vertrag für ein Buch aus. Das hat schon öfter funktioniert. Es hat auch diesmal funktioniert.«

»Und das hat ausgereicht? Ein falscher Vertrag und ein bißchen darüber reden? Da muß ihr ja viel daran gelegen haben, dir zu glauben.«

»Kleines, ich mag es nicht, wenn du die nörgelnde Ehefrau spielst. Das weckt ein paar höchst unangenehme Erinnerungen bei mir. Also laß das bleiben. Und zwar ein für allemal.«

»Du kannst mir doch keinen Vorwurf machen, daß ich . . .«

»Hast du gehört?« sagte Jake langsam und mit Nachdruck. »Entweder du läßt das bleiben, und zwar für alle Zeiten, oder du scherst dich nach New York zurück, jetzt gleich.«

Elinor wandte sich zu ihm um. Was sie in seinem Gesicht sah, schockierte sie offenbar. »Das meinst du doch nicht. Das ist nicht dein Ernst. Als ich gestern zurückfahren wollte, hast du mir gesagt, es könne für mich und den Jungen gefährlich werden. Sie könnten uns als eine Art Geisel nehmen. Daran hat sich doch in dem einen Tag nicht groß etwas geändert, oder?«

»Nein, hat es nicht. Aber ich habe die Nase voll von deinen Launen. Am Ende bist du dann nämlich das Frauchen, das bestimmt, welche Moral und welche Methoden ich haben darf, und ich bin der Dummkopf, der sich dafür entschuldigen muß. Auf das Theater kann ich verzichten. Und deshalb änderst du entweder deine Einstellung, oder du packst deinen Krempel und bist dann selbst dafür verantwortlich, was mit dir und deinem Jungen in New York passiert. Du kannst dich darauf verlassen, daß ich dein Ticket und das Taxi zum Flugplatz zahle.«

»Du meinst«, fragte Elinor, »es würde dir nichts ausmachen, wenn mir oder dem Kind etwas zustieße?«

Jake zuckte die Schultern. »Du hast mir doch gerade erklärt, daß ich keine Gefühle habe. Wie könnte es mir da etwas ausmachen?«

Sie entspannte sich erleichtert. »Das ist es also. Das wurmt dich. Jake, du weißt doch, daß ich das nur gesagt habe, weil ich so wütend wegen dem war, was heute morgen zwischen uns passiert ist. Das hat mich den ganzen Tag über gequält. Aber findest du nicht auch, daß ich . . .«

Er hob die Hand. »Jetzt fall nicht gleich wieder ins andere Extrem. Ich habe nicht gesagt, daß du unrecht hattest, oder?«

Sie quittierte es mit einem betretenen Lächeln. »Also gut, zahl's mir heim.«

»Kleines, du machst dir schon wieder etwas vor. Ich zahle dir nichts heim. Ich versuche dir in einfachen Worten zu erklären, daß es mir zwar leid täte, wenn dir oder deinem Jungen wegen dieser Thoren-Geschichte etwas zustieße, daß es mir aber ebenso leid täte, wenn ich dir 3000 Dollar dafür zahlte, daß du einen besseren Menschen aus mir machst. Es täte mir sogar leid, wenn ich es gratis bekäme. Wenn du deinen Spaß mit mir haben willst, in Ordnung. Wenn du mir zeigen willst, wie die Liebe einer edlen Frau mich in einen anständigen Menschen verwandelt, dann pack deine Sachen. So einfach ist das.«

Elinors Gesicht war feuerrot. »Und mich hältst du wohl auch für ein Dummchen. Du erwartest wohl, daß ich dir sage, wie leid es mir tut, daß ich etwas für dich empfinde. Empfand. Jetzt brauche ich nur noch für meine 3000 Dollar Mata Hari zu spielen, wenn du mir das Zeichen gibst, und Haremsdame, wenn dir danach zumute ist. Und zwischendrin die Hausarbeit und die Küche machen ... Nicht, daß es dir jemals auffiele, wieviel Mühe ich mir damit gebe.«

»Liebe Güte«, sagte Jake hilflos, »da geht es schon wieder los.«

»Ganz genau.« Die Wut hatte ihr die Kehle so zugeschnürt, daß sie die Worte beinahe krächzte. Sie schluckte schwer, dann atmete sie tief und langsam durch, um sich wieder unter Kontrolle zu bringen. »Es geht los, und ich gehe fort. Ich habe genug.« Sie biß die Lippen zusammen und starrte ihn mit zusammengekniffenen Augen an. Dann entdeckte sie, daß ein Satz nur halb angeklebter falscher Wimpern ihr in der Sichtlinie baumelte. Mit einer heftigen Geste riß sie sie ab. »Aber wenn ich nun – nur mal angenommen –, wenn ich nun nicht direkt zurück nach New York führe? Nehmen wir mal an, ich mache zuerst noch bei den Thorens Station und erzähle Kermit alles über dich? Besonders über die Wanzen in den Telefonen. Wärest du immer noch so hartgesotten, wenn die Bullen kämen und dich danach fragen würden? Meinst du, mit denen wirst du genauso leicht fertig, wie du mit mir fertig wirst?«

»Mir scheint«, sagte Jake, »du hättest da selbst ein paar Fragen zu beantworten, wenn es um Wanzen in Telefonen geht.«

»Das habe ich nur getan, weil du mich dazu gezwungen hast. Und wenn ich ihnen das sage, lassen sie mich ungeschoren. Das wäre es ihnen schon wert. Nur keine Sorge.«

»Vielleicht«, sagte Jake sanft, »vielleicht auch nicht.« Er stand da und betrachtete sie mit gerunzelter Stirn, und sie starrte trotzig zurück. Am Ende sagte er nachdenklich: »Merkwürdig. Magnes hat mich gewarnt, daß so etwas passieren könnte, und ich habe ihm gesagt, nein, unmöglich. Nicht mit dir. Dazu seist du zu erwachsen, habe ich ihm gesagt. Sie weiß, daß wir eine schmutzige Arbeit tun und uns vielleicht die Hände dabei schmutzig machen müssen, und sie weiß, daß es mir zu schaffen macht, daß ich sie in der Nähe habe, aber sie nimmt das ganz kühl. Die wird das verstehen.« Er schüttelte traurig den Kopf. »Ich weiß gar nicht, wie ich mich in jemandem so täuschen konnte. Oder vielleicht will ich einfach nicht wahrhaben, daß ich es konnte.«

»Oh nein«, zischte Elinor. »Soll das heißen, zuerst führst du dich auf wie ein Schwein, und dann willst du mir die Schuld in die Schuhe schieben?« Plötzlich wandelte sich ihr Zorn in Mißtrauen. »Und was soll das heißen, es macht dir zu schaffen, daß ich in deiner Nähe bin? Was willst du damit sagen?«

»Nichts. Vergiß es. Und du brauchst nicht extra bei den Thorens Halt zu machen. Du kannst es Kermit gleich hier über das Telefon sagen.« Er ging hinaus, gebeugten Hauptes, die Schultern müde gesenkt. »Ich bin im Arbeitszimmer.«

»Moment mal. Du kannst nicht große Andeutungen machen und dann sagen, ich soll's vergessen.«

Jake sah sie von der Tür aus mit einem kummervollen, gequälten Lächeln an. »Blick mal in den Spiegel da, Kleines. Wenn so etwas in das Leben eines Mannes spaziert kommt, dann könnte er aus Edelstahl sein, es würde ihn trotzdem erwischen. Und auch wenn du das glaubst – in Wirklichkeit bin ich gar nicht aus Edelstahl.«

»Willst du mir damit sagen ...«

»Ich will dir überhaupt nichts sagen. Was gibt es denn noch zu sagen? Daß es vom ersten Augenblick an falsch war, es dir zu verschweigen? Daß ich wegen unserer Arbeit hier das Gefühl hatte, ich würde dich ausnutzen, wenn ich eine Affäre mit dir hätte? Daß es ein schmutziges Geschäft würde? Teufel, jeder, der so seiner Natur zuwiderhandelt, bekommt, was er verdient.«

Elinor preßte die Hände an die Wangen. »Das wird ja immer verrückter. Das ist vollkommen verrückt. Vor zwei Minuten noch ...«

»Ich weiß, was vor zwei Minuten war. Du hast mich in meiner Ehre gekränkt, und ich habe zurückgeschlagen. Was das angeht, tut es mir auch nicht leid.«

»Daß du mir gesagt hast, ich soll verschwinden? Daß du mir gesagt hast, es ist dir egal, was aus mir und meinem Jungen wird?«

»Ich war bis über beide Ohren in meine Frau verliebt. Sie hat mir einen Schlag zuviel versetzt, und damit war es aus. Sie hat auch den Jungen bekommen, und ich habe ihn ebenso sehr geliebt wie du den deinen. Aber bei einem Mann kommt immer der Stolz zuerst. Sonst ist er ja gar kein richtiger Mann.«

Elinor sah ihn verblüfft an. »Du hast einen Jungen?«

»Einen großen Jungen. Neun ist der jetzt. Beinahe zehn. Wieso findest du das so überraschend?«

»Ich weiß nicht. Ich meine, wahrscheinlich habe ich mir so was bei dir einfach nicht vorstellen können. Du besuchst ihn doch ab und zu, oder? Ihr verbringt ein wenig Zeit zusammen. Ein Kind braucht das.«

»Ich weiß. Und ich tue, was ich kann. Aber als sie wieder heiratete, hat sie einen Burschen mit einer Million Dollar und einer Neigung zur Eifersucht genommen. Es ist kein Zufall, daß dem Jungen an den meisten meiner Besuchstage die Stimmung verdorben wird, bevor ich ankomme oder nachdem ich gehe. Sie geben sich beide alle Mühe, ihn gegen mich aufzuhetzen.«

»Aber das ist ja abscheulich. So etwas würde ich niemals mit Andy tun.«

Jake bedachte sie mit einem zärtlich anerkennenden Blick. »Nein, das würdest du niemals tun. So bist du nun mal. Du könntest gar nicht so gemein sein. Vielleicht hat das mich davon abgehalten, bei der ersten Gelegenheit mit dir ins Bett zu gehen. Ich habe nicht viel Erfahrung mit deiner Art von Frauen.«

»Ach, Jake, du machst ein solches Theater deswegen, dabei wußtest du doch von meinem Jungen. Und du wußtest, was ich für dich empfinde. Das hat mich ja wohl nicht gerade auf eine Stufe mit der Jungfrau Maria gestellt.«

Er zuckte mürrisch die Schultern. »Ich hab's verdorben.«

»Aber es war auch mein Fehler. Weil ich dir eine Szene gemacht habe. Ich war einfach nur eifersüchtig, das ist alles. Ich bin es immer noch. Ich kann das nicht vertragen, wie du mit anderen Frauen umgehst. Das bringt mich um.«

»Kleines, Nera Ortega ist nur eine Frau wie viele andere. Und du weißt, meine Seite der Beziehung ist rein geschäftlich.«

»Der Grund dafür mag rein geschäftlich sein. Das übrige nicht.« Sie machte eine hilflose Handbewegung. »Jetzt mache ich dir schon wieder Vorwürfe. Ich merke, wie ich das tue, und ich kann trotzdem nicht anders. Deinetwegen bin ich dermaßen verkorkst, daß ich gar nicht mehr weiß, was ich tue.«

»Na, was meinst du, wie mir zumute ist. Ich wollte um jeden Preis vermeiden, daß es zwischen uns beiden zu einer Beziehung kommt, bevor diese Sache hier erledigt ist. Vielleicht muß ich mit Joanna im Mondschein spazierengehen. Auf jeden Fall habe ich später am Abend ein Rendezvous mit Nera, um ihr ein paar Geheimnisse zu entlocken. Sie hat angedeutet, daß Thoren ermordet worden sei, und das kann ich nicht einfach so stehenlassen.

Was meinst du, wie leicht es mir wohl fällt, ihr oder Joanna etwas vorzuspielen, so wie sich die Dinge zwischen uns beiden im Augenblick entwickeln?«

Elinor schniefte. »Es wird dir Freude machen, das zu spielen. Jedem Mann macht so etwas Freude.«

Er ging zu ihr hinüber, nahm ihr Gesicht zwischen seine Hände und zog sie hoch, so daß sie ihm in die Augen sehen mußte. »Liebling, wenn du in der Nähe bist, dann schlägt kein Mann freiwillig seine Zeit mit kleinen Mädchen oder alten Damen tot. Und er schaut auch nicht gern vom anderen Ende des Zimmers zu, wenn du jemandem wie Kermit Thoren schöne Augen machst. Aber so ist das nun mal.« Er preßte seine Lippen an die ihren, und unwillkürlich zuckte sie zusammen und begann zu zittern. Als sie sich stärker anschmiegte, löste er sich. »Wir müssen aufpassen, daß wir nicht zu sehr in Fahrt geraten, solange wir bei der Arbeit sind. Jetzt kleb dir die Wimpern an dem einen Auge wieder an, und mach dich fertig. Wir sind schon zehn Minuten zu spät.«

Widerstrebend wandte sie sich wieder dem Spiegel zu. Sie zwang sich, seinem Bild darin zuzulächeln. »Nicht das In-Fahrt-Geraten ist das Problem«, sagte sie. »Was mir Sorgen macht, ist die Art, wie du von einem Augenblick zum anderen auf die Bremse trittst.«

Kapitel 36

Aber bei den Thorens tat sich nichts. Über den Aufenthaltsort der Witwe war nichts herauszubringen. Statt einer gemütlichen, vertraulichen Vierergruppe fanden sich sechs Personen am Tisch. Bei den zusätzlich Gestarteten handelte es sich um Joannas Freund Hal Freeman und um ein großes, gutaussehendes rothaariges Mädchen, eine alte Flamme Kermits, die ebenso fest an ihm klebte wie Hal an der wutschäumenden Joanna. Die beiden waren, nach Joannas Reaktion zu urteilen, offenbar uneingeladen gekommen und beherrschten den Abend, als hätten sie es darauf angelegt, die Neuankömmlinge in ihre Schranken zu verweisen.

Als Jake kurz vor elf der Rauch der Zigarette, die Kermit und die Rote gemeinsam rauchten, in die Nase stieg, gab er Elinor das Zeichen zum Aufbruch, und sie verabschiedeten sich.

Vor der Tür sagte sie: »Das war Marihuana. Hast du es auch gerochen?«

»Ja.«

»Wolltest du deswegen so schnell weg?«

»Deswegen.«

»Also ich finde, das war ein Fehler. Vielleicht wären sie so high geworden, daß sie alles ausgeplaudert hätten, was du wissen willst. Sogar, wo Mrs. Thoren steckt.«

»Das bezweifle ich. Jedenfalls hätten sie mich wahrscheinlich gleich aufgefordert, einen Zug zu nehmen, und solche Spielchen kann ich mir bei der Arbeit nicht leisten. Und wenn ich abgelehnt hätte, dann wäre der Altersunterschied wirklich offensichtlich gewesen.«

Elinor suchte Halt, als sie vom Rasen auf den harten Asphalt trat, und nahm seine Hand. Sie ließ sie auf ihrem Weg die Straße hinunter nicht wieder los. »Ich glaube, da irrst du dich«, sagte sie. »Nicht bei dem Altersunterschied, aber bei dem, was passiert wäre.

Ganz egal, was du getan hättest, du hättest eine gute Figur gemacht, und Kermit und Hal hätten im Vergleich dazu wie Kinder ausgesehen. So sahen sie ja auch den ganzen Abend über aus. Das hat mir gefallen.«

»Es sind Kinder. Und wo wir schon bei jugendlichen Straftätern sind, junge Dame aus East Village, kannst du mir auch gleich noch eine Frage beantworten. Du hast nicht zufällig was von dem Zeug irgendwo bei uns im Haus versteckt?«

Elinor zögerte. »Ein bißchen. Ich spüle es gleich in die Toilette, Jake. Oder ...«

»Kein Oder«, sagte Jake.

Im Haus sah er zu, wie sie das Päckchen Marihuana und das Zigarettenpapier in die Kloschüssel warf und hinunterspülte. Dann sagte er: »Und nun darfst du dich als Lohn dafür, daß du so kooperativ warst, ins Bett legen und den versäumten Schlaf nachholen. Leg dich einfach hin, und genieß es. Morgen gehst du dann wieder in die Bibliothek und siehst die Zeitungen zu Ende durch.«

»Was ist mit dir? Du siehst aus, als ob du den Schlaf genauso bitter nötig hättest wie ich.«

»Habe ich auch. Aber wie gesagt, ich habe noch ein Plauderstündchen mit Nera.«

»Ich weiß«, sagte Elinor mürrisch. »Darüber, daß Thoren ermordet wurde. Das glaubst du doch nicht wirklich, oder?«

»Nein. Aber sie glaubt es, und ich muß herausfinden, warum.«

Elinor setzte sich auf die Bettkante und sah schweigend zu, wie er seine Badehose anzog. »Wann bist du zurück?« fragte sie schließlich.

Er schüttelte enttäuscht den Kopf. »Ich dachte, mit diesem Thema wären wir fertig.«

»Ich frage doch nur. Man wird doch noch fragen dürfen. Ich will nur wissen, ab wann ich mir Sorgen machen soll.«

»Überhaupt nicht«, sagte Jake. »Überlaß das Mrs. Thoren, die hat genug Sorgen für ganz Daystar Island.«

Kapitel 37

Der Swimmingpool und die Terrasse der Ortegas waren von einer hohen, dichten Streitkolbenhecke umgeben. Das einzige Licht auf der Terrasse war der zitronengelbe Schein einer Lampe, die die Mücken vertreiben sollte. Zwei Liegestühle waren ein wenig abseits von der Lampe nebeneinander aufgestellt, und in einem der beiden hatte Nera es sich bequem gemacht. Sie saß ganz im Dunkeln. Nur das Schimmern der Lampe in ihren Augen verriet, daß sie wach und aufmerksam war.

»Ich war gespannt, ob du kommen würdest«, begrüßte sie ihn, und als Jake antwortete: »Ich war gespannt, ob du da sein würdest«, fragte sie amüsiert: »Was hättest du getan, wenn nicht?«

»Ich wäre eine Runde geschwommen und wieder nach Hause gegangen. Ich hätte mir gedacht, daß du einen guten Grund hattest, auf Nummer Sicher zu gehen.«

»Du wärst nicht auf die Idee gekommen, daß ich es mir mit uns beiden anders überlegt hätte?«

»Keine Sekunde lang«, sagte Jake, und sie lachte sanft.

»Du kannst trotzdem deine Runde schwimmen«, sagte sie und zupfte am Bund seiner Badehose. »Und es gibt keinen Grund, so formell zu sein. Die kannst du ruhig ausziehen.«

»Und was ist mit dir?«

»Ich bin schon so informell, wie man überhaupt sein kann.« Seine Augen gewöhnten sich allmählich an das Dunkel, und als sie zum Beweis ihren Bademantel öffnete, konnte er sehen, daß sie nichts darunter trug. »Aber ich gehe nie vor dem Sommer hinein. Ich mag kein kaltes Wasser.«

Als er die Badehose abgestreift hatte und hineingesprungen war, erwies sich das Wasser als ebenso lauwarm wie das Wasser der Bucht. Er schwamm gemächlich das kurze Stück einige Male hin und her, dann hievte er sich wieder heraus. Nera erwartete ihn mit einem Badetuch aus Frottee. Er wickelte sich darin ein und spähte dann in die Dunkelheit in Richtung seines eigenen Gartens.

»Was ist?« fragte Nera. »Erwartest du jemanden?«

»Nein, ich frage mich nur, wie du mich durch diese Hecke beobachtet hast. Du sagst, du hättest mich vom Schwimmbecken aus gesehen, aber das ist, als wollte man durch eine Backsteinwand sehen.«

»Nicht da drüben bei der Lücke, wo die Entwässerungspumpe steht.« Sie stupste ihn mit dem Knie an. »Meinst du, ich hätte dich belogen? Komm und sieh selbst.«

Er tat es und sah, daß eine schmale Öffnung in der Hecke einen guten Blick über die Bucht bot, so weit sie von der Glühbirne über Milt Webbs Rasen beleuchtet wurde. Doch das Licht reichte nicht ganz bis hinüber zur Anlegestelle der Thorens. Die Umrisse des Segelboots, das dort vertäut lag, ließen sich nicht mehr ausmachen.

»Siehst du«, sagte Nera. »Ich mag dich sehr, *chino*. Ich belüge keine Leute, die ich sehr mag.« Sie führte ihn zurück zu den Liegestühlen. »Das Handtuch muß doch klatschnaß sein. Du fühlst dich viel wohler ohne.«

Er warf das feuchte Handtuch beiseite und streckte sich auf einer der Liegen aus, die gefalteten Hände hinter dem Kopf, die Augen geschlossen. Nera setzte sich neben ihn. »Schlafen Sie mir jetzt ein, Mister?«

»Das kommt drauf an. Wenn das die Überleitung zu der Räuberpistole über Walter Thorens Tod ist, die du mir angedroht hast, dann vielleicht schon.« Er tätschelte die Liege nebenan. »Wie wär's, wenn du dich hier niederließest? Spar dir Walter für deinen Analytiker auf. Ich habe etwas Besseres mit uns beiden vor.«

»Zuerst erzähle ich von Walter. Hör mal, Liebling, ich phantasiere mir da nichts zusammen, und ich lasse nicht zu, daß du herumspazierst und dir einbildest, du hättest großzügig über meine Verrücktheit hinweggesehen. Jetzt mach die Augen auf.«

»Ich höre mit den Ohren.«

»Dann sperr sie weit auf. Jake, es ist mir ernst. Diese Sache mit Walter ist nicht lustig. Die macht mir angst.«

Er schlug die Augen auf. »Warum?«

»Weil es sehr wahrscheinlich ist, daß Walters Wagen präpariert wurde, damit er verunglückte. Nächste Woche - morgen - könnte es Fons sein. Oder jeder aus einem Dutzend Leute, die Fons nahestehen.«

»Du eingeschlossen?«

»Ich eingeschlossen.«

»Dann mußt du das alles ja auch der Polizei gesagt haben. Und wenn es dort bekannt ist ...«

»Es ist dort nicht bekannt. Wir sind nicht zur Polizei gegangen. Das wäre sehr unangenehm gewesen. Dann hätten wir eingestehen müssen, wer gewisse Leute sind und was sie tun, und es ist nicht ganz legal. Es hat mit Fidel zu tun. Mit der Gegenbewegung, die es hier gibt.«

»Castro?«

»Natürlich Castro«, sagte Nera ungeduldig. »Wie viele Fidels kennst du denn?«

Jake setzte sich auf. »Verstehe ich das richtig? Du willst mir sagen, daß Thoren irgendwie mit der Anti-Castro-Bewegung zu tun hatte? Daß er für die CIA arbeitete oder so was?«

»Nicht die CIA. Die *Avispa*. Und er hat auch nicht dafür gearbeitet. Er war nur als Berater tätig.«

»Die *Avispa?* Was zum Teufel ist die *Avispa?*«

»Eine kubanische Freiheitsbewegung. Die wichtigste eigentlich. Nicht wie die anderen, die überall Geld sammeln und damit nichts weiter als einen Haufen Lärm hier in Miami veranstalten. Sie arbeitet an der Front. Sabotiert alles mögliche in Kuba. Zuckerfabriken, Ölmühlen, Industrie, alles. Anfangs war sie nicht allzu erfolgreich, aber nachdem Fons Walter hinzuzog, haben sie Fidel wirklich das Fürchten gelehrt. Bei der Erfahrung, die Walter in der Army gesammelt hatte, und bei seiner Intelligenz hat er erstklassige Arbeit geleistet.«

»Verstehe«, sagte Jake trocken. »So erstklassig, daß einer von Castros Jungs beschloß, ihn verschwinden zu lassen.«

»Ja, ob du es nun glaubst oder nicht. Ach, du machst mich wütend. Und noch dazu ein Schriftsteller. Aber kaum passiert einmal etwas Außergewöhnliches ...«

»Ruhig, meine Schöne. Ich sage nicht, daß außergewöhnliche Dinge nicht vorkommen. Ich sage nur, dieses hier nicht. Zuviel, was dagegenspricht.«

»Zum Beispiel?«

»Zum Beispiel wissen wir beide, daß Fons und Thoren sich die letzten paar Jahre geschnitten haben. Und wenn Fons sein Kontaktmann war, dann hatte Thoren in den letzten Jahren überhaupt nichts mehr mit der *Avispa*-Bande zu tun. Warum sollten Castros

Jungs das Risiko eingehen, ihn jetzt umzubringen, wo er ihnen schon seit Jahren nichts mehr getan hat?«

»Aber er hat ihnen etwas getan, die ganze Zeit über. Meinst du, er hatte seinen Idealismus verloren, nur weil er sich mit Fons gestritten hatte? Allein letztes Jahr ist er mindestens drei- oder viermal mit *Avispa*-Führern zusammengekommen, um ihre Pläne mit ihnen zu besprechen. Und mit diesem Teil der Sache hatte Fons noch nie etwas zu tun. Er hilft nur, Geld aufzutreiben und Materialien zu kaufen. Er versteht überhaupt nichts von Maschinen und Sprengstoff und solchen Sachen. Aber Walter wußte alles darüber. Welchen Sprengstoff man brauchte, wo man ihn anbringen mußte, alles.«

»Aber bei den tatsächlichen Einsätzen war er nicht dabei, oder? Er hat nur die Planung gemacht.«

»Nur die Planung!« sagte Nera verächtlich. »Bei dir klingt das, als wäre das nichts. Wenn du wüßtest, wieviel diese Pläne Fidel kosten ...«

»Teufel, ich will doch Thoren nichts von seinen Lorbeeren wegnehmen. Aber du hast eben selbst gesagt, er gehörte nicht zur Organisation und hatte nur mit den Anführern Kontakt. Wer hat ihn also an die Roten verraten? Einer dieser Anführer?«

»Ich weiß es nicht«, sagte Nera verzweifelt. »Ich weiß nur, daß uns nichts mehr gelingt, seit Walter tot ist. Jeder unter den Führern fürchtet sich nun davor, sich mit den anderen zu treffen. Jeder hat Angst, daß einer der anderen ein kommunistischer Agent ist. Es könnte aber auch ein Bekannter von Walter außerhalb der *Avispa* gewesen sein. Ein Judas, den er niemals hätte ins Vertrauen ziehen sollen.«

»Nach allem, was ich über ihn gehört habe, war er nicht der Mann, der überhaupt jemanden ins Vertrauen gezogen hätte.«

»Das stimmt schon. Aber er könnte einmal nicht aufgepaßt haben, das hätte ja schon gereicht. Schau dir doch mich an, hier in diesem Augenblick. Wie ich dir das alles einfach so erzähle. Kenne ich dich denn wirklich gut genug dafür?«

Jake antwortete feierlich: »Nein. Du weißt nicht mehr über mich, als daß ich ein Spion bin, den eine Versicherung geschickt hat, um Nachforschungen über Walter Thorens Tod anzustellen.«

Nera hielt ihm mit einer warmen, nach Handcreme duftenden Hand den Mund zu. »Mach dich nicht über mich lustig. Ich habe mich dafür entschuldigt, oder? Aber ich glaube, jetzt kannst du verstehen, wie ich auf solche Gedanken über Walter gekommen bin. Schreibe es dem zu, was Walter zugestoßen ist.«

Er schob die Hand zur Seite. »Liebling, ich sage immer noch, deine Theorien sind reiner Unsinn. Und der einzige, dem man da einen Vorwurf machen muß, ist Fons. Was denkt er sich überhaupt dabei, dich in diese *Avispa*-Geschichte einzuweihen? Wenn er es für sich behalten hätte ...«

»Fons? Mich einweihen?« Nera schnaubte verächtlich. »Mein Engel, *ich* bin diejenige, die *Fons* eingeweiht hat. Ich bin es, der die Roten in Havana und Cienfuegos und Camaguey ihren Besitz gestohlen haben. Die Hälfte von allem, was ich hatte, und da sind die Mieten, die es einbrachte, noch gar nicht mitgezählt. Fons, in dessen Adern fließt kein Blut. Er ist ein Gentleman. Ein Aristokrat. Deshalb hat Papa ihn ja für mich gekauft. Damit er aristokratische kleine Enkelkinder bekommt, denen die feinsten Clubs in Havanna offenstehen. Was konnte ein schwerer Junge aus der Provinz, ein großes Tier bei der Polizei, sich schon anderes wünschen als kleine aristokratische Enkelkinder? Nur daß mein Ehemann niemals Manns genug war, sie zu zeugen. Mich in die *Avispa* einweihen? Dieser *fuñio?* Als Fidel uns spüren ließ, was für ein Dieb und Mörder er in Wirklichkeit war, da wollte mein Mustergatte nichts weiter als dasitzen und ein trauriges Gesicht machen.«

»Aber du nicht, was?«

»Nein, ich nicht. Wieso? Paßt dir das nicht, daß ich Mumm habe?«

»Meinst du wirklich?«

Neras Hand fuhr ihm über die Schulter und an den Nacken, drückte ihn einen Moment lang so fest, daß es schmerzte, und ließ ihn dann wieder los. »Wenn du's unbedingt wissen mußt, ich finde, wir beide haben verdammt Glück gehabt, daß wir die Partner geheiratet haben, die wir haben. Wir sind uns zu ähnlich, *chino*. Wenn wir beide ein Paar wären, dann hätten wir zu Anfang ein paar himmlische Tage, und der Rest wäre die Hölle auf Erden.«

»Da bin ich mir nicht so sicher. Und ich bin mir auch nicht so sicher, daß du bei Thorens Tod auf der richtigen Spur bist.«

»Du willst es nur einfach nicht einsehen.«

»Weil es da immer noch zu vieles gibt, was ich nicht verstehe. Zum Beispiel, wieso Thoren sich überhaupt mit der *Avispa* eingelassen hat. Hatte er denn auch Geld auf Kuba investiert?«

»Heilige Muttergottes, kannst du denn an nichts anderes denken als Geld? Das einzige Geld, von dem jemals die Rede war, war das, was er Fons gab, als die *Avispa* gegründet wurde. Er hat immer großzügig für die kubanische Sache gespendet. Dann fragte er eines Tages, was die *Avispa* denn nun eigentlich genau tue, wozu sie da sei – damals schickte sie Kleinflugzeuge über die Zuckerrohrplantagen, um die Ernte zu zerstören –, und als er erfuhr, worum es ging, war er Feuer und Flamme. Du weißt ja, was für ein kalter Mensch er war, aber Fons sagt, man hätte sehen können, wie ein Leuchten über sein Gesicht lief. Er vertraute Fons an, daß er im Krieg, in der Army, selbst als Fachmann für Sabotage in Europa gearbeitet habe und daß er glaube, seine Kenntnisse könnten für die Bewegung von Nutzen sein. Und deshalb hat Fons es dann eines Abends, als wir eine Party hier gaben, riskiert und ihn mit einigen führenden Vertretern der *Avispa* bekannt gemacht. Sie verstanden sich prächtig. Sie besorgten ihm die Pläne von Raffinerien oder Fabriken, die zerstört werden sollten. Er gab ihnen Anweisungen, und das hat sich immer wieder ausgezahlt. Nun, was meinst du, wieviel wäre es Fidel wert, so jemanden loszuwerden?«

»Viel«, gab Jake zu. Er rieb sich nachdenklich das Kinn. »Aber daß er in der Army war? Bist du da sicher? So wie er mit Booten umgehen konnte, wäre er doch sicher zur Marine gegangen.«

»Also, er hat gesagt, er sei in der Army gewesen. Aber was spielt ...«

»Und er war in Europa im Einsatz?«

»Das hat er erzählt. Aber was spielt das denn für eine Rolle? Kannst du denn nicht bei der Sache bleiben? Er war eine Gefahr für die Roten, und sie haben ihn umgebracht. Darauf kommt es an.«

Jake fragte: »Was ist mit – wie hieß er doch gleich? Dein verstorbener Partner. Patty Tuckers Mann. Hat er auch mit der Bewegung zu tun gehabt?«

»Stewart? Nein. Er war Sympathisant, mehr nicht. Der hat seine Pfennige beisammengehalten.«

»Und Patty?«

»Dito. Und wenn du überlegst, ob einer von den beiden Walter verraten hat, dann kann ich dir sagen, daß keiner von ihnen die leiseste Ahnung hatte, daß Walter für die *Avispa* arbeitete.«

»Na gut, und wie steht es mit Mrs. Thoren? Wußte die, auf was ihr Mann sich eingelassen hatte?«

»Charlotte? Na ja, sie hat sich nie etwas anmerken lassen, aber wahrscheinlich wußte sie Bescheid. Walter hat ihr hundertprozentig vertraut.«

»Dann wäre es also denkbar, daß sie diejenige war, die, ohne zu wissen, was sie tat ...«

»Ohne es zu wissen?« Neras Stimme klang bedeutungsschwer. »Das wäre Dummheit. Und man kann dieser Frau viel vorwerfen, Liebling, aber dumm ist sie nicht.«

»Verdammt, willst du mir etwa sagen, daß sie selbst für den Tod ihres Mannes gesorgt hätte?«

»Nein, das nicht. Ich sage nur, daß Charlotte kein Dummkopf ist. Ganz im Gegenteil. Sie ist außerordentlich raffiniert und berechnend.«

»Und reich dazu, wenn sie die Versicherungssumme kassiert. Wieviel, sagst du, war es?«

»Eine halbe Million. Zumindest glaubt Patty das. Aber auch jetzt, ohne die Versicherung, ist Charlotte nicht gerade eine arme Frau.«

»Trotzdem«, beharrte Jake, »wenn sie aus irgendeinem Grund von ihrem Mann die Nase voll hatte, hatte sie nichts zu verlieren und viel zu gewinnen, wenn sie ihn Castros Henkern auslieferte. Und wie man von deiner Freundin Patty hört, benimmt sie sich ja neuerdings ziemlich merkwürdig. Was soll man denn davon halten, daß sie heute morgen plötzlich mit unbekanntem Ziel verreist? Wenn jemand den Judas gespielt hat ...«

»Liebling, bitte. So etwas soll man nicht einmal denken.«

»Ich weiß«, sagte Jake mitfühlend, »aber sieh den Tatsachen ins Gesicht, Nera. Daß diese Frau davonläuft und sich versteckt, ist ein schlechtes Zeichen. Und das beweist auch, daß sie weit weniger rational ist, als du glauben möchtest – wenn sie sich so plötzlich und auf gut Glück ein Loch sucht, wo sie sich verkriechen kann. Ein raffinierter und berechnender Mensch tut so etwas nicht.«

»Und Charlotte hat es auch nicht getan. Das kannst du mir glauben.«

»Du meinst, sie wußte genau, wohin sie fährt? Sie hatte ein bestimmtes Versteck im Auge?«

»Ja. Vergiß nicht, Liebling, Fons und ich waren lange mit ihr und Walter befreundet. Für mich ist sie ein offenes Buch. Sobald ich davon hörte, konnte ich mir auch denken, wohin sie gefahren ist. Und was das Interessante daran ist, es ist ein Ort, den Walter verabscheute. Ich war einmal eine Woche lang mit ihr dort, vor – öh – zehn, zwölf Jahren.«

»Ein Hotel?«

»Nein, ein Häuschen in der Nähe von Belle Glade, das ihr Vater ihr vermacht hat. Ein Blockhaus am See, entsetzlich primitiv. Die Spragues stammen ursprünglich aus dieser Gegend, und Charlotte hatte furchtbar sentimentale Kindheitserinnerungen daran. Walter tobte, weil sie eine Woche lang mit mir dorthin fuhr. Er haßte die Everglades.«

»Er haßte sie? Jetzt übertreibst du aber, oder?«

»Wenn du Walter gekannt hättest, würdest du das nicht sagen. Er hat sich sogar geweigert, auf der Landstraße zur Westküste da durchzufahren. Wenn wir mit ihnen zusammen Ferien in Naples oder Tampa machten, mußten wir eins dieser kleinen Flugzeuge nehmen, die immer in den Sümpfen abstürzen. Wahrscheinlich lief es ihm bei den Everglades genauso kalt den Rücken herunter wie mir, wenn ich eine Schlange sehe. Soviel ich weiß, ist er nie in dieser Hütte gewesen.«

»Aber sie schon, ab und zu?«

»Einmal mit mir, zwei- oder dreimal allein. Mir hat sie gesagt, das sei eine Zuflucht für sie, aber es war ihr wohl nicht den Streit mit Walter wert. Und deshalb – ganz gleich, was sie im Schilde führt, im Augenblick steckt sie wahrscheinlich dort.«

»Hört sich logisch an, so wie du das sagst.«

»Und was ist mit dem Rest?« fragte Nera. »Mit dem, was mit Walter geschehen ist? Hört sich das jetzt nicht genauso logisch an?«

»Das tut es wohl.«

Sie neigte sich zu ihm hinüber. »Und ich bin nicht übergeschnappt, *chino?* Es sind keine Hirngespinste von mir?«

»Nein, sind es nicht. Und waren es auch nie. Aber jetzt, wo ich das alles weiß, was soll ich denn damit anfangen?«

»Nichts, um Himmels willen. Du behältst es schön für dich. Aber ich bin oft allein, und wenn ich aus irgendeinem Grund Hilfe brauche, dann ist es gut zu wissen, daß du gleich nebenan bist und daß ich dich rufen kann. Es ist sehr beruhigend, einen Kerl von einem Mann nebenan zu haben.« Sie tätschelte seinen Bauch. »Sehr sogar.«

»Ja, wenn das so ist ...«, sagte Jake und legte ihr den Arm um die Taille.

»Warte«, sagte Nera. Sie stand auf, ging zur anderen Liege und legte sich dort auf den Rücken, den Bademantel geöffnet. »Und jetzt«, sagte sie mit Nachdruck, »liebe mich so wie letztes Mal. Langsam. Dann mache ich es mit dir. Kein Grund zur Eile, nicht wahr, Darling?«

»Nicht der geringste«, sagte Jake.

Kapitel 38

Es war schon nach vier, als er ins Haus zurückkehrte. Die Schreibtischlampe im Arbeitszimmer brannte, und ein Zettel lag darunter: *Anruhf J. Maniscalco. Sehr besorgt.* Er riß den Zettel in kleine Stückchen und warf sie in den Papierkorb. Dann setzte er sich an den Tisch und wählte die Nummer von Magnes.

Magnes meldete sich mit einem heiseren Flüstern. »Sie brauchen mir nicht zu sagen, wer spricht, Jüngele, ich habe es schon erraten. Sie bringen mich noch um mit Ihren Geschäftszeiten.«

»Halten Sie noch ein bißchen durch, Großpapa, ich habe nämlich die Fährte von Mrs. Thoren. Ich will, daß sofort zwei Leute darauf angesetzt werden. Und mit sofort meine ich, gleich nachdem ich aufgelegt habe.«

»Immer mit der Ruhe, das mache ich schon. Wo ist es?«

»Eine Blockhütte am See in Belle Glade. Was ist das für ein See? Wo liegt Belle Glade überhaupt?«

»Weiter im Norden, 70, 80 Meilen. Der Okeechobee-See. Ein großer. Fast schon a Ozean.«

»Gut. Und lassen Sie sich das gesagt sein, diesmal will ich, daß Sie zwei Mann schicken. Die beiden stellen sich bei der Stadt Rücken an Rücken an das Seeufer und marschieren dann jeder in eine Richtung los. Und denken Sie dran, ihnen das Kennzeichen von dem Mercedes zu geben. Wenn sie die Frau ausfindig machen, will ich, daß sie dort bleiben und sie unaufällig im Auge behalten.«

»Beide?«

»Beide«, sagte Jake finster.

Magnes seufzte. »10000 Dollar, aber bei dem, was Arbeitskräfte heute kosten, werde ich in den Miesen sein, bevor der Zirkus hier vorüber ist. In Ordnung, bis es hell wird, sind die beiden oben. Ach ja, und die Meloys, die ich überprüfen sollte, können Sie von Ihrer

Liste streichen. Die sind sauber. Angesehene Bürger. Die kann Thoren auf seinem Zettel nicht gemeint haben.«

»Dann sehen Sie sich weiter um«, sagte Jake. »Und ich will mich morgen mit Ihnen treffen, um über diese Zettel zu sprechen. Zwei Uhr bei Wolfie.«

Er ging ins Schlafzimmer und schaltete die Lampe auf dem Nachttisch ein. Elinor schlief auf dem Rücken, die Arme weit ausgestreckt, die Bettdecke bis unters Kinn gezogen, so daß die Füße im Freien lagen. Sie schnarchte sanft. Jedesmal, wenn sie ausatmete, flatterte die Haarsträhne, die ihr über den offenen Mund gefallen war.

Er strich ihr über die Fußsohle, bis sie mit einem gurgelnden Laut zu schnarchen aufhörte und die Augen öffnete.

»Weswegen hat Maniscalco angerufen?« fragte er, und Elinor antwortete schwach: »Nichts aus Dänemark über Thoren.« Sie räusperte sich. »Sie haben alle Unterlagen überprüft, die sie hatten. Nichts.«

»Und deswegen macht sich Maniscalco Sorgen?«

»Nicht nur deswegen. Ich soll dir sagen, daß die ganze Sache ihm Sorgen macht. Man hörte es ihm auch an.«

»Ach zum Teufel, so hört er sich doch immer an.« Jake zog die Badehose aus und schlüpfte in seine Schlafanzughose. »Der würde sich genauso anhören, wenn er gerade in der Lotterie gewonnen hätte. Und Anruf schreibt man ohne h.«

»Ich hatte schon so ein Gefühl, daß es nicht richtig aussah«, sagte Elinor. Sie richtete sich mit einer Hand auf. Mit der anderen drückte sie sich züchtig die Bettdecke an die Brust. »Wie ist es mit Nera gegangen? Ich meine, was hatte sie zu sagen?«

»Allerhand. Ich erzähle dir morgen davon.«

»Wo du mich schon geweckt hast, kannst du es mir auch jetzt gleich erzählen.«

Er setzte sich ans Fußende des Bettes und erzählte es ihr.

»Hört sich an wie jemand, der auf einem schlechten Trip ist«, sagte Elinor skeptisch. »Glaubst du irgendwas von dem Zeug?«

»Einiges. Wir wissen aus den Zeitungen, daß Vereine wie die *Avispa* den Kubanern ganz schön die Hölle heiß machen, also gibt es keinen Grund, diesen Teil ihrer Geschichte zu bezweifeln. Und auch nicht, daß Thoren ein Sprengstoffexperte war, der ihnen geholfen hat. Aber mit Sicherheit weiß ich, daß Thoren Selbstmord begangen hat, und das hatte nichts damit zu tun, daß er mitgeholfen hat, ein paar Zuckerfabriken in Kuba in die Luft zu jagen.«

»Jake, wenn du glaubst, daß der Rest stimmt, vielleicht ist das dann die Sache, mit der der Erpresser ihn in der Hand hatte.«

»Kleines, das, womit der Erpresser ihn in der Hand hatte, liegt ungefähr 30 Jahre zurück, da gab es noch keinen Castro. Und selbst wenn ich ganz unrecht hätte und jemand damit gedroht hätte, publik zu machen, daß Thoren bei der Vorbereitung für Sabotagen in Kuba half, dann hätte das Thoren überhaupt nichts ausgemacht. Er hätte erwartet, daß der Kongreß ihm eine Medaille dafür verleiht, nicht, daß er Anklage erhebt.«

Elinor dachte darüber nach, dann nickte sie grimmig. »Da hast du wohl recht. Das liegt daran, daß niemand hier eine Ahnung davon hat, was Castro alles für Kuba tut. Hier hört man nur Lügen darüber.«

Jake betrachtete sie lange und nachdenklich. »Das hat mir gerade noch gefehlt, als Ausklang für den Tag. Du bist wohl eine Verehrerin von Fidel, was?«

»Ein bißchen. Ich bin eher für Che.«

»Das paßt. Und ich wette, Andys Vater hat ein paar tief empfundene Lieder über Che geschrieben, die er im East Village sang.«

»Hat er nicht, aber wenn, was wäre dabei gewesen? Er ist viel in Kuba und Südamerika herumgekommen. Jeder, der sich da auskennt, mag Che.«

»Jeder? Mir scheint doch, es gibt ein paar hunderttausend kubanische Flüchtlinge hier, die es vielleicht nicht tun.«

»Weil sie es nicht besser wissen«, entgegnete Elinor heftig, »nur deswegen. Und Leute wie Nera sind einfach krank. Sie ist dekadent. Weißt du, warum sie dir diesen ganzen Blödsinn erzählt hat? Sie ist verrückt nach dir. Alles, was sie will, ist, daß du glaubst, sie sei ein armes, verschüchtertes kleines Ding, auf das die bösen Roten es abgesehen haben.«

»Das ist keine Frage«, sagte Jake.

Elinor schaute ihn verblüfft an. »Du wußtest das?«

»Kleines, es wäre schwer, das nicht zu merken, so wie sie sich ins Zeug legt. Wenn ich mich da nicht bald wieder sehen lasse, würde es mich gar nicht wundern, wenn eines Nachts das Telefon läutete und sie mich hinüberzitierte, damit ich sie vor einem geheimnisvollen Fremden beschütze, der mit einer Bombe in der Hand durch den Garten streicht. Sie ist so verdammt umständlich und ungeschickt, daß es schon lustig ist. Aber sie hat auch etwas wirklich Hinterhältiges. Zum Beispiel, wenn sie Mrs. Thoren anhängen will, daß sie für den Tod ihres Mannes gesorgt habe. Viel hinterhältiger kann man nicht mehr werden.«

»Nicht? Immerhin glaubt sie ja, daß wir verheiratet sind. Wie ist das, wenn sie dich aus dem Bett deiner Frau holt, um dich in ihr eigenes Bett zu bekommen? Da bleibt es nicht beim hinterhältigen Gerede.«

Jake reckte den Hals, um einen Blick auf den Wecker zu werfen. »Meine Güte, schon fast halb fünf«, sagte er in munterem Tonfall. »Zeit fürs Heiabett, und statt dessen wecke ich dich auf und bringe dein Köpfchen ganz durcheinander. Wo du doch früh aufstehen und weiter in den Archiven forschen mußt.«

»Spar dir die Witze. Wenn ich den Mund halten soll, dann sag's einfach.«

»Dann sage ich es einfach.« Er rappelte sich müde auf. »Wie wär's, wenn du jetzt zur Seite rückst und mir ein bißchen Platz machst? Ich komme dir schon nicht zu nahe. Auf dem Ding hier ist Platz für vier.«

»Du kannst es ganz haben. Ich schlage mein Heiabett auf dem Sofa auf.«

»Na, ich werde es jedenfalls nicht mehr tun«, sagte Jake überdrüssig. »Ich wache nicht mehr mit Rückenschmerzen auf. Und ich dachte, wir hätten eine Abmachung getroffen. Ich wünschte, du wüßtest irgendwann, was du willst, ob so oder so.«

Es war, als welke sie unter dem bösen Blick dahin, mit dem er das sagte. »Ich weiß.« Plötzlich lag Angst in ihrer Stimme. »Hör mal, Jake. Nachdem du nach nebenan gegangen warst, lag ich hier und habe mir das durch den Kopf gehen lassen - ich meine, wo du warst und was du dort tatest -, und mir wurde übel und immer übler, und am Ende mußte ich zum Badezimmer laufen und mich übergeben. Ich konnte nicht aufhören. Mir tut immer noch der ganze Hals weh. Wie kann ich mit einer Abmachung leben, die mir den Magen umdreht? Das ist doch einfach unvernünftig.«

»Und was hältst du so für vernünftig? Mit Andy zusammensein, ohne den Segen des Priesters? Marihuana rauchen, damit du high wirst? Ein Loblied auf Che singen? Das schluckst du alles, aber wenn es um mich und meine Arbeit geht, dann benimmst du dich wie eine Nonne aus einem schäbigen kleinen Polackenkloster. Das nenne ich unvernünftig.«

»Ist es auch, bei dem, was ich für dich empfinde.«

Jake schlug sich vor die Stirn. »Jetzt hab' ich's. Es ist eine Verschwörung. Insgeheim hat Sherry mich immer gehaßt, deshalb hat sie dich als Stellvertreterin geschickt, um sich zu rächen. Hätte sie doch nur ...«

»Das lobe ich mir. Dastehen und nach Parfüm für 50 Dollar die Flasche stinken und Witze darüber machen.« Ungeschickt arbeitete Elinor sich im Bett auf die Knie und hielt sich noch immer das Bettuch vor die Brust. Sie wies mit dem Finger auf ihn. »Und weißt du, was mir noch mehr den Magen umgedreht hat? Mit diesem Maniscalco zu reden. Weil das, was du mit Nera gemacht hast, nichts weiter war als eine Arbeit, die du für ihn tust. Weißt du, was er dann letzten Endes ist?«

»Genau wie ich«, sagte Jake. »Und du auch, scheinheilige Schwester. Und jeder Mensch auf der weiten Welt, ausgenommen Edelmänner wie Andys Vater und Che. Schon in Ordnung. Ich nehme das Sofa. Mit Freuden.«

Er ging ins Arbeitszimmer, riß das Bettzeug aus dem Schrank und warf es auf die Couch. Er zog eben das Bettuch zurecht, als Elinor hereinkam, in ihre Decke gewickelt.

»Jake?« flüsterte sie, und als er nichts antwortete, sagte sie flehentlich: »Jake, es tut mir leid.«

»Ich schreib's dir auf deinem Konto gut. Und jetzt raus.«

»Jake, bitte sei doch nicht so. Ich muß dir etwas sagen.«

Er löschte das Licht und streckte sich auf der Couch aus, das Gesicht tief ins Kissen vergraben. Elinor tastete sich durch das dunkle Zimmer vor, bis sie neben ihm stand. »Es ist etwas, was ich in meinem ganzen Leben noch niemals einem Mann gesagt habe, nicht einmal Andys Vater. Ich meine, das sagt man einfach nicht jedem, der daherkommt. Es muß schon jemand sein, bei dem einem sämtliche Sicherungen durchbrennen. Und deshalb sage ich es jetzt dir.« Sie atmete tief durch. »Ich liebe dich. Ich wünschte, ich täte es nicht, aber es ist nun mal so. Und das ist das Problem. Wenn ich auch nur an dich denke, geht's mir schon schlecht. Wenn ich in deiner Nähe bin, ist es noch schlimmer. Deshalb trete ich von einem Fettnäpfchen ins andere. Die Hälfte der Zeit will ich dich am liebsten umbringen, die andere Hälfte will ich mit dir ins Bett, und so oder so ist alles, was ich sage, falsch. Das ist doch nicht mein Fehler. Himmel, ich verstehe gar nicht, wie überhaupt jemand zu jemandem, den er liebt, das Richtige sagen kann. Wie machen die Leute das?«

Ächzend rollte Jake sich auf den Rücken. Ein Auge halb geöffnet, blickte er zu ihr hinauf. »Die meisten Leute haben deine Sorgen nicht. Die machen diesen romantischen Kram durch, wenn sie Kinder sind, und dann werden sie erwachsen. Und erwachsen sein bedeutet, die Dinge zu sehen, wie sie sind, sie zu nehmen, wie sie kommen. Diejenigen, die das nicht schaffen, können einem ganz schön auf den Keks gehen.«

»Ich weiß«, sagte Elinor jämmerlich. »Du bist immer noch wütend auf mich, oder?«

»Ich kann's nicht sagen. Im Augenblick bin ich so todmüde, Kleines, da weiß ich überhaupt nicht mehr, was ich fühle. Aber morgen . . .«

Geduldig wartete sie noch lange darauf, daß er seinen Satz zu Ende sprach, bis sie begriff, daß er fest eingeschlafen war.

Kapitel 39

Am Morgen setzte er sie in der Nähe der Ausfahrt Miami am Kaufhaus Jordan Marsh ab, gab ihr wiederum 20 Dollar, die sie ausgeben durfte, und dazu das Geld für die Taxifahrt von dort zur Bibliothek und, wenn sie mit den Zeitungen fertig war, die Rückfahrt von der Bibliothek zurück zum Haus.

Beim Frühstück und während der Fahrt nach Miami hatte sie eine etwas verkrampfte Fröhlichkeit an den Tag gelegt, offenbar als Antwort darauf, daß er selbst die Ereignisse der vergangenen Nacht so nonchalant mit keinem Wort mehr erwähnt hatte. Nun machte sie eine verzweifelte Miene. »Soll das heißen, du kommst mich nicht abholen? Ich muß allein nach Hause fahren?«

»Ja. Für das, was noch in der Bibliothek zu tun ist, wirst du keinen ganzen Tag brauchen, und wenn du anrufst, daß ich dich holen soll, bin ich vielleicht nicht da. Mach dir keine Gedanken darum. Genaugenommen ist es sogar besser für dich.«

»Wieso das? Jake, du begibst dich doch nicht schon wieder in Gefahr?«

»Wer muß sich da erst hineinbegeben? Und jetzt ab mit dir, sei ein braves Frauchen. Kauf dir noch ein paar Schuhe, und dann los an die Arbeit.« Er lehnte sich zu ihr hinüber, um die Autotür zu öffnen, doch statt gleich auszusteigen, wandte sie ihm mit einer Art hoffnungsvollem Ausdruck das Gesicht zu, und er gab ihr einen langen Kuß, der gar nicht nach Ehemann aussah. Dann fuhr er nach Hause, um noch ein wenig zu schlafen. Er sah den grünen Chevy mit der auffälligen Antenne auf dem Rückweg genauso dicht hinter sich, wie er auf dem Hinweg gewesen war.

Um zwei Uhr saß er bei Wolfie an dem üblichen hinteren Tisch, und er nippte an einem Glas Eiswasser, als Magnes eine Viertelstunde später, schwer außer Atem, eintraf. Magnes trug keinen Mantel, und auf Vorder- und Rückseite seines Hemdes hatte er große Schweißflecken. Erschöpft ließ er sich neben Jake auf das Bänkchen fallen und wischte sich das Gesicht mit einem triefenden Taschentuch.

»Genau der richtige Beruf für jemanden, der a schwaches Herz hat«, stöhnte er. »Zuerst bin ich aufgehalten worden, als ich die Sache mit dem Steuerberater vom Bayside Spa regeln wollte. Der Mann, der den alten Lohnzettel mit dem Namen des Masseurs hat. An Arm und a Bein hab' ich dafür hergeben müssen, aber jetzt wissen wir, daß der Masseur Earl Dobbs heißt, und als Anschrift steht auf dem Blatt der Ocean Drive nahe der Biscayne Street, gleich hier in Miami Beach. Die Adresse war zwar schon drei Jahre alt, aber ich bin doch hingefahren und wollt' sehen, ob er vielleicht noch da ist oder ob sich jemand an ihn erinnert. Es ist a Pension aus Methusalems Zeiten. Furchtbares Loch. Nicht allzu viele Gäste, dafür jede Menge *Palmettos.*«

»*Palmettos?*«

»Die riesengroßen Küchenschaben, die es hier gibt. Das Verkehrsbüro meint, wenn wir sie Palmettos nennen, finden die Touristen 's nicht ganz so eklig. Jedenfalls erinnerte sich dieses Wiesel, dem der Laden gehört, genau an Dobbs. Mehr noch, er glaubt, daß er ihn noch vor ein paar Wochen in der Bar direkt da an der Ecke gesehen hat. Als er aber hinging und Hallo sagen wollte, stürzte der Bursche zur Tür hinaus, sobald er ihn sah. Das ist für mich der Beweis, daß es Dobbs war, und man sieht, daß es ihm gar nicht lieb war, jemandem zu begegnen, der ihn kannte.«

»Warum treibt er sich dann in der Gegend rum?«

»Wahrscheinlich tut er das gar nicht. Das Wiesel sagt, er war zu einem Abend beim Hunderennen da; der Rennplatz liegt gleich gegenüber. Er sagt, dieser Dobbs sei ganz verrückt nach Hunderennen gewesen.«

»Wieso hatte er überhaupt Zweifel, daß es Dobbs war?« fragte Jake.

»Wegen etwas, das gut zu dem paßt, was wir wissen. Er sagt, vor drei Jahren sei Dobbs a regelrechter *Dorfjung* gewesen. A Hinterwäldler, wie er im Buche stand. Aber was er jetzt in der Bar sah, war kein Hinterwäldler mehr. Dasselbe *Dorfjung*-Gesicht, aber sündhaft teure Klamotten. Und als er hinausgestürmt war, klemmte er sich hinter das Steuer eines sündhaft teuren Autos. Sieht also ganz so aus, als ob wir da einen Dampfbadmasseur gefunden hätten, der in den letzten drei Jahren zu Geld gekommen ist. Und muß ich Ihnen sagen, wessen Geld?«

Jake schüttelte den Kopf. »Das müßte schon ein sehr merkwürdiger Zufall sein, wenn das nicht unser Mann wäre. Was haben Sie sonst noch über ihn herausbekommen?«

»Er ist an die 45, 50. Eins achtzig groß, aber dünn wie a Bohnenstange. Große spitze Nase, wenig Kinn. Der lange Lulatsch, wie er leibt und lebt. Aber für meine Begriffe« – Magnes begann geistesabwesend die Zinken seiner Gabel mit einer Papierserviette zu polieren –, »ich weiß nicht. Was mir nicht aus dem Kopf geht, ist die Sache mit dem Hunderennen. Das hat mich auf eine Idee gebracht. Vielleicht meschugge, vielleicht auch nicht, und ich denke mir, sie ist es nicht.«

»Was für eine Idee?«

»Darüber, wer Dobbs' Komplize sein könnte. Der Profi, der ausgeklügelt hat, wie man a 10000-im-Monat-Erpressung aus etwas machen konnte, was wahrscheinlich nur a kleiner Fisch war. Ich habe so ein Gefühl, daß da ein Ganove namens Gela dahintersteckt. Geldeintreiber für die Mafia. Ein Muskelmann alter Schule, der einem das Rückgrat brechen würde, damit er was zu lachen hat, und dazu noch Frank Milans Neffe. Gela ist nämlich Milans echter Name.«

»So weit, so gut«, sagte Jake. »Wie hat Dobbs' Vorliebe für Hunderennen Sie auf Gela gebracht?«

»Nennen Sie es Inspiration. In der Unterwelt hat Gela den Spitznamen Wuff. Wuff Gela. Und da denkt man doch wohl an Hunde. Und während mir das Wiesel von Dobbs und seiner Wettleidenschaft erzählt, kommt mir plötzlich der Gedanke, daß Gela vielleicht so heißt, weil er ebenfalls verrückt nach Hunderennen ist. Ich hab' noch gleich von der Pension aus jemanden angerufen, der sich da auskennt, und der sagt mir, aber sicher, Gela, der hängt immer auf dem Rennplatz rum, daher hat er seinen Namen. Und ich denke mir, das ist die Verbindung mit Dobbs. Was meinen Sie dazu?«

»Ich weiß nicht«, sagte Jake unschlüssig. »Das ist so, als ob man Geld auf ein Pferd setzt, nur weil einem der Name gefällt.«

»Und was ist damit, daß Gela Milans Neffe ist?«

»Das hilft ein bißchen, aber nicht viel. Wenn Milan die Erpressung nicht selbst macht, sondern nur jemandem Rückendeckung gibt, dann muß das kein Verwandter von ihm sein. Es könnte jeder sein, den er mag. Und Gela scheint doch nur irgendein Schläger zu sein. So eine ausgeklügelte Erpressung wäre gar nicht seine Kragenweite.«

Magnes legte die Gabel ab und begann ärgerlich einen Löffel zu bearbeiten. »Wer sagt denn, daß a Schläger nicht auch ein wenig Ehrgeiz hat? Und vielleicht sogar den Grips, daß er damit was anfangen kann?«

Die Kellnerin kam. Gutgelaunt sagte sie zu Magnes: »Zeit zum Bestellen, Mr. M., oder soll ich warten, bis Sie mit Ihrem *Schmus* zu Ende sind?« und nahm dann ihre Bestellungen entgegen.

Magnes blickte ihr mit einem Nicken nach. »A reizende Frau mit vier reizenden Kindern, und ihr Mann hat sie sitzenlassen. Ich hab' ihn für sie aufgespürt. Jetzt zahlt er wenigstens Unterhalt für die Kinder.«

»Rührende Geschichte«, sagte Jake. »Also ich glaube nicht, daß mit Gela viel anzufangen ist. Ihre Sache, wenn Sie einen Mann auf ihn ansetzen wollen.«

»Aus meiner eigenen Tasche, meinen Sie?«

»Warum nicht? Sie haben gesagt, meine 10000 decken alle Unkosten ab.«

»Hab' schon gewartet, daß das kommt. Hören Sie, Jüngele, dieser Auftrag kostet mich schon das Krankenhaus für einen Mann, zwei machen sich a schönes Leben in Belle Glade, und jetzt brauche ich wahrscheinlich noch einen, der mir hilft, diesen verdammten Earl Dobbs zu finden. Ich hab' gesagt alle Unkosten, aber da hab' ich nicht gemeint, daß Sie mir a Belegschaft wie General Motors anhängen.«

»Je mehr Sie investieren, desto schneller bringen Sie die Arbeit zu Ende«, sagte Jake bissig, »und um so mehr bleibt dann von den 10000 noch übrig. Aber wenn Sie meinen, es lohnt sich, etwas auf Gela zu setzen . . .«

»Schon gut, reden wir nicht mehr drüber.« Magnes machte eine wegwerfende Handbewegung. »Wenn Sie das für Phantasterei halten, dann will ich Ihnen nicht widersprechen. Was ist nun mit diesen Notizzetteln von Thoren? Soll ich da nicht auch was mit machen?«

»Zuerst sollen Sie sie ansehen und mir sagen, ob Sie daraus schlau werden können.« Jake legte die Abschriften der drei Zettel von Thoren auf den Tisch, und Magnes studierte sie nacheinander, wobei er sich die Silben im Geiste vorsprach. Dann sagte er: »Der eine hier ergibt einen Sinn. Thermosflasche, Proviant, Zigarren,

Karten – ich würde sagen, das ist a Liste von Sachen, die er an jenem Tag für seine Ausfahrt mit aufs Boot nehmen wollte. Die beiden anderen sind mit Sicherheit verschlüsselt. Wenn Sie mich fragen – geben Sie die einem Dekodierer. Der soll sich daran die Zähne ausbeißen.«

»Da sind wir ganz einer Meinung«, sagte Jake. »Aber können Sie mir einen erstklassigen Mann hier besorgen? Und nicht jemanden, der für die Bullen arbeitet.«

»Sicher.« Magnes faltete die Zettel zusammen und hielt sie hoch. »Aber aus Ihrem Etat.«

»Aus meinem Etat«, sagte Jake.

Magnes steckte sich die Zettel in die Hemdtasche. »Verschlüsselt«, sagte er ärgerlich. »Das wird uns wer weiß wie lange aufhalten. Und bis jetzt können wir nicht mal sicher sein, ob wir überhaupt wirklich auf der richtigen Spur sind.«

»Nehmen Sie's nicht so schwer«, sagte Jake. »Letzte Nacht hatte ich wieder ein kleines Plauderstündchen mit der Señora von nebenan, und was ich da gehört habe, das reicht, um mir zu bestätigen, daß wir auf der richtigen Spur sind.« Er faßte ihm kurz zusammen, was er erfahren hatte, und schloß: »Mit anderen Worten, eine ganze Reihe von Sachen, über die wir nur spekuliert haben, ist jetzt eindeutig. Zum Beispiel, daß Thoren sein Verbrechen vor 30 Jahren in den Everglades beging und daß Dobbs Zeuge davon war. Deshalb wollte Thoren nicht mal mit dem Auto dort durchfahren. Weil da unten das Verbrechen geschehen war und er womöglich Dobbs über den Weg laufen konnte. Außerdem wissen wir, daß er log, als er Ortega sagte, er sei im Krieg als Sprengstoffexperte in Europa gewesen. Damit hat Mrs. Ortega mich anfangs verwirrt, aber dann ging mir auf, daß Thoren gelogen haben muß. Er ist niemals in Europa im Einsatz gewesen.«

»Nur weil sich keine Akten finden lassen? Vielleicht hat er damals einen anderen Namen gehabt.«

»Ganz gleich unter welchem Namen. Mitte 1942 war er hier in Miami. Das war lange, bevor die ersten amerikanischen Truppen nach Europa kamen.«

»Vielleicht waren es ja gar nicht unsere eigenen Truppen«, wandte Magnes ein. »Vielleicht waren es die dänischen.«

»Auch dann wäre er nicht im Einsatz gewesen. Falls es Ihnen entfallen sein sollte: Die Dänen haben sich kampflos ergeben, als die Deutschen in Dänemark einmarschierten.«

»Sie sind ja a wandelndes Geschichtsbuch. Und was hat das Praktisches für uns zu bedeuten?«

»Wir wissen jetzt mit Sicherheit, daß Thoren in dem Antragsformular falsche Angaben gemacht hat, als er schrieb, die große winkelförmige Narbe stamme von einer Kriegsverletzung. Ich würde schwören, daß er diese Wunde seinerzeit in den Everglades bekam, vor etwa 30 Jahren - 27 oder 28 Jahren, um genau zu sein -, und daß Earl Dobbs dabei war, als er sie bekam. Eine Frage, die mich die ganze Zeit beschäftigt hat, war, wie jemand, der Thoren seit 1942 nicht gesehen hat, ihn so leicht wiedererkennen konnte. Doch als Thoren sich auf den Massiertisch legte und Dobbs die Narbe sah, da muß es ihm wie Schuppen von den Augen gefallen sein.«

Magnes nickte nachdenklich. »Das leuchtet ein. Das leuchtet ein.«

»Das will ich meinen. Aber ich muß herausbekommen, wer Thoren wirklich war und worin genau sein Verbrechen bestand. Damit kann ich Dobbs dazu bringen, daß er mitspielt, wenn es soweit ist. Sobald er mir abnimmt, daß ich ihn in der Hand habe und ihn wegen Erpressung hinter Gitter bringe, wenn er mir nicht dazu verhilft, daß Mrs. Thoren die Verzichtserklärung unterzeichnet, wird er mitspielen.«

Magnes hob fragend die Augenbrauen. »Und der stille Teilhaber? Der Ganove, dem sogar Frank Milan gefällig ist? Selbst wenn sich herausstellt, daß er nicht so ein gewohnheitsmäßiger Halsabschneider wie Wuff Gela ist, wird er nicht gerade jubeln, wenn wir ihn um 200 000 Dollar bringen.«

»Ich weiß. Es kommt also alles darauf an, ihn und Milan fernzuhalten, bis die Erklärung unterzeichnet ist. Ich habe nicht vor, danach noch hierzubleiben und mir anzuhören, wie die beiden jammern. Und wenn Sie klug sind, verschwinden Sie auch eine Weile aus der Stadt, wenn wir hier fertig sind.«

Die Kellnerin stellte ihnen ihre Sandwiches hin, und Magnes betrachtete seines ohne Appetit. Er meinte: »Einmal bin ich zu diesem Serpentarium gefahren, unten in Homestead. Da gibt es einen Burschen, der greift sich die Kobras und Klapperschlangen und hält sie am Kopf, und a hübsches Mädel - alle Mädel da sind hübsch, und kluge Köpfchen dazu, Wissenschaftler -, die hält der Schlange a Glas vors Maul. Dann drückt der Bursche, und die Schlange spritzt Gift. Und gerade eben, mit einem Mal, da war mir, als wär' ich wieder da unten auf der Schlangenfarm, nur daß ich es jetzt bin, der die Schlange am Hals packt.«

»Sie wußten von Anfang an, auf was Sie sich einlassen«, erinnerte Jake ihn.

»Da kann man sehen, daß ich doch nicht so clever bin, wie ich aussehe. Verfolgt Sie eigentlich auch jemand auf Schritt und Tritt?«

»Sicher. Ein Kerl im grünen Chevy.«

»Bei mir ist es ein grüner Olds. Meinen Sie, das ist Frank Milans Lieblingsfarbe?«

»Geldscheingrün, warum nicht?« meinte Jake. »Ist der Kerl in dem Oldsmobile Ihnen auch zu Dobbs' alter Wohnung gefolgt?«

»Er ist mir dorthin gefolgt und wieder hierher zurück, und jetzt sitzt er wahrscheinlich draußen und spielt Karten mit Ihrem Burschen. Wir sind in Miami Beach hier, Jüngele, nicht in Miami. A Städtel mit Wasser ringsum. Wenn sich Ihnen hier jemand an die Fersen hängt, dem es egal ist, ob Sie's merken oder nicht, dann ist er so sicher dabei wie einer, der einem Kind in der Krippe zusieht.« Magnes drückte mit dem Daumen sein Gebiß fest und nahm einen Bissen von dem Sandwich. »Dann will ich Sie mal was fragen. Wie steht es mit unserem Mädele?«

»Unserem Mädele?«

»Ihr Mädel, mein Mädel. Jetzt wo Ihre Tarnung bei Mrs. Thoren aufgeflogen ist, kann sie uns hier nicht mehr helfen. Wie wär's, wenn Sie sie auszahlten und wieder nach New York verfrachteten? Wenn sie hier bleibt, ist sie nur eine Zielscheibe.«

»Ich werde darüber nachdenken.«

»Sie werden darüber nachdenken, Jüngele, wie schön es ist, a ansehnliche, schmusige Blondine zu haben, die sich an einen kuschelt wie a Hündchen, wenn ma nur mit dem Finger schnippt. Ich kann's Ihnen nicht mal verdenken. Ach, könnt ma doch noch mal jung sein. Aber in dieser Stadt, wenn man da seinen Spaß haben will, da kann sich einer, der so aussieht wie Sie und der genug Geld in der Tasche hat, aussuchen, wen er will. Amateure und Professionelle. Da braucht er kein einfältiges kleines Mädel, das, so wie die Dinge sich jetzt entwickeln, von Anfang an besser in New York geblieben wäre.«

»Jetzt klingen Sie genau wie Mrs. Ortega«, sagte Jake.

Kapitel 40

Er vergewisserte sich, daß der grüne Chevy ihm folgte, als er vom Restaurant aufbrach und die Collins stadtauswärts nahm. An der 21. Straße parkte er gegenüber der Bibliothek von Miami Beach, einer kleinen, anspruchsvoll gestalteten Kulturoase inmitten von Restaurants mit grellbunten Reklamen und schäbigen Striptease-Lokalen. So klein sie auch war, fand sich doch auf ihren Regalen ein dicker Band über Kryptographie, und er brachte eine Stunde mit dem Versuch zu, das merkwürdige System in Thorens Notizen mit in Frage kommenden Beispielen zu vergleichen, bevor er den Versuch als aussichtslos aufgab.

Dann, den grünen Chevy immer im Rückspiegel, setzte er seinen Weg entlang der Collins fort, diesmal auf einer Testfahrt, die ihn bis zum Haulover Cut, dem nördlichsten Teil der Insel, und zurück führte. Auf dem Hin- wie auf dem Rückweg ließ er nichts unversucht, um seinen Schatten abzuschütteln, doch blieb alles vergebens.

Als er zu Hause anlangte, war es fast Abendessenszeit. Elinor rumorte schon in der Küche und hatte das Transistorradio auf ohrenbetäubende Lautstärke gestellt. Er schaltete es ab. »Ich habe das Ding schon von der Auffahrt aus gehört. Kleines, bei dem Krach könnte die Kavallerie durch die Haustür galoppiert kommen, und du würdest nichts merken.«

»Daran habe ich nicht gedacht«, entschuldigte Elinor sich. »Ich habe es laut gestellt, damit die Leute wissen sollten, daß jemand im Haus ist, und nicht versuchen, hier herumzuschnüffeln. Und du wirst noch ein bißchen auf das Essen warten müssen. Ich habe es noch nicht heißgemacht, weil ich nicht wußte, wann du zurückkommen würdest.« Sie hob die Schultern bis fast zu den Ohren, und dann ließ sie sie wieder sinken. »Ob du zurückkommen würdest.«

»Ich komme immer zurück. Hast du in den Zeitungen was über einen Offizier gefunden, der hier von seinem Schiff verschwunden ist?«

»Nein. Jake, ich habe mir Gedanken über diese Sache mit dem Schiffsoffizier gemacht. Wenn Nera sagt, er sei in der Army gewesen ...«

»War er nicht.«

»Oh. Na ja, ich habe jedenfalls alles bis Anfang Mai 1942 durchgesehen, und es war nichts da. Was hast du den Tag über getrieben? Haben sie Mrs. Thoren aufgestöbert?«

»Ich habe mich mit Magnes getroffen. Nein, Mrs. Thoren haben sie noch nicht aufgestöbert, aber Magnes hat herausbekommen, wer der Mann war, der die Erpressergeschichte in Gang gebracht hat. Ein Sumpfbewohner namens Earl Dobbs.«

»Na immerhin«, sagte Elinor.

»Nur, daß da noch eine Kleinigkeit wäre. Magnes wird rund um die Uhr von Frank Milans Leuten beschattet, und trotzdem ist er direkt zu der Pension gefahren, wo Dobbs früher gewohnt hat. Das heißt, sie wissen jetzt, daß wir uns bis an Dobbs herangearbeitet haben. Wahrscheinlich werden sie versuchen, ihn genauso zu verstecken wie Mrs. Thoren. Nicht, daß ich Magnes groß Vorwürfe deswegen mache. Es ist nicht leicht, hier in der Stadt jemanden abzuschütteln, der sich einem an die Fersen heftet, es sei denn, man fährt hinüber nach Miami. Ich habe es gerade versucht und weiß, wovon ich spreche.«

»Du meinst, dich verfolgen sie auch Tag und Nacht?«

»Kein Grund, grün anzulaufen, Kleines. Die Gegenseite will wissen, was sich tut, das ist alles. Sie wissen, daß der Fall in zwei Wochen vor den Richter kommt und daß die *Guaranty* lieber zahlt, als einen Prozeß durchzufechten, und sie wollen nur sichergehen, daß nicht noch in letzter Minute eine Überraschung kommt, die ihnen die Party verdirbt.«

Elinor legte die Hände an die Lippen. Mit grimmigem Ton sagte sie: »Aber die werden eine Überraschung erleben, nicht wahr? Das laß dir gesagt sein, Dekker, wenn dir etwas zustößt, dann werde ich mehr tun, als nur grün anlaufen. Ich werde ein riesengroßes Geschrei machen, wie es sich für ein Polackenweib gehört.«

Jake lachte. Er setzte sich auf einen Küchenstuhl und winkte sie zu sich heran. »Komm her.«

Sie warf ihm einen mißtrauischen Blick zu, dann ging sie zu ihm hinüber. Er zog sie zu sich aufs Knie und legte ihr einen Arm um die Taille. Sie saß einen Moment lang steif da, dann entspannte sie sich. »Heute magst du mich, nicht wahr?« sagte sie.

»Warum nicht? Heute bist du ja auch ein liebes Mädchen.«

»Eine Verräterin, das bin ich«, sagte Elinor mit ruhiger Stimme. »Ein mieses Stück. Denn weißt du, was mit dir los ist? Du gehörst zum Establishment. Ich habe mir immer vorgestellt, daß eines Tages jemand kommen würde - so in der Art von John Lennon oder Paul Newman -, bei dem ich vollkommen den Verstand verlieren würde. Ich meine, bei dem ich einfach völlig weg wäre. Ich hätte nie gedacht, daß es jemand aus dem Establishment sein könnte.«

»Die beiden gehören nicht zum Establishment?«

»Nein. Es kommt nicht darauf an, ob jemand erfolgreich ist oder nicht, sondern seine Einstellung zur Welt zählt.«

»Verstehe«, sagte Jake. »Und meine Einstellung ist vollkommen falsch.«

»Ja. Aber solange deine Einstellung zu mir in Ordnung ist, macht mir das nichts aus. Deshalb bin ich eine Verräterin. Weißt du, was ich von dem Geld gekauft habe, das du mir heute morgen gegeben hast?«

»Ein härenes Hemd?«

Elinor kicherte. »Nein, aber du bist nahe dran. Komm und schau es dir an.«

Sie führte ihn ins Schlafzimmer und zeigte ihm die Schachtel auf ihrer Kommode, die in Papier von Jordan Marsh gewickelt war. »Was meinst du, was ist das?«

»Ein schwarzes Spitzennachthemd.«

»Ganz falsch. Es ist für dich. Ein Geschenk.«

Es war ein prächtiges Sporthemd von Pucci. »Das ist mir ja ein schönes Geschenk«, sagte Jake. »Kleines, weißt du denn nicht, wie gefährlich es ist, Vertretern des Establishments solche Geschenke im Schlafzimmer zu überreichen?«

Er lag auf dem Bett mit ihr, seine Lippen auf die ihren gepreßt, und seine Hand arbeitete sich langsam unter ihrem Rock den Schenkel hinauf, als das Telefon im Arbeitszimmer klingelte und Elinor sagte: »Na, das ist aber nun wirklich nicht lustig.«

Es war ein Anruf von Magnes, der sich mit heiserem Flüstern meldete. »Dekker, ich bin unten in Coral Gables. In einem Drugstore. Ich habe mich gerade mit dem Geheimschrift-Experten getroffen, von dem ich Ihnen erzählt habe. Soll ich Ihnen vorlesen, was auf den Zetteln steht?«

»Heißt das, er hat sie schon entziffert?«

»Noch während ich danebenstand. Er hat nur ein bißchen gebraucht, weil er immer vor Lachen nichts sagen konnte.«

»Lachen?« fragte Jake. »Worauf zum Teufel wollen Sie hinaus, Magnes? Was steht auf diesen Zetteln?«

»Worauf ich hinauswill, Jüngele, ist, daß ich recht hatte, als ich Ihnen sagte, Thoren würde niemals etwas Schriftliches zurücklassen, was mit der Erpressung zu tun hat. Ihr Glück, daß dieser Experte nicht nur zehn Jahre lang solche Sachen für das FBI bearbeitet hat und ein angesehener Kriminologe an der Universität hier unten ist, sondern dazu noch a begeisterter Segler. Und er sagt, diese beiden Zettel seien Zeile für Zeile Kartenkorrekturen der Küstenwache. Die werden dort ausgegeben, damit ma nicht irgendwo gegenfährt. Der erste Zettel zum Beispiel, m l-hb 2 und so weiter, er hat mir aufgeschrieben, daß das soviel heißt wie: Miami Leucht- und Heulboje Nummer zwei, Miami Hauptfahrrinne Leuchtboje drei und Leucht- und Glockenboje Nummer vier sind umgestellt auf einen Lichtblitz alle sechs Sekunden und einem zweiten Blitz eine Sekunde später. Und Meloy ist niemand, der im Telefonbuch steht, sondern die Bezeichnung einer Fahrrinne. Kartenkorrekturen, die Thoren sich in Kürzeln aufgeschrieben hat. Hören Sie das, großer Meister? Auch wenn ich mir noch so sehr die Hacken abgelaufen und mich zum Narren deswegen gemacht habe, die Zettel haben nichts mit der Erpressung zu tun. Aber Mr. Earl Dobbs, der hat viel damit zu tun, und deshalb werde ich ihn jetzt für Sie finden.«

Mit diesen Worten legte er auf.

Kapitel 41

Irgendwas nicht in Ordnung?«
»Nichts.« Jake stand da und betrachtete sie geistesabwesend. »Außer, daß dein Rock ganz verdreht ist.«

Sie zog ihn gerade. »Manchmal hast du gar kein solches Pokerface, wie du denkst. Was hat er dir über diese Zettel erzählt?«

»Offenbar haben sie nichts damit zu tun, daß Thoren an dem Tag, als er umkam, Erpressergeld zahlte«, antwortete Jake. Er fuhr sich durchs Haar. »Ich verstehe das einfach nicht. Der Umschlag, den ich zusammen mit ihnen gefunden habe, ist am 6. März abgestempelt. Der Brief traf am 7. ein, seinem Todestag. Da muß doch etwas drin gewesen sein.«

Dann stürmte er an den Schreibtisch und riß die Schublade auf, in der die Hülle mit den Pappstücken aus Thorens Abfalldose lag. Er breitete die Brösel auf dem Tisch aus. Winzige Stückchen von grauer lackierter Pappe, auf der man an manchen Stellen einen schwarzen Aufdruck erkennen konnte.

»Willst du jetzt an diesen Sachen arbeiten?« fragte Elinor. »Was ist mit dem Abendessen?« Und hastig fügte sie hinzu: »Obwohl das natürlich keine Rolle spielt.«

»Tut es auch nicht. Ich sage dir Bescheid, wenn ich soweit bin.«

Anfangs ging es langsamer, als er erwartet hatte, denn einige der Buchstaben, die er fand, schienen verwirrenderweise seitwärts gedruckt zu sein. Als er erst einmal dahinterkam, daß das eine Hilfe war und keine Erschwernis, ging es leichter. Was er am Ende, hübsch mit Klebeband fixiert, vor sich liegen hatte, war eine Eintrittskarte des Hundezüchtervereins von Miami Beach zu 50 Cent für einen reservierten Platz auf der Tribüne. Die untereinanderstehenden Buchstaben rechts und links besagten, daß es sich um Platz Nummer 9, Reihe P, Abteilung D handelte. Außerdem fand sich ein Hinweis, daß die Karte nur am Lösungstag gültig sei, doch es war kein Datum angegeben. Es fand sich lediglich die Information, daß es sich um den *55. Renntag* gehandelt hatte.

Jake wählte das Kartenbüro des Rennplatzes. Es dauerte eine Weile, bis die Frau am anderen Ende der Leitung begriff, daß er nicht für eine Karte das Geld zurückerstattet haben wollte. »Tut mir leid, Sir, aber die Karte ist nur für den aufgedruckten Renntag gültig. Nach diesem Tag ist ein Umtausch oder eine Rückerstattung nicht mehr möglich.«

»Das weiß ich. Ich möchte nur wissen, was für ein Kalendertag der 55. Renntag war.«

»Oh, der Kalendertag.« Ein langes Schweigen. »Es war der 7. März. Das wäre alles?«

»Das ist genug«, sagte Jake. »Der 7. März. Haben Sie vielen Dank, meine Dame. Möge der Segen des Herrn weiter auf Ihnen ruhen.«

Im Dunkel des Wohnzimmers fand er Elinor, mit untergeschlagenen Beinen auf dem Sofa sitzend, wie sie einem Fernsehspiel zusah, das lautlos auf dem großen Schirm lief. »Fernseher kaputt?« fragte er.

»Nein.« Als sie den Kopf hob, um ihn anzublicken, funkelten ihre Augen im Licht des Bildschirms wie Katzenaugen. »Ich hatte Angst, der Krach könnte dich stören. Ich will sowieso nur sehen, ob Freunde von mir in den Werbespots auftauchen. Ich wünschte, ich könnte mal bei einem Werbespot mitmachen. Das bringt ganz schön was ein. Wie bist du mit deinem Puzzle zurechtgekommen?«

»Gut.« Er setzte sich neben sie, und sofort kuschelte sie sich an ihn und legte sich seinen Arm um die Taille. »Ich kenne dich. Wenn du sagst: gut, dann heißt das sehr viel mehr als gut.«

»Diesmal vielleicht wirklich. In dem Umschlag an Thoren war eine Eintrittskarte für das Hunderennen. Ich habe so eine Ahnung, daß das die Mitteilung war, wann und wo er das Erpressergeld zu zahlen hatte. Wahrscheinlich haben diese Übergaben immer auf dem Rennplatz stattgefunden, der gerade offen hatte. Es gibt drei oder vier hier, die die Rennsaison zwischen sich aufteilen.«

»Eine Übergabe an so einem Ort?« fragte Elinor zweifelnd. »Ich meine, unter so vielen Menschen?«

»Ich weiß, aber diese Menschenmenge war vielleicht Dobbs' bester Schutz. Ich bin sicher, Thoren hätte ihn umgebracht, hätte er ihn irgendwo allein zu fassen bekommen.«

»Wahrscheinlich schon. Gar nicht schlecht, das alles aus einer kleinen Eintrittskarte zu lesen.«

»Und mehr noch. Magnes hat mir heute gesagt, wer seiner Meinung nach Dobbs' Komplize ist. Die kleine Eintrittskarte verrät mir, daß er vielleicht recht hat.«

»Wer ist es? Ich wette, dieser Fettsack Holuby.«

»Nein, ein Liebhaber des Hunderennsports namens Wuff Gela. Guter Freund von Frank Milan. Und ein professioneller Killer. Daß Thoren diese Eintrittskarte bekam, stellt ihn mitten ins Rampenlicht.«

Zärtlich rieb Elinor ihren Hinterkopf an seinem Kinn. »Na, lieber so jemand als ein Ungeheuer wie Holuby.«

»Da urteilst du nach dem Äußeren, und das könnte ein Fehler sein. Holuby ist nicht so zäh, wie er aussieht. Bei diesem Gela ist es wahrscheinlich umgekehrt.«

»Oh doch, Holuby ist genauso zäh, wie er aussieht. Aber du bist noch zäher, deshalb merkst du es nicht. Magst du mich immer noch?«

Jake drückte sie enger an sich. »Ich mag dich immer noch.«

»Ich gefalle dir, nicht wahr?«

»Du gefällst mir.«

»Da bin ich froh. Jake, weißt du noch, wo wir aufgehört haben, als Magnes anrief?«

»Weiß ich noch, und viel lieber würde ich ganz von vorn anfangen. Aber nicht jetzt. Jetzt will ich das versprochene Abendessen, und dann will ich sehen, daß ich noch zum letzten Rennen auf den Hunderennplatz komme und mich dort umsehe.«

»Jawohl, Sir. Da kann ich mitkommen, oder?«

»Nein, Liebling, du kannst hierbleiben, für den Fall, daß Magnes anruft. Ich bleibe nicht lange weg.« Er streckte die Hand vor den Bildschirm, um seine Armbanduhr zu studieren. »Es ist noch nicht mal neun. Zu den Elf-Uhr-Nachrichten bin ich längst zurück.«

»Aber ich hoffe doch, daß du um elf Uhr anderes im Sinn haben wirst«, sagte Elinor tadelnd. »Gut, dann komm mit in die Küche. Da können wir weiterreden, während ich das Essen mache.«

Sie stand auf und zog ihn hoch. Nachdem sie das Deckenlicht angedreht hatte, ging er zum Fernseher und schaltete ihn ab. Es war, als hätte er mit seinem Druck auf diesen Knopf eine Kettenreaktion in Gang gebracht. Er blickte zu den Flügeltüren hinaus, die zum Floridazimmer hin offenstanden. Die Fenster des Floridazimmers, durch die man die Bucht sehen konnte, bestanden nicht aus großen Glasscheiben, sondern aus horizontalen Streifen, von denen jeder ein wenig den vorhergehenden überlappte. In Sekundenbruchteilen sah er, wie einer dieser Glasstreifen zerplatzte, wie die glitzernden Splitter in den Raum flogen, und hörte, wie das hohe Sirren einer wütenden Hornisse einen Moment lang den Raum erfüllte, dann jenseits dieses Sirrens in der Ferne den Knall eines Gewehres.

»Runter!« brüllte er, und als Elinor noch immer fassungslos dastand, warf er sich mit einem Hechtsprung auf sie, und seine Schulter bohrte sich ihr in den Bauch. Keuchend ging sie zu Boden. Ihr Gesicht war schmerzverzerrt. Er rollte sich ab, und bevor sie sich regen konnte, warf er den Arm herum, um sie unten zu halten. Während sie flach auf dem Rücken ausgestreckt lag und nach Atem rang, konnte sie genau verfolgen, wie die nächste Kugel in die Oberseite des gerahmten van-Gogh-Druckes an der gegenüberliegenden Wand einschlug. Glassplitter spritzten von dem Rahmen fort, das Bild schwang an dem Draht, an dem es aufgehängt war, heftig hin und her und fiel dann klirrend wie die Glasstücke zu Boden. Die Einschlagstelle dahinter war nun deutlich zu sehen. Es war ein großes Loch ohne feste Umrisse, und der Putz rieselte von dort in einer feinen Spur herunter wie Talkumpuder.

Elinor starrte es an. »Die schießen auf uns«, sagte sie, als müsse sie sich erst zu Bewußtsein bringen, was das bedeutete. Sie hob ihre Stimme. »Die schießen auf uns!« Mit einer plötzlichen Kraftanstrengung löste sie sich unter Zuckungen aus seinem Griff und sprang auf. »Bad«, stieß sie zwischen zusammengebissenen Zähnen hervor und stürmte dorthin, bevor er sie halten konnte. Er duckte sich, und fluchend arbeitete er sich bis zum Lichtschalter vor und schaltete das Deckenlicht aus. Dann, immer noch geduckt und so nahe an der Wand wie möglich, schlich er ins Floridazimmer. Es fiel kein weiterer Schuß. Man hörte ein Dröhnen, vielleicht von einem starken Schnellboot, das sich über die Bucht entfernte.

Er öffnete die Tür zum Garten einen Spaltweit, legte sich auf den Boden und zog von dort aus mit ausgestreckter Hand die Tür weit auf. Im Licht von Milt Webbs Lampe konnte er die Umrisse des Gartens erkennen. Nichts Bedrohliches war zu sehen. Er erhob sich und ging vorsichtig hinaus. Bei den Webbs und bei den Ortegas waren Samstagabendpartys im Gange. Die Fenster beider Häuser waren hell erleuchtet, und man sah, daß die Partygesellschaften, lautlos wie Elinors Fernsehschirm, sich gut vergnügten.

Er ging wieder ins Haus, schloß die Tür, sperrte ab und zog dann die Vorhänge zu. Im Wohnzimmer schloß er die Flügeltür und schob den Riegel vor. Als er das Licht wieder einschaltete, fiel ihm zum ersten Male auf, daß der Türrahmen aus Metall war. Wo er in der Mitte des Sturzes zusammengefügt war, befand sich nun eine breite Furche, eine glitzernde metallene Naht. Die erste Kugel war dort aufgetroffen und wieder abgeprallt. Er suchte den Boden ab, bis er sie fand. Es schien ein .30-30er Geschoß zu sein, und es hatte seine Form einigermaßen behalten. Er kletterte auf einen Stuhl und holte das andere mit einem Taschenmesser aus der Wand. Dieses Exemplar war fast ganz plattgedrückt.

Als er so dastand, drangen die Geräusche aus dem Badezimmer in sein Bewußtsein. Er öffnete die Tür und sah Elinor wie zum Gebet vor der Toilettenschüssel knien. Er hockte sich neben sie und hielt ihr die schweißnasse Stirn, als das Erbrechen sie von neuem schüttelte. Sobald der Anfall vorüber war, schob sie die Hand beiseite. »Bitte geh. Ich will dich jetzt nicht hier haben.«

»Red keinen Unsinn«, sagte Jake.

Es folgten noch einmal zehn schlimme Minuten, bevor sie den Brechreiz unter Kontrolle bekam. Ihr Gesicht war rot und aufgequollen, die Augen trübe, ihr Haar schweißverklebt. Er setzte sie auf den Toilettensitz und tat mit einem feuchten Waschlappen für ihr Gesicht, was er konnte. »Besser jetzt?« fragte er.

»Ich glaube ja«, sagte sie. Vorsichtig tastete sie die unteren Rippen ab. »Hier tut es weh, aber das ist die Stelle, wo du mich getroffen hast.«

»Wenn du dich zu Boden geworfen hättest, als ich rief, wäre das nicht nötig gewesen. Merk dir das, Kleines, wenn du ein Gewehr losgehen hörst, so wie vorhin, dann ist der beste Ort immer flach auf dem Boden. Und wenn du kotzen willst, dann mach es da unten auf dem Teppich.«

»Ich wollte es nicht. Ich konnte nicht anders.« Sie machte große Augen, ihre Lider flatterten. »Jake, die haben tatsächlich auf uns geschossen. Die wollten uns umbringen.«

»Nicht, wenn du dir den Winkel ansiehst, in dem die Kugeln kamen. Das war mit Absicht zu hoch gezielt. Ich habe dir doch gesagt, das letzte, was die wollen, ist, mich umzubringen, denn dann hätte die *Guaranty* einen Vorwand, sich an die Polizei zu wenden. Und einen wunderbaren Grund, die Zahlung an Mrs. Thoren aufzuhalten.«

»Das möchtest du gern, daß ich das glaube. Vielleicht glaubst du es sogar selbst. Aber ich nicht. Wenn du mit der Sache weitermachst, will ich, daß du die Polizei hinzuziehst. Das mußt du. Ehrlich, Jake, was ist denn Schlimmes daran, es zu tun, wenn die Dinge sich so zuspitzen?«

»Du schockierst mich, Süße. Ein Mitglied von Ches Fanclub hegt plötzlich zarte Gefühle für die Bullen?«

»Das ist mir egal. Ich will, daß du am Leben bleibst, das ist alles. Weißt du, was ich gedacht habe, als vorhin das Bild von der Wand geschossen wurde? Es war verrückt. Ich konnte nur noch denken, daß du es wärest, der da mit einer Kugel im Kopf daliegt, und dann wären wir nicht einmal miteinander im Bett gewesen!«

»Auf ewig ein Rätsel, niemals gelöst ...«

»Gut, wenn du darüber nur deine Witze machen kannst, dann verständige ich selbst die Polizei.« Sie erhob sich schwankend und stolperte ins Schlafzimmer.

Jake folgte ihr, und als sie sich auf die Bettkante setzte und das Telefon vom Nachttisch nahm, schüttelte er den Kopf. »Tu es nicht, Kleines. Tu es heute nicht und auch sonst nicht. Laß nicht einmal zu, daß dieser Gedanke dir kommt.«

»Aber warum?« fragte sie heftig. »Mrs. Thoren weiß doch jetzt, wer du bist. Was spielt es denn da noch für eine Rolle, ob die Polizei es erfährt?«

»Stell das Telefon hin.«

Sie zögerte, dann gehorchte sie widerstrebend. »Hör mir zu. Ich bekomme meinen Anteil von dem Versicherungsgeld, wenn ich persönlich Maniscalco eine von Mrs. Thoren unterzeichnete Verzichtserklärung in die Hand drücke. Das ist die Abmachung mit ihm. Ich bekomme keinen Pfennig, wenn die Polizei eingeschaltet wird und Dinge herausfindet, die dazu führen, daß sie einen neuen offiziellen Bericht über Thorens Tod verfassen, in dem es statt Unfall Selbstmord heißt, denn dann braucht Maniscalco keine Verzichtserklärung mehr. So einfach ist das.«

»Nein, ist es nicht. Wenn du all die Vorarbeiten geleistet hast ...«

»Maniscalco bezahlt mich nicht für meine Arbeit, er bezahlt mich für die Verzichtserklärung. Und nichts würde ihn glücklicher machen, als wenn die Sache von der Polizei aufgeklärt würde und ich im Regen stehen bliebe. Teufel noch mal, die ganze Firma feiert ihn, wenn ich für meine 50 Prozent Anteil die Sache hinkriege und der *Guaranty* 100 000 einspare. Mal dir doch mal aus, was für ein Held er wäre, wenn sie die vollen 200 000 behalten könnten.«

Langsam und mit Nachdruck sagte Elinor: »Ist mir egal, was der macht. Ich will nur, daß dir nichts zustößt.« Sie grub ihre Fingernägel in seine Handfläche. »Schau dir mich an. Das letzte Mal, als ich brechen mußte, war ich ungefähr zehn Jahre alt, und da hatte ich zuviel Süßigkeiten im Kino gegessen. Jetzt mache ich es dauernd, und alles deinetwegen. Wegen deiner blöden Arbeit, um einer miesen Versicherungsgesellschaft Geld einzusparen. Ich habe immer gedacht, wenn jemand sich verliebt, dann ist alles eitel Sonnenschein. Sieh dir mich an.«

»Ich sehe dich an«, sagte Jake. »Also, was willst du tun? Willst du jetzt gleich nach New York zurückfahren?«

Ihre Hand wurde plötzlich schlaff. »Hast du mir nicht gesagt, das könnte gefährlich für meinen Jungen werden?«

»Ich habe ein Sommerhaus draußen auf Long Island. Ich glaube, es ließe sich so einrichten, daß du und deine Mutter und der Junge dort einzögen, ohne daß jemand etwas davon mitbekommt, und da bleibt ihr, bis die Sache vorüber ist. Mit den vollen 3000, wie versprochen.«

»Wirst du dorthin kommen, wenn du hier fertig bist?« fragte Elinor. Sie beobachtete aufmerksam sein Gesicht. »Ich meine, wenn ich da draußen bleibe, könnte ich dann damit rechnen, daß du nach einer Weile dort auftauchst?«

»Um euch dreien Gesellschaft zu leisten? Ich fürchte nein.«

»Und wenn wir uns vorstellen, die beiden führen zurück in die Stadt, und ich wäre allein dort?«

»Das ist noch lange hin, Liebling. Das können wir uns in Ruhe überlegen.«

»Jake, es ist nicht mehr lange bis dahin. Vielleicht sollte ich dir das gar nicht sagen, aber was mir fast genauso viel Angst gemacht hat wie die Schüsse, das war, als du vorhin so glücklich hereinspaziert kamst, weil du hinter die Sache mit der Karte fürs Hunderennen gekommen warst. Du warst so glücklich, daß es voranging. Und da begriff ich mit einem Mal, daß der Vorhang sich schon begonnen hatte zu senken, und zum großen Finale sagen wir einander Lebewohl auf dem Kennedy Airport. Aber das darf nicht so kommen. Nicht für uns. Und ich will nur von dir hören, daß es nicht so kommt.«

»Kleines, manchmal bist du so einfältig, daß man es gar nicht glauben kann. Verstehst du denn nicht, wie einfach es für mich wäre, dir fest ins Auge zu blicken und genau das zu sagen, ohne daß ich ein einziges Wort davon meine?«

»Das macht nichts. Sag es trotzdem.«

Er erhob sich. »Ich sage trotzdem, sonntags finden hier keine Hunderennen statt. Wenn ich jetzt nicht gleich rüber zu dem Rennplatz komme, dann muß ich bis Montag warten, bevor ich ihn mir ansehen kann.«

»Dann sag mir wenigstens eins«, beharrte Elinor. »Würde es dir leid tun, wenn ich jetzt gleich nach New York zurückführe? Ehrlich und wirklich leid tun?«

»Um Himmels willen, das ist doch genauso naiv.«

»Jake, bitte antworte mit Ja oder Nein.« Ihre Augen glitzerten gefährlich, und es sah aus, als würde sie gleich in Tränen ausbrechen. »Würdest du dich nicht elend fühlen, wenn ich jetzt abreiste? Willst du denn nicht, daß ich hier bei dir bleibe?«

Er stand unentschlossen da und nagte an seiner Lippe. »Ja«, sagte er schließlich.

Sie schniefte ein paarmal, Schniefen wie eine Art Schluckauf, dann wischte sie sich die Nase mit dem Handrücken. »Dann muß ich jetzt nur noch lernen«, sagte sie, »wie ich meinen Magen unter Kontrolle halte.«

Kapitel 42

Sie schlangen ein improvisiertes Abendessen aus kalten Resten und Bier hinunter, und noch mit vollem Munde verkündete sie ihm, daß es eine kleine Änderung der Pläne zu geben habe. Am Tage sei das etwas anderes, doch ganz gleich, was geschehe, sie werde nicht allein im Dunkeln in einem Haus voller frischer Einschußlöcher bleiben und auf ihn warten. Wenn Magnes anrufe und niemand abnehme, dann werde er es einfach immer wieder versuchen, bis er jemanden erreiche. Es entstünde also kein Schaden, wenn sie mit zum Rennplatz führe, nicht wahr?

Am Ende begleitete sie Jake, als er zum Wagen hinausging und entdeckte, daß beide Vorderreifen platt waren. Die Weißwand beider zeigte bei näherer Inspektion mit Hilfe der Taschenlampe die Spuren des Messers, das jemand hineingestochen hatte.

Er erhob sich und wischte sich den Schmutz von den Knien. »Scheint, daß jemand uns sehr nachdrücklich etwas sagen will, was?«

»Sieht ganz so aus«, sagte Elinor mit gespannter Stimme, dann fügte sie eilig hinzu: »Alles in Ordnung. Du siehst ja, das kann mir überhaupt nichts ausmachen.«

»Braves Mädchen.« Jake stieß mit der Schuhspitze an einen der platten Reifen. »Da brauche ich einen zweiten Ersatzreifen, aber es hat keinen Zweck, jetzt noch in der Werkstatt anzurufen, wenn ich auf dem Rennplatz sein will, bevor die zumachen. Wir nehmen ein Taxi.«

Er bestellte telefonisch eines, wobei er der Zentrale Milt Webbs Namen und Hausnummer nannte, und wartete mit Elinor am unteren Ende von Webbs Auffahrt. Im Taxi duckte er sie, als sie die Brücke nach Miami Beach überquerten, und versuchte auch seinen Kopf so gut wie möglich zu verbergen. Aus den Augenwinkeln sah er den grünen Chevy, der an der Ecke der North Bay Road parkte.

Ein paar Blocks weiter riskierte er einen Blick durch das Rückfenster, und soweit er sehen konnte, folgte der Chevy dem Taxi nicht.

Der Rennplatz von Miami Beach lag am untersten Ende der Insel, direkt am Meer. Von außen sah er so kalt, zweckmäßig und regelrecht häßlich aus wie eine Fabrik aus alten Zeiten. Die ummauerte Tribüne war so freudlos wie ein öffentliches Parkhaus und übersät mit zerrissenen Wettscheinen, zusammengeknüllten Zeitungen und dem Abfall von Imbißständen.

Es war eine bunte Gesellschaft zugegen. Ältere Weiße, jene heruntergekommenen, ausgebrannten Gestalten, die einen so großen Teil der Bevölkerung des South-Beach-Viertels ausmachten, eine beträchtliche Anzahl Schwarzer, mehr als Jake an einem Ort versammelt gesehen hatte, seit er auf Miami International gelandet war, und einige versprengte Latinos, die meisten davon jung. Die vorherrschende Stimmung war alles in allem bedrückt.

Eine ganze Seite der Tribüne bestand aus Sitzen, von denen man durch deckenhohe Fenster auf die Rennbahn sehen konnte. Jake steuerte in diese Richtung. Elinor hakte sich bei ihm unter und sagte: »Mann, das ist ja die reinste Beerdigung. Und du meinst, daß man sich hier amüsieren soll?«

»Nun, jedem sein eigenes Elend. Aber ich muß sagen, es ist viel grimmiger als die Pferderennbahnen, auf denen ich mich schon mal herumtreibe. Vielleicht hat das zunächst mal damit zu tun, daß Hunde immer so ein trauriges Gesicht machen. Und dann riecht es hier verdammt nach armen Leuten.«

»Wonach halten wir denn Ausschau?«

»Block D, Reihe P, Platz neun. Aber keiner darf merken, daß wir uns danach umsehen.«

Er fand den Block D am oberen Ende nahe dem Eingang, durch den sie gekommen waren. Reihe P war die oberste Reihe und vom Gang der Tribüne durch ein hüfthohes Eisengitter abgetrennt. Platz 9 lag in der Mitte. Dieser und der danebenliegende Platz waren die beiden einzigen freien in der Reihe.

Jake stellte sich nicht weit davon an das Gitter und tat, als studierte er durch das Fenster die Anzeigetafeln im Innenfeld der Bahn. Eine Tafel zeigte an, wie die Quiniella-Wetten bei jeder denkbaren Zweierkombination standen. Auf der anderen Tafel, die den Stand für Gemeinschaftswetten zeigte, gab es auch eine Uhr, die signalisierte, daß noch fünf Minuten bis zum elften Rennen blieben.

Auf der Bahn ließen Betreuer in weißen Segelmützen und grünen Hemden zur süßlichen Musik der Lautsprecheranlage die mit Maulkörben versehenen Windhunde in Doppelreihe tänzeln.

Elinor lehnte sich ganz zu ihm hinüber und fragte leise: »Meinst du, Dobbs und Gela kommen auf diese Plätze? Meinst du, sie stecken hier irgendwo?«

»Dobbs vielleicht. Gela nicht. Der würde sich niemals mit Dobbs zusammen in der Öffentlichkeit sehen lassen.«

»Und was hast du vor? Einfach nur warten?«

»Ich warte. Und einstweilen denke ich über eine interessante Frage nach, die du aufgebracht hast.«

»Ich?« fragte Elinor und schien recht angetan von dem Gedanken.

»Du. Weißt du noch, daß du dich gewundert hast, warum sie das Geld an einem so belebten Ort übergeben lassen?«

»Hmhm. Du hast mir gesagt, Thoren hätte Dobs umgebracht, wenn er gekonnt hätte, und deshalb sei es für ihn das Sicherste gewesen, das Geld in einer großen Menschenmenge zu übernehmen.«

»Und das sage ich auch immer noch. Ich bin sicher, Dobbs mußte die ganze Dreckarbeit machen, die Karte schicken und das Geld übernehmen, und Gela war der stille Teilhaber. Aber schau dir die Festbeleuchtung hier an, der reinste Broadway. Und Dobbs soll äußerlich ein auffälliger Mensch sein. Sehr groß und hager. Nach der Geldübergabe wäre es da ein Kinderspiel gewesen, ihm zu folgen und ihn später umzulegen.«

»Ohne daß man gefaßt würde?« fragte Elinor.

»Ohne daß man gefaßt würde. Wenn ich in Thorens Stiefeln gesteckt hätte, hätte ich es in all der Zeit, die sie ihn bluten ließen, ein Dutzend Mal machen können. Gleich draußen auf der Straße, wo es ziemlich düster ist, oder auf dem Parkplatz auf der anderen Seite, da ist es stockdunkel. Oder ich wäre ihm durch die Stadt gefolgt, bis ich ihn irgendwo allein zu fassen bekommen hätte. Willst du etwa behaupten, in all der Zeit hätte Thoren niemals Gelegenheit gehabt, das zu machen? Selbstmord wäre sein einziger Ausweg gewesen?«

»Na ja, ich könnte mir vorstellen, daß er, als sich die Gelegenheit bot, nicht den Mut gehabt hat, es wirklich zu tun.«

»Das habe ich mir auch überlegt«, sagte Jake. »Das Problem ist nur, daß das nicht zu Walter Thoren paßt.«

Elinor sagte mürrisch: »Und jetzt glaubst du . . .« Plötzlich setzte sie ein verzücktes, dümmliches Lächeln auf und sagte leise: »Jake, dreh dich nicht um. Der Mann ein Stück weiter hinter dir ist der, der für die Thorens arbeitet.«

»Raymond? Hat er uns gesehen?«

»Das muß er. Er spricht mit jemandem, aber er starrt direkt zu uns herüber.«

»Der, mit dem er spricht, ist der groß, mager, bleich?«

»Ganz im Gegenteil. Schwarz und schön. Und sie ist kein Mann, da bin ich sicher. Jake, meinst du, er hat mit dieser Geschichte zu tun?«

Jake legte ihr den Arm um die Taille und drehte sie in Richtung Rennstrecke. Er wies mit dem Finger auf die Anzeigetafeln. »Vielleicht. Vielleicht auch nicht. Wie dem auch sei, jetzt wirf einen Blick auf diese Tafeln hier, und such dir einen aus, auf den du wetten willst. Die Buchmacherschalter sind da drüben. Ich bleibe hier und warte, bis du den Wettschein geholt hast.«

»Was für einen Wettschein? Ich weiß doch nicht mal, was das auf den Tafeln da bedeutet. Was soll denn das sein, Quiniella? Und gerade jetzt würde ich lieber hier . . .«

»Wirst du wohl endlich mit dieser Dickköpfigkeit aufhören!« schnauzte Jake sie an. »Du willst doch eine Schauspielerin sein, oder? Also los, dann spiele. Und eine Quiniella bedeutet, daß man auf die ersten beiden wettet, die ins Ziel kommen. Es sind acht Hunde im Rennen, und du gehst jetzt an einen der Schalter und nennst dem Mann zwei verschiedene Zahlen zwischen eins und acht. Und gibst ihm das Geld hier.«

Er drückte ihr gerade zwei Dollar in die Hand, als eine tiefe, beinahe theaterhafte Baritonstimme hinter ihm erscholl: »Guten Abend, Mr. Dekker. Mrs. Dekker. Wußte ja gar nicht, daß Sie eine Schwäche für Hunderennen haben.«

Jake wandte sich um. Anders als die mürrischen, größtenteils schlecht gekleideten Menschen ringsum trug Raymond ein makelloses Jackett mit Krawatte und machte die Miene von jemandem, der sehr zufrieden mit der Entwicklung war, die die Dinge für ihn genommen hatten. »Aber das ist ja Raymond«, sagte Jake. »Nein, wir sind zum ersten Mal hier. Mrs. Dekker wollte gern einmal ihr Glück versuchen«, und Elinor nahm sofort den Faden auf, machte ein langes Gesicht und sagte: »Aber es läßt auf sich warten, Mr. Beaudry. Ich hoffe nur, Ihnen ist es besser ergangen als mir.«

»Ich kann nicht klagen, Mrs. Dekker. Was wetten Sie, Quiniella oder Gemeinschaftswette?«

»Quiniella.«

»Also ich, ich setze mein Geld immer nur auf Sieg«, sagte Raymond mit väterlichem Wohlwollen, »ganz die alte Schule. Versuchen Sie es auf meine Art, und warten Sie ab, was geschieht.«

Jake bohrte Elinor den Daumen in den Rücken. »Und du solltest lieber sehen, daß du deine nächste Wette machst, Liebling. Die Uhr da zeigt noch zwei Minuten, bis die Schalter schließen.«

Er sah ihr nach, als sie davonging. Andere sahen ihr ebenfalls nach, wobei einige über ihr Programm hinweg peilten, um sie näher ins Visier zu nehmen. »Überhaupt keine Manieren«, sagte Raymond verächtlich. »Denen fallen fast die Augen aus dem Kopf, wenn sie eine hübsche junge Dame vorbeigehen sehen.« Er betrachtete Jake und legte den Kopf schief. »Wenn Sie mir verzeihen wollen, daß ich das sage, Mr. Dekker, Sie sollten mit Mrs. Dekker ins Clubhaus gehen. Das Terrassenrestaurant.« Die Stimme war warm und freundlich. »Versuchen Sie's das nächste Mal. Gutes Essen, anständige Drinks, während Sie dem Rennen zusehen. Und die richtige Art von Leuten.«

»Na, das nenne ich nun wirklich eine nachdrückliche Empfehlung«, sagte Jake. »Oder sollte es etwa mehr sein als eine Empfehlung?«

Raymond betrachtete ihn mit höflich fragender Miene. »Bitte um Verzeihung, Sir?«

»Ich frage Sie, ob Sie mir raten, zukünftig lieber ins Clubhaus zu gehen, oder ob Sie mir dringend raten, nicht mehr auf die Tribüne zu kommen. Das ist der Unterschied zwischen dem positiven und dem negativen Ansatz, wenn Sie verstehen, was ich meine.«

Raymond legte die Stirn in Falten. »Ich fürchte nein, Mr. Dekker. Kommt mir vor wie sechs von einem und ein halbes Dutzend vom anderen.«

Jake musterte ihn, dann sagte er herzlich: »Da haben Sie wohl recht. Und nach dem Essen gestern abend zu urteilen, verstehen Sie eine Menge von Essen und Trinken. Nur schade, daß Mrs. Thoren nicht dabei sein konnte. Hat sie sich eigentlich heute bei der Familie gemeldet? Weiß man, wie es ihr geht? Mrs. Dekker und ich machen uns ein wenig Sorgen um sie.«

Raymonds Gesicht war nun vollkommen ausdruckslos. »Sehr freundlich von Ihnen, Mr. Dekker. Nein, sie hat sich nicht gemeldet. Wenn sie es tut, werde ich ihr ausrichten, daß Sie sich erkundigt haben.«

»Das würde ich ihr gern selbst sagen. Wir haben überlegt, ob wir ihr vielleicht eine Karte schicken sollen oder ein kleines Präsent, aber wir haben die Adresse nicht. Wissen Sie sie vielleicht auswendig?«

»Tut mir leid, Mr. Dekker, die weiß ich nicht.« Es lag keinerlei Bedauern in seiner Stimme. Sie hatte einen Unterton von Verachtung.

Jake nahm seine Geldscheintasche heraus. Umständlich holte er einen Zehndollarschein halb hervor, dann steckte er ihn wieder hinein und nahm einen Zwanziger. Er faltete den Schein der Länge nach und ließ ihn zwischen den Fingern hin- und hergleiten, so daß er deutlich zu sehen war. »Für dieses Rennen ist es zu spät, noch etwas zu setzen«, sagte er, »aber es wäre mir etwas wert, einen guten Tip für das nächste zu bekommen. Oder nennen Sie mir irgendeinen, der gewinnt, ob Hunde oder sonst etwas.«

Die halb geschlossenen Lider öffneten sich kurz, um das Angebot zu studieren. Dann griff Raymond in seine hintere Tasche und holte ein enormes Geldscheinbündel hervor. Er öffnete es, und mit der gleichen Umständlichkeit, die Jake an den Tag gelegt hatte, zog er zwei Zwanziger hervor. »Also das nenne ich wirklich einen Zufall, Mr. Dekker. Das gibt einem zu denken. Gerade wollte ich mich anschicken, Sie genau das gleiche zu fragen.«

Eine Glocke erklang, und plötzlich war die Tribüne in Dunkelheit getaucht, während die Rennbahn weiterhin von gleißendem Flutlicht erhellt wurde. Betreuer liefen von den Startboxen, in die sie die Hunde gesteckt hatten, zu verschiedenen Posten entlang der inneren Absperrung. Raymond flüsterte Jake ins Ohr: »Setzen Sie auf den Hasen, Mr. Dekker. Dann verlieren Sie nie«, und Jake spürte, daß er fort war.

»Auf geht's, Rusty!« brüllte eine Stimme aus den Lautsprechern. Der Spielzeughase hoppelte an seiner Stange an den Boxen vorüber, und in einem manischen Ausbruch stürzten die Hunde ihm nach. Jake lehnte sich über das Geländer und ließ den Blick die Reihe P entlangwandern. Im Flutlicht konnte er die Umrisse zweier Personen ausmachen, die die beiden bis dahin freien Plätze eingenommen hatten, und eine davon schien groß und mager zu sein. Rings umher erhoben sich angespannte Stimmen mit anfeuernden Rufen. Ein Aufschrei wie ein Kanonenschuß, dann gingen auf der Tribüne wieder die Lichter an. Die beiden, die sich auf den fraglichen Plätzen niedergelassen hatten, waren Frauen. Typus Hausfrau. Die große, magere hatte Lockenwickler in ihrem grauen Haar.

Jake wandte sich um und versuchte Elinor in dem Gedränge auszumachen. Dann sah er sie, wie sie sich zu ihm vorarbeitete. Als sie endlich aus dem Gewirr heraus war, kam sie ihm entgegengestürmt. »Jake, alles in Ordnung?«

»Sicher.« Er zeigte auf den Wettschein, den sie in der Hand geknäult hatte. »Gewonnen?«

»Nein. Wo ist Raymond?«

»Er hat sich davongemacht, als das Licht ausging. Was hast du gedacht, als es dunkel wurde? Hast du das verstanden?«

»Ich habe eine Menge verstanden.« Ihr Ton war vorwurfsvoll. »Zum Beispiel, daß du mich zum Wetten weggeschickt hast, damit ich nicht in der Nähe bin, wenn es brenzlig wird. Nicht wahr?«

»Kann schon sein, aber ich rede von den Lampen.«

»Ich weiß. Als es dunkel wurde, wußte ich sofort Bescheid. Ich begriff sogar, daß es mit Absicht so eingerichtet war, daß Thoren in der letzten Reihe saß. Sobald das Licht ausging, lehnte Dobbs sich einfach über das Geländer und nahm das Geld. Dann hatte er genug Zeit, sich zu verdrücken, bis das Licht wieder anging.«

»Zumal«, fügte Jake noch hinzu, »Thoren ja in der Mitte der Reihe saß, wo er nur mit Mühe herauskam. Und wahrscheinlich gab Dobbs das Geld direkt an Gela weiter und bekam seinen Anteil erst später. Man kann davon ausgehen, daß Gela klug genug war, sich stets im Hintergrund zu halten. Ich würde bezweifeln, daß Thoren überhaupt wußte, daß Dobbs einen Komplizen hatte.«

»Es waren also nur die beiden«, sagte Elinor. »Denn Raymond hatte doch bestimmt nichts damit zu tun, oder?«

»Da wäre ich mir nicht so sicher. Er ist ein viel gewitzterer Bursche, als er uns weismachen will. Und er hat ein Bündel Geldscheine dabei. Damit würde er untergehen, wenn er ins Wasser fiele.«

»Ja und?« sagte Elinor herausfordernd. »Andere Leute tragen doch auch eine Menge Geld mit sich herum, oder etwa nicht?«

»Andere Leute?«

»Du weißt genau, was ich meine. Weiße. Ich wette, bei denen wärest du nicht halb so mißtrauisch, wenn sie ein Bündel Geldscheine in der Tasche hätten.«

»Liebling, wenn du mir vorwerfen willst, ich urteilte hart über Raymond, nur weil er schwarz ist, dann überleg dir das lieber anders. Er könnte ein Albino sein, und ich würde mich immer noch fragen, warum er zu einem freundlichen Plausch herübergeschlendert kommt, obwohl er sonst keinen Hehl daraus macht, daß er mich nicht gerade in sein Herz geschlossen hat. Außerdem warst du diejenige, die ein großes Aufhebens gemacht und ihm mißtraut hat, als du sahst, daß er in unsere Richtung blickt. Und jetzt plötzlich ...«

»Da ist mir eben einiges klargeworden. Sobald du ihn ansprachst, begriff ich, daß es Unsinn von mir gewesen war, deswegen Alarm zu schlagen. Das war Ausdruck eines tiefsitzenden Vorurteils. Nur habe ich das erst begriffen, als ich hörte, was für einen Ton du angeschlagen hast.«

»Jetzt bin ich ganz durcheinander«, sagte Jake. »Was habe ich denn für einen Ton angeschlagen? Wie George Wallace?«

»Du hast ihn Raymond genannt. Die korrekte Anrede wäre Mr. Beaudry gewesen.«

»Ich bin zerknirscht«, entgegnete Jake. »Dafür solltest du den Gedanken ablegen, ein Mann könne nicht den Verstand oder den Mumm haben, zu einer äußerst erfolgreichen Erpresserbande zu gehören, nur weil er schwarz ist. Das würde ich ein tiefsitzendes Vorurteil nennen.«

Elinor blickte ihn mit großen Augen an. Dann sagte sie unsicher: »Nein, das ist es nicht. Ich meine, du stellst alles auf den Kopf.«

»Ich stelle es auf die Füße.« Er nahm ihr den Wettschein aus der Hand und warf ihn fort. »Die Niete brauchst du nicht mit nach Hause zu nehmen. Auf geht's.«

»Ich habe nur halb verloren.« Elinor wies auf die Anzeigetafel. »Ich habe die drei und die fünf genommen, weil das dein Alter ist, und die fünf hat gewonnen. Aber die drei war weit abgeschlagen, und für halb richtig zahlen sie nichts, oder?«

»Nicht bei der Quiniella.« Er nahm ihren Arm, doch sie blieb noch stehen.

»Jake, nur noch sechs Minuten bis zum nächsten Rennen. Können wir nicht noch so lange bleiben? Ich bin sicher, diesmal werden die drei und die fünf gewinnen. Ich möchte noch einmal darauf wetten.«

»Nicht mit meinem Geld, Liebling. Ich bin nicht mutig genug, zu deinen Überzeugungen zu stehen.«

»Gut, dann setze ich selbst etwas. Da brauche ich wenigstens nicht mit dir zu teilen, wenn ich gewinne.«

Nachdem sie ihren Wettschein erstanden hatte, gingen sie hinaus und sahen dem Rennen von der Absperrung an der Zielgeraden aus zu. Eine Wolke feinen Staubs, den die Meute aufgewirbelt hatte, ging auf die Zaungäste nieder, als die Windhunde die Ziellinie erreichten, Nummer fünf als erster, Nummer drei weit abgeschlagen. Als Elinor sich den Staub von den Schultern bürstete, sagte sie bitter: »Diese verdammten Hunde!«

»Jetzt klingst du wie jemand vom Fach«, sagte Jake.

Kapitel 43

Er wurde von dem heftigen Regen geweckt, der gegen die Schlafzimmerfenster schlug, warf einen Blick auf seine Armbanduhr und sah, daß es zwölf Uhr mittags war. Dann bemerkte er, daß Elinor sich im Schlaf nicht nur sein sämtliches Bettzeug angeeignet hatte, sondern mit irgendeinem Trick auch das Kissen unter seinem Kopf hervorgezogen und es über den eigenen gelegt hatte. So schlief sie nun, den Kopf zwischen zwei Kissen.

Er schlüpfte in Schlafanzughose und Hausschuhe, ging ins Arbeitszimmer und wählte Magnes' Nummer. Niemand meldete sich. Er rief mehrere Autowerkstätten an und fand schließlich eine, die bereit war, ihm zwei neue Reifen für den Jaguar zu liefern. Nachdem das erledigt war, versuchte er es wieder bei Magnes. Noch immer meldete sich niemand.

Im Floridazimmer stellte er fest, daß der Vorhang am zerbrochenen Fenster klatschnaß war und sich auf dem Fußboden darunter eine Pfütze gebildet hatte. Er stopfte das Loch mit einem Badetuch, wischte die Pfütze auf und kehrte die Glassplitter zusammen. Das Einschußloch im Wohnzimmer verdeckte er mit einem großen, üppig gerahmten Boucher-Druck aus dem Schlafzimmer, und zum Abschluß seines Hausputzes fegte er noch Scherben und Kalk vom Boden auf. Die zerfetzten Überbleibsel des van Gogh warf er in den Mülleimer.

Ein Uhr. Nochmals versuchte er vergeblich, Magnes zu erreichen, dann duschte er, rasierte sich und kehrte zum Bett zurück, wo Elinor noch immer mit dem Kopf zwischen zwei Kissen schlief. Als er sich sein eigenes zurückholte und es sich unter den Kopf steckte, rührte sie sich ein wenig. Dann flüsterte sie kaum hörbar: »Wie spät?«

»Fast sieben.«

»Stimmt nicht. War um acht auf dem Klo.«

»Wenn du es unbedingt wissen willst«, sagte Jake, »es ist nach eins. Zeit, daß du aufstehst und Frühstück machst. Ich bin halb verhungert.«

Sie betrachtete ihn durch ein halb geöffnetes Auge, dann lächelte sie selig. »Hmmm«, sagte sie.

»Genau meine Meinung. Aber ich kann nicht von Luft und Liebe leben, also solltest du lieber dafür sorgen, daß ich wieder zu Kräften komme. Vergiß Eier und Pfannkuchen. Mach ein Steak mit allem, was dazugehört.«

»Hmmm«, sagte sie wieder. »Steak muß erst auftauen.« Sie öffnete beide Augen weit. »Regnet es?«

»Und wie.«

»Mußt du bei dem Wetter aus dem Haus?«

»Erst wenn ich Magnes an den Apparat bekomme. Bis jetzt kein Glück.«

»Ein verregneter Sonntag im Bett«, sagte Elinor zufrieden. Sie streifte die lästige Bettdecke ab und schmiegte sich, nackt, wie sie war, an ihn. »Womöglich dauert es Tage, bis du ihn erreichst. Wir könnten ein Bett-in machen und gegen irgendwas protestieren.«

»Gegen was könnte eine Verräterin wie du schon protestieren? Du bist doch so durch und durch vom Establishment korrumpiert, daß du sogar bei Hunderennen wettest.«

Elinor richtete sich auf einem Ellbogen auf und stützte ihr Kinn in die Hand. »Weißt du, ich habe mir da meine Gedanken gemacht. Wenn es Statistiken gibt und du herausfindest, welche beiden Nummern am häufigsten gewinnen ...«

»Meine Güte«, sagte Jake.

»Na, würde man dann nicht auch am häufigsten gewinnen, wenn man immer wieder auf diese Nummern setzt?«

»Natürlich. Weißt du was? Statt daß ich zulasse, daß du den Rennplatz ruinierst, spiele ich selbst den Buchmacher für dich. Du gibst mir einfach die beiden Nummern deiner Wahl und die zwei Dollar, und am nächsten Morgen sehen wir dann in der Zeitung nach, wie du abgeschnitten hast.«

Er machte eine Unschuldsmiene, die sie mißtrauisch studierte. Dann schüttelte sie den Kopf. »Wenn du das selbst vorschlägst, muß irgendwo ein Haken dran sein. Am Ende hättest du wahrscheinlich mein ganzes Geld, nicht wahr?«

»Lieber ich als der Rennplatz. Am besten bleibt alles in der Familie, sage ich immer.«

Sie legte den Kopf an seine Brust und schlang einen Arm und ein Bein um ihn. »Das hört sich schön an. Familie. Gefalle ich dir, wenn du mich so als erstes am Morgen siehst? Es heißt ja immer, das ist der große Test.«

»Alles, was ich als erstes von dir sehe, wenn ich die Augen aufmache, ist ein Kissen. Kaum zu glauben, daß du nicht schon lange darunter erstickt bist.«

»Nein, es bleibt immer genug Luft zum Atmen. Ich schlafe schon so, seit ich ein Kind war. Ich schlief auf dem Sofa im Vorderzimmer, und mein Vater und seine Freunde spielten die ganze Nacht bei voller Beleuchtung Karten. Aber gefällt dir das, was du als erstes unter dem Kissen siehst?«

»Das gefällt mir.«

»Du gefällst mir auch. Alles an dir. Ich bin ganz weg, wenn ich dich sehe. Ich bin verliebt, verliebt, verliebt. Aber das sind keine zarten Gefühle. Es ist, als ob man lauter Blitzlichter im Kopf hätte.«

»Frühstück«, sagte Jake.

»Demnächst.« Langsam rieb sie ihr Bein an ihm. »Bringt dich das nicht in Stimmung? Sicher tut es das. Ich spüre es schon. Siehst du? Du brauchst überhaupt kein Steak.«

Kapitel 44

Eine halbe Stunde später begab sie sich, nur mit einem Haarband bekleidet, in die Küche und machte Frühstück, während er es noch einmal mit einem Anruf bei Magnes versuchte. Als er sich an den Tisch setzte, fragte Elinor: »Hast du ihn erreicht?«

»Nein. Und du zieh dir lieber was an, sonst verbrennst du dir bestimmt einen wertvollen Körperteil am Herd.«

Sie blickte an sich hinunter. »Das einzige, was ich bekommen werde, sind die blauen Flecken, die du mir verschaffst.« Ein großer Fleck hatte sich am unteren Ende des Brustkorbs gebildet, zusätzlich zu dem auf der Stirn, der allmählich zurückging. »Außerdem spaziere ich ja nur so herum, damit du nicht das Interesse an mir verlierst.«

»Na, das ist dir gelungen. Mir läuft's jedesmal kalt den Rücken runter, wenn du dich über die Pfanne beugst. Bist du eigentlich mal in einer dieser Nacktshows aufgetreten? Der letzte Schrei im Avantgardetheater?«

Sie schüttelte den Kopf. »Ich habe mich ein paarmal beworben, aber ich hab's nie geschafft. Diese Bewerbungen waren wirklich scheußlich. Ich meine, wirklich widerliche Leute, die einen aufgefordert haben, sich direkt im Büro auszuziehen, und man konnte nichts dagegen sagen. Und ihre widerlichen Freunde saßen drumherum und geilten sich an einem auf. Und wahrscheinlich hatten die meisten davon nicht mal genug Geld, ein Kasperletheater aufzumachen.«

»Das ist das Showgeschäft«, sagte Jake.

»Ich weiß. Aber inzwischen ist das besser. Ein paar Leute in der Gewerkschaft haben Alarm geschlagen, und jetzt ist es verboten. Ich meine, keiner darf mehr von einem verlangen, daß man sich direkt im Büro auszieht. Und auf der Bühne ist es etwas anderes.

Da ist es nicht so schlimm.« Sie setzte ihm einen Teller mit Speck, Eiern und Pommes frites vor. »Wie sieht das aus?«

»Fast genauso lecker wie du.«

Sie machte sich ihren eigenen Teller zurecht und setzte sich. »Na ja, du hast es dir auch verdient. Ich meine, nicht nur, daß du wieder zu Kräften kommen mußt. Du hast auch alles so schön saubergemacht. Ich hatte ein einziges Durcheinander erwartet. Nur die Sonntagszeitung fehlt. Ist keine gekommen?«

»Wahrscheinlich schon, aber ich habe sie nicht geholt. Wenn sie seit sechs Uhr heute morgen vor der Tür liegt, dann ist sie völlig durchgeweicht.«

Als er später im Arbeitszimmer saß und den Stand der Ermittlungen in einer detaillierten Zusammenfassung auf Band sprach, kam sie herein und schwang triumphierend die dicke Sonntagsausgabe des *Miami Herald*.

»Trocken?« fragte Jake.

»Sie steckte in einer großen Plastiktüte. Wahrscheinlich wird sie immer so geliefert, wenn es regnet. Willst du einen Blick hineinwerfen?«

»Nein, du kannst sie haben. Ich will erst das hier zu Ende bringen.«

Er besprach sein Band, spielte es sich noch einmal vor und ging dann ins Wohnzimmer, wo Elinor ausgestreckt auf dem Teppich lag, die Bögen der Zeitung rundum verstreut. Sie fragte: »Jake, wie hieß diese Organisation, bei der Thoren mitgearbeitet hat? Die, von der Nera dir erzählt hat. Hieß die nicht *Avispa?*«

»Doch.«

Raschelnd wedelte sie mit einem Bogen der Zeitung zu ihm hin. »Dann hör dir das an. Der Mann, der ihr Anführer war, ist tot. Emilio Figueroa. Vor ein paar Jahren wäre er beinahe ins Gefängnis gekommen, weil er eins dieser japanischen Mini-Unterseeboote aus dem Zweiten Weltkrieg gekauft hatte und dabei war, es für einen Angriff auf Kuba auszurüsten, aber dann haben sie die Anklage fallengelassen.«

»Laß mal sehen«, sagte Jake.

Er las die kurze Meldung und dann die halbe Spalte, die man Figueroa auf der Nachrufseite eingeräumt hatte. Emilio Figueroa, langjähriger Vertrauter des entmachteten Fulgencio Batista, Teilnehmer der Kämpfe in der Schweinebucht, Begründer der *Avispa,* einer führenden Organisation von Freiheitskämpfern gegen den

Castro-Terror, mit 60 Jahren an Herzversagen gestorben. Vor fünf Jahren sammelte er Geld, um ein japanisches Zwei-Mann-U-Boot wiederherzurichten, mit dem er Saboteure und ihre Ausrüstung in das kommunistische Kuba schmuggeln wollte. Anklage erhoben, weil er das Boot illegal bewaffnet hatte, später aus formaljuristischen Gründen fallengelassen. Figueroas Verteidiger war Senator Harlan Sprague.

»Sprague«, sagte Jake. »Thorens Schwager«, und Elinor klagte traurig: »Was mußte ich auch die Zeitung hereinbringen. Jetzt habe ich uns wahrscheinlich den ganzen Rest des Tages verdorben.«

»Du hast überhaupt nichts verdorben. Wir sind hier auf Ermittlungen und nicht auf Hochzeitsreise.«

»Schon gut. Du mußt ja nicht gleich so einen Ton anschlagen.«

»Kümmere dich nicht um den Ton. Als du die alten Zeitungen durchgesehen hast, hast du mir irgendwas erzählt, was zu dieser Meldung hier paßt. Was zum Teufel war das?«

Elinor zuckte die Schultern. »Nur, daß ich nichts über einen Kapitän gefunden habe, der von seinem Schiff verschwunden ist. Einen Offizier, meine ich.«

»Nein.« Er setzte sich auf die Couch und lehnte sich zu ihr hinunter. »Jetzt hör mir zu. Sag kein Wort, hör nur genau zu. Ich habe dich an der Bibliothek abgeholt, und du kamst zum Wagen gestürmt und warst furchtbar aufgeregt, weil ich zu spät kam, und du sprudeltest über vor Dingen, die du zu erzählen hattest. Du hast nur vor dich hin geplappert. Zuerst darüber, daß ich zu spät kam, dann etwas über den Krieg. Den Zweiten Weltkrieg. Was war es?«

»Also ...« Sie setzte sich in eine Art Lotosstellung und kratzte sich nachdenklich am Ellbogen. »Also, hast du mich nicht gefragt, wie viele von den Zeitungen ich durchgesehen habe, und ich habe dir geantwortet?«

»Du hast mehr als das gesagt. Etwas über den Krieg. Die Kämpfe, die es gab. Nun komm schon, konzentrier dich.«

Sie versuchte es, gab es aber bald auf. »Das hat keinen Zweck, Jake. Ich kann keine Gedanken fassen, wenn du so dasitzt und mich anstarrst. Und was soll denn an dem, was ich gesagt habe, schon Wichtiges gewesen sein? Mit Thoren hatte es doch mit Sicherheit nichts zu tun, oder?«

»Doch. Ich habe so ein Gefühl, daß du etwas gesagt hast, was ihn irgendwie mit dieser Zeitungsmeldung über Figueroa in Verbindung bringt.«

»Ach, ein Gefühl.«

»Liebling«, sagte Jake, »ein gutes, anständiges Gefühl, das heißt nichts anderes, als daß dein Verstand ein paar Steinchen und Puzzles schneller zusammengefügt hat, als deine Gedanken folgen können. Irgendwie hat das, was du damals gesagt hast, gerade eben für mich eine Verbindung zwischen Thoren und Figueroa hergestellt, eine Verbindung, die bis zum Zweiten Weltkrieg zurückreicht. Verstehst du jetzt, warum es wichtig ist?«

»Ich glaube schon«, sagte Elinor nachdenklich. Dann strahlte sie plötzlich vor Begeisterung. »Warte mal. Unterseeboote. Davon habe ich gesprochen. Es gab einen Riesenaufruhr, weil einige Zeitungen gemeldet hatten, daß deutsche U-Boote bis hierher nach Florida gekommen wären, und die Regierung hatte es geheimhalten wollen. Jake ...« Sie streckte den Arm aus und schaukelte an seinem Knie. »He, hörst du überhaupt zu? Wo starrst du denn hin?«

»Unterseeboote«, sagte Jake versonnen. »Der verdammte Kerl. Ein Unterseeboot.«

»Nicht nur eines. Viele. Das hat mich überrascht, weil ich immer dachte, der Krieg sei nur in Europa und Japan gewesen, aber sie waren hier, direkt in Florida. Und in Kalifornien rechneten die Leute damit, daß sie von japanischen Flugzeugen bombardiert würden. Das habe ich dir auch erzählt, nicht wahr?«

»Ja. Aber wichtig ist das mit dem Unterseeboot. Verstehst du denn nicht? Wenn Thoren der Vordenker der *Avispa* war, dann war es vielleicht seine Idee, Saboteure per Unterseeboot nach Kuba zu schmuggeln. Und er war viel zu intelligent und zu praktisch, um so etwas auf gut Glück vorzuschlagen. Vielleicht kannte er sich mit solchen Sachen aus. Und das paßt zu meinem Gefühl, daß er etwas mit Schiffen zu tun hatte, bevor er hier in Miami auftauchte.«

»Unterseeboote?«

»Sind doch auch Schiffe. Und im Krieg wurden überall auf der Welt von solchen Booten aus Saboteure an Land gebracht. Und vergiß nicht, daß er laut Neras Auskunft Sprengstoffexperte war.«

»Laut Neras Auskunft war er auch in der Army«, sagte Elinor. »Was hat so jemand in einem Unterseeboot zu suchen?«

»Er wird zu seinem Einsatzort gebracht. Daran ist nichts Widersprüchliches. Genauer gesagt, klärt es sogar das auf, was ich in Neras Bericht für einen Widerspruch hielt. Das beweist, daß sie mir wirklich die Wahrheit gesagt hat.«

»Oh, auf Mrs. Ortega kannst du dich immer verlassen, wenn du in der Klemme sitzt.«

»Und auf dich. Wenn du nicht gewesen wärst, Liebling, hätte ich diese Sache mit Figueroa womöglich nie bemerkt.«

»So nett von dir, das zu sagen«, flötete Elinor. Dann wurde der Ton unmißverständlich frostig. »Aber ich würde mich nicht zu sehr darauf verlassen, daß es irgendwo jemanden gibt, dem Nera Ortega die Wahrheit sagt. Das mit der Army zum Beispiel. In der Army wäre Thoren doch eine Art Held gewesen, wenn er solche Aufträge erledigt hätte, nicht wahr?«

»Wahrscheinlich«, sagte Jake. »Wenn er Erfolg hatte.«

»Wie kommt dann unser Held dazu, mitten im Krieg das Schlachtfeld zu verlassen und Geschäftsmann zu werden?«

»Manche Helden werden vom Schlachtfeld getragen. Die Narbe auf seinem Rücken ...«

»Du hast die ganze Zeit über gesagt, daß die Narbe auf seinem Rücken keine Kriegsverletzung war«, fauchte Elinor ihn an. »Und daß er, wenn er Militärdienst geleistet hätte, niemals nach seinem Mord, oder was es war, hier in der Gegend geblieben wäre, weil Miami im Krieg von Militärs nur so gewimmelt hat. Das sieht mir doch ganz so aus, als hättest du eine gute, stichhaltige Theorie über diesen Fall aufgebaut gehabt, und dann kommt Nera mit ihrem süßen kleinen Füßchen und versetzt ihr einen einzigen Tritt, und alles fällt zusammen. Ich meine, dieser ganze Blödsinn, den sie dir da von Thoren und der Army und Sabotage und der *Avispa* erzählt hat. Mann, wenn du ihr das abnimmst, dann läßt du dir aber eine Menge Widersprüche andrehen. Das ist dir doch wohl klar, oder?«

»Was mir klar ist, Liebling, ist, daß deine Sicht der Dinge verdammt nach persönlicher Antipathie klingt.«

»Tatsächlich? Na, das ändert ja nichts daran, oder? Wenn du glaubst, was sie sagt, dann hast du immer noch einen Haufen Fragen und keine Antworten.«

»Das ist meine Sache«, entgegnete Jake kühl. »Ich habe dir von Anfang an gesagt, es geht dich nichts an, ob ich diesen Fall löse oder nicht. Und da wir hier nicht im Showgeschäft sind, könntest du dir auch mal was anziehen.«

»Ich wußte es ja«, rief Elinor seinem Rücken nach, »ich wußte es, sobald ich meinen dummen Mund wegen diesem Figueroa aufmache, ist der ganze Tag im Eimer.«

Die Prophezeiung sollte sich, wie Jake feststellen mußte, in mehr als einer Hinsicht bewahrheiten. Der Mann aus der Autowerkstatt kam und verlangte nicht nur einen unverschämten Preis für die zwei neuen Reifen, sondern war auch bei weitem zu neugierig, was mit den alten geschehen war. Als Elinor wegen des zerbrochenen Fensters McCloy anrief, erklärte ihr dieser mit eisiger Stimme, daß er nicht der Hausmeister von Daystar sei und daß die Abteilung Service für Reparaturen zuständig sei. Und als der Mann vom Service kam, um brummend die zerbrochenen Scheiben auszutauschen, sah er sich auch den Riß im Türsturz zwischen Florida- und Wohnzimmer an und erklärte ihnen pikiert, daß der alte Mr. de Burgo und seine Frau 22 Jahre in diesem Haus gelebt und keinen Kratzer zurückgelassen hätten. Das kostete ihn das fette Trinkgeld, das Jake schon in der Hand gehabt hatte, und als er ging, schlug er die Haustür zu, daß sie fast aus den Angeln gesprungen wäre.

Und noch immer keine Antwort von Magnes, bei dem Jake jede halbe Stunde anrief.

Um Mitternacht versuchte Jake es ein letztes Mal und ging dann zu Bett. Elinor, im Schlafanzug, hatte sich in die äußerste Ecke zurückgezogen. Er lag da und konnte nicht einschlafen. Die Augen waren blicklos auf die Leuchtzeiger des Weckers auf seinem Nachttisch gerichtet. Von Zeit zu Zeit kam eine heftige Bewegung von Elinors Seite des Bettes, als ob sie zeigen wolle, daß auch sie hellwach sei und nicht daran dächte, ein Wort mit ihm zu sprechen. Sie drehte sich um, schüttelte das Kissen auf, strampelte, um ihre Decke glattzuziehen.

Um zwei Uhr stand er auf, ging ins Arbeitszimmer und schloß leise die Tür hinter sich. Er nahm sich Thorens Akte vor, las sie sorgfältig Zeile für Zeile und machte sich dabei Notizen auf einem Block. Als er fertig war, ging er ins Wohnzimmer, goß sich ein großes Glas Chivas Regal ein und kehrte damit ins Arbeitszimmer zurück. Genüßlich streckte er sich in dem Drehstuhl aus, legte die Füße auf den Schreibtisch und ging, das Glas Whisky in der Hand, die Notizen durch, die er sich gemacht hatte, wobei er über jeden einzelnen Punkt lange und sorgfältig nachdachte. Dann steckte er den Block zusammen mit den Akten in ihre Mappe, schloß sie ein und ging zurück ins Schlafzimmer.

Er stand eine Weile am Fußende des Bettes, doch kein tiefes, regelmäßiges Atmen war zu hören, nur ein angestrengtes Schweigen.

»Bist du wach?« flüsterte er, und Elinor sagte mit teilnahmsloser Stimme: »Nein.«

»Jammerschade. Ich habe nämlich Neuigkeiten.« Er tastete sich am Bett entlang vor und schaltete ihre Nachttischlampe ein. Sie warf sich sofort auf die andere Seite, das Gesicht im Kissen vergraben. Er setzte sich zu ihr und drehte sie zu sich herum. Ihre Augen schimmerten feucht, ihre Nase glänzte, auf ihren Wangen hatten die Tränen Spuren hinterlassen. »Wer wird denn weinen?« sagte Jake. »Ein großes Mädchen wie du.«

»Du meinst eine blöde Polackin wie ich, nicht wahr?«

»Nein. Sagen wir, eine sehr emotionale Polackin.«

Mühsam setzte Elinor sich halb auf. »Das klingt sehr überzeugend, wenn ein Manisch-Depressiver wie du das sagt. Oder meinst du, du wärest keiner, nur weil du immer so kühl tust?«

»War ich denn wirklich so grob zu dir?«

»Nein, du warst sanft und glatt wie ein Eiswürfel. Du hast nur kein Wort mehr mit mir geredet, nicht mal einen Blick in meine Richtung geworfen. Aber was ist schon Schlimmes daran, da ich ja offensichtlich keinerlei Gefühle habe? Ich muß mich nur einfach daran gewöhnen, daß etwas im einen Augenblick warm und zärtlich sein kann, und dann kann es plötzlich für den Rest des Tages sein, als lebe man im Kühlschrank. Und wenn man zu mir ins Bett kommt und nicht einmal merkt, daß ich da bin, na ja, so ist das eben für die Aushilfe, wenn der Boß seine Geschäfte im Kopf hat.«

»Liebling, es gibt Augenblicke im Leben eines Mannes, in denen Sex ...«

»Wer redet denn von Sex? Ich rede davon, daß man einfach friedlich und freundlich daliegen und sich in den Armen halten könnte. Vielleicht sogar ein Wort sagen.« Sie ließ sich wieder fallen und schloß die Augen. »Aber was soll's. Du weißt ja überhaupt nicht, wovon ich rede. Das ist nicht dein Fehler. Männer wie du wissen einfach nicht, was Frauen empfinden, da kann man nichts machen.«

»Frauen haben Gefühle«, sagte Jake. »Genau solche Gefühle, wie ich sie hatte, als ich auf die Lösung für all jene ärgerlichen Fragen kam, die du über Thoren gestellt hattest. Davon wollte ich dir erzählen, aber wenn du nicht in der Stimmung bist ...«

Elinor schlug die Augen auf. »Du hast die Lösung gefunden?«

Jake nahm ihre Hand. Halbherzig versuchte sie, sie fortzuziehen, dann ließ sie sie schlaff in der seinen. Er sagte: »Ein Offizier der Armee, ein ausgebildeter Saboteur, der im U-Boot zu einem wichtigen Auftrag kommt. Ein Soldat, der plötzlich in Miami mit einer Menge Geld in der Tasche auftaucht und sich mitten im Krieg dort als Geschäftsmann niederläßt. Der wackerste und aufrechteste Bürger von Daystar Island Nummer Zwei, aber wenn man nachforscht, gibt es nicht einen einzigen Beleg seiner Existenz vor 1942. Und nichts davon paßte zusammen, bis ich mir die Frage stellte, in welche gottverdammte Richtung dieses Unterseeboot auf dem Weg zu seinem Einsatz eigentlich fuhr.«

»Welche Richtung?« fragte Elinor. »Was hat das denn damit zu tun?«

»Das ist das Entscheidende, Liebling. Es war ein deutsches Unterseeboot, und Walter Thoren war ein deutscher Saboteur, der niemals nach Hause zurückgekehrt ist.«

Kapitel 45

Willst du mich auf den Arm nehmen?« fragte Elinor mißtrauisch.

»Nein.«

»Jake, das klingt unglaublich.«

»Bis man es sich einmal vernünftig überlegt.«

Sie rückte zur Seite, um ihm Platz zu machen. »Also gut, erzähl mir alles.«

»Nur, wenn ich ein paar Sandwiches und ein Bier bekomme.«

Sie warf einen Blick auf die Uhr. »Um vier Uhr morgens?«

»In der manischen Phase sind Manisch-Depressive immer hungrig. Ich rede besser, wenn ich keinen Hunger habe.«

»Du glaubst mir nicht, daß du tatsächlich einer bist?« Sie stieg aus dem Bett und lehnte sich an ihn, ihre Arme über seinen Schultern, die Stirn auf seiner Brust. »Dr. Jekyll und Mr. Hyde. Eines Tages werde ich euch beide umbringen.«

Jake setzte sich an den Küchentisch, sah ihr zu, wie sie die Sachen aus dem Kühlschrank holte, und sagte: »Manchmal hat man so ein Gefühl, daß plötzlich die Lichter angehen - und das Gefühl hatte ich, als du mir von Figueroa erzähltest und das Wort Unterseeboot fiel -, aber die Lichter sind im Zimmer nebenan, und die Tür ist verschlossen. Und ich konnte sie nicht aufbekommen, weil zu viel von dem, was wir wußten, widersprüchlich war. Und mit einem Mal kam mir der zündende Gedanke. Mir fiel wieder etwas ein, was schon lange zurücklag und die Erklärung für alles lieferte. Es wischte sämtliche Widersprüche vom Tisch.«

»Und da bist du aus dem Bett gesprungen und ins Arbeitszimmer gegangen?«

»Ganz genau.« Jake blickte sie fragend an. »Du meinst, alles hätte nur mit dir zu tun, was?«

»Na ja, ich dachte, du hältst es nicht mehr aus, mit mir zusammen im Bett zu liegen. Ich meine, weil ich wach war und dich am Einschlafen hinderte oder so etwas.«

»Teufel, nein. Ich bin aufgestanden, weil ich mir alles noch einmal ansehen wollte, was ich über Thoren hatte. Die Idee, daß er im Krieg ein deutscher Agent gewesen war, löste das ganze Geheimnis seiner Herkunft, aber sie schien mir einfach zu weit hergeholt. Doch alles, was ich über ihn hatte, paßte dazu. Jede einzelne Kleinigkeit. Was mich aber auf die Spur brachte, war ein Artikel zu einem Jahrestag aus dem Zweiten Weltkrieg, den der *Mirror* brachte, kurz bevor er einging. Ein Artikel zur zwanzigsten Wiederkehr des Tages, an dem im Krieg deutsche Saboteure auf Long Island gelandet waren. Es ist schon merkwürdig, wie der Verstand funktioniert. Als das Wort Unterseeboot fiel, sah ich mich schlagartig an meinem Schreibtisch beim *Mirror,* wie ich eines Abends dasaß und eine Nummer durchsah, die gerade aus der Druckerei gekommen war, und versuchte, mir nicht die Finger schmutzig zu machen, während ich einen Artikel darin las. Aber ich verstand nicht, warum in jenem Augenblick ausgerechnet dieses verrückte Bild vor meinem inneren Auge auftauchte. Das hat mich den ganzen Tag über fast um den Verstand gebracht.«

»Ich weiß«, sagte Elinor trocken. »Ich war dabei.«

»Immerhin war es ein Martyrium für eine gute Sache, denn plötzlich kam mir die Erinnerung, und damit stand die Tür weit offen. Operation Pretorius oder Praetorius hieß sie. Und ich wußte, daß es Anfang 1942 gewesen sein mußte, weil es 20 Jahre, bevor die Zeitung einging, gewesen sein mußte, und das war 1962.«

Elinor hielt mit dem Eingießen des Bieres inne. »Soll das heißen, im Krieg hat es direkt auf Long Island Kämpfe gegeben?«

»Nein, die ganze Geschichte war ein großer Fehlschlag. Einer der Deutschen kam ursprünglich aus Amerika und hat dem FBI einen Tip gegeben, sobald sie an Land gingen, und sie sind alle sofort gefaßt worden. Wurden allesamt hingerichtet, außer dem einen. Der kam ins Gefängnis.«

»Ich verstehe das nicht. Wenn sie alle gefaßt wurden, wo bleibt denn dann Thoren?«

Jake faßte sie am Handgelenk und leerte so die Bierflasche in sein Glas. »Das ist eine gute Frage. Mit Sicherheit war er nicht bei denen, die auf Long Island gelandet waren. Er muß also bei einer anderen Einheit gewesen sein, die irgendwo anders landete. Also, wenn ich die deutschen Sabotagetruppen kommandiert hätte, hätte ich nicht alles auf eine Karte gesetzt, schon gar nicht bei einem solchen Unternehmen. Ich hätte mindestens zwei oder drei Landetrupps angesetzt, für den Fall, daß einer nicht durchkommt. Thoren muß in einer Abteilung gewesen sein, die hier an der Küste an Land gegangen ist.«

Elinor blickte unglücklich drein. »Aber das ist doch nur eine Spekulation. Ich dachte, du hast für alles eindeutige Beweise.«

»Beinahe. Du wirst die eindeutigen Beweise für mich finden. Gleich am Morgen geht es wieder in die Bibliothek ...«

»Schon wieder? Die können mich schon nicht mehr sehen.«

»Pech für sie, denn sie werden dich wohl noch ein letztes Mal ertragen müssen. Aber diesmal brauchst du nicht mehr die ganzen Zeitungen durchzusehen. Du suchst einfach Operation Pretorius oder Praetorius im Schlagwortverzeichnis und arbeitest dich dann von da vor. Was ich vor allen Dingen brauche, ist die Bestätigung, daß es Landungen an anderen Stellen gab. Insbesondere in Südflorida. Ansonsten alles, was du noch darüber herausfinden kannst.«

»Hmhm«, brummte Elinor. Sie setzte sich ans andere Ende des Tisches, stützte die Ellbogen auf und legte das Kinn in die Hände. »Na, dann leb wohl.«

»Leb wohl?«

»Ich male mir aus, was geschieht, wenn ich feststelle, daß es keine Landung in Südflorida gab. Ich meine, wie du mich dann dafür hassen wirst. Da ist es besser, ich verabschiede mich jetzt, bevor du wieder in den Eiskeller abtauchst.«

»Keine Sorge. Es gab eine Landung.«

»Danke. Ich hatte gehofft, du würdest mir sagen, der Eiskeller bliebe mir erspart.«

»Und entweder hat Thoren aus freien Stücken seine Einheit verlassen und ist hier als guter amerikanischer Bürger untergetaucht, oder wir haben ihn so in die Enge getrieben, daß er keine andere Wahl mehr hatte, und das ist für meine Begriffe wahrscheinlicher.«

»Wir?«

»FBI, militärischer Geheimdienst, was weiß ich. So wie ich mir Thoren vorstelle, war er nicht der Mann, der bei einem Einsatz ohne guten Grund aufgab. Er muß in eine Klemme geraten sein, in der er keine andere Wahl hatte. Und da kommt Earl Dobbs ins Spiel. Er war dabei, als Thoren aus dieser Klemme herauszukommen versuchte und dabei jemanden umbrachte. Er war derjenige, der Thoren sein Leben lang entlarven konnte.«

Elinor ließ ihre Hände auf die Tischplatte fallen. »Moment mal. Die ganze Zeit hast du behauptet, Thoren habe den Mord begangen, um an das viele Geld zu kommen, mit dem er auftauchte.«

»Ich weiß. Das war eine der Sachen, die mich immer wieder in die Irre führten. Jetzt bin ich sicher, daß er niemanden des Geldes wegen umbringen mußte. Der Anführer des Kommandos, das auf Long Island landete, hatte nicht nur einen vollständigen Satz falscher Papiere bei sich, sondern auch ein Vermögen an amerikanischem Geld. Wahrscheinlich war Thoren bei seinem eigenen Kommando der Anführer. In dem Falle hätte er einen ganzen Sack Dollarnoten bei sich gehabt.«

Elinor meinte: »Wenn er niemanden umbringen mußte, um an das Geld zu kommen, dann hat er vielleicht überhaupt niemanden umgebracht. Man könnte ihn ja einfach nur erpreßt haben, weil er als deutscher Agent hierher kam.«

»Das glaube ich nicht. Nicht bei den Summen, die er gezahlt hat. Und bei dem Selbstmord, mit dem es endete. Wenn 25 Jahre nach Kriegsende herausgekommen wäre, daß er als feindlicher Agent hier gelandet war, dann hätte er gar nicht schlecht dagestanden, wenn er sich in aller Öffentlichkeit dazu bekannt hätte. Wenn er, bevor er aufgab, keinen Schaden angerichtet hatte, dann hätte er gute Chancen gehabt, begnadigt zu werden. Vergiß nicht, er war ja ein angesehener Bürger geworden. Sein Schwager ist ein einflußreicher Politiker, eine Menge Stimmen hätten dafür gesprochen, daß man das Vergangene ruhen lassen soll. Er hätte nur zu sagen brauchen, wie sehr er in den schlimmen alten Zeiten Hitler gehaßt habe. Und nun halte dagegen jemanden, der jeden Pfennig, den er hat, Erpressern zahlt und sich am Ende umbringt – da denke ich mir, Thoren hätte es riskiert und die Sache ausgesessen. Aber bei Mord gibt es keine Verjährung. Und wenn du jemanden umbringst, während du in Zivil auf einem Sabotage- oder Spionageauftrag bist, dann ist das Mord. Da wird niemand sentimental, da sagt niemand, daß man die Vergangenheit ruhen lassen soll. Da gibt es nur die lebenslange Haftstrafe. Und die Strafverteidiger nehmen dir alles ab, was die Erpresser dir noch gelassen haben.«

Elinor nahm ein aufgeweichtes Brötchen, drückte es zusammen und ließ es angewidert wieder fallen. »Na ja, irgendwie ist es schon traurig mit ihm«, sagte sie, »aber nicht allzusehr. Mrs. Thoren, die tut mir leid. Die braucht nicht zu befürchten, daß sie ins Gefängnis kommt oder so etwas, und trotzdem muß sie Erpressergeld zahlen, damit es nicht an die Öffentlichkeit kommt.«

»Und damit sie von der Versicherung kassieren kann«, erinnerte Jake sie.

»Daran habe ich nicht gedacht. Und was wirst du als nächstes tun? Sie mit all dem konfrontieren? Ihr zusetzen, bis sie zusammenbricht und die Verzichtserklärung unterschreibt?«

»Habe ich mir auch schon überlegt. Es wäre einen Versuch wert. Ich müßte ihr nur überzeugend genug vorspielen können, daß ich stichhaltige Beweise habe. Das wäre vielleicht der Tropfen, der das Faß zum Überlaufen bringt, das letzte bißchen Druck, das sie nicht mehr verkraftet. Aber viel besser wäre, wenn ich zuerst Dobbs bearbeiten und ihn dann als Hebel gegen sie benutzen könnte. Aber so oder so ist der schwache Punkt daran, daß ich verdammt noch mal nicht weiß, wo sie im Augenblick steckt. Es nützt mir alles nichts, wenn ich sie nicht auf einen Stuhl setzen und ihr einen Stift in die Hand drücken kann.«

»Immerhin hat Magnes die beiden Männer ...«

»Und wo steckt *der* überhaupt? Er ist meine einzige Verbindung zu den beiden Männern. Woher soll ich wissen, was die beiden erreichen, wenn ich keinen Kontakt mit ihm bekommen kann?«

»Jake, meinst du, ihm ist etwas zugestoßen?«

»Nein.«

»Wie kannst du da so sicher sein? Ich meine, ein alter Mann wie er, mit einem Herzleiden. Und er ist ständig auf Achse.«

»Er wird fürstlich dafür entlohnt, daß er auf Achse ist. Der überlebt uns noch alle.«

Er streckte ihr sein leeres Glas hin, und Elinor holte eine weitere Flasche Bier aus dem Kühlschrank. Mit ihrem Fuß angelte sie den seinen unter dem Tisch hervor, dann setzte sie sich auf sein Knie und goß ihnen beiden nach. Sie trank von ihrem Glas, und als sie absetzte, hatte sie einen Schnurrbart aus Schaum. »Das gefällt mir«, sagte sie mit einem leichten Nicken.

»Bier?« fragte Jake und wischte ihr mit dem Daumen den Schnurrbart ab, und sie knabberte dabei kurz daran. »Oder mein Daumen?«

»Nein, die Art, wie du dir deiner Sache immer so sicher bist. Es ist, als ob auch deine Gefühle Muskeln hätten, passend zu den anderen. Aber du machst auch Fehler, also bist du doch keine Maschine. Das gefällt mir besonders.«

»Rundum zufrieden«, sagte Jake.

»Hmhm. Und müde.«

Im Bett schmiegte sie sich an ihn und legte seinen Arm um ihre Taille. »Aber nur da festhalten«, sagte sie warnend. »Für alles Aufregendere bin ich jetzt zu müde.«

»Ehrlich gesagt«, sagte Jake, »da bin ich froh.«

Kapitel 46

Als sie vor Jordan Marsh hielten, fragte Jake: »Du kennst dich ja inzwischen aus, nicht wahr?«

»Jawoll.« Elinor zählte es an den Fingern ab. »Eine Weile durchs Kaufhaus schlendern und etwas kaufen. Mit dem Taxi zur Bibliothek. Nachforschungen Operation Pretorius oder Praetorius. Anruf bei dir im Haus, wenn ich fertig bin.«

»Gut. Aber eine Neuerung gibt es. Wenn ich nicht ans Telefon gehe, versuchst du es immer wieder einmal. Aber fahre nicht allein nach Haus. Verlasse nicht einmal die Bibliothek. Nimm ein Buch mit in den Lesesaal, und bleibe dort sitzen, bis ich aufkreuze.«

Sie lächelte gequält. »Die haben vorgestern abend doch nicht nur versucht, uns Angst einzujagen, nicht wahr, Liebling? Sie haben in Wirklichkeit schlecht gezielt.«

»Nein, das war reine Einschüchterungstaktik. Aber du mußt ja nicht unbedingt noch einmal so eingeschüchtert werden. Du wartest, bis ich aufkreuze, ganz gleich, wie lange es dauert.«

»Wenn es zu lange dauert, sterbe ich ohnehin vor Hunger.«

»Das wirst du schön bleibenlassen. Du kaufst dir im Laden eine Schachtel Pralinen oder so was, damit kommst du über die Runden. Heute abend entschädige ich dich dafür. Wir feiern in einem schicken Restaurant.«

»Bist du denn so sicher, daß wir etwas zu feiern haben werden?« fragte Elinor.

»Wenn nicht, dann gehe ich einfach mit dir aus, um mit dir anzugeben.« Er legte den Arm um sie, und als sie ihm ihr Gesicht entgegenstreckte, sagte er: »Und Eheleute geben sich keine Abschiedsküsse mit offenem Mund.«

»Nur weil die Männer Waschlappen sind«, sagte Elinor. Sie küßte ihn ausgiebig, dann sagte sie: »Ist das da hinten das Auto, das uns verfolgt? Das grüne?«

»Das ist es. Hartnäckig, aber harmlos.«

»Und ganz schmutzig.« Sie öffnete die Tür, schlüpfte hinaus und steckte noch einmal den Kopf durchs Fenster. Ihr Lächeln war ein wenig zu strahlend. »Man sollte doch denken, jemand, der einen Jaguar wie diesen hier verfolgt, könnte wenigstens mal seinen Wagen waschen.«

Zu Hause angekommen, wählte er Magnes' Nummer, doch wieder erfolglos, und machte sich dann daran, dem Tonband vom Vortag noch seine Analyse von Walter Thorens Identität hinzuzufügen. Dann machte er eine Kopie des gesamten Bandes, packte es sorgfältig ein, klebte den Umschlag zu und adressierte ihn an seine Wohnung in Manhattan.

Kurz vor Mittag klingelte das Telefon. Es war Nera Ortega, die etwas Unverständliches murmelte.

»Was?« fragte Jake.

Sie hob ihre Stimme zu einem lauten Flüstern. »Brüll nicht so, Dummkopf. Ich will dir sagen, daß Fons unerwartet nach Hause gekommen ist. Ein guter Freund von uns ist gestorben, und Fons ist zur Beerdigung hier. Vorerst keine Swimmingpool-Parties mehr. Verstanden?«

»Ja.«

Sie sprach nun wieder ganz leise, so daß er sich anstrengen mußte, zu hören, was sie sagte. »Aber in einer Woche - höchstens zehn Tagen - ist alles wieder in Ordnung. Du möchtest doch immer noch zum Schwimmen kommen?«

»Ja.«

»Das freut mich zu hören.« Nera lachte leise. »Du bist wirklich ein ganz bemerkenswerter Schwimmer«, sagte sie und legte auf.

Als das Telefon fünf Minuten später zum zweiten Mal klingelte, trottete Jake in aller Ruhe zu ihm hin. Dann wurde ihm plötzlich klar, daß diesmal das Geheimtelefon im Arbeitszimmer klingelte. Er hätte es fast vom Tisch geworfen, als er mit einem Hechtsprung danach griff. Magnes.

»Liebe Güte«, donnerte Jake los, doch Magnes unterbrach ihn: »Hören Sie zu, Dekker. Am Samstag abend habe ich Ihretwegen so viel trinken müssen, daß ich beinahe drin ersoffen wäre. Die letzte Nacht habe ich in den Sümpfen in einem Haus verbringen müssen, daß Sie, wenn Sie den Ausdruck verzeihen, nicht mal als Scheißhaus in Ihren Garten stellen würden. Also sagen Sie jetzt nichts, was uns vielleicht hinterher beiden leid tut. Seien Sie einfach nur dankbar, daß ich Mr. Earl Dobbs für Sie gefunden habe. Wollen Sie die Einzelheiten hören?«

»Ich muß auf der Stelle was zur Post bringen. Von da komme ich sofort zu Ihnen rüber.«

Kapitel 47

Auf seinem Weg hinüber zum Ocean Drive hielt Jake an dem Postamt in der Washington Avenue und sah, wie der grüne Chevy ein wenig weiter hinten in der zweiten Reihe parkte. Er hielt das Päckchen mit Tonbändern so, daß sein Verfolger es gut sehen konnte, und schlenderte dann ins Postamt und gab es auf. Als er wieder herausspaziert kam, demonstrierte er genauso eindeutig, daß er nichts mehr in der Hand hatte.

Magnes, in Badehose und Strohhut, entspannte sich in einem Liegestuhl draußen vor seiner Dachhütte und troff vor Schweiß. Seine Augen waren trübe, die Wangen eingefallen. »Haben Sie schon was gegessen?« fragte er zur Begrüßung.

»Spielt keine Rolle«, sagte Jake. »Was ist mit Dobbs?«

»Ich habe Ihnen doch gesagt, daß ich ihn gefunden habe, oder etwa nicht? Da wo er steckt, können wir ihn uns jederzeit schnappen.«

»Und Mrs. Thoren? Sind Ihre Pfadfinder ihr auf die Spur gekommen?«

»Früher oder später. Belle Glade ist a große Stadt, Jüngele.«

»Tatsächlich?« fragte Jake freundlich. »Sie verschweigen mir doch nicht etwa etwas wegen Mrs. Thoren, oder? Ein interessantes kleines Projekt, das Sie selbst dabei verfolgen?«

»Von jedem anderen wäre das a Beleidigung«, sagte Magnes gleichmütig. »Bei Ihnen ist's irgendwie ganz natürlich.« Er hievte sich aus seinem Stuhl hoch. »Kommen Sie mit rein. Sie brauchen vielleicht kein Mittagessen, aber ich schon. Besonders nach dem, was ich in den letzten zwei Tagen durchgemacht hab'!«

Drinnen setzte er einen Topf Dosensuppe und eine Kanne Kaffee auf und deckte den Tisch für zwei. »Am Samstag abend«, sagte er, »nachdem ich Sie angerufen hatte, bin ich in die miese Kneipe an der Hunderennbahn gegangen, wo Dobbs sich gerne rumtreibt, und hab' mich da niedergelassen. Gott sei Dank zeigt mir um drei, vier Uhr morgens der Barkeeper einen Mann, der immer viel mit Dobbs zusammen war. Mit dem hab' ich dann Freundschaft geschlossen. Erzählte mir, daß er früher einen Tanklastwagen gefahren hat, der auch a Stadt namens Crosscut draußen in den Sümpfen belieferte, und da wohnt Dobbs. Der Bursche ist sogar zweimal mit ihm jagen gegangen - Dobbs hat nämlich eine Hütte in einem Wäldchen bei Crosscut, und da kann man wunderbar jagen. Ich war schon hundemüde, da sagt dieser Bursche, wenn wir eben bei ihm zu Hause vorbeifahren, damit er zwei Flinten holen kann, dann kommt er mit nach Crosscut und zeigt mir, wo Dobbs wohnt, vielleicht könne ich ihn sogar gleich kennenlernen. Ich hatte nämlich bei ihm durchblicken lassen, daß ich im Grundstücksgeschäft sei und gehört hab', daß Dobbs a hübsches Stückchen Land draußen im Sumpf billig zu verkaufen hätt', und er hatte sich in den Kopf gesetzt, mir bei dem Handel zu helfen, weil dann für ihn als Vermittler auch a paar Dollar abfallen würden.«

»Haben Sie mit Dobbs gesprochen?« fragte Jake.

»Nein, der Mummelgreis in dem Haus nebenan - Haus, so'n Schmus, ma würd' keine Schweine drin halten - verkündete uns, Dobbs sei in den Sümpfen, in seiner Hütte da draußen. Ma käme nur mit dem Propellerboot hin, und er kenne den Weg nicht. Hat er jedenfalls gesagt.«

»Womöglich gut so«, meinte Jake. »Der Mann, der Sie beschattet, hatte vielleicht seine Anweisungen für den Fall, daß Sie mit Dobbs zusammenkommen. Er war doch mit in Crosscut, oder?«

»Da wäre ich mir gar nicht so sicher.« Magnes stellte zwei Teller Suppe auf den Tisch und nahm vor dem seinen Platz. Er riß ein Stück dunkles Brot in zwei Hälften und bestrich es dick mit Butter. »Mein Arzt glaubt zum Glück nicht an Cholesterin. Sind Sie schon mal den Tamiani Trail gefahren?«

»Nein.«

»Also, das ist, als ob man in einem Tunnel fährt, müssen Sie wissen. Eine gerade Linie zum Golf, der Kanal auf der einen Seite, die Sümpfe auf der anderen. Wenn man da jemanden verfolgen wollte, könnte man a ganze Meile dahinter bleiben und bräuchte sich trotzdem keine Sorgen zu machen. Nur an einer Stelle muß man aufpassen, da wo die Route Ninety-four vom Trail abzweigt, ungefähr 40 Meilen von Miami. Crosscut liegt ein paar Meilen die 94 hinunter. Und auf dem Stück habe ich niemanden hinter mir gesehen.«

»Das wäre schön, wenn Sie ihn abgeschüttelt hätten«, sagte Jake. »Aber das war gestern morgen. Wo zum Teufel haben Sie seitdem gesteckt?«

Magnes nahm einen großen Bissen von seinem Brot. »Ob Sie mir's glauben oder nicht, ich bin in den Sümpfen auf Jagd gegangen, mit meinem beschwipsten Freund aus der Bar und dem verlausten Alten, dem Nachbarn von Dobbs. Mein Kumpel war voll wie eine Haubitze, als wir aus der Bar aufbrachen, und für unterwegs hatte er noch a Fläschchen auf Vorrat. Als wir in Crosscut anlangen, ist er schon wie ein Bruder zu mir. Er erstickt mich fast mit seiner Liebe. Also nimmt er mir meine Autoschlüssel fort und steckt sie in die Tasche, ich bekomme sie erst wieder, wenn ich mit ihm und dem Alten auf die Jagd gegangen bin. Ich sage nein, und er hält mir seine Flinte an die Brust, weil ich ihn nicht so sehr liebe, wie er mich liebt. Also habe ich den ganzen Tag über auf Rotwild gejagt und die halbe Nacht auf Alligatoren, und ich mußte bei dem Alten auf einer Matratze schlafen, die so sehr nach Pisse stank, daß ich mir die Nase zuhalten mußte, damit ich einschlafen konnte. Als ich heute morgen wieder hier war und meinen Saufkumpan in der Flagler Street losgeworden war, bin ich aufs Amt gegangen, um zu sehen, was ich über das Wäldchen herausfinden kann, in dem Dobbs' Hütte liegt. Der Alte hatte mir gesagt, es heißt einfach Dobbs' Wäldchen, aber ich mußte feststellen, daß es so etwas auf den amtlichen Karten nicht gibt. Der Beamte meinte, einer der Wildhüter im Monroe County könnte mich vielleicht mit dem Propellerboot hinführen. Aber ab und zu muß Dobbs ja immer noch nach Crosscut kommen und einkaufen, das spielt also keine große Rolle.« Magnes fuchtelte mit dem Löffel in Jakes Richtung. »Und Sie brauchen gar nicht dazusitzen und so zu grinsen, Mr. Neunmalklug. Finden Sie das vielleicht witzig, daß ein alter Mann mit einem schwachen Herzen a solches Schlamassel durchmacht?«

»Ich?« fragte Jake mit Unschuldsmiene. »Das deuten Sie falsch, Magnes. Ich habe nur gerade gedacht, wieviel Glück manche Leute haben.«

»Aber ja. Die Art von Glück, die ich mit Vergnügen Nasser wünsche.«

»Wie dem auch sei, manche Leute gehen schießen, andere werden beschossen. Was würden Sie sagen, welche von beiden haben mehr Glück?«

»Beschossen?« fragte Magnes. »Sie?«

»Am Samstag abend wurden zwei Schüsse durchs Hinterfenster des Hauses gefeuert. Und zwei Reifen am Jaguar haben sie mir aufgeschlitzt.«

Magnes schürzte die Lippen zu einem stummen Pfiff. »Die Party wird also stürmisch. Scharf gezielt?«

»Wahrscheinlich nicht.«

»Alles in Ordnung mit dem Mädele?«

»Bestens.«

Magnes fragte vorwurfsvoll: »Aber wie können Sie sie unter solchen Umständen allein lassen, Dekker? Jetzt, wo es Ihnen an den Kragen geht?«

»Aber ich sage Ihnen doch, es geht ihr bestens. Sie ist drüben in Miami in der Bibliothek und recherchiert unsere neuesten Erkenntnisse über Thoren nach, und niemand wird ihr da etwas tun. Also was ist, wollen Sie hören, was ich an Neuigkeiten habe, oder wollen Sie hinfahren und ihr das Händchen halten?«

»Ich höre. Und lassen Sie Ihre Suppe nicht kalt werden. Sie können ruhig beim Essen erzählen.«

Jake berichtete ihm alles im Detail, von der Entdeckung der Eintrittskarte zum Hunderennen bis zu seiner Analyse von Thorens Vergangenheit. Als er fertig war, saß Magnes lange in düsterem Schweigen da. Dann sagte er leise: »A verdammter dreckiger Nazi. A Schlächter. A Seifensieder. Wissen Sie was? Gott stehe mir bei, ich bedaure es, daß er tot ist. Es wäre hundertmal besser, wenn er noch am Leben wäre und diese Ganoven jeden Tag seines Lebens ein kleines bißchen von seinem Blut aus ihm herausquetschen würden.«

»Es scheint Sie gar nicht besonders zu überraschen«, meinte Jake.

»Warum auch? Wenn sich herausgestellt hätte, daß er a Jüd war, der sich irgendwie auf Daystar Nummer Zwei gemogelt hätte, das hätt' mich gewundert. Aber daß a Nazi sich da wie zu Hause fühlt?« Magnes schob seinen Teller weg. »Das hat mir den Appetit verdorben.« Er richtete seinen mageren Zeigefinger auf Jake. »Und seine Frau weiß, wer er war, Dekker. Jetzt werde ich alles tun, damit sie keinen Pfennig von dem Versicherungsgeld kassiert. Und seine Kinder genausowenig. Bisher ist es einfach nur Arbeit für mich gewesen. Von nun an, darauf gebe ich Ihnen mein Wort, wird es das reine Vergnügen sein.«

»Um so besser für mich«, sagte Jake. »Und was halten Sie von Raymond Beaudry? Könnten Sie sich vorstellen, daß er etwas mit Gela und Dobbs zu tun hat?«

»Nein.«

»Er könnte doch gut ihr Informant sein, direkt in der Familie. Und diese Begegnung auf dem Rennplatz ...«

»Trotzdem nein. Denken Sie dran, dieser Schwarze ist schon seit Jahren bei der Familie, aber die Erpressungen fingen erst an, als Thoren Dobbs über den Weg lief. Bei Dobbs müssen wir den Hebel ansetzen. Und zwar schnell. Ich werde mit einem Wildhüter Kontakt aufnehmen, damit er uns zu diesem Versteck führt, und ich schicke noch einen dritten Mann nach Belle Glade, damit wir die Frau ausfindig machen. Bis morgen ist das beides erledigt.«

»Sie werden sich jetzt erst mal abkühlen und mir die Führung überlassen«, sagte Jake. »Zuerst muß ich herausbekommen, was es war, womit Dobbs Thoren in der Hand hatte, damit ich weiß, wo ich die Schraube ansetzen muß.«

»Die Nazigeschichte. Illegal ins Land gekommen. Warum soll es denn mehr als das gewesen sein? Nur weil Sie sich in den Kopf gesetzt haben, daß Thoren mit einem Mord zu tun hatte? Wenn Sie sich damit noch weiter abgeben, Dekker, dann verschwenden Sie nur Zeit.«

»Verdammt noch mal, Magnes, ich kenne Thoren mittlerweile fast genauso gut, wie er sich selbst kannte. Wenn er weniger als ein todsicheres Lebenslänglich zu erwarten gehabt hätte, dann hätte er die Sache durchgekämpft. Wir haben es mit einem Mann zu tun, der Nerven wie Drahtseile hatte. Er war stahlhart. Und daß er sich um 10000 im Monat erpressen ließ und sich am Ende umbrachte, das verrät uns, daß er etwas getan hatte, was ihm eine solche Strafe eingebracht hätte.«

Magnes drückte das Kinn auf die Brust und blickte ihn mit gehobenen Brauen an. »Sie meinen, zwei von derselben Sorte? Nerven wie Drahtseile, stahlhart – Sie glauben, Sie wissen, was er getan hätte, weil Sie wissen, was Sie tun würden?«

»Ich glaube, daß ich bei Dobbs die Karten erst aufdecken sollte, wenn ich ein gutes Blatt habe. Wenn ich ihm sage, daß er entweder mitkommt und dafür sorgt, daß Mrs. Thoren die Verzichtserklärung unterzeichnet, oder ich ihn der Polizei übergebe, dann muß er wissen, daß ich nicht bluffe.«

»Und was ist mit der Dame?«

»Die hat gar keine Wahl. Entweder unterzeichnet sie und schreibt das Geld ab, damit die Geschichte weiter vertuscht bleibt, oder sie unterzeichnet nicht und verliert das Geld trotzdem, wenn Thorens

Tod für Selbstmord erklärt wird. Und noch dazu die Geschichte in die Zeitungen kommt.«

Magnes kniff die Augen zusammen. »Das sind alles sehr ausgeklügelte Schachzüge, Dekker. Aber warum? Wollen Sie Rücksicht auf diese Frau nehmen und es aus den Zeitungen heraushalten? Oder ist Maniscalco einer von denen, die Sie um Ihren Anteil bringen würden, wenn Sie ihm nicht persönlich die Verzichtserklärung brächten?«

»Er behauptet, ich muß ihm die Erklärung persönlich bringen, weil er sonst die *Guaranty* nicht autorisieren kann, an mich zu zahlen. Ich behaupte, er würde mir auch fünf Dollar vorenthalten, wenn er könnte.«

Magnes nickte wissend. »Dachte mir schon, daß es so etwas ist. Im Grunde läuft es darauf hinaus, daß Sie ihm die Verzichtserklärung verkaufen. Aber ich will nicht das halten müssen, was Sie dieser Frau versprechen. Ich stelle es mir so vor, daß Sie die Erklärung bekommen und das nächste Flugzeug zurück nach New York nehmen, und dann gebe ich die ganze Geschichte an die Zeitungen. Daystar Nummer Zwei mag keine Publicity, es sei denn, sie veranstalten a schicke Party für wohltätige Zwecke. Die sollen mich kennenlernen. Die werden von dieser Geschichte hören, bis es ihnen zu den Ohren rauskommt.«

»Das ist Ihre Sache«, sagte Jake. »Sobald ich weg bin, können Sie damit machen, was Sie wollen.«

»Das werde ich. Aber eins macht mir noch Sorgen. Wuff Gela. Was denken Sie denn, wer die Schießerei bei Ihnen veranstaltet hat? Wer hat dafür gesorgt, daß mein Junge krankenhausreif geschlagen wird und ich die Spur der Thoren verliere? Legen Sie bei Dobbs die Karten auf den Tisch, und er rennt sofort zu Gela.«

»Wenn ich so dumm bin und ihn lasse. Außerdem ist Gela doch auch in der Zwickmühle. Er muß wissen, daß die *Guaranty* erst recht nichts mehr von dem Geld herausrückt, wenn er mich abserviert. Und sie wird Hand in Hand mit den hiesigen Bullen arbeiten.«

»Das muß er wissen«, sagte Magnes bedeutungsschwer. »Und er muß zwei und zwei zusammenzählen können. Aber ich würde nicht drauf wetten, das ist Ihre Sache. Doch was ist mit dem Mädele?«

»Was ist mit ihr?«

»Sie haben mir gesagt, Sie wollen sich überlegen, ob Sie sie nach New York zurückschicken. Wie ich höre, ist sie immer noch da.«

Jake zuckte die Schultern. »Es war ihre eigene Entscheidung.«

»Ihre Entscheidung. Haben Sie ihr erzählt, daß die Schonzeit vorbei ist? Haben Sie ihr gesagt, daß vielleicht noch schärfer geschossen wird, bevor wir hier fertig sind?«

Jake antwortete: »Das brauchte ich nicht. Sie weiß alles über die Arbeit, was man überhaupt wissen kann. Und sie stand direkt dabei, als die Kugeln durchs Fenster kamen.«

»Natürlich. Wo Sie sind, da ist auch sie nicht weit. Das ist a Säugling, Dekker, a kleines Kind. Die denkt an nichts außer daran, daß sie verrückt nach Ihnen ist. Aber wenn sie, was Gott verhüten möge, eine dieser Kugeln in den Kopf bekommen hätte, würd' Ihnen das denn nichts ausmachen? Sie gehen a solches Risiko ein, nur damit Sie ab und zu Ihr Vergnügen haben können? Sie wollen mir doch nicht erzählen, daß es mehr als das ist.«

»Ich brauche Ihnen gar nichts zu erzählen, Magnes, und für jemanden, der es so sehr haßt, Zeit zu verschwenden, verschwenden Sie eine Menge davon. Wie wär's, wenn wir uns wieder ums Geschäft kümmerten?«

»Ist das Ihre Antwort? Das Mädel bleibt, ganz gleich, was geschieht?«

»Ja«, sagte Jake. »Solange sie es will.«

Magnes betrachtete ihn neugierig. »So wie Sie das sagen – erzählen Sie mir die Wahrheit, Dekker. Täusche ich mich? Die Kleine bedeutet Ihnen mehr, als ich dachte?«

»Wenn die Hochzeitsglocken läuten, Magnes, betrachten Sie sich als eingeladen. Aber halten Sie nicht die Luft an, und warten Sie nicht die ganze Zeit darauf.«

»A Hochzeit.« Magnes nickte bewundernd. »Sehr raffiniert, wie Sie der Frage aus dem Weg gehen. Zufällig weiß ich nämlich, daß ma heutzutage auf so was pfeift, sogar die anständigen Mädchen aus den guten Familien. Die suchen sich einen Mann aus, kaufen a Fläschchen Pillen, und das mit der Hochzeit lassen sie einfach aus. Aber warum weichen Sie der Frage aus? Geht Ihnen das gegen die Ehre, wenn Sie mal ein echtes Gefühl für eine Frau haben?«

»Das ging schnell«, entgegnete Jake. »Vor einer Minute war sie noch ein Säugling.«

»Stimmt. Und wenn sie Ihnen nachläuft, als ob Sie a Filmstar wären, dann ist sie auch a Säugling. Aber wenn sie Ihnen wirklich was bedeutet, dann ist sie a Frau. So oder so, Dekker, a professioneller Killer hat das Haus auf Daystar im Visier. Wenn Sie das

Mädel hierbehalten wollen, bringen Sie sie wenigstens aus dem Haus fort. Ich kann arrangieren, daß sie in a hübsches Hotel zieht, und keine Menschenseele erfährt etwas davon. Das ist besser, als wenn Sie sie jetzt allein bei sich im Haus lassen.«

»Ich werde es mir überlegen«, sagte Jake, und als Magnes die Arme in die Luft warf und rief: »Ach, da könnte man doch genausogut zu einer Wand sprechen«, entgegnete Jake: »Das tue ich ja wohl gerade, oder?«

»Also gut, großer Meister, dann reden wir eben vom Geschäft. Welches Geschäft?«

»Ich will, daß Sie für mich ein Treffen mit Frank Milan arrangieren.«

»Das ist doch a Witz«, sagte Magnes.

»Und zwar schnell. Bis heute abend, wenn Sie es schaffen.«

»Bis heute abend. Und morgen früh arrangiere ich für Sie a Frühstück mit dem Papst.«

»Einer der Gründe, weshalb ich Sie engagiert habe, war, daß Sie mir versprochen haben, Sie könnten mit jedem hier in der Gegend für mich Kontakt aufnehmen«, erinnerte Jake ihn. »Ausnahmslos. Und Milan versteckt sich ja nicht. Er stand direkt neben mir in der Sauna vom Royal Burgundian.«

»Sicher. Und wenn Sie Hallo zu ihm gesagt hätten, hätte er vielleicht sogar geantwortet. Aber noch zwei Worte mehr, und Sie wären so schnell vor der Tür gewesen, daß Sie gar nicht mitbekommen hätten, wie es ging.«

»Sie sind selbst auch gar nicht schlecht, wenn es darum geht, einer Frage auszuweichen«, sagte Jake kühl. »Jetzt raus mit der Sprache. Wie schnell können Sie mich mit Milan zusammenbringen?«

»Wenn er Sie gründlich abgeklopft hat. Und glauben Sie mir, selbst wenn er – und ihm könnte ja genügen, was er schon über Sie weiß – ein Interesse daran hätte, Sie abklopfen zu lassen, würde das mindestens a paar Wochen dauern.«

»Sie wissen, daß das nicht schnell genug ist«, sagte Jake.

»Sie sind derjenige, der es eilig hat. Für ihn ist das schnell genug.«

Jake dachte darüber nach, dann schob er mit einem Ruck seinen Stuhl zurück und stand auf. »Wo ist das Telefon? Nicht das Hoteltelefon, Ihr Privatanschluß. Ich muß mit Maniscalco sprechen. Sie können es mir auf die Rechnung setzen.«

»Mit dem? Meinen Sie, der kann Ihnen mehr helfen als ich, wenn Sie hier unten Kontakte anknüpfen wollen?«

»Nein, aber es gibt noch jemanden hier, der mich mit Milan zusammenbringen kann. Nur muß Maniscalco mein Spiel decken.«

Magnes legte fragend den Kopf schief. »Noch jemand? Wer ist das?« Er zeigte auf den Nachttisch. »Das unterste Brett. Sie brauchen nur das Tuch zu heben. Sie meinen, Sie haben noch jemanden, mit dem Sie hier unten zusammenarbeiten, und ich weiß überhaupt nichts davon?«

»Nein, es ist nur so eine Art Kumpel von mir. Jemand, der sich sehr für mich interessiert.« Jake wählte die Nummer, sagte Maniscalcos Assistentin, wer er war, und bekam unverzüglich ihn selbst an den Apparat. »Bist du das, Jake?« Maniscalco bekam einen Hustenanfall und keuchte dazwischen: »Lausekalt. Sei froh, daß du da unten bist und nichts davon mitbekommst. Worum geht's?«

»Es geht darum, daß sich vielleicht heute jemand bei dir nach mir erkundigt, Manny. Wirst du den Rest des Nachmittags im Büro sein?«

»Und die halbe Nacht. Aber was ...«

»Nein, hör mir nur zu. Ganz egal, wer es ist, du mußt ihm sagen, daß ich bei der *Guaranty* als Ermittler fest angestellt bin und zusätzlich Prämie bekomme. Zehn Prozent. Und wenn er fragt, ob ich verheiratet bin, sagst du ihm ja. Verstanden?«

Es herrschte finsteres Schweigen. Dann sagte Maniscalco: »Ich habe verstanden, und es gefällt mir nicht. Du kennst unsere Abmachung. Wir nennen niemals deinen Namen, du nennst niemals unseren Namen. Das gilt nach wie vor.«

»Manny, denk doch einmal in deinem Leben an etwas anderes als die Firma. Die Sache ist wichtig. Es muß sein.«

»Nichts muß sein, wenn am Ende die *Guaranty* für einen freien Mitarbeiter geradestehen muß. Wenn du das von der Firma willst, dann laß dich anstellen. Du kannst jederzeit hier anfangen. Wenn du es auf die Solotour machen willst, dann erwarte nicht, daß dir jemand aus der Patsche hilft. Das sind die Spielregeln, Jake. Du kannst nicht beides zugleich haben.«

»Du blöder Feigling«, sagte Jake leise, »wenn du nicht mitmachst, dann verdirbst du alles. Und das, wo ich fast soweit bin, daß ich die Sache zu Ende bringen kann.«

»Zu Ende bringen?« Maniscalco bekam einen weiteren Hustenanfall, und es dauerte eine Weile, bis er ihn unter Kontrolle hatte.

»Du meinst, du weißt jetzt über Thoren Bescheid? Haben die Erpresser ihn tatsächlich dermaßen geschröpft, daß er sich deswegen umgebracht hat? Erzähl.«

»Das erzähle ich dir, wenn ich die Verzichtserklärung bringe.«

»Oh? Bist du schon so weit, daß du mit deinen Informationen vorsichtig wirst? Das hört sich nach guten Nachrichten an, mein Freund.«

»Bisher ist es so. Wenn du willst, daß sie auch gut bleiben, dann gib mir Deckung, wenn du den fraglichen Anruf bekommst, Manny. Denk nicht so lange darüber nach, bis du die Nerven verlierst. Tu es einfach.«

Jake knallte den Hörer auf die Gabel, und Magnes fragte gespannt: »Und jetzt sagen Sie – wer ist dieser alte Kumpel, der Sie in Nullkommanichts zu Frank Milan bringen kann? Kenne ich wenigstens seinen Namen?«

»Den weiß nicht mal ich selber«, sagte Jake.

Kapitel 48

Von der Hotelveranda blickte er unter den Augen der Rentner, die jeden seiner Schritte mit großen Augen verfolgten, den Ocean Drive hinauf und hinunter auf der Suche nach dem grünen Chevy mit der langen Antenne. Dann sah er ihn. Südlich des Hotels war ein großes Gebäude im Bau, ein Apartmenthaus mit Luxuswohnungen, wie das davor aufgestellte Schild ihn informierte. Das Stahlskelett reichte vom Ocean Drive bis fast ans Wasser und hatte ein großes Stück offenen Strandes verschlungen. Von einem Lastwagen, der davorstand, wurden Röhren abgeladen, und hinter dem Lastwagen lugte die Antenne des Chevy hervor.

Jake ging zu ihm hinüber. Die geschlossenen Fenster und die Auspuffwolke ließen erkennen, daß der Fahrer den Motor im Leerlauf laufen ließ und den Komfort der Klimaanlage genoß. Er war jung, höchstens Mitte 20, sein Gesicht war schmal, mit großer Nase und zu eng beieinanderstehenden Augen, und der dünne Schnurrbart trug nicht eben dazu bei, es zu verschönern. In seiner karierten Sportjacke und der breiten Krawatte in grellen Farben schien er für seine Arbeit übertrieben gekleidet.

Wenn es ihn in Verlegenheit brachte, wie Jake ihn durch die Scheibe musterte, dann ließ er es sich nicht anmerken. Mit ausdruckslosem Gesicht, den Kopf an die Kopfstütze gelehnt, die Hände locker am Steuerrad, saß er da und ließ sich studieren. Doch als Jake die Tür öffnete und sich hineinlehnte, ließ seine Reaktion nicht auf sich warten. Jake sah, daß das, was sich ihm da so unvermittelt in die Brust bohrte, die Mündung einer Automatik war. Die Hand, die sie hielt, war auffällig weiß an den Knöcheln. »Was zum Teufel wollen Sie hier?« fauchte der Fahrer ihn an.

Jake blieb, wo er war, halb im Wagen, halb draußen. Er sagte freundlich: »Ich möchte ein Wörtchen mit Ihnen reden. Und lieber drin als hier draußen. Die Sonne hier sengt einem den Schädel kahl.«

Der Fahrer verzog ungläubig das Gesicht. »Was?« Es klang wie das langgezogene, aufsteigende Blaken eines gestopften Saxophons.

Jake sagte: »Ach, nun kommen Sie schon. Sie kennen mich, ich kenne Sie, was soll denn das Spiel? Und ich habe nie eine Pistole dabei und will Ihnen auch keinen Vorschlag machen, bei dem Sie Frank Milan hintergehen müßten, also können Sie sich getrost entspannen. Stecken Sie das Ding weg, und dann reden wir.«

»Mister, wissen Sie was? Sie sind übergeschnappt.«

»Aber nicht so sehr, daß ich mir von einer Automatik Angst machen lasse, die mir jemand zwei Zentimeter tief in den Bauch drückt. Wo haben Sie denn mit Waffen umgehen gelernt? Sie müßten doch wissen, daß man eine Automatik nicht abfeuern kann, die so fest in etwas eingedrückt ist. Einen Revolver schon. Aber das hier nicht.«

Der Mann warf einen blitzschnellen Blick auf die Waffe in seiner Hand. Als er wieder aufblickte, zeigte sein Gesicht, daß diese Information ihn ebenso verunsicherte, wie er ihr mißtraute. »Du blöder Hund«, sagte er vor Schreck, als Jake sich, an die Waffe gepreßt, zu ihm auf den Sitz drängte. »Du willst es nicht anders. Raus hier.«

»Das haben Sie also tatsächlich nicht gewußt«, sagte Jake. Er faßte das Handgelenk des Mannes mit eisernem Griff und preßte sich die Waffe weiter in den Bauch. Dann tastete er vorsichtig in seinem Rücken, fand den Türgriff und zog die Tür hinter sich zu. »Wenn Sie natürlich ein bißchen mehr Abstand bekommen könnten, könnten Sie mich mit dem Ding durchlöchern. Dann würde Frank Ihnen Ihren Kopf auf einem Tablett präsentieren. Ihr Auftrag lautet, mir auf den Fersen zu bleiben, aber nicht, mich umzulegen, nicht wahr?«

Der Mann versuchte verzweifelt, die Waffe zurückzuziehen. Alles, was er davon hatte, war, daß er sich noch mehr zwischen Steuerrad und Sitz einklemmte, mit dem Rücken stieß er nun an die Tür, und Jake lag beinahe auf ihm. »Laß mich los, du bescheuerter Hund, hörst du?« Seine Stimme klang nun panisch. Im Wagen war es kalt, denn die Klimaanlage lief auf vollen Touren, doch auf seinem Gesicht stand dick der Schweiß.

Plötzlich schnellten seine knochigen Finger vor, die er Jake in die Augen stechen wollte. Jake fing die Hand in der Luft und bog sie langsam und gleichmäßig zurück in Richtung Handgelenk, bis der Mann vor Schmerzen schrie.

Jake hielt den Druck konstant und sorgte gleichzeitig dafür, daß die Waffe ihm fest zwischen den Rippen blieb. Er sagte: »Noch ein bißchen mehr, und Sie haben ein gebrochenes Handgelenk. Wollen Sie das wirklich?«

»Nein, um Himmels willen. Lassen Sie los, sonst nichts.«

»Zuerst lassen Sie Ihre Waffe fallen.«

Sie fiel zwischen ihnen auf die Sitzbank. Jake ließ den Mann los, versetzte ihm mit der flachen Hand einen Schlag ins Gesicht, daß er mit dem Kopf gegen die Scheibe flog, und rückte dann von ihm ab. Er nahm die Waffe auf. Es war eine neun Millimeter. Eine Luger, aber der Gravierung auf dem stählernen Lauf zufolge eine Smith and Wesson. Alle Kammern waren geladen.

Der Mann sah benommen zu. Er atmete schwer, und ein wenig Blut tropfte ihm aus dem einen Nasenloch. Er blieb reglos sitzen, als Jake ihm die Brieftasche aus seiner Sportjacke holte und sie durchsah. »Sie sind also Anthony Aiello«, sagte er. »Ganovenanwärter.«

»Sie sind ein Bulle, stimmt's?« zischte Aiello mit unterdrückter Wut. »Der Dreckskerl, der mir die Arbeit hier angedreht hat, hat mit keinem Wort gesagt ...«

»Nein, ich bin kein Bulle.« Jake warf die Brieftasche ins Handschuhfach. »Was war das für ein Dreckskerl, der Ihnen die Arbeit angedreht hat? Frank Milan?«

Die Wut verflog sofort. An ihre Stelle trat ein außerordentlicher Argwohn. »Ich? Was soll ich denn mit Frank Milan zu tun haben?«

»Da haben Sie recht. Es wird einer seiner Untergebenen gewesen sein. Aber für mich ist das ein und dasselbe, Anthony. Ganz egal, wer es war, Sie werden jetzt gleich für mich einen Kontakt mit Frank Milan herstellen. Sehen Sie die Telefonzelle da an der Straßenecke? Da gehen wir hin. Ich gebe Ihnen soviel Kleingeld, wie Sie brauchen, und Sie verlassen die Zelle erst wieder, wenn Sie mir für heute im Laufe des Tages eine Verabredung mit Mr. Milan besorgt haben.«

»Aber klar doch.« Nicht einmal Magnes hätte es verächtlicher sagen können. »Kein Problem für mich. Ich bin ja Frank Milans Privatsekretär.«

»Dazu sind Sie gerade eben befördert worden. Und jetzt fahren Sie mit der Mühle hier zur Telefonzelle. Schuhleder kostet eine Menge heutzutage. Wir werden sparen, was wir können.«

»Das machen Sie mal schön selbst, Mister. Ich denke mir nämlich ...«

»Sie sollen sich nichts denken, Anthony. Ich will nicht, daß Sie Ihr Köpfchen anstrengen. Sie halten sich ganz an das, was ich Ihnen gesagt habe. Nämlich daß es irgendwo jemanden gibt, der jetzt gleich ein Treffen mit Frank Milan für mich arrangieren kann. Und Sie werden ihn davon überzeugen, daß er das tun muß.«

»Und wenn ich das nicht kann?«

»Sie werden lachen, wenn ich Ihnen erzähle, was ich dann mache. Wir fahren die Seitenstraße da hinunter, wo uns niemand sieht, und ich schlage Ihnen mit der Pistole eins in die Eier. Dann ziehe ich Ihnen die Kleider aus, und zwar alle. Danach spaziere ich mit den Kleidern und dem Autoschlüssel zu der Telefonzelle und verständige die Bullen, daß ich einen Exhibitionisten zu melden habe, der sich in seinem Auto zur Schau stellt, und sage ihnen, wo sie ihn finden können. Wenn sie da sind und Sie ihnen erzählen wollen, wie Sie in diese Lage gekommen sind, dann nur raus damit. Wenn nicht, dann sind die Aussichten sogar noch komischer. Besonders, wenn sich erst mal in der Szene rumspricht, was aus Ihnen wurde, als der Bursche, den Sie beschatten sollten, die Nase voll davon hatte.« Aiello lehnte sich an die Tür und tastete nach dem Türgriff, und Jake griff ihn an der Krawatte und zog ihn mit einem Ruck davon fort. »Tun Sie das nicht, Anthony. Sie sollten mich doch inzwischen besser kennen.«

Aiello schniefte und versuchte das Blut zu stillen, das nun wieder aus seiner Nase rann. »Also wenn Sie kein Bulle sind, Sie blöder Hund, dann sollten Sie einer werden.«

Jake versetzte ihm noch einen Schlag. »Ich habe einen Namen, Anthony. Wie heiße ich?«

»Dekker, um Himmels willen. Dekker.«

»Stimmt genau. Und ich bin Ermittler bei der *Guaranty*-Lebensversicherung in New York, und mein Boß ist ein Bursche namens John Maniscalco. Und ich will mich jetzt gleich mit Frank Milan treffen. Haben Sie das verstanden.«

»Ja, das hab' ich verstanden.«

»Gut. Gehen wir denn nun telefonieren, oder wollen wir lieber den anderen was zu lachen geben?«

Aiello brauchte lange und geriet offenbar in große Bedrängnis, bis er seinen Anruf absolviert hatte, wobei Jake sich halb zu ihm in die Zelle gezwängt hatte, um ihn zu beaufsichtigen. Eine verhutzelte

Alte stand eine Zeitlang hinter Jake auf ihren Stock gestützt und wartete, daß sie an die Reihe kam, dann stieß sie einen unverständlichen Fluch aus, versetzte der Zelle einen Schlag mit ihrem Stock und hoppelte wütend davon.

Endlich hängte Aiello den Hörer ein. »Ich soll Ihnen sagen, Sie sollen um vier Uhr in Nappy's Lounge sein. Am Strip. Vielleicht ist er da.«

»Vier Uhr?« sagte Jake. »Das sind ja noch fast zwei Stunden.«

»Mann, Sie haben doch gehört, daß ich mir den Mund fusselig geredet habe. Was verlangen Sie denn noch?«

»Da haben Sie recht, Anthony«, sagte Jake beschwichtigend. »Da sieht man wieder mal, wie undankbar die Menschen manchmal sind. Jetzt borge ich mir Ihren Wagen, damit ich zurück zu der Stelle fahren kann, wo meiner geparkt ist. Da können Sie ihn sich holen. Die Pistole behalte ich.«

»Tatsächlich? Wenn Sie mit dem Ding in der Tasche bei Frank Milan hereinspaziert kommen ...«

»Ich?« fragte Jake. »Ich habe Ihnen doch gesagt, ich trage niemals eine Waffe, Anthony. Ich sammle sie nur.«

Kapitel 49

Er strich ruhelos durchs Haus, bis es halb vier war, dann rief er Maniscalco an. »Hat sich jemand nach mir erkundigt, Manny?«

»Vor ungefähr 20 Minuten. Ein Bursche vom *Southeast Credit Bureau.* Persönlich.«

»Hast du mich gedeckt?«

»Ich habe dich gedeckt, so wahr mir Gott helfe. Ich habe ihm gesagt, du bist für 15 000 im Jahr bei der *Guaranty* angestellt, plus zehn Prozent aller Ansprüche, von denen du beweisen kannst, daß sie unrechtmäßig sind. Um Himmels willen, Jake, die *Southeast* ist eine der größten Kreditagenturen des Landes. In einer Woche wird in jede Lochkarte, in die dein Name gestanzt ist, auch *Guaranty* gestanzt sein. Bleib mal einen Moment dran.« Maniscalcos Stimme wurde leise. »Lassen Sie die Papiere erst mal liegen, Goldstück. Sie gehen jetzt auf den Flur, machen die Tür hinter sich zu und warten da. Genau. Bis ich Sie wieder reinrufe.« Die Stimme wurde wieder lauter. »Jake?«

»Ja?«

»Wenn du jetzt bei irgendwas Illegalem erwischt wirst, wird die *Guaranty* mit hineingezogen. Weißt du, was dann mit mir geschieht?«

»Wenn ich etwas Illegales tue. Und wenn ich mich dabei erwischen lasse.«

»Meinst du, du kannst mir was vormachen?« schnauzte Maniscalco. »Wahrscheinlich hast du mittlerweile in jedem Telefon in Miami eine Wanze und die Leitungen noch dazu angezapft. Du hast mir selbst erzählt, dein Mädchen hättest du dazu gebracht, daß sie eine Wanze ins Telefon der Thorens steckt. Stell dir doch nur mal vor, sie kommt auf die Idee, dir das heimzuzahlen. Ich sehe schon die Gesichter hier auf der Chefetage, wenn die Kriminalpolizei hereinspaziert kommt.«

»Keine Angst, Manny. Das Mädchen ist etwas ganz Besonderes. Und sobald die Sache fertig ist, kannst du der *Southeast* erzählen, ich hätte bei deiner lausigen Firma gekündigt. Dann stimmen die Lochkarten wieder.«

Maniscalco kämpfte gegen einen Hustenanfall, gab schließlich nach, und als er wieder konnte, keuchte er: »Du hast gesagt eine Woche, vielleicht sogar weniger. Gilt das noch?«

»Ja. Wollte der Mann von *Southeast* wissen, ob ich verheiratet bin?«

»Nein, aber ich habe es ihm trotzdem gesagt. So, weniger als eine Woche? Dann laß mal hören. Jetzt habe ich gerade ein bißchen Zeit.«

Jake lachte. »Manny, das war wirklich ein jämmerlicher Versuch.«

Er legte auf und dachte dann darüber nach, was er mit Anthony Aiellos Waffe machen sollte, die vor ihm auf dem Schreibtisch lag. Am Ende nahm er den Ladestreifen heraus, wickelte ihn in ein Taschentuch und schloß Ladestreifen und Waffe im Schrank ein.

Dann zog er das Pucci-Hemd an, das er von Elinor bekommen hatte, dazu seine beste Jacke, und dann nahm er den Wagen und fuhr hinauf zur 79. Straße.

Kapitel 50

Nappy's Lounge hatte einen Grundriß wie ein Schlüsselloch. Ein langer, schmaler Raum mit der Bar auf der einen Seite, einer Reihe Cocktailtische auf der anderen, führte zu einem geräumigen runden Speisesaal. Der Speisesaal schien vollkommen leer zu sein, doch an der Bar herrschte viel Betrieb. Die meisten Hocker waren besetzt, und die Gäste waren offenbar allesamt mittleren Alters, gutsituiert und zurückhaltend. An der Bar gab es keine Frauen, doch zwei exotisch aussehende Brünette saßen an einem der Cocktailtische und nippten schläfrig an großen Drinks. Eine von ihnen gähnte gerade mit weit offenem Mund, als Jake in ihre Richtung blickte. Sie biß die Zähne zusammen und bedachte ihn mit einem professionellen Lächeln. Als er nicht darauf reagierte, widmete sie sich wieder ganz dem Gähnen.

Der Mann, der auf dem ersten Hocker am Eingang saß, behielt offenbar mit Hilfe des Barspiegels im Auge, wer kam und ging. Er drehte sich auf dem Stuhl zu Jake um und kam ihm dann entgegen. Trotz des Dämmerlichts, das herrschte, trug er eine dunkle Sonnenbrille. »Ja, Sir«, sagte er. »Kann ich etwas für Sie tun?«

»Das weiß ich nicht«, antwortete Jake. »Ich soll mich hier mit jemandem namens Frank Milan treffen. Ist er da?«

»Sind Sie Mr. Dekker?« fragte der Mann, und als Jake bejahte, sagte er: »Dann ist er da.«

Er führte ihn zum Speisesaal. An dessen Eingang stand, ebenso schläfrig wie die beiden Mädchen an dem Cocktailtisch, an einem Pult ein Maître d'Hôtel im Smoking und studierte das Reservierungsbuch wie ein Dirigent, der vor dem Konzert noch einmal die Partitur durchgeht. »Dekker«, sagte der Mann zu ihm, und der Maître d'Hôtel gab jemandem im Speisesaal ein Zeichen, und zwei Burschen um die dreißig, Amerikaner wie aus dem Bilderbuch, beinahe übertrieben brav, kamen daraus hervor. Einer von ihnen sagte entschuldigend: »Nichts für ungut, Mr. Dekker, aber wir müssen uns vergewissern, daß Sie sauber sind. Keine Waffen, keine Schlagringe, keine Bandgeräte. Natürlich nur eine Formalität. Wenn Sie uns bitte ins Büro des Direktors folgen wollen.«

Es war eine Formalität, die mit peinlicher Genauigkeit durchgeführt wurde. Im Büro des Direktors mußte er sich bis auf die Unterhose ausziehen. Dann sahen sie seine Kleidung und alles, was er in der Tasche hatte, durch, und jede Kleinigkeit wurde dabei gemustert. Ihm fiel auf, daß sie seiner Armbanduhr, dem Kugelschreiber, dem Schlüsselring und der Gürtelschnalle besondere Aufmerksamkeit angedeihen ließen. Als er wieder vollständig gekleidet war, führten sie ihn in den Speisesaal.

Zwei Männer saßen auf einer Bank an der Seite, die vom Barbereich aus nicht zu sehen war. Einer war klein und schmächtig, sonnengebräunt, mit silbernem Haar und trauriger Miene. Der andere war groß und fett, bleich, glatzköpfig, und machte ein noch traurigeres Gesicht. Sonst war niemand im Raum.

Der große, bleiche Mann gab Jakes Begleitern ein Zeichen, und sie traten zurück und ließen sich an einem Tisch nahe dem Eingang nieder. Der Mann sagte mit knappen Worten: »Ich bin Aaron Katzman. Dies ist Mr. Milan. Ich bin sein Rechtsberater, außerdem sein persönlicher Vertreter, und alles, was Sie zu sagen haben, sagen Sie bitte mir. Außerdem sagen Sie es bitte rasch.«

Jake ließ sich Zeit damit, einen Stuhl hervorzuziehen und sich direkt Milan gegenüber niederzulassen. Er sagte: »Ich hatte erwartet, daß ich mich privat mit Ihnen unterhalten kann.«

Milan saß da wie eine Eidechse in der Sonne. Dem Anschein nach war er entweder taub oder hatte keinerlei Interesse.

Katzman sagte: »Einige der Männer draußen warten auf wichtige Besprechungen mit Mr. Milan. Wenn Sie nicht bereit sind, sich an die Regeln zu halten, die er aufstellt, dann seien Sie bitte so höflich und verzögern Sie diese Besprechungen nicht noch weiter.«

»Das war eindrucksvoll gesprochen«, meinte Jake. »Soll ich daraus schließen, daß dies hier Mr. Milans Büro ist und daß er keine privaten Unterhaltungen mag? Das könnte schwere Hemmungen bei mir verursachen.«

Katzman sagte: »Alles, was hier besprochen wird, wird absolut vertraulich behandelt. Und ich vertraue darauf, daß Mr. Milan kein aufgetakeltes Büro braucht, um Sie zu beeindrucken. Würden Sie bitte jetzt so freundlich sein und sagen, was Sie zu sagen haben?«

Jakes Blick blieb auf Milan geheftet. »Was ich zu sagen habe, ist, daß Mr. Milan zumindest mitverantwortlich dafür ist, daß meine Frau beinahe ertränkt woden wäre, daß Schüsse auf mein Haus abgegeben wurden und daß ich rund um die Uhr von Möchtegern-Ganoven beschattet werde, die große Pistolen bei sich tragen. Im Vertrauen gesagt, ich finde nichts davon allzu lustig, besonders nicht, wenn es meine Frau mit hineinzieht.«

Milan studierte mit einem Anflug von Interesse seine Fingernägel. Katzman setzte ein so strenges Gesicht auf, wie seine Fettpolster zuließen. »Dekker, ich muß Sie warnen . . .«

»Herr Anwalt, ich bin in friedlicher Absicht hier. Doch wenn Sie sich noch lange einmischen, wird nichts als Schmerz und Verwüstung bleiben. Jetzt halten Sie mal einen Moment lang Ihren Mund, und hören Sie zu. Ich bin von der *Guaranty*-Lebensversicherung in New York hierher geschickt worden, um wegen der in betrügerischer Absicht gestellten Ansprüche der Witwe eines gewissen Walter Thoren zu ermitteln. Ich bin sicher, das wird keinen von Ihnen beiden überraschen. Und ebensowenig, daß ein Verwandter von Mr. Milan namens Wuff Gela . . .«

»Wer?« Milans Stimme war ein tiefes, rauhes Brummen. »Wer, sagt er?« Und Katzman antwortete: »Angelo. Er meint Angelo.«

»Ach, Angelo.« Milan nickte. Er lächelte ein abwesendes Lächeln, der alte Onkel, der über die Eskapaden des tollkühnen Neffen lächelt.

Jake sagte zu ihm: »Lassen Sie uns doch mit dem Spiel aufhören, Milan. Heute morgen habe ich einen vollständigen Bericht über den Stand der Ermittlungen an John Maniscalco geschickt, meinen Boß bei der *Guaranty*. Darin erzähle ich alles, was es über Angelos Verhältnis zu Thoren zu erzählen gibt. Wenn mir also jetzt ein Mißgeschick zustoßen sollte, dann wird meine Firma diese Informationen den hiesigen Behörden übergeben und umfassende Ermittlungen über das Wie und Warum verlangen. Dann wird Angelo ziemlich schlecht dastehen. Und Sie stehen auch mit auf der Liste, weil Sie ihn mehr oder weniger decken.«

Das abwesende Lächeln blieb auf Milans Lippen. Katzman gab sich entsetzt. »Dekker, was Sie da sagen, ist nicht nur beleidigend, es sind regelrechte Verleumdungen.« Er schlug mit der Hand auf den Tisch. »Voll und ganz. Ich verstehe gar nicht, wie Mr. Milan in diesem Augenblick eine solche Geduld aufbringen kann. Ein angesehenes Mitglied der Gesellschaft soll geduldig dabeisitzen und sich anhören, wie es dermaßen abscheulich verleumdet wird?« Die salbungsvolle Stimme wurde beinahe sanft. »Dieser Mann kann nicht aus Fleisch und Blut sein, so wie er das erträgt. Er ist ein Mann aus Eisen.«

Jake sagte zu Milan: »Um Himmels willen, wie können Sie diesen Clown in Ihrer Umgebung ertragen?« Und Milan antwortete listig: »Was wollen Sie? Meinen Sie, Sie sind smarter als er?«

»Die Entscheidung überlasse ich Ihnen. Hören Sie zu, Milan. Verstehen Sie mich nicht falsch. Ich will Ihnen nicht drohen, denn ich weiß verdammt gut, daß Sie zu groß dafür sind. Und ich will auch glauben, daß Sie persönlich zu groß sind, um Ihre Finger in Angelos Erpressergeschichte zu stecken. Auf Sie habe ich es also nicht abgesehen. Sondern auf ihn. Wenn ich von Thorens Witwe eine Verzichtserklärung bekomme, dann zahlt mir meine Firma zehn Prozent der Versicherungssumme als Prämie dafür. Ich will das Geld, und zwar rasch, und Angelo Gela behindert meine Arbeit.«

»Drohungen sind Drohungen«, schaltete Katzman sich mit düsterer Stimme ein, »ganz gleich, gegen wen sie gerichtet sind.«

Jake kümmerte sich nicht darum. Er sagte zu Milan: »Ich will es Ihnen noch deutlicher sagen: Sie wissen genausogut wie ich, daß Thoren für 200000 versichert war, meine zehn Prozent kommen also auf 20000. Wenn Sie Angelo raten, für den Rest des Monats auf Reisen zu gehen, einen Urlaub im Ausland, dann wäre ich bereit, Ihnen einen beträchtlichen Teil meiner Prämie zu überlassen. 5000 Dollar in bar. 5000 Dollar nur dafür, daß Sie Angelo einen freundschaftlichen Rat unter Verwandten geben. Wie klingt das?«

Er wartete. Milan saß da und lächelte ihn an, dann neigte er den Kopf zu Katzman hinüber, der wunderbarerweise nun keinerlei Zeichen des Ärgers mehr zeigte. Katzman lehnte sich mit den Ellbogen auf den Tisch, verschränkte die Finger und betrachtete Jake darüber hinweg. »5000 Dollar dafür, daß man einem Neffen einen Rat gibt, ist zuviel. Schon ein einziger Dollar wäre zuviel. Ein Rat innerhalb der Familie sollte kostenlos sein. Ich weiß nicht, wie das in Ihrer Familie ist, aber in Mr. Milans Familie herrscht guter Wille. Blut ist dicker als Wasser.«

»Dann hat Mr. Milan vielleicht ein lohnendes Geschäft, in das ich investieren könnte«, sagte Jake mit Nachdruck. »Zum Beispiel ein Wohlfahrtsfonds für vom Wege abgekommene Neffen.«

»Mr. Milan hat mit vielerlei Geschäften zu tun. Aber als Investition in eines davon wären 5000 Dollar zu wenig. Ein Tropfen auf den heißen Stein. Die mindeste Summe für eine Investition, das kleinste, was überhaupt die Erwägung wert wäre« - Katzmann schürzte die Lippen und blickte hinauf zur Decke, als ob die Antwort dort geschrieben stünde -, »wären, sagen wir, genau 19800 Dollar.«

»Praktisch meine gesamte Prämie? Das soll doch wohl ein Witz sein?«

»Dekker, Sie sind derjenige, der uns ein Geschäft vorgeschlagen hat. Wenn Sie Ihr Angebot einstweilen zurückziehen wollen, dann viel Glück und auf Wiedersehen. Morgen ist schließlich auch noch ein Tag.«

»Nicht so schnell, Katzman. Vielleicht bin ich neugierig, aber ich möchte doch gern wissen, wie Sie gerade auf diese Zahl kommen. Warum 19800 und nicht die vollen 20000? Aus Mitleid?«

»Aus Notwendigkeit. Wenn man heutzutage jemandem eine Summe Bargeld auszahlt, dann machen sich viel zu viele Menschen Gedanken darum. Insbesondere Leute von der Einkommensteuer. Damit die sich keine Sorgen machen müssen, werden Sie einen Schuldschein unterzeichnen, der besagt, daß Mr. Milan Ihnen 18000 Dollar zu zehn Prozent Zinsen geliehen hat. Wenn Ihr Geld dann eingeht, wird es als Rückzahlung eines Darlehens verbucht. Mit ein wenig Kopfrechnen werden Sie darauf kommen, daß die ursprüngliche Darlehenssumme und die Zinsen zusammen 19800 ergeben. Nicht 20000. Und gewiß nicht die 5000, die Sie geboten haben.«

Jake fuhr sich mit der Hand über den Mund. Er sah, wie Katzman einen Blick auf die Uhr warf. »10000 ist mein letztes Wort. Und keine falschen Schuldscheine.«

»Der Preis ist 19800, Dekker. Und wenn Sie bereit sind, ihn zu zahlen, dann habe ich zufällig den Schein schon fertig abgefaßt zur Hand. Sie brauchen nur noch zu unterzeichnen.« Katzman zog ein zusammengefaltetes Blatt aus seiner Tasche und warf es auf den Tisch. »Nehmen Sie es nur, und lesen Sie es. 19800, zahlbar nach Aufforderung. Man sollte nie etwas unterzeichnen, ohne daß man es gelesen hat.«

»Damit kaufe ich nichts als guten Willen, Katzman, und habe keinerlei Garantie, daß er etwas nützen wird. Wenn Angelo nicht auf Onkels Rat hören will, dann hat Onkel immer noch meinen Schuldschein über fast 20000 Dollar. Ich müßte ja verrückt sein, wenn ich mich auf so einen Handel einließe.« Jake wandte sich an Milan. »10000. An dem Tag, an dem ich den Fall abschließe. Schlicht und einfach.«

Milan, noch immer mit dem Anflug eines Lächelns, warf Katzman einen Blick zu. Katzman schüttelte den Kopf, daß seine Kaskade von Kinnen schwabbelte. Teilnahmslos sagte er: »19800. Und ein Schein, damit es auch bindend ist. Aber warum sollen Sie das aus Ihrer eigenen Tasche zahlen? Tragen Sie es Ihrer Firma an. Die sollten doch froh sein, wenn sie einen Fall, der 200 Riesen wert ist, so billig lösen können.«

Jake fragte: »Kann ich dann dort auch sagen, daß ich gesehen habe, und zwar morgen früh, daß Angelo das Flugzeug zu einem Ferienaufenthalt in Palermo bestiegen hat?«

Katzman machte ein mürrisches Gesicht. »Wie Sie selbst sagen, Sie kaufen guten Willen. Wie er sich äußert, das ist Mr. Milans Angelegenheit.«

»Dann kann ich das Geschäft nicht machen, Katzman.«

»Das denken Sie jetzt«, sagte Katzman teilnahmslos. »Wer weiß, wie es morgen oder übermorgen steht? Manchmal geschehen Dinge, die einen Menschen dazu bringen, sich über Nacht etwas anders zu überlegen.«

Jake erhob sich. Er stützte sich mit den Fäusten auf die Tischplatte und lehnte sich vor zu Katzman. »Was soll das heißen, Herr Anwalt?«

»Das soll heißen, wenn Sie es sich anders überlegen, brauchen Sie nicht förmlich zu sein. Klopfen Sie einfach an. Einem vernünftigen Vorschlag ist Mr. Milan niemals abgeneigt.«

»Ich hoffe um Ihretwillen, Sie fetter Dreckskerl, daß Sie nichts anderes damit gemeint haben«, sagte Jake. Er wandte sich zum Gehen, doch Milan sagte: »He, Sie«, und er wandte sich noch einmal um. Milans Lächeln war nun breit genug, daß man seine schiefen und gelben Zähne sehen konnte. Er wies mit dem Kopf in Katzmans Richtung.

»Glauben Sie immer noch, Sie sind smarter als er?« fragte er.

Kapitel 51

Neben Nappy's Lounge gab es ein großes Fischrestaurant. Von dort rief Jake Magnes an. »Wie rasch können Sie mir ein Zimmer für das Mädchen besorgen?«

»Bevor Sie einmal geblinzelt haben. 15, 20 Minuten. Das wird aber auch Zeit, daß Sie vernünftig werden, Dekker. Unter welchem Namen soll ich sie einschreiben?«

»Nehmen Sie ihren echten. Sagen wir, eine Suite für Mr. und Mrs. Jacob Majeski.« Jake buchstabierte es ihm. »Aber es muß etwas auf der Miami-Seite sein. Und an der Bucht, damit ich auch mit dem Boot hin kann. Und noch etwas. Ich weiß, das ist viel verlangt, aber ich will, daß Sie ein Mädchen finden, das heute abend noch ein Flugzeug nach New York nimmt und ein paar Tage dort bleibt. Jemanden, der meinem Mädchen ähnlich sieht.«

»Eine, die kurz in ihre Rolle schlüpft?«

»Ja. Sie muß nicht gerade ein Zwilling sein. Nur klein, blond und nicht zu mager.«

Magnes fragte: »Darf es eine Frau vom Fach aus einer Detektei sein, die ich kenne?«

»Wenn es sein muß. Aber machen Sie sich gleich an die Arbeit. Ich bin auf der Dammstraße an der 79. Ich schaue in ungefähr 20 Minuten bei Ihnen vorbei, um die Details abzusprechen.«

Doch im Fünf-Uhr-Verkehr, in dem sämtliche Autos von Miami Beach Stoßstange an Stoßstange vor ihm zu stehen schienen, brauchte er 40 Minuten für die Fahrt. Magnes warf nur einen einzigen Blick auf ihn, als er die Tür öffnete, und sagte sofort: »Nur ruhig. Alles ist arrangiert.«

»Was haben Sie gebucht?«

»Etwas Teures. Das Argyle East, an der Bucht drüben in South Miami. Schlafzimmer, Wohnzimmer, Privatterrasse für 90 Dollar am Tag. Der reine Luxus. Sie kann sofort einziehen.«

»Und wie steht es mit der Sicherheit?«

»Das Beste an dem Laden ist, daß er sich nicht mit Ganoven abgibt. Deshalb habe ich ihn ausgesucht. Aber ich werde den Hoteldetektiven sagen, daß sie ein Auge auf sie haben sollen. Und ich habe auch schon a Mädel für den Flug nach New York gefunden. Sie haben nicht gesagt, welchen Flug, also habe ich die Zehn-Uhr-Maschine heute abend bei Northeast gebucht. Wenn Sie was anderes wollen, kann ich das ändern.«

»Nein, das ist schön so«, sagte Jake. »Sagen Sie Ihrem Schätzchen, sie soll um Viertel vor zehn auf der Damentoilette sein, die dem Northeast-Schalter am nächsten liegt, und sie soll eine Sonnenbrille in der Hand halten, damit man sie erkennen kann. Und sie soll nur eine Reisetasche mitbringen. Sie bekommt ihr Ticket und ihr Geld auf dem Flughafen, und ich werde ihr genug geben, daß sie sich in New York neu ausstatten kann.«

»So ungefähr hab' ich mir das auch gedacht. Ich hab' ihr gesagt, 50 Dollar pro Tag inklusive Spesen, da haben Sie einen Begriff, wieviel sie erwartet. Und jetzt erzählen Sie, was los ist, das Sie dermaßen durcheinandergebracht hat. Ich würd' vermuten, Sie haben es irgendwie tatsächlich fertiggebracht, mit Frank Milan zusammenzukommen, und er hat Ihnen a blaues Auge geschlagen.«

»Das wäre das eine Auge«, sagte Jake. »Die Faust aufs andere kam von einem Rechtsverdreher namens Aaron Katzman. Der Fettsack, der Milan als Sprachrohr dient. Wissen Sie irgendwas über den?«

»Dekker, jeder im Dade County kennt ihn, ausgenommen vielleicht die Touristen. Das ist der Bursche, der austüftelt, wie die Ganoven, die sich hier mit dem Geld niederlassen, das sie in Vegas und auf den Bahamas und in der guten alten Zeit in Havanna abgeschöpft haben, einen ehrbaren Anstrich bekommen. Er steckt mit einer Reihe von Hotelbesitzern und Bauunternehmern und Gewerkschaftsbossen unter einer Decke, und er bringt die Ganoven mit ihnen zusammen, so daß am Ende niemand mehr weiß, wer für was verantwortlich ist. A echter Haifisch. Und a enger Vertrauter der größten Politiker in Miami und hier in Miami Beach. Na ja, jedenfalls so a großer, daß schon dreimal Anklage gegen ihn erhoben wurde, und jedesmal ist er als lachender Sieger aus dem Gerichtssaal spaziert.«

»Das hätte ich mir auch denken können«, sagte Jake. »Ich bin ja schon mit einer Menge von Anwälten zusammengekommen, und die meisten davon waren windige Burschen, aber noch nie habe ich einen getroffen, der praktisch eingesteht, daß er zu einer Erpresserbande gehört, versucht, mir Geld abzupressen, und mir am Ende Gewalt androht, für den Fall, daß ich nicht zahle.«

»Hat er Sie bedroht?« fragte Magnes. »Oder Ihr Mädele?«

»Das kommt doch aufs gleiche raus. Tatsache ist, daß dieser Kerl genauso über Thoren Bescheid weiß wie Milan, und beide fühlen sich pudelwohl dabei. Da ist ganz schön was los hier in der Stadt, was? Davon könnte sich sogar Tijuana noch eine Scheibe abschneiden.«

Magnes zuckte die Schultern. »Wer wollte das bestreiten? Hundertprozentig korrupt ist sie nicht, aber ich muß schon sagen, sie ist so korrupt, wie sie überhaupt nur werden kann. Andererseits ist das Klima einfach unübertroffen.«

»Außer wenn die Hurrikane kommen. Jetzt zum letzten Punkt auf meiner Liste. Der Bursche mit dem Schnellboot, den Sie kennen. Könnten Sie den heute abend für einen Einsatz bekommen?«

»Entweder ihn oder jemand anderen in dieser Art. Geben Sie mir zwei Stunden, und ich kann Ihnen jederzeit a schnelles Boot und a taubstummen Käpt'n besorgen. Wann soll er da sein?«

»Mitternacht an meinem Haus«, sagte Jake. »Punkt zwölf Uhr. Es ist das erste Haus nördlich von dem mit der großen Lampe im Garten. Und sagen Sie ihm, er soll den Motor drosseln und den Suchscheinwerfer auslassen, wenn er anlegt. Meine Nachbarn sind sowieso schon nervös. Ich will nicht, daß sie durchdrehen.« Er riß die Tür auf. »Wo kann man in Miami nicht zu weit von der Bibliothek gut essen? Irgendwas mit ein wenig Glamour.«

Magnes dachte nach. »Das Dachrestaurant des Columbus wäre nicht schlecht. Am Boulevard, Höhe Northeast First Street. Gutes Essen, und man hat einen sehr schönen Blick über Miami Beach von da.« Mit Grabesstimme fügte er hinzu: »Ma sieht nur die Häuser, nicht die Leute.«

Anthony Aiello hatte seinen grünen Chevrolet wohl gut außer Sichtweite geparkt. Jake war schon halb zu Hause, bevor er ihn im Rückspiegel bemerkte. Er vergewisserte sich, daß er bis zu seiner üblichen Wartestellung nahe der Brücke zu Daystar Nummer Eins hinter ihm blieb.

Im Haus stopfte er 500 Dollar in einen Umschlag und steckte ihn in die Tasche. Dann wuchtete er die beiden größten Koffer aus dem Schrank und packte hastig alles hinein, was Elinor mitgebracht hatte, wobei er als letztes noch einen Regenmantel und ein Kopftuch hineinstopfte. Diese Koffer und ihre Reisetasche legte er auf den Rücksitz des Jaguars. Er kehrte zurück ins Haus, nahm Elinors eigene, leere Koffer und verstaute sie beide im Kofferraum.

Als er auf dem Weg zurück nach Miami Beach an dem grünen Chevy vorbeikam, sah er, daß nun nicht mehr Aiello am Steuer saß, sondern jemand Blondes, Mondgesichtiges ohne Schnurrbart. Offenbar hatte die Nachtschicht übernommen. Er führte den Chevy über die Dammstraße und den Biscayne Boulevard hinunter zum Hotel Columbus in der First Street, wo er den Jaguar einem Parkwächter übergab. Dann ging er zur Bibliothek auf der anderen Straßenseite, und zwar so langsam, daß das blonde Mondgesicht keine Mühe hatte zu sehen, wohin er ging.

Elinor saß an einem Tisch im Lesesaal, und etliche Bücher und Zeitschriften lagen vor ihr. Ein großer, schmaler Junge mit einem ungebändigten Haarschopf und einem struppigen Bart hatte seinen Stuhl so nahe an sie herangebracht, daß sie fast Wange an Wange saßen. Er redete leise auf sie ein, wobei er mit einer Hand heftig gestikulierte. Ihr Blick war auf eine aufgeschlagene Zeitschrift gerichtet, doch sie hörte ihm zu. In ihrem Gesichtsausdruck mischten sich Ärger und Amüsement.

Sie erblickte Jake, und ihre Züge hellten sich auf. Er kam an den Tisch, und sie sagte mit der Gelassenheit einer langjährigen Ehefrau, die ihren von der Arbeit heimgekehrten Mann begrüßt: »Hallo, Liebling.« Der junge Mann warf einen Blick auf Jake. »Na, vielleicht ja doch«, sagte er zu Elinor und machte sich davon, ohne zu warten, daß sie ihn vorstellte.

»Wer war denn das?« fragte Jake und nahm auf dem freigewordenen Stuhl Platz. »Was war los?«

»Tja«, meinte Elinor, »ich habe ihm gesagt, daß er verschwinden soll, weil mein Mann gleich da sein werde und der sehr eifersüchtig sei. Aber er erklärte mir, eifersüchtige Ehemänner gebe es heutzutage nicht mehr. Ich nehme an, er hat es sich schlagartig anders überlegt, als er dich zu Gesicht bekam. Der arme Junge.« Sie rückte näher an Jake, und er spürte die Wärme ihres Oberschenkels. »Du hast gar keine Ahnung, wie du aussiehst, wenn du ärgerlich bist. So als ob jeden Moment das Donnerwetter losbräche.«

»Hat er gefragt, was du hier tust?«

»Er ist keiner von den bösen Buben, wenn es das ist, worüber du dir Sorgen machst. Er ist nur ein Junge, der in Miami auf die

Universität geht. Wie dem auch sei« – hinter ihnen mahnte jemand sie zur Ruhe, und Elinor senkte die Stimme –, »wie dem auch sei, das Wichtigste ist, daß du mit Thoren recht hattest. In jeder Beziehung. Ich meine mit dem Unterseebooteinsatz und allem.«

»Tatsächlich? Aber ich hatte dir doch gesagt, daß du in dem Fall gleich anrufen solltest. Warum hast du nicht angerufen?«

»Habe ich ja. Seit drei Uhr rufe ich einmal stündlich an. Und jetzt ist es halb acht, das heißt, in einer halben Stunde hätte ich es wieder versucht. Ich hatte das Gefühl, du warst den ganzen Tag nicht zu Hause.«

»Ich komme gerade von dort. Wahrscheinlich war ich nur zwischen deinen Anrufen dort. Die Sache mit Thoren ist also eindeutig? Aber damals hat er noch nicht so geheißen, oder? Das wäre unmöglich.«

»Hieß er auch nicht.« Sie machte eine Handbewegung in Richtung der Bücher, die sie vor sich hatte. »Da steht alles drin. Das einzige, womit du dich geirrt hast, war der Name der Operation. Es hieß nicht Pretorius, sondern Pastorius. Ein U-Boot landete auf Long Island und zwei hier im Süden.«

»Hast du dir Notizen gemacht?«

Elinor pochte auf ihre Handtasche. »Alles hier. Und alles darüber, wer Thoren war und was er hier gewollt hat und wie er mit Earl Dobbs zusammenkam. Die ganze Geschichte. Soll ich es dir jetzt gleich erzählen?«

»Nein, beim Essen. Weißt du noch, daß ich dir eine Siegesfeier versprochen habe? Die machen wir jetzt.«

»Jetzt? Ohne daß ich zwischendurch nach Hause und mich umziehen kann?« Elinor blickte unglücklich an sich herunter. »Ich glaube nicht, daß ich richtig angezogen bin, um groß auszugehen.«

»Du wärest auch in einem Flanellmorgenmantel und mit Lockenwicklern im Haar gut dafür angezogen«, meinte Jake. Sie stieß ihn begeistert mit der Schulter an und sagte: »Du hast mich überzeugt. Den ersten Teil der Feier machen wir in einem hübschen Restaurant, und dann gehen wir nach Hause ins Bett und feiern da weiter. Jake, es funktioniert immer noch. Als ich dich eben hereinkommen sah, fing ich sofort an zu schweben. Ich meine, richtig in der Erdumlaufbahn. Das ist großartig, Mann.«

Sie waren schon draußen vor der Bibliothek, als sie ihn plötzlich am Arm faßte. »Mein Päckchen«, sagte sie, »das hätte ich beinahe vergessen«, und lief noch einmal hinein, um sich an der Garderobe ihren Karton von Jordan Marsh geben zu lassen. Als sie den Park hinüber zum Biscayne Boulevard durchquerten, schwenkte sie es. »Rate mal, was das ist.«

»Doch hoffentlich nicht noch ein Geschenk für mich. Diesmal bist du an der Reihe.«

»He, das stimmt. Du hast mein Hemd an, und ich habe es nicht mal gemerkt. Steht dir prima. Aber das Päckchen hier ist nicht für dich. Es ist sozusagen für uns beide. Komm und rate.«

Jake sah, daß der blonde Mann mit dem Mondgesicht am Ende des Pfades auf dem Bürgersteig stand. Als sie sich ihm näherten, schlenderte der Mann langsam davon. »Komm, rate, was es ist«, sagte Elinor. »Versuch's doch mal.«

»Ein schwarzes Spitzennachthemd?«

»Na ja, wenn du immer wieder das gleiche rätst, dann muß du ja früher oder später auf das Richtige kommen.« Sie drückte ihm die Hand. »Aber warte mal, bis du es siehst. Nackt ist nichts dagegen.«

Kapitel 52

Der Blick über Miami Beach in der Abenddämmerung, den das Dach des Columbus bot, hielt voll und ganz, was Magnes versprochen hatte. Als die Straßenlampen und dann die Lichter in fernen Hotels und Bürohochhäusern jenseits der Bucht angingen, sagte Elinor: »Na, das nenne ich Timing. Wie weit ist das von hier?«

»Weiß ich nicht. An die acht Kilometer, würde ich schätzen. Was trinkst du?«

»Bier, es sei denn, du findest das zu unfein für so eine Feier. Und ein paar Brötchen oder so was jetzt gleich. Ich bin ganz verhungert.«

Als der Kellner ihre Bestellung aufgenommen hatte, zog sie eine Reihe zerknitterter Notizzettel aus ihrer Tasche und breitete sie vor sich aus. Bis sie sie zu ihrer Zufriedenheit arrangiert hatte, war der Kellner zurück. »Was willst du hören?« fragte sie Jake mit vollem Munde. »Nur das, was Thoren und Dobbs betrifft, oder Operation Pastorius von Anfang an?«

»Beides. Aber nur die entscheidenden Fakten.«

»Hmhm.« Sie studierte ihre Zettel. »Also, im Jahre 1942 unterbreitete ein Offizier in der Übersee-Abteilung des Nazi-Geheimdienstes dem Oberkommando der Wehrmacht einen Sabotageplan. Und dieser wurde Admiral Canaris vom Geheimdienst des Oberkommandos vorgelegt. Der Plan sah vor, drei Unterseeboote in Richtung Vereinigte Staaten zu schicken. Jedes sollte vier Fachleute für Sabotage an Bord haben. Die ersten Aufgaben« – sie studierte den Zettel, den sie in der Hand hatte, genauer –, »ah ja, die ersten Aufgaben, die der Trupp, der auf Long Island landete, gehabt hätte, wären die Zerstörung der Eisenbahnlinien nach New York und die Sprengung des Kraftwerks an den Niagara-Fällen gewesen. Die Männer, die im nördlichen Florida landen sollten, hatten den

Auftrag, die Bahnverbindungen um Jacksonville lahmzulegen, und diejenigen, die hier in Südflorida an Land gingen, sollten die U-Boot-Basis in Key West sabotieren. Dann sollten sich die drei Trupps im Tal des Tennessee zusammenfinden und die Alcoa-Werke in die Luft jagen. Das war das Hauptziel, denn es waren unsere größten Aluminiumwerke, und das Aluminium brauchten wir zum Flugzeugbau. Aber es hat alles nicht geklappt.«

»Das war das einzige, woran ich mich noch erinnern konnte«, sagte Jake. »Einer der Männer in dem Trupp, der auf Long Island landete, hat sie alle sofort dem FBI verraten. Stimmt's?«

»Stimmt. Das war George John Dasch. Er war der Kommandeur der Long-Island-Truppe, aber er kannte auch die Pläne für alle anderen. Deshalb wurden alle, mit Ausnahme eines Mannes von der Südflorida-Truppe, sofort gefaßt. Und alle Gefangenen außer Dasch sowie einem Mann namens Burger, der belegen konnte, daß man ihn zu diesem Einsatz gezwungen hatte, wurden im August 1942 von der amerikanischen Armee auf dem elektrischen Stuhl hingerichtet. Die beiden anderen kamen ins Gefängnis.«

»Und der eine, der entwischt ist, war unser Freund Thoren«, sagte Jake. »Nur daß er damals noch seinen echten Namen geführt haben muß. Wie hieß er?«

»Walther Stresemann. Ich meine, Walther Stresemann hieß der eine, der entwischt ist. Und er war der Kommandeur des Südflorida-Trupps – das ist für uns der Beweis. Das Unterseeboot für Nordflorida landete am 17. Juni in Ponte Vedra Beach bei Jacksonville. Das Südflorida-Boot mit Stresemann war das letzte, das ankam. Das war am 21. Juni. Sie setzten Stresemann und seine drei Begleiter in Juno Beach bei Palm Beach an Land, und am nächsten Tag wurden die drei gefaßt, doch er konnte fliehen. Jetzt kommt der beste Teil, denn jetzt dreht es sich nur noch um ihn.« Elinor stützte sich mit dem Ellbogen auf den Tisch und legte das Kinn in die Hand. Sie starrte Jake lange und intensiv an. »Weißt du was«, sagte sie feierlich, »du bist ein Genie.«

»Stimmt.«

»Na, ich sehe schon, da haben wir doch wenigstens etwas, worüber wir uns nie streiten werden.« Versonnen steckte sie ein Stück Brötchen in den Mund. »Aber ich meine es ernst. Als Sherry mir von dir erzählte, sagte sie, du seist gewitzt. Aber man muß mehr als das sein, wenn man sich das alles zusammenreimen will, was du dir zusammengereimt hast. Fast alles, was du am Ende über Thoren gesagt hast, war richtig. Und am Anfang hattest du fast überhaupt nichts, wovon du ausgehen konntest.«

»Ich hatte mehr, als man auf den ersten Blick sah«, sagte Jake. »Und einiges Glück. Und dich mit ein oder zwei inspirierenden Ideen.«

»Meinst du das ernst? Habe ich dir wirklich geholfen?«

»Das hast du. Also, was war mit Thoren?«

Elinor widmete sich wieder ihren Zetteln. »Wo war ich? Ah ja, er ist entwischt. Aber die Straßen nach Norden waren abgeriegelt, also floh er nach Süden. Für seine Verfolger war es nicht leicht, denn er hatte einen Koffer mit 80 000 Dollar dabei, die für die Unkosten seines Trupps bestimmt gewesen waren. Deshalb konnte er immer wieder klapprige alte Autos gegen Bargeld kaufen und dadurch das FBI von seiner Spur abbringen. Zwischen Palm Beach und Miami hat er dreimal das Auto gewechselt. Er hatte einen Führerschein und Entlassungspapiere der Army und alles, was er sonst noch brauchte, um sich als Amerikaner auszugeben, doch soweit ich das meinen Quellen entnehmen kann, hat er diese Papiere auf seiner Flucht nicht benutzen müssen. Deshalb taucht nirgends in den Akten der Name Thoren auf, denn auf diesen Namen lauteten die Papiere.«

»Wie hat er das Sprachproblem gelöst?«

»Es gab keines. Als er 1935 die Oberschule in Deutschland abschloß, sprach er schon gut Englisch, und dann war er für ein Jahr hier an der Universität in Minnesota und danach noch ein Jahr am MIT, bevor er nach Deutschland zurückging. Er hatte keinerlei Probleme mit der Sprache.

Na, jedenfalls glaubten das FBI und die Leute von der Army, die hinter ihm her waren, schließlich, sie hätten ihn in Miami festgenagelt, doch er entkam ihnen wieder und nahm den Tamiani Trail zur Westküste Floridas. Aber wenn man erst einmal auf dem Tamiani Trail ist . . .«

»Ich weiß«, sagte Jake. »Wenn man erst einmal drauf ist, dann gibt es nur eine einzige Möglichkeit, vor der Küste wieder runterzukommen. Die Route Ninety-four. Als ihm klar wurde, daß sie ihm wieder auf den Fersen waren und die Zufahrt zur Küste versperrt hatten, da nahm er die 94 zu einem Ort namens Crosscut.«

»Siehst du?« sagte Elinor. »Da spricht schon wieder das Genie. Aber dort geschah dann folgendes. Und das ist die Stelle, an der Earl Dobbs ins Spiel kommt. Und sein Onkel Jesse. Stresemann hielt den beiden eine Pistole unter die Nase und zwang sie, ihn zu verstecken. Also taten sie das. Auf so einer Art kleiner Insel mitten in den Sümpfen da unten.«

»Dobbs' Wäldchen.«

»Dobbs' Wäldchen. Aber in der Nacht versuchte der Onkel, Stresemann zu töten und dann zu fliehen. Er brachte ihm eine schwere Verletzung mit einer abgebrochenen Flasche bei, aber sie war nicht tödlich. Am Ende erschoß Stresemann den Onkel, und Earl Dobbs – er war damals noch ein Junge, 15 Jahre alt – blieb mit einer Kugel im Leib liegen, so daß man auch ihn für tot halten konnte. Das war er auch fast, bis das FBI von dem Wäldchen erfahren und den Weg dorthin gefunden hatte. Und Stresemann war bis dahin endgültig fort. Er nahm das Boot der Dobbs' und verschwand damit. Die ganzen Sümpfe der Umgebung wurden abgesucht, aber es fand sich keine Spur von ihm oder dem Boot, so daß er am Ende für tot erklärt wurde. Ich meine, er war schwer verwundet, und es gab Alligatoren und Schlangen und was weiß ich noch, da war das doch nur vernünftig. Aber natürlich war er nicht tot. Irgendwie hat er es zurück nach Miami geschafft und wurde nun endgültig Walter Thoren.«

»Du mußt zugeben, er war selbst so eine Art Genie, findest du nicht auch?« fragte Jake.

Elinor schüttelte den Kopf. »Vielleicht. Aber ich mag keine Genies, die alte Männer und kleine Jungs erschießen.«

»Und du meinst, Fidel und Che hätten niemals so etwas Abscheuliches getan?«

»Nein. Das hätten sie nicht.«

»Denk immer dran«, sagte Jake, »man muß nicht selber den Abzug ziehen, um ein Mörder zu sein.«

Elinor legte die Stirn in Falten. Dann sagte sie unglücklich: »Ich weiß nicht. Ich meine, wenn sie jemals so etwas getan haben, dann deswegen, weil sie den Kampf des Volkes anführten, oder?«

»Liebling, das klingt hübsch, aber Thoren hatte eine noch bessere Entschuldigung aufzuweisen. Er wollte am Leben bleiben, und das ist es nun mal, worauf es ankommt. Und er hat das Spiel gewonnen, obwohl alle Chancen gegen ihn standen. Wenigstens das mußt du ihm lassen. Der Bursche hatte Grips und Mut genug für zehn. Sein Pech, daß er Earl Dobbs damals nicht auch erledigt hat.«

»Aber Jake ...«

»Nein, ich will keine Tränen über das vergießen, was mit Thoren geschehen ist. Aber es tut mir leid, daß es, als er am Ende zur Strecke gebracht wurde, zwei Hyänen wie Dobbs und Gela sein mußten. Wahrscheinlich ist ihm das auch durch den Kopf gegangen, als er einsehen mußte, daß es keinen Ausweg mehr gab.«

»Und in diesem Augenblick geht es wahrscheinlich Mrs. Thoren durch den Kopf, wo immer sie sein mag«, sagte Elinor. »Magnes hat sie noch nicht gefunden, oder?«

»Bisher nicht.« Jake zeigte auf die Zettel. »Das wäre die ganze Geschichte?«

»Hmhm. Es sei denn, du willst alles ganz detailliert haben. Zum Beispiel, daß dieser Admiral Canaris, dem sie am Anfang den Plan vorgelegt hatten, gleich gesagt hat, es sei Unsinn, aber keiner hat auf ihn gehört. Es wurde Befehl gegeben, es trotzdem zu machen. Solche Sachen.«

»Nein, die Details können wir uns sparen.«

»Jawohl, Sir. Dann wäre das die ganze Geschichte. Noch Fragen?«

Jake dachte darüber nach. »Zwei Fragen. Erstens, was hatte der deutsche Geheimdienst mit diesen Burschen geplant, wenn ihre Mission geglückt wäre? Wären sie später wieder von Unterseebooten abgeholt und zurück nach Deutschland gebracht worden?«

»Nein. Sie sollten sich, jeder für sich, hier niederlassen und sehen, wie sie durchkamen. Nach der Operation Pastorius wäre für sie der Krieg zu Ende gewesen.«

»Das dachte ich mir. Ich denke mir nämlich, daß Thoren, wenn sie Order gehabt hätten, sich im Hauptquartier zurückzumelden, das irgendwie geschafft hätte, und wenn er dafür sein eigenes U-Boot hätte bauen müssen.« Jake deutete auf die Notizzettel. »Darf ich die für die Akten haben?«

Elinor reichte sie ihm. »Solange du nicht die Rechtschreibfehler anstreichst. Ich bin furchtbar in Rechtschreibung. Selbst wenn ich etwas abschreibe, mache ich Fehler dabei. Und die zweite Frage?«

Jake lehnte sich in seinem Stuhl zurück, um dem Kellner Raum zum Bedienen zu lassen. Er sah zu, wie Elinor genüßlich eine große Garnele aufspießte, sie in die Soße tunkte und dann am Stück in den Mund steckte.

Er sagte: »Ich mag Mädchen, die nicht in ihrem Essen herumstochern. Du hast Cocktailsoße am Kinn.«

Sie tupfte sie mit der Serviette ab. »Was war die zweite Frage?« sagte sie mit einer Garnele im Mund.

»Wie würde es dir gefallen, dich aushalten zu lassen?«

Sie lächelte ihn an. »Ich lasse mich aushalten. Es gefällt mir.«

»Ich meine, so richtig zu leben wie eine Mätresse. Eine Suite in einem Luxushotel, Kredit bei den Läden in der Hotelhalle, der Zimmerkellner bringt Champagner und Kaviar, alles ganz dekadent. Ich meine das wirklich ernst.«

Sie blickte ihn forschend an. »Es klingt zwar nicht so, aber dann wird es wohl stimmen. Warum, Jake? Meinst du, sie werden noch ein zweites Mal versuchen, auf unser Haus zu schießen?«

»Ich weiß nicht, was sie als nächstes versuchen werden. Aber Gela weiß, daß ich fast alles zusammenhabe, was ich brauche, und er wird es nicht einstecken wie ein Gentleman. Mir wäre wohler, wenn du außer Reichweite wärest, ganz gleich, was er versucht. Dein Teil der Arbeit ist beendet. Du bist jetzt nur noch eine unbeteiligte Zuschauerin, und es gibt keinen Grund, warum eine unbeteiligte Zuschauerin riskieren sollte, daß ihr etwas zustößt. Du siehst, ich bin ganz offen zu dir.«

»Nein, das bist du nicht. Du redest nur von mir, aber du, du wirst mittendrin stecken. Jake ...«

»Halb so wild, Liebling. Ich habe dir ja schon oft genug gesagt, daß Gela nichts tun wird, was der *Guaranty* einen Vorwand gäbe, die Auszahlung zu verzögern. Er kann mich nur einschüchtern, er kann mir nichts tun. Und du bist nun mal jemand, den er benutzen könnte, um Druck auf mich auszuüben. Wenn du von der Bildfläche verschwindest, gibt es auch keinen Druck.«

»Von der Bildfläche?« fragte Elinor. »Ich dachte, du willst mir sagen, daß ich in ein Hotel hier in der Gegend ziehen soll.«

»Will ich auch. Das Argyle East, direkt an der Bucht etwas weiter stadteinwärts. Es kommt nur darauf an, dich dorthin zu bringen, ohne daß jemand es mitbekommt. Wir machen es gleich nach dem Essen.«

»Aber was ist mit dir?« fragte Elinor. »Das hört sich an, als ob ich alleine dort wohnen sollte. Das will ich nicht. Ich will, daß du bei mir bist.«

»Einen Teil der Zeit werde ich das auch.« Er nahm ihre Hand. »Du glaubst doch nicht, daß ich dich hierbehalte, nur um mit dir angeben zu können, oder?«

»Ich hoffe nicht. Aber du sagst doch, daß dich jemand rund um die Uhr beschattet. Dann wird er dir auch zum Hotel folgen und weiß dann, wo ich bin. Da könnte ich genausogut gleich bei dir bleiben.«

»Im Augenblick könnten wir uns gar nichts Besseres wünschen, als daß mich jemand beschattet«, sagte Jake. »Die Sache funktioniert so: Ich fahre dich zum Flughafen, hole ein Ticket für einen Flug nach New York auf deinen Namen ab - dein Name lautet Mrs. Dekker - und gebe dein Gepäck auf. Dann gehst du auf die Damentoilette. Magnes hat ein Mädchen aus einer Agentur besorgt, das dort auf dich wartet. Sie wird dir ein wenig ähnlich sehen - von weitem zumindest -, und sie hat eine Sonnenbrille in der Hand, an der du sie erkennen kannst. Sie verwandelt sich in Mrs. Dekker und geht hinaus und nimmt das Flugzeug. Du wartest ein Weilchen, dann nimmst du ein Taxi zum Argyle East und ziehst als Mrs. Elinor Majeski dort ein. Das ist alles.«

»Aber wo bleibst du? Wann sehe ich dich wieder?«

»Nachdem ich dich auf die Reise geschickt habe, fahre ich zusammen mit meinem Verfolger zurück nach Daystar. Das Argyle East liegt direkt am Wasser. Ich habe ein Boot bestellt, das mich um Mitternacht dorthin bringen wird. Ich weiß nicht, wie schnell man hier auf dem Wasser vorankommt, aber ich müßte so zwischen halb eins und eins im Hotel sein. Das Boot wartet auf mich. Um fünf Uhr morgens fahre ich zurück nach Daystar.«

Elinor gab einen Laut von sich, der halb Lachen, halb das Schniefen unterdrückten Weinens war. »Das klingt wie einer von diesen bescheuerten Pendlern.«

»Nicht für lange. Wenn wir erst einmal Mrs. Thoren ausfindig gemacht haben, ist der Fall im Handumdrehen erledigt. So wie die Dinge stehen, wäre die einzige andere Möglichkeit, daß du zurück nach New York fliegst, und ein Muskelmann von einer Detektei würde dich am Kennedy Airport abholen und dir als Wachhund Gesellschaft leisten, bis ich hier fertig bin. Aber ich lasse dir nicht die Wahl. Ich will, daß du hierbleibst.«

Elinor betrachtete ihn wieder mit jenem forschenden Blick. »Das willst du wirklich, nicht wahr?«

»Liebling, wenn du dir mal vor Augen führst, wieviel Mühe und Geld dieses Arrangement kostet ...«

»Ich weiß. Am Ende bin ich dir doch noch irgendwie ans Herz gewachsen, was?«

»Erst seit du anständig korrumpiert bist. Von Anfang an war für mich das Wichtigste, daß ich eine Seele für das Establishment retten konnte.«

»Aber ja.« Sie saß da und lächelte ihn an. Dann verschwand das Lächeln ganz allmählich. »Jake, sage mir eins. Was wird, wenn diese Arbeit hier fertig ist? Aus uns beiden, meine ich. Ich weiß, daß wir schon mal darüber gesprochen haben, aber jetzt liegen die Dinge doch anders, oder?«

»Sieht ganz so aus.«

»Aber ich habe immer noch den Jungen. Und er braucht mich. Ehrlich gesagt, ich brauche ihn auch. Verstehst du, worauf ich hinauswill? Du kannst uns nur im Zweierpack bekommen.«

»Muß das unbedingt sein? Der Kleine hat doch eine Oma, die für ihn sorgt. Es gibt Tagesschulen. Und du wirst viel Zeit haben, bei ihm vorbeizuschauen und ihn in den Arm zu nehmen. Jeden Tag, wenn dir danach zumute ist.«

»Wenn mir danach zumute ist? Schatz, das ist mein Junge. Wenn man einen Sohn hat, dann schaut man nicht ab und zu bei ihm vorbei, wenn einem danach zumute ist. Das wäre ganz schlecht. Und du weißt das auch. Du hast doch selbst einen Jungen, den du kaum siehst. Was meinst du denn, wie dem dabei zumute ist?«

Zwischen ihnen auf dem Tisch lagen einige Krümel. Jake nahm einen nach dem anderen davon auf und arrangierte sie in einer geraden Linie. Während er sie sorgfältig mit seiner Messerklinge ausrichtete, sagte er: »Es gibt da etwas richtigzustellen, und ich tue es besser gleich. Ich habe kein Kind.«

Elinor sagte fassungslos: »Aber du hast mir doch . . .«

»Habe ich. Weißt du auch noch, bei welcher Gelegenheit das war? Wie du dich da angestellt hast? Du wolltest mich sitzenlassen, mich an Kermit Thoren und die Bullen verraten, weil ich eine Wanze in ein Telefon gesteckt hatte. Nach deinen Maßstäben war ich doch Frankensteins Monster höchstpersönlich. Ich mußte mir etwas einfallen lassen, was mich in deinen Augen wenigstens halbwegs menschlich erscheinen ließ, und das war das. Daß ich einen Jungen hätte. Daß ich ihn nicht besuchen dürfe.«

»Jake, das hättest du nicht tun sollen. Und es wäre nicht nötig gewesen. Ich hätte dich niemals sitzengelassen.«

»Das kannst du jetzt leicht sagen. Du hast schon vergessen, wie du noch vor kurzem warst. Auch wenn es immer so tapfer getan hat, war doch niemand je verkrampfter als mein Mädel. Selbst Magnes hat das auf den ersten Blick begriffen.«

»Ist mir vollkommen egal, was Magnes begriffen hat. Du sollst nur wissen, daß ich nichts getan hätte, was dich hätte schmerzen können. Das werde ich niemals tun.« Sie preßte ihre Lippen zusammen und nickte mit großem Nachdruck ein einziges Mal. »Aber ich bin froh, daß du mir jetzt die Wahrheit gesagt hast. Darüber, daß du kein Kind hast, meine ich. So soll das doch in einer echten Beziehung sein, nicht wahr, daß man sich über alles die Wahrheit sagt?«

»Heiliger Strohsack, ja.«

»Das ist nichts, worüber man Witze macht«, tadelte Elinor ihn. »Zumal mir ja die Zweifel an manchen anderen Sachen kommen, die du mir erzählt hast. Zum Beispiel, daß du zweimal mit derselben Frau verheiratet warst und daß ihr euch beide Male wieder habt scheiden lassen. Stimmte das?«

»Das stimmt. Offenbar hatte ich die Zwangsvorstellung, daß ich diese Frau heiraten müsse. Davon bin ich jetzt kuriert.«

»Durch mich?«

»Nun, das Fräulein Doktor hatte eine sehr solide Therapie zu bieten.«

»Das fand ich auch«, bestätigte Elinor. Dann sagte sie traurig: »Aber das bringt uns bei der großen Frage nicht weiter, Jake. Ich bin nur im Zweierpack zu haben.«

»Das Herz einer Mutter«, sagte Jake. Er prüfte die Ausrichtung der Krümel noch einmal mit dem Messer, dann wischte er sie auf die Klinge und ließ sie auf seinen Teller fallen. »Ach, was soll's. Ich habe ein großes Stadthaus in Manhattan ganz für mich allein. Du kannst den Kleinen im Keller anketten. Es ist ein wenig feucht, aber er wird sich schon dran gewöhnen.«

»Ach, Jake ...«

»Ich weiß. Es ist eine rührende Geste, nicht wahr? Ich frage mich schon, mit welchen Tricks du mich dazu gebracht hast.«

»Das habe ich nicht.«

»Oh doch, das hast du. Und wie wird deine Mama die Neuigkeiten aufnehmen, wo sie doch schon einmal Zeugin einer glücklichen ehelosen Verbindung war, die unglücklich gelöst wurde?«

»Genauso wie beim letzten Mal. Sie wird mich anbrüllen und mich beschimpfen, und nach einer Weile hält sie es dann vor Sehnsucht nach dem Jungen nicht mehr aus, lädt uns ein und kocht uns ein großes polnisches Abendessen. So ist sie nun mal.«

»Heiliger Bimbam, jetzt ist es schon ein Dreierpack. Und Sodbrennen dazu.«

»Mama ist eine gute Köchin, und du wirst kein Sodbrennen bekommen. Wenn ich in dem Hotel bin, Jake, kann ich dann weiter so wie auf Daystar einmal am Tag zu Hause anrufen?«

»Liebling, du kannst stündlich zu Hause anrufen, wenn du das willst. Ich habe dir doch gesagt, im Argyle East gehört dir die ganze Welt. Einen Wermutstropfen gibt es allerdings – du darfst dein Zimmer nicht verlassen. Ist das klar? Die Kette bleibt vorgelegt, du bleibst im Zimmer, und nur Hotelpersonal darf hinein. Zwei Zimmer sind es und eine Terrasse. Selbst wenn du das Gefühl hast, daß du es nicht mehr auf deinem Hintern aushältst, gehst du nirgendwo anders hin.«

»Che sera sera«, sagte Elinor nonchalant. Sie hob ihr Bierglas. »Trinken wir darauf, daß ich endlich mal ein gutes Buch lesen kann. Und wenn du schon jemals miterlebt hättest, wie ich schlafen kann, wenn niemand den Wecker stellt, dann wüßtest du, daß du dir um mich keine Sorgen zu machen brauchst.«

Kapitel 53

Jake steuerte den Jaguar zur Einfahrt des Columbus hinaus und parkte an einem Hydranten weiter die Straße hinunter. Zu Elinor sagte er: »Von jetzt an geht alles generalstabsmäßig. Bereit für deine Order?«

»Jawohl, Sir.«

»Gut. Auf dem Rücksitz liegen zwei Koffer mit deinen sämtlichen Sachen. Mach sie auf.«

Sie lehnte sich über den Sitz und streckte ihr Hinterteil hoch in die Luft, um heranzugelangen. Als Jake hinfaßte, um sie zu halten, sagte sie: »Hmm, das ist gut.«

»Bleib mit deinen Gedanken bei der Arbeit. Diese Sachen bringe ich mit, wenn ich später am Abend ins Hotel komme. Inzwischen steckst du das, was du wirklich dringend brauchst, in deine Reisetasche. Sie steht da auf dem Boden. Regenmantel und Kopftuch liegen zuoberst in einem der Koffer. Wenn du die Tasche gepackt hast, ziehst du den Mantel an und bindest das Kopftuch um.«

In Mantel und Tuch nahm sie schließlich wieder auf dem Beifahrersitz Platz, die Reisetasche auf dem Schoß. Als er anfuhr, öffnete sie noch die Schachtel von Jordan Marsh und stopfte das Nachthemd in die Reisetasche. »Das käme ja gar nicht zur Geltung, wenn du es erst mitbrächtest«, sagte sie. »Ich will doch wirklich dekadent aussehen, wenn du aufkreuzt. Und die nächste Order?«

»Bekommst du, wenn wir am Flugplatz sind.« Er schlug den 36th Street Expressway nordwärts in Richtung Flughafen ein und sah, wie der grüne Chevy hinter ihnen ebenfalls einbog. »Kein Grund zur Besorgnis. Alles klappt bestens.«

»Wenn es keinen Grund zur Besorgnis gibt, wieso ist mir dann dauernd so, als ob ich aufs Klo müßte, obwohl ich gar nicht muß. Und immer läuft es mir kalt den Rücken runter. Aber sonst alles bestens.« Sie rückte zu ihm hinüber und steckte ihren Arm durch den seinen. »In meinem ganzen Leben bin ich nicht froher gewesen. Starr vor Schrecken und trotzdem niemals glücklicher. Was für ein beneidenswertes, verrücktes, konfuses Kind ich doch bin. Findest du nicht auch, Jake? Wo steht dieses Stadthaus von dir?«

»Stadtauswärts auf der East Side. Ecke 60. Straße und Lexington. Und wenn ich gewußt hätte, wie zwei Flaschen Bier bei dir wirken ...«

»Das ist nicht das Bier. Das sind du und das Stadthaus.«

»Und der Kleine im Keller angekettet.«

Elinor legte den Kopf auf seine Schulter. »Da gewöhnt der sich schon dran«, sagte sie zufrieden.

Als sie die Auffahrt zum Abflugschalter der Northeast hinaufkamen, sagte Jake: »Jetzt die nächste Order, Soldat. Bist du bereit?«

Sie ließ seinen Arm los und setzte sich auf. »Glaub schon. Jake, was machen wir denn, wenn das Mädchen von der Detektei nicht da ist?«

»Ich bleibe noch einen Moment vor der Tür, wenn du auf die Damentoilette gehst. Wenn sie nicht da ist, kommst du sofort wieder raus, und ich rufe Magnes deswegen an. Aber die ist schon da. Dieser Auftrag ist viel zu attraktiv für sie, als daß sie ihn sausen ließe.« Er überreichte Elinor den Umschlag mit den 500 Dollar. »Das hier ist die Attraktion. Du gibst ihr den Umschlag und deinen Flugschein. Ihr tauscht die Mäntel, und du läßt sie das Kopftuch umbinden. Ihr packt das Zeug in euren Reisetaschen um, so daß sie deine mitnehmen kann. Und die Handtasche kommt mit da hinein. Du wirst dir gar nicht groß Gedanken machen müssen, weil sie genau weiß, was zu tun ist. Wenn du meinst, Kostümwechsel beim Varieté sei eine tolle Sache, dann warte mal, bis du siehst, wie ein Profi so was in Nullkommanichts macht.«

»Aber trotzdem kann sie mir doch nicht allzu ähnlich sehen. Wenn sie rausgeht ...«

»Sie wird schnell gehen, hat eine Sonnenbrille auf, trägt deinen Mantel und dein Kopftuch und wird mit ihrem Taschentuch zugange sein wie jemand, der sich gerade die Erkältung des Jahres geholt hat. Deshalb wirst du jetzt auch deine Sonnenbrille aufsetzen. Und während du am Ticketschalter stehst, fein das Taschentuch gezückt. Verdammt, Liebling, hast du denn überhaupt kein Vertrauen zu mir?«

»Du weißt doch, daß ich das habe.« Sie setzte ihre Sonnenbrille auf und warf ihm über die Ränder einen traurigen Blick zu. »Nur zu mir habe ich keines.«

Er hielt am Eingang zum Abflugschalter. »Noch ist Zeit für die Alternative«, sagte er. »Gleich wirst du ein Ticket nach New York und eine Menge Geld in der Hand haben. Du brauchst einfach nur das Flugzeug zu besteigen.«

»Aber du willst nicht, daß ich das tue, nicht wahr?«

»Nein.«

»Und ich würde es nicht tun, selbst wenn du es wolltest. Warum verschwenden wir dann noch Zeit damit?«

Sie schneuzte sich heftig, während ihr Flugschein ausgefüllt und ihre zwei leeren Koffer aufgegeben wurden. Der krönende Abschluß kam, als Jake sich um ihre Platzreservierung gekümmert hatte und sie beiseite nahm, um ihr einen Abschiedskuß zu geben. Sie schubste ihn fort. »Nein«, sagte sie, die Stimme durch das Taschentuch gedämpft, »ich will nicht, daß du dich ansteckst.«

Jake sagte: »Nicht übertreiben, Liebes. Und außerdem, mit dem, was du hast, hast du mich schon lange angesteckt« und küßte sie ausgiebig. Dann flüsterte er ihr noch ins Ohr: »Denk dran, du wartest ungefähr eine Viertelstunde da drin, nachdem ihr eure Sachen getauscht habt, und dann steigst du direkt ins Taxi. Und im Hotel trägst du dich als Mrs. Majeski ein. Und keinen Schritt vor die Zimmertür, ganz gleich, was geschieht. Alles, was du haben willst, bestellst du telefonisch beim Zimmerservice. Das wäre die letzte Order.«

»Und du bist um eins im Hotel?«

»Ich bin da.« Er zwinkerte ihr zu. »Jetzt, wo meine Frau aus der Stadt ist, beginnt das wilde Leben.«

»Was sind Männer doch für Schweine«, sagte Elinor.

Er sah ihr nach, als sie auf der Damentoilette verschwand, wartete exakt zwei Minuten und verließ dann das Flughafengebäude. Als er den Zubringer zur Schnellstraße hinauffuhr, hielt er im Rückspiegel Ausschau nach dem grünen Chevy, doch er sah ihn nicht. Er nahm Gas weg, und ein klappriger Rambler, der ihm an der Stoßstange geklebt hatte, fuhr beinahe auf den Jaguar auf. Der Fahrer steckte den Kopf zum Fenster hinaus. »Blödian!« brüllte er. »Nur Geld und kein Hirn im Kopf!«

Jake lehnte sich seinerseits hinaus, um ihm etwas zu antworten, doch da erblickte er ein paar Wagen hinter dem Rambler den grünen Chevy. Er zog den Kopf wieder ein und fuhr gemächlich Richtung Miami Beach, und während der ganzen Fahrt pfiff er leise vor sich hin.

Kapitel 54

Wieder auf Daystar angekommen, rief er Magnes an und erzählte ihm die Geschichte der Operation Pastorius, schrieb Elinor einen Scheck über 3000 Dollar aus, räumte alles in dem bedrückend leeren Haus auf, was aufgeräumt werden mußte, und packte dann seine eigene Reisetasche mit allem, was er zum Übernachten brauchte. Kurz vor Mitternacht trug er die beiden Koffer mit Elinors Sachen vom Wagen zum Landungssteg, und seine Tasche stellte er dazu. Kurz darauf hörte er das heulende Geräusch eines herannahenden Schnellbootes draußen in der Bucht, und einen Augenblick lang wurde er von einem Suchscheinwerfer geblendet, der in seine Richtung leuchtete. Der Scheinwerfer erlosch, der Motor wurde gedrosselt. Dann tauchte aus der Dunkelheit ein elegantes Motorboot auf, unbeleuchtet, das Motorgeräusch nur noch ein sanftes Schnurren. Es kam im großen Bogen heran und legte wie eine Feder längsseits an seinem Steg an. »Sind Sie der Passagier?« fragte die Gestalt, die im Halbdunkel am Ruder stand, und Jake antwortete: »Der bin ich.«

Er stellte das Gepäck ins Bootsheck, sprang hinein, als das Boot wieder abzudriften begann, und tastete sich zu dem Schalensitz neben dem Skipper vor. Mit halber Kraft fuhr das Boot ruhig in Richtung Süden auf den Venetian Causeway zu. Nach ein paar Minuten ging plötzlich der Suchscheinwerfer an und schnitt eine strahlendweiße Spur durch das vor ihnen liegende Dunkel. Der Motor röhrte auf, und die Beschleunigung preßte Jake in seinen Sitz. In vollem Tempo ging es unter der Straße hindurch, das Wasser zischte unter ihnen, und dieses Tempo hielten sie, bis sie an den Rickenbacker Causeway kamen, weit unten in der Bucht. Dort drehte das Boot zum Ufer von Miami hin ab, zu der Skyline von Hochhäusern, die sich mit ihren erleuchteten Fenstern abzeichneten.

Der Skipper zeigte auf eines davon. »Das da an der Bucht ist das Argyle East. Das Argyle West liegt drüben an der Brickell Avenue. Die Anlegestelle ist allerdings die gleiche. Soll ich da auf Sie warten?«

»Gegen fünf Uhr morgens will ich wieder abgeholt werden«, sagte Jake. »In der Zwischenzeit können Sie tun, was Sie wollen, solange Sie rechtzeitig wieder da sind.«

»Ich werde da sein.« Im Licht der Anlegestelle konnte Jake den Mann zum ersten Mal sehen. Sein kurzgeschnittenes Haar war weiß. Das Gesicht war entstellt, die Haut voller Narben und von einem seltsamen Schimmern, das wirkte, als sei sie frisch lackiert. Der Mann bemerkte, daß Jake ihn ansah, und fuhr sich mit den Fingern über eine schimmernde Wange. »Verbrannt«, sagte er lakonisch. »Alles transplantiert.«

»Sind Sie früher Bootsrennen gefahren?«

»Nein, hab' früher Schwarzgebrannten von Bimini reingeschmuggelt, in der Prohibitionszeit, bis ein paar Ganoven mich gekapert und mich so zugerichtet haben. An meinem Boot festgebunden und es angesteckt. Burschen aus New York. Waren immer die größten Schweine.«

»Das habe ich auch schon gehört«, sagte Jake.

Die Anlegestelle war wie ausgestorben, die Hotelhalle fast menschenleer. Er unterzeichnete als Jacob Majeski auf einem Meldebogen, auf dem Elinors Unterschrift bereits stand, und schlug das Angebot eines Pagen aus, ihm die Koffer hinaufzutragen. Er hatte Suite 15c auf der 15. Etage.

Er klopfte an die Tür von 15c, und fast im selben Moment öffnete sie sich, so weit die Kette es zuließ, und Elinor blinzelte durch die Öffnung. Im Zimmer hinter ihr war es dunkel. »Warte einen Moment«, sagte sie atemlos. »Rühr dich erst, wenn ich es dir sage.« Sie schloß die Tür, er hörte, wie die Kette gelöst wurde, und wartete. Dann rief sie: »Gut, jetzt kannst du reinkommen.«

Er öffnete die Tür. Das Zimmer war nun beleuchtet, und Elinor stand mitten darin im Glanz eines schmuckvollen Kronleuchters. Sie trug ein bodenlanges schwarzes Chiffon-Nachthemd im Empire-Stil, die enge Taille oben unter ihren Brüsten. Es fehlte nicht viel, und es wäre vollkommen durchsichtig gewesen.

»Mann«, sagte Jake, »das haut mich um.«

»Nicht wahr?« sagte Elinor begeistert. Sie machte eine Pirouette, und der Rock legte sich ihr in einer Spirale um die Beine, dann kam sie in einem Satz zu ihm herüber und warf ihm die Arme um den Hals. »Jake, ich habe dich so vermißt. Hast du mich auch vermißt? Sag mir die Wahrheit.«

»Na ja, wenn man bedenkt, daß es volle drei Stunden waren, habe ich es ganz gut aushalten können.«

»Nein, das hast du nicht. Du konntest es gar nicht abwarten, bis du mich wiedersahst.« Sie ließ es zu, daß er sich losriß und das Gepäck aus dem Flur hereinbrachte. Dann sagte sie vorwurfsvoll: »Aber diese Frau, die Magnes besorgt hatte, sah mir kein bißchen ähnlich. Sie ist mindestens so alt wie Sherry ...«

»Fast 30? Sie ist doch nicht etwa im Rollstuhl gekommen?«

»Nein, aber du weißt ja, wie Sherry aussieht, und diese hier sah nicht so aus. Sie sah aus wie eine Ringerin. So ein richtiges Mannweib. Die würde niemand für mich halten.«

»Aber ja.« Jake trug die beiden Koffer ins Schlafzimmer, und Elinor folgte mit der Reisetasche. »Sie hat dir doch keine Anträge gemacht, oder?«

»Na ja, für so eine richtige Anmache war ja keine Zeit, aber als wir die Mäntel tauschten und sie das Kopftuch übernahm, da fand ich schon, daß ich ihre Hand viel öfter zu spüren bekam als nötig, und das überall.«

Jake zog Jacke und Hemd aus. Die Vorderseite des Hemdes war von der Gischt feucht geworden. »Hast du jemals mit so was experimentiert?« fragte er.

»Nein, Lesben sind nicht mein Fall. Außerdem habe ich mich ja für dich aufgespart.«

»Von Anfang an?«

»Seit ich mich erinnern kann. Ich wußte immer, daß du eines Tages kommen würdest. Und du, wußtest du, daß ich kommen würde?«

»Ja.«

»Tatsächlich?«

»Tatsächlich. Am Ende eines schlechten Tages habe ich manchmal zu mir gesagt: Dekker, dein Leben ist unglaublich kompliziert. Wodurch könnte es noch komplizierter werden? Du siehst, ich habe darauf gewartet, daß du kommst.«

»Ahh, du Ratte.« Sie sah ihm zu, wie er auch seine übrigen Kleider noch ablegte. »Aber gut gebaut. Und dieser weiße Streifen sieht aus, als ob du da unten beleuchtet wärest. Übrigens, da fällt mir ein: Weißt du, wie die Terrasse draußen aussieht? Also, sie ist nur nach vorne offen. Das heißt, niemand kann einen da sehen. Jetzt kann ich endlich nahtlos braun werden. Das habe ich mir immer gewünscht, nahtlos braun.«

»Aber aufgepaßt, Schwester. Ich habe ja gesehen, was passiert, wenn du zuviel Sonne bekommst. Diesmal könntest du dir ein paar hochwichtige Körperteile verbrennen.«

»Ich werde aufpassen. Aber der ganze Laden hier ist toll. Unter dem Fernseher ist ein kleiner Kühlschrank, und in der Wand steckt eine komplette Stereoanlage, die Dusche hat ungefähr 40 Düsen, und schau dir das hier an.« Sie stieg auf das große Doppelbett. »Die Matratze hier, meine ich. Die fühlt sich steinhart an, aber paß mal auf, was geschieht.« Sie zog das Nachthemd hoch bis zu den Knien und vollführte ein paar Luftsprünge. »Das ist wie ein Trampolin. Ein regelrechter Trip ist das.«

»Da habe ich mich ja gründlich verrechnet«, meinte Jake. »Ich dachte, das Mädchen wird erwachsen, wenn es im Argyle East wohnt. Das macht sie irgendwie reifer. Und was geschieht? Sie fällt zurück in die Kindergartenphase. Aus der wird nie etwas werden.«

Elinor hörte auf zu hopsen. »Du klingst wie mein Studienberater auf der High School. Jake, weißt du, was morgen für ein Tag ist? Dienstag. Ich meine heute. Es ist ja schon Dienstag.«

»Und was ist damit?«

»Weißt du's nicht mehr? Am Dienstag kommen die Putzfrauen und Gärtner und Kammerjäger ins Haus. Wenn du nichts dagegen hast, könnte ich ...«

»Nein, das könntest du nicht. Die kommen alle auch ohne Aufsicht bestens zurecht. Du bleibst hier und sonnst deinen Po. Mit Daystar Island Nummer Zwei hast du nichts mehr zu tun. Das ist unser Arbeitsplatz, und dein Teil der Arbeit ist abgeschlossen.« Er holte den Scheck über 3000 Dollar aus seiner Brieftasche und reichte ihn ihr. »Das wär's. Ausgezahlt.«

Sie blickte zuerst den Scheck, dann sorgenvoll ihn an. »Soll ich den denn immer noch haben? Selbst jetzt, wo die Dinge zwischen uns ganz anders stehen?«

»Das war doch abgemacht, oder etwa nicht?«

»Ich weiß, aber, na ja, irgendwie ist es wie eine Lohntüte. Und ich bin doch jetzt keine Angestellte mehr. Ich hatte gedacht, das gilt jetzt einfach nicht mehr.«

»Ja, wenn das so ist«, sagte Jake und streckte die Hand danach aus, doch sie zog ihn zurück. »Nicht, daß ich ihn nicht annehmen würde«, sagte sie. »Ich brauche ein wenig für Mama, und dann sind die Kleidung und solche Sachen für den Jungen, und den größten Teil werde ich sparen, damit er später sein Schulgeld hat. Das zahle ich dann lieber hiervon, statt daß ich dich um Geld bitte.«

»Und wenn es alle ist?«

»Dann bitte ich um mehr, und du wirst es mir mit Freuden geben, denn du denkst doch an nichts anderes als daran, wie du mich glücklich machen kannst, nicht wahr?«

»Nein.«

»Doch, das tust du.«

»Ja, das tue ich. Ich weiß, daß das eine Menge Arbeit spart, wenn man in einem Gespräch einfach beide Rollen übernimmt. Und jetzt sei ein braves großes Mädchen, und komm da runter, steck den Scheck weg, und rufe bei der Vermittlung an. Sie sollen mich um Viertel vor fünf telefonisch wecken.«

»Oh, Jake. So früh schon?«

»Liebling, ich bin derjenige, der aufsteht und nach draußen muß. Wie ich dich kenne, wirst du tief schlafen, den Kopf unter dem Kissen, wenn das Telefon klingelt.«

»Aber du weckst mich doch dann, oder?«

»Kommt drauf an, wie stark ich mich fühle. Du bist nicht gerade leicht zu wecken.«

Elinor kam vom Bett herunter. »Diesmal schon. Weißt du was? Ich nehme die Seite mit dem Telefon. Dann muß ich auch rangehen, wenn es klingelt.«

So kam es, daß er über sie hinwegreichen mußte, als der Anruf kam. Sie schlief noch, als er seine Sachen zusammensuchte und ins Badezimmer ging, um sich dort anzuziehen. Sie kam herein, als er sich nach einer eiligen Wäsche abtrocknete. Sie stand schwankend da, gebeugten Hauptes, das Kinn auf der Brust, das Haar war ihr über die Augen gefallen wie bei einem Bobtail. »Hat das Telefon geklingelt?« fragte sie verschlafen. »Ich habe nichts gehört.«

»Es hat. Frage nicht, wenn die Stunde ...«

»Wie kannst du nur mitten in der Nacht so hellwach und gutgelaunt sein?« Sie tappte zum Waschbecken, strich die Haare beiseite und spritzte sich dann mit einem unterdrückten Schrei Wasser ins Gesicht. Tropfend wandte sie sich zu Jake um und nahm ihm das Handtuch aus der Hand. Sie wischte sich das Gesicht ab, und als sie wieder zum Vorschein kam, waren ihre Wangen rot und ihre Augen weit offen. »So macht man das also. Mit kaltem Wasser.«

»Was werden sie sich wohl als nächstes einfallen lassen?« sagte Jake. »Die Terrasse hier geht auf die Bucht raus, oder?«

»Hmhm.« Sie folgte ihm durch das Schlafzimmer auf die Terrasse. »Jake, wann wirst du wieder hier sein? Um wieviel Uhr?«

»Wenn es dunkel ist. Pechschwarze Nacht.« Von der Terrasse konnte er sehen, daß das Schnellboot unten wieder angelegt hatte, er sah das weiße Haar des Mannes am Ruder. »Scheint, daß mein Taxi schon da ist, Liebling. Leg die Kette wieder vor, wenn ich draußen bin, und geh wieder zu Bett. Was ist das Wichtigste, was du nicht tun darfst, solange du hier bist?«

»Was ich nicht tun darf? Mir einen Sonnenbrand an wichtigen Körperteilen holen.«

»Zweiter Versuch.«

»Nicht nach draußen gehen. Ich weiß. Jake, kann ich dich im Haus anrufen?«

»Keine Anrufe bei mir über das Hoteltelefon. Schreib mir eine Karte. Ich lese sie, wenn ich heute abend wieder hier bin.«

»Ich schreibe einen ganzen Brief. Es wäre eine Schande, das teure Briefpapier nicht zu benutzen, das da in dem Schreibtisch liegt.« Sie verschränkte die Arme hinter seinem Rücken. »Aber es stände nichts drin, was du nicht schon weißt. Und er wäre voller Rechtschreibfehler. Jake?«

»Ich bin noch hier, Liebling. Auch wenn ich's nicht sollte.«

»Oh, doch, das solltest du. Ich will dich nämlich noch etwas fragen, und ich brauche nur eine Sekunde dafür. Ich meine, es ist etwas, von dem ich mir vorgenommen hatte, es dich niemals zu fragen, weil ich weiß, wie ungern du es sagst, aber vielleicht hat sich das ja geändert. Weißt du, was ich meine?«

»Auch wenn du es noch so umständlich gesagt hast, weiß ich, was du meinst.«

»Und macht es dir etwas aus, wenn ich dich frage?«

»Versuch es.«

»Also gut, dann tue ich's. Liebst du mich, Jake? Du mußt es nicht direkt mit diesen Worten sagen, wenn du nicht willst. Sag einfach ja oder nein.«

»Und wenn ich nein sage?«

»Dann würde ich dir nicht glauben, weil ich nämlich glaube, daß du's tust.«

»Das glaube ich auch«, sagte er.

Kapitel 55

Als sie hinaus in die Bucht fuhren, fragte er den Skipper: »Kennen Sie sich in den Everglades aus? Sind Sie da schon mal gefahren?«

»Früher hab' ich ab und zu Alligatoren gewildert, als die Konkurrenz noch nicht ganz so groß war. Keine Gegend, in die man zum Vergnügen fährt. Die Propellerboote sind nicht gerade Ausflugsboote.«

»Wie steht's mit einer Stadt namens Crosscut da unten? Sagt Ihnen der Name was?«

»War sogar mal da. Aber damals war das nicht gerade das, was man eine Stadt nennt, und ich glaube nicht, daß es heute anders aussieht. Ein Dutzend Blockhütten wie zu Wildwestzeiten, Kramladen, Tankstelle, das ist alles. Die meisten leben schon seit ewigen Zeiten da, und keiner ist freundlich. Irgendwie Inzucht.«

Jake fragte: »Wie steht's mit einer Ecke da in der Nähe, Dobbs' Wäldchen?«

»Den Namen hab' ich noch nie gehört. Aber außer ein paar großen sind diese Wäldchen eines wie das andere. Ein Stück Dreck, das aus dem Riedgras rausschaut, mit zwei Bäumen drauf. Der einzige Unterschied ist, daß die einen Hartholz sind und die anderen Kiefer. Warum? Suchen Sie jemanden, der Sie zu diesem Dobbs' Wäldchen hinbringt?«

»Vielleicht.«

Der Skipper lenkte gegen, als das Boot in der tiefen Fahrrinne jenseits Dodge Island eine kräftige Welle schnitt. »Hat es mit Kubanern zu tun?«

»Nein. Wieso Kubaner?«

»Weil eine Reihe von denen wieder da draußen im Manöver ist, die wollen's Castro für die Schweinebucht heimzahlen. Ein Freund von mir würde vielleicht den Auftrag übernehmen, für Sie dieses

Wäldchen ausfindig zu machen, aber nicht, wenn's in einem Übungsgebiet liegt. Letztes Mal hat er ein Fernsehteam rausgefahren, das sehen wollte, was die *Cubanos* da so machen, und hat aus Versehen eine Reihe Maschinengewehrlöcher in sein Boot bekommen. Die hätten ihm fast den Hintern abgeschossen. Aber wenn Sie nicht in so eine Gegend wollen, dann macht er das für Sie. Sagen Sie nur Mr. Magnes Bescheid, wann und wo.«

»Das merke ich mir«, sagte Jake. »Und wie ist es mit Ihnen? Können Sie heute abend noch mal Taxi spielen? Selbe Strecke, nur früher. Sagen wir gegen zehn?«

»Und am Morgen um fünf wieder abholen?« Die Lampe über Milt Webbs Rasen war weit über die Bucht deutlich zu sehen. Der Mann schaltete den Suchscheinwerfer aus und drosselte den Motor.

»Um fünf wieder abholen«, sagte Jake.

Sobald Jake wieder im Haus war, kontrollierte er sorgfältig jede Tür und jedes Fenster und untersuchte die Telefone auf Wanzen. Dann holte er bis acht Uhr den versäumten Schlaf nach. Von da an gehörten Haus und Garten den Angestellten von Daystar. Er überredete eine der Putzfrauen, ihm Frühstück zu machen, dann zog er sich ins Arbeitszimmer zurück, verschloß die Tür hinter sich und widmete sich der Morgenzeitung. Um neun Uhr rief er den Architekten in New York an, den er beauftragt hatte, sein kürzlich erworbenes Stadthaus in Luxuswohnungen umzubauen, und sagte ihm, er solle die Arbeit ruhen lassen.

»Haben Sie es sich anders überlegt, Mr. Dekker?« fragte der Architekt im Tonfall eines Mannes, der auf das Schlimmste gefaßt ist. »Oder verkaufen Sie wieder, um schnell an Ihren Profit zu kommen? Vergessen Sie nicht, daß mein Kontrakt ausdrücklich vorsieht ...«

»Nein, ich verkaufe nicht. Aber statt alle fünf Stockwerke in Wohnungen zu verwandeln, will ich zwei davon für mich selbst, zwei zusammenhängende.«

»Einen Duplex? Mr. Dekker, ich habe schon einen Monat Arbeit in die Pläne gesteckt. Das müssen wir besprechen. Wenn Sie jetzt gerade im Haus sind ...«

»Nicht jetzt«, sagte Jake. »In einer Woche oder so mache ich ein Treffen mit Ihnen aus.« Er legte auf, und schon einen Augenblick später klingelte das Telefon wieder. Magnes fragte: »Sind Sie das, Dekker?«

»Ja.«

»Hören Sie, was hat Ihnen Ihre Spanierin über das Haus in Belle Glade erzählt? War sie wirklich sicher, daß Mrs. Thoren das Haus von ihrem Vater bekommen hatte?«

»Nein, eindeutig war das nicht. Sie hat nur davon gesprochen. Wieso?«

»Weil ich inzwischen einen dritten Mann da hinaufgeschickt habe. Und dieser Bursche hatte die kluge Idee, die dortigen Grundbücher daraufhin durchzusehen, ob er etwas auf den Namen Sprague - das war der Name ihres Vaters - oder Thoren findet. Kein Glück. Könnte es sein, daß die Señora Ihnen die falsche Stadt genannt hat?«

»Nein, dazu war sie ihrer Sache zu sicher. Sie hat Belle Glade gesagt, und Mrs. Thoren habe das Haus von ihrem Vater bekommen. Warten Sie mal. Da könnte der Fehler liegen. Daß sie da etwas für selbstverständlich gehalten hat. Normalerweise ist der Papa derjenige, der solche Geschenke macht, aber vielleicht war es in diesem Falle ja die Mama? Das Haus könnte unter dem Namen ihrer Mutter aufgeführt sein und nicht dem des Vaters.«

»Und wie hieß die?« fragte Magnes.

»Das weiß ich nicht. Aber wenn Mrs. Thoren in der Gegend groß geworden ist, wird es in den Schularchiven etwas darüber geben. Womöglich ist sie sogar dort geboren - würde sich also lohnen, auch das Geburtsregister durchzusehen.«

Magnes seufzte. »Dekker, Sie wohnen zwei Häuser von den Leuten weg. Wenn Sie die Kinder zum Reden bringen könnten oder vielleicht ins Haus kommen und a Blick in die Familienbibel werfen ...«

»Ich traue diesem Raymond Beaudry nicht genug. Deshalb kann ich nicht herumschnüffeln. Und die Kinder kommen erst am späten Nachmittag aus der Schule. Sie müssen sich jetzt gleich dahinterklemmen, Magnes. Beauftragen Sie zwei von Ihren Leuten, sie sollen sofort an die Arbeit gehen. Der andere kann sich weiter umsehen.«

»Wenn Sie es so wollen. Wie gefällt es unserem Mädele im Argyle?«

»Unserem Mädele gefällt es gut da. Rufen Sie mich an, wenn Sie Neuigkeiten zu berichten haben, ganz gleich, ob gute oder schlechte. Ich bleibe hier.«

Der Anruf kam kurz nach zwei Uhr. Magnes sagte: »Wir haben sie. Ganz, wie Sie gesagt haben, es gab a Geburtsurkunde für Charlotte Sprague, und darauf stand auch der Name. Hoagland. Und unter dem Namen steht das Grundstück draußen am See in den Büchern. Also haben sich meine Jungs dort mal umgesehen, und siehe da, der Mercedes steht hinter verschlossener Tür in der Garage. Das Traurige daran ist, daß sie schon mal da waren, nur daß damals ein Jeep vor der Garage stand, und als Besitzer war Hoagland angegeben, deshalb haben sie keinen Gedanken daran verschwendet.«

»Halten sie das Haus im Auge?«

»Einer steht unauffällig mit dem Wagen an der Straße zwischen Haus und Stadt. Die anderen beiden haben sich a Boot besorgt und tun so, als ob sie angeln, denn es sieht da genauso aus wie bei Ihnen auf Daystar, das Haus liegt direkt am Wasser, und das Leben spielt sich ganz auf der Rückseite ab und nicht an der Straße. Sie beobachten die Veranda mit Feldstechern, und da ist nun a Problem aufgetaucht. Es ist nicht nur die eine Frau da. Es sind drei, und zwei davon sehen sich sehr ähnlich. Die dritte ist pummelig und läuft immer rein und raus. Das wird wahrscheinlich die Haushaltshilfe sein. Aber die anderen sehen beide so aus, wie Sie Mrs. Thoren beschrieben haben. Mager, abgehärmt, graues Haar, Sonnenbrille mit großen Gläsern. Hat sie vielleicht a Schwester?«

»Das weiß ich nicht«, sagte Jake. »Durchaus denkbar. Oder es ist eine alte Freundin aus der Gegend.«

»Gut, Dekker, aber die Jungs wissen nicht, ob sie der einen folgen oder bei der anderen bleiben sollen. Sie brauchen a paar Fotos aus neuerer Zeit, nach denen sie sie erkennen können. Haben Sie so was in Ihren Akten?«

»Nein, alles, was Maniscalco mir in dieser Hinsicht besorgen konnte, war ein Zeitungsfoto von Thorens Beerdigung, und da trug sie einen Schleier. Mrs. Ortega hat ein paar Schnappschüsse von ihr in einem Album, aber die sind uralt.«

»Trotzdem ...«

»Trotzdem könnten wir zu viel Zeit verschwenden, um ein passendes Foto zu finden, sofern es überhaupt eines gibt. Wissen Sie was? Sie sagen doch, die Stadt liegt nur 70 oder 80 Meilen von hier. Es dauert keine zwei Stunden, dann bin ich draußen und zeige Ihren Jungs die Frau persönlich. Wenn wir sie nicht zu sehen bekommen, versuche ich's gleich morgen früh noch einmal.«

»Nein«, sagte Magnes. »Da riskieren Sie zuviel. Das einzige, was die Ganoven bisher noch nicht wissen, ist ja, daß wir herausbekommen haben, wo die Frau sich versteckt hält. Wenn Sie ihnen das verraten, wird sie sofort woandershin gebracht. Wir haben so lange gebraucht, um das zu erreichen, was wir jetzt haben. Nun geben Sie uns doch noch a bißchen mehr Zeit, damit wir versuchen können, sie zu identifizieren, ohne daß Sie heraufkommen müssen. So wie Sie beobachtet werden, werden die schon in dem Augenblick, in dem Sie die Stadtgrenze passieren, wissen, daß Sie Richtung Norden fahren, und die werden sich gut ausmalen können, weswegen.«

»An Fahren habe ich auch nicht gedacht. Wir mieten ein kleines Flugzeug, sind im Handumdrehen dort und zum Abendessen wieder zurück. Wir sagen, es ist für einen Ausflug nach Key West oder auf die Bahamas, aber wenn wir abgehoben haben, geht es nach Belle Glade. Sie können mir doch ein Flugzeug besorgen und einen ausgehungerten Piloten dazu, oder?«

»Das kann ich, aber ich möcht' es nicht gern tun. Was haben Sie denn bloß, Dekker? Bis jetzt haben Sie sich so gut gehalten. Und nun plötzlich geraten Sie in Panik? Hat Maniscalco Ihnen gesagt, daß Sie bis morgen liefern müssen?«

»Wenn ich das kann, dann tue ich es«, antwortete Jake. »Wir haben alle Figuren auf unserem Schachbrett, Magnes, und ich sehe nicht ein, warum ich die nächsten paar Tage hier sitzen und warten soll, wenn ich sie jetzt bewegen kann. Heute oder morgen werde ich Ihren Jungs die Frau zeigen. Unmittelbar darauf knöpfen wir uns Dobbs vor, und dann bringen wir die beiden zusammen. Entweder unterzeichnet sie die Verzichtserklärung, oder er unterschreibt eine ausführliche Darstellung der Geschichte Walter Thorens – Walther Stresemanns, sollte ich sage – für die Presse. Das haben wir schneller erledigt als Ihre Suche nach einem Foto von dieser Frau.«

»Es ist Ihr Fall, Dekker, und wir machen es, wie Sie es wollen. Aber sagen Sie mir eines. Sind Sie denn wirklich sicher, daß diese Frau, wenn der große Augenblick gekommen ist – wenn sie zum Stift greifen und auf 200 Riesen verzichten soll –, daß sie es dann auch tut? Sind Sie sicher, daß sie soviel Angst davor hat, daß alle Welt erfährt, wer Thoren wirklich war? Schließlich ist er tot und schmort in der Hölle, der Mamser. Und für das, was er war und was er tat, bevor sie ihn überhaupt kennenlernte, kann sie doch nichts.«

»Die unterschreibt. Inzwischen muß sie doch begriffen haben, daß sie von den 200 000 so oder so nichts zu sehen bekommt. Auf jedem einzelnen Schein steht jetzt der Name Gela, und so schlimm ist das nicht, auf das Geld eines anderen zu verzichten.«

»Ich will es hoffen«, sagte Magnes. »Gut, wir treffen uns in einer Stunde auf dem Flugplatz Opa-Locka. Da steht das Flugzeug. Und da gibt es mehr ausgehungerte Piloten, als man zählen kann.«

Sie identifizierten sie von einem wackligen kleinen Außenborder aus, mit dem sie von einem Steg eine Viertelmeile vom Haus ablegten und der in den Bugwellen vorbeifahrender Schnellboote gefährlich auf- und abhüpfte. Jake saß im Bug und versuchte das Fernglas so gut wie möglich mit seinen Händen zu verbergen und es bei allem Hüpfen des Bootes auf das Haus fixiert zu halten. Magnes hatte sich mit finsterer Miene mittschiffs niedergelassen, eine kalte Zigarre im Mund und eine Angelrute in der Hand. Der forsche junge Mann, der aussah wie ein College-Junge und der sie am Flugfeld von Belle Glade abgeholt hatte, saß am Motor und versuchte das Boot durch die Wellen zu steuern, die aus sämtlichen Richtungen zu kommen schienen. Fast eine Stunde lang mußten sie warten. Dann kam eine Frau zur Fliegentür des Hauses heraus, stand auf der Veranda und las in einer Zeitung, die sie in der Hand hielt. Die Veranda verschwand am Horizont, kam kurz in den Blick, verschwand wieder. Jake stützte sich mit den Ellbogen auf die Kante des Bootes und hielt das Glas fest auf sein Ziel gerichtet. Charlotte Thoren. Doch nun war sie mehr als nur abgehärmt. Ihr Gesicht sah eher wie ein Totenkopf aus.

Er reichte das Fernglas Magnes, und dieser gab es an den Mann am Ruder weiter. »Das ist sie«, sagte Jake.

Der Mann warf einen Blick durch das Glas. Dann öffnete er die Köderbox, die er zu seinen Füßen stehen hatte, steckte das Glas hinein und holte eine Filmkamera heraus. Er setzte eine Zoomlinse vor, stellte scharf und belichtete einige Meter Film. »Das hätten wir«, sagte er, und Jake fügte hinzu: »Jetzt dürfen Sie sich nur nicht abhängen lassen.«

Auf dem Rückflug nach Opa-Locka sagte er zu Magnes: »Morgen knöpfen wir uns Dobbs vor. Ihr Mann, der mich zum Argyle fährt, sagt, er hat einen Freund, der sich in den Sümpfen um die Route Ninety-four auskennt. Ich sehe ihn heute abend wieder und buche dann einen Ausflug für morgen. Werden Sie heute abend so gegen elf zu Hause sein?«

»Ich werd' den ganzen Abend da sein. Ich hab' a Menge Ruhe nachzuholen.«

»Dann werde ich ihm sagen, er soll sie anrufen, nachdem er mich am Hotel abgesetzt hat, und Ihnen durchgeben, was ich mit ihm abmache. Er sagt Ihnen, wann und wo Sie sich mit mir treffen.«

»Muß das denn sein? Hören Sie, Dekker, ich hab' genug Sümpfe für den Rest meines Lebens gesehen. Und wenn Dobbs sich nicht mit Ihnen einlassen will, dann will er sich auch mit mir nicht einlassen.«

»Der läßt sich schon mit mir ein. Aber Sie haben sich doch mit dem Alten angefreundet, seinem Nachbarn in Crosscut. Den brauchen wir vielleicht, um uns zu diesem Wäldchen zu führen, falls Dobbs dort untergetaucht ist. Sie bleiben also zu Hause und warten auf den Anruf. Und vergessen Sie nicht, damit zahlen Sie es Thoren heim. Sie helfen mit, daß sein Betrug entlarvt wird, der Versicherungsbetrug mit dem vertuschten Selbstmord.«

»Schon wahr«, sagte Magnes. »Und er heißt nicht Thoren. Er heißt Stresemann.«

Kapitel 56

Das Schnellboot kreuzte pünktlich um zehn Uhr vor Daystar auf. Jake wartete, bis es in aller Stille abgelegt und in Richtung des Venetian Causeway gewendet hatte, dann legte er dem Skipper die Hand auf die Schulter. »Warten Sie noch mit dem Gasgeben. Ich will mit Ihnen reden.«

»Ich höre.«

»Ich möchte Ihren Freund für den Ausflug anheuern, von dem ich Ihnen erzählt habe. Dobbs' Wäldchen, irgendwo bei Crosscut.«

»Wann?«

»Gleich morgen früh. Was machen Sie, wenn Sie mich am Hotel abgesetzt haben? Fahren Sie zurück zum Jachthafen?«

»Ja. Setz mich vor den Fernseher, wenn ein Cowboyfilm läuft. Oder ich spiele Rommé mit dem Nachtwächter. Da kann man sich gut seine Zeit vertreiben.«

»Dann rufen Sie, sobald Sie dort sind, Magnes an, und sagen Sie ihm Bescheid. Ich will, daß Sie ihn morgen früh irgendwo an der Bucht auflesen und mit zum Argyle bringen. Ihr Freund aus den Sümpfen hat doch einen Wagen, oder?«

»Einen zerbeulten Klapperkasten. Nicht gerade komfortabel.«

»Wir werden auf den Komfort verzichten. Er soll Magnes und mich am Hotel abholen und uns dahin fahren, wo er sein Propellerboot hat. Wenn ich den Burschen finde, nach dem ich suche, soll Ihr Freund uns von da zum Flugplatz Opa-Locka fahren. Das wäre alles. Wann wird es morgens hell?«

Der Skipper dachte kurz nach. »Sonnenaufgang muß gegen sechs sein. Würde sagen, Viertel vor sechs.«

»Dann sorgen Sie dafür, daß Magnes und Ihr Freund um Viertel vor sechs an der Anlegestelle des Hotels bereitstehen. Geben Sie beiden heute abend noch Bescheid. Und jetzt können Sie aufdrehen. Mal sehen, was Sie rausholen.«

Sie waren in Rekordzeit an der Anlegestelle des Argyle, wo diesmal mehr Betrieb herrschte. Ein Grüppchen hatte sich dort versammelt, die Männer im Smoking, die Frauen in Abendkleidern, und bewunderte den abendlichen Blick über die Bucht. Als Jake aus dem Boot stieg, blickten sie allesamt zu ihm hinüber, und dann starrten sie unverhohlen das zusammengestückelte, glänzende Gesicht des Skippers an. Er salutierte spöttisch, dann wendete er das Boot und ließ den Landungssteg hinter sich.

Anders als am Abend zuvor war die Hotelhalle zu dieser frühen Stunde noch voller Menschen und von einem Stimmengewirr erfüllt, aus dem das Näseln des Mittelwestens deutlich herauszuhören war. Jake bahnte sich einen Weg durch die Menschenmenge hin zum Aufzug. Als er an der Rezeption vorbeikam, bemerkte ihn der Angestellte, der ihn am Vortag eingeschrieben hatte. Es sah beinahe komisch aus, wie er erst einmal, dann noch einmal hinsah. »Mr. Majeski?« fragte er. Es klang, als ob er sich nicht ganz sicher sei.

»Ja. Was gibt's?«

»Also, ich ...« Dem Mann stand nun eindeutig die Verblüffung im Gesicht geschrieben. »Dann ist Ihnen also gar nichts zugestoßen? Sie sind nicht verunglückt?«

Er trat an den Tresen. »Wer hat das gesagt?«

»Ja, der Polizist, der Mrs. Majeski vor etwa einer Stunde holen kam. Er sagte mir, Sie seien bei einem Autounfall schwer verletzt worden, und man habe ihn geschickt, um Ihre Frau zum Krankenhaus zu bringen.«

Aus einer halb geöffneten Tür am anderen Ende der Halle drang das Klappern von Bestecken, und das Stimmengewirr klang wie ein Bienenstock. Über den Krach erhob sich, kaum hörbar, eine dünne, traurige Stimme und sang eine französische Ballade. Ein rundlicher, rotgesichtiger Mann im Smoking, der nahe der Theke stand, sagte »Oui, oui, oh la la«, und die Umstehenden, bullige Männer, frisch von der Sonne verbrannt, und Frauen in engen Korsetts mit blaugefärbtem, fein onduliertem grauen Haar, lachten allesamt.

»Ist sie mitgegangen?« fragte Jake den Portier.

»Aber ja. Doch wenn es ein Versehen war, müßte sie inzwischen zurück sein.« Der Mann wandte sich um und warf einen Blick auf die Brieffächer hinter sich. Dann sah er ein zweites Mal hin und vergewisserte sich. »Das verstehe ich nicht, Mr. Majeski. Sie ist nicht da. Ihre beiden Schlüssel liegen im Fach.«

Jemand drängte sich neben Jake an die Theke und wandte sich an den Rezeptionisten: »Hören Sie mal, Ramos ...«, und Jake sagte leise: »Sie sehen doch, daß Mr. Ramos beschäftig ist, oder?« Der Eindringling warf einen Blick auf Jake, sah zum ersten Mal seinen Gesichtsausdruck und stotterte beschwichtigend: »Gewiß doch. Ich wollte ja nicht ...« Er schlängelte sich ein Stück weiter die Theke hinunter, um bei einem anderen Angestellten seine Beschwerde vorzubringen.

Jake wandte sich wieder an Ramos. »Dieser Polizist war nicht in Uniform, oder?«

»Nein. Natürlich habe ich mir seine Dienstmarke zeigen lassen. Er war von der Polizei in Miami Beach, im Rang eines Detective.«

»Wie hieß er? Haben Sie sich das gemerkt?«

Ramos wurde immer nervöser. »Ich fürchte nein. Es schien ja keinen Grund dafür zu geben. Und bei der Menge an Arbeit, die heute abend hier zu tun ist ...«

»Aber Sie haben ihn gesehen.«

»Ja. Ein jüngerer Mann. Nicht allzu sympathisch, ehrlich gesagt. Dunkle Gesichtsfarbe, Augen ziemlich eng beieinanderstehend, Bärtchen. Ganz und gar nicht sympathisch.«

»Und was haben Sie getan, als er Ihnen sagte, weswegen er gekommen war? Ihn einfach hochgeschickt?«

Ramos machte eine schockierte Miene. »Oh nein, Sir. Es ist genau geregelt, was in solchen Fällen zu tun ist. Wir rufen im Zimmer an und sagen Bescheid, daß ein Besucher hinaufkommt. Und wenn es eine Dame ist, schicken wir die Hausdame mit dem Beamten hinauf. Für den Fall, daß sie von zarter Konstitution ist, vielleicht ohnmächtig wird ...«

»Und das haben Sie in diesem Falle auch gemacht?«

»Ja, Sir.«

»Als Sie mit Mrs. Majeski telefonierten, wie klang sie da? Was hat sie gesagt?«

»Also, wo Sie mich jetzt wieder darauf bringen, muß ich sagen, daß es ein wenig seltsam war. Es klang beinahe, als hätte sie meinen Anruf erwartet. Sie sagte, sie komme sofort herunter, aber natürlich will das Hotel nicht ... ich meine ...«

»Das Hotel will nicht, daß Leute in der Halle zusammenklappen. Sie haben ihn also nach oben geschickt. Aber in Begleitung der Hausdame.«

»Ja, Sir.« Ramos lehnte sich über die Theke, und beinahe unhörbar fragte er: »Mr. Majeski, besteht etwa Grund zu der Annahme ...«

»Nein. Aber ich habe ein paar Freunde unter den hohen Tieren hier, die würden so etwas für einen Scherz halten. Geben Sie mir lieber meinen Zimmerschlüssel.«

Ramos reichte ihn ihm. Die Sorge war aus seiner Miene verschwunden. Statt dessen zeigte sein Gesicht nun mitfühlende Mißbilligung. »Ein reichlich geschmackloser Scherz, Sir. Wenn ich mir erlauben darf, das zu sagen.«

»Ja«, sagte Jake. »Das dürfen Sie.«

Vorsichtig öffnete er die Tür von 15c, als erwarte er, daß der Schwung gleich durch die vorgelegte Kette gebremst würde. Er wurde es nicht. Die Tür öffnete sich halb und gab den Blick auf das Wohnzimmer frei, hell vom Kronleuchter erleuchtet. Auch im Schlafzimmer brannten sämtliche Lichter, ebenso im Bad. Das schwarze Chiffon-Nachthemd lag auf dem Badezimmerboden, daneben ein Hausschuh. Den anderen fand er unter dem Bett. Das Bett selbst war aufgeklappt, die Decke zerknittert, und darauf lagen ein Kamm, in dem lange goldene Haare hingen, und zwei Taschenbücher. Das eine war ein Kriminalroman, das andere Eldrige Cleavers *Seele auf Eis.*

Er warf einen Blick in den Wandschrank. Die beiden Koffer und die Reisetasche waren noch da, und soweit er sehen konnte auch alle Kleider, die sie enthalten hatten. Ihre übrigen Sachen waren achtlos in Kommodenschubladen gestopft. Das einzige, was definitiv fehlte, war der Mantel, den sie auf dem Flughafen gegen ihren eigenen getauscht haben mußte. Am Ende fand er ihn fest zusammengerollt in einem Papierkorb. Er rollte ihn auf. Es war ein billiger Tuchmantel, abgewetzt, das Futter ausgefranst.

Er griff zum Telefon und verlangte Magnes' Nummer. Das Räuspern, das zu hören war, als abgehoben wurde, hätte von Magnes stammen können. Doch die Stimme, die sich dann meldete, das war er nicht. »Hallo? Wer spricht da?« Es war ein Singsang, heiser geflüstert. Aber nicht der Singsang des tiefen Südens. Eher der Tonfall der Gegend, des südlichen Florida. Und die Stimme klang ängstlich.

»Sind Sie das, Dobbs?« fragte Jake.

»Ich? Ja, das stimmt. Ja. Sind Sie's, Mr. Dekker?«

»Das wissen Sie doch genau. Sie haben darauf gewartet, daß ich anrufe, nicht wahr? Wo steckt Magnes?«

»Also, er ... Hören Sie, Mr. Dekker, Sie müssen hierher kommen. Das soll ich Ihnen sagen. Kommen Sie jetzt gleich hierher.«

»Ich denke nicht dran. Ich gehe nirgendwo hin, bevor nicht meine Frau wieder da ist, wo sie hingehört. Und jetzt holen Sie Magnes an den Apparat. Oder besser noch, falls Gela da ist, geben Sie mir gleich den.«

Dobbs' Stimme klang immer verzweifelter. »Mr. Dekker, ich bin hier ganz allein, und Sie müssen hier sein, wenn Mr. Gela wieder anruft, das hat er mir gesagt. Und ich schwöre Ihnen, ich will keinen Ärger mit Ihnen, aber ich muß tun, was er sagt. Und er läßt Ihnen ausrichten, Sie sollen keine Dummheiten machen, dann können Sie alles wieder in Ordnung bringen.«

»Wo ist meine Frau jetzt? Bei Gela?«

»Ja. Und der andere ist auch dabei. Glauben Sie mir, ich wollte nichts damit zu tun haben, aber mit Leuten wie denen, da macht man keine Witze. Also kommen Sie her, dann ist alles schnell erledigt. Mr. Gela hat schon zweimal angerufen. Er wartet drauf, daß Sie herkommen, und er ist wütend auf mich, als ob ich was dafür könnte, daß Sie noch nicht da sind. Je schneller Sie kommen, desto besser für alle. Besonders für Ihre Frau.«

»Ich komme«, sagte Jake.

Kapitel 57

Er nahm ein Taxi zurück zum Haus auf Daystar. Dort holte er Aiellos Automatik aus dem Schrank, lud sie und steckte sie sich in den Gürtel. Soweit er im Spiegel sehen konnte, beulte sie die Jacke nicht allzu auffällig aus, wenn er sie zuknöpfte.

Als er im Jaguar die Brücke nach Miami überquerte, sah er, daß sich zum ersten Mal seit über einer Woche kein Wagen hinter ihm einreihte. Er parkte eine Querstraße vor Magnes' Hotel. Von der anderen Straßenseite konnte er einige Leute in der Halle sehen, die in Reih und Glied dort saßen, zweifellos vor dem Fernseher. Er erkundete die Seitenstraße längsseits des Hotels, fand einen Lieferanteneingang und stieg zu Fuß hinauf aufs Dach. Er überquerte das Dach so geräuschlos, wie er konnte, und stellte sich neben Magnes' Tür auf, mit dem Rücken zur Wand, so daß jemand, der die Tür öffnete, ihn nicht sofort sah und ihn nicht in der Schußlinie hatte. Er klopfte mit dem Lauf der Pistole.

Die Tür öffnete sich fast auf Anhieb, und eine klapperdürre Gestalt stand dort und suchte angestrengt das Dunkel des Daches ab. »Mr. Dekker? Sind Sie das?«

Jake schwang herum, drückte seine Hand in das herausgesteckte Gesicht und versetzte ihm einen kräftigen Stoß. Der Mann wurde nach hinten in das Zimmer geschleudert, schlug dort gegen den Lehnstuhl und landete lang ausgestreckt auf dem Boden. Jake warf sich gegen die Tür, um sie an die Innenwand hinter den Angeln zu schleudern, doch niemand steckte dahinter. Er trat ein und schloß die Tür.

Der Mann, der sich allmählich aufrappelte, konnte nur Earl Dobbs sein. Er war groß, Haut und Knochen, und die riesengroßen Hände und Füße betonten das Hagere nur noch. Er trug einen teuren Seidenanzug, der schwer zerknittert und fleckig war, die Jacke hing ihm von den Schultern wie von einem zu kleinen Kleiderbügel.

Er hatte helle Augen, ein kantiges Gesicht, strähniges Haar und blickte unglücklich drein. »Also, Mr. Dekker ...«

Jake richtete die Pistole auf ihn. »Wo ist Magnes?«

Unwillkürlich glitten Dobbs' Augen zur Badezimmertür. »Also, Mr. Dekker, ich kann's Ihnen nicht verdenken, daß Sie wütend sind, aber das hat doch keinen Sinn, wenn Sie's an mir auslassen.«

»Machen Sie die Tür da auf.«

Dobbs trat einen Schritt zur Tür hin zurück. »Ich wünschte nur, Sie würden nicht dieses Ding auf mich halten. Sie werden ja wissen, daß es nicht gut für Sie wäre, mich zu erschießen, so wie die Dinge stehen. Aber mit so einer Waffe kann immer ein Unglück geschehen.«

»Machen Sie auf.«

Er öffnete die Tür. Von wo er stand, konnte Jake die Badewanne, die den größten Teil des winzigen Raumes einnahm, deutlich sehen. Es war eine große, altmodische Wanne auf verzierten Füßen, die fast ganz mit Wasser gefüllt war. Sie war lang genug, daß Magnes' nackte Leiche knapp unter der Wasseroberfläche ganz untergetaucht lag. Die Augen waren starr zur Decke gerichtet, die untere Hälfte seines Gebisses hing halb aus dem weit aufgerissenen Mund. Jake machte eine Bewegung mit der Pistole, und hastig zog Dobbs die Tür wieder zu. »Also, Mr. Dekker ...«

»Sie sind ein tapferer Mann, nicht wahr, Earl?« sagte Jake. »Wenn man Sie in einem Altersheim losließe, wären Sie ein richtiger Held.«

»Das stimmt nicht, Mr. Dekker. Das habe ich nicht gemacht. Ich würde niemals so was tun. Glauben Sie mir, ich hab' ein Herz für alte Menschen. Das war Mr. Gela. Und der andere.«

»Aiello?«

»Ja. Die haben das gemacht. Und nicht mal mit Absicht. Sie wollten nur, daß er ihnen verrät, wo Ihre Frau steckt, und sie mußten ihn immer wieder untertauchen, bis er damit rausrückte. Der war schon ganz schön starrköpfig, der Alte. Und er ist auch nicht ertrunken. Es war sein Herz, gleich nachdem sie ihn so weit hatten, daß er Ihre Frau anrief. Man kann also eigentlich gar nicht sagen, daß sie's getan haben.«

»Woher wußten sie, daß meine Frau noch in der Stadt war?« fragte Jake. »Sie haben doch gesehen, daß ich sie zum Flughafen gebracht habe, oder?«

»Sicher haben sie das. Und sobald sie Bescheid wußten, haben sie ihre Leute in New York angerufen, die da waren, als sie aus dem

Flugzeug stieg. Die Lady, die sich als Ihre Frau ausgeben sollte, hat ihnen ziemlich schnell verraten, wer sie in Wirklichkeit war. Ich glaube nicht, daß sie ihr groß was tun mußten. Sie hat's ihnen einfach so gesagt.«

»Alte Männer und Frauen«, sagte Jake. Er steckte die Pistole in den Gürtel, strich seine Jacke darüber glatt, dann versetzte er Dobbs unvermittelt einen Kinnhaken. Die Wucht schleuderte den Mann an die Wand. Mit einem Aufschrei hielt er sich die verschränkten Arme vors Gesicht, als Jake zum zweiten Mal die Hand hob. Er ließ sie wieder sinken. »Für einen Feigling, wie Sie einer sind, Earl, stecken Sie da ganz schön tief drin. Wo ist meine Frau jetzt?«

»Mr. Dekker, ich schwöre Ihnen, das weiß ich nicht!«

»Wollen Sie es selbst mal mit der Badewanne versuchen?«

»Sie haben mir nicht gesagt, wo sie sie hinbringen. Mr. Gela hat nur gesagt, er ruft immer wieder mal an, und früher oder später sind Sie hier, und er kann mit Ihnen reden. Und er sagt, das, was Sie gern mit mir machen würden, kann er auch mit Ihrer Frau machen, und Sie wissen das. Mr. Dekker, ich will Ihnen eins sagen. Mr. Gela, der ist brutal. Und der, den er bei sich hat, ist nicht besser. Nur daß Mr. Gela schlimmer ist, weil er noch Verstand dazu hat. Und er hat einflußreiche Leute, die ihm den Rücken stärken. Die stecken alle zusammen, und Sie kommen an denen nicht vorbei.«

»Was für einflußreiche Leute? Frank Milan und ein Anwalt namens Katzman?«

Dobbs hielt sich weiter die Arme vors Gesicht. »Ich darf keine Namen nennen.«

»Ich nenne sie schon selbst. Soll das heißen, Milan und Katzman bekommen ihren Anteil von dem Erpressergeld?«

»Das weiß ich nicht, Mr. Dekker. Ich weiß nur, daß sie mit zur Firma gehören.«

»Was für eine Firma?«

»Na ja, die Firma, die dieser Anwalt eingerichtet hat. Wenn Mrs. Thoren das Geld von der Versicherung bekommt, steckt sie es alles in die Firma, und sie ziehen es wieder ab. Dadurch wird alles legal.«

»Das kann ich mir vorstellen«, sagte Jake. »Na gut, nehmen Sie die Arme runter. Keiner tut Ihnen was. Nicht, solange Sie vernünftig sind.«

Als Jake sich auf der Tischkante niederließ, ließ Dobbs vorsichtig die Arme sinken. Blut sickerte aus seiner Lippe. »Scheint, daß Sie mir schon was getan haben«, sagte er vorwurfsvoll. Er wühlte in seiner Tasche, holte ein zusammengeknülltes schmutziges Taschentuch hervor und hielt es sich an die Wunde. »Ich kann's Ihnen nicht mal verdenken, daß Sie Ihre Wut an mir auslassen wollen, Mr. Dekker. Ich bin Ihnen nicht böse deswegen.«

»Solange Sie vernünftig sind, habe ich gesagt. Ich nehme an, Sie sind bei dieser Firma angestellt. Ihre Aufgabe ist es, Mrs. Thorens Geld in schöne gleichmäßige Anteile aufzuteilen.«

Dobbs hob die Schultern zu einem unterwürfigen Zucken. »Also so ein großes Tier bin ich nun wirklich nicht.«

»Wie groß sind Sie denn? Bekommen Sie zehn Dollar von den 200 000?«

»Viel mehr als das, Mr. Dekker. Es geht schon auf 10 000.«

»Fünf Prozent? Sie sind aber billig zu haben, was, Earl?«

»Also hören Sie ...«

»Fünf Prozent von Ihren eigenen 200 000, und dafür machen Sie die ganze Dreckarbeit. Sie waren derjenige, der überhaupt erst herausgefunden hat, daß Thoren in Wirklichkeit Stresemann war, Sie haben ihm die Karten für die Hunderennen geschickt, Sie haben jeden Monat das Geld holen müssen, Sie waren es, den er umgebracht hätte, wenn er gekonnt hätte. Er hat doch versucht, Sie umzubringen, nicht wahr?«

»Ja, Sir. Damals im Krieg, im Wäldchen, da wär's beinahe um mich geschehen gewesen.«

»Das meine ich nicht. Ich meine, nachdem Sie angefangen haben, ihn zu erpressen.«

»Da auch«, sagte Dobbs kummervoll. »Das reine Gift, dieser Mann. Bevor Mr. Gela die Sache in die Hand nahm, hat er zweimal versucht, mich mit seinem Auto zu überfahren, direkt vor dem Haus, in dem ich wohnte. Dabei war er es, der überhaupt auf Geld zu sprechen kam. An dem Tag im Bayside Spa, als ich ihn auf dem Massiertisch liegen hatte und begriff, wer er war, da habe ich zu ihm gesagt: ›Sie sind Stresemann‹, und auch wenn er käseweiß wurde, hat's keine zwei Sekunden gedauert, bis er sagte: ›Es kann Ihnen eine Menge Geld einbringen, wenn Sie das sofort wieder vergessen.‹« Dobbs tippte sich mit dem Finger auf die Brust. »Der Mann hat mir da eine Kugel durchgeschossen, als ich noch ein kleiner Junge unten in den Sümpfen war, und nur durch die Gnade

Gottes habe ich damals überhaupt überlebt. Und meinen Onkel hat er vor meinen Augen erschossen, obwohl der schon von dem Schlag über den Schädel, den er ihm versetzt hatte, am Boden lag. Ihm die Pistole zwischen die Augen gehalten, wie er dort lag, und abgedrückt. Und nun, wo ich bereit war, die alten Zeiten ruhen zu lassen und mich mit Geld abfinden zu lassen, da hatte er nichts anderes im Kopf, als mich unter die Erde zu bringen. Das reine Gift, nichts anderes.«

»Und für was halten Sie Gela?« fragte Jake. »Das Geld von Thoren hätte doch ganz Ihnen zugestanden. Wieviel hat Gela Ihnen je gegeben, nachdem er übernommen hatte? Wissen Sie eigentlich, daß er Thoren am Ende 10000 pro Monat abgepreßt hat?«

Dobbs schüttelte den Kopf. »Nein, Sir, das wußte ich nicht, und es war mir auch egal. Mr. Gela, der hat zu mir gesagt: ›Machen Sie das so, wie ich es Ihnen sage, dann sind Ihnen 1000 Dollar pro Monat sicher, in bar, zwölf Monate im Jahr.‹ Das ist eine Menge Geld, Mr. Dekker. Für weit weniger als das kann man wie ein Fürst leben. Das soll nicht heißen, daß Mr. Gela nicht genauso Gift ist. Ich sage nur, daß er mir mehr gegeben hat, als ich jemals in meinem Leben erwartet habe. Und so wie er alles im Griff hatte, brauchte ich keine Angst mehr zu haben, daß ich vor der Zeit unter ein Auto komme. Davon hat man doch nichts, wenn man geldgierig ist und tot.«

»Aber jetzt ist Thoren derjenige, der tot ist«, sagte Jake. »Da brauchen Sie also nicht mehr zu befürchten, daß Sie von ihm überfahren werden. Und 10000 als Abfindung ist zu wenig. Sie sind doch der Wichtigste bei diesem Geschäft. Ohne Sie haben Gela und seine Freunde überhaupt nichts, was sie verkaufen können. Die haben dann nichts mehr, womit sie Druck auf Mrs. Thoren ausüben können. Seien Sie doch klug, Earl. Sie haben mindestens das Doppelte von dem verdient, was die Ihnen bieten. Und Sie brauchen nicht darum zu betteln. Spielen Sie das Spiel mit mir, und ich gebe Ihnen 20000.«

»Mr. Dekker, ich bin wirklich froh, daß Sie das sagen. Das zeigt, daß Sie keinen Groll mehr hegen, und ich finde es immer schrecklich, wenn jemand einen Groll hegt. Aber ein Spiel wäre das nicht gerade. Das wäre, als ob man einem hungrigen Alligator in die Schnauze tritt und dann stehenbleibt und abwartet, was passiert.«

»30000«, sagte Jake leise. »Alles in Zehnern und Zwanzigern frisch von der Bank. Können Sie sich überhaupt vorstellen, wie hoch das wäre, wenn Sie die alle vor sich aufstapeln, Earl?«

Dobbs ruckte unruhig mit den Schultern in seiner Jacke. Er fuhr sich mit der Hand über das Gesicht. »Ich will Ihnen die Wahrheit sagen, Mr. Dekker. Solange Gela Ihre Frau irgendwo festhält, wüßte ich nicht, was Sie da für sich selbst tun könnten, geschweige denn für mich.«

»Ich kann Sie auf meiner Seite haben, wenn der Augenblick gekommen ist. Und Sie haben dann eine Pistole in der Tasche. Wenn wir meine Frau erst mal bei Gela losgeeist haben, können wir machen, was wir wollen. Hinter mir steht eine Milliarden-Dollar-Firma, Earl. Und die Polizei und das FBI. Was ist denn falsch daran, 30000 dafür einzustecken, daß man sich auf die Seite von Recht und Ordnung stellt? Oder sind Sie etwa gegen Recht und Ordnung?«

»Ich? Nein, Sir, Mr. Dekker, ich bin immer für Recht und Ordnung gewesen. Ich halte nichts von den verrückten Sachen, die Nigger und langhaarige Gören sich heute erlauben können. Aber ich sehe nicht recht, was es mit Recht und Ordnung zu tun haben soll, wenn man eine Witwe um ihr Geld von der Versicherung bringt. Und nichts für ungut, Mr. Dekker, das ist es doch, was Ihre Firma tun will. Das müssen Sie zugeben. Wenn Ihre Firma sich nicht so sträuben würde, dieser Frau ihr Geld zu zahlen, dann wären Sie jetzt nicht hier. Und hätten nicht Ihre Frau mit hergenommen und sie in so eine Klemme gebracht.«

Das Telefon klingelte, und Dobbs fuhr zusammen. Es war Magnes' Privatleitung. Das Telefon selbst hatten sie aus seinem Versteck unter dem Nachttisch hervorgeholt und auf das Bett gestellt. Dobbs sagte jämmerlich: »Das wird er wohl sein, Mr. Dekker.«

»Gehen Sie ran.«

Dobbs drückte sich an der Wand entlang zum Bett und hielt so weit Abstand von Jake wie nur möglich. Als er abnahm, verschwand der Hörer fast ganz in seiner riesigen Hand. »Ja, Sir?« sagte er beflissen, und dann, mit Erleichterung: »Ja, Sir, er ist hier.« Er wollte den Hörer schon Jake reichen, dann hielt er ihn wieder ans Ohr. »Ja, Sir.« Er warf Jake einen verschlagenen Blick zu. »Das hat er getan, Mr. Gela. Beides. Erst hat er mich geschlagen, dann 30000 geboten, wenn ich für ihn spiele. Nein, Sir. Sie kennen mich doch. Ich bin sehr zufrieden, so wie es ist.« Er hielt Jake den Hörer mit ausgestrecktem Arm hin, den anderen Arm hielt er wieder schützend vors Gesicht. »Er will Sie jetzt sprechen, Mr. Dekker. Und vergessen Sie nicht, er hat Ihre Frau.«

Jake nahm den Hörer. »Gela?«

»Sie haben sich ja ganz schön Zeit gelassen, was?« Es war geradezu unheimlich, wie ähnlich Gelas Stimme derjenigen Frank Milans war, ein kehliges Brummen. »Was haben Sie denn so lange getrieben, Dekker? Überlegt, was Sie noch tun können? Sie müßten doch längst eingesehen haben, daß Sie nichts mehr tun können.«

»Vielleicht. Bevor wir weiter darüber reden, Gela, will ich mit meiner Frau sprechen. Holen Sie sie an den Apparat.«

»Ach, nun hören Sie schon auf. Diese süße kleine Mieze ist doch nicht Ihre Frau. Und Sie sind auch nicht bei der *Guaranty* angestellt. Sie arbeiten für 50 Prozent der Versicherungssumme auf eigene Faust. Und keiner brauchte Ihrem Flittchen die Zähne einzuschlagen, daß sie's uns verraten hat. Sie hat es ganz von selbst dem freundlichen Polizisten erzählt, der sie ins Krankenhaus brachte. Regen Sie sich also nicht auf. Wir haben ihr kein Haar gekrümmt. Noch nicht.«

»Holen Sie sie an den Apparat, Gela. Ich will, daß sie mir das selbst sagt.«

Elinors Stimme überschlug sich. »Jake, das war Magnes! Er hat mich angerufen und mir gesagt, du ...«

»Das spielt keine Rolle«, unterbrach Jake sie. »Alles in Ordnung mit dir?«

»Ja. Aber Jake ...«

Sie verstummte so plötzlich, daß ihr offensichtlich jemand die Hand vor den Mund gehalten hatte. Gela sagte: »Jetzt haben Sie sie gehört.«

»Ich habe sie gehört«, sagte Jake. »Was haben Sie vorzuschlagen?«

»Ich will es kurz machen«, sagte Gela. »Ich habe die Privatnummer dieses Burschen von der Versicherung, Maniscalco in New York. Sie kommen jetzt gleich zu mir herüber, ich rufe ihn an und höre zu, wie Sie ihm sagen, daß die Sache zu Ende ist. Thoren ist bei einem Unfall umgekommen, das wissen Sie jetzt mit Sicherheit. Deshalb soll er sehen, daß gleich morgen früh der Scheck abgeht. Dann setzen wir uns alle auf unseren Hintern und warten, daß er hier eintrifft.«

»Und was bekomme ich dafür, daß ich so hilfsbereit bin?« fragte Jake.

»Wenn Sie Glück haben, ein langes, schönes Leben voller kleiner Blondinen wie dieser hier. Verdammt noch mal, was erwarten Sie denn, was Sie dafür bekommen? Einen Pokal?«

»Nun stellen Sie sich doch nicht so dumm, Gela. Wenn ich den Anruf mache, gehen mir 100 Riesen durch die Lappen. Und 20 habe ich schon investiert. Wenn Sie mich an dem Geschäft beteiligen wollen, dann lassen Sie hören, wie groß mein Anteil ist.«

»Nichts.«

»Hören Sie, Gela ...«

»Schluß jetzt mit dem Unsinn. Wenn der Scheck hier im Briefkasten liegt, dann können Sie und Ihre Mieze hingehen, wohin Sie wollen, und die Bücher sind geschlossen. Danach müssen Sie nur noch den Mund darüber halten. Und das werden Sie, Dekker. Wenn Sie das nämlich nicht tun, dann werde ich der *Guaranty* verraten, daß ich Sie gekauft habe, und dann sind Sie in Ihrem Geschäft erledigt, und außerdem hat ein Bursche, den ich bei der Telefongesellschaft kenne, in meinem Auftrag gerade zwei Wanzen herausgeholt, die im Haus Thoren versteckt waren. Und wenn Sie meinen, Mrs. Thoren würde nicht vor Gericht beschwören, daß Sie derjenige gewesen sein müssen, der sie da hineingesteckt hat, dann haben Sie einfach keine Ahnung, wie gut sie auf mich hört. Das würde Ihnen gar nicht gefallen, Dekker, nicht bei der Art, wie die Gefängnisse hier unten geführt werden.« Gelas Tonfall bekam allmählich etwas Gereiztes. »Lieber Himmel, seit fast zwei Wochen rennen Sie jetzt gegen mich an. Glauben Sie denn wirklich, daß Sie am Ende mehr als einen blutigen Schädel davon haben?«

»Vielleicht glaube ich das immer noch«, sagte Jake.

»Aber ja«, sagte Gela verächtlich. »Das Schlimme bei Ihnen ist, Sie können einfach nicht einsehen, daß Sie eben 100 Riesen verloren haben. Also gut, wollen Sie ein bißchen Zeit, um sich an den Gedanken zu gewöhnen? Ist ja auch schon verdammt spät, und es kommt aufs gleiche raus, wenn Sie morgen früh mit diesem Maniscalco reden, sobald er in sein Büro kommt. Der einzige Nachteil ist, daß Aiello bis dahin auf Ihr Flittchen aufpaßt, und der ist ja nun gar nicht gut auf Sie zu sprechen. Aber wenn Sie den Rest der Nacht noch brauchen, um den 100 Riesen nachzuweinen, dann können Sie dem Affen, den Sie da bei sich haben, sagen, er soll Sie morgen früh um acht Uhr abholen und zu Dinty bringen. Er weiß, wo es ist.« Gela wartete ein paar Sekunden lang, dann sagte er ungeduldig: »Nun kommen Sie schon, Dekker, entscheiden Sie sich. Jetzt gleich oder morgen früh? Ich sage ja immer, wenn ein Zahn gezogen werden muß, dann am besten so schnell wie möglich. Selbst wenn die Rechnung auf 100 Riesen kommt.«

Jake stand da. Schweißperlen traten ihm auf die Stirn und liefen ihm das Gesicht hinunter. Er wischte sie mit dem Handrücken ab, doch sie kamen sofort wieder.

Plötzlich sagte Gela: »Also gut, Dekker, dann bis morgen früh«, und knallte den Hörer auf die Gabel.

»Warten Sie!« rief Jake. »Gela!«

Es war zu spät. Er hörte nur noch das monotone, gleichmäßige Brummen des Wähltons.

Kapitel 58

Er stürzte sich auf Dobbs, der entsetzt zurückwich. »Von wo hat er angerufen? Wo ist er jetzt?«

»Mr. Dekker, ich habe Ihnen doch gesagt, daß ich das nicht weiß. Ich schwöre es Ihnen.«

»Crosscut?«

»Nein, Sir. Da würde er nie übernachten. Er hat es gern bequem, und da unten ist alles ganz primitiv.«

Jake griff die Krawatte des Mannes am Knoten und preßte ihm den Daumen in den hervorgetretenen Adamsapfel. »Wo hat er es gern bequem?«

Mit weit aufgerissenem Munde rang Dobbs um Luft. Er fuchtelte mit den Händen, bis Jake ihn mit dem Kopf an die Wand schlug. Stöhnend hielt Dobbs sich den Hinterkopf. »Ich weiß es nicht, Mr. Dekker. In einem Hotel weiter stadteinwärts, aber ich weiß nicht, in welchem.«

»Was ist Dinty?« fragte Jake unerbittlich. »Und sagen Sie mir nicht, das wissen Sie nicht. Er hat mir nämlich gesagt, daß Sie's wissen.«

»Ja, Sir, das weiß ich. Wenn Sie mich nur loslassen könnten ...«

Jake stieß den Mann von sich. »Also?«

Dobbs rieb sich seinen Hals und atmete tief durch. »Das ist in Crosscut, Mr. Dekker. Der Dorfladen dort.«

»Sind Sie sicher?«

»Ja, Sir. Der Laden ist nicht der Rede wert, aber Dinty verkauft die Alligatorhäute für die Leute der ganzen Gegend, deshalb macht er ganz gute Geschäfte.«

»In diesem Laden gibt es doch ein Telefon, oder?« fragte Jake.

»Ja, Sir. Das einzige am Ort. Und ich kann Ihnen die Nummer sagen, falls Sie anrufen wollen. Aber da wird jetzt niemand sein. Nicht so spät am Abend.«

»Rufen Sie trotzdem an.«

Dobbs wählte, und Jake nahm den Hörer. Niemand meldete sich. Dobbs sagte flehentlich: »Dafür kann ich nichts, Mr. Dekker. Ich habe Ihnen ja gesagt, daß so spät am Abend niemand da ist. Und Mr. Gela ganz bestimmt nicht.«

»Ganz bestimmt nicht«, sagte Jake benommen. Er setzte sich auf das Bett und betrachtete das Muster des abgewetzten Linoleums zu seinen Füßen. Dann blickte er auf zu Dobbs. »Gela sagt, Sie sollen mich morgen um acht zu Dinty fahren. Haben Sie einen Wagen hier?«

»Ja, Sir, Mr. Dekker.« Die Antwort kam wie aus der Pistole geschossen. Es war, als ob der Gedanke an den Wagen dem Mann Rückgrat verleihe. »Ein großer Thunderbird.«

»Kennen Sie die Brücke zu den Daystar Islands?«

»Ja, Sir.«

»Dann warten Sie um acht ein Stück stadteinwärts von da. Und jetzt gehen Sie an den Tisch dort drüben, und leeren Sie Ihre Taschen aus.«

»Mr. Dekker ...«

Jake erhob sich, und hastig begann Dobbs seine Taschen herauszuziehen und alles, was darin war, auf den Tisch zu legen. Darunter waren zwei Ringe, der eine ein schmuckloser Goldreif, der andere mit einem Diamanten besetzt, eine schwere, altmodische Taschenuhr mit Kette und die juwelenbesetzte Anstecknadel einer Freimaurerloge. Jake legte diese Dinge beiseite. Dann fragte er: »Haben Sie ihm auch das Geld aus seiner Brieftasche gestohlen?«

»Nein, Sir, Mr. Dekker.«

»Ich wünschte, ich könnte dir das glauben, du verdammter Blutsauger. Also gut, nehmen Sie Ihren Kram, und verschwinden Sie. Aber schnell.«

Er verschloß die Tür hinter Dobbs und machte sich dann an die Arbeit, das Zimmer nach Papieren oder Bändern abzusuchen, die mit Thoren zu tun hatten. Nach einer halben Stunde war ihm klar, daß Magnes entweder keine solchen Aufzeichnungen gehabt hatte oder daß er sie nicht in der Wohnung aufbewahrte. Am Ende stellte er alles wieder an seinen Platz, legte die Wertsachen in die oberste Kommodenschublade und verließ dann die Wohnung. Die Lampen ließ er brennen.

Es war fast zwei Uhr, als er wieder auf Daystar war und sich eine Tasse schwarzen Kaffee mit Cognac machte. Um sechs machte er sich eine zweite, dann rasierte er sich und schnitt sich schwer dabei. Um halb acht ging er ins Arbeitszimmer, setzte sich und legte seine Armbanduhr vor sich auf den Schreibtisch. Als der Minutenzeiger exakt Viertel vor acht anzeigte, rief er die Vermittlung und ließ sich die Polizei geben.

Dem Mann, der sich meldete, sagte er: »Das ist kein Witz, und ich bin auch kein Psychopath. Ich möchte eine Entführung melden.«

»Eine Entführung? Geben Sie bitte Namen und Adresse.«

»Jacob Dekker, Daystar Island Nummer Zwei. Bei der Entführten handelt es sich um meine Frau. Sie war ...«

»Langsam. Langsam.«

Ein paar Augenblicke darauf kam eine andere Stimme an den Apparat. »Mr. Dekker?«

»Ja.«

»Hier spricht Lieutenant Brittenum. Sie wollen melden, daß Ihre Frau entführt wurde. Sind Sie da sicher? Sie ist nicht nur irgendwo, wo sie erscheinen sollte, nicht aufgetaucht?«

»Nein. Sie wurde aus dem Hotel Argyle East von einem Mann abgeholt, der sich als Beamter der Polizei von Miami Beach ausgab. Er heißt Anthony Aiello. Er arbeitet im Auftrag eines gewissen Gela, der ...«

»Angelo Gela?«

»Ja. Frank Milans Neffe. Seine Freunde nennen ihn Wuff.«

»Verstehe«, sagte Brittenum mit Nachdruck. Dann fragte er mißtrauisch: »Und wie nennen Ihre Freunde Sie?«

»Ich habe nicht das geringste mit Ihrer hiesigen Unterwelt zu tun, Lieutenant. Und eben kam ein Anruf von Gela, in dem er seine Lösegeldforderungen stellte. Wir wollen im Laden eines gewissen Dinty weiter darüber reden, in einem Ort namens Crosscut an der Route Ninety-four. Der Dorfladen in dem Kaff. Ich fahre jetzt los und will, daß Sie und Ihre Leute dorthin kommen und sich jeden, der Ihnen unter die Nase kommt, schnappen, sobald ich dort bin. Dinty. Ich fahre ein Jaguar-Coupé. Sie wissen, daß ich da bin, wenn Sie den Wagen vor dem Laden geparkt sehen.«

»Klar. Nur eines, Mr. Dekker. Crosscut liegt in Monroe County. Dafür sind die Leute von Monroe zuständig. Jetzt rufen Sie mal die Polizei in Key West an ...«

»Key West? Das liegt doch wer weiß wie weit weg, mitten im Ozean. Was haben die denn damit zu tun?«

»Hören Sie, Mr. Dekker, Monroe County ist nun mal ein einziges großes menschenleeres Sumpfgebiet, das von Key West betreut wird. Und bis die da etwas unternehmen, das braucht seine Zeit. Deshalb bleiben Sie schön hier und rasen nicht gleich nach Crosscut. Sie rufen in Key West an, lassen sich sagen, wie lange die brauchen ...«

»Das machen Sie, Lieutenant«, fuhr Jake hitzig dazwischen, »weil ich nämlich jetzt losfahre. Rufen Sie an, wen Sie wollen, solange Sie dafür sorgen, daß ich Polizeischutz habe, wenn ich da unten ankomme.«

Kapitel 59

Der cremefarbene Thunderbird, der nahe der Einmündung der North Bay Road parkte, war schwer verkratzt, zerbeult und verrostet. Jake hielt daneben und gab Dobbs mit einer Handbewegung zu verstehen, er solle zu ihm in den Jaguar kommen. Dobbs steckte den Kopf zum Fenster hinaus und sagte munter: »Ich hatte gedacht, wir nehmen meinen Wagen, Mr. Dekker. Spricht doch nichts dagegen. Da können Sie sich das Benzin sparen.«

»Steigen Sie ein«, sagte Jake.

Mit resignierter Miene gehorchte Dobbs. »Wissen Sie, wie Sie fahren müssen?«

»Sie werden es mir sagen.«

Bis zur Stadtmitte herrschte dichter Verkehr. Auch auf dem Tamiani Trail war reger Betrieb, bis sie an dem heruntergekommenen Industriegebiet vorbei waren, das noch innerhalb der Stadtgrenzen lag. Danach begegneten ihnen immer weniger Wagen auf ihrer Fahrt.

Die Straße erstreckte sich wie mit dem Lineal gezogen in gerader Linie bis zum Horizont, ein Kanal zur Rechten, flaches grünes Ödland zur Linken. Dobbs, stets ein Auge auf dem Tachometer, der gleichmäßig 80 Stundenkilometer anzeigte, rückte immer wieder nervös auf seinem Sitz hin und her. Am Ende sagte er: »Sie können jetzt ruhig auf die Tube drücken, Mr. Dekker. So bleibt es die ganze Zeit bis zur Ninety-four.«

»Haben Sie es denn so eilig?«

»Nein, Sir. Nicht, wenn Sie es nicht haben, Mr. Dekker.« Dobbs saß eine Weile schweigend da. Dann sagte er hoffnungsvoll: »Ich wünschte nur, Sie wären nicht so wütend auf mich, Mr. Dekker. Ehrlich gesagt, ich kann es einfach nicht ertragen, wenn jemand wütend auf mich ist.«

Jake musterte ihn: »Sie sind schon ein Goldstück, was, Earl?«

»Vielleicht glauben Sie nicht wirklich, daß ich das bin, aber es ist die Wahrheit.«

»Wenn Sie sich auf meine Seite gegen Gela stellen, dann glaube ich es Ihnen.«

»Also so weit würde ich nicht gehen, Mr. Dekker. Sehen Sie doch nur, wie ich überhaupt mit ihm zusammenkam. Das lag ja alles nur daran, daß ich nicht wollte, daß jemand wütend auf mich ist.«

»Erzählen Sie das einem anderen«, sagte Jake. »Sie sind mit Ihrer Geschichte darüber, wer Thoren in Wirklichkeit war, zu ihm gegangen. Er wäre doch nie von sich aus gekommen.«

»Da sieht man mal wieder, daß selbst jemand so Kluges wie Sie die Dinge ganz falsch sehen kann, Mr. Dekker. Tatsache ist, er kam zu mir. Ich habe damals im Hundezwinger auf dem Flagler-Rennplatz gearbeitet. Nicht bei den Rennen oder so was, einfach nur füttern und saubermachen. Und irgend jemand hat Mr. Gela mal auf der Tribüne auf mich aufmerksam gemacht. Also kam er rüber und fragte mich, welche Hunde für den Abend gut in Form seien, und von da an kam er jeden Abend und erkundigte sich. Und als ich zum ersten Mal Geld von Mr. Thoren bekommen hatte und auf dem Rennplatz mit meinem neuen Anzug aufkreuzte und Zwanziger statt Zweiern setzte, da glaubte Mr. Gela, ich hätte Geheimtips und würde sie ihm nicht verraten. Er war wirklich wütend auf mich. Deshalb habe ich ihm dann gesagt, wie ich an das Geld gekommen bin, und am Ende hatte ich ihm alles über Mr. Thoren erzählt. Daß er in Wirklichkeit Stresemann war. Das ist die Wahrheit, Mr. Dekker. Sie denken, ich mache Ihnen was vor, aber da tun Sie mir schwer unrecht.«

»Nur Ihre Intelligenz, die beurteile ich schon richtig«, sagte Jake. »Was meinen Sie denn, was passiert, wenn Gelas falsche Firma sich das Versicherungsgeld unter den Nagel gerissen hat und Sie Ihren Anteil verlangen? Für einen einzigen Dollar würde der seiner eigenen Mutter die Kehle durchschneiden. Was meinen Sie, was er mit Ihnen für 10000 macht?«

»Also wirklich, Mr. Dekker ...«

»Und ich biete Ihnen nach wie vor 30000. Ehrliches Geld, Geld, von dem Sie sicher sein können, daß Sie es auch bekommen.«

Dobbs dachte darüber nach. Dann schüttelte er traurig den Kopf. »Sie vergessen eines, Mr. Dekker. Er und die Leute, mit denen er zusammen ist, die sagen, wie's gemacht wird. Und deshalb ist sein Geld ein ganzes Stück echter als Ihres.«

Die Route Ninety-four führte geradeaus weiter, als der Trail unvermittelt nach Norden abknickte. Ein Schotterweg, teilweise ausgespült. Als sie an etwas vorbeikamen, das wie ein Grenzposten aussah, sagte Dobbs: »Das ist Pinecrest. Nach Crosscut sind es jetzt nur noch ein paar Meilen.«

Es waren lange Meilen auf jener Straße, auf der man holperte wie auf einem Waschbrett, und noch langsamer ging es auf dem ausgefahrenen Feldweg, der davon abzweigte und mitten in die Sümpfe hineinführte. Der Weg schlängelte sich durch Zypressen- und Kiefernwäldchen, um Dickichte aus Unterholz herum, und endete an einem großen barackenartigen Gebäude. Am einen Ende sackte der Schuppen in sich zusammen, und zwei behauene Baumstämme waren wie Strebepfeiler dagegengestemmt. Zerbrochene Glasscheiben hatte man mit Pappe repariert, und das Schild über der Tür mit der Aufschrift *Dinty - Gemischtwaren* war vom Zahn der Zeit so abgenagt und von Schrotladungen so durchlöchert, daß es kaum noch zu entziffern war.

Der Bereich um die Tanksäule vor der Baracke war offenbar der Parkplatz des Ortes. Eine Reihe von Wagen stand da, die auf die Schrottpresse zu warten schienen, zwei klapprige, fast auseinanderfallende Lastwagen und ein glänzendschwarzes Cadillac-Cabriolet. Stromleitungen gab es keine. Die einzige Verbindung zur Außenwelt war ein Telefonkabel, das zwischen den Baumwipfeln hing und am Dach des Schuppens endete.

Sonst waren keine Häuser zu sehen, doch als Jake hinter Dobbs die drei knarrenden Stufen zum Laden hinaufgestiegen war, konnte er die Wände aus grob behauenen Stämmen und die Teerpappedächer einiger Blockhütten ausmachen, die halb im Unterholz versteckt lagen.

Im Laden herrschte Dämmerlicht, denn die wenigen verbliebenen Glasscheiben ließen kaum Licht herein. Alles lag im Schein einer Kerosinlampe, die von einem Dachsparren hing, und es stank nach Kerosin, abgestandenem Bier und faulem Fleisch.

Zwei Männer waren da. Der eine mit langen Koteletten, weißem Rollkragenpullover und engsitzender Hose mit hohem Bund war ohne Zweifel Gela, denn der andere war von gleichem Kaliber wie Dobbs, nur daß die eng beieinanderstehenden Augen seinem Gesicht etwas Verschlagenes gaben. Dieser zweite trug einen Overall, aus dem das graue Brusthaar hervorlugte, und stand auf die Ellbogen gelehnt hinter seiner Theke. Auf der Theke lag ein Gewehr, dessen beide Läufe auf die Tür gerichtet waren, in der Jake nun stand. Die ausgestreckte Hand des Mannes ruhte auf der Schmalseite des Schaftes, der Finger am Bügel. Er sprach mit genau dem gleichen Tonfall wie Dobbs. »Hat ja lange genug gedauert, Earl.«

»Das stimmt, Dinty. Aber wir sind mit seinem Wagen da. Und ich habe ihm gesagt ...«

»Schon gut«, unterbrach Gela ihn. »Scheint, daß er eine Knarre eingesteckt hat. Nimm ihm die ab.«

Mit einer entschuldigenden Geste zog Dobbs die Automatik aus Jakes Gürtel und legte sie auf die Theke. Gela wandte sich an Jake. »Das Telefon ist da drüben in der Ecke.«

»Das sehe ich«, sagte Jake. »Aber ich sehe das Mädchen nicht. Wo ist sie?«

»Sie ist in der Nähe. Machen Sie sich keine Gedanken darum. Bleiben Sie beim Geschäft.«

»Aiello sehe ich auch nicht«, beharrte Jake. »Ist er bei ihr? Das wäre dumm, Gela.«

»Ich habe ihm gesagt, er soll die Finger von ihr lassen, da brauchen Sie sich keine Sorgen zu machen. Der fehlt nichts. Und je schneller das Geld von der Versicherung da ist, desto schneller sind Sie beide aus der Sache raus.«

Jake lehnte sich an den Türrahmen und kreuzte die Arme über der Brust. »Ich rufe niemanden an, bevor ich nicht das Mädchen gesehen habe. Und nicht nur aus der Ferne. Ich will sie ansehen und mit ihr reden. Dann sind wir im Geschäft.«

»Haben Sie das gehört?« wandte Gela sich an Dinty. »Los, erzählen Sie ihm, daß es ihr gutgeht«, und Dinty sagte: »Der geht's gut, Mister. Ich hab' die beiden gestern abend selbst zum Wäldchen rausgefahren, und da kann nichts mit ihr geschehen sein, was sie nicht auch selber wollte.«

Jake blickte erst den einen, dann den anderen an. Dann sagte er zu Dinty: »Ich sehe, Sie haben sich auch von der Firma anheuern lassen. Wie funktioniert das? Er gibt Ihnen hiervon etwas ab, und Sie beteiligen ihn dafür an Ihrer Alligator-Wilderei?«

»Sie schinden Zeit, Dekker«, sagte Gela warnend.

»Nein, ich bin nur stur.«

Gela starrte ihn an und kaute an einem Niednagel seines kleinen Fingers.

»Sie sind ja verrückt, wenn Sie den Burschen an Ihrem Alligatorgeschäft beteiligen«, wandte Jake sich unbeirrt an Dinty. »In einem

Monat gehört der Laden ihm, und Sie ziehen die Häute ab, für einen Dollar die Stunde.«

»Klar, Mister«, sagte Dinty.

»Denken Sie mal drüber nach«, sagte Jake. »Er hat Sie schon halb zum Komplizen bei einer Erpressung und Entführung gemacht, falls Sie die Geschichte nur halb kennen. Seien Sie vernünftig. Drehen Sie die Flinte zu ihm herüber, und sofort sind Sie aus dem Schlamassel raus. Ganz egal, wieviel er Ihnen zahlt, Sie können von mir mit viel mehr rechnen. Sie brauchen nur zu sagen, wieviel Sie wollen.«

»Klar, Mister.«

Gela spuckte den Niednagel aus, an dem er gekaut hatte. Zu Jake sagte er: »Ich habe gleich heute morgen mit der Sekretärin in Maniscalcos Büro gesprochen. Ich habe ihm ausrichten lassen, daß er sich für einen Anruf von Ihnen bereithalten soll. Er wartet auf Sie, Dekker.«

»Der wartet auch noch länger. Ich kümmere mich um ihn, sobald das Mädchen hier aufkreuzt.«

Gela begann von neuem an dem lästigen Finger zu nagen. Am Ende sagte er: »Wenn Sie sie sehen wollen, dann müssen Sie dahin fahren, wo sie ist. Nicht hier. Sie bleibt da draußen in Sicherheit, bis die ganze Geschichte erledigt ist. Sie werden noch Zeit genug für sie haben. Sie bleiben nämlich auch hier.«

»Dobbs' Wäldchen?«

»Irgendwo. Ich verstehe wirklich nicht, warum Sie es sich so schwer machen, Dekker. Das ginge alles wie geschmiert, wenn Sie nicht so störrisch wären. Aber ich weiß, Sie glauben immer noch, Sie können sie herbekommen und sich dann mit ihr davonmachen. Und was geschieht? Sie kriegen beide eine Kugel verpaßt. Keiner gewinnt, alle verlieren. Halten Sie das für klug?«

»Und wie steht's mit Ihrer eigenen Klugheit, Gela? Sie haben diese beiden Sumpfbewohner und Aiello hier draußen. Meinen Sie wirklich, ich würde bei den Aussichten, die ich da habe, einen Fluchtversuch riskieren? Aber gut, ich mache es so, wie Sie wollen. Ich fahre dahin, wo das Mädchen steckt. Auf geht's.«

Sie ließen Dinty an seiner Theke zurück und gingen im Gänsemarsch einen schmalen, moorigen Pfad zum Wasser hinunter, Gela mit der Schrotflinte als Nachhut. Drei Propellerboote lagen dort am Steg, außerdem etliche Ruderboote. Der Uferschlamm war übersät mit zerbrochenen Rudern, verrosteten Bierdosen und leeren

Benzinkanistern. Die Sumpfboote waren flache, breite Gefährte, die kaum Tiefgang hatten. Auf eine Plattform im Heck war ein schwerer Automobilmotor montiert, der einen uralten hölzernen Flugzeugpropeller antrieb.

Gela wies Jake einen Platz im Bug an und ließ sich neben Dobbs nieder, der das Steuer übernahm. Während Jake noch damit beschäftigt war, sich zu setzen, ohne mit den Füßen in das schlammige Wasser zu kommen, das am Boden des Bootes hin- und herschwappte, pochte Dobbs ihm auf die Schulter und drückte ihm einen Batzen schmutziger Putzwatte in die Hand.

»Was soll ich damit?« fragte Jake.

»Wegen dem Krach, Mr. Dekker. Das stopfen Sie sich lieber ganz fest in die Ohren.«

Jake hielt die Watte noch in der Hand, als der Motor ansprang. Der Lärm war ohrenbetäubend. Es hämmerte im Kopf, als ob ihm physische Schläge versetzt würden. Hastig stopfte Jake sich in jedes Ohr ein Büschel Watte und drückte es fest, so gut er konnte. Das nahm dem Geräusch ein wenig von seiner Schärfe.

Das Boot glitt über das offene Wasser auf eine massive Wand aus Riedgras zu. Jake zuckte unwillkürlich zusammen, als das Boot in das Gras hineinfuhr, aber man spürte keinen Aufprall. Das Gras teilte sich einfach, als sei es gegenstandslos, wenn das Boot hindurchglitt, und schloß sich dahinter wieder, ohne daß eine Spur zurückblieb. Minutenlang ging das so, und sie fuhren fast ebensoschnell wie das Schnellboot in der Biscayne Bay, bloß daß es hier nur dann und wann einen kleinen Flecken offener Wasserfläche gab, und häufiger gab es Flecken, wo nur so wenig Wasser stand, daß sie über den Schlick schlitterten.

Die einzigen Orientierungspunkte waren Inselchen mit einigen Bäumen darauf, die sich hier und dort ein paar Zentimeter aus dem Wasser erhoben. An einer dieser Baumgruppen bogen sie scharf in einen künstlich angelegten Kanal ein, ein braunes Band, das in das endlose Grün geschnitten war. Doch statt diesen Kanal entlangzufahren, steuerte Dobbs das Boot plötzlich mit einem Ruck wieder mitten in die Wand aus Riedgras hinein, als habe er einen Peilsender eingebaut. Sie brachen mit vollem Tempo durch und gelangten auf einen weiten See, in dem das Wasser nach der Art, wie von dem Ried nur noch die Spitzen herausschauten, etwas tiefer stand.

In der Mitte des Sees lag eine Insel mit ein paar abgestorbenen Kiefern. Die Insel war etwa 20 Meter lang und vielleicht halb so breit. Unter den Kiefern stand eine Blockhütte. Daneben lag eine halbverfallene Anlegestelle. Dobbs fuhr das Boot auf die Böschung, trat hinaus und machte es an einem Pfosten fest. In der Stille, die eintrat, als er den Motor abschaltete, hörte man die Ohren klingeln. Die Hitze, die der Fahrtwind des Bootes vertrieben hatte, legte sich nun drückend auf sie. Es war, als bohrte sich die Sonne durch die Schädeldecke; die Luftfeuchtigkeit war so hoch, daß sie sofort aus allen Poren zu schwitzen begannen. Es war, als versuche man in einem Dampfbad zu atmen.

Aiello wartete ohne Hemd und schwer ramponiert am Steg auf sie, einen Revolver mit kurzem Lauf in der Hand. Elinor saß im Schatten der Hütte mit dem Rücken zur Wand auf dem Boden. Sie hatte die Knie angezogen, die Hände darum gelegt und blickte mit ausdruckslosem Gesicht zu dem Boot hinüber. Dann legte sie die Stirn auf die Knie.

Jake zog sich die Wattepfropfen aus den Ohren und kletterte auf den Steg, wobei Gelas Flinte ihm bei jeder Bewegung folgte. »Fünf Minuten«, sagte Gela. »Dieser Maniscalco macht sich wahrscheinlich schon in die Hose, weil er nicht weiß, was Sie ihm erzählen wollen.« Er gab Aiello ein Zeichen. »Komm rüber ins Boot. Du auch, Dummkopf«, sagte er Dobbs. Als die beiden wieder an Bord waren, sagte er zu Jake: »Haben Sie verstanden? Wenn Sie irgendwelche Tricks versuchen, fahren wir ab. Vielleicht kommen wir übermorgen mit einem Eimer Trinkwasser und was zu essen wieder, vielleicht auch nicht. Und glauben Sie nicht, ich bluffe, Dekker. Das ist alles Salzwasser, was Sie hier sehen, und in der Hütte gibt's nicht viele Vorräte. Wenn Sie also nicht ausprobieren wollen, wie man von Salzwasser und Fingernägeln lebt, dann seien Sie brav.«

Als er an der offenen Tür der Hütte vorbeikam, sah Jake, daß die Einrichtung aus einem mit Segeltuch bespannten Feldbett und zwei schmutzigen Matratzen bestand, die am Boden lagen und aus denen das Stroh herauskam. Als Tisch dienten einige Bretter auf zwei Sägeböcken. Selbst draußen vor der Tür war der Schimmelgeruch aus dem Inneren noch stark.

Er ging hinüber zu Elinor und blickte zu ihr hinunter. »Wie geht es dir?« fragte er, und sie antwortete mit einem kaum wahrnehmbaren Schulterzucken. Sie hob den Kopf nicht von den Knien.

»Hat der Kerl dir hier draußen was getan?« fragte Jake.

Diesmal hob sie den Kopf, doch sah sie ihn immer noch nicht an. »Ja.«

»Schlimm?«

Mit tonloser Stimme sagte sie: »Sobald die anderen gestern abend abgefahren waren, sagte er mir, ich müsse tun, was er wolle. Ich sagte nein, da hat er mich gefesselt und mich dann genommen.«

»Der ist Nummer eins auf meiner Liste«, sagte Jake. »Gela ist die Nummer zwei.«

»Und Magnes? Der hat mich doch angerufen und gesagt, du lägest im Krankenhaus. Und ein Polizist würde kommen und mich zu dir bringen.«

»Ich weiß«, sagte Jake. »Aber sie haben ihn gezwungen. Er hat sich gewehrt, so lange er konnte. Er ist tot.«

»Tot?« Elinor war wie betäubt. »Und ich dachte, er hätte uns verkauft.« Sie ließ den Kopf erschöpft an die Wand der Blockhütte fallen. »Ich war schon so weit, daß ich dachte, jeder verkauft einen, wenn die Zeit reif ist.«

»Ellie.« Jake hockte sich vor sie hin und wollte sie dazu bringen, daß sie ihm in die Augen blickte. Er faßte sie am Kinn, doch mit einem Ruck löste sie sich wieder. »Ellie, sei doch nicht so. Du weißt doch, was ich für dich empfinde. Daran hat sich nichts geändert. Du redest ja, als sei das alles vorbei.«

Unerbittlich sagte sie: »Ich stand neben Gela, als er mit dir telefonierte. Er forderte dich auf, direkt hierher zu kommen, und du wolltest nicht. Du wußtest, was mir drohte, aber das Geld war dir wichtiger.«

»Ellie, er hat aufgelegt, als ich noch überlegte, was ich tun soll. Wenn er nicht so schnell aufgelegt hätte ...«

»Du hast an das Geld gedacht. Wenn du sofort gekommen wärst, hätte keiner mich angerührt. Aber du wußtest eins: Sobald du bereit warst, zu tun, was Gela wollte, könntest du das Geld abschreiben. Deshalb hast du's nicht über dich gebracht.«

»Meine Güte, du kannst das doch nicht alles nur schwarzweiß malen. Wenn du mal überlegst ...«

»Das habe ich. Die ganze Nacht über.« Nun blickte sie ihn an. Ihr Gesicht war dreckverschmiert und von Insektenstichen verquollen. »Es war einfach zu viel Geld im Spiel, das ist alles.«

»Bedeutet es denn gar nichts mehr, daß ich alles habe sausen lassen und die Polizei verständigt habe, bevor ich hierher kam? Vielleicht sind sie jetzt schon fast in Crosscut. Wenn sie erst mal da sind, steht die Sache in allen Zeitungen, und damit bin ich aus dem Rennen. Das wußte ich, und trotzdem habe ich sie gerufen.«

»Das war nett von dir«, sagte Elinor.

»Lieber Himmel, was willst du denn von mir, Kleines. Ich versuche, dir zu zeigen ...«

»Versuch's nicht. Hol mich nur hier raus. Nicht um unseretwillen, aber für meinen Jungen. Ich will wieder bei ihm sein. Wenn mir etwas zustößt, wird das fürchterlich für ihn. Bring mich nur zu ihm zurück, dann sind wir quitt.«

»Und was ist mit uns?«

Langsam schüttelte Elinor den Kopf. »Uns hat es nie gegeben. Es gab nur dich, und es gab ein dummes Polackenmädchen, das dachte, du seist etwas ganz Besonderes. Aber so dumm wird sie nie wieder sein.«

»Liebling, wenn wir hier erst mal raus sind ...«

»Nein. Nie wieder.«

»Also, Dekker, was ist nun?« rief Gela vom Boot aus, und Jake erhob sich. Er nahm Elinors Arm und zog sie hinauf. »Du hast ihn gehört«, sagte er. »Auf geht's.«

Er führte sie zum Steg. Aiello war bereits wieder ausgestiegen und stand dort, die kurze Pistole in der Hand. Beim Lächeln bleckte er die Zähne. »Da sehen Sie, wie die Leute lernen, Dekker. Keine Automatik mehr. Und diese hier macht genauso ein großes Loch.«

Jake kümmerte sich gar nicht um ihn. Er blickte hinunter zu Gela und sagte: »Sie haben mich betrogen, Gela. Sie werden wohl noch ein zweites Mal mit Maniscalcos Sekretärin telefonieren müssen und ihr sagen, daß er nicht mehr auf meinen Anruf zu warten braucht. Warum sollen wir noch weiter seine Zeit verschwenden?«

»So? Was zum Teufel ist denn jetzt schon wieder?«

»Sie sagen, Sie hätten dem Affen da befohlen, die Finger von dem Mädchen zu lassen. Entweder haben Sie mich belogen, oder er gibt nicht viel auf Ihre Befehle.«

Gela warf Aiello einen Blick zu. »Ist das wahr, Tony?«

»Ach, Wuff, um Himmels willen, die hat doch nur drauf gewartet.«

»Was bist du doch für einer«, sagte Gela angewidert. »Daß mir so was nicht noch mal vorkommt, hörst du? Hier geht's ums Geschäft, und da bleibst du beim Geschäft. Verstanden?«

»Klar, Wuff.«

Gela wandte sich wieder Jake zu. »In Ordnung? Sie haben gehört, wie ich ihm Bescheid gesagt habe, und Sie haben gehört, wie er gesagt hat, er hat es verstanden. Und jetzt los.«

»Nicht ohne sie«, sagte Jake. »Entweder kommt sie mit, oder ich bleibe hier.«

Gela starrte ihn an, dann spuckte er ins Wasser. »Geht das schon wieder los, Dekker? Spielen Sie immer noch den harten Burschen?«

»Versetzen Sie sich doch mal an meine Stelle, Gela. Wenn das Ihr Mädchen wäre, würden Sie es dann allein mit diesem geilen Bock hier lassen? Und besonders nach dem, was schon vorgefallen ist?«

»Wenn ich an Ihrer Stelle wäre«, antwortete Gela verächtlich, »dann würde ich sie nicht mit mir rumschleppen, während ich meine Arbeit mache.« Die beiden Läufe der Schrotflinte beschrieben einen kleinen Bogen von Jakes Bauch zu Elinors. »Das ist einer der Gründe dafür, daß ich die Befehle gebe und Sie gehorchen. Außerdem kommen Sie ja gleich nach dem Anruf wieder her. Ich glaube, so lange kann Tony sich beherrschen, wenn Ihr Mädel nicht zu sehr mit dem Po wackelt.«

»Kommt nicht in Frage«, sagte Jake.

»Dann soll sie allein hier bleiben.«

»Allein, nur mit Schlangen und Alligatoren? Kommt auch nicht in Frage.«

»Sie gehen mir allmählich auf die Nerven, Dekker. Was bilden Sie sich denn ein, wer Sie sind, daß Sie meinen, Sie könnten hier kommandieren?«

»Ganz einfach. Ich bin der Mann, der Ihnen dazu verhilft, daß bei Ihnen die Kasse klingelt. Mir kommt's eher so vor, als ob Sie derjenige sind, der uns das Leben schwermacht. Ich verstehe nicht, warum. Wir wissen beide, daß Sie gewinnen werden, und Sie müssen nur noch auf den Knopf drücken. Warum dann diese Haarspaltereien?«

Gela rieb sich den Nacken, als sei er ihm steif geworden. Plötzlich brach in die Totenstille, die sie umgab, ein lautes Platschen und Plätschern mitten im Wasser. Gela fuhr blitzschnell herum, das Gewehr schon an der Schulter. Aiello machte eine halbe Drehung und ging in die Grätsche, die Pistole ins Leere jenseits des Bootes gerichtet. Sofort sprang Jake einen Schritt auf ihn zu und erstarrte, als die Pistole wieder herumfuhr und wenige Zentimeter vor seiner Brust zum Stehen kam.

Dobbs wies mit dem Finger auf die Wellen, die V-förmig auf den See hinausliefen. »Alligator«, sagte er. »Alter Bursche. Ich hab' Ihnen ja gesagt, die sind hier überall, Mr. Gela. Aber lassen Sie ihn mir. Mit dem Zwölfer reißen Sie ihm nur die Seite auf. Früher oder später bekomme ich den am Stück.«

Fasziniert blickte Gela den Wellen nach, bis sie im Ried verschwanden. Dann wandte er sich um. Er betrachtete das Tableau, zu dem Aiello und Jake erstarrt waren. »Donnerwetter«, sagte er zu Aiello. »Den Jungen kannst du auch keine Sekunde aus den Augen lassen, was?« Er winkte Elinor mit dem Finger herbei. »Einsteigen. Setzen Sie sich hier vor mich.«

Teilnahmslos nahm Elinor auf dem Bugsitz neben dem, auf dem Jake gesessen hatte, Platz. Gela legte die Schrotflinte auf die Sitzlehne und drückte ihr die Mündung zwischen die Schulterblätter. Umständlich spannte er beide Hähne und ließ sie laut einschnappen. »Haben Sie das gehört?« fragte er Jake. »Die kleinste falsche Bewegung, und Sie können sich ausmalen, was geschieht. Jetzt setzen Sie sich neben sie. So ist's brav. Und denken Sie dran, Dekker, wenn Sie das Boot zum Schaukeln bringen, dann wird keine Dame mehr drinsitzen, wenn wir drüben ankommen.«

Kapitel 60

Es waren keine Polizisten zu ihrer Begrüßung da, als sie drüben ankamen, nur zwei ausgemergelte Hunde, die ans Ufer trotteten und unter heftigem Schwanzwedeln an ihren Beinen schnüffelten, bis Dobbs ihnen ein paar Tritte versetzte, so daß sie sich heulend davonmachten. Die Sonne stand nun direkt über ihnen, und die Luftfeuchtigkeit war so hoch, daß sie allesamt nach Luft japsten, als sie sich den schlammigen Pfad zum Laden hinaufarbeiteten. Nur Dobbs schien dagegen immun zu sein.

Im Laden gab Gela die Schrotflinte an Dinty zurück und nahm statt dessen die Automatik, die Jake mitgebracht hatte. Dinty fragte er: »Kann es sein, daß gerade jetzt jemand hier hereinkommt?«

»Schon möglich.« Dinty wies mit dem Kopf zu den wenigen Regalen mit Lebensmitteln. »Ist ja mein Geschäft. Die Sachen den Leuten verkaufen, die hier reinkommen.«

»Das kann ich mir vorstellen«, sagte Gela spöttisch. »Aber ich will nicht, daß einer in den Laden kommt, solange wir uns um die Geschichte hier kümmern. Gehen Sie raus auf die Veranda, und halten Sie die Leute draußen. Nehmen Sie die Flinte mit, damit die sehen, daß Sie's ernst meinen. Das gilt auch, wenn einer auf die Idee kommt, zum Fenster reinzusehen.«

Jake meinte zu Dinty: »Hab' ich's Ihnen nicht gesagt? Sie dachten, er macht Sie zum Partner in seinem Geschäft. Und in Wirklichkeit sind Sie nur der Laufbursche.«

»Tun Sie, was ich sage«, brüllte Gela den Mann an. »Wenn Sie dem Kerl zuhören, dann redet der, bis Sie taub, stumm und blind sind. Und machen Sie die Tür hinter sich zu. Sorgen Sie dafür, daß sie zu bleibt.« Er wartete, bis seine Anweisungen befolgt waren, dann sagte er: »Sie haben lang genug Zeit geschunden, Dekker. Jetzt an die Arbeit.«

Das Telefon, ein altmodisches Standmodell mit der Wählscheibe unten im Gehäuse, befand sich zusammen mit einem zerfledderten Telefonbuch in einer Ecke. Daneben stand ein rundes Tischchen mit einer Marmorplatte, umgeben von vier Stühlen mit Rücken aus Drahtgeflecht. Das Ganze sah aus, als sei es aus einer pleitegegangenen Trinkhalle dorthin gekommen. Auf dem Tisch lag ein Damebrett, auf dem die Steine verstreut waren. Gela wischte sie auf den Boden und stellte das Telefon auf den Tisch. Mit der Automatik wies er Jake einen Stuhl an, dann zeigte er auf den Stuhl unmittelbar gegenüber. »Sie setzen sich dahin«, sagte er zu Elinor. »Du hältst ihr die Pistole in den Rücken«, instruierte er Aiello, »und wenn er irgendwelche Dummheiten macht, zögerst du nicht mal so lange, daß es ihr noch leid tun kann.«

»Würde es schon als Dummheit gelten, wenn ich für die Dame und mich um etwas zu Trinken bäte?« fragte Jake. »Zwei Flaschen mit irgendwas Kaltem und Nassem?«

»Es gibt Limonade und Bier«, sagte Dobbs. »Aber alles warm. Hier gibt's nur Eis, wenn der Eismann Lust hat, welches zu bringen.«

»Warm ist schon in Ordnung. Hauptsache, es ist naß.«

Dobbs warf Gela einen Blick zu, und Gela nickte. »Du kannst mir auch eine bringen.« Dann nahm er neben Jake Platz. »Sie wissen, was Sie diesem Maniscalco zu sagen haben?«

»Sicher. Daß die Sache gelaufen ist. Das Beweismaterial zeigt, daß Thoren bei einem Unfall umkam. Am besten zahlt die Firma auf der Stelle. Aber wohin soll sie denn das Geld schicken, Gela? Wenn Sie Mrs. Thoren in Ihrem Versteck behalten ...«

»Sie kommt heute abend nach Daystar zurück, darum brauchen Sie sich keine Sorgen zu machen. Und ich rate Ihnen, erzählen Sie ihm das sehr viel überzeugender, als Sie es gerade bei mir gemacht haben. Zum Beispiel, wenn sie noch weiter auf ihrem Geld sitzenbleiben und die Sache vor Gericht geht, daß dann unter anderem herauskommt, daß Sie die Wanzen da reinpraktiziert haben. Das wäre doch hübsch, wenn das in die Zeitung käme, oder? Eine große Versicherung, die einer Witwe Wanzen ins Haus steckt, damit sie ihr ihr Geld abgaunern kann. Meinen Sie, Maniscalco wird dann eher sehen, wie der Hase läuft?«

»Schon. Aber als erstes wird er wissen wollen, warum ich mir plötzlich so sicher bin, daß Thoren tatsächlich bei einem Unfall umkam. Seit zehn Tagen predige ich ihm, ich wüßte, daß es Selbstmord war, weshalb habe ich es mir dann über Nacht anders überlegt? Hat Ihr Freund Katzman sich dafür auch eine Lösung ausgedacht?«

Gela sagte warnend: »Hüten Sie sich, Leuten so etwas in die Schuhe zu schieben, Dekker.«

»Dann hat er wohl. Was hat er ausgetüftelt?«

»Etwas Solides. Es gibt da einen Arzt in Palm Beach. Der verdient sich mit reichen Damen, die sich was anhängen lassen und es dann nicht wollen, eine Million nebenbei. Ein gewisser Ahearn. Er wird aussagen, daß Thoren letztes Jahr ein paarmal bei ihm war, weil er sich Sorgen darüber machte, daß ihm dauernd schwarz vor Augen wurde. Einmal war es ihm sogar beim Autofahren passiert. Er ist zu diesem Ahearn gegangen statt zum Hausarzt, weil er nicht wollte, daß die Familie etwas davon erfährt.«

»Und Ahearn hat darüber ein paar Akten angelegt?« fragte Jake.

»Die hat er, wenn es soweit ist.«

»Und er wird es vor Gericht beschwören?«

»Der macht, was ihm gesagt wird. Sollte er auch lieber, wenn er hier unten im Geschäft bleiben will.«

Dobbs stellte ihnen die geöffneten Limonadenflaschen hin, und die rote Flüssigkeit schäumte über und bildete Pfützen auf dem Tisch. Elinor, stocksteif und mit Aiellos Pistolenlauf im Nacken, machte keinerlei Anstalten, ihre zu trinken. Gela nahm einen Mundvoll und schluckte ihn angewidert hinunter. Er wischte sich den Mund mit dem Handrücken. »Noch Unklarheiten?« fragte er. »Irgendwas, was wir besprechen müssen, bevor ich die Verbindung herstelle?«

Jake zuckte die Schultern. »Wahrscheinlich nichts, was Katzman nicht schon überlegt hat.«

Maniscalcos Stimme am Telefon war belegt von seiner Erkältung, doch hocherfreut. »Bist du wieder in der Stadt, Jake? Hast du die Verzichtserklärung? Du weißt ja, ich habe dir und deinem Mädchen ein Abendessen versprochen. Wir können gleich heute abend ...«

»Kein Abendessen, Manny. Ich rufe aus Florida an. Und es sind schlechte Nachrichten.«

Es dauerte ein paar Sekunden, bis er das geschluckt hatte. Dann sagte er hoffnungsvoll: »Sehr lustig. Irgendwann bekomme ich noch mal einen Herzinfarkt wegen deinem Humor.«

»Ich wünschte, es wäre ein Witz«, sagte Jake, und Gela faßte ihn am Handgelenk und drehte den Hörer vom Ohr fort. Gelas Kopf berührte den seinen nun beinahe. »Ich bin die ganze Zeit auf der falschen Spur gewesen, Manny. Ich habe mich so in die Sache mit der Erpressung verrannt, daß ich auf der medizinischen Seite nicht genug nachgeforscht habe.«

»Medizinische Seite? Was zum Teufel soll das heißen? Sein Arzt hat gesagt, er sei bei bester Gesundheit gewesen. Und unser Arzt auch.«

»Das war er vielleicht, als die beiden ihn untersuchten. Aber letztes Jahr hat er schwere Ohnmachtsanfälle gehabt. Man hat ihn sogar gewarnt, daß es gefährlich sei, unter diesen Umständen noch weiter Auto zu fahren. Das habe ich alles gestern von dem Doktor erfahren, zu dem er heimlich gegangen war, weil seine Familie nichts davon wissen sollte. Ein gewisser Ahearn in Palm Beach. Er hat Aufzeichnungen über seine Besuche und die Diagnose dort in seiner Praxis. Und Mrs. Thorens Anwälte haben Kopien, die sie dem Gericht vorlegen wollen. Es hat keinen Zweck mehr, Manny. Du kannst nur noch so schnell wie möglich die Zahlung freigeben. Das wird sie vielleicht beruhigen.«

Am anderen Ende der Leitung folgte ein langes Schweigen. Dann flüsterte Maniscalco heiser: »So schnell wie möglich. Sind das deine Anweisungen, Jake?«

»Das ist mein Rat. Und schlag nicht diesen Ton an, verdammt noch mal. Glaubst du, ich bin nicht genauso unglücklich darüber wie du?«

»Das ist es, worüber ich mir gerade meine Gedanken mache. Ob nicht vielleicht die Dame zu dir kam und dir ein wirklich interessantes Angebot gemacht hat, als ihr klar wurde, daß sie keinen Pfenning von uns bekommen würde, weil du auf ein schlüssiges Motiv für den Selbstmord gestoßen warst. 50000 für sie zum Beispiel, der ganze Rest für dich. Vielleicht war sie sogar mit noch viel weniger zufrieden, solange sie überhaupt etwas bekam. Das ist doch einfach undenkbar, daß so etwas vorgekommen ist, nicht wahr, Jake?«

»Jawohl, das ist es. Weil sich kein Selbstmordmotiv, das ich belegen könnte, auch nur eine Sekunde lang gegen den Bericht dieses Arztes halten könnte. Manny, wenn irgendein anderer so etwas zu mir gesagt hätte, hätte er sich ein blutiges Kinn geholt. Aber ich nehme es dir nicht übel, weil ich mir vorstellen kann, wie dir jetzt gerade zumute ist.«

»Nein, das kannst du nicht. Du hattest diesen Fall schon abgeschlossen. Das hast du mir ja praktisch gesagt. Und mit einem Mal soll alles ein Reinfall gewesen sein. Hast du denn überhaupt versucht, bei diesem Arzt mal hinter die Kulissen zu sehen? Weißt du mit Sicherheit, daß ihn niemand geschmiert hat?«

»Manny, ich habe getan, was getan werden mußte.«

»Das glaube ich nicht. Du schreibst keine 100 Riesen in den Kamin, nur weil plötzlich ein Arzt, von dem noch nie jemand etwas gehört hat, so einen Bericht aus dem Hut zaubert. Du doch nicht, Jake. Du würdest eine Menge Zeit investieren und ihn und seinen Bericht unter die Lupe nehmen, bevor du endgültig aufgibst. Du hättest alles über diesen Burschen vom heutigen Tag bis zurück zur medizinischen Fakultät überprüft, bevor du ihm so etwas abgenommen hättest. Und du hattest doch bisher überhaupt keine Zeit, mit solchen Nachforschungen auch nur anzufangen, oder?«

»Manny ...«

»Versuch nicht, mich einzulullen. Ich sage, da stinkt etwas da unten, und ich willige in keine Zahlung ein, bevor ich nicht vom Gegenteil überzeugt bin. Du bleibst, wo du bist, in ein paar Stunden bin ich nämlich da unten. Ich nehme die nächste Maschine, die von hier geht. Ich will mit dir und dieser Frau und dem Arzt sprechen. Mit dem Mann, der medizinische Gutachten aus dem Hut zaubern kann. Wenn ich mit dem, was ich mir denke, Unrecht habe, bekommt ihr alle drei eine schriftliche Entschuldigung.«

Gelas Lippen waren zu einem blutleeren, wütenden Strich zusammengepreßt. Plötzlich hielt er die Hand über das Mikrofon. »Die Wanzen«, flüsterte er. »Strengen Sie sich an, Dekker. Überzeugen Sie ihn.« Er nahm die Hand wieder fort, und Jake sagte: »Spar dir den Flug, Manny. Und die Briefe. Sie hat herausgefunden, daß ich die Wanzen bei ihr versteckt habe. Wenn du ihr jetzt auf die Füße trittst, dann wird sie ein Verfahren anstrengen, nur um es uns heimzuzahlen. Gib ihr das Geld, das ist der einzige Ausweg. Und zwar schnell.«

»Das wäre also das Geschäft, das sie mit dir gemacht hat? Sie verzichtet auf die Anzeige wegen dieser Wanzen, und du kaufst ihr dafür ein ärztliches Gutachten, das die *Guaranty* 200 000 kosten kann? Oder hat dein Kumpel Magnes das für dich erledigt? Zum Teufel damit. Ich komme trotzdem heute nachmittag. Und die Anwälte bringe ich gleich mit.«

Und das war alles. Jake saß da mit dem Brummen des Wähltons im Ohr, und Gela hielt noch immer sein Handgelenk umklammert. Als Gela langsam den Griff lockerte, legte Jake den Hörer auf die Gabel. »Sieht ganz so aus, als ob der Herr nicht mitspielen will«, sagte er. »Was nun?«

Gela kaute heftig an einem Fingernagel. »Dieser verdammte Kerl. Man könnte denken, es wäre sein eigenes Geld, so wie er daran klebt.«

Jake sagte: »An seinem eigenen Geld klebt er längst nicht so sehr. Und ich habe ihn schon in Aktion gesehen. Wenn der Mrs. Thoren und diesen Doktor in die Finger bekommt, halten die nicht lange durch.«

»Sieht nicht gut aus, Wuff«, wandte Aiello sich sorgenvoll an Gela. »Vielleicht solltest du dich mit dem *capo* beraten.«

Gela funkelte ihn an. »Halt den Mund, und misch dich nicht ein!« Er blickte Jake an. »Und was schlagen Sie vor?«

»Lassen Sie mich und das Mädchen gehen. Dann kümmere ich mich um ihn. Ich habe ihn noch nie betrogen. Ich glaube, ich werde ihn überzeugen können, daß ich es auch diesmal nicht tue.«

»Vielleicht Sie. Das Mädchen nicht.«

»Wir beide.«

Langsam schüttelte Gela den Kopf. »Die nicht. Die bleibt hier, bis ich den Zaster in der Hand habe. Jeden Cent davon.«

Er sprang von seinem Stuhl auf, als draußen eine Flinte losging. Zuerst ein Lauf, dann, einen Augenblick später, der andere. Einen Moment lang stand er, auf alles gefaßt, da, dann entspannte er sich wieder, als es ruhig blieb. »Der verrückte Kerl. Der soll uns die Leute vom Leibe halten und sie nicht abschießen.« Er gab Dobbs, der am Tresen stand, ein Zeichen. »Geh raus und sag ihm das.«

»Jawohl, Sir. Der ist ziemlich schießwütig, der Alte«, sagte Dobbs, doch bevor er noch einen Schritt tun konnte, flog die Tür auf und Dinty kam herein, die Flinte in der Hand, auf seinem Gesicht ein breites, irrsinniges, verlegenes Grinsen. Einen Moment lang stand er so da, dann fiel er, das Grinsen noch im Gesicht, auf die Knie, sackte nach vorn und blieb lang ausgestreckt liegen.

Gela sprang zur Tür, Aiello wirbelte zu ihr herum. Sofort hatte Jake die Limonadenflasche in der Hand. Sie drehte sich einmal in der Luft und zog eine Spur aus Limonade, bevor der Flaschenboden mit dem Geräusch einer Melone, auf die man mit einem Hammer schlägt, Aiello an der Schläfe traf. Aiello fiel hintenüber und ging zu Boden. Seine Pistole rutschte über die Bohlen, und Jake warf sich darüber. Im selben Augenblick, in dem Gela die Tür mit einem Fußtritt schloß, richtete dieser die Automatik auf ihn. Er sah, wie sie in Gelas Hand ruckte, spürte, wie die glühendheiße Kugel ihm durch den Oberschenkel drang, und er mußte alle Kraft zusammennehmen, um den Abzug von Aiellos Waffe zu drücken. Gela krümmte sich zusammen und hielt sich mit beiden Händen den Bauch, als sei er von einem schweren Krampf geschüttelt. Er stand noch immer so da, als die Tür aufgeworfen wurde und drei Männer hereinkamen, die Karabiner im Anschlag. Erst dann sackte er endgültig zusammen.

Die drei Männer waren vom gleichen Schlag wie Dobbs und Dinty und trugen zwar keine Uniform, aber doch alle drei ähnliche hohe Cowboyhüte aus Stroh, die Krempen an den Seiten ganz nach oben gebogen. Sie sahen sich im Laden um, und der Älteste von ihnen, weißhaarig und schmierbäuchig, sagte ehrfurchtsvoll: »Heiliger Strohsack.« Mit zusammengekniffenen Augen sah er Dobbs an, der mit dem Rücken zum Tresen stand, die Hände hoch in die Luft gestreckt. »Bist du das, Earl?« fragte er ungläubig. »Hast du etwa auch mit dieser Erpressergeschichte zu tun?«

»Ja, Sir, Sheriff. Aber ganz weit unten in dem Haufen, könnte man sagen. Ich weiß nicht mal, wie das überhaupt gekommen ist. Zuerst war es ganz anders, aber dann ist es außer Kontrolle geraten.«

»Das kann man wohl sagen«, sagte der Sheriff.

Kapitel 61

Bis dahin hätte man glauben können, es lebe keine Menschenseele in Crosscut. Nun plötzlich hatten sich zehn oder zwölf männliche Einwohner auf der Veranda versammelt, ein schweigsames Publikum, das mit steinerner Miene zusah, wie der Sheriff Jakes Schenkel so fest abband, daß er alles Gefühl in dem Bein verlor, und zuhörte, wie Dobbs wortreich erklärte, wer Jake war. Von dem Grüppchen forderte der Sheriff einen Lastwagen mit Fahrer. Zwei Matratzen wurden auf der Ladefläche übereinandergelegt, und dann legten sie Jake vorsichtig darauf. Auf der gegenüberliegenden Seite faltete sie eine Matratze in der Mitte, als Sitz für Elinor. Der jüngere der beiden Hilfssheriffs, ein Junge mit strähnigem Haar und Sommersprossen, der aussah, als ob ihm noch ein oder zwei Jahre zur Volljährigkeit fehlten, bekam den Auftrag, sie zurück in die Stadt zu begleiten und dafür zu sorgen, daß sie es unterwegs so bequem wie möglich hatten.

Er hielt sich über Jake gebeugt und rief dem Fahrer von Zeit zu Zeit Warnungen zu, wenn der Lastwagen in den ausgefahrenen Rinnen, die zur Route Ninety-four führten, und dann den Schlaglöchern der Ninety-four selbst zu sehr holperte, doch als sie die bessere Straße des Tamiani Trail erreichten, hockte er sich auf die Ladeklappe. »Den Rest der Strecke wird's nicht mehr so schlimm«, sagte er zu Jake. »Ist natürlich kein Krankenwagen, aber das dauert elend lange, bis ein Krankenwagen hier heraus kommt. Und das ist ja keine Sache für einen Hubschrauber. Glatter Durchschuß, hat genug geblutet, daß es sauber ist. Die bringen das im Krankenhaus wieder in Ordnung, überhaupt kein Problem.«

»Kann schon sein«, sagte Jake. Er betrachtete Elinor, die an die Seitenwand des Lastwagens gelehnt saß, wie sie sich an die Wand der Blockhütte in Dobbs' Wäldchen gelehnt hatte, die Knie angezogen und die Arme darum gelegt. »Hinter dem Stadthaus gibt's einen riesigen Garten, der brachliegt«, sagte er. »Daraus könnte man einen großen Spielplatz für den Jungen machen.«

»Nein«, sagte Elinor. Sie wandte den Kopf von ihm ab und blickte starr in die öde Landschaft, durch die sie fuhren.

Nach einer Weile begann sie zu weinen. Anfangs fast lautlos, dann mit zusammengebissenen Zähnen und bebenden Nasenflügeln in langen, heftigen Schluchzern. Das ging so lange, bis der Junge von der Rückwand, auf der er saß, besorgt zu Jake hinüberblickte und wartete, daß er etwas tun würde. Schließlich übernahm er es selbst und versicherte Elinor im sanften Singsang der Gegend, daß es wirklich keinen Grund gebe, es sich so zu Herzen zu nehmen, Ma'am, denn die Schußverletzung da, das ist doch praktisch nur 'ne Fleischwunde, mehr ist das nicht, eine Fleischwunde, das heilt im Handumdrehen, und da bleibt nichts von zurück, können Sie mir glauben.

Geduldig erzählte er ihr das immer und immer wieder, als tröste er ein unglückliches Kind, aber es half nichts, es half rein gar nichts.

Nachwort

Stanley (Bernard) Ellin (1916–1986) war trotz seines verglichen mit andern Kolleginnen und Kollegen des Genres eher schmalen Œuvres einer der erfolgreichsten Autoren auf dem weiten Feld der Kriminalliteratur. Nicht nur, daß seine Mitstreiter ihn zum Präsidenten der »Mystery Writers of America« wählten – er erhielt auch dreimal den renommierten und begehrten »Edgar Allan Poe Award« der Vereinigung, 1954 und 1956 für die beste Kriminalkurzgeschichte und 1958 für den besten Kriminalroman des Jahres. Seinen internationalen Ruf beweist die Verleihung von »Le Grand Prix de Littérature Policière« im Jahre 1975.

Dennoch stehen seine Romane, in denen kein durchgehender Seriendetektiv auftritt, im Bewußtsein der Öffentlichkeit ein wenig im Schatten seiner Kurzgeschichten aus dem weiten Feld der Schauer-, Verbrechens- und Detektivliteratur, von denen »Die Spezialität des Hauses«, mit der er 1948 seinen Durchbruch erzielte, weltweit zum Besten des Genres überhaupt gerechnet wird, würdig, Edgar Allan Poes besten Leistungen an die Seite gestellt zu werden. Ellin selbst sah sein Markenzeichen gerade in der Vielfalt und Varietät und weigerte sich deshalb, sich selbst auf einen bestimmten Typ oder eine Untergattung einzuschränken: »Das Genre Kriminalliteratur bietet dem Schriftsteller eine unendliche Vielfalt der Themen und ihrer Behandlung. Aus dieser Vielfalt ziehe ich gern meinen Nutzen«, kommentierte er selbst einmal sein Werk.

Der vorliegende Roman, der in »DuMont's Kriminal-Bibliothek« erstmals in deutscher Sprache vorgelegt wird, erschien 1970 in den USA unter dem Titel »The Bind« und in Großbritannien im selben Jahr als »The Man from Nowhere« – »Der Mann aus dem Nichts«. Wir haben uns für die britische Variante entschieden, da sie in doppelter Weise ins Zentrum des Romans führt. In gewissem Sinne ist der Held und Detektiv Jake Dekker selbst ein solcher ›Mann aus dem Nichts‹ – wenn Jake Dekker überhaupt sein Name ist. Vor einigen Jahren hat er sich als Detektiv selbständig gemacht. Seine Spezialität ist es, zu Unrecht erhobene Versicherungsansprüche – etwa bei der geschickten Vertuschung eines Selbstmordes oder gar Mordes – auch dort noch zu widerlegen, wo die offiziellen Versicherungsdetektive und die Polizei längst die Segel gestrichen haben. Dabei arbeitet er auf eigene Kosten und eigenes Risiko: Ist er erfolgreich, bekommt er die Hälfte der der Versicherung ersparten Summe, scheitert er, ist für ihn ›außer Spesen nichts gewesen‹. Dieses Risiko ist er bei der über die Jahre entwickelten absoluten Professionalität und Perfektion seines Vorgehens trotz gelegentlicher Fehlschläge gern bereit einzugehen, zumal es seinem Ego voll Rechnung trägt: Sein Stolz ist ihm das Wichtigste, nie würde er jemanden über sich dulden und Anweisungen oder gar Befehle entgegennehmen. Außerdem fährt er auch finanziell nicht schlecht dabei: Immerhin – und das ist einer der wenigen Fakten, die wir über seinen Hintergrund erfahren – ist er gerade dabei, ein Stadthaus in New York in einen Komplex mit Eigentumswohnungen umzubauen. Den Versicherungen, für die er arbeitet, ist dieses Arrangement mehr als recht. Offiziell besteht nie eine Verbindung zwischen ihm und seinen Auftraggebern. So können sie durch ihn jeden dubiosen Anspruch skrupulös – und skrupellos! – überprüfen lassen, ohne den Ruf der Kulanz zu verlieren.

Um jeweils unerkannt in die Nähe der von einem zweifelhaften Anspruch Profitierenden gelangen zu können, legt er sich eine komplett neue Identität zu, die jeder Überprüfung standhält. Nichts überläßt er dabei dem Zufall, selbst die Marke des Leihwagens stimmt er auf den Geschmack derer ab, in deren Vertrauen er sich einschleichen will. So kommt er jedesmal aufs Neue ›aus dem Nichts‹ bzw. aus einer jeweils neu zu entwerfenden fiktiven Vergangenheit; jede wirkliche Information zu seiner Person, seinen Vorlieben und Idiosynkrasien, seiner Vergangenheit und seiner Gegenwart könnte die fiktive Identität gefährden. Skrupel kennt er bei seinem Vorgehen nicht: Besteht der Anspruch des Versicherungsnehmers zu Unrecht, sind die Fronten klar. Er steht auf der Seite des Rechts, und dafür setzt er jedes Mittel ein, solange es professionell ist. Die möglichst effiziente Erfüllung seiner Aufgabe ist ihm der einzige Maßstab für sein Handeln. Wenn der Einsatz es erfordert, übt er, bis er vor den Augen einer ganzen Familie eine Wanze so schnell in deren Telefon praktizieren kann, wie unsereins eine Mark in einen Automaten steckt. Auch der eigene Körper wird auf diese Weise instrumentalisiert und funktioniert perfekt, wenn es gilt, eine tief unsympathische Nachbarin im Bett zum Reden zu bringen.

Diesmal scheint die Aufgabe leicht und schwer zugleich zu sein. Der angesehene Walter Lennart Thoren ist, wenige Wochen, nachdem die Wartefrist einer neu abgeschlossenen Lebensversicherung abgelaufen war, tödlich verunglückt, indem er mit seinem Wagen mit etwa 150 Stundenkilometern ohne Bremsversuch gegen einen Baum gefahren ist. Im Falle eines Unfalls verdoppelte sich die Versicherungssumme auf 200000 Dollar. Sogar ein Motiv für den Selbstmord zeichnet sich ab: Laut Thorens Steuererklärungen ist sein Vermögen trotz hoher jährlicher Einkünfte erheblich geschrumpft, und alle Umstände deuten auf Erpressung.

Nur – womit konnte man einen Mann wie Thoren derart unter Druck setzen, daß ihm nur noch der Weg in den Selbstmord unter Vortäuschung eines Unfalls blieb? Dekkers Recherchen in Thorens Vergangenheit stoßen wortwörtlich ins Leere: Es gibt kein Dokument, keinen Akteneintrag, keine Notiz, keine Information über ihn, die hinter sein plötzliches Auftauchen als wohlhabender Mann 1942 in Miami Beach zurückreichte. Er ist ein ›Mann aus dem Nichts‹. Und doch müssen in dieser nicht greifbaren Vergangenheit die Gründe für die Erpressung liegen, allerdings ohne daß man sie dort suchen könnte. In traumhafter Detektionsarbeit gelingt es Dekker, für Thoren eine hypothetische Vergangenheit zu rekonstruieren und sie auch noch durch Zeugen und Fakten zu belegen. Dabei kommt ihm mehr und mehr die Bewunderung zur Hilfe, die er für diesen aufrechten Mann und konsequenten Selbstmörder entwickelt. Thoren hat nicht nur eine ähnliche Handschrift wie er: Dekker erkennt an ihm dieselbe absolute Professionalität, dieselbe rückhaltlose Hingabe an eine einmal übernommene Aufgabe. Wenn seine Partnerin ihn als Genie bezeichnet, weil seine Hypothesen über Thoren exakt der Wirklichkeit entsprechen, dann hat ein Genie ein Genie entlarvt, und Dekker hat dem toten Thoren eine Maske abgerissen, hinter die der Lebende fast drei Jahrzehnte niemanden, auch die eigene Ehefrau und die Kinder nicht, hat blicken lassen. Und erst recht das Gesicht hinter der Maske ist es, das Dekker mit tiefem Respekt vor Thoren und ebensolcher Abscheu vor seinen Erpressern erfüllt. Auch Ellin bestätigt einmal wieder das alte Gesetz, daß Detektivromane dann am besten gelingen, wenn der Autor ein »Tandem« zwischen Detektiv und Gegenspieler schafft, sie zu kongenialen, einander Respekt bezeugenden Partnern auf entgegengesetzten Seiten des Verbrechens macht: Zwei ›Männer aus dem Nichts‹ stehen sich gegenüber.

Der amerikanische Originaltitel »The Bind« betont einen andern Aspekt. Das Wort steht so nicht im Lexikon; es ist mit dem deutschen Wort ›Bindung‹ verwandt und hier wohl am ehesten mit »Das Anhängsel« zu übersetzen. Um sich so perfekt wie möglich als erfolgreicher Schriftsteller - *Ghost-writer* natürlich - zu tarnen, der sich zum Arbeiten nach Florida zurückzieht, muß Jake eine Partnerin für die Rolle seiner Ehefrau anheuern. Da seine langjährige Mitarbeiterin verhindert ist, empfiehlt sie ihm eine junge arbeitslose Schauspielerin als Ersatz. Für die Spitzengage von 3000 Dollar erwartet er von ihr eine tragende Rolle in seinen Ermittlungen - sonst nichts, obwohl sie vor den Nachbarn als Ehepaar zusammenleben. Aber auch bei dieser Rolle überläßt er nichts dem Zufall: Erst nachdem er Elinor gezwungen hat, bei den Nachbarn ebenfalls eine Wanze anzubringen, ist er ihrer - zwangsläufigen - Loyalität sicher. Während er Gefühle bei der Arbeit als unprofessionell und gefährlich empfindet, verkörpert Dekker für Elinor alles das, was sie verabscheut und bekämpft; für die Frau aus der liberalen Szene, die mit Hasch und Hippies vertraut ist und deren Ideal John Lennon darstellt, verkörpert Jake Dekker das Establishment in seiner brutalsten Ausprägung. Daß es dennoch zwischen ihnen zu einer zarten und wunderschönen Liebesbeziehung kommt, erscheint fast als selbstverständlich, auch, daß sich am Ende beide in die Quere kommen werden, die Liebe und die Detektion.

Zwischen dem jähen Anfang und dem überraschenden Ende aber liegt eine tempo- und aktionreiche Handlung, die zugleich ein überzeugendes Bild aus dem Florida der Entstehungszeit bietet. Fidel Castro und die Exilkubaner, die Ghettos der Reichen und die der Armen, die Schlupfwinkel der Mafia und die Sümpfe der Everglades bilden den Hintergrund der Denkspiele und Verfolgungsjagden, bei denen es ebenso darauf ankommt, den Aufstrich an der Ziffer 1 richtig zu deuten wie die Wirkung einer in den eigenen Leib gerammten Automatik berechnen zu können. Ellin verbindet auf das glücklichste die amerikanische Tradition des hartgesottenen, mit allen Wassern gewaschenen und allen Hunden gehetzten Privatdetektivs aus der besten Hammett- und Chandler-Schule mit der perfekten Einhaltung des Fairneßgebots: Wenn der Detektiv auch nur aufgrund seiner Fitneß, Geschicklichkeit, ja Gerissenheit überlebt, so löst er seinen Fall doch letztlich aufgrund winzigster Indizien, die offen vor dem Leser ausgebreitet werden.

Volker Neuhaus

Band 1018	John Dickson Carr	**Die schottische Selbstmord-Serie**
Band 1019	Charlotte MacLeod	**»Über Stock und Runenstein«**
Band 1020	Mary Roberts Rinehart	**Das Album**
Band 1021	Phoebe Atwood Taylor	**Wie ein Stich durchs Herz**
Band 1022	Charlotte MacLeod	**Der Rauchsalon**
Band 1023	Henry Fitzgerald Heard	**Anlage: Freiumschlag**
Band 1024	C. W. Grafton	**Das Wasser löscht das Feuer nicht**
Band 1025	Anne Perry	**Callander Square**
Band 1026	Josephine Tey	**Die verfolgte Unschuld**
Band 1027	John Dickson Carr	**Die Schädelburg**
Band 1028	Leslie Thomas	**Dangerous Davies, der letzte Detektiv**
Band 1029	S. S. van Dine	**Der Mordfall Greene**
Band 1030	Timothy Holme	**Tod in Verona**
Band 1031	Charlotte MacLeod	**»Der Kater läßt das Mausen nicht«**
Band 1032	Phoebe Atwood Taylor	**Wer gern in Freuden lebt . . .**
Band 1033	Anne Perry	**Nachts am Paragon Walk**
Band 1034	John Dickson Carr	**Fünf tödliche Schachteln**
Band 1035	Charlotte MacLeod	**Madam Wilkins' Palazzo**
Band 1036	Josephine Tey	**Wie ein Hauch im Wind**
Band 1037	Charlotte MacLeod	**Der Spiegel aus Bilbao**
Band 1038	Patricia Moyes	**». . . daß Mord nur noch ein Hirngespinst«**
Band 1039	Timothy Holme	**Satan und das Dolce Vita**
Band 1040	Ellery Queen	**Der Sarg des Griechen**
Band 1041	Charlotte MacLeod	**Kabeljau und Kaviar**
Band 1042	John Dickson Carr	**Der verschlossene Raum**
Band 1043	Robert Robinson	**Die toten Professoren**
Band 1044	Anne Perry	**Rutland Place**
Band 1045	Leslie Thomas	**Dangerous Davies . . . Bis über beide Ohren**
Band 1046	Charlotte MacLeod	**»Stille Teiche gründen tief«**
Band 1047	Stanley Ellin	**Der Mann aus dem Nichts**